詩經原始

上册

〔清〕方玉潤 撰
李先耕 點校

中華書局

圖書在版編目(CIP)數據

詩經原始/(清)方玉潤撰;李先耕點校. —2 版. —北京:中華書局,2021. 12(2024. 6 重印)
ISBN 978-7-101-15406-1

Ⅰ. 詩… Ⅱ. ①方…②李… Ⅲ.《詩經》-詩歌研究
Ⅳ. I207. 222

中國版本圖書館 CIP 數據核字(2021)第 208506 號

責任印製:管 斌

詩經原始
(全二册)
〔清〕方玉潤 撰
李先耕 點校
*
中 華 書 局 出 版 發 行
(北京市豐臺區太平橋西里 38 號 100073)
http://www.zhbc.com.cn
Email:zhbc@zhbc.com.cn
三河市鑫金馬印裝有限公司印刷
*
850×1168 毫米 1/32 · 24⅜印張 · 4 插頁 · 371 千字
1986 年 2 月第 1 版 2021 年 12 月第 2 版
2024 年 6 月第 15 次印刷
印數:47501-49100 册 定價:96.00 元

ISBN 978-7-101-15406-1

點校説明

方玉潤字友石，一字黝石，自號鴻濛子。他生於清仁宗嘉慶十六年（一八一一），死於清德宗光緒九年（一八八三），時年七十三歲。方玉潤祖居四川，清朝初年，其始祖方承宗遷徙雲南，開闢莊園，居於寶寧。其父方凌瀚，字振鵬，號北溟，年二十七入郡庠，以後應鄉試十三次均不第。方玉潤是其長子，少聰穎，故「督責愈切」。但玉潤從二十二歲入縣學後，應試凡十五次均不第。咸豐五年（一八五五），方玉潤著《運籌神機》，投筆從戎。同治三年（一八六四）夏，以軍功銓選隴西州同。是年十月至隴州，而其任所長寧驛已毁於戰亂，不得已寄居州治，著書講學。其計劃有《鴻濛室叢書》三十六種。其中刊行於世者除《詩經原始》（列爲叢書第三種）外，還有《鴻濛室文鈔》一、二集（列爲第二十八種）、《鴻濛室詩鈔》二十卷（第二十七種）、《星烈日記彙要》四十卷（第三十六種）（二）。此外尚有《鴻濛室墨刻》等。向達先生在《方玉潤著述考》中共得其書目四十三種，並就其是否成書，内容如何，存佚情況做了考訂。

方玉潤「天資卓越」、「才學朗贍」、「涉獵至博」（見趙藩《方玉潤傳》及《雲南通志》）。當時與之遊者，如王柏心稱其詩文「渾茫涵蓋，浩無際涯」，萬伯舒説他「得天獨厚」，「博大縱横無不備，雖未能純乎中道，顧自往往具有特識，要爲不向古人頤下乞氣者」。而他晚年在隴上「閉户傭經」，寫定的《詩經原始》一書，更在「詩經學」上有着重要的地位。

清代經學在批判宋學的基礎上，一方面復興了東漢古文學，一方面又復興了西漢今文學。在「詩經學」上，前者如陳啟源的《毛詩稽古編》、陳奂的《詩毛氏傳疏》，後者如陳喬樅父子的《三家詩遺説考》、王先謙的《詩三家義集疏》都是代表作。這些著作於文字、名物、音韻、訓詁、校勘等方面都有一些新的見解，有的搜羅逸文遺説甚多。但由於清王朝對思想文化的嚴格控制，使知識分子或則對《詩經》的思想内容和藝術形式很少説明和探討，或則以微言大義、緯候災異對《詩經》曲解。有清一代能跳出傳統束縛，努力探求《詩經》本意的不過姚際恒、崔述、方玉潤等人。

《詩經原始》，顧名思義，就是「欲原詩人始意也」。爲此，方玉潤一反前人舊説，把《詩經》作爲文學作品來研究。他批評以前研究《詩經》的考據、講學兩派不是「必先有一副寬大帽子壓倒衆人，然後獨申己見」，就是「不得全篇合讀，求其大旨所在，而粹釋之」。他們「性情與《詩》絶不相類，故往往膠柱鼓瑟，不失之固，即失之妄」。他主張研《詩》要「反覆涵詠」，「尋文按義」，讓讀者「一氣讀下，先覽全篇局勢，次觀筆陣開闔變化，復乃細求字句研鍊之法，因而精探古人作詩大旨，則讀者之心思與作者之心思自能默會貫通，不煩言而自解耳。」如對《周南·關雎》篇題旨的總評中，方玉潤力駁《毛詩序》、《詩集傳》牽强附會之説，指出「《小序》以爲『后妃之德』，《集傳》

又謂『宮人之詠大姒文王』，皆無確證」，認爲「此詩蓋周邑之詠初昏者」，這還是比較符合詩的本意的。又如《芣苢》篇，《大序》、《小序》以爲是「后妃之美」，「和平則婦人樂有子矣」。方玉潤深入體味此詩文意，並在藝術上同漢樂府等作了比較，他説：「讀者試平心静氣涵詠此詩，恍聽田家婦女，三三五五，於平原曠野、風和日麗中，群歌互答，餘音裊裊，若遠若近，忽斷忽續，不知其情之何以移，而神之何以曠，則此詩可不必細繹而自得其妙焉。唐人《竹枝》、《柳枝》、《櫂歌》等詞，類多以方言入韻語，自覺其愈俗愈雅，愈無故實而愈可以詠歌。即《漢樂府·江南曲》一首『魚戲蓮葉』數語，初讀之亦毫無意義，然不害其爲千古絶唱，情真景真故也。知乎此，則可與論是詩之旨也。」他推論此詩「即當時《竹枝詞》也。……今世南方婦女登山採茶，結伴謳歌，猶有此遺風云。」這就揭示了《詩經》中一些篇章的本來面目，對進一步探討《詩經》的淵源有所啟示。

方玉潤在反對那些「迂儒拘士」的曲解時，常是從詩篇實際出發，「務求得古人作詩本意而止」。他在駁斥《豳風·七月》是所謂「周公遭變」而作時説：「《七月》一篇，所言皆農桑稼穡之事，非躬耕壠畝，久於其道者，不能言之親切有味也如是。周公生長世胄，位居冢宰，豈暇爲此？且公劉世遠，亦難代言。此必古有其詩，自公始陳王前，俾知稼穡艱難，並王業所自始，而後人遂以爲公作也。」此詩作者、時代迄無定解，方氏之説亦有含糊之處，但他肯定《七月》作者必「躬耕壠畝，久於其道者」，還是符合實際的。

在一些詩篇的分析中，方玉潤不去尋求什麽「確解」、「深義」，而是去領會詩人所抒發的情感。在《周南·芣苢》總評中他説：「夫佳詩不必盡皆徵實，自鳴天籟，一片好音，尤足令人低迴無限。若實而按之，興會索然矣。」他分析《衛風·竹竿》時説：「蓋其局度雍容，音節圓暢，而語之工，風致嫣然，自足以擅美一時，不必定求其人以實之也。詩固有以無心求工而自工者，迨其工時，自不能磨，此類是已。俗儒説《詩》，務求確解，則《三百》詩詞，不過一本記事珠，欲求一陶情寄興之作，豈可得哉？」在《唐風·綢繆》的總評中，他又一次論述説：「此詩無甚深義，只描摹男女初遇，神情逼真，自是絶作，不可廢也。若必篇篇有爲而作，恐自然天籟，反難索已。」這裏所説的「興會」、「風致」、「神情」，都切合詩歌抒情性的特點。方氏所一再强調的「詩到真極，羌無故實，亦自可傳」，「詩貴有聲有色，尤貴有興有致」等説法，都使人聯想到袁枚主張的性情真實，新鮮活潑的「性靈」説。而前述反對徵實，贊賞「自鳴天籟，一片好音」的意見，又十分接近王士禎興會神到、含蓄淡遠的「神韻」説。這同「儒者説《詩》，非迂即腐，而又故曲其説以文其所短」的做法相比較，確是一個了不起的突破。

在釋義中，方玉潤對不能詳釋的詩義，均注明「未詳」，寧肯闕疑，也不穿鑿附會。這種情況共有十三處。如《陳風·東門之楊》，他一方面懷疑是迎神曲之類的民謡，另一方面又承認「玩其詞頗奇奥，隱約難詳，故闕之。」這種慎重的治學態度是可取的。

但方玉潤畢竟是封建文人，其政治立場始終是站在清朝統治者一邊。在《詩經》研究中，他依然是維護「温柔敦厚」的「《詩》教」的。在個别地方他承認「詩可以怨」，但這要在「其詞温柔敦厚」的基礎之上去「怨」。更多的地方他要求「君雖報我以無禮，我不敢以無禮咎君」，這樣才「不失爲性情之正」。特别是他在反對朱熹對「鄭聲淫」的解釋時，更表現出一副封建衛道士的面目。他或則把一些情詩戀歌説成是「刺淫之作」；或則以「古詩人多託男女情以寫君臣朋友義」爲理由，把許多愛情詩説成是抒寫君臣大義的作品。其牽强附會，真是「更有甚於《序》之僞託附會而無當者」。凡此種種，都是方玉潤局限性的表現。

本書是方玉潤晚年的著作。同治四年（一八六五）日記中曾有鴻濛室擬著叢書的目録，其中有《詩經通致評解》之目，然而未見此書。向達先生説：「《詩經通致評解》後來成書與否，不可考。」據同治八年（一八六九）七月初五日日記載：「《詩》無定解，臆測者多，故較他經尤爲難釋。愚擬廣集衆説，折衷一是，留爲家塾課本。名之曰《原始》，蓋欲探求古人作詩本旨而原其始意也。其例先詩首二字爲題，總括全詩大旨爲立一序題下，如古樂府體式而不用僞《序》，使讀者一覽而得作詩之意。次録本詩，亦仿古樂府一解、二解之例，而不用興也、比也惡套，庶全詩聯屬一氣而章法、段法又自分疏明白也。詩後乃總論作詩大旨，大約論斷於《小序》、《集傳》之間，其餘諸家亦順及之。末乃集釋名物，標明音韻。本詩之上眉有評，旁有批，詩之佳處亦點亦圈，以清眉目。然後全詩可無遁義，足以沁人心脾矣。」這裏除未提及姚際恒的《詩經通論》外，後來《詩經原始》一書之安排論述大抵依此〔二〕。《星烈日記彙要》卷三還有論《詩》者九條，除一條爲同治十年外，其餘都是本年所記，其内容均收於後來《原始》一書之中。《詩經原始自序》署於「同治辛未年小陽月朔日」，即一八七一年。可見方玉潤從計劃至寫成本書，用了兩年多的時間。本書之刻始於一八七一年仲冬，完成於一八七三年孟夏。這就是《鴻濛室叢書》三十六種之三的《詩經原始》隴東分署刊本，封面題簽爲方氏親筆，并由其門人担任全書校對。一九一四年，雲南圖書館將本書收入《雲南叢書》，列爲「經部第七」。後上海泰東書局又據雲南本石印，流傳始廣。

本書初版罕見于世，江瀚《續修四庫提要》即用《雲南叢書》本。此次點校時，用中國科學院圖書館藏隴東本與雲南本相校，發現雲南本遺漏錯訛二百餘處。如《王風・君子于役》眉評，雲南本僅「真、唐、此」三字，不知所云。隴東本則首尾具全，原句爲：「傍晚懷人，真情境，描寫如畫。晉人田家諸詩，恐無真實自然。」至於眉評旁批整條脱落者，雲南本亦屢見不鮮。據此，本書以隴東分署刊本爲底本，以《雲南叢書》本參校。原書正文中有圈點，考慮到對今人理解原詩意義不大，排印亦有不便，故均删除。方氏原來的批語、評語均保留並作如下處理：旁批勾入所批詩句之末，用小字排印；眉評彙集於每首詩集釋之前，用魚尾號括出「眉評」二字，其中確知爲某章的，用括號標出章數，有涉及集釋、標韻的，也用括號標出；總評仍在本詩正文之後，不另標記。

本書《詩經》原文，均用阮元刻本《毛詩正義》核校，误字徑改，不另出校。本書引用諸説雖多，但以《毛詩序》、《詩集傳》、《詩經通論》「三家爲重」，點校中用阮刻本《毛詩正義》、中華上編本《詩集傳》、中華顧頡剛校本《詩經通論》三書核校，誤處逕改，不另出校。原書之避諱字，如「玄」作「元」，「胤」作「胤」之類，均一例改正。原文凡確知刊印之誤者亦一例改正，不另出校。

本書點校中，承中華書局編輯部同志幫助，減少了許多錯誤。但限於點校者水平，書中仍難免有誤，尚希讀者方家不吝指正。

李先耕　一九八二年秋

校記

〔一〕《鴻濛室文鈔》二集及《鴻濛室詩鈔》前十卷有咸豐八年松滋刻本。其中《詩鈔》收録之詩多於後來隴東刊刻之叢書本。

〔二〕本書《自序》云：「最後得姚氏際恒《通論》一書讀之」，此時或許尚未見到姚書，故日記中未提，不過眉評旁批圈點等做法則與姚氏相合。

詩經原始自序

《詩三百篇》編自何人？昉於何代？世遠年湮，古無明文，不可得而考已。顧或謂周公制禮作樂，定《二南》爲化本，因列國山川封域次《國風》，列之樂官，以導化移俗。鄧氏元錫說。是謂《三百》爲周公編也。第考之《詩》，始自商太甲，下迄陳靈，在周定王初。其時周公歿已數百餘年，安得更次《國風》，列之樂官耶？即朱文公亦云：「周公采文王之世風化所及民俗之詩，被之筦弦，以爲房中樂。」又謂：「得之國中者，雜以南國之詩，而謂之《周南》；得之南國者，則直謂之《召南》。」無論《何彼穠矣》爲東遷後作，即《甘棠》一詩，亦屬召公身後事，不識周公此時尚坐明廷而與聞斯詠否耶？朱子既以《二南》爲周公所采，分繫周、召之詩。後又引《小序》曰「《關雎》、《麟趾》之化，王者之風，故繫之周公。《鵲巢》、《騶虞》之德，諸侯之風也，先王之所以教，故繫之召公」，以爲「斯言得之」。但案周公自采詩而自繫之，不應以「王者之風」屬已，而以「諸侯之風」屬人。且其時周王在上，周公安得自命「王者風」乎？種種紕謬，均不可通。或又謂古詩三千餘篇，孔子刪之，存三百五篇。司馬氏遷說。《集傳》承之，遂謂孔子既不得位，無以行帝王勸懲黜陟之政，於是特舉其籍而討論之，去其重複，正其紛亂，以從簡約而示久遠。是又以《三百》

之編屬孔子矣。何紛紛無定解若是歟？且孔子未生以前，《三百》之編已舊；孔子既生而後，《三百》之名未更。吴公子季札來魯觀樂，《詩》之篇次悉與今同，惟《豳》次《齊》，《秦》又次《豳》，小異。其時孔子年甫八歲。迨杏壇設教，恒雅言《詩》，一則曰《詩三百》，再則曰誦《詩三百》，未聞有「三千」説也。厥後自衛反魯，年近七十。樂傳既久，未免殘缺失次，不能不與樂官師摯輩審其音而定正之，又何嘗有删《詩》説哉？然則《三百》之編果何始也？大抵古人載籍多不著撰人姓氏，《書》雖斷自唐虞，而著書之人無傳焉，《詩》縱博採列國，而作詩之人亦無聞焉。《詩》、《書》作者名且不著，況編纂乎？吾意陳靈世去孔子尚五六十年，其間必有博學聞人、高名盛德之士，應運挺生，獨能精探六義，分編四始，以成一代雅音，上貢朝廷，垂爲聲教。故列國士夫莫不《風》《雅》相尚，雖至聖如孔子，亦諄諄以《二南》爲家庭訓，且爲之贊曰「《詩》，可以興，可以觀，可以群，可以怨。邇之事父，遠之事君，並多識於鳥獸草木之名」也。嗚乎盛矣！然而編《詩》之人，夫子終不言也。且夫古人爲學，務重實行，不事虚聲。如誦《二南》，則識其爲風化所由始，而得其倫行之正焉；誦列國，則知其爲風俗所由變，而察其治亂之幾焉；誦《二雅》、《三頌》，則知其爲宗廟朝廷之樂，而深體其政治得失，與夫人物賢否以及功德隆替焉。其他文詞工拙，訓詁詳略，在所弗論。故作者之名不必問，而編纂之人無由詢。日唯事謳吟以心傳而口授，涵濡乎六義之旨，又復證以身心性命之微而已矣。迨秦火既烈，而僞序始出，託名子夏，又曰孔子。唐以前尚無異議，宋以後始有疑者。歐陽氏、鄭氏駁之於前，朱晦翁辯之於後，而其學遂微。然而朱雖駁《序》，朱亦未能出《序》範圍也。唯誤讀「鄭聲淫」一語，遂謂《鄭詩》皆淫，而盡反之。大肆其説，以玷葩經，則其失又有甚於序之僞託附會而無當者。於是説《詩》門户紛然争起，以爲《傳》固常獲咎風人也，不如反而遵《序》，故前之宗朱以攻《序》者，今盡背朱而從《序》。輾轉相循，何時能已？窮經之士，莫所適從。以致明季僞子貢傳復乘間而出乎其際，則《詩》旨因之愈亂，是皆《集傳》、《辯説》有以啟之也。嗚乎！以夫子雅言「無邪」之旨，自漢迄今，未有達詁，徒懸疑案於兩間，而無一人焉起而正之，不大可痛而可惜哉！愚少時讀《詩》至此，未嘗不掩卷三歎，徒致憾於尼山正樂時也。最後得姚氏際恒《通論》一書讀之，亦既繁徵遠引，辯論於《序》《傳》二者之間，頗有領悟，十得二三矣。而剖抉未精，立論未允，識微力淺，義少辯多，亦不足以鍼肓而起廢。乃不揣固陋，反覆涵泳，參論其間，務求得古人作詩本意而止，不顧《序》，不顧《傳》，亦不顧《論》，唯其是者從而非者正，名之曰《原始》，蓋欲原詩人始意也。雖不知其於詩人本意何如，而循文按義，則古人作詩大旨要亦不外乎是。書成，以質萬子伯舒。萬子作而歎曰：「是非妄異乎古人也，乃《詩》中不容已之論耳，蓋未有《序》時，《詩》可以誦而無辯，既有序出，《詩》必明辯而後誦，此《原始》一書所由作也。」乃言於古扶風郡守李公勤伯觀察。觀察固恒以誦《詩》不得其解爲憾者，於是亟邀同人助貲勸梓，用公同好，以爲二千餘年説《詩》疑案，至是乃可以息喙而無争耳。余時唯唯，退而默然赧然，無敢信，亦無敢辭。因書其端委如此云。同治辛未年小陽月朔日，古滇方玉潤黝石氏書。

目録

卷之二　國風

召南

卷之三　國風

邶

卷之四 國風

鄘

衛

卷之六 國風

齊

魏

卷之七 國風

卷之十一 小雅

卷之十二 小雅

桑扈之什

都人士之什

卷之十六 頌

卷之十七 頌

詩經原始卷首上

凡例

一　詩必有題，題必有序，此定例也。今《三百》既無題，復無序。而世所傳大、小《序》，又皆衛宏所託，未可據以爲信。不得已而考諸載籍，求其可以爲《詩》序者，亦屬寥寥無幾。姚氏云：「《鴟鴞》之爲周公貽王，見于《書》；《載馳》之爲許穆夫人，《碩人》之爲美莊姜，《清人》之爲惡高克，《黄鳥》之爲殉秦穆，見于《左傳》；《時邁》、《思文》之爲周公作，見于《國語》。若此者真《詩》之序也，惜其他不盡然。」意夫子當日言《詩》，必有明白曉然者在，不知何時失去耳。孟子云：「不以辭害意，以意逆志。」固已，然此特爲斷章取義言之，非謂全詩大旨可以臆斷也。夫《詩》固有無題而自明者。是亦僅耳，非盡然也。今古序既失，不得不本「以意逆志」之訓而作事或當然之想，因復爲擬一序題下，以補其闕，非敢謂即古序也，蓋尋繹《詩》意，得之，亦將使讀者開卷瞭然，不至如瞽者之倀倀無所適從焉耳。識者諒諸。

一 讀《詩》當涵泳全文，得其通章大意，乃可上窺古人義旨所在，未有篇法不明而能得其要領者。今之經文，多分章離句，不相聯屬。在明者，固可會而貫通；在初學，殊難綴而成韻。解之者又往往泥於字句間，以致全詩首尾不能相貫。無怪説《詩》者之難於解頤也。是編每詩無論章句多寡短長，均聯屬成篇，不肯分開。唯於每章下細注畫明，如漢樂府「一解」、「二解」之例，以清段落。庶使學者得以一氣讀下，先覽全篇局勢，次觀筆陣開闔變化，後乃細求字句研鍊之法，因而精探古人作詩大旨，則讀者之心思與作者之心思自能默會貫通，不煩言而自解耳。

一 賦、比、興三者，作詩之法，斷不可少。然非執定某章爲興，某章爲比，某章爲賦。更可笑者，「賦而興」、「興而比」之類，如同小兒學語，句句强爲分解也。夫作詩必有興會，或因物以起興，或因時而感興，皆興也。其中有不能明言者，則不得不借物以喻之，所謂比也。或一二句比，或通章比，皆相題及文勢爲之。亦行乎其所不得不行已耳，非判然三體，可以分晰言之也。學者不知古詩，但觀漢、魏諸作，其法自見。故編中「興、比也」之類，概行删除。唯於旁批略爲點明，俾知用意所在而已。至賦體逐章皆是，自無煩贅。

一　古經何待圈評？月峰、竟陵久已貽譏於世，然而奇文共欣賞，書生結習，固所難免，即古人精神，亦非借此不能出也。故不惜竭盡心力，悉爲標出。既加眉評，復着旁批，更用圈點，以清眉目。豈飾觀乎？亦用以振讀者之精神，使與古人之精神合而爲一焉耳。

一　讀書貴有特識，説《詩》務持正論，然非薈萃諸家，辨其得失，不足以折衷一是。自來説《詩》，唐以前悉遵古《序》，宋以後獨宗朱《傳》，近日又將反而趨《序》，均兩失道也。故姚氏起而論之，其排《傳》也，尤甚於排《序》，而其所論，又未能盡與古合。是以編中所論，只以三家爲重，三家定則群喙息。其或衆説有互相發明，足以起予者，亦旁及之。間附全文於後，用備參觀，非好異也，亦將使群説同歸一致耳。辭或傷煩，所不暇計。

一　《詩》稱「多識」，箋注之功，似未可泯。唯附會穿鑿處，亦最足以增厭。是編所採，斟酌悉當。間有疑義未安者，亦嘗參以己見，用「案」字别之。蓋不徒以多識務博雅名，且藉是以發明《詩》旨也。

一　音韻一道，古必自有定本。自《詩》亡而韻亦因之以亡耳。吾人生古人數千百年後，而欲求古人數千百年上之音，强爲之辨，曰此古音也，此今韻也。縱極精微，其可信乎？《集傳》本吴才老《韻補》以叶《三百》之音，識者譏之，以其非古而自命爲古也。然近世儒者，如顧亭林、江慎修、戴東原輩，又各以私意自定古音，其能免非古而自命爲古之誚乎？自命爲古而不足以信乎今，則何若聊即今韻以上該乎古。其有合有不合，今之人尚可一覽而自識也。姚氏雖亦知以今韻該古韻矣，而所分譜，則以喉、咢、舌、齒、脣五聲，分本韻、通韻、叶韻三者，亦未能與今韻合，則今之人仍未能盡識也。兹編亦分本韻、通韻、轉韻、叶韻四者，然悉照今韻標明，不敢强作通人，以誤學者。

一　《詩》原有圖有譜，二者均不可廢。但三代制作，去今已遠，後人以意仿圖，未必即肖。唯山川封域，萬古不易，建置雖多，尚可尋討而得。即《作〈詩〉時世圖》，豈盡一一可據？然其大要，亦頗不爽，因略加考訂而備存之，庶學者可一覽而得其時勢之升降，陵谷之變遷焉。唯制度、名物諸圖，則在所略。

一　六經中唯《詩》易讀，亦唯《詩》難説。固因其無題無序，亦由於詞旨隱約，每多言外意，不比他書明白顯易也。又況説《詩》諸儒，非考據即講學兩家。而兩家性情，與

《詩》絶不相近。故往往穿鑿附會，膠柱鼓瑟，不失之固，即失之妄，又安能望其能得詩人言外意哉？本擬薈萃群説而條論之，又嫌其鄰於辯，徒啟口舌紛争，無益興觀要旨。爰集《虞書》以來説《詩》之當理者，得若干條，仍逐條案論其下，蓋發明義蘊，非吹求小疵也。另編卷首，以便觀覽。

一　是書持論務抒己見，不得不小異前賢，未免有乖世好，詎敢出而問世？然而蘁嗜菖蒲，未始無人，於是群相慫恿，勸付剞劂，亦不能以自主焉。其役經始於辛未仲冬，告竣於癸酉孟夏，凡閱月一十有八。助貲則張子衡方伯岳齡、李勤伯都轉滇、喻蓂生都轉步蓮、及羅鳳翔誠之司馬驤、黄寶鷄海樓直刺振河、林扶風望侯大令之焜、周隴州躍門直刺豫剛、蕭麟遊香圃司馬大勳、沈大荔筠亭司馬家楨、張少竹司馬勤、張潛園明府丕顯、高春潭觀督□□、王子萓幕府壽光與現篆隴牧周振初刺史鸞諸君，共贊厥成。參訂則萬伯舒司馬方煦、毛子林刺史鳳枝、楊仲山學博鼎昌三人之益居多。校讐則汧隴及門諸子，如五峰監院馬生喜亭明經康樂、邊生次臨廣文觀化、李生培之茂才沖霄、王生鏡堂選拔秉鈞，均與有力焉。

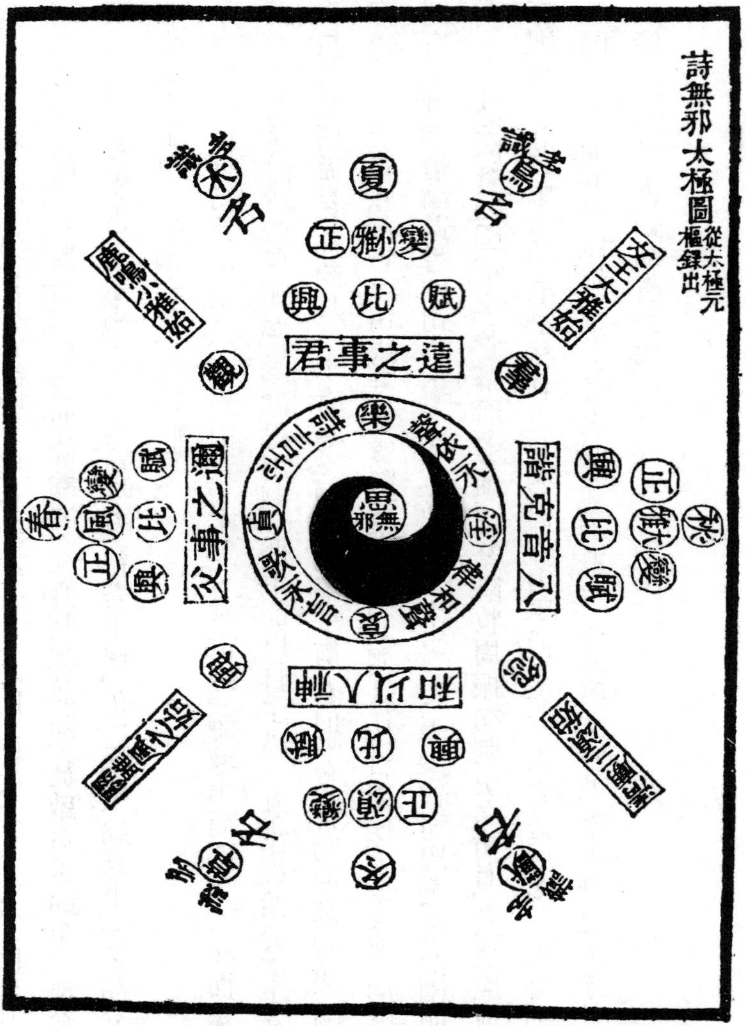
詩無邪太極圖
從太極元樞錄出
遠之事君
邇之事父
和以人神
八音克諧
文王大雅始
鹿鳴小雅始
關雎國風始
清廟三頌始
夏
春
秋
賦
比
興
正
變

説

《詩》亦何太極之有？然夫子不云乎：「《詩》三百，一言以蔽之，曰：『思無邪。』」《三百》蔽以一言，則此一言也，實作詩者之真樞也，而可無圖乎？圖即以思爲極。思有貞淫，思有哀樂，皆二氣之所感。唯恃有無邪之思以制之，故哀而不至於傷，樂而不至於淫。於是貞者存而淫者去，此《詩》之大要也。然其作之之方，不外《舜典》命夔數言曰：「詩言志，歌永言，聲依永，律和聲。」千古學《詩》要言，盡於是矣。故以之環列極旁，使有志《風》《雅》者，知所用志焉。由是而爲風、爲雅、爲頌，皆因體以定名。風有正變，雅亦有正變。不唯正變，且分大小，而正變亦隨之。頌似有正而無變矣，然其體與聲有時而異，或變而近乎風，如《魯》之《有駜》、《泮水》之類。或變而近乎雅，如《閟宫》與《商》之伍篇。不謂之變不得也。故正頌之中亦復有變頌存焉。夫所謂變者，非必盡出於衰世之音，而或有淫邪之思也，但其體裁有異常格，音律因之變换，即謂之變耳。以故正風之中亦有變風，如《召南》之《野有死麕》。變風之内不無正體。如《鄭·緇衣》之類。雅亦如之，頌何不然？然則賦、比、興何以無别乎？詩非興會不能作，或因物以起興，或因時而感興，皆興也。中有不能明言，或難以言語形容者，則假物以譬之，是之謂比。而顧可判然别之乎？而顧可謂《風》有比，而《雅》與《頌》獨無比乎？然則四始分布四方，抑又何也？《詩》，聲教也。聲出乎風，故首《風》。風之本乎天者噓氣而成聲，風之本乎人者因時而爲俗。本時勢之風尚，發而爲天籟之聲。歌體近乎風者則風之體，近乎雅者則雅之體，近乎頌者則亦頌之而已矣。故舉一風也，而雅、頌可珠聯而繩貫焉。一如四序，首春，由是而夏而秋而冬之不可相越也。且夫聲之爲道，始而輕颺和婉，裊裊不斷，繼而昌大條達，充滿天地，終則沖融雋永，肅穆無間。故《詩》之體象焉。曰風者，諷也，有類乎春風之風人也；雅者，大也，有類乎夏氣發揚與秋令之廣大而清明也；頌則隆冬收閉，萬物盡藏，一歲長養，可告成功矣。讀者試取風、雅、頌三音口咏而神會之，自得其命名取義之實也。若其爲用，可以興，可以觀，可以群，可以怨，邇事父，遠事君，且並多識於草木鳥獸之名，則夫子教人學《詩》之旨，又無過此數言之詳且盡焉，然其要則總歸之以「思無邪」一語。吾人學《詩》，誠能守此一言以爲之宰，然後本《舜典》數言奉爲矩矱，自能八音克諧，用之邦國，用之郊廟，無施不可。謂之神人以和者，不亦宜哉？蓋思者，可以通天地而感鬼神者也。在心爲志，發言爲詩。詩不本此而出，徒從事於風雲月露以炫藻采而騁才思，或流於淫而不知，或近乎邪而不覺，而欲望其移風俗、美教化也，得乎？故太史陳風，可以考風俗之美惡，知教化之得失；聖人删之，亦無妨貞淫互見，然後可以懲勸並施。特標「無邪」一言以爲用思之準，其删存一片苦心，揭以示人，不既深且遠哉？

醫巫閭
恆山
唐
太行
王屋
邶
牧野
鄘
泰山
齊
帝丘
河入海
洪水
漕
衛
楚丘
魯
汶
曹
宋
檜
陳
沂
鄭
洧
徐夷
汝墳
洪澤湖
淮源
淮夷
巢湖
舒
漢
吳
太湖
江
鄱陽
越
箕子國
海
東

十五國風輿地圖
北
西夏
犬戎
龍門
晉
魏
黎
華山
嵩山
黃河
河源
積石
西戎
豳
涇
秦
渭源
召
咸陽
豐
鎬
岷山
江
蜀
終南
漢水
大別山
荊
洞庭
衡山

自來《詩經》均首列《十五國輿地圖》以便觀覽。然按之地界方位，舛訛頗多，無論其山川脈絡，關隘險夷也。愚足跡幾遍天下，頗知大地山海融結形勢。歸讀《國風》，始悉各國風尚攸殊，隨地變遷，迥不相侔，未嘗不想見當時歌詠情形。是讀《詩》不可不資乎地圖也明矣。因以己意，創爲是圖，與諸家所繪輿圖又異。覽者尋其脈絡，以察形勢，仍復按之歌《詩》，當自有得於心目間也。又周、召舊封，本在岐境内，其後東遷，乃改封陝洛間。而詩則多採之於岐，自當仍圖之岐山下爲是。唯「太原」，説各不同，亦難臆定，爰闕之以俟後考。僅附諸説於左，俾覽者自擇焉。

【附録】周氏斯盛曰：語云：「薄伐玁狁，至于太原。」《傳》云：「大音泰。大原，地名，亦曰大鹵。今在太原府陽曲縣。『至于大原』，逐出之而已，不窮追也。」案：大、太二字，音本不同。《禹貢》「既修大原」在冀州，《詩》「至于太原」在雍州。周都豐鎬，玁狁「侵鎬及方，至于涇陽」，非自冀州大原而入。《地理志》：「涇水出安定涇陽縣，今原州百泉縣笄頭山也。」則《詩》所云「涇陽」，指此地而言。涇陽東北至太原二千餘里，山川險阻，黄河介其中，安得飭戎車日行三十里，逐雍州涇陽玁狁，由冀州太原而出乎？《禹貢》「原隰厎績」，蔡《傳》引鄭氏云：「其地在今邠州，唐有涇原節度使，今固原州即唐原州故城。漢唐以來，又以河南地爲五原郡。」則詩人所云「至于大原」者，指原州而言，非冀州之太原也。朱子在南渡後未至北方，《集傳》偶誤耳。《彙纂》曰：案《大全》原圖，地界方位舛訛頗多，今參考輿圖地志，改就清析。惟玁狁舊列於大原之北，長城之外者，以《小雅·六月》篇「薄伐玁狁，至于大原」，毛、鄭、孔俱未實指何地，至朱《傳》始云：「大原，地名，亦曰大鹵。今在大原府陽曲縣。」是《禹貢》冀州之太原也。明嘉靖間周斯盛輯《山西通志》，以經文焦穫、鎬、方，皆近涇陽之地，似大原當亦距涇陽不遠，意即《禹貢》雍州之原隰，漢爲郊州，唐爲原州，而非冀之太原。其説似近於理。且考《國語》「宣王料民於大原」，似爲鎬備禦之計，未必遠料之於晉國也。又考《前漢·地理志》：太原郡，秦置。周爲唐國，《詩》所言大原。《集傳》引《公羊》、《穀梁》「大原、大鹵」之文爲據，然《公》《穀》本文，非有定指，而唐徐彦《公羊解》云「此地勢高大而廣平，故謂之大原。」則古屬通名，似難專指陽曲也。豈朱子當日以經文明有大原，疑周時玁狁往來雍、冀無定處，或宣王用師有次第，時日有先後，經文總叙其事，非必執一時一處而言耶？故仍從朱《傳》，照《大全》舊圖注列，而以《公羊》、《穀梁》二書所解「太原、大鹵」之義，并附《通志》之説以備一解云。

大東總星之圖

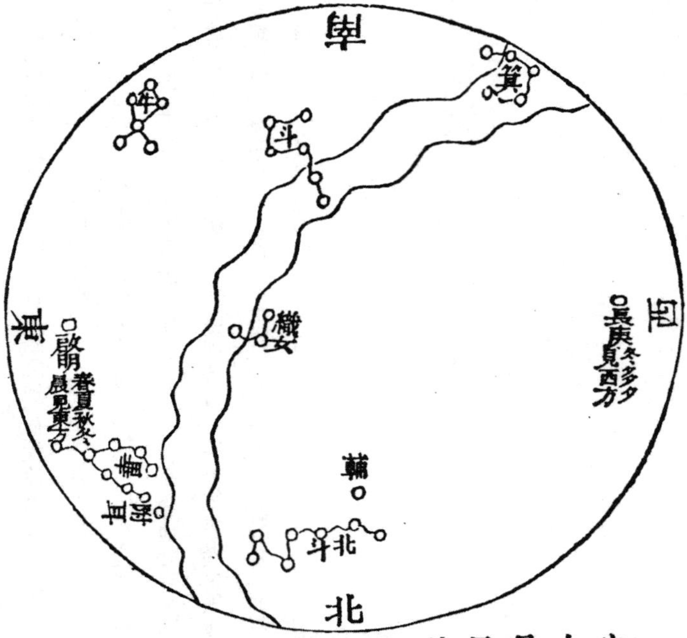

朱子曰漢天河也織女星名在漢旁牽牛星名啟明長庚皆金星也以其先日而出故謂之啟明以其後日而入故謂之長庚天畢畢星也箕斗二星以夏秋之閒見於南方云北斗者以其在箕之北也或曰北斗常見不隱者也南斗柄固指西若北斗而西柄則亦秋時也

七月流火之圖

孔氏穎達曰左傳張趯曰火星中而寒暑退服虔云火大火心也季冬十二月平旦正中在南方大寒退季夏六月黃昏火星中大暑退　朱子曰心星以六月之昏加於地之南方至七月之昏則下而西流矣

楚邱定之方中圖

定之方中作于楚宮

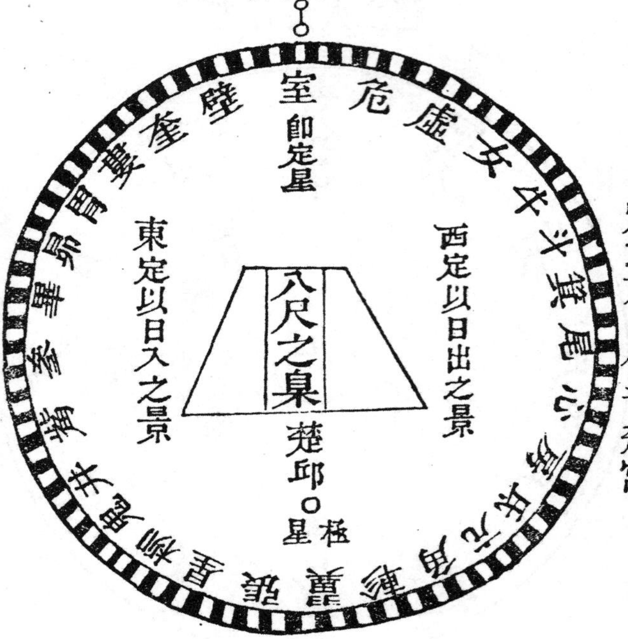

揆之以日作于楚室

鄭氏康成曰定星昏中而正於是可以營制宮室故謂之營室謂小雪時　朱子曰定北方之宿此星昏而正中夏正十月也於是時可以營制宮室樹八尺之臬而度其日之出入之景以正東西又參日中之景以正南北也

公劉相陰陽圖

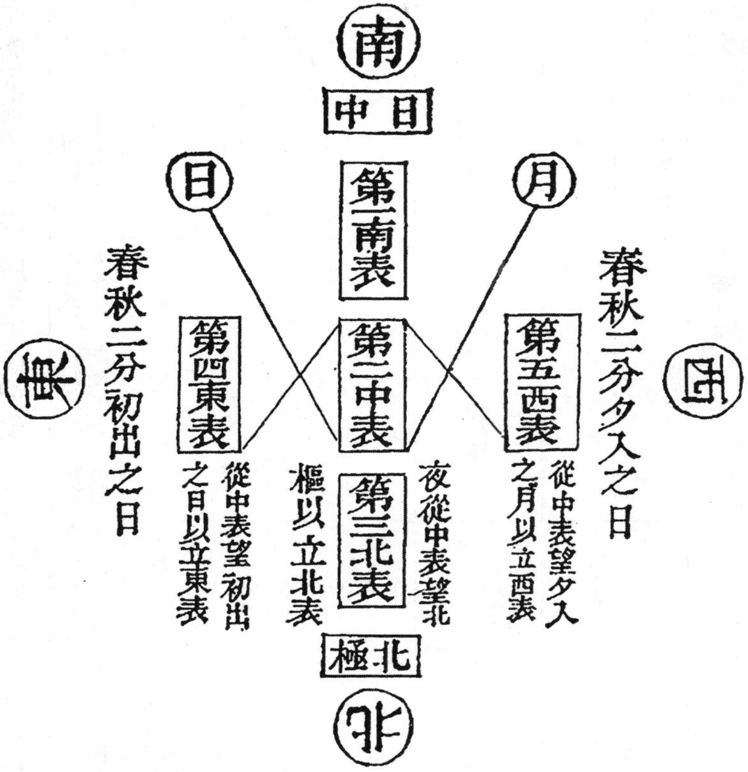

朱子曰景測日景以正四方也相視也陰陽向背寒暖之宜也山西曰夕陽　嚴氏粲曰豳在梁山西公劉相此夕陽地以建豳居也　胡氏廣纂大全曰今得西山眞先生儒家武庫所著公劉相陰陽圖謹按其式作圖於上以備讀詩者考焉

胡氏廣依朱子《集傳》所載王氏總論《七月》之義一段，分布爲圖，今從之。

豳公七月風化

	一之日	二之日	三之日	四之日（二）		四月	五月	六月
仰觀星日　霜露之變	觱發。	栗烈。			春日載陽。春日遲遲。	秀葽。	鳴蜩。斯螽動股。	
俯察昆蟲　草木之化					有鳴倉庚。			莎雞振羽。
以知天時　以授民事		鑿冰沖沖。	納于凌陰。		蠶月條桑。			
女服事乎內　男服事乎外	于貉。	其同。載纘武公。	于耜。	舉趾。	女執筐求柔桑。采蘩，取斧斨，伐遠揚。			
上以誠愛下　下以忠利上	取彼狐狸，爲公子裘。	言私其豵，獻豜于公。						
養老而慈幼　食力而助弱				同我婦子，饁彼南畝。				食鬱及薁。
其祭祀也時　其燕饗也節。				其蚤。獻羔祭韭。				

之圖

月						
七月	流火。	鳴鵙。在野。				食瓜。烹葵及菽。	
八月		萑葦。在宇。		載績。載玄載黃。其穫。	我朱孔陽，爲公子裳。	斷壺。剥棗。	
九月	肅霜。	在户。	授衣。築場圃。			叔苴。采荼新樗，食我農夫。	
十月		隕蘀。蟋蟀入我牀下。	滌場。穹室熏鼠，塞向墐户。	穫稻。納禾稼。嗟我農夫，我稼既同，	上入執宮功。晝爾于茅，宵爾索綯，亟其乘屋。	嗟我婦子，曰爲改歲，入此室處。爲此春酒，以介眉壽。	朋酒斯饗，曰殺羔羊。躋彼公堂，稱彼兕觥，萬壽無疆。

張子曰：《七月》之詩，皆以夏正爲斷。朱子曰：一之日，謂一陽之月。二之日，謂二陽之月。變月言日，言是月之日也。餘放此。曹氏粹中曰：公劉正當夏時，所用者夏正也。胡氏廣曰：詩中載一歲事，獨缺三月。嘗觀二章「春日載陽」至「公子同歸」，及三章「蠶月條桑」至「猗彼女桑」，竝不言何月。今摘其辭，布於二月、四月之間，非敢遽以爲三月也，特以備見《豳風》春日之事云。

校記

〔一〕「四之日」，原分兩欄，據《彙纂》改。

諸國世次圖

商〔宋〕附

契 昭明 相土 昌若 曹圉 冥 振 微 報丁 報乙 報丙 主壬 主癸 湯
即天乙 外丙湯次子 仲壬外丙弟 太甲湯嫡孫 沃丁 太康沃丁弟 小甲 雍巳小甲弟 太
戊雍巳弟 仲丁 外壬仲丁弟 河亶甲外壬弟 祖乙 祖辛 沃甲祖辛弟 祖丁祖辛子
南庚沃甲子 陽甲祖丁子 盤庚陽甲弟 小辛盤庚弟 小乙小辛弟 武丁 祖庚 祖甲祖庚
弟 廩辛 庚丁廩辛弟 武乙 太丁 帝乙 紂 〔宋〕微子紂庶兄 微仲微子弟 宋公
稽 丁公 湣公 煬公湣公弟 厲公湣公子 釐公 惠公 哀公 戴公 武公 宣公
穆公宣公弟 殤公宣公子 莊公穆公子 湣公 桓公湣公弟 襄公 成公 昭公 文公昭公
弟 共公 平公 元公 景公 昭公元公庶曾孫 悼公 休公 辟公 剔成 偃剔成弟

周〔豳〕附

后稷 不窋 鞠《左傳》作鞠陶。 〔豳〕公劉 慶節 皇僕 差弗 毀隃 公非 高圉
亞圉 公叔祖類 〔岐周〕太王 王季 文王 武王 成王 康王 昭王 穆王 共
王 懿王 孝王共王弟 夷王懿王子 厲王 宣王 幽王 平王 桓王平王孫 莊王

釐王　惠王　襄王　頃王　匡王　定王匡王弟　簡王　靈王　景王　悼王　敬王悼王
弟　元王　貞王　哀王　思王哀王弟　考王哀王弟　威烈王　安王　烈王　顯王烈王弟
慎靚王　赧王

周公封魯侯爵

周公　伯禽　考公　煬公考公弟　幽公　魏公幽公弟　厲公　獻公厲公弟　真公　武公真
公弟　懿公　伯御懿公姪　孝公懿公弟　惠公　隱公　桓公隱公弟　莊公　閔公　僖公閔
公庶兄　文公　宣公　成公　襄公　昭公　定公昭公弟　哀公　悼公　元公　穆公　共
公　康公　景公　平公　頃公

召公封燕侯爵

召公九世至　惠侯　釐侯　頃侯　哀侯　鄭侯　繆侯　宣侯　桓侯　莊公　襄公　宣
公　昭公　武公　文公　懿公　惠公　悼公　共公　平公　簡公　獻公　孝公　成
公　湣公　釐公　桓公　文公　易王　子噲　昭王　惠王　武成王　孝王　王喜

邶

鄘以上二國封爵世次未詳。

衞侯爵

康叔 康伯 考伯 嗣伯 𢈈伯 靖伯 貞伯 頃侯 釐侯 共伯 武公共伯弟 莊公 桓公 宣公桓公弟 惠公 黔牟桓公子 懿公 戴公公子頑子 文公戴公弟 成公 穆公 定公 獻公 殤公定公弟 襄公獻公子 靈公 出公靈公孫 莊公出公父 班師襄公孫 君起靈公子 悼公出公季父 敬公 昭公 懷公群公子 慎公敬公孫 聲公 成侯 平侯 嗣君 懷君 元君嗣君弟 君角

鄭伯爵

桓公 武公 莊公 昭公 厲公昭公弟 子亹昭公弟 子嬰子亹弟，《左傳》作子儀。 文公厲公子 穆公 靈公 襄公靈公弟 悼公 成公悼公弟 釐公 簡公 定公 獻公 聲公 哀公 共公聲公弟 幽公 繻公幽公弟 君乙幽公弟

齊侯爵

太公 丁公 乙公 癸公 哀公 胡公哀公弟 獻公哀公弟 武公 厲公 文公 成公 莊公 釐公 襄公 桓公襄公弟 孝公 昭公孝公弟 懿公孝公弟 惠公孝公弟 頃公 靈公 莊公 景公莊公弟 晏孺子 悼公景公子 簡公 平公簡公弟 宣公 康公

魏畢公高之後，封爵世次未詳。

唐即［晉］，侯爵。［曲沃］附。

唐叔　［晉］侯燮　武侯　成侯　厲侯　靖侯　釐侯　獻侯　穆侯　殤叔穆侯弟　文侯穆侯子　昭侯　孝侯　鄂侯　哀侯　小子侯　緡哀侯弟

［曲沃］桓叔穆侯子　莊伯　［晉］武公　獻公　奚齊　卓子奚齊弟　惠公獻公子　懷公

文公獻公子　襄公　靈公　成公襄公弟　景公　厲公　悼公襄公曾孫　平公　昭公　頃公　定公　出公　哀公昭公曾孫　幽公　烈公　孝公　靜公

秦伯爵

非子　秦侯　公伯　秦仲　莊公　襄公　文公　甯公文公孫　出子　武公甯公長子出子兄　德公武公弟　宣公　成公宣公弟　穆公成公弟　康公　共公　桓公　景公　哀公　惠公哀公孫　悼公　厲共公　躁公　懷公躁公弟　靈公懷公孫　簡公懷公子　惠公　出子

獻公靈公子　孝公　惠文王　武王　昭襄王武王弟　孝文王　莊襄王　始皇帝　二世皇帝

子嬰二世皇帝弟

陳侯爵

胡公　申公　相公申公弟　孝公申公子　慎公　幽公　釐公　武公　夷公　平公夷公弟　文公　桓公　厲公桓公弟　利公桓公子　莊公利公弟　宣公莊公弟　穆公　共公　靈公　成公　哀公　惠公哀公孫　懷公　滑公

檜祝融之後，封爵世次未詳。

曹伯爵

振鐸　太伯　仲君　宮伯　孝伯　夷伯　幽伯夷伯弟　戴伯幽伯弟　惠伯　石甫　繆公石甫弟　桓公　莊公　釐公　昭公　共公　文公　宣公　成公宣公弟　武公　平公　悼公　聲公悼公弟　隱公平公弟　靖公聲公弟　伯陽

附　作詩時世圖從《傳説彙纂》録出

商詩五篇

太甲之世

頌一篇。

那鄭氏康成謂太甲祭湯也。孔氏穎達謂《那》之作當太甲時。朱子不詳其世。

仲丁以後

頌一篇。

烈祖孔氏穎達謂《箋》稱祭中宗，諸侯來助。明是其後，或子孫之時，未知當誰世。朱子不詳其世。

祖庚之世

頌一篇。

玄鳥孔氏穎達謂《禮》三年喪畢，祫於太祖之廟。《序》言祫高宗，明是爲高宗而作祫，故知是祫於契之廟也。朱子不詳其世。

祖庚以後

頌二篇。

長發　殷武孔氏穎達謂《玄鳥》《箋》以爲高宗始祫。《殷武》云祀高宗，則亦在其後。《殷武》既在後，則知《長發》之作亦在後矣。以上二篇，朱子不詳其世。

周詩三百六篇

文王之世

正風二十三篇。孔氏穎達謂《二南》之詩，文王時作，惟《甘棠》、《何彼穠矣》武王時作。朱子皆同，而以《甘棠》亦爲文王時詩。

[周南]

關雎　葛覃　卷耳　樛木　螽斯　桃夭　兔罝　芣苢　漢廣　汝墳　麟之趾

[召南]

鵲巢　采蘩　草蟲　采蘋　行露　羔羊　殷其靁　摽有梅　小星　江有汜

野有死麕　騶虞

正小雅八篇。孔氏穎達謂《鹿鳴》等三篇，此文王《小雅》；《采薇》爲伐昆夷而作，事在受命四年；《出車》、《杕杜》還而勞之，在受命五年。《伐木》、《天保》無文王之謚，或當時即作，或後爲之，未可定也。朱子皆不詳其世。

鹿鳴　四牡　皇皇者華　伐木　天保　采薇　出車　杕杜

正大雅三篇。孔氏穎達謂《棫樸》云「濟濟辟王」，《靈臺》云「王在靈沼」，皆言王；《旱麓》不言謚，又不言王。但經無謚者，或當其生存之時，或在其後，不可定也。朱子皆是爲周公所作。

棫樸　旱麓　靈臺

武王之世

正風二篇。

［召南］

甘棠孔氏穎達謂《箋》云美其爲伯之功，謂武王時也。朱子以爲文王時詩。**何彼穠矣**孔氏穎達謂《何彼穠矣》，太公已封於齊，武王時作。朱子同，又疑爲東遷後詩。

正小雅四篇。

南陔　**白華**　**華黍**孔氏穎達謂此三篇蓋武王之時。朱子皆不詳其世。**魚麗**孔氏穎達謂此篇武王時詩。朱子不詳其世。

正大雅三篇。孔氏穎達謂三篇皆言文王之謚，皆文王後作之。朱子以《緜》爲成王時詩，《思齊》、《皇矣》疑爲周公所作。

緜　思齊　皇矣

成王之世

變風七篇。鄭氏康成謂成王之時，周公避流言之難，其詩爲豳國變風。朱子亦以爲成王周公時詩。

［豳］

七月　**鴟鴞**　**東山**　**破斧**　**伐柯**　**九罭**　**狼跋**

正小雅十篇。

常棣鄭氏康成謂周公弔二叔之不咸，召公爲作此詩。朱子同。　**由庚**　**南有嘉魚**　**崇丘**

南山有臺　**由儀**　**蓼蕭**　**湛露**　**彤弓**　**菁菁者莪**孔氏穎達謂《由庚》以下，周公成王之詩。則《南有嘉魚》至《菁菁者莪》從可知也。朱子皆不詳其世。

正大雅十二篇。

文王　**大明**孔氏穎達謂《文王》、《大明》二篇成王時作。朱子同。　**下武**孔氏穎達謂成王時作。朱子同。　**文王有聲**孔氏穎達謂《文王有聲》舉其謚，則成王時作。朱子同。　**生民**　**行葦**

既醉　**鳧鷖**　**假樂**　**公劉**　**泂酌**　**卷阿**鄭氏康成謂《生民》及《卷阿》，周公、成王時詩。朱子同。

頌三十一篇。鄭氏康成謂《周頌》者，其作在周公攝政，成王即位之初。朱子亦以爲多周公所定，而間或有康王以後之詩。

清廟　**維天之命**　**維清**　**烈文**　**天作**　**昊天有成命**朱子疑爲康王時詩。　**我將**

時邁朱子以爲武王時詩。　執競朱子疑爲昭王時詩。　思文　臣工　噫嘻朱子疑爲康王時詩。　振鷺　豐年　有瞽　潛　雝朱子以爲武王時詩。　載見　有客　武　閔予小子　訪落　敬之　小毖　載芟　良耜　絲衣　酌　桓　賚　般

懿王之世

變風五篇。

［齊］

雞鳴鄭氏康成謂哀公政衰，懿王烹之，齊人變風始作。朱子不詳其世。　還孔氏穎達謂《還》《序》云刺哀公，則哀公時詩也。朱子不詳其世。　著　東方之日　東方未明孔氏穎達謂三篇亦爲哀公時詩。朱子不詳其世。

夷王之世

變風一篇。

［邶］

柏舟《序》：衛頃公之時，仁人不遇，小人在側。鄭氏康成謂頃公當周夷王時。朱子不詳其世，又疑爲莊姜詩，則平王之世。

夷王厲王之間

變風四篇。鄭氏康成謂夷王、厲王之時，檜之變風始作。朱子不詳其世。

［檜］

羔裘　素冠　隰有萇楚　匪風

厲王之世

變風二篇。

［陳］

宛丘《序》：刺幽公也。鄭氏康成謂幽公，當厲王時。朱子不詳其世。　**東門之枌**《序》：幽公淫荒，風化之所行，男女棄其舊業，亟會於道路，歌舞於市井。朱子不詳其世。

變小雅四篇。鄭氏康成謂刺厲王，《十月之交》、《雨無正》、《小旻》、《小宛》是也。

十月之交朱子以爲幽王時詩。　**雨無正**朱子不詳其世，疑爲東遷後詩。　**小旻**　**小宛**以上二篇，朱子不詳其世。

變大雅五篇。

民勞《序》：召穆公刺厲王。朱子同。　**板**《序》：凡伯刺厲王。朱子同。　**蕩**《序》：召穆公傷周室大壞。朱子同。　**抑**《序》：衛武公刺厲王。朱子以爲衛武公作此自警，當在平王之世。　**桑柔**《序》：芮伯刺厲王。朱子同。

共和之世

變風一篇。

［唐］

蟋蟀《序》：刺晉僖公也。鄭氏康成謂當周公、召公共和之時。朱子不詳其世。

宣王之世

變風五篇。

［鄘］

柏舟孔氏穎達謂衞武公時作。朱子同。

［秦］

車鄰鄭氏康成謂非子曾孫秦仲，宣王命爲大夫，國人美之。朱子不詳其世。

［陳］

衡門　東門之池　東門之楊孔氏穎達謂《衡門》誘僖公。《東門之池》、《東門之楊》從上明之，亦僖公時詩也。朱子皆不詳其世。

變小雅十四篇。

六月《序》：宣王北伐也。朱子同。　采芑《序》：宣王南征也。朱子同。　車攻《序》：宣王復古也。朱子同。　**吉日**《序》：美宣王也。朱子同。　**鴻雁**《序》：美宣王也。朱子同。　**庭燎**《序》：美宣王也。朱子不詳其世。　**沔水**《序》：規宣王也。朱子不詳其世。　**鶴鳴**《序》：誨宣王也。朱子不詳其世。　**祈父**《序》：刺宣王也。朱子不詳其世。　**白駒**《序》：大夫刺宣王也。朱子不詳其世。　**黄鳥**《序》：刺宣王也。朱子不詳其世。　**我行其野**《序》：刺宣王也。朱子不詳其世。　**斯干**《序》：宣王考室也。朱子不詳其世。　**無羊**《序》：宣王考牧也。朱子不詳其世。

變大雅六篇。

雲漢《序》：仍叔美宣王也。朱子亦以爲宣王時詩。　**崧高**《序》：尹吉甫美宣王。朱子亦以爲宣王時詩。　**烝民**《序》：尹吉甫美宣王。朱子亦以爲宣王時詩。　**韓奕**《序》：尹吉甫美宣王。朱子不詳其世。　**江漢**《序》：尹吉甫美宣王。朱子亦以爲宣王時詩。　**常武**《序》：召穆公美宣王。朱子亦以爲宣王時詩。

幽王之世

變小雅四十篇。孔氏穎達謂《小雅》自《節南山》下盡《何草不黄》，去《十月之交》等四篇，餘四十篇皆幽王時詩。

節南山朱子亦以爲幽王時詩。　**正月**朱子不詳其世。　**小弁**朱子亦以爲幽王時詩。　**巧言**朱子不詳其世。**何人斯**朱子不詳其世。**巷伯**朱子不詳其世。**谷風**朱子不詳其世。**蓼莪**朱子不詳其世。**大東**朱子不詳其世。**四月**朱子不詳其世。**北山**朱子不詳其世。**無將大車**朱子不詳其世。**小明**朱子不詳其世。**鼓鐘**朱子亦以爲幽王時詩。**楚茨**朱子不詳其世。**信南山**朱子不詳其世。**甫田**朱子不詳其世。**大田**朱子不詳其世。**瞻彼洛矣**朱子不詳其世。**裳裳者華**朱子不詳其世。**桑扈**朱子不詳其世。**鴛鴦**朱子不詳其世。**頍弁**朱子不詳其世。**車舝**朱子不詳其世。**青蠅**朱子不詳其世。**賓之初筵**朱子亦以爲幽王時詩。**魚藻**朱子不詳其世。**采菽**朱子不詳其世。**角弓**朱子不詳其世。**菀柳**朱子不詳其世。**都人士**朱子不詳其世。**采綠**朱子不詳其世。**黍苗**朱子以爲宣王時詩。**隰桑**朱子不詳其世。**白華**朱子亦以爲幽王時詩。**緜蠻**朱子不詳其世。**瓠葉**朱子不詳其世。**漸漸之石**朱子不詳其世。**苕之華**朱子不詳其世。**何草不黃**朱子亦以爲幽王時詩。

變大雅二篇。孔氏穎達謂幽王《大雅》,《瞻卬》、《召旻》。朱子同。

瞻卬　**召旻**

平王之世

變風二十八篇。

［邶］

緑衣孔氏穎達謂當莊公時。朱子同。

［衛］

淇奥孔氏穎達謂《淇奥》美武公，則武公時詩矣。朱子同。　**考槃**孔氏穎達謂莊公時詩。朱子不詳其世。　**碩人**孔氏穎達謂莊公時詩。朱子同。

［王］

黍離孔氏穎達謂平王時詩。朱子不詳其世。　**君子于役**《序》：刺平王也。朱子不詳其世。　**君子陽陽**孔氏穎達謂平王時詩。朱子不詳其世。　**揚之水**《序》：刺平王也。朱子同。　**中谷有蓷**孔氏穎達謂平王時詩。朱子不詳其世。　**葛藟**《序》：王族刺平王也。朱子不詳其世。

［鄭］

緇衣《序》：美武公也。朱子同。　**將仲子**《序》：刺莊公也。朱子不詳其世。

叔于田《序》：刺莊公也。朱子亦以爲莊公時詩。　**大叔于田**《序》：刺莊公也。朱子亦以爲莊公時詩。　**羔裘**孔氏穎達謂莊公時詩。朱子不詳其世。　**遵大路**《序》：莊公失道。朱子不詳其世。　**女曰鷄鳴**孔氏穎達謂莊公時詩。朱子不詳其世。

［唐］

山有樞《序》：刺晉昭公也。朱子不詳其世。　**揚之水**《序》：刺晉昭公也。朱子亦以爲昭公時詩。　**椒聊**《序》：刺晉昭公也。朱子亦以爲昭公時詩。　**綢繆**孔氏穎達謂昭公時詩。朱子不詳其世。　**杕杜**孔氏穎達謂昭公時詩。朱子不詳其世。　**羔裘**孔氏穎達謂昭公時詩。朱子不詳其世。　**鴇羽**《序》：昭公之後大亂五世，君子下從征役，不得養其父母而作是詩。朱子不詳其世。

［秦］

駟驖《序》：美襄公也。朱子不詳其世。　**小戎**《序》：美襄公也。朱子同。　**蒹葭**《序》：刺襄公也。朱子不詳其世。　**終南**《序》：戒襄公也。朱子不詳其世。

平王桓王之間

變風七篇。鄭氏康成謂當周平、桓之世，魏之變風始作。朱子不詳其世。

［魏］

葛屨　汾沮洳　園有桃　陟岵　十畝之間　伐檀　碩鼠

桓王之世

變風三十三篇。

[邶]

燕燕孔氏穎達謂州吁時詩。朱子同。　日月《序》：衛莊姜遭州吁之難。朱子以爲莊公時詩。　終風《序》：莊姜遭州吁之暴。朱子以爲莊公時詩。　擊鼓《序》：怨州吁也。朱子同。　凱風孔氏穎達謂州吁時詩。朱子不詳其世。　雄雉《序》：刺衛宣公也。朱子不詳其世。　匏有苦葉《序》：刺衛宣公也。朱子不詳其世。　谷風孔氏穎達謂宣公時詩。朱子不詳其世。　式微孔氏穎達謂宣公時詩。朱子不詳其世。　旄丘孔氏穎達謂宣公時詩。朱子不詳其世。　簡兮孔氏穎達謂宣公時詩。朱子不詳其世。　泉水孔氏穎達謂宣公時詩。朱子不詳其世。　北門孔氏穎達謂宣公時詩。朱子不詳其世。　北風孔氏穎達謂宣公時詩。朱子不詳其世。　静女孔氏穎達謂宣公時詩。朱子不詳其世。　新臺《序》：刺衛宣公也。朱子不詳其世。　二子乘舟孔氏穎達謂宣公時詩。朱子不詳其世。

[鄘]

牆有茨《序》：公子頑通於君母，國人疾之。朱子同。　君子偕老《序》：刺衛夫人。鄭氏康成謂宣公夫人。朱子同。　桑中《序》：衛之公室淫亂。朱子不詳其世。　鶉之奔奔《序》：刺衛宣姜也。朱子同。

[衛]

氓《序》：宣公之時。朱子不詳其世。竹竿孔氏穎達謂宣公時詩。朱子不詳其世。芄蘭《序》：刺惠公也。朱子不詳其世。伯兮鄭氏康成謂宣公時詩。朱子不詳其世。有狐孔氏穎達謂宣公時詩。朱子不詳其世。

［王］

兔爰《序》：桓王失信諸侯。朱子不詳其世。采葛鄭氏康成謂桓王之時。朱子不詳其世。大車孔氏穎達謂桓王時詩。朱子不詳其世。

［鄭］

有女同車《序》：刺忽也。朱子不詳其世。褰裳孔氏穎達謂《褰裳》思見正，突初立事也。朱子不詳其世。

［陳］

墓門《序》：刺陳佗也。朱子不詳其世。

莊王之世

變風十五篇。

［王］

丘中有麻《序》：莊王不明，賢人放逐，國人思之，而作是詩也。朱子不詳其世。

［鄭］

山有扶蘇《序》：刺忽也。朱子不詳其世。　**蘀兮**《序》：刺忽也。朱子不詳其世。　**狡童**《序》：刺忽也。朱子不詳其世。　**丰**　**東門之墠**　**風雨**　**子衿**孔氏穎達謂《丰》、《東門之墠》、《風雨》、《子衿》，或當突篡之時，或當忽入之後。朱子皆不詳其世。　**揚之水**《序》：君子閔忽之無忠臣良士，終以死亡，而作是詩也。朱子不詳其世。

［齊］

南山《序》：刺襄公也。朱子同。　**甫田**《序》：大夫刺襄公也。朱子不詳其世。　**盧令**《序》：襄公好田獵，故陳古以風焉。朱子不詳其世。　**敝笱**《序》：刺文姜也。朱子同。　**載驅**《序》：齊人刺襄公。朱子同。　**猗嗟**《序》：刺魯莊公也。朱子同。

釐王之世

變風五篇。

［鄭］

出其東門　**野有蔓草**　**溱洧**孔氏穎達謂此一篇厲公時詩。朱子皆不詳其世。

［唐］

無衣《序》：美晉武公也。朱子亦以爲武公時詩。　**有杕之杜**《序》：刺晉武公也。朱子不詳其世。

惠王之世

變風十二篇。

［鄘］

定之方中《序》：美衛文公也。朱子同。**蝃蝀**《序》：衛文公能以道化民。朱子同。**相鼠**《序》：衛文公能正其群臣。朱子同。**干旄**《序》：衛文公臣子多好善。朱子同。**載馳**《序》：許穆夫人閔衛之亡。朱子同。

［衛］

木瓜《序》：美齊桓公也。朱子不詳其世。

［鄭］

清人《序》：刺文公也。朱子同。

［唐］

葛生《序》：刺晉獻公也。朱子不詳其世。**采苓**《序》：刺晉獻公也。朱子不詳其世。

［陳］

防有鵲巢《序》：宣王多信讒，君子憂懼焉。朱子不詳其世。**月出**孔氏穎達謂宣王時詩。朱子不詳其世。

［曹］

蜉蝣鄭氏康成謂周惠王時，昭公好奢，曹之變風始作。朱子不詳其世。

襄王之世

變風九篇。

［衛］

河廣《序》：宋襄公母歸于衛，思而不止，故作是詩。朱子同。

［秦］

黄鳥《序》：國人刺穆公。朱子同。　**晨風**《序》：刺康公也。朱子不詳其世。　**無衣**孔氏穎達謂康公時詩。朱子不詳其世。　**渭陽**《序》：康公念母也。朱子同。　**權輿**《序》：刺康公也。朱子不詳其世。

［曹］

候人《序》：刺共公也。朱子同。　**鳲鳩**孔氏穎達謂共公時詩。朱子不詳其世。　**下泉**《序》：曹人疾共公。朱子不詳其世。

頌四篇。

魯頌

駉《序》：頌僖公也。朱子同。**有駜**《序》：頌僖公也。朱子不詳其世。**泮水**《序》：頌僖公也。朱子不詳其世。**閟宮**《序》：頌僖公也。朱子同。

定王之世

變風二篇。

［陳］

株林《序》：刺靈公也。朱子同。**澤陂**《序》：言靈公君臣淫於其國，男女相説，憂思感傷焉。朱子不詳其世。

《彙纂》曰：案作《詩》之時世，經秦火之後，難以全考，故自漢唐諸儒，訓詁互異。然古《序》與經並出，毛、鄭、孔氏羽翼其説，傳流最古。至朱子一以經文爲據，其餘不見諸經者，都爲未定之辭，此據理之論也。歐陽修祖《鄭譜》而駁議，許謙、劉瑾宗朱《傳》而亦微有不同。迨明何楷作《世本古義》，引證雖博，而僞説滋繁矣。今輯古序及毛、鄭、孔氏舊義，而大指仍以朱子爲歸，餘説則存而不論也。

案：作《詩》時世，本難全考。即諸儒所定詩體正變，亦未爲確。余既各有考正於各詩之下，閲者可以隨時領略其義矣。而兹復録此篇於卷首者，一可以互相印證，一以見説《詩》之難得通論也如是。

詩經原始卷首下

詩旨

《虞書》：詩言志，歌永言，聲依永，律和聲。

案：此千古説詩之祖。開口即題志字，貫徹始終，中間緯以聲律，末歸重神人以和。詩之體用，盡於是矣。惜其時詩皆不傳，僅聞《擊壤》、《康衢》數歌，然又非詩體。可見古詩逸者尚多，《三百篇》特其盛焉者耳。

《禮記》：温柔敦厚，《詩》教也。

案：四字亦括盡《詩》旨，《詩》教。自古至今，詩體千變萬化，其能外此四字否耶？古人立言，何其簡而賅也！

《論語》：《詩》三百，一言以蔽之，曰「思無邪」。

案：此聖人教人讀《詩》之法。《詩》不能有正而無邪，《三百》雖經删正，而其間刺淫諷世與寄託男女之詞，未能盡汰，故恐人誤認爲邪，而以爲口實，特標一言以立之準，庶使學者讀之有以得其性情之正云耳。不料朱子竟以爲邪正兼收，復爲之説曰，善者可以感發人之善心，惡者可以懲創人之逸志。夫《詩》之足以感發人心固已，而其所以能懲創逸志者，不賴有刺淫諷世諸作乎哉？若謂淫奔者而亦收之，是直誨淫而已，安見其懲創人之逸志爲也？夫子本懼後人誤讀《鄭》、《衛》爲淫詩，而後儒偏指《鄭》、《衛》爲夫子所收之淫詩，教人以讀之，雖宣聖其如之何哉？

誦《詩》三百，授之以政，不達；使于四方，不能專對；雖多，亦奚以爲？

案：古者天子巡狩，命太師陳詩以觀民風，《詩》之有關國政也久矣。其後列國士大夫，出使朝聘，燕享會盟，莫不歌《詩》作樂，往來贈答，一時《風》《雅》互相競尚，且有以是卜人休咎，毫釐不爽者，則《詩》之爲教，豈不益重也哉？是以夫子之言云然。迨戰國競尚游説，而此風遂邈；漢、唐後作者雖多，然皆徒逞才華，藉抒懷抱而已，非皆有關國政也。無怪詩道陵夷，今愈不古若矣。學者誦《詩》尚當體會聖言，務求聲詩何以與國政相關處，默驗諸心，有得於己，然後見之事爲與形諸歌咏，自能與古爲一，而聲教因之復振。不然，日誦三百，夫何爲哉？

《詩》可以興，可以觀，可以群，可以怨。邇之事父，遠之事君，多識於鳥獸草木之名。

案：今人作詩，只從鳥獸草木上用工，何嘗有關君父之大哉？殊知興、觀、群、怨，即從事父事君來。不能事父事君，而欲其興、觀、群、怨，吾不知其所可者安在也？聖人一言，固早有以賅其全歟！

子謂伯魚曰：女爲《周南》、《召南》矣乎？人而不爲《周南》、《召南》，其猶正牆面而立也歟？

案：《二南》皆房中樂，且其篇什無多，非如《雅》《頌》鉅觀，所言皆宗廟朝廷，大經大法，偉烈豐功，可以擴人識見，長人才思，而何以不爲之即至如面牆而立歟？殊知《二南》所咏，皆夫婦詞，爲人倫始基。古來聖帝明王，其發施事業，莫不肇端宫闈，一室燕寢，即對越帝天時。於此而不知謹其所爲，而欲異日之見諸事業者能慎始以要終也，其可得耶？故人不能行於家庭之際，即不能行於閭里之間；不能行於閭里之間，即不能行乎邦國之内。謂之正牆面而立也，不亦宜哉？蓋聖賢爲學，身體力行，必有得乎心乃可謂之學。非如後人不過誦習文義，竊取浮詞，供我言論，佐我文章而已。故不爲《二南》則已，欲爲《二南》，必將有以得夫型于式化之端，温柔敦厚之旨，體之於心而咏之於口，即以見諸倫常夫婦之間，而皆可以自信其無愧，則始基立矣。始基立而王道聖功皆由此建，猶謂《二南》爲不足爲者，豈理也歟？

子曰：吾自衞反魯，然後樂正，《雅》、《頌》各得其所。

案：夫子反魯在周敬王三十六年、魯哀公十一年丁巳，時年已六十有九。若云删《詩》，當在此時。乃何以前此言《詩》皆曰「三百」，不聞有「三千」説耶？此蓋史遷誤讀正樂爲删《詩》云耳。

夫曰正樂，必《雅》、《頌》諸樂，固各有其所在，不幸歲久年湮，殘闕失次。夫子從而正之，俾復舊觀，故曰「各得其所」，非有增删於其際也。柰何後人不察，相沿以至於今，莫不以正樂爲删《詩》，何不即《論語》諸文而一細讀之耶？

孟子：説《詩》者不以文害辭，不以辭害志，以意逆志，是爲得之。

案：詩辭與文辭迥異：文辭多明白顯易，故即辭可以得志。詩辭多隱約微婉，不肯明言，或寄託以寓意，或甚言而驚人，皆非其志之所在。若徒泥辭以求，鮮有不害志者。孟子斯言，可謂善讀《詩》矣。然而自古至今，能以己意逆詩人志者，誰哉？

《大序》：詩者，志之所之也。在心爲志，發言爲詩。情動於中而形於言，言之不足故嗟歎之，嗟歎之不足故永歌之，永歌之不足，不知手之舞之，足之蹈之也。情發於聲，聲成文，謂之音。治世之音安以樂，其政和；亂世之音怨以怒，其政乖；亡國之音哀以思，其民困。故正得失，動天地，感鬼神，莫近於《詩》。先王以是經夫婦，成孝敬，厚人倫，美教化，移風俗。故《詩》有六義焉：一曰風，二曰賦，三曰比，四曰興，五曰雅，六曰頌。上以風化下，下以風刺上，主文而譎諫，言之者無罪，聞之者足以戒，故曰《風》。至於王道衰，禮義廢，政教失，國異政，家殊俗，而變風、變雅作矣。國史明乎得失之跡，傷人倫之變，哀刑政之苛，吟詠性情，以風其上，達於事變而懷其舊俗者也。故變風發乎情，止乎禮義。發乎情，民之性也；止乎禮義，先王之澤也。是以一國之事，繫一人之本，謂之《風》；言天下之事，形四方之風，謂之《雅》。《雅》者，正也，言王政之所由興廢也。政有大小，故有《小雅》焉，有《大雅》焉。《頌》者，美盛德之形容，以其成功告於神明者也。

案：此《序》總論《詩》旨，純駁參半。雖多襲《樂記》語，要自是説《詩》正論，可補《論語》、《虞書》所不及。若云《序》出子夏，此其庶幾。至《小序》，則純乎僞托，故舍彼而録此。唯其中有未盡合者，如「國史明乎得失」一節，誠如朱注所駁；「政有大小」數語，亦爲章氏所指。學者分别觀之可耳。

黄氏櫄曰：有天地，有萬物，而詩之理已具。雷之動，風之偃，萬物之鼓舞，皆有詩之理而未著也。嬰孩之嘻笑，童子之謳吟，皆有詩之情而未動也。桴以蕢，鼓以土，籥以葦，皆有詩之用而未文也。「康衢」、「順則」之謡，「元首」、「股肱」之歌，詩之義已備矣。

案：詩情原自充滿兩間，無以感之則寂而不動，有以觸之則文而成聲，此可謂善形容詩之本體者矣。

歐陽氏修曰：《風》生於文王，而《雅》、《頌》雜於武王之間。《風》之變自夷、懿始，《雅》之變自幽、厲始。霸者興，變風息焉。王道廢，《詩》不作焉。王通謂諸侯不貢詩，天子不采風，樂官不達雅，國史不明變，非民之不作也。詩出於民之情性，情性豈能無哉？職詩者之罪也。

案：此亦運會所關，民雖有作而時不尚，則作如不作也。迨漢後詩道復昌，而風、雅、頌之體竟亡，以至於今，則又何故？

鄭氏樵曰：六義之序，後先次第，聖人初無加損也。《風》者，出於風土，大概小夫賤隸，婦人女子之言。其意雖遠，其言淺近重複，故謂之《風》。《雅》出於朝廷士大夫，其言純厚典則，其體抑揚頓挫，非復小夫賤隸、婦人女子能道者，故曰《雅》。《頌》者，初無諷誦，惟以鋪張勳德而已。其辭嚴，其聲有節，以示有所尊，故曰《頌》。

案：《風》、《雅》、《頌》之編，自有次第，不容或紊。而此云聖人初無加損者，蓋祇知《風》、《雅》、《頌》之所從出，而未識《風》、《雅》、《頌》之所由名耳。説見鄙人所著《詩無邪太極篇》中，兹不贅。

鄭氏又曰：《風》有正變，仲尼未嘗言，而他經不載焉；獨出於《詩序》，皆以美者爲正，刺者爲變。則邶、鄘、衛之詩，謂之變風可也；《緇衣》之美武公，《駟驖》、《小戎》之美襄公，亦可謂之變風乎？必不得已從先儒正變之説，則當如《穀梁春秋》書築王姬之館於外，書秋盟於首戴，皆曰變之正也。蓋言事雖變常而終合乎正。《河廣》之詩，欲往而不往；《大車》之詩，畏之而不敢；《氓》之詩，反之而自悔，此所謂變之正也。序謂變風出乎情性，止乎禮義，此言得之。然《詩》之必存變風，何也？見夫王澤雖衰，人猶能以禮義自防也。見中人之性，能以禮義自閑，雖有時而不善，終蹈乎善也。見其用心之謬，行己之乖，倘反而爲善，則聖人亦録之而不棄也。

案：風、雅正變，原不在時世升降，諷刺美惡之間；要亦不外諷刺美惡，時世升降之故，唯視乎體之何如耳。鄭氏雖疑及之，而未能知其所以然，亦尚爲舊説所囿故也。

葉氏適曰：諸詩各具一體，故皆以先後爲次。惟《豳》兼有風、雅之制。以爲風，則其辭作於朝廷，繫於政事；以爲雅，則又記風土焉；故列於《風》、《雅》之間，明其不絶於風，而可以雅也。

案：《豳・七月》實兼風、雅、頌三體。蓋記風土、譜農政外，又可以爲祭賽用，故曰頌。《周官》不得其解，妄分爲三，曰豳風、豳雅、豳頌，致啟漢、宋諸儒疑議。葉氏雖知其二，未識其三。豈人之聰明，固有明於此而暗於彼者歟？

嚴氏粲曰：純乎雅之體爲雅之大，雜乎風之體爲雅之小。太史公稱《國風》好色而不淫，《小雅》怨誹而不亂，若《離騷》可謂兼之。」言《離騷》兼《國風》、《小雅》而不兼《大雅》。見《小雅》與《風》、《騷》相類，而《大雅》不可與《風》、《騷》竝言也。

案：太史公所云「《小雅》怨誹而不亂」者，特舉《小雅》之變者言之耳。若正《小雅》之詞，則未盡然。而欲執是以辨大、小《雅》之分，其可得乎？蓋《小雅》固可兼風，《大雅》亦未嘗不可兼風，讀者試即《泂酌》、《卷阿》諸詩而細咏之，其體自見。

王氏柏曰：風、雅之別，即朱子答門人之問亦未一。有腔調不同之說，有詞氣不同之說，有體製不同之說；或以地分，以時分，以所作之人而分。諸說皆可參考。惟腔調之說，朱子晚年之所不取。至於《楚詞》之《集注》，後《詩傳》二十年，風、雅、頌之分，其說審矣。其言曰：「《風》則閭巷風土、男女情思之詞。《雅》則燕享朝會、公卿大夫之作。《頌》則鬼神宗廟、祭祀歌舞之樂。」以此例推之，則所謂體製詞氣，所謂以時、以地、以所作之人不同等說，皆有條而不紊矣。

案：詩之腔調生於詞氣，詞氣生體製，體製不同，故詞氣與腔調亦因之以異。事原一貫，理本相通。豈可執一以辨大、小《雅》之分乎？至時、地與人，亦有因是以别者，但不可泥而求之耳。

孔氏穎達曰：原夫作樂之始，樂寫人音。人音有大小高下之殊，樂器有宫、徵、商、羽之異。依人音而制樂，託樂器以寫人，是樂本效人，非人效樂。但制樂之後，則人之作詩，先須成樂之文，乃成爲音。聲能寫情，情皆可見。聽音而知治亂，觀樂而曉盛衰，故神瞽有以知其趣也。《樂記》曰：「其哀心感者，其聲噍以殺；其樂心感者，其聲發以散。」是情之所感，入於樂也。季札見歌《唐》曰：「思深哉！其有陶唐氏之遺民乎？」是樂音之得其情也。

朱子曰：詩者，樂之章也。故必學樂，然後誦詩。所謂樂者，蓋琴瑟壎篪之類，以漸習之而節夫詩之音律者。然詩本性情，有美刺風喻之旨。其言近而易曉，而從容詠歎，所以感人者又易入。至於聲音之高下，舞蹈之疾徐，所以養其耳目，和其心志，使人淪肌浹髓而安於仁義禮智之實，又有非思勉之所能及者。

又曰：詩之作，本爲言志而已。方其詩也，未有歌也。及其歌也，未有樂也。以聲依永，以律和聲，則樂乃爲詩而作，非詩爲樂而作也。三代之時，禮樂用於朝廷，而下達於閭巷。學者諷誦其言，以求其志。詠其聲，執其器，舞蹈其節，以涵養其心。則聲樂之所助於詩者爲多。然猶曰「興於詩，成於樂」，其求之固有序矣。是以聖賢之言詩，主於聲者少，而發其義者多。仲尼所謂「思無邪」，孟子所謂「以意逆志」者，誠以詩之作本乎其志之所存。得其志而不得其聲者，有矣；未有不得其志而能通其聲者也。就使得之，止其鐘鼓之鏗鏘而已，豈聖人「樂云、樂云」之意哉！況今去孔、孟千有餘年，古樂無復可考，而欲以聲求詩，則未知古樂之遺聲，今皆可推而得之乎？三百五篇皆可協之音律，而被之絃歌乎？故愚以爲詩出乎志者也，樂出乎詩者也。志者，詩之本；而樂者，其末也。

案：古人作樂將以狀萬物之性情，而得諸聲音形容之際者也。雖無聲之詩，尚可以神會而音譜之，況三百五篇之有詞有韻乎？特古樂既亡，後人無復考證得失，時王又不以是爲重，故任其散在兩間，而若或亡之耳。倘有應運者出，則即詞以審音，由音以定樂，雖三代製作，不難復見於今。前明吾鄉葛氏中選，精於音律而不逢時，乃著《泰律篇》一書以傳世，始知後世未嘗無人可與共復古樂，但時未至則亦有待焉耳。

鄭氏樵曰：善觀《詩》者，當推詩外之意，如孔子、子思。善論《詩》者，當達詩中之理，如子貢、子夏。善學《詩》者，當取一二言爲立身之本，如南容、子路。善引《詩》者，不必分別所作之人，所采之詩，如諸經所舉之詩可也。「緜蠻黄鳥，止于丘隅」，不過喻小臣之擇卿大夫有仁者依之，夫子推而至於爲人君止於仁，與國人交止於信。「鳶飛戾天，魚躍于淵」，不過喻惡人遠去，而民之喜得其所，子思推之，上察乎天，下察乎地。觀《詩》如此，尚何疑乎？「如切如磋，如琢如磨」，而子貢能達於貧富之間。「巧笑倩兮，美目盼兮」，而子夏能悟於禮後之説。論《詩》若此，尚何疑乎？南容三復，不過「白圭」；子路終身所誦，不過「不忮不求」，學《詩》至此，奚以多爲？「維嶽降神，生甫及申」，宣王詩也，夫子以爲文武之德。「夙夜匪懈，以事一人」，仲山甫詩也，左氏以爲孟明之功。引《詩》若此，奚必分別所作之人，所采之詩乎？達是，然後可以言《詩》也。

范氏浚曰：「高山仰止，景行行止。」夫子曰：「《詩》之好仁如此。」「天生烝民，有物有則。」夫子曰：「爲此詩者，其知道乎？」凡夫子爲《詩》之説，率不過以明大義。後世深求曲取，穿鑿遷就之論興，而《詩》之論始不明矣。

案：《詩》多言外意，有會心者即此悟彼，無不可以貫通。然唯觀《詩》、學《詩》、引《詩》乃可，若執此以釋《詩》，則又誤矣。蓋觀《詩》、學《詩》、引《詩》，皆斷章以取義；而釋《詩》，則務探詩人意旨也，豈可一概論哉？

吕氏祖謙《讀詩記》曰：《桑中》、《溱洧》諸篇，幾於勸矣，夫子取之，何也？曰：仲尼謂「《詩》三百，一言以蔽之，思無邪。」詩人以無邪之思作之，學者亦以無邪之思觀之，閔惜懲創之意，隱然自見於言外矣。或曰：《樂記》所謂「桑間濮上之音」，安知非即此篇乎？曰：《詩》，雅樂也，祭祀朝聘之所用也。「桑間濮上之音」，鄭、衛之樂也，世俗之所用也。雅、鄭不同部，其來尚矣。甯有編鄭、衛樂曲於雅音中之理乎？《桑中》、《溱洧》諸篇，作於周道之衰，其聲雖已降於煩促，而猶止於中聲。荀卿獨能知之。仲尼録之，所以謹世變之始也。借使仲尼之前，雅、鄭果嘗龐雜，自衛反魯正樂之時，所當正者，無大於此矣。《論語》答顔子之問，乃孔子治天下之大綱也。於鄭聲亟欲放之，豈有删詩示萬世，反收鄭聲以備六藝乎？

案：《溱洧》乃刺淫之作，《桑中》實無題之詩。凡皆所以諷世云耳，非淫奔者比也。蓋鄭、衛之風誠淫，鄭、衛之詩則非淫，何也？夫使鄭風不淫，則《溱洧》無所刺；衛風不淫，則《桑中》何所諷？且《新臺》、《静女》諸詩，非衛淫風之實迹乎？要知其風雖淫，而所收之詩則皆刺淫作，非淫奔詞，不可以不辯也。不然，夫子論樂必曰「放鄭聲」，豈有正樂時又反收淫詞乎？蓋放者，放其聲之淫者耳，非盡鄭聲而悉放之也。使盡鄭聲而悉放之，則《緇衣》好賢，《風雨》懷友諸詩，均在所删之列，何以尚存爲經？此亦明顯易見之事，不知後儒何以嘵嘵不已如是。吕氏雖稍見及於此，而不能明白剖決，止引荀卿中聲之説以證之，則仍是狐疑不定，未有以得乎中也。故又啟朱晦翁反覆辯論，而愈堅其一定不移之心。此葩經一大厄時也，豈不恨哉！

朱子曰：孔子之稱「思無邪」也，以爲《詩》三百篇，勸善懲惡，其要歸無不出於正，非以作詩之人所思皆無邪也。今必曰彼以無邪之思，鋪陳淫亂之事，而閔惜懲創之意自見於言外，則曷若曰彼雖以有邪之思作之，而我以無邪之思讀之，則彼之自狀其醜者，乃所以爲吾警懼懲創之資邪？若夫《雅》、《鄭》若干篇，自衛反魯以來，未之有改。至於《桑中·小序》之文與《樂記》合，則是詩之爲「桑間」不爲無據。今必曰三百篇皆雅，則邪正錯糅，非復孔子之舊矣。夫《二南》正風，房中之樂也，鄉樂也；《二雅》之正，朝廷之樂也；商、周之《頌》，宗廟之樂也。見於序義，傳記皆有可考。至於變雅，則固已無施於事，而變風，又特里巷之歌謡，其領在樂官者，以爲可以識時變，觀土風耳。今必曰三百篇皆祭祀朝聘之所用，則未知《桑中》、《溱洧》之屬，當以薦何等之鬼神，接何等之賓客耶？古者太師陳詩以觀民風，固不問美惡而悉存以訓也。然其與先王《雅》、《頌》之正，施用亦異，則固不嫌於龐雜矣。今於《雅》、《鄭》之實察之，既不詳於龐雜之名，畏之又太甚，顧乃文以風刺之美説，强而置諸《雅》、《頌》之列，是乃反爲龐雜之甚而不自知也。其以二詩爲猶止於中聲者，太史公所謂孔子皆弦歌之，以求合於《韶》、《武》之音，其誤蓋亦如此。然古樂既亡，無所考正，吾獨以其理與詞推之，有以知其必不然耳。又以爲近於勸一諷百，而止乎禮義，則又信《大序》之過者。夫《子虚》、《上林》猶有所謂諷也。《漢廣》知不可而不求，《大車》有所畏而不敢，猶有所謂禮義之止也。若《桑中》、《溱洧》，則吾不知其何詞之諷，而何禮義之止乎？

案：晦翁此論，不唯誤讀「鄭聲淫」一語，且《溱洧》、《桑中》二詩亦並未嘗細咏其詞。《溱洧》之詞曰「惟士與女」，則是非爲己而言也。《桑中》一時而期三人於三地，又豈一人所能爲哉？二詩明，則其他所謂淫奔之詞者，亦無不明矣。且夫子所以必標「無邪」一語爲訓者，正恐其詞之鄰於淫，人或誤認爲淫而淫之，則未免啟人以淫邪之思耳。乃晦翁竟錯會聖言，致啟説《詩》門户數百年之争，則豈夫子所能逆計哉？

朱子又曰：《小序》大無義理，是後人湊合而成，多就詩中採摭言語，不能發明大旨。見有「漢之廣矣」之句，以爲「德廣所及」；見有「命彼後車」之言，以爲「不能飲食教載」。見《行葦》之《序》，見「牛羊勿踐」，謂「仁及草木」；見「戚戚兄弟」，謂「親睦九族」；見「黄耇台背」，謂「養老」；見「以祈黄耇」，謂「乞言」；見「介爾景福」，謂「成其福禄」。隨文生義，無復倫理。《卷耳》之《序》，以「求賢審官，知臣下之勤勞」爲「后妃之志」，固不倫矣；況詩中所謂「嗟我懷人」，其言親暱太甚，寧后妃所得施於使臣者哉？《桃夭》之詩，謂「婚姻以時，國無鰥民」爲「后妃所致」，不知文王刑家及國，其化固如此，豈專后妃所能致邪？其他變風諸詩，未必是刺者，皆以爲刺；未必是言此人，必傅會以爲此人。《桑中》之詩，止是淫者相戲之詞，豈有刺人之惡，反自陷於流蕩之中？《子衿》詞意輕儇，豈刺學校之詞？《有女同車》等，皆以爲刺忽而作。鄭忽不娶齊女，亦是好的意思。見後來失國，便將許多詩盡爲「刺忽」而作。考之於忽，所謂淫暴之類，皆無其實。至目爲「狡童」，豈詩人愛君之意？況其失國，正坐柔懦，何狡之有？幽、厲之刺，亦有不然。《甫田》諸篇，凡詩中無詆譏之意者，皆以爲傷今思古而作。其他謬誤，不可勝説。後世但見《詩序》冠於篇首，不敢議其非，至解説不通，多爲飾辭以曲護之。其誤後學多矣。《大序》卻好，或謂補湊而成，亦有此理。

案：《小序》之謬，誠如公論。但詩傳之謬，又有甚乎序者，則何以故？此篇本不欲録，以關序傳得失，著争始也，故存之。以見葩經不幸，遇此二家，遂成聚訟，豈偶然哉？

朱子又曰：大率古人作詩，其間亦自有感物道情，吟咏情性，幾時盡是譏刺他人？只緣序者立例，篇篇作美刺説，將詩人意思盡穿鑿壞了。

案：詩本吟咏性情，不盡譏刺他人，是公所知。然詩多寄託男女，不盡描寫己事，又非公之所識。以故《鄭風》篇篇指爲淫詞，不更將詩人意思盡情説壞耶？

《集傳序》曰：本之《二南》以求其端，參之列國以盡其變，正之於《雅》以大其規，和之於《頌》以要其止，此學《詩》之大旨也。於是乎章句以綱之，訓詁以紀之，諷詠以昌之，涵濡以體之。察之情性隱微之間，審之言行樞機之始，則脩身及家，平均天下之道，其亦不待他求而得之於此矣。

案：學《詩》規模大要不出此數語，且有與夫子面牆之訓互相發明者，因亟録之，以爲《詩》教準。

馬氏端臨曰：《詩》、《書》之《序》，自史傳不能明其爲何人所作，先儒多疑之。至朱文公之解經，於《詩·國風》諸篇之《序》，詆斥尤多。以愚觀之，《雅》、《頌》之序可廢，而十五《國風》之《序》不可廢也。《雅》、《頌》之作，其意易明，則《序》之辭可略。至於《風》之爲體，比興之詞多於序述，風喻之意浮於指斥，有聯章累句而無一言序作之之意者。而序者乃曰爲其事也。苟非其傳授有源，孰能臆料當時指意之所歸乎？夫《芣苢》之《序》，以爲「后妃之美也」，而其詩旨，不過形容采掇芣苢之情狀而已。《黍離》之《序》，以爲「閔周室之顛覆也」，而其詩語，不過慨歎禾黍之苗穗而已。《叔于田》之二詩，《序》以爲「刺莊公也」，而其詩語則愛叔段之辭耳。《揚之水》、《椒聊》二詩，《序》以爲「刺晉昭公也」，而其詩語則愛桓叔之辭耳。此詩之賴《序》以明者也。《鴇羽》、《陟岵》之詩，《序》以爲「征役者不堪命」而作也，《四牡》、《采薇》之詩，序以爲「勞使臣」、「遣戍役」而作也。四詩之旨，辭同意異，若捨《序》以求之，則文王之臣民亦怨其上，而《四牡》、《采薇》不得爲正雅矣。即是觀之，則《桑中》、《溱洧》何嫌其爲刺奔？而必以爲奔者所自作，使聖經爲録淫辭之具乎？且詩之可删，孰有大於淫者？今以《詩傳》考之，其指爲男女淫泆奔誘，而自作詩以序其事者，凡二十有四。淫詩之繁多如此，夫子猶存之，則不知所删何等一篇也？又以爲《序》者之意，必以爲《詩》無一篇不爲刺時而作，有害於温柔敦厚之教。愚謂欲使其避諷訕之名，而自處於淫謔之地，則夫身爲淫亂，而復自作詩以贊之，反得爲温柔敦厚乎？或曰：《春秋》所記，無非亂臣賊子之事，不如是，無以見當時事變之實而垂鑒於後世，故不得已而存之。愚以爲史以記事，有治不能無亂，固不容録文、武而棄幽、厲也。至於文辭，則其淫哇不經者，直爲削之而已。而夫子猶存之，則必其意不出於此，而《序》者之説是也。或曰：《序》求詩意於辭之外，文公求詩意於辭之内，子何以定其是非乎？曰：知詩人之意者莫如孔、孟，慮學者讀《詩》而不得其意者，亦莫如孔、孟。是以有「無邪」之訓焉，則以其辭之不能不鄰乎邪也。使篇篇如《文王》、《大明》，則奚邪之可閑乎？是以有「害意」之戒焉，則以其辭之不能不戾其意也。使章章如《清廟》、《臣工》，則奚意之難明乎？以是觀之，則知刺奔果出於作詩者之本意，而夫子所不删者，決非淫泆之人所自賦也。如《木瓜》、《采葛》、《遵大路》、《風雨》、《褰裳》、《子衿》、《揚之水》諸篇，雖疑其辭欠莊重，然首尾無一字及婦人，而謂之淫邪可乎？或又曰：《二南》、《雅》、《頌》，祭祀朝聘之所用也；鄭、衛、桑、濮，里巷狹邪之所作也。夫子於鄭、衛，蓋深絶其聲於樂以爲法。今欲諱其鄭、衛、桑、濮之實，而文以雅樂之名，將薦之於何等之鬼神，用之於何等之賓客乎？愚以爲《左傳》言季札來聘，請觀周樂，而所歌者——《邶》、《鄘》、《衛》、《鄭》皆在焉，則諸詩固雅樂矣。使其爲里巷狹邪所用，則周樂安得有之？而魯之樂工亦安能歌異國之淫邪詩乎？至於古人歌詩合樂之意，蓋有不可曉者。夫《關雎》、《鵲巢》，后妃夫人之詩也，而鄉飲酒燕禮歌之。《采蘋》、《采蘩》，夫人大夫妻主祭之詩也，而射禮歌之。《肆夏》、《繁遏》、《渠》，宗廟配天之詩也，而天子享元侯歌之。《文王》、《大明》、《緜》，文王興周之詩也，而兩君相見歌之。以是觀之，其歌詩之用，與作詩之意，蓋有判然不相合，不可强通也。《左傳》載列國聘享賦詩，固多斷章取義。然其大不倫者，亦以來譏誚。如鄭伯有賦《鶉之奔奔》、楚令尹子圍賦《大明》及穆叔不拜《肆夏》、甯武子不拜《彤弓》之類是也。然鄭伯如晉，子展賦《將仲子》，鄭伯享趙孟子，太叔賦《野有蔓草》，鄭六卿餞韓宣子，子齹賦《野有蔓草》，子太叔賦《褰裳》，子游賦《風雨》，子旗賦《有女同車》，子柳賦《蘀兮》，此六詩皆文公所斥以爲淫奔之人所作也，然所賦皆見善於叔向、趙武、韓起，不聞被譏。乃知《鄭》、《衛》之詩，未嘗不施之燕享，而此六詩之旨意訓詁，當如《序》者之説也。

案：此駁《集傳》，可謂痛切言之矣。然其回護《序》者，則亦未能分别得失所在，又安足以服文公心哉？要之，《集傳》固失，古《序》亦未嘗不失。欲直此而曲彼，不若兩平視之，舍卻《序》、《傳》，直探古人作詩本旨，庶有以得其真耳。

章氏潢曰：六義先風，而風之義何居？《大序》、《集傳》所言二説原文節去不録。皆是也，然未盡其義也。蓋風乃天地陰陽之鼓動，萬彙無所不被，無所不入。而各國之風土不齊，則各國之風氣不一，故各國之風化因之。善者矯其偏而歸之中，不善者循其流習而莫之返也。《記》曰：「鄭聲好濫淫志，衛音促數煩志，齊音傲僻驕志。」是列國之音亦不同。天子巡狩列國，太史陳詩以觀民風者，此也。但列國之風化不齊，聲氣不類，而禮則一焉。是故，風之體輕揚和婉，微諷譎諫，託物而不著于物，指事而不滯于事。義雖寓于音律之間，意嘗超于言詞之表。雖使人興起，而人不自覺。如「參差荇菜」與《樛木》、《螽斯》之三疊，如「已焉哉，天實爲之，謂之何哉！」「母也天只，不諒人只！」重復咏之；如《麟趾》三章，止更易子、姓、族數字，而咏嘆不已，皆風之類也。若夫《碩人》一篇，正是稱美衛莊姜，中間止點出「衛侯之妻」一句，而不見答，于衛莊公全不説出；《猗嗟》一篇，全是稱美魯莊公，中間止點出「展我甥兮」一句，而不能防閑其母，亦不説出，美中含刺之意卻在言外。風之體，率類此。

又曰：《詩》之在《二南》者，渾融含蓄，委婉舒徐。本之以平易之心，出之以温柔之氣。如南風之觸物，而物皆暢茂。凡人之聽其言者，不覺其入之深而咸化育于其中也。

案：此論風體，精微入妙。近世説《詩》，罕與倫匹。而形容《二南》氣象，尤爲深至。唯以南字取義爲南風之南爲未當。故節録其辭，而不取命名之義。

又曰：雅之義云何？《大序》曰：「雅者，正也。言王政之所由興廢也。政有小大，故有小雅焉，有大雅焉。」程子曰：「雅者，陳其正理。如『天生烝民，有物有則。民之秉彝，好是懿德』是也。」朱子曰：「小雅，燕饗之樂也；大雅，朝會之樂，受釐陳戒之詞也。」論雅之義備是也。然以政之小大，燕饗朝會分屬，其亦未識小、大雅之體乎？彼《鹿鳴》、《天保》，君臣上下之交孚；《棠棣》、《伐木》、《蓼莪》、《白華》，乃父子、兄弟、夫婦、朋友之恩義，倫孰有大于斯者乎？《湛露》、《彤弓》之燕饗，《采薇》、《出車》之兵戎，《楚茨》、《信南山》之田事，政孰有大于斯者乎？謂小雅爲政之小與燕饗之樂，果足以該小雅否也？《鳧鷖》、《既醉》之燕禮，未必大于《魚麗》、《嘉魚》；《江漢》、《常武》之征伐，未必大于《六月》、《采芑》，安見其爲政之大乎？又安見其爲朝會受釐陳戒與小雅異也？不知雅體較之于風，則整肅而顯明；較之于頌，則昌大而暢達。惟彝倫政事之間，尚有諷諭之意，皆小雅之體也；天人應感之際，一皆性命道德之精，皆大雅之體也。其中或近于風與頌者，則又爲小、大雅之變體也。小雅未嘗無朝會，大雅未嘗無燕饗。小、大雅之正變無所與于時世之盛衰，要在辨其體；而小、大雅正變之義，俱不待言矣。

案：大、小雅正變之分，固因體異；而體之所以異，亦往往由時世升降之故。故論正變不兼時世言，義不備；專以時世言，理未周。若以政之大小爲雅之大小，則陋説也，何足以爲訓！

又曰：頌之義云何？《大序》曰：「頌者，美盛德之形容，以其成功告于神明者也。」吕氏曰：「頌者，美之詞也，無所諷議。」果足以盡頌之義乎？未也。蓋頌有頌之體，其詞則簡，其義味則雋永而不盡也。如《天作》與《雅》之《綿》，均之美太王也；《清廟》、《維天之命》與《雅》之《文王》，均之美文王也；《酌》、《桓》與《雅》之《下武》，均之美武王也。試取而同誦之，同乎？否乎？蓋雅之詞俱昌大，在頌何其約而盡也！頌之體于是乎可識矣。《敬之》、《小毖》雖非告成功，而謂之爲雅可乎哉？《魯》之《有駜》、《泮水》則近乎風，《閟宮》與《商》之伍篇則皆近乎雅，而其體則頌也，故謂爲變頌也亦宜。

案：頌有變體，可謂創論，亦實確論也。然而篇中所舉，未盡其義也。蓋《閔予小子》似祝詞，《訪落》、《敬之》、《小毖》似箴銘，《閟宮》不唯似大雅，且開漢賦褒揚先聲。凡此皆頌之變焉者也。若《商頌》伍篇，則頌之源耳。雖非告成功，實祭祀樂，安得謂之爲變耶？

又曰：《詩》，聲教也。言之不足，故長言之。性情心術之微，悉寓于聲歌咏歎之表。言若有限，意則無窮也。讀《詩》者先自和夷其性情，于以仰窺其志，從容吟哦，優游諷詠，玩而味之，久當自得之也。蓋其中間，有言近而指遠者，亦有言隱而指近者。總不可以迫狹心神索之，不可以道理格局拘之也。噫！賜、商可與言《詩》，其成法具在也。否則，「誦《詩》三百，雖多，亦奚以爲」？

案：讀《詩》不可以迫狹心神索之，是諸儒之所知；讀《詩》不可以道理格局拘之，非諸儒所能識。而宋儒則尤甚動輒以道理論《詩》旨，烏能有合詩人意旨乎？

又曰：《風》首《關雎》，而夫婦之倫正；《小雅》首《鹿鳴》，而君臣之情通；《大雅》首《文王》，而天人之道著；《頌》首《清廟》，而幽明之感孚。

案：此四始之義，亦諸儒所未道。

又曰：鳶魚飛躍，自後世詩家觀之，不過點綴景物之詞爾。惟子思子一發明之，昭明有融，觸處皆道。乃知於昭陟降，即鳶魚飛躍之真機也。果能小心昭事，不愧屋漏，而夙夜之匪懈焉，則自求多福之道即于此乎在，而矢音遂歌，亦莫非大雅之音矣。孰謂大雅終不可作乎？

案：説《詩》當觸處旁通，不可泥於句下；解《詩》必循文會意，乃可得其環中。此自兩道，非可例言。章氏説《詩》，多主言外意，而欲解《詩》者，亦悉如之，其可得耶？兹特摘其一義之善者録之，而其餘可想知矣。又其論大雅體，多以天人奥藴爲言。夫天人奥藴，大雅固多發之，然《泂酌》、《卷阿》與《民勞》諸詩，非唯有類小雅，而且類乎變小雅矣。竊意風、雅正變，固由人事政績以分大小正變，而其原，實由音節以辨體裁，由體裁而分風、雅、頌以及雅之大小與詩之正變焉。蓋《詩》之爲教，聲教也。風、雅、頌雖分三體，而一氣元音實相貫注，由風而雅，由雅而頌，自有一段自然節奏不可紊亂。如十二律之次第相生，實一氣之鼓盪其間也。觀夫子正樂，不過曰「《雅》《頌》各得其所」，則其義亦可知已。

又曰：孟子云「王者之迹熄而《詩》亡」，即《詩序》「先王以是厚人倫，美教化，移風俗」之謂也。凡詩人之咏歌，非質言其事也，每託物表志，感物起興。雖假目前之景，以發其悲喜之情；而寓意淵微，有非恒情所能億度之者。況其言雖直，而意則婉，亦有婉言中而意則直也；或其言若微，而意則顯，亦有顯言中而意甚微者。故美言若懟，怨言若慕，誨言若懟，諷言若譬。要之，一出於性情之正。故孔子謂其可興、可群、可怨，可以事父、事君，可以從政、專對，莫非綱常倫理所關係也。自《三百》後，求詩之可存王迹，厚人倫者誰歟？

又曰：誦《詩》讀《書》當論其世，或時所難言，或勢不敢言，每借虛以爲實，託此以形彼。而説《詩》者不悟其意，本婉言也，反直言之；本託言也，反質言之；本微言也，反顯言之。中間凡託爲婦人女子之辭者，即信爲實言；而假游女静女爲比喻者，又皆指爲淫詞，使作者之志意咸晦塞而不達矣。蓋惟不能以意逆志，故不免逐響尋聲，而詩人之旨無復存也。又安望如商、賜告往知來，以起予哉？

案：前條見詩人立言多寄託微婉，故足以感人於無形；後條見後人説《詩》多膠滯鮮通，詎能得會心於言外。學者不可不反覆以參觀也。

顧氏炎武曰：孔子删《詩》，所以存列國之風也。有善有不善，兼而存之。猶古之太師陳詩以觀民風，而季札聽之以知其國之興衰，正以二者之並陳，故可以觀，可以聽。世非二帝，時非上古，固不能使四方之風有貞而無淫，有治而無亂也。文王之化被於南國，而北鄙殺伐之聲，文王不能化也。使其詩尚存，而入夫子之删，必將存南音以繫文王之風，存北音以繫紂之風，而不容於没一也。是以《桑中》之篇，《溱洧》之作，夫子不删，志淫風也。《叔于田》爲譽段之辭，《揚之水》、《椒聊》爲從沃之語，夫子不删，著亂本也。淫奔之詩録之不一而止者，所以志其風之甚也。一國皆淫，而中有不變者焉，則亟録之。《將仲子》畏人言也，《女曰雞鳴》相警以勤生也，《出其東門》不慕乎色也，《衡門》不願外也。選其辭，比其音，去其煩且濫者，此夫子之所謂删也。後之拘儒不達此旨，乃謂淫奔之作不當録於聖人之經，是何異唐太子弘謂商臣弑君不當載於《春秋》之《傳》乎？《舊唐書·高宗諸子傳》。《黄氏日鈔》云：《國風》之用於燕享者，唯《二南》。而列國之風，未嘗被之樂也。夫子之所言正者《雅》、《頌》，而未及乎《風》也。《桑中》之詩，明言淫奔，東萊吕氏乃爲之諱，而指爲雅音，失之矣。真希元《文章正宗》，其所選詩，一埽千古之陋，歸之正旨。然病其以理爲宗，不得詩人之趣。且如《古詩十九首》，雖非一人之作，而漢代之風，略具乎此。今以希元之所删者讀之，「不如飲美酒，被服紈與素」，何以異乎《唐詩·山有樞》之篇？「良人惟古歡，枉駕惠前綏」，蓋亦《邶詩》「雄雉于飛」之義。「牽牛織女」，意仿《大東》；「兔絲女蘿」，情同《車舝》。十九作無甚優劣，必以坊淫正俗之旨嚴爲繩削，雖矯昭明之枉，恐失《國風》之義。六代浮華，固當芟落，使徐、庾不得爲人，陳、隋不得爲代，無乃太甚，豈非執理之過乎？

案：愚少時讀《詩》，亦嘗爲是論。及後細繹《鄭》、《衛》諸詩，並無所謂淫奔之作，乃敢舍朱傳而別尋詩旨。蓋删《詩》與陳詩不同，陳詩無妨貞淫並見，乃可觀一國之風尚，删《詩》則將以垂訓萬世，豈可邪正兼收？縱云不没其實，亦不過採一二有關風化作，如《溱洧》之刺淫，《將仲子》之畏人言，及《桑中》之諷世，以見一國風俗向來如是足已。何必定採淫奔者所自作之詩以著之經，然後謂之可以觀，可以聽哉？且編《詩》又與脩史不同。史以紀事，有治不能無亂，固不容録文、武而棄幽、厲。《詩》則將以厚人倫，美教化，移風俗也，曾是淫哇並著，而可以移風俗，美教化，厚人倫乎？必不然之事矣。若謂《國風》不入樂，則季札請觀周樂，何以爲之歌《邶》、《鄘》、《衛》，爲之歌《王》，爲之歌《鄭》，爲之歌《齊》，爲之歌《豳》，爲之歌《秦》，爲之歌《魏》，爲之歌《唐》，爲之歌《陳》？自《鄶》以下，雖無譏而亦爲之歌耶？不寧惟是，鄭伯如晉，子展賦《將仲子》；鄭伯享趙孟子，太叔賦《野有蔓草》；鄭六卿餞韓宣子，子齹賦《野有蔓草》，子太叔賦《褰裳》，子游賦《風雨》，子旗賦《有女同車》，子柳賦《籜兮》，使不入樂，何以施之燕享？黄氏之言，詎可引以爲證？又況正樂與删《詩》亦微有異。夫子正樂，舉《雅》、《頌》而不及《風》，此或《雅》、《頌》有失而《國風》無缺，或舉其大而細者可該。不然，則《二南》固黄氏之所謂入樂者也，何以不與《雅》、《頌》而並舉之耶？顧氏通儒，亦爲前人所囿如此！總之，讀書未有心得，全憑考據以爲是非，而又不肯四面旁觀，共證得失，故有此弊。

姚氏際恒《詩經通論序》略曰：自東漢衛宏，始出《詩序》，首唯一語，本之師傳。大抵以簡略示古，以渾淪見該。雖不無一二婉合，而固滯膠結，寬泛填湊，諸弊叢集。其下宏所自撰，尤極踳駁，皆不待識者而知其非古矣。自宋晁説之、程泰之、鄭漁仲皆起而排之，而朱仲晦亦承焉，作爲《辨説》，力詆《序》之妄，由是自爲《集傳》，得以肆然行其説。而時復陽違《序》而陰從之，而且違其所是，從其所非焉。武斷自用，尤足惑世。因歎前之遵序者，《集傳》出而盡反之以遵《集傳》；後之駁《集傳》者，又盡反之而仍遵序。更端相循，靡有止極。窮經之士，將安適從哉？予嘗論之，《詩》解行世者，有序，有傳，有箋，有疏，有《集傳》，特爲致多，初學茫然，罔知專一。予以爲傳、箋可略，今日折中是非者，惟在序與《集傳》而已。《毛傳》古矣，惟事訓詁，與《爾雅》略同，無關經旨，雖有得失，可備觀而弗論。鄭箋鹵莽滅裂，世多不從，又無論已。唯序則昧者尊之，以爲子夏作也；《集傳》則今世宗之，奉爲繩尺也。予謂漢人之失在于固，宋人之失在于妄；固之失僅以類夫高叟，妄之失且爲咸丘蒙以《北山》四言爲天子臣父之證矣。間觀《周頌·潛》之序曰：「季冬薦魚，春獻鮪。」本不韋《月令》，明爲漢人所作，奈何玷我西河！世人固可曉然分别觀之，無事凛遵矣。《集傳》紕繆不少，其大者尤在誤讀夫子「鄭聲淫」一語，妄以《鄭詩》爲淫，且及于衛，且及于他國。是使《三百篇》爲訓淫之書，吾夫子爲導淫之人，此舉世之所切齒而歎恨者。予謂若止目爲淫詩亦已耳，其流之弊，必將并《詩》而廢之。王柏之言曰：「今世三百五篇豈盡定于夫子之手？所删之詩，容或存于閭巷游蕩之口，漢儒取以補亡耳。」于是以爲失次，多所移易，復黜《召南·野有死麕》及《鄭、衛風》、《集傳》所目爲淫奔者。其説儼載于《宋史·儒林傳》。明程敏政、王守仁、茅坤輩和之。嗟乎，以遵《集傳》之故而至于廢經，《集傳》本以釋經而使人至于廢經，其始念亦不及此，爲禍之烈，何致若是！安知後之人不又有起而踵其事者乎？此予所以切切然抱杞宋憂也。夫季札觀樂，與今《詩》次序同，而《左傳》列國大夫所賦《詩》，多《集傳》目爲淫奔者，乃以爲失次，及漢攙入，同于目不識丁，他何言哉！我嘗緬思，如經傳所言可爲《詩》序者，而不能悉得，渺無畔岸，蠡之測海，其與幾何！又見明人説詩之失在于鑿，於是欲出臆論，則仍鄰鑿空，欲喜新譚，終涉附會，斂手縮筆，未敢昌言。惟是涵泳篇章，尋繹文義，辨别前説，以從其是而黜其非，庶使詩意不致大歧，埋没于若固、若妄、若鑿之中。其不可詳者，寧爲未定之辭，務守闕疑之訓。俾原詩之真面目悉存，猶愈于漫加粉蠹，遺誤後世而已。若夫經之正旨篇題固未能有以逆知也。

案：自來説《詩》諸儒，攻《序》者必宗朱，攻朱者必從《序》，非不知其兩有所失也，蓋不能獨抒己見，即不得不借人以爲依歸耳。姚氏起而兩排之，可謂膽識俱優。獨惜其所見未真，往往發其端不能竟其委，迨思意窮盡，無可説時，則又故爲高論以欺世，而文其短。是其於詩人本義，固未有所發明，亦由於胸中智慧有餘而義理不足故也。然在當時，則固豪傑士矣。若篇中所云，以遵《集傳》故而至於廢經，則真庸妄流，豈可同日並語哉！

詩經原始卷之一

國風 一

《詩》體有三，曰風，曰雅，曰頌。而風獨居首者，《集傳》云，風者，民俗歌謡之詩也。謂之風者，以其被上之化以有言，而其言又足以感人，如物因風之動以有聲，而其聲又足以動物也。故凡歌謡之體，皆風體也。章氏潢曰：天地嘘育萬物，莫疾乎風，所以節宣陰陽之氣，而萬物之生機賴之以宣暢也。然吹萬不同一，皆隨其竅之所感，而聲亦因以異焉。是本之氣而形之聲，氣和則聲徐，氣勁則聲肅，和則物觸之欣欣向榮，勁則物觸之而撓折者多矣。此又各國之風尚不同，而詩之音節亦異焉。古帝王知其然，故巡狩列國，令太史陳詩以觀民風。可以知政治之得失，而考俗尚之美惡者，莫若乎風。於是採其善者，列於樂官，以時存肄，資觀感而垂聲教，用至廣也。然則國何以僅十有五？司馬遷謂古詩三千，夫子删之，存三百餘篇。是删者多而存者少。詩存則國存，詩删則國亦不得不删也。何容心哉！舊説又以《二南》爲正風，十三國爲變風者，亦非。風之正變，不係乎此也。《二南》固風之正，十三國中亦未嘗無正風，蓋正變以體異，不以國異，以聲異，不以時異。然體亦有以國異，聲亦有以時異者，是在乎善讀《詩》者反覆涵泳而自有得於心焉。

周南

周，地名，在《禹貢》雍州岐山之陽。周，大王始居之，故國號曰周。至武王有天下，又分其地以爲弟旦采邑，故旦亦曰周公。而此時之周，則周初地名，與旦無涉也。凡其時所採民間歌謡，得自周地者，均繫之曰周。然而十三國皆曰《風》，周與召獨曰《南》者，何也？古《序》云：「南，言化自北而南也。」《集傳》因之。章氏潢則以《南》爲樂名，而取證於「以雅以南」之詩及《記》「胥鼓南」。又謂八方南爲正，八風南爲和，舜之解愠曰「薰風」，《詩》之正風故曰《南》。此皆影響臆測之見，非當時命名本意也。竊謂南者，周以南之地也。大略所採詩皆周南詩多，故命之曰《周南》。何以知其然耶？周之西爲犬戎，北爲豳，東則列國，唯南最廣，而及乎江、漢之間。其地又多文明象，且親被文王風化，故其爲詩也，融渾含蓄，多中正和平之音，不獨與他國異，即古豳樸茂淳質之風，亦不能與之並賡而迭和。又況豳與各國，各成風氣，各存音節，尤不可以相混。此周以南之詩獨爲正風也。聖人取之，以爲房中樂，以其言皆夫婦昏姻、男女子息之謡，故被諸筦絃，可以用之鄉人，用之邦國焉。世之欲正人倫而敦風化者，舍《二南》其奚擇哉？若舊説云，《關雎》、《麟趾》之化，王者之風，故繫之周公。《鵲巢》、《騶虞》之德，諸侯之風也，先王之所以教，故繫之召公。吾不知王者、諸侯之風何所分？周、召之繫何所屬？且其時文王亦諸侯也，安見其爲「王者風」乎？《關雎》以前，周公猶未生；《甘棠》而後，召公則已死。以《二南》分屬二公，其屬之生前乎，抑屬之死後乎？此等陋説，陳陳相因。朱傳不能正，又從而和之，無怪其來姚氏之譏，以爲尊《序》莫如朱矣。夫天地元音，原有其會。文王雖有聖德，非運際翔洽，亦不能使里巷歌謡涵元氣而諧正聲，洋洋如是之盛也。故詩至《二南》，詩之盛極，千載下無能爲繼，此豈特房中樂哉！

關雎　樂得淑女以配君子也。

關關雎鳩，在河之洲。興起卻兼比意。**窈窕淑女，君子好逑。**承明正意，仍是總冒。○一章　**參差荇菜，**興而比，下同。**左右流之。窈窕淑女，寤寐求之。**二章　**求之不得，**根上「求」字，忽生出「不得」一層，文心乃曲。**寤寐思服。悠哉悠哉，輾轉反側。**三章　**參差荇菜，左右采之。窈窕淑女，琴瑟友之。**以下皆言既得情景，而用字自有淺深不同處。○四章　**參差荇菜，左右芼之。窈窕淑女，鐘鼓樂之。**五章

右《關雎》五章，章四句。姚氏際恒曰：從鄭氏。今仍之。《小序》以爲「后妃之德」，《集傳》又謂「宮人

之咏大姒、文王」，皆無確證。詩中亦無一語及宫闈，況文王、大姒耶？竊謂風者，皆採自民間者也，若君妃，則以頌體爲宜。此詩蓋周邑之咏初昏者，故以爲房中樂，用之鄉人，用之邦國，而無不宜焉。然非文王、大姒之德之盛，有以化民成俗，使之咸歸於正，則民間歌謡亦何從得此中正和平之音也耶？聖人取之，以冠三百篇首，非獨以其爲夫婦之始，可以風天下而厚人倫也，蓋將見周家發祥之兆，未嘗不自宫闈始耳。故讀是詩者，以爲咏文王、大姒也可，即以爲文王、大姒之德化及民，而因以成此翔洽之風也，亦無不可，又何必定考其爲誰氏作歟？

【眉評】〔一章〕此詩佳處全在首四句，多少和平中正之音，細咏自見。取冠《三百》，真絶唱也。〔三章〕忽轉繁絃促音，通篇精神扼要在此。不然，前後皆平沓矣。〔四、五章〕「友」字「樂」字，一層深一層。快足滿意而又不涉於侈靡，所謂樂而不淫也。

【附録】姚氏際恒曰：《小序》謂「后妃之德」，《大序》曰「樂得淑女以配君子，憂在進賢，不淫其色。哀窈窕，思賢才，而無傷善之心焉」，因「德」字衍爲此説，則是以爲后妃自咏，以淑女指妾媵。其不可通者四：雎鳩雌雄和鳴，有夫婦之象，故託以起興。今以妾媵爲與君和鳴，不可通一也；「淑女」、「君子」，的的妙對，今以妾媵與君對，不可通二也；「逑」、「仇」同，反之爲匹，今以妾媵匹君，不可通三也；《常棣》篇曰：「妻子好和，如鼓瑟琴。」今云「琴瑟友」，正是夫婦之義。若以妾媵爲與君琴瑟友則僭亂，以后妃爲與妾媵琴瑟友，未聞后與妾媵可以琴瑟喻者，不可通四也。夫婦人不妬則亦已矣，豈有以己之坤位甘遜他人而後謂之不妬乎？此迂而不近情之論也。《集傳》因其不可通，則以爲宫中之人作。夫謂王季之宫人耶？淑女得否何預其哀樂之情！謂文王之宫人耶？諸侯娶妻，姪娣從之，未有未娶而先有妾媵者。前人已多駁之。況「琴瑟友之」，亦非妾媵所敢與后妃言也。並説不去，于是乎僞子貢傳出，以爲姒氏思淑女而作，欲與《集傳》異，而不知仍歸舊説也。要之，自《小序》有「后妃之德」一語，《大序》因而附會爲不妬之説，以致後儒兩説角立，皆有難通；而《關雎》咏淑女、君子相配合之原旨，竟不知何在矣。此詩只是當時詩人美世子娶妃初昏之作，以見嘉耦之合，初非偶然，爲周家發祥之兆。自此可以正邦國，風天下，不必實指大姒、文王，非若《大明》、《思齊》等篇實有文王、大姒名也。案：此説駁《序》、《傳》可謂詳且明矣，及其自詮詩旨，則仍不離世子娶妃之説。夫世子爲誰？妃又爲誰？周宫中之「淑女」、「君子」，孰有如大姒、文王者？是欲駁正前説，而仍不能脱前人窠臼，故備録之，以見古今説《詩》之難得通論也如此。

【集釋】〔關關〕關關，雌雄相應聲。或云彼此相關，是聲中見意，亦通。〔雎鳩〕《集傳》：雎鳩，水鳥，一名王雎，狀類鳧鷖，今江、淮間有之。生有定偶而不相亂，偶常並遊而不相狎，故《毛傳》以爲「摯而有别」，《列女傳》以爲「人未嘗見其乘居而匹處」者，蓋其性然也。姚氏際恒曰：《毛傳》云：「摯而有别。」夫曰「摯」，猶是雎鳩食魚，有搏擊之象。然此但釋鳩之性習，不必於正意有關會也。若云「有別」，則附會矣。孟子述契之教人倫曰「夫婦有别」，此「有别」字所從出，豈必以夫婦字加於雎鳩上哉？詩人體物縱精，安能擇一物之有别者以比夫婦，而後人又安知詩人之意果如是耶？《列女傳》因云：「雎鳩之鳥，人未嘗見其乘居而匹處也。」尤附會。夫謂之有别，猶云不亂群之謂耳，非異處之謂也。今云未嘗見其乘居匹處，則非所以比夫婦，亦大乖「關關」之旨矣。歐陽永叔曰：「不取其摯，取其别。」蘇子由曰：「物之摯者不淫。」若然，又不取其别，取其摯也。其無定論如此。大抵皆從傳之「摯而有别」，而舍經之「關關」以爲説也。《集傳》曰：「言其相與和樂而恭敬，亦若雎鳩之情摯而有别也。」以「和樂」貼「至」字，以「恭敬」貼「有别」字。按下尚有「求之」與「求之不得」二義，此遽作成婦以後立論，謂之「和樂恭敬」，且引匡衡疏語，而謂之善説《詩》，亦老大孟浪矣。此亦因「摯而有别」一語展轉失真，以至於此也。案：釋鳩性，只《集傳》「生有定偶而不相亂，偶常並遊而不相狎」二語足已，而又必牽引《毛傳》及《列女傳》，以致姚氏辯論不休，此訓詁家惡習也。本不足録，然存之，亦足見箋疏之多附會云。〔窈窕〕《集傳》：窈窕，幽閑之意。姚氏際恒曰：窈窕，字從穴，與「窬」、「窬」等字同，猶後世言深閨之意，《魯靈光殿賦》云「旋室便娟以窈窕」，駱賓王詩云「椒房窈窕連金屋」，元稹詩云「文牕窈窕紗猶緑」皆是。《毛傳》訓幽閒，幽或有之，閒則於窈窕何見乎？案：窈窕字雖從穴，然與「便娟」等字對用，則仍是閨閣幽静之意，非窈窕即深閨也。脱卻閨閣以釋窈窕固不可，即竟以窈窕爲閨閣亦豈可乎？〔淑〕善也。〔逑〕匹也。〔荇〕《集傳》：荇，接余也。根生水底，莖如釵股，上青下白，葉紫赤，圓徑寸餘，浮在水面。李氏樗曰：荇菜，是水有之，黄花，葉似蓴，可爲葅。〔左右〕《集傳》：或左或右，言無方也。〔流〕《集傳》：流，順水之流而取之也。姚氏際恒曰：《毛傳》曰：「后妃有關雎之德，乃能供荇菜，備庶物，以事宗廟也。」若然，以荇菜爲共祭祀用，故后妃及之，則是直賦其事，何云興乎？是誤以《采蘋》釋《關雎》矣。自毛爲此説，鄭氏執泥左右字，附會爲妾媵助而求之，以實其大姒求淑女之説。或不從其説者，謂荇菜取喻其柔，又謂喻其潔，皆謬。按荇菜只是承上雎鳩來，亦河洲所有之物，故即所見以起興耳，不必求之過深。《毛傳》云：「流，求也。」未聞流之訓求者。且下即言求，上亦不應作流也。「寤寐求之」下緊接「求之不得」，則此處正以荇菜喻其左右無方，隨水而流，未即得也。《集傳》云：「流，順水之流而取之也。」不從流之訓求，是已。「取之」二字，則又添出。案：流即荇菜之隨水而流，「左右流」，言其左右皆流而無方也，正以起下「求之不得」意。至下章則采而得之，末章則既得而熟薦之。詩人用字自有淺深，次序井然。至後兩「左右」字，不過相承而下，不可過泥。若鄭説以左右爲助義，非唯不得詩之佳處，即文義亦有所不通。此處求之尚未必得，何遽云「事宗廟」耶？即毛之訓流爲求，詩下文何不接云「寤寐流之，流之不得」？而又明言「求之」，不用「流」字，則何以故？説《詩》如此，豈不可笑！愚嘗謂講學家不可言《詩》，考据家亦不可言《詩》，即此亦見一斑。姚氏駁之，當已，唯謂荇菜非取其柔潔，不過承上雎鳩來，以爲河洲所有之物而已，則恐非詩人意也。夫河洲所有之物亦多矣，詩人何獨有取於荇菜耶？且姚氏亦以此爲興而比矣，使非柔且潔，則何比之有？此又好爲以擊古人者之過耳。〔服〕猶懷也。〔輾轉反側〕卧不安貌。〔芼〕熟而薦之也。

【標韻】鳩今韻十一尤洲、逑並同本韻　流尤求同本韻　得今韻十三職服今韻一屋側職叶韻案：屋、職二韻，今雖不通，而古恒通用。　采今韻十賄友今韻二十五有叶韻案：二韻今亦不通。　芼今韻二十號樂今韻十九效通韻後凡標韻，皆今韻，倣此，不重注。

葛覃　因歸寧而敦婦本也。

葛之覃兮，施于中谷，維葉萋萋。黄鳥于飛，集于灌木，其鳴喈喈略點景物。○一章　葛之覃兮，施于中谷，維葉莫莫。是刈是濩，爲絺爲綌，服之無斁。一篇之主。○二章　言告師氏，言告言歸。薄污我私，薄澣我衣。害澣害否，歸寧父母。三章

右《葛覃》三章，章六句。《小序》以爲「后妃之本」，《集傳》遂以爲「后妃所自作」，不知何所證據。以致駁之者云：「后處深宫，安得見葛之延於谷中，以及此原野之間鳥鳴叢木景象乎？」愚謂后縱勤勞，豈必親手「是刈是濩」，后即節儉，亦不至歸寧尚服澣衣。縱或有之，亦屬矯强，

非情之正，豈得爲一國母儀乎？蓋此亦采之民間，與《關雎》同爲房中樂，前咏初昏，此賦歸寧耳。因歸寧而澣衣，因澣衣而念絺綌，因絺綌而想葛之初生，至于刈濩，以見一物之成亦非易易，而服之者敢有厭心哉？縱至歸寧以見父母，所服私衣，亦不過澣濯舊物而已。可見周家王業，勤儉爲本，以故民間婦道亦觀感成風。聖人取之以次《關雎》，亦欲爲萬世婦德立之範耳。

【眉評】〔一章〕追叙葛之初生，三句爲一截，唐人多有此體。〔二章〕治葛既成，以至「服之無斁」，起下污澣。〔三章〕歸寧正面。三「言」字，兩「薄」字，兩「害」字，説得何等從容不迫，的是大家閨範賢媛口吻。

【集釋】〔葛〕《集傳》：葛，草名，蔓生，可爲絺綌者。〔覃〕延也。〔施〕移也。〔黄鳥〕鸝也。陸氏璣曰：黄鸝留也。或謂之黄栗留。幽州人謂之黄鶯，一名倉庚，一名商庚，一名鵹黄，一名楚雀，齊人謂之摶黍。當葚熟時來在桑間，故里語曰：黄栗留，看我麥黄葚熟不。應節趨時之鳥也。〔灌木〕叢木也。〔喈喈〕和聲也。〔莫莫〕茂密也。〔刈〕斬也。〔濩〕煮也。〔絺綌〕精曰絺，粗曰綌。〔斁〕厭也。〔師〕女師也。毛氏萇曰：古者女師教以婦德、婦言、婦容、婦功，祖廟未毁，教於公宫三月；祖廟既毁，教於宗室。〔薄〕猶少也。〔污〕《集傳》：污，煩撋之以去其污，猶治亂而曰亂也。陸氏德明曰：煩撋，猶捼抄也。王氏安石曰：治污曰污。〔澣〕濯也。〔私衣〕《集傳》：私，燕服也。衣，禮服也。毛氏萇曰：婦人有副褘，盛飾以朝事舅姑，接見於宗廟，進見於君子；其餘則私也。姚氏際恒曰：私，祖服。衣，蒙服，非禮衣。禮衣不可澣也。〔害〕何也。〔歸寧〕歸問父母安也。

【標韻】谷一屋木同本韻二韻隔句叶。萋八齊喈九佳通韻亦隔句叶。莫七遇濩同本韻　綌十一陌斁同本韻斁，又遇韻，與上莫、濩亦叶。　歸五微私四支衣五微通韻　否二十五有母同本韻

卷耳　念行役而知婦情之篤也。

采采卷耳，不盈頃筐。嗟我懷人，後三章從此生出。寘彼周行。一章　陟彼崔嵬，我馬虺隤。我馬指夫馬。我姑酌彼金罍，此「我」字乃懷人之人自我也。維以不永懷。二章　陟彼高岡，我馬玄黃。呼夫馬曰「我」，親之之詞耳。我姑酌彼兕觥，維以不永傷。三章　陟彼砠矣，我馬瘏矣，我僕痡矣，云何吁矣。四「矣」字，節短音長。虛收有神。○四章

右《卷耳》四章，章四句。《小序》謂「后妃之志」，《大序》以爲「后妃求賢審官」，皆因《左傳》引此詩，謂「楚于是乎能官人」，遂解「周行」爲「周之行列」，毛、鄭依之。歐陽氏始駁之云：「婦人無外事，求賢審官，非后妃責。」其説是矣。然其自解，則以后妃諷君子愛惜人才爲言，仍與舊説無異。姚氏際恒既知其非，而又無辭以解此詩，乃曰「且當依《左傳》，謂文王求賢官人，以其道遠未至，閔其在途勞苦而作」；旋又疑執筐「終近婦人事」，不敢直斷，遂以首章爲比體，此皆

左氏誤之也。殊知古人説《詩》，多斷章取義，或於言外，別有會心，如夫子論貧富，而子貢悟及切磋；夫子言繪事，而子夏悟及禮後，皆善於説《詩》，爲夫子所許。左氏解此詩，亦言外別有會心耳，豈可執爲證據？况周行可訓行列，執筐終非男子。「求賢審官」是何等事，而乃以婦人執筐爲比耶？惟《集傳》謂「后妃以君子不在而思念之」，下皆「託言登山，以望所懷之人」差爲得之。然婦人思夫，而陟岡飲酒，攜僕徂望，雖曰言之，亦傷大義，故又爲楊氏用修所駁，曰：「原詩人之旨，以后妃思文王之行役而言。陟岡者，文王陟之。玄黄者，文王之馬。痡者，文王之僕。金罍兕觥，文王酌以消憂也。蓋身在閨門而思在道路，若後世詩詞所謂『計程應説到涼州』意耳。」然仍泥定后妃，則執筐遵路，亦豈后妃事耶？且「維以不永懷」、「維以不永傷」者，聊以自解之辭耳，則「酌彼金罍」二語當屬下。説雖曰「飲酒非婦人事」，然非杜康，無以解憂，不必以辭害意可也。故愚謂此詩當是婦人念夫行役而憫其勞苦之作。聖人編之《葛覃》之後，一以見女工之勤，一以見婦情之篤。同爲房中樂，可以被諸管絃而歌之家庭之際者也。如必以爲託辭，則詩人借夫婦情以寓君臣朋友義也乃可，不必執定后妃以爲言，則求賢官人之意，亦無不可通也。

【眉評】〔一章〕因采卷耳而動懷入念，故未盈筐而「寘彼周行」，已有一往深情之概。〔二、三、四章〕下三章皆從對面著筆，歷想其勞苦之狀，强自寬而愈不能寬。末乃極意摹寫，有急管繁絃之意。後世杜甫「今夜鄜州月」一首，脱胎於此。

【集釋】〔卷耳〕毛氏萇曰：苓耳也。陸氏璣曰：葉青白色，似胡荽，白花，細莖蔓生，可煑爲茹。四月中生子，如婦人耳中璫，或謂之耳璫，幽州人謂之爵耳。郭氏璞曰：亦名胡枲，江東呼常枲。朱子曰：據《本草》即今蒼耳。〔頃〕欹也。〔筐〕竹器。〔寘〕舍也。〔周行〕大道也。姚氏際恒曰：周行，《左傳》作「周之行列」，毛、鄭依之。嚴氏云：「《詩》有三周行，《卷耳》、《鹿鳴》、《大東》也。鄭皆以爲『周之行列』，惟《卷耳》可通。《鹿鳴》『示我周行』，破示爲寘，自不安矣。《大東》『行彼周行』，又爲發幣于列位，其義尤迂。毛以《卷耳》爲列位，《鹿鳴》爲大道，《大東》無傳，則『周行』二字有兩義：一爲列位，一爲道。而道又《鹿鳴》爲道義之道，《大東》爲道路之道。」按，嚴謂周行有二義，一爲列位，一爲道，猶近是。蓋《卷耳》曰寘，《鹿鳴》、《大東》曰示，曰行，用字原有别。若謂道，又一爲道義之道，一爲道路之道，則未然。均爲道路也，解見《鹿鳴》。按《荀子·解蔽篇》曰：「頃筐易盈也，卷耳易得也，然而不可以貳周行。」以用心不可疑貳爲言。諸子引經，隨事取義，不可爲据。蘇氏、劉氏並祖述之爲解，非也。又《淮南子》引此，以爲言慕遠世，亦不可用行。案：朱子亦曰《詩》有三周行，此及《大東》皆道路之道，《鹿鳴》乃道義之道，此周行當以大道爲是。〔陟〕升也。〔崔嵬〕姚氏際恒曰：崔嵬，《毛傳》云「土山之戴石者」，《爾雅》云「石戴土」，相互異。愚以爲皆不可通。崔嵬字皆不從石，安得謂之「石戴土」，「土戴石」耶？按《説文》「崔，大高也；嵬，高不平也」，只言其高，于義爲當。〔虺隤〕許氏慎曰：隤，下隊也。〔罍〕酒器，刻爲雲雷之象，以黄金飾之。〔兕觥〕以兕觥爲爵也。〔砠〕《集傳》曰：石戴土曰砠。〔瘏〕馬病不能進也。〔痡〕人病不能行也。

【標韻】筐七陽人十一真行陽通韻　嵬十灰隤、罍、懷並同本韻　岡陽黄同觥八庚傷陽通韻　砠、七虞瘏、痡、吁並同本韻案：此詩除首句外，句句用韻，又一體也。

樛木　祝所天也。

南有樛木，葛藟纍之。比。樂只君子，福履綏之。一章　南有樛木，葛藟荒之。樂只君子，福履將之。二章　南有樛木，葛藟縈之。樂只君子，福履成之。三章

右《樛木》三章，章四句。《小序》謂「后妃逮下」，《大序》遂衍爲「無嫉妒之心」，《集傳》因之，謂衆妾之頌后妃，似矣。然詩詞並無樂德意，而何以見其無嫉妒心耶？觀纍、荒、縈等字有纏綿依附之意，如蔦蘿之施松柏，似於夫婦爲近。而僞傳又云：「南國諸侯慕文王之化，而歸心于周。」其説亦是。總之，君臣夫婦，義本相通，詩人亦不過藉夫婦情以喻君臣義，其詞愈婉，其情愈深，即謂之實指文王，亦奚不可？而必歸諸衆妾作，則固矣！

【眉評】三章只易六字，而往復疊咏，慇懃之意自見。

【集釋】〔樛木〕木下曲曰樛。〔藟〕葛類。陸氏璣曰：藟，一名巨荒，似燕薁，亦延蔓生。〔纍〕猶繫也。〔只〕語助辭。〔福履〕嚴氏粲曰：動罔不吉，謂之福履。〔綏〕安也。〔荒〕芘覆也。〔將〕猶扶助也。〔縈〕旋繞之周也。〔成〕就也。

【標韻】纍四支綏同本韻　荒七陽將同本韻　縈八庚成同本韻

螽斯　美多男也。

螽斯羽，詵詵兮。比。宜爾子孫，入比意。振振兮。一章　螽斯羽，薨薨兮。宜爾子孫，繩繩兮。二章　螽斯羽，揖揖兮。宜爾子孫，蟄蟄兮。三章

右《螽斯》三章，章四句。《小序》謂「后妃子孫衆多」，《大序》因言「若螽斯不妒忌，則子孫衆多」，《集傳》從之，而微易其辭，以螽斯爲不妒忌，固有說歟？即謂后妃不妒忌而子孫衆多，亦屬擬議附會之詞。且謂此詩爲衆妾所作，則尤武斷無稽。周家媵妾縱多賢淑，安見其爲女學士耶？當是之時，子孫衆多，莫若文王，詩人美之固宜，但其措詞亦僅借螽斯爲比，未嘗顯頌君妃，亦不可泥而求之也。讀者細咏詩詞，當能得諸言外。

【眉評】詩只平說，唯六字鍊得甚新。

【集釋】〔螽斯〕毛氏萇曰：螽斯，蚣蝑也。孔氏穎達曰：此言「螽斯」，《七月》云「斯螽」，文雖顛倒，其實一也。陸璣疏云：「幽州人謂之春箕。」《集傳》：螽斯，蝗屬，長而青，長角長股，能以股相切作聲，一生九十九子。姚氏際恒曰：螽斯之「斯」，語辭，猶「鹿斯」、「斯」也。《豳風》「斯螽動股」，則又以「斯」居上，猶「斯干」、「斯稗」也。不可以螽斯二字爲名。蘇氏謂螽斯一生八十一子，朱氏謂一生九十九子，今俗謂蝗一生百子，皆不知何從數之而得此數耶？爾，指人。《集傳》必以爲指螽斯，亦不知何意。如謂不便爾后妃，「天保定爾」，臣爾君矣。〔詵詵〕和集貌。〔振振〕盛貌。〔薨薨〕群飛聲。〔繩繩〕不絶貌。〔揖揖〕會聚也。〔蟄蟄〕多之意。

【標韻】詵十一真振同本韻　薨十蒸繩同本韻　揖十四緝蟄同本韻

桃夭　喜之子能宜室家也。

桃之夭夭，興中有比。灼灼其華。錬字法。之子于歸，實賦。宜其室家。虛想。○一章　桃之夭夭，有蕡其實。又變。之子于歸，宜其家室。二章　桃之夭夭，其葉蓁蓁。之子于歸，宜其家人。三章

右《桃夭》三章，章四句。《小序》曰：「后妃之所致也。」《大序》因言「不妒忌，則男女以正，昏

姻以時，國無鰥民也」，此亦本《孟子》「太王好色，内無怨女，外無曠夫」爲言。然必謂「不妒忌」者何哉？夫后妃不妒忌，豈待人言，亦豈待煩言而後信哉？即使妬忌，亦與小民昏姻何涉？此皆迂論難通，不足以發詩意也。《集傳》此章專言「文王之化，自家而國」，其説近是。然又引《周禮》仲春令會男女以證桃夭之時，則又泥而鮮通。桃夭不過取其色以喻之子，且春華初茂，即芳齡正盛時耳，故以爲比，非必謂桃夭時，之子可盡于歸也。僞傳又以爲美后妃而作，《關雎》美后妃矣，而此又美后妃乎？且呼后妃爲「之子」，恐詩人輕薄亦不至猥褻如此之甚耳！蓋此亦咏新昏詩，與《關雎》同爲房中樂，如後世催妝坐筵等詞。特《關雎》從男求女一面説，此從女歸男一面説，互相掩映，同爲美俗。而此詩氣體稍輕，故不得與《關雎》並，次《螽斯》後，別爲一樂可也。然以如花勝玉之子，而宜室宜家，可謂德色雙美，艷稱一時。雖不知其所咏何人，然亦非公侯世族，賢淑名媛，不足以當。即謂之樂而不淫也可。

【眉評】〔一章〕豔絶。開千古詞賦香奩之祖。〔二、三章〕意盡首章，「葉」、「實」則于歸後事，如「緑葉成陰子滿枝」，亦以見婦人貴有子也。

【集釋】〔桃〕木名。〔夭夭〕少好貌。〔灼灼〕鮮明貌。孔氏穎達曰：夭夭，言桃之少；灼灼，言華之盛。桃或少而未華，或華而不少，此詩夭夭、灼灼並言之，則是少而有華者。故辨之言桃有華之盛者，由桃少故華盛，以喻此女少而色盛也。〔歸〕婦人謂嫁曰歸。〔宜〕和順之意。

朱氏善曰：之子所謂宜，猶后妃之所謂淑。然淑以其德之藴於中者言，宜以其效之著於外者言。惟其有是德，故可必其有是效也。宜者，和順之意，和則不乖，順則無逆，此非勉强所能也。必孝不衰於舅姑，敬不違於夫子，慈不遺於卑幼，義不咈於夫之兄弟，而後可以謂之宜也。然由后妃教化倡於上，之子則效應於下，故于歸之際，見者知其必有以宜室宜家焉。此亦可以觀感應之機矣。〔蕡〕實之盛也。朱氏道行曰：凡華艷者鮮實，桃夭不然，春開夏結，其實多而味美，故曰「有蕡其實」，彼于歸者之有子似之。〔蓁蓁〕葉盛貌。

【標韻】華六麻家同本韻　實四質室同本韻　蓁十一真人同本韻

兔罝　美獵士爲王氣所特鍾也。

肅肅兔罝，椓之丁丁。赳赳武夫，公侯干城。此層淺。○一章　**肅肅兔罝，施于中逵。赳赳武夫，公侯好仇。**此層深。○二章　**肅肅兔罝，施于中林。赳赳武夫，公侯腹心。**此層更深。○三章

右《兔罝》三章，章四句。《小序》謂「后妃之化」，不知武夫於后妃何與？章章牽涉后妃，此尤無理可厭。《集傳》云：「化行俗美，賢才衆多，雖罝兔之野人，而其才之可用猶如此。」亦屬虚衍附會，毫無徵實。按墨子曰：「文王舉閎夭、太顛於罝綱之中，授之政，西土服。」後儒如金仁

山、胡休仲多主是説，以爲誦此篇之義，必有人焉當之，如文王狩獵而得吕望之類。姚氏亦以爲然。然則吕望、閎夭、太顛諸公，亦可謂之「赳赳武夫」耶？夫擬人必於其倫，吕望諸賢縱極野處，亦斷不至與罝兔野人同秉赳赳之氣。竊意此必羽林衛士，扈蹕游獵，英姿偉抱，奇傑魁梧，遥而望之，無非公侯妙選。識者於此有以知西伯異世之必昌，如後世劉基赴臨淮，見人人皆英雄，屠販者氣宇亦異，知爲天子所在，而嘆其從龍者之衆也。詩人咏之，亦以爲王氣鍾靈特盛乎此耳。不然，周縱多才，何至以罝兔野人爲「干城」、「好仇」、「腹心」之寄哉？

【眉評】〔一章〕肅肅二字寫出軍容嚴肅之貌。　〔一、二、三章〕干城、好仇、腹心，即從上肅肅字看出。落落數語，可賅《上林》、《羽獵》、《長楊》諸賦。

【集釋】〔罝〕罟也。《爾雅》：兔罟謂之罝。李氏巡注：「兔自作徑路，張罝捕之也。」〔丁丁〕《集傳》：丁丁，椓杙聲也。《爾雅》：樴謂之杙。李氏巡注：「杙謂橛也。」許氏恒曰：擊橛於地中，張罝其上也。　〔赳赳〕武貌。　〔逵〕九達之道。　〔好仇〕仇與逑同，匹也。　〔腹心〕同心同德，可爲心膂之助也。

【標韻】罝音嗟，六麻。又叶苴，入六魚。　夫七虞通韻隔句叶，謂之轆轤韻。下倣此。　丁九青城八庚通韻　逵四支仇十一尤叶韻　林十二侵心同本韻

芣苢　拾菜謳歌，欣仁風之和鬯也。

采采芣苢，薄言采之。采采芣苢，薄言有之。一章　采采芣苢，薄言掇之。采采芣苢，薄言捋之。二章　采采芣苢，薄言袺之。采采芣苢，薄言襭之。三章

右《芣苢》三章，章四句。《小序》謂「后妃之美」，《大序》云「和平則婦人樂有子矣」。皆因泥讀芣苢之過。按《毛傳》云：「芣苢，車前，宜懷妊焉。」車前，通利藥，謂治産難或有之，謂其「樂有子」，則大謬。姚氏際恒駁之，謂「車前非宜男草」，其説是矣。然又無辭以解此詩，豈以其無所指實。殊知此詩之妙，正在其無所指實而愈佳也。夫佳詩不必盡皆徵實，自鳴天籟，一片好音，尤足令人低回無限。若實而按之，興會索然矣。讀者試平心静氣，涵泳此詩，恍聽田家婦女，三三五五，於平原繡野、風和日麗中群歌互答，餘音裊裊，若遠若近，忽斷忽續，不知其情之何以移而神之何以曠。則此詩可不必細繹而自得其妙焉。唐人《竹枝》、《柳枝》、《櫂歌》等詞，類多以方言入韻語，自覺其愈俗愈雅，愈無故實而愈可以咏歌。即《漢樂府·江南曲》一首「魚戲蓮葉」數語，初讀之亦毫無意義，然不害其爲千古絶唱，情真景真故也。知乎此，則可與論是詩之旨矣。《集傳》云：「化行俗美，家室和平，婦人無事，相與采此芣苢而賦其事以相樂。」其説不爲無見。然必謂爲婦人自賦，則臆斷矣。蓋此詩即當時《竹枝詞》也，詩人自咏其國風俗如此，

或作此以畀婦女輩俾自歌之，互相娛樂，亦未可知。今世南方婦女登山採茶，結伴謳歌，猶有此遺風云。

【眉評】一片元音，羌無故實。通篇只六字變換，而婦女拾菜情形如畫如話。

【集釋】〔芣苢〕《爾雅》：芣苢，馬舄；馬舄，車前。韓氏嬰曰：直曰車前，瞿曰芣苢。注：生於兩旁者爲瞿。陸氏璣曰：車前，一名當道，喜在牛跡上生，故曰車前、當道也。〔掇〕拾也。〔捋〕取其子也。〔袺〕以衣貯之而執其衽也。〔襭〕以衣貯之而扱其衽於帶間也。

【標韻】采十賄有二十五有叶韻　掇七曷捋同本韻　袺九屑襭同本韻

漢廣　江干樵唱，驗德化之廣被也。

南有喬木，不可休息。吴氏曰：《韓詩》作思。漢有游女，不可求思。言情。漢之廣矣，不可泳思。江之永矣，不可方思。寫景。○一章　翹翹錯薪，言刈其楚。入事是主。之子于歸，言秣其馬。進一層言情。漢之廣矣，不可泳思。江之永矣，不可方思。再咏江景。○二章　翹翹錯薪，言刈其蔞。之子于歸，言秣其駒。漢之廣矣，不可泳思。江之永矣，不可方思。三咏江景，有「篇終接混茫」意，而章法尤奇。○三章

右《漢廣》三章，章八句。《小序》謂「德廣所及」，《大序》因謂「化行乎江漢之域，無思犯禮，求

而不可得。」《集傳》以下諸家莫不本此，以爲江漢游女，非復前日可求，以見文王之化之廣矣。然「翹翹錯薪」數語，終無著落，豈虛衍哉？夫「錯薪」非游矚地，「刈楚」亦於女子無關，乃不言采蘭贈勺而云擔柴刈草，豈不大煞風景？姚氏際恒謂「古者賓客至，必共其芻薪。薪以爲爨，芻以秣馬」，是以游女爲賓客矣。既以游女爲賓客，而又欲戲而求之，豈禮也哉？下文忽又謂「其女子自有夫，彼將刈楚刈蔞以秣馬，待其歸而親迎矣。猶《樂府》所謂『羅敷自有夫』也」。前後兩說，自相矛盾，尤不可解。唯歐陽氏說「雖爲執鞭所欣慕」之意差爲近之。然刈楚、刈蔞，亦無詞以爲之説。殊知此詩即爲刈楚、刈蔞而作，所謂樵唱是也。近世楚、粤、滇、黔間，樵子入山，多唱山謳，響應林谷。蓋勞者善歌，所以忘勞耳。其詞大抵男女相贈答，私心愛慕之情，有近乎淫者，亦有以禮自持者。文在雅俗之間，而音節則自然天籟也。當其佳處，往往入神，有學士大夫所不能及者。愚意此詩，亦必當時詩人歌以付樵。故首章先言喬木起興，爲採樵地。次即言刈楚，爲題正面。三兼言刈蔞，乃採薪餘事。中間帶言游女，則不過借以抒懷，聊寫幽思，自適其意云爾。終篇忽疊咏江漢，覺烟水茫茫，浩渺無際，廣不可泳，長更無方，唯有徘徊瞻望，長歌浩歎而已。故取之以況游女不可求之意也可，即以之比文王德廣洋洋也，亦無不可。總之，詩人之詩，言外別有會心，不可以迹相求。然則太史取之，抑又何哉？蓋《國風》多里巷詞，況此山謳，猶能以禮自持，則尤見周家德化所及，凡有血氣莫不發情止義，所以爲貴也。

【眉評】〔一章〕從喬木興起，爲下刈薪張本。中間插入游女，末忽揚開，極離合縹緲之致。〔二、三章〕後二章刈楚、刈蔞，乃寫正面，仍帶定游女，妙在有意無意之間。「漢廣」三章疊咏，一字不易，所謂「一唱三嘆有遺音」者矣。

【集釋】〔喬〕高也。〔休息〕孔氏穎達曰：疑「息」字作「思」。《詩》之大體，韻在辭上。疑「休」、「求」爲韻，二字俱作「思」。〔漢〕《集傳》：漢水出興元府嶓冢山，至漢陽軍大別山入江。《皇輿表》：興元，今陝西漢中府。漢陽，今湖廣漢陽府。〔泳〕《集傳》：泳，潛行也。江《集傳》：江水出永康軍岷山，東流與漢水合，東北入海。《皇輿表》：永康軍，今四川成都府灌縣。〔永〕長也。〔方〕桴也。〔翹翹〕薪錯起不平貌。〔楚〕荆屬。〔秣〕飼也。〔蔞〕蒿也。

【標韻】休十一尤求同本韻　廣二十二養方七陽叶韻隔句叶　泳二十四敬永二十三梗叶韻案：二句意本不相連，而韻自叶。或謂四句爲一韻，古韻則然，今韻否。　楚六語馬二十一馬叶韻　蔞七虞駒同。本韻

汝墳　南國歸心也。

遵彼汝墳，伐其條枚。全詩皆比。未見君子，惄如調飢。一章　遵彼汝墳，伐其條肄。既見君子，不我遐棄。二章　魴魚赬尾，奥句。王室如燬。雖則如燬，父母孔邇。三章

右《汝墳》三章，章四句。《小序》謂「道化行」，而不言其所以行之之故。《大序》則以爲「婦人作」。《集傳》因之，兼用《小序》謂「汝旁之國，先被文王之化，故婦人喜其君子行役而歸」。夫婦人喜其夫歸，與文王之化何與？婦人被文王之化而後思其夫，豈不被化即不思其夫耶？如此說《詩》，能無令人疑議？大抵學究家説《詩》，必先有一付寬大帽子壓倒衆人，然後獨申己見。故此詩本欲説婦人思夫，而又覺無甚關係，故先言文王之化，以鄭重其辭，然後説思夫，以致上下文義不相連貫亦不之覺。且婦人思夫，苟無大過，何至以「不我遐棄」爲欣幸耶？縱使因是爲喜，而「王室如燬」之言又何自來？於是復以家人慰辭爲解，以「父母」屬文王矣。而又引嚴氏説，更以「父母」爲己之父母，紛紛擬議，原無定解。唯何玄子曰：「時蓋文王以修職貢之故，往來於商，汝墳之人得見而喜之」之説差近。而姚氏以爲想像而得，蓋其心尚無定識耳。愚謂商辛無道，王室久如焚燬，天下臣民，皇皇無定，莫不欲得明主而事之矣。及聞西伯發政施仁，視民如傷，莫不引領延佇，若大旱之望雲霓，所謂「惄如調飢」是也。汝旁諸國，去周尤近，故首先嚮化，歸心愈亟，唯恐其棄予如遺耳。一旦得晤君侯，見其濶達大度，愛民若子，實能容衆而不我棄，乃知帝王自有真也，不覺欣欣然有喜色，而群相慰勞，曰父老苦商久矣，王室其如燬乎？嗟我勞人，赬如魴尾，然亦將有所歸也。何也？以西伯近在咫尺，不啻如赤子之依父母耳。此馬援所謂「當今之時，非但君之擇臣，臣亦擇君也」。然而商政雖虐，天命未改，詩人不敢顯言，故託爲婦人喜見其夫之詞，曰「王室」，曰「父母」，則又情不自禁，其辭且躍然紙上矣。誰謂《詩》旨隱而不露哉？

【眉評】〔一章〕「調飢」，寫出無限渴想意。〔二章〕「不我棄」，寫出無限欣幸意。〔三章〕「孔邇」，寫出無限安慰意。

【集釋】〔遵〕循也。〔汝〕水名。《集傳》：汝水，出汝州天息山，逕蔡潁州入淮。《皇輿表》：宋汝州，今河南汝州，宋蔡州，今河南汝寧府。宋潁州，今江南鳳陽府潁州。〔條枚〕《集傳》：枝曰條，榦曰枚。孔氏穎達曰：大木不可伐其榦，取條而已。枚細者，可以全伐之也。〔惄〕孔氏穎達曰：《釋詁》云：「惄，思也。」《釋言》云：「惄，飢也。」然則惄之爲訓，本爲思耳，但飢之思食，意又惄然，故又以爲飢。惄是飢之意，非飢之狀。故傳言飢意，箋以爲思義，相接成也。〔調〕《集傳》：調，一作輖，重也。王氏安石曰：調飢，飢而又飢，飢之甚也。〔肄〕孔氏穎達曰：肄，餘也。《左傳》曰：「晉國不恤宗周之闕，而夏肄是屏。」又曰：「杞，夏餘也。」是肄爲復生之餘。〔遐〕遠也。〔魴〕魚名。陸氏璣曰：魴，一名魾，江東呼爲鯿。〔赬〕赤也。孔氏穎達曰：魴魚之尾不赤，故知勞則尾赤。《左傳》：「如魚赬尾，衡流而彷徉。」〔燬〕焚也。〔孔〕甚也。〔邇〕近也。

【標韻】枚十灰飢四支通韻　肄四寘棄同本韻　燬四紙邇同本韻

麟之趾

美公族龍種盡非常人也。

麟之趾，振振公子。于嗟麟兮！一章 **麟之定，振振公姓。于嗟麟兮！**二章 **麟之角，振振公族。于嗟麟兮！**三章

右《麟之趾》三章，章三句。《小序》謂「《關雎》之應。」《關雎》未必專咏文王，《麟趾》則實美周家子、姓、族，其何以云應也？即使其應，亦當應《螽斯》，而不應《麟趾》。何者？以《麟趾》兼言子、姓、族，非專咏文王子也。顧何以《螽斯》不云應而《麟趾》則云應乎？《大序》謂「衰世之公子皆信厚如《麟趾》之時。」麟何以有時？其不通已爲歐陽氏、蘇氏所譏。即謂「衰世公子」亦殊謬戾。夫既謂《關雎》化行，則郅治時矣，而何以云「衰世」耶？《集傳》云「麟性仁厚，故其趾亦仁厚」，尤可怪。分麟與趾爲二物，豈物性善而足或有不善乎？天下父賢而子不肖者有之，未有物善而足不善者。且以麟比文王、后妃，以趾、定、角分配子、姓、族，則下文「于嗟麟兮」之麟又將誰屬？以爲美子、姓、族也，則現以麟爲文王、后妃矣；以爲美文王、后妃也，而下文云「是乃麟也，何必麕身牛尾而馬蹄，然後爲王者之瑞」，是又明明以之比子、姓、族，爲文王、后妃之應矣。一言而自相矛盾也如是，豈尚能得意旨哉？大凡詩家咏物，一意而分數層，體例然耳。非謂麟趾必公子，麟定必公姓，麟角必公族也。唯言子、姓、族，則由親及疏；言趾、定、角，則自下

而上。至詩中大旨，則姚氏際恒云：「蓋麟爲神獸，世不常出，王之子孫亦各非常人，所以興比而歎美之耳。」杜詩云「高帝子孫盡隆準，龍種自與常人殊」，可爲此詩下一注脚。夫文王爲開國聖主，其子若孫即武王、周公、郕叔、康叔輩，當時同在「振振公子」中，德雖未顯，而器宇自異。詩人窺之，早有以卜其後之必昌，故欲作詩以歎美其人，而非神獸不足以相擬，乃借麟爲比，口中雖美麟兮不置，其實神注諸公子而不已也。

【眉評】三「麟兮」咏歎有神。

【集釋】〔麟〕《集傳》：麟，麕身，牛尾，毛蟲之長也。陸氏璣曰：麟，色黄，員蹄，音中鐘吕，行中規矩，行必擇地，詳而後處，不群居，不侣行，不入陷阱，不罹羅網。王者至仁則出。〔趾〕足也。〔振振〕姚氏際恒曰：振振，起振興意。《毛傳》訓仁厚意，欲附會麟趾，不知振字豈是仁厚義乎？且其以趾之故，故訓振振爲仁厚。然則定與角又何以無解乎？《毛傳》于此訓振振爲仁厚，于《螽斯》亦然，是因此而遷就于彼也。《集傳》則于此訓仁厚，于《螽斯》訓盛貌，又兩爲其説，並可笑。〔定〕額也。孔氏穎達曰：定或作顛。《釋畜》云：「的顙曰顛。」顛亦額也。〔角〕《集傳》：麟，一角，角端有肉。

【標韻】趾四紙子同本韻　定二十五徑姓二十四敬通韻　角三覺族一屋通韻　麟十一真。煞尾三麟字自叶韻。

以上周南詩凡十有一篇。《小序》章章牽合后妃，唯《漢廣》、《汝墳》及文王。《集傳》遵之，以爲首五詩皆言后妃之德，《桃夭》下則文王家齊國治之效，而天下亦漸平焉。末仍本《序》，以爲《關雎》之應，后妃亦不爲無助。如此，是《周南》諸詩皆爲后妃作，直可曰《周頌》矣，而何以爲《風》？且可曰《太姒頌》矣，又何以爲《周南》？夫曰《風》，則必里巷歌謡，非朝廷《雅》、《頌》可知。曰《國風》，則必一國之風，非一家之俗又可見。今既篇篇歸美后妃，仍復謂之《周南》，豈不與命名義大相左乎？且文王修身齊家以治其國，而至于天下平，疇不謂然？何必牽引《大學》以釋《風》詩，致使詞爲理障，旨被塵蒙，不得温柔敦厚旨，而何以識諷刺義耶？夫子説《詩》，曰興、曰觀、曰群、曰怨，往往從言外以見意，非穿鑿附會以求之也。所謂「言者無罪，聞之者足以戒」，其意亦可想已。愚案：《周南》十一篇，皆周人自咏其國風，唯《螽斯》、《兔罝》、《麟趾》及公室。蓋《螽斯》美后妃之多男，《兔罝》喜文王之游獵，《麟趾》見公族之日盛，要皆假物咏嘆，未嘗顯言稱頌，所以爲《風》也。然既采之民謡，而又兼咏君妃者，何哉？夫民有民俗，國有國風，兼收並録，得失斯見。首六章皆咏婦德，見風化起自家庭也。《兔罝》游獵，《芣苢》邨謳，《漢廣》樵唱，則郊外風焉。至於《汝墳》兼及境外，見遠人嚮化，爲天下歸心之漸。《麟趾》則歎美公族，乃發祥所自始，故以是爲終焉。編《詩》之意，大略如此。至其音節優柔和順，中正温敦，得天地太和翔洽氣，所以爲《風》之正。唯《漢廣》氣體差濶而肆，《汝墳》興中有怨，與前後諸詩小異。即謂爲正風之變也亦宜。此亦天地自然元音，不可强而爲之者也。

詩經原始卷之二

國風　二

召南

召，地名，與周邑皆在岐山陽，故南面地方最廣。武王得天下後，封旦於周，即封奭於召，以爲采邑，周、召二公之號由此起。其所採民間歌謡，有與公涉者，有與公無涉者，均謂之《召南》，蓋皆召以南之詩，故亦《南》之而已。召與周近，地同俗同，故詩之音亦略同。且先天下而被文王之化者，又莫不同，此所以與《周南》同爲《國風》之正，而居《三百》之首者也。若《序》謂「南，言化自北而南」，與《集傳》謂召公宣布於外，其詩得之南國，則謂之《南》者，均不可從。夫王者之化，自西自東，自南自北，無思不服，何以獨行於南歟？且文王時，上有商王，周、召未得分封，又何以有召公循行南國，宣布於外之事？天子在上，諸侯擅使大夫宣政列國，此何如臣？而諸儒乃以誣文王耶？

鵲巢　昏禮告廟詞也。

維鵲有巢，維鳩居之。比。之子于歸，百兩御之。一章　維鵲有巢，維鳩方之。之子于歸，百兩將之。二章　維鵲有巢，維鳩盈之。之子于歸，百兩成之。三章

右《鵲巢》三章，章四句。《小序》云：「夫人之德也。」《大序》衍爲「國君積德累功以起家，德如鳲鳩，乃可配焉。」《集傳》更謂「南國諸侯被文王之化，其女子亦被后妃之化，故嫁於諸侯，而其家人美之。」三説均似可通。然詩本咏昏姻，而何以鳲鳩起興，終無定解。自《序》、《傳》來，説《詩》者無不以鵲巢鳩居況女居男室矣。夫男女同類也，鵲鳩異物也，而何以爲配乎？姚氏際恒最攻序、傳，力駁鵲巧鳩拙之説，至舉其附會者四，可謂痛切言之矣。乃其自解詩意，又以爲「言鵲鳩者，以鳥之異類況人之異類也。其言巢居者，況女之居男室也」，則與舊説何異？且謂「以鳥之異類況人之異類」，男女縱不同體，而謂之異類可乎哉？此不通之論也。然則何以爲鵲鳩辨？竊意鵲巢自喻他人成室耳，鳩乃取譬新昏人也。蓋新昏者必治室，所謂鳥革翬飛，蟬聯鵲起，無不極意煇煌以爲美觀。又況鵲善營巢，故以爲比；鳩則性慈而多子。《曹》之詩曰：「鳲鳩在桑，其子七兮。」凡娶婦者，未有不祝其多男，而又冀其肯堂肯構也。當時之人，必

有依人大厦以成昏者，故詩人咏之，後竟以爲典要耳。否則，公族子姓，寵遇天王，得邀賜第，爲子娶婦其内。詩人既美其宫室之富，又頌其子婦之賢，亦未可知。然細咏詩詞，與《關雎》雖同賦初昏，而義旨迥别。《關雎》似後世催妝、花燭等詩，此則語近祝詞。古昏禮必告廟祝版，樂章當有用者，但無考耳。而《左傳》曰：「圍布几筵，告于莊共之廟。」既有告，則有文；既有文，即有歌，此亦禮之相因而致者。愚故疑其爲告廟詞也。

【附録】姚氏際恒曰：鵲巢鳩居，自《傳》、《序》以來，無不附會爲説，失風人之旨。《大序》曰：「德如鳲鳩，乃可以配。」鄭氏因以爲「均壹之德」。嗟乎，一鳩耳，有何德，而且以知其爲均壹哉？此附會之一也。《毛傳》云：「鳲鳩不自爲巢，居鵲之成巢。」安見其不自爲巢而居成巢乎？此附會之二也。歐陽氏曰：「今人直謂之鳩者，拙鳥也，不能作巢，多在屋瓦間或於樹上架構樹枝，初不成窠巢，便以生子，往往墜鷇、殞雛而死。鵲作巢甚堅，既生雛散飛，則棄而去。在於物理，容有鳩來處彼空巢。」按其謂鳩性拙既無據，且謂鳩性拙不能作巢者，取喻女子，然則可謂女性拙不能作家乎？女子從男配合，此天地自然之理，非以性拙不能作家而居男子之家也。且男以有女方謂之有室家，則作家正宜屬女耳。又謂在屋瓦間，幾曾見屋瓦間有鳩者？又謂或於樹上架構樹枝，夫樹上架枝，此即巢矣，何謂不成巢乎？又謂鳩生子墜鷇、殞雛而死，又謂鵲生雛散飛棄巢而去，今皆未曾見。此附會之三也。王雪山曰：「詩人偶見鵲有空巢而鳩來居，而後人必以爲常，此譚詩之病也。」若然，是既於道上見嫁女，而又適見鳩居鵲巢，因以爲興，恐無此事。其説名爲擺脱，實成固滯。此附會之四也。僅舉其説之傳世者數端，其他雜説不能殫述。按此詩之意，其言鵲鳩者，以鳥之異類況人之異類也。其言巢與居者，以鳩之居鵲巢況女之居男室也。其義止此。不穿鑿，不刻畫，方可説《詩》。一切紛紜盡可埽卻矣。案：此説駁人甚佳，自論未允，已見前論。讀者可共參觀。

【眉評】取譬只在首二語，餘皆敷衍。且美中含刺，不及《關雎》遠矣。《二南》皆以昏詞爲首，如《易》上經首《乾》、《坤》，下經首《咸》、《恒》，陰陽爲道所始也。

【集釋】〔鵲〕鳥名，性善營巢，而預識吉凶。〔鳩〕鳥名，一名布穀。《埤雅》云：鳲鳩性一而慈，祝鳩性一而孝。〔百兩〕一車兩輪，故謂之兩。百舉成數，言其多也。〔方〕有之也。〔將〕送也。〔盈〕滿也。〔成〕禮成也。

【標韻】居六魚御六御叶韻　方七陽將同本韻　盈八庚成同本韻

采蘩　夫人親蠶事于公宫也。

于以采蘩？于沼于沚。于以用之？公侯之事。一章　于以采蘩？于澗之中。于以用之？公侯之宫。二章　被之僮僮，夙夜在公。虚摹親蠶人衆。被之祁祁，薄言還歸。虚摹蠶畢人歸。

○三章

右《采蘩》三章，章四句。《小序》以夫人奉祭祀爲「不失職」，故毛、鄭、孔三家皆主祭祀言。《集傳》既從其説，又疑爲親蠶事，蓋泥「采蘩」、「公宫」等字，以爲祭祀用耳。殊知蘩乃生蠶之物，陸氏佃云「蒿青而高，蘩白而繁。《七月》之詩曰『采蘩祁祁』，以生蠶也」。今覆蠶種尚用蒿」云。且詩卒章曰「薄言還歸」，亦非祭祀意。夫曰祭，則必有一番敬謹以將事意。今曰「薄言」，豈禮也哉？《集傳》不得其解，乃引《祭義》曰「及祭之後，陶陶遂遂，如將復入然」，「不欲遽去，愛敬之無已也」。讀者試咏「還歸」句，夫豈「陶陶遂遂」之謂乎？抑尚有「愛敬無已」之心乎？何曲爲之説如是也？案《禮・祭義》：「古者天子諸侯必有公桑蠶室，近川而爲之築宫，仞有三尺，棘牆而外閉之。及大昕之朝，君皮弁素積，卜三宫之夫人、世婦之吉者，使入蠶于蠶室，奉種浴于川，桑于公桑，風戾以食之。世婦卒蠶，奉繭以示于君，遂獻繭于夫人。夫人遂副褘而受之，因少牢以禮之。及良日，夫人繅，三盆手。遂布于三宫，夫人、世婦之吉者使繅。遂朱緑之，玄黄之，以黼黻文章。服既成，君服以祀先王先公。」此詩正爲此賦也。曰「采蘩」者，以生蠶也。「于沼于沚」，「于澗之中」者，以近川也。曰「事」者，蠶事也。曰「宫」者，蠶室也。曰「公」者，公桑也。曰「夙夜」者，猶言朝夕以供蠶事也。曰「被」者，首飾也。曰「僮僮」者，「僕婦衆多也。曰「祁祁」者，歸婦如雲也。蓋蠶事方興之始，三宫夫人、世婦皆入于室，其僕婦衆多，蠶婦尤盛，僮僮然朝夕往來以供蠶事，不辨其人，但見首飾之招摇往還而已。蠶事既卒而後，三宫夫人、世婦又皆各言還歸，其僕婦衆多，蠶婦亦盛，祁祁然舒容緩步，徐徐而歸。亦不辨其人，但見首飾之簇擁如雲而已。此蠶事始終景象如是，讀者可無疑義已。召地去周未遠，故風尚略同。《周》有《葛覃》，《召》亦有《采蘩》，均之蠶桑爲本，女工是重。創業如此，流澤可知。嗚乎，此周之所以王且久也！後世有天下國家責者，其尚以此爲法乎哉！

【眉評】〔一、二章〕首二章事瑣，偏重疊咏之。〔三章〕末章事煩，偏虚摹之，此文法虚實之妙，與《葛覃》可謂異曲同工。

【集釋】〔蘩〕白蒿也。陸氏璣曰：凡艾白色爲皤蒿。春始生，及秋香美，可生食，又可蒸。一名游胡，北海人謂之旁勃，故《大戴禮·夏小正·傳》曰：「蘩，游胡。」游胡，旁勃也。〔沼〕池也。〔事〕蠶事也。〔澗〕山夾水曰澗。〔被〕《集傳》：被，首飾也，編髪爲之。〔僮僮〕《集傳》訓竦敬，無考。姚氏亦不能詳。案：僮從人，蓋僮僕之僮。曰僮僮者，僕婦衆多之貌耳。〔夙〕早也。〔夜〕夕也，猶言朝夕也。〔公〕公桑也。〔祁祁〕《詩》「祁祁如雲」，衆多貌。

【標韻】沚四紙事四寘通韻　中一東宫同本韻　僮東公同本韻　祁五微歸同本韻

草蟲　思君念切也。

喓喓草蟲，趯趯阜螽。工於賦物。未見君子，憂心忡忡。亦既見止，亦既覯止。頓挫有致。我心則降。一章　陟彼南山，言采其蕨。未見君子，憂心惙惙。亦既見止，亦既覯止，我心則說。二章　陟彼南山，言采其薇。未見君子，我心傷悲。亦既見止，亦既覯止，我心則夷。三章

右《草蟲》三章，章七句。《小序》謂「大夫妻能以禮自防。」《集傳》以爲「南國被文王之化，諸侯大夫行役在外，其妻獨居，感時物之變，而思其君子如此」。《集傳》不過呆相，《小序》則節外生枝。細咏詩詞，何嘗有「以禮自防」意？即一婦思夫，而必牽及「文王之化」者何哉？至有謂其惟恐爲淫風所染，因取此物以自警；無論草蟲至微，非自警之物，即其夫偶一在外，而妻遂幾幾乎不自保其爲淫俗所染，此尚成婦道耶？姚氏謂「前輩説《詩》至此，真堪一唾」，未免過激，然亦未爲過也。其餘紛紛異説尚多，有謂其爲未嫁之女言者，有謂其爲既嫁之婦言者，亦有謂其爲方嫁在途而言者，更無足道。此蓋詩人託男女情以寫君臣念耳。始因秋蟲以寄恨，繼歷春景而憂思。既未能見，則更設爲既見情形以自慰其幽思無已之心。此善言情作也。然皆虛想，非真實覯。《古詩十九首》「行行重行行」、「螻蛄夕鳴悲」、「明月何皎皎」等篇，皆是此意。夫臣

子思君，未可顯言，故每假思婦情以寓其忠君愛國意，使讀者自得其意於言外。則情以愈曲而愈深，詞以益隱而益顯。然後世之人從而歌咏之，亦不覺其忠君愛國之心油然而自生，乃所以爲詩之至也。孔子云「詩可以興」者，非是之謂歟？不然，彼婦自思其夫，縱極工妙，何足爲《風》詩之正耶？

【眉評】〔一章〕秋景如繪。　〔二、三章〕由秋而春，歷時愈久，思念愈切。本説「未見」，卻想及「既見」情景，此透過一層法也。

【集釋】〔喓喓〕聲也。　〔草蟲〕《集傳》：草蟲，蝗屬，奇音，青色。孔氏穎達曰：《釋蟲》云：「草蟲，負蠜。」郭璞曰：「常羊也。」陸璣云：「小大長短如蝗也，好在茅草中。」　〔趯趯〕躍貌。〔阜螽〕蠜也。孔氏穎達曰：《釋蟲》云：「阜螽，蠜。」李巡曰：「蝗子也。」陸璣云：「今人謂蝗子爲螽子。」陸氏佃曰：今謂之蚱蜢，亦跳亦飛，飛不能遠。草蟲鳴，阜螽躍而從之，故阜螽曰蠜，草蟲謂之負蠜。　〔忡忡〕猶衝衝也。　〔覯〕遇也。　〔降〕下也。　〔蕨〕陸氏璣曰：周秦曰蕨，齊魯曰虌，初生似蒜，莖紫黑色，可食如葵。　〔薇〕《集傳》：薇似蕨而差大，有芒而味苦，山間人食之，謂之迷蕨。陸氏璣曰：薇亦山菜也，莖葉皆似小豆，蔓生，其味亦如小豆。藿可作羹，亦可生食，今官園種之，以供宗廟祭祀。項氏安世曰：薇，今之野豌豆苗也，蜀人謂之巢菜，東坡改名爲元修菜也。　〔夷〕平也。

【標韻】蟲一東螽忡並同降三江叶韻　蕨六月惙九屑説同通韻　薇五微悲四支夷同通韻

采蘋　女將嫁而教之，以告於其先也。

于以采蘋？南澗之濱。于以采藻？于彼行潦。一章　于以盛之？維筐及筥。于以湘之？維錡及釜。二章　于以奠之？宗室牖下。誰其尸之？有齊季女。三章

右《采蘋》三章，章四句。《小序》謂「大夫妻能循法度」。於是《傳》、《説》皆因之，若未嘗讀「季女」句者。夫既謂之季女，則明明是未嫁少女，而乃以爲大夫妻者何哉？《序》、《傳》於《周南》，則章章牽合后妃，於《召南》，則章章牽合諸侯夫人及大夫妻，皆有意分屬《二南》於王者諸侯之説誤之，遂不顧其詞之自戾也如是。何玄子則又謂其「美邑姜也」，於是訓有齊之齊爲齊國之齊，又引《左傳》季蘭爲邑姜之名以實之，尤爲穿鑿臆斷，均不可從。唯《毛傳》云：「古之將嫁女者，必先禮之于宗室；牲用魚，芼之以蘋藻」者得之。鄭氏亦引《禮·昏義》云：「古者婦人先嫁三月，祖廟未毁，教于公宫；祖廟既毁，教于公室。教以婦德、婦言、婦容、婦功。教成之祭，牲用魚，芼之以蘋藻，所以成婦順也。」二説極爲明晰，可無疑義。而愚則更謂此詩非咏祀事，乃教女者告廟之詞。觀其歷叙祭品、祭器、祭地、祭人，循序有法，質實無文，與《鵲巢》異曲同工。蓋《鵲巢》爲壻家告廟詞，此特女家祭先文耳。衆論紛紛，可無煩置喙其間已。

【眉評】〔一、二章〕祭品及所采之地，治祭品及所治之器。〔三章〕祭地及主祭之人，層次井然，有條不紊。〔《集釋》、「湘」，〕毛氏鳳枝曰：案「湘」，《韓詩》作「鬺」。「鬺」爲本字，「湘」爲同音假借字。《韓詩》爲今文，《毛詩》多古文，古文多假借也。

【集釋】〔蘋〕萍也。嚴氏粲曰：《本草》水蘋有三種，大者曰蘋，中者曰荇菜，小者水上浮萍。毛氏以蘋爲大萍，是也。郭璞以蘋爲水上浮萍。蘋可茹，而萍不可茹。不可茹，豈可以供祭祀乎？〔濱〕厓也。〔藻〕陸氏璣曰：藻，水草也。有二種：其一種，葉如雞蘇，莖大如箸，長四五尺。其一種，莖大如釵股，葉如蓬蒿，好聚生，謂之聚藻。二者皆可食。〔行潦〕流潦。〔筐筥〕皆竹器，方曰筐，圓曰筥。〔湘〕《集傳》：湘，烹也。粗熟而淹以爲葅也。姚氏際恒曰：湘，《韓詩》作鬺。鬺，烹也。似宜從韓。不然，湘之訓烹，恐未允。〔錡釜〕《集傳》：錡，釜有足曰錡，無足曰釜。孔氏穎達曰：錡與釜連文，故知釜屬。《説文》曰：「江淮之間謂釜曰錡。」陸氏德明曰：錡，三足釜。〔宗室〕《集傳》：宗室，大宗之廟也。大夫、士祭於宗室。〔牖下〕《集傳》：牖下，室西南隅，所謂奥也。姚氏際恒曰：禮，正祭在奥，而此云「牖下」，案《士昏禮》「尊于室中北牖下」，此壻家酳婦之禮；其婦饋舅姑亦「席于北牖下。」若然，父家嫁女之祭亦在牖下可知。又云：《集傳》謂「牖下爲室西南隅」，尤錯。既曰室西南隅，豈牖下乎？牖豈在室西南隅乎？古人之室，户牖並列，故《爾雅》云：「户牖之間謂之扆。」扆在户西牖東也。李氏如圭曰：堂屋五架，中脊之架曰楣。後楣之下，以南爲堂，以北爲室與房。大夫房東室西相連爲之室。又户東而牖西，户不當中，而近東，則西南隅最爲深隱，故謂之奥。而祭祀及尊者常處焉。〔尸〕主也。〔齊〕敬也。〔季〕少也。

【標韻】蘋十一真濱同本韻　藻十九皓潦同本韻　筥六語釜七麌下二十一馬女語叶韻

甘棠　思召伯也。

蔽芾甘棠，勿翦勿伐，召伯所茇。此層重。○一章　蔽芾甘棠，勿翦勿敗，召伯所憩。此層輕。○二章　蔽芾甘棠，勿翦勿拜，召伯所説。此層尤輕。○三章

右《甘棠》三章，章三句。《集傳》謂「召伯循行南國，以布文王之政，或舍甘棠之下。其後人思其德，故愛其樹而不忍傷也。」夫召伯循行南國，已在武王時，非布文王政也。其所税駕而言憩止者，何止甘棠一樹？人縱愛惜，亦不勝其保護而愛惜之矣。韓氏嬰又謂「召伯出就蒸庶於阡陌隴畝之間而聽斷焉，百姓大悦。」劉氏向所云亦略同，均不知爲政大體也。召伯既爲天子大臣，而臨民治事必有公室，豈可出而就民於田隴之間，以博一時愛民勤政之譽？則其僞亦甚矣！安在其能久而不忘哉？愚謂召伯之政，其浹洽人心，深入肌髓者，固非一時一事。而人之所以珍重愛惜，而獨不忍傷此甘棠樹者，必其當日勸農教稼，或盡力溝洫時，嘗出而憩止其下。

其後農享其利，人樂其庥，每思召伯而不得見，唯此樹尚幢幢然繁陰茂葉，葱蒨如故，故不覺睹樹思人，以爲此召伯常憩止處也，而忍伐而敗之哉？不唯不忍伐而敗之，即一屈抑之亦有所不忍，則其德之感人爲何如耶？夫民之不忍忘召伯者，一樹尚且如是，則其他更可知已。詩人咏之亦即小以見大耳。君子觀於此，其平日學道愛人之心尚不能勃然而興者，豈情也哉？

【眉評】他詩鍊字一層深一層，此詩一層輕一層，然以輕而愈見其珍重耳。

【集釋】〔蔽芾〕芾，茂盛。蔽，謂可蔽風日也。〔甘棠〕陸氏璣曰：甘棠，今棠梨也。陸氏佃曰：其子有赤白美惡，白色爲甘棠，赤色澀而酢，俗語澀如杜是也。〔翦〕翦其枝葉也。〔伐〕伐其條幹也。〔伯〕羅氏中行曰：伯，長也，爲諸侯之長也。〔茇〕《集傳》：茇，草舍也。羅氏中行曰：止於其下以自蔽，猶草舍耳，非謂作舍也。〔敗〕折也。〔憩〕休息也。〔拜〕屈也。施氏士丐曰：如人身之拜小低屈也。嚴氏粲曰：挽其枝以至地也。〔説〕舍也。王氏質曰：説或爲税，止。《詩》税意多通用説字。

【標韻】伐六日茇七曷通韻　敗十卦憩八霽通韻　拜十卦説霽通韻

行露　貧士卻昏以遠嫌也。

厭浥行露，豈不夙夜？謂行多露。一章　誰謂雀無角，何以穿我屋？奇語似民謡。誰謂女無家，何以速我獄？雖速我獄，室家不足。二章　誰謂鼠無牙，何以穿我墉？誰謂女無家，何以速我訟？雖速我訟，亦不女此讀汝字，上二女皆本字。從。三章

右《行露》三章，一章三句，二章章六句。自《大序》以「强暴侵陵貞女」爲言，説《詩》者莫不遵而從之。余嘗反覆詩詞而不得其解，不敢隨聲以附和。何也？大略解此詩者，多執「室家不足」一語爲辭。《集傳》先云：「女子有能以禮自守，而不爲强暴所污者，自述己志，以絶其人。」後又云：「汝雖能致我於訟，而求爲室家之禮有所不足，則我亦終不汝從。」是所争者，室家之禮耳。意蓋本康成「媒灼之言不和」及毛氏「昏禮財帛，不過五兩」之意，以爲禮也。果爾，則求爲室家之禮亦易備。使其既備而且足，不必問其人之爲强暴與否，女亦將屈而從之乎？亦尚有所擇乎？姚氏際恒亦云，此「當是女既許嫁，而見其一物不具，一禮不備，因不肯往，以見此女之賢」。是又本劉向《列女傳》「申女許嫁於酆，夫家禮不備，女以爲輕禮違制，不可以行，而致於訟。女終持義不往，君子以爲得婦道之儀，舉而揚之」之説也。夫昏嫁稱家有無，此女果賢，雖寄廡賃舂之士，亦當卸裝飾，著布裙，操作而前以相從。兹乃以「室家不足」故，反生悔心，致興獄訟，而猶謂之爲賢，吾不知其賢果安在也？説《詩》至此，豈獨爲「高叟」之誚已乎！章氏潢云：「《行露》首章似爲比體，君子敬慎避禍，而禍猶不免，故下二章雖遭獄訟猶守正不從人」，以守正屬君子，不屬貞女，其言尚爲有見。然亦只泛言其有懷刑遠禍之心，而其所以不能免禍

之故，則未嘗明。愚細繹詩意，雖不敢妄有臆斷，而其中委曲致禍之由，似可得言者：大抵三代盛時，賢人君子守正不阿，而食貧自甘，不敢妄冀非禮。當時必有勢家巨族，以女强妻貧士。或前已許字於人，中復自悔，另圖别嫁者。士既以禮自守，豈肯違制相從？則不免有速訟相迫之事，故作此詩以見志。首章借行露爲比，懼其沾污而辱吾身也。後二章則直明己志以絶之。然立志雖嚴，而詞實婉。云雀本無角，尚穿我屋；鼠本無牙，尚穿我墉，人之自防，可不慎哉！此女果賢而尚無夫家也，何配不可擇，而必速我以獄乎？今既欲速我獄，是明明以獄訟懼我耳，我豈以獄訟是懼哉？雀無角而穿屋，不謂之有角不得也；女無家而速訟，不謂之有家者誰其信哉？似此非禮相迫，雖速之訟，其能違禮以相從乎？必不然矣。然女之有家與否，吾不可知。而吾之終不可以相從者，則以吾家素貧，不足與豪富爲禮耳。此詩人微意也。太史取之，以士處貧困而能以禮自持，不爲財色所誘，不爲刑法所揺，足以風天下而勵後世，非俗之至美者歟？此《召南》所以媲《周風》而爲十三國之首也。

【眉評】〔一章〕借行露比起，已將避嫌遠禍意寫足。以下乘勢翻入，毫不礙手。

【集釋】〔厭浥〕濕意。〔行露〕道間露也。〔家〕女之夫家也。〔速〕召致也。〔獄〕孔氏穎達曰：獄者，埆也。因證於角核之處。《周禮》謂之圜土。因證未定，獄事未決，繫之於圜土。因謂圜土，亦爲獄。〔牙〕牡齒也。楊氏時曰：鼠無牡齒。陸氏佃曰：鼠有齒而無牙。輔氏廣曰：牡齒，謂齒之大者。〔墉〕牆也。

【標韻】露七遇露同二字自爲韻　角三覺屋一屋獄二沃足同通韻　牙六麻家同本韻隔句叶墉二冬訟二宋從冬叶韻隔句叶。

羔羊　美召伯儉而能久也。

羔羊之皮，素絲五紽。退食自公，委蛇委蛇。一章　羔羊之革，素絲五緎。委蛇委蛇，自公退食。二章　羔羊之縫，素絲五總。委蛇委蛇，退食自公。三章

右《羔羊》三章，章四句。《小序》謂「《鵲巢》之功致」，不知何所取意。《大序》以爲「召南之國化文王之政，在位皆節儉正直，德如羔羊」。服羔羊則「德如羔羊」，服狐貉不將如狐貉乎？且羔羊亦何「節儉正直」之有？爲之解者曰，羊性柔順，逆牽不進，象士之難進易退，以爲正直。夫以倒退倔强之性爲正直，固大可笑，而「節儉」二字，仍無著落，則其附會無理可知。而《集傳》乃承而用之者何哉？姚氏際恒曰：「此篇美大夫之詩，詩人適見其服羔裘而退食，即其服飾步履之間以嘆美之。而大夫之賢不益一字，自可於言外想見。此風人之妙致也。」其解「委蛇」之神，别有會心，較之諸家，似覺圓通。然「素絲五紽」、「五緎」、「五總」，究竟無説以釋其義。夫詩人措詞，必有指實，斷非虚衍。毛氏萇曰：「紽，數也。古者數絲以英裘，不失其

制。」意謂羔裘以黑素絲英縫，取其分明爲不失制。試問羔裘露縫，豈尚成裘？凡製衣以無縫爲妙，況羔裘純黑，尤不宜露縫，所謂「裁縫滅盡針線迹」是也。茲乃以素絲英裘，成何制度？良可嗤也。愚意序言「節儉」二字，必有所本，特不能言其所以然，且又雜以「正直」字，並謂「德如羔羊」，遂不成語。案，郝氏敬曰：「織素絲爲組，撏其縫際曰紽。」毛氏又曰：「緎，縫也。」胡氏一桂曰：「合二爲一謂之總。」然則紽也，緎也，總也，皆縫之之謂也。羔裘本當日常制，諸侯視朝之服，大夫朝服亦用之，唯褎飾與君異。使凡在位者皆羔裘，而皆委蛇以退食，亦何足異，亦何足見其爲賢哉？蓋此詩所咏，必有其人在，非泛然也。觀「五紽」、「五緎」、「五總」之言，明是一裘而五縫之矣。夫一裘而五縫之，仍不肯棄，非節儉何？晏子一狐裘三十年，人稱儉德，載在《禮經》，其是之謂乎？至於「委蛇委蛇」，則雍容自得之貌。使服五縫之裘而無雍容自得之貌，無以見其德之美；使服五縫之裘，雖有雍容之貌，而不於自公退食之地見之，且恒見之，亦無以見其德之純。茲則廷臣初見其服如是，其貌如是；繼見其服如是，其貌亦如是；久見之其服與貌仍無不如是：無所矜，亦無所掩；不矯强，亦不虚飾；但覺其舒容安度而自有餘裕焉。此雖外儀乎內德蘊焉矣，此雖末節乎全德見焉矣。夫非道純德懋而臻乎自然境者，不足以語此。吾故謂必有其人在也。其召公之謂歟，其召公之謂歟！詩人所以一再咏之不已也。

【眉評】〔一章〕摹神。　〔一、二、三章〕三章迴環諷咏，有歷久無改厥度之意。

【集釋】〔羔羊〕小曰羔，大曰羊。〔革〕皮也。〔縫〕皮縫際也。〔總〕合衆皮爲一也。

【標韻】皮四支紽五歌蛇支叶韻　革十一陌緎十三職食同通韻　縫二冬總一東公同通韻

殷其靁

諷衆士以歸周也。

殷其靁，在南山之陽。何斯違斯？莫敢或遑。振振君子，歸哉歸哉，一章　殷其靁，在南山之側。何斯違斯？莫敢遑息。振振君子，歸哉歸哉！二章　殷其靁，在南山之下。何斯違斯？莫或遑處。振振君子，歸哉歸哉！三章

右《殷其靁》三章，章六句。《小序》謂「勸以義」，《大序》乃以爲「大夫遠行從政，不遑寧處。其室家能閔其勤勞，勸以義也。」《集傳》因之，而更爲説曰：「又美其德，且冀其早畢事而還歸。」姚氏駁云：「按詩『歸哉歸哉』，是望其歸之辭，絶不見有『勸以義』之意。且冀其歸可也，何必美其德耶？二義難以合并，其爲支辭飾説無疑。」蓋《集傳》之云「美其德者」，以「振振」字訓信厚也。姚氏又駁之曰：「振爲振起、振興意，亦爲衆盛意。若衆盛，則婦人無思衆盛之夫之理。故《毛傳》、《集傳》皆訓信厚。於是後人反其思夫者，以爲臣之從君焉。僞傳曰：『召公宣布文王之命，諸侯歸焉，』僞説曰：『武王克商，諸侯受命于周廟。』僞傳以『振振君子』指文王，猶如所言振作、振起意也。僞説以振振爲衆多貌，指衆君子，其于振振固皆可通。然于『何斯違斯』

二句何？」其意蓋謂「何斯違斯」句似婦人思夫之辭，振振乃衆盛意，于思夫又不倫，故不敢直斷，以爲義當闕疑。嗟嗟！此姚氏泥解二句爲思夫辭耳。嘗讀《孟子》曰：「伯夷避紂，居北海之濱，聞文王作，興曰：『盍歸乎來？吾聞西伯善養老者。』太公避紂，居東海之濱，聞文王作，興曰：『盍歸乎來？吾聞西伯善養老者。』」所謂「盍歸乎來」者，非「何斯違斯，莫敢或遑」意乎？所謂「振振君子」者，非聞文王作，群起而振興之士乎？曰「歸哉歸哉」者，則相招而來歸者之辭也。然則「殷其靁，在南山之陽」、「之側」、「之下」者，抑又何説？蓋靁霆所以喻號令也。文王發政施仁，其號令由近而遠，猶靁霆發聲自高而下。所謂南山者，岐周地近終南，故每以爲咏耳。當時文王政令方新，天下聞聲嚮慕，有似靁發殷殷，群蟄啟户。故詩人借以起興，而其振興起舞之意，則有不勝其來歸恐後之心焉。僞傳與説雖非古訓，頗有所見，特以歸哉屬諸侯及受命于克商後則非。蓋此詩必爲伯夷太公輩作耳。觀「何斯違斯，莫敢或遑」，意是避難來歸之辭，非諸侯口吻。然亦近似而幾矣，不得以其僞傳而少之也。

【眉評】〔一章〕呼朋引類，相率來歸。如聞其聲，如見其人。

【集釋】〔殷殷〕雷聲。〔何斯〕斯，此事也。〔違斯〕斯，此地也。〔遑〕暇也。〔振振〕興起也。又衆盛貌。

【標韻】靁十灰哉同本韻首尾句叶陽七陽遑同本韻　側十三職息同本韻　下二十一馬處六語叶韻

摽有梅　諷君相求賢也。

摽有梅，其實七兮。求我庶士，迨其吉兮。全詩皆比。○一章　摽有梅，其實三兮。求我庶士，迨其今兮。二章　摽有梅，頃筐塈之。求我庶士，迨其謂之。三章

右《摽有梅》三章，章四句。《小序》謂「男女及時也」，毛、鄭以下諸家莫不本之。然猶不過曰女求男，恐其嫁不及時已耳。及《集傳》則甚而言之曰：「懼其嫁不及時，而有强暴之辱也。」夫女嫁縱不及時，而何至有强暴之辱乎？女嫁縱欲及時，亦何至迫不能待乎？以迫不能待之女，而猶謂其能以貞信自守者，吾不信也。且强暴之辱貞女，恐非大無道之世，而又遇極兇暴之人，斷不至是。曾謂文王化行俗美之世，而猶煩貞女之亟亟自慮如是耶？此必無事也。亦嘗細玩此詩，不類男女詞者有三：咏昏姻不曰桃而曰梅，不曰華而曰實，比興殊多不倫，一也。求壻不曰「吉士」，而曰「我庶士」，加我字於庶士之上，尤爲親暱可醜，二也。亟亟難待，至於先通媒妁以自薦，情近私奔，三也。然此猶就其詞氣言之，而其大不合者，則以女求男爲有乖乎陰陽之義者也。然則詩意云何？姚氏際恒云「此篇乃卿大夫爲君求庶士之詩」也。章氏潢亦云「或者詩人傷賢哲之凋謝，故寓言摽梅，使求賢者及時延訪之耳。」二説庶幾得之。何者？鹽梅和羹，《書》之喻賢也，非摽梅之謂乎？碩果不食，《易》之象《剥》也，非「其實七」、「其實三」之謂乎？庶常

吉士，則《周官》衆職之稱，故曰求士，而又曰「我庶士」，親之乃所以近之耳。「枚卜，曰吉」〔一〕，左氏卜吉之語。今既迨吉，豈不可擇而用之？至於「今兮」、「謂之」，則又欲其及時而延訪之矣。蓋商、周之際，剥復之秋也。山林隱逸，借肥遯以韜光者，固自不少，然求其賢如太公、伯夷、太顛、閎天、散宜生輩，亦難數數覯。又況幾經喪亂，幾經沉淪，其能久而自存，不至爲時所摇落，如碩果之不食者，豈可多得乎哉？若不及早旁求而延訪之，則鹽梅和羹之士日漸剥落，有老死巖阿以至於盡焉耳。雖然，士之遇與不遇亦何足慮，而特如需材孔亟之世也何哉？詩人有念於此，故作詩以諷當時在位，使勿再事優游而有遺珠之憾云爾。

【眉評】一層緊一層。

【集釋】〔摽〕落也。〔梅〕木名。〔迨〕及也。〔今〕今日也。〔塈〕取也。〔謂〕諮訪之意。

【標韻】七四質吉同本韻　三十三覃今十二侵通韻　塈五未謂同本韻

校記

〔一〕「曰」，原作「卜」，據《通論》顧校改。

小星　小臣行役自甘也。

嘒彼小星，三五在東。肅肅宵征，夙夜在公。寔命不同。一章　**嘒彼小星，維參與昴。肅肅宵征，抱衾與裯。寔命不猶。**二章

右《小星》二章，章五句。《小序》以爲「惠及下也」。《大序》謂「夫人無妒忌，惠及賤妾，進御於君。其命有貴賤，能盡其心矣」。《集傳》亦謹守其説而不敢背。然詩中詞意唯衾裯句近閨詞，餘皆不類。不知何所見而云然也。且即使此句爲閨閤咏，亦青樓移枕就人之意，豈深宫進御於君之象哉？姚氏際恒解此詩，引章俊卿之言，以爲「小臣行役作」，因推廣其意云：「山川原隰之間，仰頭見星，東西歷歷可指，所謂『戴星而行』也。抱衾裯云者，猶後人言襆被之謂。『實命不同』，則較『我從事獨賢』稍爲渾厚。若謂衆妾，則是乃其常分，安見爲后妃之惠及妾媵乎？」然而詩旨原自分明，無如諸公之錯會其解者何哉？夫「肅肅宵征」者，遠行不逮，繼之以夜也。「夙夜在公」者，勤勞王事也。「命之不同」，則大小臣工之不一，而朝野勞逸之懸殊也。既知命不同，而仍克盡其心，各安其分，不敢有怨天心，不敢有怨王事，此何如器識乎？藉非文王平日用人有方〔一〕，使之各盡所長，烏能令趨承奉公之士，勤勞而無怨？蜀漢諸葛武侯亦稱得人，嘗罷李平，廢廖立爲民。及亮卒，立垂泣曰：「吾終爲左衽矣！」平聞之，亦發憤死，度後人之不

能復用己也。嗟嗟！用人而苟得其平，則雖廢棄終身，猶不敢怨，況于役乎？此詩雖以命自委，而循分自安，毫無怨懟詞，不失敦厚遺旨，故可風也。

【集釋】〔嘒〕微貌。〔三五〕《集傳》：三五言其稀，蓋初昏或將旦時也。〔征〕行也。〔參昴〕西方二宿之名。毛氏萇曰：參，伐也。昴，留也。孔氏穎達曰：《天文志》云：「參，白虎宿三星直下有三星，鋭曰伐。」《演孔圖》云：「參以斬伐，故言參，伐也。」昴，六星。昴之爲言留，言物成就繫留是也。〔衾〕被也。〔裯〕襌被也。

【標韻】東一東公、同並同本韻　昴十一尤。姚氏際恒曰：《毛傳》云：「昴，留也。」疏引《元命苞》云：「昴之爲言留也。」《史·律書》云：「北至于留。」《索隱》云：「留即昴。」則此當音留。案：程氏《音韻考》亦同，從之。裯、猶並同本韻

校記

〔一〕「有」，原作「無」，據文義改。

江有汜　商婦爲夫所棄而無懟也。

江有汜，之子歸，不我以。不我以，其後也悔。一章　江有渚，之子歸，不我與。不我與，其後也處。二章　江有沱，之子歸，不我過。不我過，其嘯也歌。三章

右《江有汜》三章，章五句。《序》謂「嫡不以媵備數，媵無怨，嫡亦自悔」。是則然矣，然如「嘯

歌」句何哉？蓋嫡之待媵，後悔容或有之，善處亦屬常情，唯處而樂，樂而至於「嘯且歌」，恐非嫡婦待妾意。且嘯者，悲歎之辭，非和樂意也。《列女傳》云「倚柱而嘯」，《王風》「條其嘯矣」，皆借悲歌以發鬱積氣，又安見其爲融融意哉？唯黄氏震曰：「岷隱云：不我以，正是置之於無所與事之地，非遇勤勞也。已乃寬釋曰：久當自悔，且有以處我，嘯歌以俟時，不必過爲戚戚也。」以前二章作或然之想，以末一章寓無聊之心，庶幾乎得之矣。然又安知非棄婦詞而必爲媵妾作耶？諸儒之必爲媵妾作者，他無所據，特泥讀「之子歸」句作于歸解耳。殊知妾婦稱夫，亦曰「之子」，如《有狐》詩云「之子無裳」、「之子無帶」之類，不必定婦人而後稱之。然則歸也者，還歸之歸，非于歸之歸也，又明矣。此必江漢商人遠歸梓里，而棄其妾不以相從。始則不以備數，繼則不與偕行，終且望其廬舍而不之過。妾乃作此詩以自歎而自解耳。否則詩人託言棄婦，以寫其一生遭際淪落不偶之心，亦未可知。然婦女爲人所棄，而仍不忍忘其夫，猶幸其萬一自悔，有以處我，我且嘯歌以自遣，則詩人忠厚之旨也。與前《小星》篇同一命意，而詞之激切則更過之。嗚乎，讀此詩者可以怨矣！

【集釋】〔汜〕江決復入爲汜。邢氏昺曰：凡水歧流復還本水者名汜。〔渚〕小洲也。〔沱〕江之別者。

【標韻】汜四紙以同悔十賄通韻　渚六語與、處並同本韻　沱五歌過、歌並同本韻

野有死麕　拒招隱也。

野有死麕，白茅包之。有女懷春，吉士誘之。一章　林有樸樕，野有死鹿。白茅純束，有女如玉。二章　舒而脱脱兮，無感我帨兮，無使尨也吠！三章

右《野有死麕》三章，二章章四句，一章三句。自來解此詩者不一，其説以爲「惡無禮」者，古《序》也。以爲「凶荒禮殺，以死麕、死鹿爲昏禮」者，毛、鄭也。以爲「淫詩」者，季明德也。以爲「刺淫」詩者，歐陽氏也。以爲貞女「不爲强暴所污」者，《集傳》也。紛紛臆斷，原無一定。夫所謂「惡無禮」者，即貞女「不爲强暴所污」説也。《詩》曰「吉士」，《傳》曰「强暴」，經與傳互相矛盾，可乎哉？女而懷春，尚稱貞女，天下有是貞女乎？至其拒暴之詞，則曰爾姑徐徐來，勿感我帨，勿吠我尨，言何婉而意何切也！而乃謂其爲凜然不可犯者，誰其信耶？若必謂爲淫詩與所謂刺淫之詩，則「白茅純束，有女如玉」，亦可謂爲失德女而有污潔白之體乎？姚氏際恒能知衆説之非，而不能獨抒所見，仍主山野爲昏之説。至謂「吉士」爲「赳赳武夫」，亦屬不倫。唯章氏潢云「《野有死麕》，亦比體也。詩人不過託言懷春之女，以諷士之炫才求用，而又欲人勿迫於己」者，差爲得之。然謂懷春之女，其色且如玉也，吉士甯不誘之？又誤解「懷春」、「如玉」二語而爲一也。夫曰「懷春」，則其情近乎淫矣；曰「如玉」，則其德本無瑕矣。語意各別，斷斷不可

相混。故范氏處義曰：「女子之德潔白如玉，不可犯以非禮。『白茅純束』，亦以比德，與『生芻一束，其人如玉』同意。」則其識過章氏遠矣。愚意此必高人逸士抱璞懷貞，不肯出而用世，故託言以謝當世求才之賢也。意若曰，惟野有死麕，故白茅得以包之。惟有女懷春，故吉士得而誘之。今也「林有樸樕，野有死鹿」矣，然「白茅」則「純束」也，而誰其包之？「有女如玉」，質本無瑕也，而誰能玷之？爾吉士縱欲誘我，我其能禁爾以無誘哉？亦惟望爾入山招隱時，姑徐徐以云來，勿勞我衣冠，勿引我吠尨，不至使山中猿鶴共相驚訝也云爾。吾亦將去此而他適矣。此詩意極深而詞又甚婉，故使讀者猝難領會。愚固未敢自信能窺詩旨，要之，循章會意，其大要亦不甚相遠也。或又謂文、武盛時，何勞肥遯？然巢、由並生堯、舜之世，何害其爲堯、舜？即夷、齊同避文、武之朝，又何害其爲文、武？安知孤竹二子外，不更有名賢遺老高尚其志，不肯出而食粟者哉？天地之大，何所不容？聖德如天，亦何所不容？然正唯有此高人逸士而能容之，乃所以成文、武之世之大也。

【眉評】〔一章〕四句翻起，通篇全用比體。〔二、三章〕拍合正位，仍是比。以下言拒之之詞，意微而婉。

【集釋】〔麕〕獐也。陸氏德明曰：麕本亦作麏，又作麇，麞也。青州人謂之麏。案：麞有麝，可合香，故以起下懷春意。〔樸樕〕小木也。孔氏穎達曰：《釋木》云：「樸樕，心。」某氏曰：「樸樕，斛樕也。有心能溼，江河間以作柱。」〔鹿〕獸名，有角。案：《史記》曰：「古者皮幣，諸侯以聘享。」又《小雅·鹿鳴》「以宴嘉賓」，是嘉儀也，故以起下女如玉。〔脱脱〕舒緩也。〔感〕動也。〔帨〕巾也。〔尨〕犬也。

【標韻】麕十一真春同本韻隔句叶包三肴誘二十五有叶韻　樕一屋鹿同。束二沃玉同通韻　脱七曷帨八霽吠十一隊轉韻

何彼穠矣　諷王姬車服漸侈也。

何彼穠矣？唐棣之華。曷不肅雝？微詞。王姬之車。一章　何彼穠矣？華如桃李。平王之孫，齊侯之子。二章　其釣維何？維絲伊緡。齊侯之子，平王之孫。三章

右《何彼穠矣》三章，章四句。姚氏際恒云：「此篇或謂平王指文王，或謂即春秋時平王。凡主一說者，必堅其辭，是此而非彼。然按主春秋時平王説者居多，亦可見人心之同然也。」章氏潢亦云：「若必指爲文王時，非特不當作正義，而太公尚未封齊，則齊將誰指乎？」又謂「武王女，文王孫，不知邑姜乃武王元妃，果以姜女而下嫁於太公之子乎？此皆至明至顯，無可疑者。」此論出，則衆説紛紛，可息喙矣。然此詩果如《集傳》諸家所云「美王姬之下嫁，不敢挾貴以驕其夫家，而又能敬且和」乎？曰，未也。詩不云乎，「何彼穠矣」，是美其色之盛極也；「曷不肅

雝」，是疑其德之有未稱耳。有穠豔之色，尤必有肅雝之意以將之，然後德色雙美，可以相慶。今觀王姬下嫁，其色之豔如桃如李，何其如彼之盛乎，而德雖未見，第即所駕之車未見肅雝氣象。彼王姬乎，曷不肅肅雝雝，以稱其如桃如李之穠豔而無所疵議乎？當姬下嫁日，從旁觀者，誰不曰此平王之孫，齊侯之子，色相配，年相若也。及溯其乃祖若父婚嫁時，車服非不甚盛，而琴瑟鐘鼓之中，不失窈窕好逑之意；芳容非不豔冶，而桃夭華葉之美，自具室家相慶之心。今則徒使人嘖嘖稱羨，以爲齊侯之子、平王之孫共此絲蘿之美而已矣。其所以能結此絲蘿之美者，豈不以王侯世胄互聯姻締，如絲之合而爲緡乎？由此觀之，美中含刺，其爲春秋之世也無疑。而何以能附《二南》後乎？章氏俊卿又云：「爲詩之時，則東周也。採詩之地，則召南也。」愚謂此時召南，亦非其舊，乃新遷之召南耳。故名雖如故，而地有變遷；風之淳漓，亦因之。使《二南》所收，盡《關雎》、《麟趾》之盛，則其盛亦何足貴？此詩所咏，雖未必即於淫泆，然以視周初全盛時，則德意亦漸侈矣。編《詩》微意，固有在歟！

【集釋】〔穠〕盛也。石經作穠。陸氏德明曰：穠，如容反。《韓詩》作茙。茙，音戎。〔唐棣〕陸氏璣曰：唐棣，薁李也。一名雀梅，亦曰車下李。所在山中皆有，其華或白或赤，五月中成實，大如李，子可食。郭氏璞曰：江東呼夫移。〔平王〕即平王宣臼。〔齊侯〕即襄公諸兒。《春秋》：莊公十有一年，王姬歸于齊。《左傳》：齊侯來迎共姬。〔緡〕綸也，合絲爲之。

【標韻】穠二冬雝同本韻隔句叶。華六麻車同本韻　李四紙子同本韻　緡十一真孫十三元通韻

騶虞　獵不盡殺也。

彼茁者葭，壹發五豝。于嗟乎，句騶虞！一章　彼茁者蓬，壹發五豵。于嗟乎，騶虞！二章

右《騶虞》二章，章四句。《小序》謂「《鵲巢》之應」。《毛傳》以騶虞爲義獸，皆有心附會文王化行之故。《集傳》更云：「是即真所謂騶虞矣。」以獸比君，倫乎不倫，固不待辯而自明也。惟歐陽氏以騶爲騶囿，虞爲虞官，與韓、魯說「騶虞，天子掌鳥獸之官」及《禮·射義》合。是騶虞非獸名也審矣。《淮南子》與相如《封禪》等書，雖亦有以騶虞名獸者，而非《詩》之所謂騶虞也。豝，《釋獸》云牝豕，《集傳》云牡豕，均無足辯。又謂一歲曰豵，亦小豕也。夫豕畜於家，不生於野，何獵之有？豐道生引《郊特牲》「迎虎謂其食田豕也」，以豝、豵爲田豕害稼之獸，似矣。然既曰害稼，則殺之正宜其多，何五豝而僅一發乎？若一發而中五豝，則仁心又安在乎？毛氏萇曰：「虞人翼五豝以待君之發」，歐陽氏因之，以爲「獸雖五豝，矢唯一發，以見君心之仁愛及物，不忍盡殺」之意。愚案《周禮·大司馬》中「冬教大閱，曰鼓戒三闋，車三發，徒三刺，乃鼓退」。似一發之發，乃車一發而取獸五；非矢一發而中獸五，亦非獸雖五豝，矢唯一發之説也。夫天子農隙蒐狩，將以奉祭祀，致禽饁獸于郊，入獻禽以享烝，非徒陳師鞠旅以示威武也。故大

獸則公之，小獸則私之，獲者取左耳，是一行圍而所射之獸不一類，所獲之禽非一種，乃可以享烝而奉祀。若沾沾以一發五豝爲節，恐以博仁愛之譽則有餘，而致誠敬之心或不足也。田獵之禮，天子不合圍，諸侯不掩群，亦不過獵不盡物，物不盡殺之意也云爾。而豈以是爲名譽哉？然則「壹發五豝」之咏，《詩》固無足信歟？曰：此正詩人之辭，不可以辭害意。且舉豝、豵爲例，而餘獸可知耳。至末句不美國君而美虞人，亦如郝氏所云，不敢斥君而呼騶虞。騶虞之仁，即國君之仁；國君之仁，即文王之仁。指在虞人，而神注國君與文王。故曰澤及昆蟲草木，而以見化育之廣，爲王道之成也。

【眉評】末句與「于嗟麟兮」相似，而實不同。彼通章以麟爲比，故末句單歎「麟兮」不爲突；此詩發端未題「騶虞」，末句不得突出爲比，故知「騶虞」斷非獸名也。

【集釋】〔茁〕《集傳》：茁，生出壯盛之貌。〔葭〕嚴氏粲曰：葭，蘆葦，又名華，一物而四名。葭，葦之初生者。〔蓬〕許氏慎曰：蓬，蒿也。

【標韻】葭六麻豝同本韻　乎七虞虞同本韻句自爲韻。姚氏既分「于嗟乎」爲句，而又謂之無韻者，何哉？　蓬一東。豵同本韻　虞姚氏際恒曰：《集傳》以上「虞」音牙，下「虞」音五紅反，一字兩音，謬甚。程氏以恬曰：末句與上音遥應，不入韻。《朱傳》「虞」字首章音牙，二音五紅反。顧氏《詩本音》云：「首章以葭、豝、虞爲韻，二章以蓬、豵爲韻，而「虞」字則合前章。」《集傳》不得其解，乃以首章之「虞」叶音牙，二章之「虞」叶五紅反。一詩之中而兩變其音。及至《秦詩·權輿》之篇，則無説矣。首章以渠餘、輿爲韻，二章以簋、飽爲韻，而「輿」字則合前章，正與此詩一律。雖有善叶者，不能以「輿」而叶簋、飽也。故愚以爲此古人後章韻前章之法，不得此説而强求之上句，宜其迷謬而不合矣。案：古人用韻甚活，有以隔句叶者，有一音疊用而自叶者，有三章煞句爲韻者，有後章韻前章者。隔句叶甚多，不可枚舉。一字疊用，如《行露》首章兩「露」字是也。三章煞句爲韻，《麟之趾》三章是也，且與章首三「麟」字應。後章應前章，則《權輿》與此是，然二詩皆本句自叶，非定後章韻前章。顧氏知之而未盡耳。蓋乎字與輿、與虞皆本韻耳。若姚氏直以爲無韻者，何孟浪耶！

以上召南詩凡十有四篇。《小序》謂「《鵲巢》、《騶虞》之德，諸侯之風，先王之所以教，故繫之召公。」《集傳》因之，以爲「《鵲巢》至《采蘋》，言夫人、大夫妻也。《甘棠》以下，由方伯能布文王之化，至是而所施者溥，所謂其民皞皞而不知爲之者。」然其中言强暴欲侵陵女子而致訟者有之；女子懼嫁不及時，而有强暴之辱，竟迫不能待者有之；且女子拒暴不及，而曰爾姑徐徐來者，亦有之。詩僅十四篇，而言强暴者三，是何强暴之多也？以文王之世而强暴徒在在梗化也，如是謂之熙皞世得乎？爲之解者曰，女子陰柔易化，男子陽剛難馴，且商、周之際，紂之淫風流行，民初被化未純，故其俗如此。殊知周家世德，人民服化已深，時至文王，豈尚有强暴侵陵事乎？前賢大儒説《詩》如此，必有所據；後生小子何敢妄議？但事關風化，道係人心者，亦不可以不辨。夫與其得罪先聖，而有誣經之誚；無甯獲咎後儒，而無附和之嫌。孔子教人學《詩》必首《二南》，以爲「不爲《周南》、《召南》，則猶正牆面而立。」《二南》所咏，不過夫婦昏姻、草木鳥獸，亦何至不爲之而猶面牆立歟？蓋昏姻者，夫婦之始，而夫婦者，倫行之基。人於此而未嘗學焉，則身且未修也，何有於家？家且未齊也，何有於國與天下？是一步不可行，非面牆而立之謂乎？《集傳》説多本此，其所見未嘗不是，然而腐矣。況章章牽合之歟？夫學《詩》者不可不有無邪之心，而作詩者未必先存無邪之念。即説《詩》者，亦求如詩之意焉已耳，詎可參以己意哉？愚觀《召南》十四篇，賦昏姻者五，託言男女詞以寓君臣義者四，供蠶事于公宮，思仁政于已往，及美儉德、嗟行役而頌畋獵者又各一。其間有關乎文王者，有無關乎文王者；有係乎召伯者，亦有無係乎召伯者。關乎文王者，《殷其靁》、《摽有梅》、《小星》、《騶虞》是也。係乎召伯者，《甘棠》、《羔羊》是也。其餘則皆山林野夫、閭巷婦女之詞。然不必定咏文王，亦無非文王之化；不必定指召伯，罔非召伯之功。故可與《周南》並列，爲萬世詩教祖。至其音節，較之《周南》稍迫而直，無輕颺和緩之致，故又爲《周南》亞也。

詩經原始卷之三

國風 三

邶

邶、鄘、衛，三國名，在《禹貢》冀州，西阻太行，北踰衡漳，東南跨河，以及兖州桑土之野。及商之季，而紂都焉。武王克商，分自紂城朝歌而北謂之邶，南謂之鄘，東謂之衛，以封諸侯。邶、鄘始封及後何時并入於衛，諸家均未詳。衛則武王弟康叔之國也。衛本都河北朝歌之東，淇水之北，百泉之南，至懿公爲狄所滅，戴公東徙，渡河野處漕邑，文公又徙居於楚丘。朝歌故城在今衛輝府淇縣，所謂殷墟。衛故都即今濬縣。漕，滑縣。楚丘則山東兖州府城武縣。大抵河北一帶皆衛境也。惟邶、鄘地既入衛，詩多衛詩，而猶繫其故國之名，且編之衛國前，《序》與《傳》都莫名其故。或謂因其詩所得之地而存之，或謂因其聲之異而存之，或又謂以寓存亡繼絶之心，如楚既滅陳，而九年經書「陳災」，《穀梁》以爲存陳意也。愚謂邶自有詩，特世無可考，故詩難徵實。諸家又泥古《序》，篇篇以衛事實之，致令邶詩無一存者，而乃謂徒存其名也，豈不過哉！至編次在《衛》前，劉氏元城曰：以其地本商之畿内，故在《王・黍離》上。范氏處義曰：先《邶》而後《鄘》者，豈以其亡之先後歟？然皆無確論，姑仍之以存其舊云。

柏舟　賢臣憂讒憫亂，而莫能自遠也。

汎彼柏舟，亦汎其流。耿耿不寐，如有隱憂。微我無酒，以遨以遊。一章　我心匪鑒，不可以茹。亦有兄弟，不可以據。薄言往愬，逢彼之怒。二章　我心匪石，不可轉也。我心匪席，不可卷也。威儀棣棣，不可選也。三章　憂心悄悄，愠于群小。覯閔既多，受侮不少。静言思之，寤辟有摽。四章　日居月諸，胡迭而微？心之憂矣，如匪澣衣。静言思之，不能奮飛。五章

右《柏舟》五章，章六句。《小序》曰：「言仁而不遇也。」《大序》遂以衛頃公實之，《集傳》更疑爲莊姜詩。今觀詩詞固非婦人語，誠如姚氏際恒所駁。然亦無一語及衛事，不過賢臣憂讒憫亂而莫能自遠之辭，安知非即邶詩乎？邶既爲衛所并，其未亡也，國勢必孱。君昏臣聵，僉壬滿

朝，忠賢受禍，然後日淪於亡而不可救。當此之時，必有賢人君子，目擊時事之非，心存危亡之慮，日進忠言而不見用，反遭讒譖。欲居危地而清濁無分，欲適他邦而宗國難舍。憂心如焚，「耿耿不寐」，終夜自思，惟有拊膺自痛。故作爲是詩，以寫其一腔忠憤，不忍棄君，不能遠禍之心。古聖編《詩》，既憫其國之亡，而又不忍臣之終没而不彰，乃序此詩於一國之首，以存忠良於灰燼。亦將使後之讀《詩》者知人論世，雖不能盡悉邶事，猶幸此詩之存，可以想見其國未嘗無人，所謂寓存亡繼絶之心者，此也。而無如説《詩》諸家不察其意，乃以爲衛詩，且以爲婦人作，則邶真亡矣！不然，邶國既入於衛，而詩又皆衛詩，何必徒存其名於十三國之上？以爲是存亡繼絶之意，又何賴有此存亡繼絶意哉？嗚乎，吾恐邶之忠臣義士，含冤負屈，雖數千年下，猶不能瞑目於九京也！

【眉評】〔一章〕借柏舟以喻國事，其汎汎靡所底極之形自見。〔二章〕用翻筆接入，勢捷而矯。〔四章〕寫受譖，極沉鬱痛切之致。〔五章〕寫憫亂，極憒眊惶惑之心。

【集釋】〔柏舟〕以喻國也。舊説以爲自喻，下即繼以「耿耿不寐」，未免傷於迫切，非仁人心也。惟舟喻國，汎汎然於水中流，其勢靡所底止，爲此而有隱憂，乃見仁人用心所在。〔匪鑒〕歐陽氏修曰：「我心匪石」四句，毛、鄭解云「石雖堅尚可轉，席雖平尚可卷」者，其意謂石席可轉卷，我心匪石席，故不可轉卷也。然則鑒可以茹，我心匪鑒，故不可茹，文理易明。而毛、鄭反其義，以爲「鑒不可茹而我心可茹」者，其失在于以茹爲度也。《詩》曰：「剛亦不吐，柔亦不茹。」茹，納也。蓋鑒之于物，納景在内，凡物不擇妍媸，皆納其景。詩人謂衛之仁人，其心匪鑒，不能善惡皆納。善者納之，惡者不納。以其不能兼容，是以見嫉于衛之群小而不遇也。此雖就衛事言，然解「匪鑒」二句甚明晰，故録之。〔選〕《集傳》曰：簡，擇也。何氏楷曰：古字「選」、「算」通用，《論語》：「斗筲之人，何足算也。」《漢書》「算」作「選」。故「不可選」之「選」當作「算」。亦通，存之。〔悄悄〕憂貌。〔覯〕見也。〔閔〕病也。王氏安石曰：君子與小人異趣，其爲小人所愠，固其理也。故曰：「憂心悄悄，愠于群小。」小人得志，則爲讒誣以病君子；君子既病矣，則又從而侮之。故曰：「覯閔既多，受侮不少。」其曰「既多」、「不少」者，以著小人之衆也。〔辟〕拊心也。〔摽〕亦拊心貌。孔氏穎達曰：寤覺之中拊心而手摽然。〔日月二句〕嚴氏粲曰：微，不明也，日月食則不明。《十月之交》云：「彼月而微，此日而微。」姚氏際恒曰：喻君臣皆昏而不明之意也。〔匪澣衣〕姚氏曰：此句有二説，蘇氏謂「憂不去于心，如衣垢之不澣不忘濯也」，亦迂。嚴氏曰：我心之憂，如不澣濯其衣，言處亂君之朝，與小人同列，其忍垢含辱如此。此説爲是。

【標韻】舟十一尤流、憂、遊並同本韻　茹六御據同怒七遇通韻　轉十六銑卷、選並同本韻　悄十七篠小同少、摽並同本韻　微五微衣、飛並同本韻

緑衣　衛莊姜傷嫡妾失位也。

緑兮衣兮，緑衣黄裏。心之憂矣，曷維其已。一章　緑兮衣兮，緑衣黄裳。心之憂矣，曷維其亡。二章　緑兮絲兮，女所治兮。我思古人，俾無訧兮。三章　絺兮綌兮，淒其以風。我思古人，實獲我心。四章

右《緑衣》四章，章四句。《小序》謂「衛莊姜傷己也」。《大序》云：「妾上僭，夫人失位而作是詩。」蓋指州吁之母而言也。《集傳》既從之，而又以爲「無所考，姑從《序》説，下三篇同。」姚氏際恒以爲此「數篇皆婦人語氣，又皆怨而不怒，是爲賢婦。則以爲莊姜作宜也」。其言極爲有見，今從之。莊姜之賢，詩之怨而不怒，諸家皆能言之，故不復贅，但擇其當者録之而已。其解首二章，則孔氏穎達之言最善：首章曰間色之緑，不當爲衣，猶不正之妾，不宜嬖寵。今間色爲衣，而見正色反爲裏，而隱以興妾蒙寵而顯，夫人反見疏而微。緑衣以邪干正，猶妾以賤陵貴，故心之憂矣，何時其可以止也？二章曰間色之緑今爲衣，緑而在上，正色之黄反爲裳而處下，以興妾蒙寵而尊，夫人反見疏而卑。前以表裏興幽顯，此以上下喻尊卑，雖嫡妾之位不易，而莊公禮遇有薄厚也。姚氏謂次章「不必與上章分深淺，仍主緑上其黄裳，但取協韻」而已。然其義既有可通，則亦何妨分也？唯其解第三章則大有會心，云「緑兮絲兮」，謂此緑也，本絲也，前此

素潔之時，汝之所治，何爲而染成此綠也？猶墨子悲絲，謂其「可以黄，可以黑」之意。二句全是怨辭而不露意，若無端怨及于綠而追思及絲。此種情理，最爲微妙，令人可思而難以言。至末章則嚴氏粲曰：「絺綌暑服，今當淒然寒風之時，喻不適時而見棄。猶班婕妤秋扇捐篋之意也。『我思古人』，能處嫡妾，實得我心，言當於人心也。女子之情饒怨，此詩但刺莊公不能正嫡妾之分，其詞温柔敦厚如此，故曰『《詩》可以怨』。」統觀諸説，詩之旨無餘藴矣，定爲莊姜作亦無疑矣。而何以不編於衛詩之中，而序諸《邶風》之内，則其意又不可解，仍之以俟後考。

【眉評】姚氏際恒曰：先從「綠衣」言「黄裏」，又從「綠衣」言「絲」，又從「絲」言「絺綌」，似乎無頭無緒，卻又若斷若連，最足令人尋繹。

【集釋】〔綠〕間色。〔黄〕正色。〔衣〕上曰衣。〔裳〕下曰裳。《記》曰：「衣正色，裳間色。」〔治〕理也。〔訧〕過也。

【標韻】裏四紙已同本韻　裳七陽亡同本韻　絲四支治同訧十一尤，叶子其反。叶韻　風一東心十二侵叶韻

燕燕　衛莊姜送歸妾也。

燕燕于飛，差池其羽，之子于歸，遠送于野。瞻望弗及，泣涕如雨。一章　燕燕于飛，頡之頏之。之子于歸，遠于將之。瞻望弗及，佇立以泣。二章　燕燕于飛，下上其音。之子于

歸，遠送于南。瞻望弗及，實勞我心。三章　仲氏任只，其心塞淵。終溫且惠，淑慎其身。先君之思，以勗寡人。四章

右《燕燕》四章，章六句。《序》謂「莊姜送歸妾」，是也。即證以史傳，亦無不合者。孔氏穎達曰：「隱三年《左傳》曰：『衛莊公娶于齊東宮得臣之妹，曰莊姜，美而無子。又娶于陳，曰厲嬀，生孝伯，早死。其娣戴嬀生桓公，莊姜以爲己子。』四年春，州吁殺桓公。由是其子見殺，故戴嬀于是大歸。莊姜養其子，與之相善，故作此詩。知歸是戴嬀者，經云『先君之思』，則莊公薨矣。桓公之時，母不當輒歸，雖歸，非莊姜所當送歸，明桓公死後，其母見子之殺，故歸。莊姜養其子，同傷桓公之死，故泣涕而送之也。」然莊姜之惓惓於戴嬀而不能置者，非獨其情可矜，而其德尤可慕。觀末章歷叙其賢可見。然則莊姜之涕泣而送之者，又豈尋常婦人女子離別之情所可同日並論哉？

【眉評】〔四章〕前三章不過送別情景，末章乃追念其賢，愈覺難舍。且以先君相勗，而竟不能長相保，尤爲可悲。語意沉痛，不忍卒讀。

【集釋】〔燕〕鳦也。孔氏穎達曰：《釋鳥》云：「巂周、燕燕、鳦。」孫炎曰：「別三名。」舍人曰：「巂周，名燕燕，又名鳦。」郭璞曰：「一名玄鳥，齊人呼鳦曰燕，即今之燕也，古人重言之。《漢書》童謡云『燕燕尾涎涎』是也。」〔差池〕不齊貌。〔歸〕大歸也。孔氏曰：大歸者，不反之

辭。以歸寧者有時而反，此即歸不復來，故謂之大歸也。〔頡頏〕《説文》：頡，直項也。頏，舊説同亢。《釋鳥》曰：「鳥嚨也。」何氏楷曰：鳥高飛直上，故見其項頸向上也，言有引吭高飛之意。〔佇立〕久立也。〔上下〕低昂高下之意。

【標韻】羽七麌野二十一馬，叶上與反。雨七麌叶韻　頏七陽將同本韻　及十四緝泣同本韻　音十二侵南十三覃，叶尼心反。心十二侵通韻　淵一先，叶一均反。身十一真人同通韻

日月　衛莊姜傷己不見答於莊公也。

日居月諸，照臨下土。乃如之人兮，逝不古處！胡能有定，寧不我顧。一章　日居月諸，下土是冒。乃如之人兮，逝不相好！胡能有定，寧不我報。二章　日居月諸，出自東方。乃如之人兮，德音無良！胡能有定，俾也可忘。三章　日居月諸，東方自出。父兮母兮，畜我不卒！胡能有定，報我不述。四章

右《日月》四章，章六句。此亦莊姜爲莊公而作。而《大序》乃以爲「遭州吁之難」者，何哉？《辯説》駁之，是已。夫仰日月而訴幽懷，見三光「照臨下土」，罔非地義天經之常。而不謂倫紀間乃有如是人，不以古夫婦之相處者以處我，日惟謔浪笑敖來相慢侮，是其心志回惑而無所定也，不知如何乃能使之有定哉？然志雖無定，寧獨無伉儷情？絶不一我顧而我報，俾我自忘其

憂乎？「乃如之人兮」，是終不以古道相處乎？吾亦末如之何也已矣！一訴不已，乃再訴之；再訴不已，更三訴之；三訴不聽，則惟有自呼父母而歎其生我之不辰。蓋情極則呼天，疾痛則呼父母，如舜之號泣于旻天、于父母耳。此怨極也，而篇終乃云「報我不述」，則用情又何厚哉？蓋君雖報我以無禮，我不敢以無禮咎君，我惟以古夫婦之道相處而已。若莊姜者，可謂善處人倫之變，而不失爲性情之正者也。

【集釋】〔逝〕發語辭。〔胡寧〕皆何也。〔冒〕覆也。〔報〕答也。〔畜〕養也。〔卒〕終也。〔不述〕言不欲稱述也。

【標韻】土七麌處六語顧七遇，叶果五反。叶韻　冒二十號好、報並同本韻　方七陽良、忘並同本韻　出四質卒、述並同本韻

終風　衛莊姜傷所遇不淑也。

終風且暴，顧我則笑。謔浪笑敖，中心是悼。一章　終風且霾，惠然肯來。莫往莫來，悠悠我思。二章　終風且曀，不日有曀。寤言不寐，願言則嚏。三章　曀曀其陰，虺虺其靁。寤言不寐，願言則懷。四章

右《終風》四章，章四句。《序》以爲「莊姜遭州吁之暴」。毛、鄭以後皆從之。朱子以爲詳味詩

辭，有夫婦之情，未見母子之意，仍定爲爲莊公作。其説良是。若依《序》言，則「顧我則笑」、「惠然肯來」等語，豈子所宜加于母哉？州吁縱暴，當不至此，況非賢母所能出諸其口者。首二章寫莊公爲人狂蕩暴疾之象，殊非可以禮貌處。其言笑也無常，每顧人也則必笑，而笑又不出於正，徒見其爲「謔浪笑敖」，有似狂風終日疾暴而已。而予心安能無悼哉？其往來也亦無定，有時乎惠然而肯來，而其來也又不以時，則莫知其往，莫知其來，又似狂風終日陰晦而已。而予心能無悠然思哉？我之遇人也如是，我之自處也則又奚若？故下二章又云，驟雨迅靁有時而止，至於「終風且曀」，因而「曀曀其陰」，加以虺虺之靁，則殊未有開霽時也。我之度日亦若是乎？則何時始克見天日乎？中夜披衣，起而不寐，憂心抑鬱，結而成疾，則懷抱終無可解之一日矣。四章宜分兩面解，「終風」諸句作興不作比，詩意乃長，詩境乃寬，即詩筆亦曲而不直。否則專怒莊公，有何意味耶？《集傳》云，二詩宜在《燕燕》前，是。

【集釋】〔終風〕終日風也。〔暴〕疾也。〔謔〕戲言也。〔浪〕放蕩也。〔悼〕傷也。〔霾〕雨土蒙霧也。〔惠〕順也。〔曀〕陰而風，日曀。〔有〕又也。〔嚏〕鼽嚏。《禮·月令》「民多鼽嚏」注：鼽者，氣窒於鼻；嚏者，聲發於口。〔曀曀〕陰貌。孔氏穎達曰：言曀復曀，則陰曀之甚也。〔虺虺〕雷將發而未震之聲也。〔懷〕徐氏光啟曰：懷，懷抱不釋之意。

【標韻】暴二十號笑十八嘯敖即傲字，二十號悼同通韻　霾九佳來十灰思四支通韻　曀八霽嚏同本韻　靁十灰懷

擊鼓 衛戍卒思歸不得也。

擊鼓其鏜，踊躍用兵。總提二句。土國城漕，陪。我獨南行。主。〇一章 從孫子仲，所從之帥。平陳與宋。所伐之國。不我以歸，憂心有忡。此軍獨留，是以有憂。〇二章 爰居爰處，爰喪其馬。于以求之？于林之下。解散情形，不堪設想。〇三章 死生契闊，與子成説。執子之手，與子偕老。追憶叙别室家盟誓之言。〇四章 于嗟闊兮，不我活兮！于嗟洵兮，不我信兮！轉合當下不能如約之苦。〇五章

右《擊鼓》五章，章四句。《小序》謂「怨州吁」。鄭氏以隱四年州吁伐鄭之事實之。雖《集傳》不能無疑，以爲「恐或然也」，故不敢確指其事，但以爲衛人從軍者自言其所爲而已。至姚氏際恒始駁之云：「按此事與經不合者六。」愚謂不必推論過細，但即「平陳與宋」及「不我以歸」二語，已大不相符。夫所謂平者，平其禍亂也。州吁圍鄭，是要宋與陳、蔡同行，何以獨云陳、宋而不及蔡，亦何可謂之爲「平陳與宋」？圍鄭僅五日而還，何以謂之「不我以歸」？若云衛人惡州吁，故未出師豫爲喪亡之言以刺之，然則圍鄭還至秋再舉，未見其敗，此詩爲不實，删之可也，又何存乎？故姚氏疑爲衛穆公背清丘之盟，救陳爲宋所伐，平陳、宋之難，數興軍旅，其下怨之而

作，言頗近似。然細玩詩意，乃戍卒嗟怨之辭，非軍行勞苦之詩。當是救陳後晉、宋討衛之時，不能不戍兵防隘，久而不歸，故至嗟怨，發爲詩歌。始叙南行之故，繼寫久留懈散之形，因而追憶室家叙别之盟。言此行雖遠而苦，然不久當歸，尚堪與子共期偕老，以樂承平。不意諸軍悉回，我獨久戍不歸。是曩以爲濶别者，今竟不能生還也；曩所云「與子偕老」者，今竟不能共申前盟也。夫國家大役，無過「土工城漕」，然尚爲境内事。即征伐敵國，亦尚有凱還時。惟此邊防戍遠，永斷歸期，言念室家，能不愴懷？未免咨嗟涕洟而不能自已。此戍卒思歸不得詩也，又何必沾沾據一時一事以實之哉？

【眉評】〔四章〕有此一章追叙前盟，文筆始曲，與陳琳《飲馬長城窟行》機局相似。〔五章〕連用「于嗟」字反轉上意，毫不費力。此種最宜學。

【集釋】〔鏜〕鼓聲也。〔踊躍用兵〕曾氏鞏曰：鏜然擊鼓，踊躍用兵，想見州吁好兵喜鬭之狀也。〔土〕土功也。〔漕〕衛邑名。王氏應麟曰：《通典》：滑州白馬縣，衛國漕邑，戴公廬于漕即此。〔孫子仲〕《集傳》曰：孫，氏；子仲，字。時軍帥也。毛氏萇曰：孫子仲，謂公孫文仲也。姚氏際恒曰：衛穆公時有孫桓子良夫，良夫子文子林父，相繼爲卿。所云孫子仲者，不知即其父若子否也。存參。〔爰〕於也。〔契濶〕隔遠之意。〔成説〕謂約誓有成言也。〔活〕生還也。〔洵〕信也。〔信〕與申同。

【標韻】鏜七陽兵八庚行七陽轉韻　仲一送宋二宋忡一東，叶敕衆反。叶韻　馬二十一馬下同本韻　濶七曷説九屑轉韻　手二十五有老十九皓，叶魯吼反。叶韻　潤、活並曷本韻　洵十一真信同本韻

凱風　孝子自責以感母心也。

凱風自南，吹彼棘心。棘心夭夭，母氏劬勞。一章　凱風自南，吹彼棘薪。母氏聖善，我無令人。二章　爰有寒泉，在浚之下。有子七人，母氏勞苦。三章　睍睆黃鳥，載好其音。有子七人，莫慰母心。四章

右《凱風》四章，章四句。《序》、《傳》均以爲衞之淫風流行，雖有七子之母，猶不能安其室。諸家解此，遂無異説。惟《集傳》以爲七子自責之辭，非美七子之作，較《序》差精。然何以見其爲淫風流行耶？孟子曰：「《凱風》，親之過小者也。」若爲淫風所染，則豈「小過」已哉？蓋古來婦人改嫁，原屬常然，故曰「小過」。乃一改適，遂目爲淫，恐天壤間無處而非淫風矣。夫七子自責，而母心遂安，子固稱孝，母亦不得謂爲不賢也。且子自責之心，原欲婉詞幾諫，未嘗顯彰親過，今乃以爲「淫風流行」，母難自守，是欲掩親之過者，乃適以彰親之惡也。又豈孝子所樂聞哉？況詩中本無淫詞，言外亦無淫意，讀之者方且悱惻沁心，歎爲純孝感人，更何必誣人母過，致傷子心？仁者之言，恐不其然。故愚謂七子之母猶欲改節易操者，其中必有所迫。或因貧

乏，或處患難，故不能堅守其志，幾至爲俗所摇。然一聞子言，母念頓回，其惻然不忍别子之心，必有較子心而難舍者。而謂之爲淫也得乎？不然，慾心已動，詎能速挽？故知其斷非爲淫起見也。此詩之存，豈獨以美孝子，亦將以表賢母耳。

【眉評】言婉而意愈深。

【集釋】〔凱風〕李氏巡曰：南風長養萬物，萬物喜樂〔一〕，故曰凱風。凱，樂也。〔棘〕小木。毛氏萇曰：棘，難長養者。〔夭夭〕蔡氏卞曰：棘非能順者，而凱風有母之道便能吹之，使其心夭夭然和以茂也。〔棘薪〕毛氏萇曰：棘薪，其成就者。〔聖善〕嚴氏粲曰：聖者，明達之稱；善者，賢淑之稱。〔令〕善也。〔浚〕衛邑。王氏應麟曰：《水經注》，濮水枝津，東逕浚城南，而北去濮陽三十五里。城側有寒泉岡，即《詩》「爰有寒泉，在浚之下」。世謂之高平渠，非也。〔睍睆〕毛氏萇曰：睍睆，好貌。

【標韻】南十三覃心十二侵通韻　夭二蕭勞四豪通韻　薪十一真人同本韻　下二十一馬，叶後五反。苦七麌叶韻　音十二侵心同本韻

校記

〔一〕「萬物」二字，據《毛詩正義》補。

雄雉　期友不歸，思以共勗也。

雄雉于飛，雄飛興起。泄泄其羽。文采。我之懷矣，自詒伊阻。一章　雄雉于飛，下上其音。聲譽。展矣君子，實勞我心。二章　瞻彼日月，徒耗歲月。悠悠我思。道之云遠，兼隔關山。曷云能來。三章　百爾君子，不知德行。不忮不求，何用不臧。歸重不如修德，雌伏亦佳。至理名言。○四章

右《雄雉》四章，章四句。《小序》謂「刺衛宣公」。《大序》謂「淫亂不恤國事」。《集傳》則以爲婦人思夫從役于外之作，非國人所爲也。姚氏際恒云：「上三章可通，末章難通，不敢强説。」總因泥讀「雄雉」二字，故求其説而不得耳。蓋以爲友朋相勗之辭，則「雄雉」二字不可解。如以爲夫婦相思之作，則「百爾君子」實難通。殊知「雄雉」者，雄飛之象也，而雉又有文采，可以章身，故取以喻丈夫之有志高騫而欲顯名當世者，非男女雌雄之謂也。《老子》曰：「知其雄，守其雌，爲天下谿。」是雄以喻高，雌以喻卑之意。且詩首章「泄泄其羽」者，喻文采之光煇也。「下上其音」者，喻令聞之廣譽也。而下云「自詒伊阻」，又曰「展矣君子」者，誠哉其爲君子也。但欲高騫，以致遠隔，誰實使之？乃自詒耳。何則？吾人之所以自立者，名固當争，實尤宜務。今以務名之故，蹉跎歲月，更阻隔關山，是徒馳逐於外而不反求諸内者之過也；是不知修德立

行以爲實至名歸者之過也。誠能反求諸身，毋忿人而生嫉忌之心，毋枉己而啟貪求之念，則何人而不自得哉？即使雌伏，亦勝雄飛，又何必遠適他邦，廣求人譽，不知自返，使我勞心？此友朋相望而相勉之詞，不知諸儒何以認爲婦人作，且以爲刺宣公「淫亂不恤國事」作。淫亂詞固未嘗見，即男女情亦何可信哉？讀古人詩，當眼光四射，不可死於句下者，此類是也。

【眉評】〔一章〕首章言遠行乃自取。〔二章〕次言懷想之至。〔三章〕三章言難來之故。〔四章〕末期自勉，亦以共勗。

【集釋】〔雉〕野雞雄者有冠，長尾，而其羽文明，可用爲儀。〔泄泄〕李氏樗曰：泄泄，自得也。〔阻〕隔也。〔展〕誠也。〔忮〕害也。〔求〕貪也。〔臧〕善也。

【標韻】羽七麌阻六語通韻　音十二侵心同本韻　思四支來十灰通韻　行七陽臧同本韻

匏有苦葉　刺世禮義澌滅也。

匏有苦葉，匏葉興起。濟有深涉。深則厲，淺則揭。知淺深是通篇主腦。○一章　有瀰濟盈，有鷕雉鳴。濟盈不濡軌，不知淺深。雉鳴求其牡。因而不識倫類。○二章　雝雝鳴雁，轉入正意，映帶雉鳴。旭日始旦。士如歸妻，迨冰未泮。昏媾須時，不脫水字。○三章　招招舟子，人涉卬否。知淺深。人涉卬否，卬須我友。共濟宜得同心。○四章右《匏有苦葉》四章，章四句。《序》謂刺宣公也，公與夫人竝爲淫亂。《辯説》云：「未有以見其爲刺宣公夫人之詩。」故《集傳》但泛指爲淫亂之人，所見亦是。但篇中「雉鳴求其牡」，又似非泛泛然者。故姚氏際恒亦以爲《序》説可從。而前後文義絶不相屬，則又以爲「四章各自立義，不爲連類之辭」。詩豈有四章各自立義，不相連類之理？凡此皆固執「雉鳴求其牡」，以爲實指宣公之説，故致前後文義自生轇轕，絶不可解。詳味詩詞，非不連屬，亦非不明顯，特其製局離奇變幻，措詞譎詭隱微，若規若諷，忽斷忽連，故難驟解。以愚所見，直是一篇諷世座右銘耳。首章借涉水以喻涉世，提出深淺二字作主，以見涉世須當有識量，度時務，知其淺深而後行，是全詩總冒。次章反承不識淺深，明明濟盈濡軌矣，而自以爲不濡，並帶出鳴雉求非其類而自以爲偶，以喻反常亂倫肆無忌憚之人，惟其不度世道淺深，故至越禮犯分而亦不知自檢也。「雉鳴」句引起鳴鴈歸妻意，「濟盈」句引起「人涉卬否」意。一反一正，大開大合，章法脉絡，原自井然，一絲不亂。意以爲吾人處世，倫行爲重。夫婦之初不以禮合，他可想知。士人應世，幹濟爲先。同舟之内苟無良朋，覆可立待。故不欲整綱飭紀則已，如欲整綱飭紀，則必自昏媾始。古之昏禮多在春前，「迨冰未泮」，此其時也。不欲涉身處事則已，如欲涉身處事，則必如濟川然。世之濟險必得同心，「卬須我友」，詎可少哉？此雖刺世乎，實自警耳。詩人之意，未必專刺宣公，亦未必非刺宣公。因時感事，觸物警心，風詩義旨，大都如是。故謂之刺世也可，謂之刺宣公也亦可；謂之警世也可，即謂之自警也，亦無不可。是在乎善讀《詩》者觸處旁通，悠游涵泳，以求其言外意焉，斯得之耳。

【眉評】〔一章〕正起。〔二章〕翻承。〔三、四章〕正、轉分二層説，通篇以涉水喻處世。中間插入雉雁喻倫物，詞旨隱約，局陣離奇，忽斷忽連，若規若諷，極風人之意趣。

【集釋】〔匏〕陳氏子龍曰：匏，似瓠而圓，亦曰壺盧。性善浮，腰之可以涉水。《鶡冠子》：「中流失船，一壺千金。」〔濟〕渡處也。〔涉〕行渡水也。〔厲揭〕以衣而涉曰厲。褰衣而涉曰揭。〔瀰〕水滿貌。〔鷕〕雌雉聲。〔軌〕車轍也。〔求牡〕《爾雅·釋獸》正例，飛曰雌雄，走曰牝牡。今《詩》言求其牡，是不特以雌求雄，且以飛之雌求走之牡，其無倫也甚矣。以喻亂倫之人，不顧匹偶如是。〔鴈〕鳥名。鄭氏康成曰：鴈者，隨陽而處，似婦人從夫，故昏禮用焉。〔冰未泮〕姚氏際恒曰：古人行嫁娶必于秋冬農隙之際，故云「迨冰未泮」。《荀子·大略篇》云：「霜降迎女，冰泮殺内。」正解此詩語也。〔招招〕號召之貌。孔氏穎達曰：王逸云：「以手曰招，以言曰召。」〔卬〕我也。

【標韻】葉十六葉涉同揭九屑通韻　盈八庚鳴同本韻　軌四紙，叶居有反。牡二十五有叶韻　旦十五幹泮同本韻　否二十五有友同本韻

谷風　逐臣自傷也。

習習谷風，以陰以雨。以陰陽失調興起。黽勉同心，同心是夫婦常理。不宜有怒。采葑采菲，無以下體。比。德音莫違，及爾同死。惟同心乃可同死。○一章　行道遲遲，中心有違。入題簡捷，不忍遽去。不遠伊邇，薄送我畿。望其短送。誰謂荼苦，其甘如薺。心苦逾荼。宴爾新昏，如兄如弟。奈爾新昏何。○二章　涇以渭濁，借涇自喻。湜湜其沚。宴爾新昏，不我屑以。毋逝我梁，毋發我笱。不忘舊地舊物。我躬不閱，遑恤我後！旋又自歎自解。○三章　就其深矣，方之舟之。就其淺矣，泳之游之。治事淺深皆宜。何有何亡，黽勉求之。家計有無不論。凡民有喪，匍匐救之。濟人之急。○四章　不我能慉，反以我爲讎。承上轉落有力。既阻我德，賈用不售。推原其故。昔育恐育鞫，及爾顛覆。昔頗有勞。既生既育，比予于毒。今乃相仇。○五章　我有旨蓄，亦以御冬。無聊賴中忽念及瑣細事，愈覺可傷。宴爾新昏，以我御窮。有洸有潰，既詒我肄。不念昔者，伊余來塈。回應「同心」。○六章

右《谷風》六章，章八句。《小序》曰：「刺夫婦失道也。」今味詩詞，夫失道有之，婦則未見爲失。《大序》以爲「衛人化其上，淫於新昏而棄其舊室」。朱子《辯説》既云「未有以見化其上之意」，後又言「宣姜有寵而夷姜縊，是以其民化之，而《谷風》之詩作」。前後兩説，迥不相蒙，何也？

此詩通篇皆棄婦辭，自無異議。然「凡民有喪，匍匐救之」，非急公嚮義、胞與爲懷之士，未可與言，而豈一婦人所能言哉？又「昔育恐育鞫，及爾顛覆」，亦非有扶危濟傾、患難相恤之人，未能自任，而豈一棄婦所能任哉？是語雖巾幗，而志則丈夫。故知其爲託詞耳。大凡忠臣義士不見諒於其君，或遭讒間遠逐殊方，必有一番冤抑難於顯訴，不得不託爲夫婦詞，以寫其無罪見逐之狀。則雖卑詞巽語中時露忠貞鬱勃氣。漢、魏以降，此種尤多。然皆有詩無人，或言近旨遠，借以諷世，莫非脱胎於此，未可遽認爲真也。至其文義，《集傳》及諸家訓之甚詳，故不再贅，兹僅發其大凡如此。

【眉評】〔一章〕通章全用比體。先論夫婦常理作冒。〔二章〕次言見棄，即從辭别起，省卻無數筆墨。〔三章〕三乃推言見棄之故，在色衰不在德失。〔四章〕四自道勤勞，見無可棄之理。〔五章〕五言夫但念勞於貧苦之時，而相棄於安樂之後。〔六章〕末即瑣事見夫之忍且薄，因追憶及初來相待之厚，掉轉作收，章法完密。

【集釋】〔谷風〕嚴氏粲曰：來自大谷之風，大風也，盛怒之風也。又習習然連續不絶，所謂「終風」也。又陰又雨，無清明開霽之意，所謂「曀曀其陰」也。皆喻其夫之暴怒無休息也。舊説谷風爲生長之風，以谷爲穀者非。〔葑〕蔓菁也。陳氏子龍曰：《埤雅》云，蕪菁似菘而小，有臺，一名葑，一名須，俗謂之臺菜。其紫花者謂之蘆菔，一名萊菔。所謂温菘也。梗長葉瘦，高者謂菘，葉潤厚短者爲蕪菁。〔菲〕蒠類也。郭氏璞曰：即土瓜也。〔下體〕根也。〔畿〕郊畿也。孔氏穎達曰：畿者，期限之名，故《周禮》九畿及王畿千里，皆期限之義。經云「不遠」，故云「薄送」，蓋望之之辭，非真送也。《集傳》以爲送之門内者，非。〔荼〕苦菜，蓼屬。邢氏昺曰：荼，味苦。《月令》「孟夏苦菜秀」，是也。〔薺〕陶氏弘景曰：薺，味甘。人取其葉作葅及羹，亦佳。〔涇〕水名，出今甘肅平凉府笄頭山，至高陵縣入渭。〔渭〕水名，出今甘肅渭源縣鳥鼠山，至陝西高陵會涇，亦入于河。〔湜湜〕清貌。涇濁渭清，然未與渭滙時，則亦覺其清也。〔沚〕渚也。〔屑〕潔也。〔逝〕之也。〔梁〕堰。石障水而空其中曰梁。〔笱〕竹器，承梁以取魚者也。〔閲〕容也。〔方〕許氏慎曰：方，并船也。〔匍匐〕手足並行，急遽甚也。〔慉〕養也。〔阻〕卻也。〔鞠〕窮也。〔御〕當也。〔洸〕武貌。〔潰〕怒色。〔肄〕勞也。〔塈〕息也。黄氏一正曰：婦三月廟見，然後執婦功，故婦初來曰息也。

【標韻】雨七遇怒同本韻　體八薺死四紙通韻　違五微畿同本韻　薺八薺弟同本韻　沚四紙以同本韻　笱二十五有後同本韻　舟十一尤游、求並同救二十六有，叶居尤反。叶韻　讎十一尤售同本韻　覆一屋毒二沃通韻　冬二冬窮一東通韻　肄四寘塈同本韻

式微　黎臣勸君以歸也。

式微式微，胡不歸？微君之故，胡爲乎中露？一章　**式微式微，胡不歸？微君之躬，胡爲乎泥中？**二章

右《式微》二章，章四句。《序》云：「黎侯寓於衛，其臣勸以歸也。」此必有所據，故可從。而《辯説》又以無黎侯字疑之，則未免失之刻矣。《集傳》既從其説，又加「失國」二字，反較支離。蓋失國則不能歸，故《序》但云「寓於衛」耳。此必黎侯被逐後，不久狄亦自退，故可歸不歸，其臣因以勸也。夫既以是詩而屬之黎國臣子之詞，則律以主憂臣辱、君辱臣死之義，是今日之君，辱在泥塗之君也，今日之臣，不當周旋左右與共患難，而乃以此歸咎其君，不肯久事暴露乎？殊知狄人既退，國虚無主，所謂當今之時，社稷爲重君爲輕也。使諸臣非爲君故，其誰肯久羇人國，徒爲此狼狽形乎？君乎君乎，尚思早作歸計，共圖恢復，振此式微之世也乎！黎侯平素必優游頑懦以致被逐，迨至狄退仍無遠志，徒望人憐而人又不我憐。其臣憂之，故作此以勸其歸。其一片憂國愛君之心溢於言表，至今猶聞其聲也。

【眉評】語淺意深，中藏無限義理，未許粗心人鹵莽讀過。

【集釋】〔式〕發語辭。〔微〕衰也。《爾雅》：式微式微者，微乎微者也。〔微〕猶非也。〔中

露〕猶言暴露也。〔泥中〕猶言泥塗也。毛氏萇曰：中露、泥中，衛邑也。此或後人因經而附會其説耳，不可從。

旄丘　黎臣勸君勿望救於衛也。

旄丘之葛兮，何誕之節兮？叔兮伯兮，何多日也？一章　何其處也？必有與也。何其久也？必有以也。二章　狐裘蒙戎，匪車不東。叔兮伯兮，靡所與同。三章　瑣兮尾兮，流離之子。叔兮伯兮，褎如充耳。四章

右《旄丘》四章，章四句。《序》謂「黎臣責衛伯不能修方伯連率之職，以救之也」。愚謂己不自振，人又何咎？但望救之心至無可望，不能不以此勸君早歸耳。蓋其始猶有奢望之心，故雖時物變遷，待久不至，猶登高以望之曰：衛非必無意於我也，蓋其處也，必有所待與我以伐狄也。其久也，又必有所挾以安吾國也。迨至遲之又久，途窮裘敝，終不見來，始知其無意於我。我之不敢東向以求人者，正爲衛之諸臣無與同心故耳。我之流離尾瑣甚矣，而人方且褎然盛服，袖手旁觀，置若罔聞，是真絶意於我也。人既若此，我復何望？不如謀歸故國之爲愈矣。詞若責人，意實勸君。與前篇同一憂國愛君之心。若作責人觀，則忠臣之意泯矣！

【眉評】〔二章〕姚氏際恒曰：自問自答，望人情景如畫。

【集釋】〔旄丘〕孔氏穎達曰：《釋邱》云：「前高後下曰旄丘。」王氏應麟曰：《寰宇記》：「旄丘在澶州臨河縣東。」〔誕〕姚氏炳曰：《毛傳》訓誕爲濶，無義。誕與覃通，猶《葛覃》之覃也。《書》之誕敷，亦作覃敷，可證。覃，延也。誕從延，有延長意。此説較優，從之。〔與〕姚氏際恒曰：與，與我伐狄也。義較優。〔以〕姚氏際恒曰：能左右之曰以。〔狐裘〕《玉藻》：君子狐青裘豹褎，玄綃衣以裼之。注：君子，大夫士也。〔蒙戎〕亂貌，言弊也。〔不東〕黎在衛西，故入衛必向東。言非我君之車不東來。〔瑣〕細也。〔尾〕末也。〔流離〕漂散也。〔褎〕姚氏際恒曰：褎當從《毛傳》，謂盛服貌。董氏漢《策》曰：「今大夫褎然爲舉首」。師古注曰：「褎然，盛服貌。」鄭氏謂「笑貌」，謬。《集傳》訓「多笑貌」，蓋本鄭也。〔充耳〕塞耳也。

【標韻】節九屑曰四質通韻　處六語與同本韻　久二十五有，叶舉里反。以四紙叶韻　戎一東東、同並同本韻　子四紙耳同本韻

簡兮　賢者自傷失位而抒所懷也。

簡兮簡兮，方將萬舞。日之方中，在前上處。分別舞人、舞名、舞時、舞地。○一章　碩人俁俁，公庭萬舞。有力如虎，執轡如組。武舞如是。○二章　左手執籥，右手秉翟。文舞又如是。赫如渥

赭，公言錫爵。均能盡職，故受榮寵。○三章

山有榛，隰有苓。云誰之思？西方美人。彼美人兮，西方之人兮。然我之所懷，則別有在。所思爲誰？蓋西京聖王耳。反覆咏歎，神味無窮。○四章

右《簡兮》四章：三章，章四句，一章六句。從《集傳》。《序》、《傳》皆言「賢者仕於伶官」之辭。惟《序》則以爲「刺不用賢」，《傳》則以爲賢者自作，且「有輕世肆志之心」，立説各異。姚氏際恒亦主《序》言，以爲玩世不恭，何以稱賢？必非賢者自作，乃詩人贊美賢者耳。愚觀末章非賢者不能自道其胸臆，餘亦未見有玩世不恭意。乃《集傳》誤訓「簡兮簡兮」以爲「簡易不恭意」，故並下文亦疑其爲誇大詞。遂使才德兼優之士，變而爲輕狂傲慢之徒，如禰正平羯鼓三撾、解衣磅礴一流人物。夫豈三代以上學歟？此皆傳注者之過，非經過也。觀其自叙，將欲習舞，先簡舞人，次定舞日，再擇舞地。而舞分文武：其武舞也，力必如虎，轡必如組，方爲稱職。其文舞也，籥必左手，翟必右手，乃能如儀。及其既事錫爵於公，無慢容，亦無怍色，顏如渥赭，裕如也，而可不謂之爲賢乎？又何嘗有一毫自恃其賢，玩世不恭，以致懈乃公事耶？特其抱負不凡，有不盡是而止者。蓋所挾者大，所見者遠，故不禁有懷西京盛世，而慨然想慕文武成康之至治不復得見於今日，因借美人以喻聖王，而獨寄其遐思焉。後儒不察，一見詩中有「碩人」「如虎」等句，遂指爲誇大詞。又見卒章忽追憶及於「西方美人」，更疑其爲思遇明主以見用。於是多方擬議，或以爲狂，或以爲賢，要非當日賢者所肯受，亦非當日賢者所能辭，可不慨哉？

【眉評】〔一章〕從將舞叙起。　〔四章〕慨然遐想，有高乎一世之志。

【集釋】〔簡〕姚氏際恒曰：簡，《説文》分别之也。謂方將萬舞，故先分别舞人，如「諸侯用六」是也。　〔萬舞〕《集傳》曰：萬者，舞之總名。武用干戚，文用羽籥也。姚氏際恒曰：萬舞，《商頌》曰「萬舞有奕」，則其名已久。《毛傳》謂干羽，按干爲武舞，羽爲文舞，兼文武言。鄭氏謂「干舞」，則單指武舞，因引《左傳》「振萬」之言，以萬舞爲武舞，與諸説異存參。　〔日之方中〕姚氏曰：孔氏引《月令》「仲春之月，命樂正習舞入學」，謂「二月日夜中」也，亦通。　〔碩人〕碩，大也。朱氏道行曰：稱人而曰碩，重其品也。愚謂碩人不必重看，對下「有力如虎」可知。　〔俁俁〕大貌。　朱氏曰：指形體，亦帶威儀説。　〔轡〕韁也。　〔組〕織絲爲之，言其柔也。　〔籥〕如笛而小。孔氏穎達曰：籥雖吹器，舞時與羽並執，故得舞名。《賓之初筵》云「籥舞笙鼓」是也。　〔翟〕雉羽也。　〔赫〕赤貌。　〔渥〕孔氏穎達曰：渥者，浸潤之名。　〔赭〕赤色，言其顔色之充盛也。　〔錫爵〕徐氏鳳彩曰：工告樂備，則主人獻工。主人，宰夫也。然必錫之於君，故曰「公言錫爵」，重君命也。　〔榛〕似栗而小。　〔隰〕下濕曰隰。　〔苓〕《集傳》曰：苓，一名大苦，葉似地黄，即今甘草也。

【標韻】舞七麌處六語通韻。　俁七麌舞、虎、組並同本韻　籥十藥翟十二錫，叶直角反。爵十藥叶韻　榛十一真苓九青人十一真通韻

泉水　衛媵女和《載馳》作也。

毖彼泉水，從衛地起。亦流于淇。有懷于衛，入衛事。靡日不思。孌彼諸姬，聊與之謀。知諸姬之無能爲，故曰聊與謀。○一章　出宿于泲，飲餞于禰。夫人若行，我當祖餞。女子有行，遠父母兄弟。但還須問我諸姑，遂及伯姊。直白如話，是商量語。○二章　出宿于干，飲餞于言。載脂載舝，還車言邁。遄臻于衛，不瑕有害。此乃是勸其行，想亦無害。○三章　我思肥泉，茲之永歎。思須與漕，我心悠悠。自寫胸臆。駕言出遊，以寫我憂。四章。

右《泉水》四章，章六句。《序》言「衛女嫁于諸侯，父母終，思歸寧而不得，故作此詩以見志。」《集傳》因之。然詩詞未見有父母終意。何氏楷則以此篇及《竹竿》一例，與《載馳》爲許穆夫人不能救衛，思控大國之作。姚氏際恒駁之，以爲無證，而且多複句，非一人作。又疑爲許穆夫人媵妾之詞，而終不敢定。愚玩此詩與《竹竿》雖同爲思歸之詞，而意旨迥殊。《竹竿》不過想慕故國風景人物及當年遊釣之處，而此則直傷衛事，且爲衛謀，與《載馳》互相唱和也。《載馳》云「載馳載驅，歸唁衛侯」，此則云「飲餞于禰」，「飲餞于言」。《載馳》云「驅馬悠悠，言至于漕」，此則云「思須與漕，我心悠悠」。《載馳》云「控于大邦，誰因誰極」，此則云「孌彼諸姬，聊與之謀」。《載馳》云「大夫君子，無我有尤」，此則云「問我諸姑，遂及伯姊」。詞鋒相對，語無虛設，非唱和而何？至其立言，亦各有體。嫡本欲咎大夫君子，媵則但問諸姑伯姊。嫡本欲控于大邦，媵則但謀彼諸姬。嫡欲馳至於漕，媵則但思須與漕。嫡欲歸唁衛侯，媵則但餞于禰、于言。嫡媵口吻，各如其分，絶不相陵。故又知其爲妾和，非夫人作也。蓋媵亦衛女，故同關心，亦人情之常耳。若但云「思歸寧不得而作」，則婦女之歸寧與不歸寧有何關係，而必存之以爲後世法耶？姚氏既疑爲媵作，而又以爲「無證」，不知其何所謂證也？唯此詩既與《載馳》爲唱和，則當序《載馳》後，而乃編諸《邶風》内，則不可解。

【眉評】〔一章〕凡事動謀外戚，是婦女聲口。然非爲衛，何謀之有？〔二章〕問及諸姑伯姊，不失妾媵身分。〔三、四章〕餞于禰、又餞于言，是虛想餞地而已，非真餞也。餞既不成，則唯有思漕以寫我憂耳。

【集釋】〔毖〕泉水出貌。〔泉水〕即今輝縣百泉也。〔淇〕水名，出今彰德府林縣。〔孌〕何氏楷引《説文》訓慕，可從。〔諸姬〕周同姓國也。衛，姬姓。故欲與謀，以復衛也。夫人欲控大邦，妾欲謀諸同姓，亦互相商酌語。若謂歸寧，則問我諸姑，並及伯姊可也，何必謀之同姓國耶？〔泲〕地名。王氏應麟曰：《地理志》，《禹貢》導沇水東流爲泲，東郡臨邑有泲廟。〔禰〕亦地名。王氏曰：《寰宇記》，大禰溝在曹州冤句縣北七十里。〔諸姑伯姊〕劉氏瑾曰：夫人之嫁必有姪娣二人爲媵，而同姓二國往媵之亦有姪娣，皆謂之媵，凡八人。案：此諸姑伯姊，則夫人之媵妾輩也。前云「謀彼諸姬」者，謀復衛于同姓之國也。此云問我諸姑者，商夫人之行於同輩也。語意絶不相侔，而《集傳》與姚氏均謂諸姬即諸姑伯姊，詩豈如是之重複冗雜耶？〔干言〕二地名。王氏應麟曰：《隋志》，「邢州内邱縣有干言山。」李山緒曰：柏人縣有干山、言山。柏人，邢州堯山縣。〔脂〕以脂膏塗車牽，使滑澤也。〔牽〕陸氏明德曰：牽，車軸頭金也。〔遄〕疾也。〔臻〕至也。〔瑕害〕姚氏際恒曰：「不瑕有害。」謂我之歸不爲瑕過而有害。較鄭氏以害訓何，《集傳》又謂瑕即何爲可通。但此是夫人可行語，非妾自道也。〔肥泉〕水名，亦衛地。〔須漕〕孔氏穎達曰：《鄘》云：「以廬於漕。」漕是衛邑，須與漕連，明亦衛邑。案：衛文公爲狄所逐時廬於漕，故所思在此。〔寫〕瀉通，輸泄之意。

【標韻】淇四支思同謀十一尤，叶謨悲反。叶韻　禰八薺弟同姊四紙通韻。　干十四寒言十三元通韻　邁十卦害九泰通韻　泉一先歎十四寒通韻　悠十一尤憂同本韻

北門　賢者安於貧仕也。

出自北門，憂心殷殷。終窶且貧，莫知我艱。已焉哉，天實爲之，謂之何哉。一章　王事適我，政事一埤益我。我入自外，室人交徧讁我。已焉哉，天實爲之，謂之何哉。二章　王事敦我，政事一埤遺我。我入自外，室人交徧摧我。已焉哉，天實爲之，謂之何哉。三章

右《北門》三章，章七句。此賢人仕衛而不見知於上者之所作。觀其王事之重，政務之煩，而能以一身肩之，則其才可想矣。而衛之君上乃不能體恤周至，使其「終窶且貧」，内不足以畜妻子而有交謫之憂，外不足以謝勤勞而有敦迫之苦。重禄勸士之謂何，而衛乃置若罔聞焉。此詩之所以作也。然則衛之政事不從可知哉？夫以國士遇我者，以國士報之；以庸衆遇我者，以庸衆報之，亦屬事所常然。而詩乃隨遇安之，盡心竭力，爲所當爲，行所得行而已。迨至無可奈何，則歸之於天，不敢怨懟於人，而可不謂之爲賢乎？若使朱買臣、蘇季子二人處此，不知如何揣摩時勢以求一售，必力爭夫世之所謂勢位富厚者，以誇耀於妻嫂，不洩其憤焉不止，詎肯終受室人交謫哉？以彼方此，則品誼之懸殊爲何如也？然必曰「出自北門」者，抑又何故？邶在衛北，此或邶士所爲，亦未可知。

【眉評】〔一章〕「莫知」二字是主。〔二章〕室家勢利之情如畫，可謂摹寫殆盡。〔三章〕委之於天而已。

【集釋】〔窶〕孔氏穎達曰：《釋言》云：「窶，貧也。」則貧窶爲一。此「終窶且貧」爲二事之辭，故窶與貧别。窶謂無財可以爲禮，貧謂無財可以自給。何氏楷曰：窶，《説文》，無禮居也。〔王事〕范氏處義曰：王事，上所命之事也。〔政事〕范氏曰：政事，職所治之事也。〔適〕之也。〔一〕猶皆也。〔埤〕厚也。〔讁〕責也。〔敦〕迫也。〔摧〕《説文》，擠也。猶云排擠。

【標韻】門十三元殷十二文貧十一真艱十五刪，叶居銀反。 通韻 之四支哉十灰通韻 適十一陌益、讁並同本韻

敦十三元遺四文，叶夷回反。 摧十灰叶韻

北風 賢者見幾而作也。

北風其涼，雨雪其雱。惠而好我，攜手同行。其虛其邪，既亟只且。一章 北風其喈，雨雪其霏。惠而好我，攜手同歸。其虛其邪，既亟只且。二章 莫赤匪狐，莫黑匪烏。姚氏曰：「變得峻峭，聽其不可解，亦妙。」惠而好我，攜手同車。其虛其邪，既亟只且。三章

右《北風》三章，章六句。姚氏際恒云：「此篇自是賢者見幾之作，不必説及百姓。」是。蓋見幾唯賢者乃早，百姓豈能及也。愚觀詩詞，始則氣象愁慘，繼則怪異頻興，率皆不祥兆，所謂國家將亡，必有妖孽時也。赤狐黑烏，當時或有其怪，或聞是謠，皆不可知。總之，敗亡兆耳。故賢者相率而去其國也。但不知其爲衛作乎，抑爲邶言乎？若以詩編《邶風》內，則當爲邶言爲是。與首篇《柏舟》憂讒憫亂之作相應。蓋彼知其將亂而不忍去，此則見其將亡而必速去。一明哲以保身，一忠貞而受禍，雖曰時位不同，亦各行其志焉已矣！

【眉評】〔一章〕氣象愁慘。 〔二章〕妖孽頻興，造語奇闢，似古童謠。

【集釋】〔雱〕雪盛貌。〔惠〕愛也。〔虛〕寬貌。〔邪〕陸氏德明曰：《爾雅》作徐。〔亟〕急也。〔只且〕歐陽氏修曰：「其虛其邪，既亟只且」者，言無暇寬徐，當亟去也。〔喈〕疾聲也。〔狐〕獸名。陸氏佃曰：舊説以狐有媚珠，善變化，其爲物妖淫，故詩以刺惡。〔烏〕陸氏佃曰：烏，一名鵶，其名自呼，體全黑。

【標韻】凉，七陽雱、行並同本韻　邪音徐，六魚。且同本韻　喈九佳霏五微歸同通韻　狐七虞烏同車六魚通韻

静女　刺衛宣公納伋妻也。

静女其姝，俟我於城隅。愛而不見，搔首踟躕。摹神。○一章　静女其孌，貽我彤管。彤管有煒，説懌女美。○二章　自牧歸荑，洵美且異。匪女之爲美，美人之貽。○三章

右《静女》三章，章四句。《序》謂「刺時」。毛、鄭推原其意，謂「陳静女之美德以示法戒。」《集傳》則從歐陽氏説，斥爲男女相期會之詞。夫曰「静女」，而又能執彤管以爲誡，則豈俟人於城隅者哉？城隅何地，抑豈静女所能至也？於是紛紛之論起。呂氏大臨曰：「古之人君，夫人媵妾散處後宮。城隅者，後宮幽閒之地也。女有静德，又處於幽閒而待進御，此有道之君所好也。」已屬勉强穿鑿。而呂氏祖謙更主之，以爲此「述古者以刺衛君」，至謂「搔首踟躕」與《關

雎》之「寤寐思服」同爲思念之切，亦何無恥之甚耶！夫「搔首踟躕」何可與「寤寐思服」同日並語？說《詩》至此，真堪絶倒。且媵女進御君王，何煩搔首不見，必説不去。然主此論者甚多，雖横渠張子亦所不免。觀其詩曰「後宫西北邃城隅，俟我幽閒念彼姝」可見。然則「城隅」、「静女」，果何所指而何謂乎？曰「城隅」即新臺地也，「静女」即宣姜也。何以知之？案《水經注》「鄄城北岸有新臺」，《寰宇記》「在濮州鄄城縣北十七里。」孔氏穎達曰：伋妻自齊始來，未至於衛，故爲新臺。待其至於河，而因臺以要之。此所謂城隅也，所謂「俟我於城隅」之「静女」也。宣姜初來，未始不静而且姝，亦未始不執彤管以爲法。不料事變至於無禮，雖欲守彤管之誡而不能，即欲不俟諸城隅而亦不得也。然使非其静而且姝，則宣公亦何必爲此無禮之極乎？詩故先述其幽閒窈窕之色，以爲納媳張本。當其初來，止於城隅之新臺以相俟，宣公只聞其美而未之見，已不勝其搔首踟躕之思。及其既見，果静而且孌，則不惟色可取，性亦可悦，而女方執彤管以相貽，煌煌乎其不可以非禮犯，則此心亦自止耳。無如世間尤物殊難自舍，則未免有佳人難再得之意，竟不顧惜廉恥，自取而自納之，亦「悦懌女美」之一念陷之也。又況美人自外攜來土物以相貽贈，又不啻珍重而愛惜之。夫豈物之足重耶？亦重夫美人所貽耳。描摹宣公好色無禮、逆理亂倫醜態，可謂窮形盡相，不遺餘力矣。特其詞隱意微，不肯明斥君非，故難測識。迨至下章《新臺》，則直刺無隱。愚故知此亦爲宣公發也。

【眉評】〔一章〕「城隅」二字是題眼。〔二章〕「女美」二字是罪案。〔三章〕愜心滿意之至。

【集釋】〔静〕閒雅之意。〔姝〕美色也。〔城隅〕指鄄城北建新臺地，不言新臺者，微詞也。〔踟蹰〕黄氏一正曰：搔首，人煩急則手爬其首。踟蹰，行不前也。〔彤管〕毛氏萇曰：古者后夫人必有女史彤管之法，事無大小，記以成法。〔煒〕赤貌。〔牧〕郊外也。〔歸〕亦貽也。〔荑〕茅之始生者。姚氏炳曰：荑，茅也。古茅所以藉物，《易》曰「藉用白茅」。此茅其藉彤管者歟？〔洵〕信也。

【標韻】姝七虞隅、蹰並同本韻　孌十六銑管十四旱通韻　煒五尾美四紙通韻　異四寘貽同上本韻

新臺　刺齊女之從衛宣公也。

新臺有泚，臺。河水瀰瀰。地。燕婉之求，籧篨不鮮。醜喻。○一章　新臺有洒，河水浼浼。燕婉之求，籧篨不殄。二章　魚網之設，鴻則離之。雅譬。燕婉之求，得此戚施。三章

右《新臺》三章，章四句。《小序》云：「刺衛宣公也。」《大序》謂「納伋之妻，作新臺於河上而要之。國人惡之，而作是詩。」事見《春秋傳》固無可疑，而《集傳》既引其説，又以爲「於詩未有考」，不知何意？愚謂此刺宣姜之作，非但宣公也。《静女》篇以刺宣公爲主而帶及夫人，此篇以刺夫人爲主而愈醜宣公。何也？婦人從一而終，不可改行易節，宣姜豈未之聞歟？當其初

聘，本爲伋也妻；迨至新臺，乃爲伋也母。此稍有廉恥者所不忍聞，尚靦然立於人世乎？使其執意不從，宣公雖暴亦無如何。而乃柔情懦志將順其惡，以至逆理亂倫爲千古笑。雖曰非其本意，亦豈能辭咎哉？故國人明指其臺與地，直刺厥非。曰：此非新臺乎？何其明且峻也！其下河水瀰瀰，互相罨映，又得佳麗鎖貯其中，則山川尤爲生色，即此臺中人亦覺燕婉可遂，而豈知其得此醜疾人乎？夫此醜疾之人，其俯仰固不足以對人，而爾夫人國色無雙，亦甘心遺臭，能無有媿於中？所謂「魚網之設，鴻則離之」，所得非所求，醜亦甚矣。吾恐河水雖盛，難洗君羞。千載下有從新臺過者，猶將掩鼻而去之也。詩人之意如此。蓋惡之之甚，故亦不暇爲之隱約其辭矣。

【眉評】談笑而道之。

【集釋】〔新臺〕說見前。《爾雅》：四方而高曰臺。〔泚〕劉氏彝曰：泚，水中臺影鮮明之貌。〔瀰瀰〕盛也。〔燕〕安也。〔婉〕順也。〔籧篨〕疾之醜者也。本竹席名，編以爲囷狀，如人之擁腫而不能俯，故又以名疾也。〔鮮〕鄭氏康成曰：鮮，善也。〔洒〕高峻也。陸氏德明曰：洒，《韓詩》作漼，鮮貌。〔浼浼〕平也。陸氏曰：浼，《韓詩》作浘。浘，盛貌。〔殄〕鄭氏康成曰：殄，當作腆。腆，善也。孔氏穎達曰：腆與殄，古今字之異。故《儀禮注》云：「腆，古文字作殄。」是也。〔鴻〕雁之大者。〔離〕麗也。〔戚施〕亦醜疾名。

《晉語》云、籧除不可使俯，戚施不可使仰。歐陽氏修曰：蘧除偃人，不可使俯，戚施僂人，不可使仰。明其俯仰有媿云耳。

【標韻】泚四紙瀰同鮮十六銑，叶想止反。叶韻　浼十賄，叶美辨反。殄十六銑叶韻　離四支施同本韻

二子乘舟　諷衛伋壽以遠行也。

二子乘舟，汎汎其景。願言思子，中心養養。何不乘舟遠逝，使無踪影可覓。我願如此，子心其無疑哉。○一章　二子乘舟，汎汎其逝。願言思子，不瑕有害。從此而更長往，可以遠禍，可以掩親惡，於理固無有害。○二章

右《二子乘舟》，二章，章四句。《序》《傳》皆以爲伋、壽爭死事，國人傷之而作。是詩古今説者都無異詞，而姚氏際恒獨以爲事與詩不合，疑之曰：「夫殺二子于莘，當乘車往，不當乘舟。且壽先行，伋後至，二子亦未嘗並行。衛未渡河，莘爲衛地。皆不相合。」古人亦未嘗見不及此，但求其解不得，故多方附會以爲之説。或以乘舟爲比，歐陽氏説。或造僞《序》與詩合，劉向《新序》。皆不免「固哉」之誚。然此詩舍卻二子，亦無他解。況《序》於《新臺》後，則其迹尤顯然可見。但詩人用意甚微而婉，不可泥詩以求事，尤不可執事以言詩。當迂迴以求其用心之所在，然後得其意旨之所存。詩非賦二子死事也，乃諷二子以行耳。意以爲孝子事親，當先揆理，苟有當於

理，雖違親命，亦於天理人情無傷；若沾沾固守小節，不達權變，非徒有害於身，亦且陷親不義，其於理又何當哉？夫古之人有行之者，舜是也。焚廩浚井，非不極人倫之變，而卒能保身以格親心，所以爲孝之大。使二子能見及此，必乘舟同往，汎然遠逝，共適他邦以避禍患。盜賊雖兇，亦無從要而殺之。奈何徒拘小節，同殉一死，與晉世子申生先後如出一轍，豈不痛哉？吾願二子之行也，二子其能無意哉？詩意若此，亦非甚隱。姚氏執事以案詩，固自不合；即諸家曲爲之説，亦豈能得意旨？唯其詩之作，或諷之於未行之先，或傷之於既死之後，則難臆定。蓋二義均有可通故也。

【眉評】情迫意切，無限事理包孕其中。指點情形，音流簡外。

【集釋】〔二子〕謂伋、壽也。〔乘舟〕渡河如齊也。王氏應麟曰：《水經注》：京相璠曰：陽平縣北十里有莘亭，自衛適齊之道。縣東有二子廟，猶謂之孝祠。〔景〕古影字。劉氏瑾曰：葛洪始加彡爲影字。〔養養〕猶漾漾，憂不知所定貌。〔逝〕往也。〔不瑕〕見《泉水》姚氏説。

【標韻】景二十三梗，叶舉兩反。養二十二養叶韻　逝八霽害九泰通韻

以上邶詩，凡十有九篇。舊説云，邶既入衛，詩皆衛事，而仍存其名，且居變風之首。今細玩之，大抵皆忠臣智士、孝子良朋、棄妻義弟之所爲。中間淫亂之詩，僅《静女》、《新臺》二篇，又刺淫之作，非淫奔者比。不知何以

居變風之首？蓋變風云者，時變事變，詩亦與之俱變，故其音與體不得不變也。而衛爲殷墟，邶又朝歌舊地，故以《衛》次《周》、《召》，而《邶》更居三國之首。首《邶》所以首殷，此編《詩》次第也。其十九首中，有可實指爲「衛詩」者，有不必皆「衛詩」而亦編入其中者。如莊姜四詩及《擊鼓》、《静女》、《新臺》、《二子》八詩，的爲衛事無疑。而八詩中，又僅莊姜四首爲自作，餘四首尚不知爲誰氏筆。《式微》、《旄丘》則外臣之羈於衛者，《泉水》則衛女之作於他國者，不唯非邶人，抑且非《衛風》，顧何以謂爲衛詩耶？舊説又謂邶既亡，不得有詩，而衛人所作仍繫之邶者，存其音耳。邶雖滅而音存，故非衛所能亂。然則莊姜非邶産，亦非居於邶，其音豈可爲邶？不寧惟是，黎臣偶寓於衛，不久當歸；衛女雖生於衛而嫁於許，詩亦作於許，其音與邶更不能同，而何以雜乎《邶》而不嫌於亂乎？故愚謂邶詩十九首，除莊姜自作四首及黎臣二首、衛女一首外，餘皆可爲邶人作。或以邶人而歌《邶風》，或以邶人而咏衛事，抑或作之於其國未并入衛之先，或作之於其國既并入衛之後，均之邶音，均可謂之《邶風》。唯既别其音於邶與衛之分，而又以衛詩雜入邶音之内，且以他國之偶關乎衛者而亦亂乎其中，則不可解。秦火而後，群籍蕩然，《詩》豈獨全？諸儒過信「反魯樂正」之言，不敢妄生疑議，故曲爲之説。然古《序》尚可僞爲，篇次能無錯簡？觀於本風莊姜諸作已自顛倒錯亂也可知已，何必巧爲之辯歟？

詩經原始卷之四

國風 四

鄘

説見前篇。王氏應麟曰:《通典》:衛州新鄉縣西南三十二里有鄘城,即鄘國。案:此則王肅、服虔所謂鄘在紂都西者,非。蓋西亦迫山也。

柏舟 貞婦自誓也。

汎彼柏舟,在彼中河。髧彼兩髦,實維我儀。之死矢靡他!母也天只,不諒人只!言婉而摯。○一章

汎彼柏舟,在彼河測。髧彼兩髦,實維我特。之死矢靡慝!母也天只,不諒人只!二章

右《柏舟》二章，章七句。《序》謂「衛世子共伯蚤死，其妻共姜守義，父母欲奪而嫁之」，故共姜作此以自誓。《集傳》及諸家悉從之。吕氏祖謙更因《序》疑《史記》，謂衛武公襲攻其兄共伯之言，以爲共伯既蚤死矣，武公即位時年已四十餘，焉得而篡弑之？姚氏際恒又因此而更疑《序》之非，以爲《史記》可憑，《詩序》無據。共伯爲武公襲攻，入釐侯羨羨，墓道也。自殺，時年較武公長，亦四十餘，又烏得而謂之蚤死？且共伯時已爲諸侯，而猶謂之爲世子，則《序》言尤悖。愚謂共伯即使蚤死，共姜爲諸侯世子妃，恐無夫死再醮之理。然則詩將誰屬？姚氏又云：「此詩不可以事實之。當是貞婦有夫蚤死，其母欲嫁之，而誓死不願之作。」其言較妥。夫婦人貞吉，從一而終，無論貴賤，均可風世。《序》必以共姜事實之，則未免失之鑿與固。邶、鄘二國不幸早亡，事雖無考，而《柏舟》二詩，一爲賢臣憂讒憫亂之作，一爲烈婦守貞不二之詞，皆可以爲後世法，又皆冠於二《風》之首。嗚乎，二國得此二詩，然後可以不亡，豈漫然哉！

【眉評】〔一章〕《邶》之《柏舟》曰「汎汎其流」，則爲中流不繫之舟，以喻國勢之危也。此之《柏舟》曰「在彼中河」，則爲中流自在之舟，以喻人心之定也。然置此詩於《静女》、《新臺》、《牆茨》之間，不可謂之「中流砥柱」乎！

【集釋】〔髧〕徒坎切，髮垂貌。〔兩髦〕翦髮夾囟也。囟，音信。親死然後去之。許氏慎曰：頭會腦蓋也，象形。孔氏穎達曰：夾囟故兩髦也。《内則》：「翦髮爲鬌，男角女羈。」注：「夾囟曰角，兩髻也。午達曰羈，三髻也。」《喪大記》：「小斂，主人脱髦。」注：「幼時翦髮爲之。年雖成人，猶垂於兩邊，若父死，脱左髦，母死，脱右髦。親没不髦，謂此也。」〔儀〕匹也。〔諒〕信也。〔只〕語助辭。〔特〕陸氏德明曰：特，《韓詩》作直，云相當值也。黄氏佐曰：特，如萬人之特，蓋婦人稱夫之辭。〔慝〕邪也，以是爲慝，則絶之甚矣。

【標韻】河五歌儀四支，叶牛何反。他五歌叶韻　天一先，叶鐵因反。人十一真通韻　側十三職特、慝並同本韻

牆有茨　刺衛宫淫亂無檢也。

牆有茨，不可埽也。中冓之言，不可道也。所可道也，言之醜也。一章　**牆有茨，不可襄也。中冓之言，不可詳也。所可詳也，言之長也。**二章　**牆有茨，不可束也。中冓之言，不可讀也。所可讀也，言之辱也。**三章

右《牆有茨》三章，章六句。《大序》謂「公子頑通乎君母，國人刺之。」《集傳》謂「理或然也」。衛宫淫亂，未必即止宣姜，而宣姜爲尤甚。其始既失節於宣公，而有《静女》、《新臺》之誚，其繼又失身於公子頑，而爲《牆茨》、《偕老》之羞，其「中冓之言」，尚可道哉？蓋廉恥至是而盡喪，有詩人不忍道、不忍詳、不忍讀者，而聖人猶録之以著於經也，何哉？楊氏時曰：「自古淫亂之君，自以爲秘於閨門之中，世無得而知者，故自肆而不反。聖人所以著之於經，使後世爲惡者，知雖

閨中之言，亦無隱而不彰也。其爲訓戒深矣。」斯言不獨爲此發，凡淫亂之詩均可作如是觀。後世漢、唐呂雉、武曌之類，皆宣姜後塵，聖人早有以見及於此，故録之以爲萬世戒。而不然者，風人所不道，而謂聖人取之耶？又一宣姜也，而非而刺之者，或在《邶》，或在《鄘》，《衛》詩中則無有，意者邶、鄘二國亡於衛，其人心不能無所憾，故多指其瑕而刺之。至衛本國人，不敢非其大夫，況顯彰君惡哉？此二國雖亡，是非未泯，不能不存其名之一證也。

【集釋】〔茨〕《説文》：以茅蓋屋。《書》：「惟其塗塈茨。」《周禮》：「茨牆則翦闔。」〔中冓〕《説文》云：交積材也。蓋謂室中結構深密之處。

【標韻】埽十九皓道同醜二十五有叶韻　襄七陽詳、長並同本韻　束一屋讀同辱二沃通韻

君子偕老　刺衛夫人宣姜也。

君子偕老，書法。副笄六珈。委委佗佗，如山如河。造語奇。象服是宜，子之不淑，云如之何。一章　玼兮玼兮，其之翟也。鬒髮如雲，不屑髢也。玉之瑱也，象之揥也，揚且之皙也。胡然而天也，胡然而帝也！神光離合，乍陰乍陽。○二章　瑳兮瑳兮，其之展也。蒙彼縐絺，是紲袢也。子之清揚，揚且之顔也。展如之人兮，邦之媛也。便有輕之之意。○三章

右《君子偕老》三章，一章七句，一章九句，一章八句。《序》與《集傳》皆言「刺宣姜」，而《辯説》

又未盡以爲然，以爲「無可考」。愚謂此詩的刺宣姜無疑，但讀首一句即知其爲宣姜，不可移刺他人。詩全篇極力摹寫服飾之盛，而發端一語忽提「君子偕老」，幾與下文詞義不相連屬。諸儒雖多方爲之解説，終覺勉强難安，非的然不易理也。豈知全詩題眼即在此句，貞淫褒貶，悉具其中，何也？夫人者，與「君子偕老」之人也。與「君子偕老」，則當與君子同德；與君子同德，乃可與君子同服天子命服，以爲一國母儀。今宣姜之於君子也何如乎？其始也，爲伋子妻；其繼也，爲宣公妾；及其終也，又爲公子頑配。則其所與爲偕老之人尚不知誰屬，其不淑也亦甚矣。又將如此法服何哉？故當其嚴妝而奉祭祀也，副笄以飾其首，翺翟以章之身，髮如雲而眉益秀，象作揥則玉爲瑱，不啻天人之下降，而帝子之來臨，何其盛也？望之者不儼然一國母儀乎？及其靚妝以見賓客也，則襢衣而蒙以縐絺，紲袢而爲之束素，目以清而愈朗，額加廣而彌豐，又不啻傾人城而傾人國，何其媚也？望之者又非復前日母儀之可重矣。則即此服飾之間，一轉移而輕重不同也如是，則其人亦可知已。豈尚堪可與「君子偕老」乎？即其君子欲與之偕老，抑豈可得乎？此非宣姜之謂而誰謂歟？是詩也，《春秋》法寓焉矣。至其藻采之工，音節之妙，則姚氏際恒謂「爲《神女》、《感甄》之濫觴，山河天帝，廣攬遐觀，驚心動魄，傳神寫意，有非言辭所能釋」者。

【眉評】〔一章〕先從象服説起，何等嚴重！末乃落到「不淑」，起下二章意。〔二章〕其嚴妝也如是，儼若天神帝女之下降。〔三章〕其淡妝也又如是，不過國色之嬌姿。二面對觀，褒貶自見。

【集釋】〔副〕祭服之首飾，編髮爲之。劉氏熙曰：王后首飾曰副。副，覆也，以覆首。亦言副，貳也。兼用衆物成其飾也。《爾雅·釋詁》：審也。注：副者，次長之稱。〔笄〕衡笄也。垂於副之兩旁，當耳，其下以紞懸瑱。馮氏復京曰：衡、笄二物，衡垂於當耳，笄横於頭上，垂於副之兩旁，當耳，其下以紞懸瑱。孔氏穎達曰：以玉爲之，惟祭服有衡笄。〔珈〕毛氏萇曰：珈，笄飾之最盛者，所以别尊卑。鄭氏康成曰：如今步摇上飾。孔氏穎達曰：言六珈必飾有六，但所施不可知，據此言，侯伯夫人爲六，王后則多少無文也。姚氏際恒曰：鄭氏云珈，古之制所有，未聞。按，加于笄上，故曰珈。猶今之釵頭，以滿玉爲之，狀如小菱，兩角向下，廣五分，高三分。予家有數枚。漢時，三代玉物多殉土中，未出人間，鄭故未見。鄙儒以鄭去古未遠，謂其言多可信，于此乃知真瞽説也。此言其製尚詳，存之。〔委委佗佗〕郝氏敬曰：委委，舒徐。佗佗，安重。〔如山如河〕郝氏敬曰：委委如河，佗佗如山。〔象服〕法度之服也。鄭氏康成曰：象服者，謂褕翟、闕翟也。人君之象服，則所謂「予欲觀古人之象，日月星辰之屬。」孔氏穎達曰：象鳥羽而畫之，故謂之象服也。〔淑〕善也。〔玼〕鮮盛貌。〔翟〕祭服，刻繒爲翟雉之形也。毛氏萇曰：褕翟，闕翟也。鄭氏康成曰：侯伯夫人之服，自褕翟而下，如王后焉。

嚴氏粲曰：鄭氏云，江淮而南，青質五色，皆備成章曰揄。揄翟則畫揄雉，闕翟刻而不畫。〔鬒〕黑也。〔如雲〕多而美也。〔不屑〕屑，《説文》：「動作切切也。」不屑，不切于用也。陳氏推曰：不屑，只薄之不用，猶云不消得髢。《集傳》訓屑爲潔，非。〔髢〕髲，鬄也，猶今之假髮。哀十七年《左傳》曰，衛莊見己氏之妻髮美，使髡，以爲吕姜髢是也。〔瑱〕塞耳也。〔象〕象骨也。〔揥〕孔氏穎達曰：以象骨搔首，因以爲飾，名之曰揥。〔揚〕張氏彩曰：眉目以疏秀爲美，故以揚見稱。〔皙〕白也。〔胡然而天，胡然而帝〕言其服飾容貌之盛，見者驚爲天人帝女，胡爲而在此也。〔瑳〕亦鮮盛貌。〔展〕衣也。鄭氏康成曰：展衣宜白。展衣字悮，《禮記》作襢衣。孔氏穎達曰：《玉藻》云：「一命襢衣。」《喪大記》曰：「世婦以襢衣。」是《禮記》作襢衣也。展爲聲悮，從襢爲正。〔蒙〕覆也。〔縐絺〕當暑之服也。鄭氏康成曰：展衣，夏則裹衣縐絺。孔氏穎達曰：葛之精曰絺，其精尤細靡者縐也，質細而縷縐。〔紲袢〕束縛意。《集傳》曰：以展衣蒙絺綌而爲之紲袢，所以自斂飭也。〔清〕視清明也。〔顔〕額角豐滿也。

【標韻】珈六麻，叶居何反。佗五歌河同宜四支，叶牛何反。何五歌叶韻　翟十二錫，叶去聲。髢八霽揥、皙、帝並同叶韻　展十六銑，叶諸延反。袢十三元顔十五删媛十三元叶韻

桑中　刺淫也。

爰采唐矣，沬之鄉矣。云誰之思？美孟姜矣。期我乎桑中，要我乎上宫，送我乎淇之上矣。一章　爰采麥矣，沬之北矣。云誰之思？美孟弋矣。期我乎桑中，要我乎上宫，送我乎淇之上矣。二章　爰采葑矣，沬之東矣。云誰之思？美孟庸矣。期我乎桑中，要我乎上宫，送我乎淇之上矣。三章

右《桑中》三章，章七句。《小序》謂「刺奔」。《大序》謂「男女相奔，至于世族在位相竊妻妾，期于幽遠，政散民流而不可止」。《集傳》亦主其説，而惟以爲奔者所自作，則與《序》異。蓋其意以爲刺人之詩不應曰「期我」、「要我」、「送我」，又自陷其身於所刺之中。是誤讀詩詞而未嘗深探其旨耳。夫詩之所咏曰「唐」、曰「麥」、曰「葑」，匪一其采矣。曰「沬鄉」、曰「沬北」、曰「沬東」，又匪一其地也。曰「孟姜」、曰「孟弋」、曰「孟庸」，更匪一其人。而期、而要、而送之者，則必於「桑中」之「上宫」與「淇上」，豈一人一時所期，而三地三人同會於此乎？抑三人三時各期所期，而三地三人畢集於此乎？以一人而賦三時三地之人之事，則其人必不能分身以自陷於所刺之中可知矣。而猶謂之爲自咏其事也何哉？賦詩之人既非詩中之人，則詩中之事亦非賦詩人之事，賦詩人不過代詩中人爲之辭耳。且詩中事亦未必如是之巧且奇，同期於一日之中，即

同會於一席之地。是詩中人亦非真有其人，真有其事，特賦詩人虚想。所采之物，不外此唐與麥與葑耳；所遊之地，不外此沬之鄉、沬之北、沬之東耳；即所思之人，亦不外此姜之孟、弋之孟與庸之孟耳。而此姜與弋與庸，則尚在神靈恍惚、夢想依稀之際。即所謂期我、要我、送我，又豈真姍姍其來，冉冉而逝乎？此後世所謂無題詩也。李氏商隱詩云「來是空言去絶蹤」，又云「畫樓西畔桂堂東」，使真有其人在，則又何必爲此疑是疑非、若遠若近之詞，使人猜疑莫定耶？然則刺淫之詩亦謂之亡國之音者，則又何故？夫音由心生，詩隨時變。故必有是心而後成是俗，亦必因是俗而後爲是詩。詩與風爲轉移，時因心爲隆替。聞其音而知政治之得失，讀其詩尚不知其國之將亡乎？古來亡國之音，桑間與濮上動輒並稱，雖未必專指此詩，而此詩亦其類也。藉使空言亦關世運，聖人取以爲戒，固不徒爲淫者發，即作詩者亦不可不深長思也。

【眉評】三人、三地、三物，各章所咏不同，而所期、所要、所送之地則一，章法板中寓活。

【集釋】〔唐〕蒙菜也，一名兔絲。〔沬〕衛邑也。《書》所謂沬邦者也。〔上宫〕王氏應麟曰：《通典》：「衛州衛縣有上宫臺。」〔要〕猶迎也。〔弋〕《春秋》定姒，《公》、《穀》作定弋，蓋杞女，夏后氏之後，亦貴族也。〔葑〕蔓菁也。見前《谷風》篇。〔庸〕《補傳》曰：鄘本庸姓之國，漢有庸光及膠東庸生，是其後也。傅氏曰：孟庸當是鄘國之姓，鄘爲衛所滅，故其後有仕於衛者。

【標韻】唐七陽鄉、美並同本韻　中一東宮同本韻下二章同。上二十三漾叶韻與上三韻叶，後二章應。麥十一陌北十三職弋同通韻　葑二冬東東庸冬通韻

鶉之奔奔　代衛公子刺宣公也。

鶉之奔奔，鵲之彊彊。人之無良，我以爲兄。一章　鵲之彊彊，鶉之奔奔。人之無良，我以爲君。二章

右《鶉之奔奔》二章，章四句。《序》謂「刺衛宣姜。」《集傳》以爲衛人刺宣姜與頑非匹耦而相從，故爲惠公之言以刺之曰，人之無良，鶉鵲之不若，而我反以爲兄，反以爲君。君即小君，指宣姜也。嗚呼！此言出，天理絶，人道盡矣。宣姜之于惠公，親生母也。親有過，子唯當泣涕而善諫之。諫之不從，諱之可也，逃之亦可也，而乃爲此惡言以刺之，有是理乎？雖曰國人所託，言之無傷，然必其人倫行先喪而後謂人之倫行無傷耳。且其詞義亦甚難解。以兄爲頑，則君無所指；即上説解君爲「小君」，甚勉强。以君爲惠，則兄將誰屬？以人指宣公，而我爲君之弟。姚氏際恒曰：「均曰『人之無良』，何以謂一指頑，一指宣姜也？大抵人即一人，我皆自我，而爲兄爲君，乃國君之弟所言耳。蓋刺宣公也。」兄與君似無所礙，而君之弟又何人？此皆難通之論也。詩必有所謂，但一時不得其解耳。且其詞意甚率，未免有傷忠厚。《牆有茨》一章，雖曰直言無隱，而猶作未盡辭；此則直唾而怒罵之，尚

可爲詩乎哉？或有別解，則未可知。存而不論焉可也。○即使姑從姚説，亦必曰人雖無良，我不敢不以爲兄，不敢不以爲君，語方和平，不失温柔之旨。且當作代衛公子刺宣公作，庶幾有合於詩耳。孔氏穎達曰：「言人行無一善者，我君反以爲兄，而不之禁也。」亦較《集傳》爲婉，唯「君」未有解。

【集釋】〔鶉〕鶉屬。寇氏宗奭曰：鶉初生謂之羅鶉，至初秋謂之早秋，中秋以後謂之白唐，蓋一物而四名也。〔奔奔〕《左傳》作賁賁。〔彊彊〕居有常匹，飛則相隨之貌。陸氏德明曰：《韓詩》云：「奔奔彊彊，乘匹之貌。」

【標韻】彊七陽兄八庚轉韻　奔十三元君十三文通韻

定之方中　美衛文公再造公室也。

定之方中，月。作于楚宫。揆之以日，日。作于楚室。地。樹之榛栗，樹木。椅桐梓漆，爰伐琴瑟。器用。○一章　升彼虚矣，以望楚矣。登高望遠，以察來脉。望楚與堂，景山與京。相其陰陽。降觀于桑。觀其流泉。卜云其吉，卜其後兆。終焉允臧。二章　靈雨既零，課雨。命彼倌人，星言夙駕，説于桑田。勸農。匪直也人，秉心塞淵，謀慮。騋牝三千。富彊。○三章

右《定之方中》三章，章七句。《序》謂「美衛文公也」。《集傳》云：「衛爲狄所滅，文公徙居楚丘，營立宫室，國人悅之而作是詩。」與《春秋傳》合，固無疑義。而僞《傳》乃以魯僖公城楚丘、

備戎事實之，則小人之好逞異説、惑世而誣民者也。文公亦宣姜子，乃能於流離播遷後痛自損抑，與民同勞，共圖恢復。史稱其大布之衣，大帛之冠，務材訓農，通商惠工，敬教勸學，授方任能。元年革車三十乘，季年乃三百乘，可謂盛矣。然究其所以致此之由，則《詩》云「秉心塞淵」一語，實爲致治根原。觀其卜築楚丘也,始則驗中星而重天時,繼則升墟隴而察地利,終則教樹畜而盡人力。規模宏遠，經營具備，而尤不敢自暇自逸，躬親課農，星言税駕，率以爲常。故不數年而戎馬寖强，蠶桑尤盛，爲河北巨邦。其後孔子適衞猶有庶哉之歎，則再造之功不可泯也。愚於是歎人生自有秉彝，非關氣類。衞之亡也以其母，而其興也在其子。雖曰天道福善禍淫，本自無常，亦足見人君撥亂反正，尤宜有要。不禁反覆咏歎，三致意於其際焉。

【眉評】〔一章〕總言建國大規。〔二章〕追叙卜築之始。〔三章〕終言勤勞，以致富庶。「秉心」句是全詩主腦。

【集釋】〔定〕星名。《集傳》云：定，北方之宿，營室星也。此星昏而正中，夏正十月也。於是時，可以營治宫室，故謂之營室。〔楚宫〕楚邱之宫也。孔氏穎達曰：《鄭志》，張逸問楚宫今何地？答曰：楚邱在濟、河間，今東郡界中。杜預云，楚邱，濟陰成武縣西南，屬濟陰郡，猶在濟北，故曰濟、河間也。〔揆日〕《集傳》云：揆，度也。樹八尺之臬，而度其日之出入之景，以定東西，又參日中之景，以正南北也。〔椅桐〕陸氏璣曰：梓實桐皮曰椅，大類同而小别也。桐有青桐、白桐、赤桐，白桐宜琴瑟。〔梓〕蕭氏炳曰：梓樹似桐而葉小，花紫。〔漆〕《集傳》曰：漆，木有液黏黑，可飾器物。蘇氏頌曰：漆，木高二三丈，皮白，葉似椿，花似槐，子若牛李。六七月以竹筒針入木中取之。〔爰〕於也。〔虚〕毛氏萇曰：虚，漕虚也。孔氏穎達曰：文公自漕徙楚丘，故知升漕墟。蓋地有故墟，高可登之以望，猶僖公二十八年《左傳》稱「晉侯登有莘之墟」也。〔堂〕毛氏萇曰：楚丘有堂邑者。傅氏寅曰：堂是今博州堂邑。博、濮二州連境。〔景〕《集傳》曰：景，測景以正方面也。與「既景迺岡」之景同。或曰景，山名，見《商頌》。〔京〕高邱也。〔桑〕蔡氏卞曰：究地宜桑，如桑間、濮上可驗也。姚氏炳曰：舊謂桑木，按此章通是相地形勢，似不應夾入桑木。疑桑亦地名。《鄘風》「桑中」，舊謂沬鄉中小地，今意當在楚丘之傍，與漕墟相屬，而降觀之。且詩云「望楚」，亦第望之而已，猶未身歷楚丘，何緣便降至其下，察樹木而辨土宜哉？愚案：桑不惟地名，且似水名，如桑乾之類。蓋升望景皆遠觀山勢，降觀則近察流泉，如《公劉》「觀其流泉」之觀，故疑爲水也。〔靈雨〕黄氏一正曰：靈雨，瑞雨，降而應物者也。〔倌人〕主駕者也。孔氏穎達曰：以命之使駕，故知主駕者。諸侯之禮亡，未聞倌人爲何官也。〔星〕范氏處義曰：謂戴星命駕。姚氏際恒曰：星言，猶今人言星速、星夜，舊謂雨止見星，則言字無著落。〔説〕舍止也。〔秉〕操也。〔塞〕實也。〔淵〕深也。鄒氏泉曰：懷國家根本之圖，而不事乎虚文，所以爲塞實。建國家久遠之策，而不狃乎近慮，所以爲淵深。〔騋牝〕馬七尺以上曰騋。孔氏穎達曰：三千，言其總數，國馬供用，牝牡俱有，或七尺、六尺，舉騋牝以互見，故言騋馬與牝馬也。

【標韻】中一東宮同本韻　日四質室、栗、漆、瑟並同本韻　虚六魚，叶起吕反。楚六語叶韻　堂七陽京八庚桑、臧並七陽轉韻　零九青人十一真田一先淵、千並同通韻

蝃蝀　代衛宣姜答《新臺》也。

蝃蝀在東，莫之敢指。女子有行，遠父母兄弟。一章　朝隮于西，崇朝其雨。女子有行，遠兄弟父母。二章　乃如之人也，懷昏姻也，大無信也，不知命也。三章

右《蝃蝀》三章，章四句。《小序》謂「止奔也。」《大序》以爲「衛文公能以道化其民，淫奔之恥，國人不齒。」《集傳》本《小序》，而又疑《大序》之歸美文公爲未有考。《大序》固屬附會，《小序》亦未得其要。此詩若以刺淫爲辭，則「遠父母兄弟」及「大無信」、「不知命」之言終覺費解。何氏楷以爲刺宣公奪伋婦事，則「大無信」、「不知命」之言頗爲近似。然《邶風》已有《新臺》，此不當更又有詩。姚氏際恒駁之是矣。但此詩舍卻宣姜，别無他解。蓋與《新臺》相爲唱答耳。唐人唱酬詩體，彼此意同者曰「和」，彼此意異者曰「答」。《新臺》以刺宣姜，故詩人又設爲宣姜之意代答《新臺》，互相解嘲，亦諷刺中之一體也。其意若曰，予之失節豈得已哉？予固一弱女

子，而又遠自齊東，來嫁衛西，父母兄弟，均無所依。當其初來，亦以爲兩姓昏姻不爽夙約，詎料衛君其人心懷叵測，只戀新昏之美，罔顧倫常之重，竟奪子婦，是無信也，是不知天緣之自有命在也。予時雖欲無從，其如父母兄弟遠在他方，無所控告，何哉？亦如蝃蝀之在天末，氣本淫邪而莫之敢指，一任其朝見西而暮見東，忽爲晴而忽爲雨，亦末如之何也已矣。依此解去，全詩豁然，毫無滯礙。特無實證，未敢遽定，故但申其意旨如斯而已。

【眉評】天地淫邪之氣，忽雨忽晴，東西無定，以比宣公，可謂巧譬而喻。

【集釋】《集傳》曰：蝃蝀，虹也。日與雨交，倏然成質，似有血氣之類，乃陰陽之氣不當交而交者，蓋天地之淫氣也。在東者，莫虹也。虹隨日所映，故朝西而暮東也。陸氏德明曰：蝃蝀，《爾雅》作螮蝀，音同。孔氏穎達曰：《釋天》云：螮蝀謂之雩，螮蝀，虹也。」郭璞曰：「俗名爲美人。」《音義》云：「虹雙出，色鮮盛者爲雄，雄曰虹；闇者爲雌，雌曰霓。」〔朝隮〕隮，升也。《周禮》十煇，九曰隮。注以爲虹。蓋忽然而見，如自下而升也。姚氏際恒曰：虹暮見于東則雨止，朝見于西則爲雨。〔崇〕終也，謂終朝雨也。鄭氏曰：「朝有升氣于西方，終其朝則雨，氣應。」《孟子》「若大旱之望雲霓」，亦是此義。今人多見晚虹而雨止，若朝虹者，在日影初出時，多卧而未見，故誤認虹惟止雨。

【標韻】指四紙弟八薺通韻　雨七麌母二十五有，叶滿補反。叶韻　人十一真姻同本韻　信十二震命二十四敬

通韻

相鼠　刺無禮也。

相鼠有皮，人而無儀。人而無儀，不死何爲？一章　相鼠有齒，人而無止。人而無止，不死何俟？二章　相鼠有體，人而無禮。人而無禮，胡不遄死？三章

右《相鼠》三章，章四句。《序》以爲「刺無禮」。諸家皆然，唯舊説多云，鼠尚有皮，人而無儀，則鼠之不若。以人之儀喻鼠之皮，則未免輕視禮儀，獸皮之不若矣。夫麟鳳尚有威儀，龍馬必多精神，人之所以異於禽獸者，禮義以制心，威儀以飭躬也。倘去此威儀禮義而不之檢，則是卑污賤惡不過如鼠之徒有其皮與齒，以成其體而已矣。雖欲求爲禽獸之長而不可得，況人也乎？夫人也而禽獸之不若，則何以自立於天地之間？固不如速死之爲愈耳。若此解詩，語意方能圓到。或又謂此衛文公訓誥臣民之辭，亦頗近是，存之。

【集釋】〔鼠〕蟲之可賤惡者。陸氏佃曰：今一種鼠，見人則交其前兩足而拱，謂之禮鼠，亦或謂之拱鼠。呂氏祖謙曰：韓愈《聯句》云：「禮鼠拱而立。」〔止〕容止也。〔遄〕速也。

【標韻】皮四支儀、爲並同本韻　齒四紙止、俟並同本韻　體八薺禮同死四紙通韻

干旄　美好善也。

孑孑干旄，在浚之郊。素絲紕之，良馬四之。彼姝者子，何以畀之？一章　孑孑干旟，在浚之都。素絲組之，良馬五之。彼姝者子，何以予之？二章　孑孑干旌，在浚之城。素絲祝之，良馬六之。彼姝者子，何以告之？三章

右《干旄》三章，章六句。《小序》以爲「美好善」，從之。惟《大序》謂爲「文公時作」，《集傳》與姚氏均有所疑。然史稱文公敬教勸學，授方任能，則以此詩屬之亦無不宜。惟《蝃蝀》非是，此又不可不知也。夫人君朝夕所與圖議國政者，賢大夫也。而賢大夫所賴以贊襄國政者，二三有道仁人君子之深謀碩畫，相與以有成耳。而此二三有道仁人君子又不肯共立闕廷，或伏處城郭，或遠在郊畿，非有好善樂道之君，略分下交之臣，不肯親詣而往訪之，則雖有深謀碩畫，亦無由達。此上下之情所以隔，而三代之風所以邈也。兹何幸文公之世，而有此樂取人善之君若臣。其賢大夫則乘車馬，建旌旄，遠適郊畿，近訪城邑，廣詢周諮，以臻上理。則其君之勵精圖治，孜孜不倦者，亦可知已。爾二三有道仁人君子，亦如西方美人之繫人懷思也久矣。其亦可以無事深秘，開誠而布告之也。但不知其將何策以獻耳。此詩人所爲深思而切盼之，不禁形爲歌詠，以紀一時深幸之心者也。蓋衛之君臣，至是而慮事深，望治切，非復前日之淫亂無禮、耽

于泆樂者比。故其終能恢復衛室而再造侯服者，亦有以哉！

【集釋】〔孑孑〕特出之貌。〔干旄〕《集傳》曰：干旄，以旄牛尾注於旗干之首，而建之車後也。〔浚〕衛邑名。〔紕〕織組也。孔氏穎達曰：以素絲爲線縷，所以縫此旄旗之旒縿也。縿，謂繫於旌旗之體；旒，謂縿末之垂者，須以縷縫之使相連。〔四之〕兩服兩驂。董氏逌曰：馬在車中爲服，在車外爲驂。〔姝〕美也。子，指所見之人也。姚氏際恒曰：《邶風》「靜女其姝」，《鄭風》「彼姝者子」，皆稱女子，今稱賢者以姝，似覺未安。案：「西方美人」，亦稱聖王，則稱賢以姝，亦無所疑。〔畀〕與也。〔旟〕《周禮·司常》：鳥隼爲旟。《考工記》：鳥旟七斿，以象鶉火。朱氏善曰：鳥隼，於旟畫鳥隼爲飾。以其注旄於干首，謂之干旄；以其析夏翟之羽以爲緌，謂之干旌，其實皆旟也。〔都〕下邑曰都。〔五之六之〕由少而多，言其盛極也。〔祝〕屬也。王氏安石曰：組成而祝之，故初言紕，中言組，終言祝也。

【標韻】旄四豪郊三肴通韻　紕四寘四、畀並同本韻　旟六魚都七虞通韻　組七麌五同予六語通韻　旌八庚城同本韻　祝一屋六同告二沃通韻

載馳　許穆夫人自傷其國不能救衛也。

載馳載驅，歸唁衛侯。驅馬悠悠，言至于漕。大夫跋涉，我心則憂。一章　既不我嘉，不能

旋反。視而不臧，我思不遠。二章　既不我嘉，不能旋濟。視而不臧，我思不悶。三章　陟彼阿丘，言采其蝱。女子善懷，亦各有行。許人尤之，衆穉且狂。四章　我行其野，芃芃其麥。控于大邦，誰因誰極？大夫君子，無我有尤。百爾所思，不如我所之。五章

右《載馳》五章，一章六句，二章、三章，章四句，四章六句，五章八句。從舊本。此詩爲許穆夫人自傷不能救衛之作。事見《春秋傳》，諸家能言之矣。然夫人之歸衛與未歸衛，及歸而未至爲許大夫所阻，又紛紛如聚訟然，真可笑也。夫宗國傾覆，疇不思恤？而禮有所制，事不得施，夫人寧未之聞？即使迫不暇思，遑遑而歸，其國已破，其家已殘，流離四散，野處漕邑，夫人雖至，將安止乎？此時欲歸故國，國無可歸；欲控大邦，邦將誰控？夫人雖愚，斷不至此。詎肯以一婦人怱遽而行，狼狽而歸，若無顧忌，成何事體？此皆未諳人事之言也。然則詩何以賦？曰：責許人不能救衛，又不能代控大邦，而因以自傷耳。首章言大夫跋涉，我心則憂，已見大意。蓋夫人初聞衛破，必遣其臣代己歸唁衛侯。雖馳驅以至於漕，而無能爲力爾。大夫縱極跋涉，而我憂方難釋也。使許國富兵强足以制狄，則率師赴難抑又何難？今既不能如願爲我所嘉，我又不能即時旋反以濟大河而救宗邦，此亦無可如何之勢。然而我之所思，則並非迂遠難行之事，亦非閟塞不通之謀。特視而大夫率多無謀，即謀亦不臧，我之憂思何時能忘耶？亦將「陟彼阿丘，言采其蝱」，以療鬱積之氣已矣。然吾雖弱女子，亦頗善懷，而各有道。無如爾許人之尤而非之

也，何哉？以予所視，非穉即狂，何者？夫既不能馳驅赴義，是無能也，穉也；而又多言善謠，煽亂人心，非狂惑乎？使我而爲男子能行其野，於芃芃隴麥間，則雖無救衛力，亦當爲控大邦，共扶危亡，以成霸業。但不知其誰可因依，而誰實至之耳。爾大夫君子，尚其無我尤哉。凡爾百計圖謀，終不如吾一女子所思，尚得其要也。此雖責許大夫乎，實責穆公耳。觀此，則穆公之柔懦無能而許人之好爲議論也可知。夫人雖處巾幗，實勝丈夫。聖人取之，以見義憤之氣雖不激於男子，而猶存於婦人，亦將以媿許之君若臣耳。其後齊桓果復衛而成霸，然後嘆夫人之所見者遠也。

【眉評】〔一章〕馳驅乃跋涉大夫，非夫人也。是倒裝文法。〔二、三章〕纏綿繚繞，含下無限思意，文勢極佳。〔四章〕再開一筆，局尤舒展。〔五章〕至此乃説明主意，仍作虛想之詞。

【集釋】〔唁〕孔氏穎達曰：昭公二十五年《穀梁傳》云：「弔失國曰唁。」若對弔死曰弔，則弔生曰唁。〔跋涉〕《集傳》曰：草行曰跋，水行曰涉。〔嘉〕善也。〔閟〕閉也。〔丘〕偏高曰丘。〔行〕道也。〔尤〕過也。〔芃芃〕蒲紅反，麥盛貌。〔控〕告也。〔因〕依也。〔極〕至也。

【標韻】侯十一尤漕四豪，叶徂侯反。憂十一尤叶韻　反十三阮遠同本韻　濟八霽閟四寘通韻　蝱八庚行七陽狂同轉韻　麥十一陌極十三職通韻　尤十一尤，叶尤其反。思四支之同叶韻以上《鄘風》凡十篇。案此册大半皆衛詩，即《載馳》雖作自許，而亦爲衛發，何以謂之鄘乎？或者事雖衛事，詩則鄘詩。除《載馳》一篇外，餘皆鄘人作也。觀《桑中》盛稱孟庸之族，與姜、弋並列，則其詩爲鄘詩也無疑。且同咏衛事，而宣、惠以前多《邶風》，宣、惠以後多《鄘風》。蓋文公廬漕城楚，地近於鄘，故鄘作較多。其詩尚廉厲而寡文，不及《邶風》遠甚，惟《君子偕老》差奇麗，而又開後人繁縟一派。《定之方中》甚典質不佻，《干旄》亦雍容大雅，其變風之正乎？至《載馳》沉鬱頓挫，感嘅唏嘘，實出衆音上。然自許詩，非關鄘俗，附載《定中》後耳。

衛

王氏應麟曰：《地理志》，河内朝歌縣，紂所都，康叔所封，更名衛。《左傳》，祝佗曰：分康叔，封畛土，略自武父以南，及圃田之北竟，封於殷墟。呂氏曰：衛自康叔受封，至君角凡四十世。《地理志》成公徙於帝邱，今濮陽是也。秦并天下，猶獨置衛君。凡九百年，最後絶。

淇奥

美武公之德也。

瞻彼淇奥，綠竹猗猗。有匪君子，如切如磋，如琢如磨。虚寫功勤。瑟兮僩兮，赫兮咺兮。儀容。有匪君子，終不可諼兮。一章　瞻彼淇奥，綠竹青青。有匪君子，充耳琇瑩，會弁如星。實寫服飾。瑟兮僩兮，赫兮咺兮。有匪君子，終不可諼兮。二章　瞻彼淇奥，綠竹如簀。

有匪君子，如金如錫，如圭如璧。虚擬成德。寬兮綽兮，猗重較兮。儀容妙旨。善戲謔兮，不爲虐兮。言語妙旨。○三章

右《淇奥》三章，章九句。此詩道學極矣。試問篇中有半點塵腐氣否？使宋人爲此，又不知作何妝點，乃能成篇。世之墨守宋學者，胡不取此而熟誦之？首章以緑竹興起斐然君子，言彼學問，切磋以究其實，琢磨而致之精。次章言威儀，冠弁以表尊嚴之象，充耳而飾光昌之容。三章言成德，金錫則比其精純，圭璧而方兹温潤，均各帶其儀容以贊美之。蓋德容根乎心性，内美既充，外容必盛；未有德成睟然而不見面盎背者。故但即威儀動静間，已知其學之日進無疆也。始雖瑟僩赫咺，猶有矜嚴之心；終乃寬兮綽兮，絶無勉强之迹。故篇末又言及善謔，以見容止語默無不雍容中道。詩之摹寫有道氣象可謂至矣。即武公一生學術，次序本末不差，又何嘗有道學嫌哉？此古人用筆之妙也。史稱武公修康叔之政，百姓和集，佐周平戎，有勳王室。《國語》又稱其耄而咨儆於朝，受戒不怠。今觀詩詞，寧不信然？然則初年篡弑，晚成聖德，英雄聖賢，固一轉念間哉。

【眉評】〔三章〕寫儀容又變。

【集釋】〔奥〕隈也。《爾雅》：厓内爲奥，外爲隈。劉氏彝曰：奥謂水涯彎曲之地。〔猗猗〕《集傳》曰：猗猗，始生柔弱而美盛也。〔匪〕「斐」通。王氏安石曰：《考工記》曰：「且其匪

色。」匪者，有文章之謂也。〔切磋琢磨〕朱子曰：切琢，皆裁物使成形質也。磋磨，皆治物使其滑澤也。切而復磋，琢而復磨，言治之有叙而益致其精也。姚氏際恒曰：切磋琢磨四字，大抵皆治玉、石、骨諸物之名，本不必分。《爾雅》分之曰「骨謂之切，象謂之磋，玉謂之琢，石謂之磨」，亦自有義。《集傳》則以切磋屬骨、角，琢磨屬玉、石，又以切磋與琢磨各分先後，並不可解。又全引《大學》之文以釋此詩。按《大學》釋切磋爲道學，琢磨爲自修，瑟僩爲恂慄，赫咺爲威儀，此古文斷章取義，全不可據。豈有切、磋、琢、磨四字平列，而知其分學與修之理？又瑟、僩、赫、咺，别爲贊儀容之辭，與上義不連，亦不得平釋爲四事也。《大學》非解《詩》，今以其爲解《詩》而用以解《詩》，豈不謬哉？〔瑟〕矜莊貌。曹氏粹中曰：瑟，縝密也。如「瑟彼玉瓚」之瑟。〔僩〕威嚴貌。〔咺〕宣著貌。〔諼〕忘也。〔充耳〕瑱也。〔琇瑩〕美石也。天子玉瑱，諸侯以石。〔弁〕皮弁也。毛氏萇曰：皮弁所以會髮。鄭氏康成曰：會，謂弁之縫中飾之以玉，皪皪而處，狀似星也。〔簀〕棧也。《禮記·檀弓》注：「簀謂牀笫。」即牀棧也。〔金錫〕《集傳》曰：言其鍛鍊之精純。〔圭璧〕《集傳》曰：言其生質之温潤。〔寬〕宏裕也。〔綽〕開大也。〔猗〕歎辭也。姚氏際恒曰：猗，倚也。亦通。〔重較〕卿士之車也。范氏處義曰：較高五尺五寸，式高三尺三寸。較既出於式上，故曰重較。吕氏大鈞曰：古人立乘，若平常則憑較，若應爲敬，則落手憑下式，而頭得俯。

【標韻】猗四支，叶於何反。磋五歌磨同叶韻　僩十五潸咺十三元諼同叶韻　青九青瑩八庚星九青通韻　簀十一陌錫十二錫璧十一陌通韻　綽十藥較三覺謔十藥虐同通韻

考槃　贊賢者隱居自樂也。

考槃在澗，碩人之寬。獨寐寤言，永矢弗諼。一章　考槃在阿，碩人之薖。獨寐寤歌，永矢弗過。二章　考槃在陸，碩人之軸。獨寐寤宿，永矢弗告。三章

右《考槃》三章，章四句。此美賢者隱居自樂之詞。詩意甚明，無所謂怨，亦無所謂刺。不知《序》何以謂「刺莊公不能繼先公之業，使賢者退而窮處」，豈以其繼《淇奧》後歟？不知《淇奧》者，達而在上者之好學不倦也；《考槃》者，窮而在下者之自樂難忘也。窮則獨善其身，達則兼善天下，窮與達均不外學。蓋唯學斯能善天下，亦唯學乃能善一身。能善其身，然後能樂其樂。故《考槃》之繼《淇奧》，兩相形，實兩相益耳。詩意若曰：結廬不在塵境，而在溪澗之間，陋且隘矣。即或深傍曲阿，曠處平陸，亦不過老屋三間，風雨一牀，亦何適意之有？然自碩人視之，則甚寬也，可以爲吾之安樂窩矣。夫真人游神宇內，帝王駕馭六合，即豪傑之士亦馳騁中原，陵厲無前，其志豈不甚壯？然非碩人所樂爲也。碩人之軸盤旋不過數畝之宮，運行實僅一室之內，其或游心象外，亦只息轍環中，總不出此在澗、在阿、在陸之際。故或獨寐而寤言，或獨寐而

寤歌，更或獨寐而寤宿，均有以樂其天也。所樂在是，所安即在是，雖終其身弗忘也，雖有他好弗踰也，雖有所得亦弗告也。非不欲告，乃無可與告者耳。碩人自處如是，未必無意蒼生，亦未必有望闕廷。窮無損，達亦何加？況敢有怨於人乎？諸儒紛紛擬議，或謂其不忘君惡，鄭氏。或謂其不忘君心，程子。皆以褊衷窺碩人，詎能識碩人之所以爲碩哉？

【眉評】〔二章〕守法。

【集釋】〔考〕成也。姚氏際恒曰：《左傳》「考仲子之宫」，《雜記》「路寢成則考之」，是也。〔槃〕黄氏一正曰：槃者，架木爲屋，盤結之義也。〔阿〕曲陵曰阿。〔薖〕李氏曰：薖與窩同。〔陸〕高平曰陸。〔軸〕張氏彩曰：軸者，言其旋轉而不窮，猶所謂游於環中者也。亦有任其旋轉不出乎此之意。〔弗告〕朱氏善曰：弗告，謂不必以此樂告人，非不以告人也。得於心而難於言，人亦未必信也。姚氏曰：弗告，猶不以姓名告人之意。二義均可通。

【標韻】寬十四寒言十三元諼同通韻　阿五歌薖、歌、過並同本韻　陸一屋軸、宿同告二沃通韻

碩人　頌衛莊姜美而賢也。

碩人其頎，衣錦褧衣。齊侯之子，衛侯之妻，東宫之妹，邢侯之姨，譚公維私。一章　手如柔荑，膚如凝脂，領如蝤蠐，齒如瓠犀，螓首蛾眉。巧笑倩兮，美目盼兮。傳神阿堵。○二章

碩人敖敖，説于農郊。四牡有驕，朱幩鑣鑣，翟茀以朝。大夫夙退，無使君勞。三章　河水洋洋，北流活活，施罛濊濊，鱣鮪發發，葭菼揭揭，庶姜孽孽，庶士有朅。淋漓盡致。○四章

右《碩人》四章，章七句。此衛人頌莊姜美而能賢，非閔之也。案《春秋傳》云：「初，衛莊公娶于齊東宮得臣之妹，曰莊姜，美而無子，衛人所爲賦《碩人》也。」《序》因襲《傳》意，而加一「閔」字於上。故《集傳》解此，於每章下必補閔莊姜而咎莊公不見答之意。以爲莊姜族類有如是之貴，容貌有如是之美，車服媵送又如是之盛且備，而猶不見親於莊公，則莊公之爲人豈非狂惑人哉？嚴氏粲亦云：「此詩無一語及不見答事，但言其姻族容貌禮儀之盛，以深寓其閔惜之意云爾。」夫娶妻必於色，聯姻必於富與貴，此真流俗人之見，恐非詩人意也。使莊公之見莊姜即驚其姻族容貌媵妾之盛，不禁心摇目炫，遂下氣柔聲以與之暱，即可免狂惑誚乎？抑不然矣。又使莊姜之事莊公，僅恃此姻族容貌媵妾之盛，不覺趾高氣揚，遂恃美挾貴以驕其夫，即可當《碩人》咏乎？更無當也。然則詩非爲莊姜咏乎？曰：是詩也，非莊姜之咏而誰咏耶？莊姜固不徒恃其貴，恃其美，恃其富，而自有餘於富與美與貴之外，蓋美且賢焉者也。其富貴本其所自有，固不足爲之異。然則詩何以不咏其賢，而僅歎其爲貴與美與富，而若有餘慕耶？曰：詩之不咏其賢者，詩之所以善咏乎賢者也。托月者必滃雲，繪龍者必點睛，此繪事之妙也，詩亦通焉。且詩亦未嘗不言其賢也，而人不覺也。詩發端不曰「碩人其頎」乎？夫所謂碩人者，有德之尊稱

也。曾謂婦之不賢而可謂之碩人乎？故題眼既標，下可從旁摹寫，極意鋪陳，無非爲此碩人生色。畫龍既就，然後點睛；滃雲已成，而月自現。詩固有言在此而意在彼者，此類是也。不然，莊姜亦不過一富貴美人耳，詩又何必浪費筆墨而爲之寫照耶？至不見答於莊公，皆後日事，非初來情。詩蓋咏其新昏時耳，安知其不見答而爲人所閔歟？

【眉評】〔一章〕閥閲之尊。外戚之貴。〔二章〕儀容之美。千古頌美人者無出此二語，絶唱也。〔三章〕車服之盛。體貼入微。〔四章〕邦國之富，妾媵之多，到底不露一賢字，而賢字自在言外。

【集釋】〔頎〕長貌。〔錦〕文衣也。〔褧〕襌也。姚氏際恒曰：錦衣，夫人用錦衣而嫁貴也。鄭氏曰：「國君夫人翟衣而嫁，今衣錦者，在塗之服也。」非也。褧衣，褧或作潁，或作絅，或作景，皆同，乃襌衣也。《士昏禮》云：女登車，「姆爲加景，乃驅」，即此。古婦人平時盛服，必加襌衣于外。《中庸》「謂其文之著」是也。若嫁時加褧，則爲塗間辟塵也，又不同。〔東宮〕太子所居之宫。〔邢侯〕邢，周公之後。杜氏預曰：邢國在廣平襄國縣。〔譚公〕孔氏穎達曰：《春秋》：「譚子奔莒。」則譚，子爵。蘇氏轍曰：譚近齊。〔私〕《集傳》曰：姊妹之夫曰私。〔荑〕茅之始生曰荑，言柔而白也。〔凝脂〕脂寒而凝，亦言白也。〔領〕頸也。〔蝤蠐〕孔氏穎達曰：孫炎曰：「關東謂之蝤蠐，梁益之間謂之蝎。」以在木中白而長，故以比頸也。蔡氏卞曰：蝤蠐，桑蟲也。蝤蠐食桑之腴，故色白而體柔。〔瓠犀〕《集傳》曰：瓠犀，瓠中之子，方正潔白，而比次整齊也。〔螓〕鄭氏康成曰：螓，謂蜻蜓也。〔蛾〕《集傳》：蛾，蠶蛾也。其眉細而長曲。〔倩〕《集傳》：倩，口輔之美也。〔盼〕黑白分明也。〔敖敖〕鄭氏康成曰：敖敖猶頎頎也。〔説〕説駕也。〔幩〕鑣飾也。〔鑣〕《集傳》曰：鑣者，馬銜外鐵，人君以朱纏之也。〔鑣鑣〕盛也。〔翟〕翟車也。〔茀〕蔽也。孔氏穎達曰：婦人乘車不露見，車之前後設障以自隱蔽謂之茀。因以翟羽爲之飾，蓋厭翟也，次其羽使相迫也。〔夙退〕《玉藻》曰：君日出而視朝，退適路寢聽政，使人視大夫，大夫退，然後適小寢釋服。〔河〕孔氏穎達曰：齊所以得有河者，《左傳》曰「賜我先君履西至於河」，是河在齊西北流也。衞境亦有河，知此是齊地者，以庶姜庶士類之，知不據衞之河也。〔施〕設也。〔罛〕魚罟。〔濊濊〕罟入水聲也。〔鱣〕《集傳》曰：鱣魚似龍，黄色鋭頭，口在頷下，背上、腹下皆有甲，大者千餘斤。〔鮪〕孔氏穎達曰：陸璣云：鮪形似鱣，頭小而尖，似鐵兜鍪，口亦在頷下，其甲可以摩薑，大者不過七八尺，益州人謂之鱣鮪。大者爲王鮪，小者爲鮇鮪。〔發發〕陸氏德明曰：發，魚著網尾發發然。《韓詩》作鱍。〔菼〕薍也，亦謂之荻。孔氏穎達曰：葭、蘆、菼、薍，《釋草》文。李巡曰：「分別葦類之異名。」郭璞曰：「蘆葦也，薍似葦而小。」如李云，蘆、薍共爲一草，如郭云，則蘆、薍别草。〔揭揭〕長也。〔庶姜〕謂姪娣。〔孼孼〕盛飾也。〔庶士〕媵臣。〔朅〕武貌。

【標韻】頎五微衣同妻八齊姨四支私同通韻　荑四支脂同蠐八齊犀同眉四支通韻　倩十七霰盼十六諫通韻
敖四豪郊三肴驕二蕭鑣、朝並同勞四豪通韻　活七曷濊同上發六月揭九屑孽、朅並同通韻

氓　爲棄婦作也。

氓之蚩蚩，抱布貿絲。匪來貿絲，來即我謀。送子涉淇，至于頓丘。匪我愆期，子無良媒。將子無怒，秋以爲期。一章　乘彼垝垣，以望復關。不見復關，泣涕漣漣。既見復關，載笑載言。爾卜爾筮，體無咎言。以爾車來，以我賄遷。二章　桑之未落，其葉沃若。比。于嗟鳩兮，無食桑葚！興起下二句。于嗟女兮，無與士耽！士之耽兮，猶可説也。女之耽兮，不可説也！三章　桑之落矣，其黄而隕。自我徂爾，三歲食貧。淇水湯湯，漸車帷裳。女也不爽，士貳其行。士也罔極，二三其德。四章　三歲爲婦，靡室勞矣。夙興夜寐，靡有朝矣。言既遂矣，至于暴矣。兄弟不知，咥其笑矣。静言思之，躬自悼矣。五章　及爾偕老，老使我怨。淇則有岸，隰則有泮。比。總角之宴，言笑晏晏。信誓旦旦，不思其反。反是不思，亦已焉哉。六章

右《氓》六章，章十句。此與《谷風》相似而實不同。《谷風》寓言，借棄婦以喻逐臣；此則實賦，

必有所爲而作。如漢樂府《羽林郎》、《陌上桑》及《古詩爲焦仲卿妻作》之類，皆詩人所咏，非棄婦作也。觀其以氓直起，亦某甲某乙無知之人耳，特其事述之足以爲戒，故見諸歌咏，將以爲世勸焉。曰「子無良媒」者，是其初亦未嘗不欲守禮以待媒。乃情不自禁，私訂昏姻，後要媒妁，則違禮已甚，然其不敢顯然背禮之心，則又昭然而若揭。曰「送子涉淇」者，將送而未送之謀也。曰「至于頓丘」者，欲至而不至之心也。欲至不至，將送未送，故至愆期而不之顧。敢負約哉？亦無媒耳。媒若果至，則秋以爲期焉，未爲不可也。夫事既有約，則心自難待。遲久不至，則必至乘垣以相望。不見則憂，既見則喜，亦情之所不容已者。女殆癡於情焉者耳。故其自歎，則以桑之榮落喻色之盛衰，以見氓之所重在色不在情，己又未免爲情所累，以致一誤再誤，至於不可說。轉欲援情以自戒，則其情愈可矜已。李白詩云：「以色事他人，能得幾時好？」況所事者又蚩蚩氓乎！宜其有《白頭吟》也。「三歲爲婦」，甘苦備嘗，而猶不免於見棄，此其咎誠不在己而在氓矣。然知我者其誰？兄弟雖親，亦將咥然相笑，以爲是婦德之不終也，而豈知其爲男子之無良乎？回憶總角，「信誓旦旦」，盟猶在耳，詎料其反復如是之速耶？夫淇水悠悠，亦尚有岸；原隰浩浩，未始無涯。斯人也而乃慹然相棄也！予之至是，予之不思耳。使其思之，豈尚至是？「亦已焉哉」，尚何言哉？雖然口縱言已，心豈能忘？此女始終總爲情誤，固非私奔失節者比，特其一念之差，所託非人，以致不終，徒爲世笑。士之無識而失身以事人者何以異？是故可以爲戒也。

【眉評】〔一章〕直起，與「昔有霍家奴」同一起法。訂約。〔二章〕懷想一段。落到合諧。〔三章〕色盛見憐一段，已有悔意。色衰愛弛一段，歸咎男子。〔四章〕歷叙勞苦，反遭見棄，自怨自艾，如泣如訴，情至之文。〔五章〕跌宕語，極有致，付之一歎。

【集釋】〔氓〕民也。〔蚩蚩〕無知貌。〔貿〕買也。〔頓丘〕地名。王氏應麟曰：《地理志》：「東郡頓丘縣。」《輿地廣志》：「頓丘，本衛邑，在淇水南。」〔愆〕過也。〔將〕願也。〔垝〕毁也。〔垣〕牆也。〔復關〕關名。王氏應麟曰：《寰宇記》：「澶州臨河縣復關城，在南黄河北阜也。復關堤，在南三百步。」〔卜〕龜卜。〔筮〕蓍筮。〔體〕兆卦之體也。〔賄〕財也。〔沃若〕潤澤貌。〔葚〕桑實也。鳩食葚多則致醉。〔耽〕相樂也。〔説〕解也。〔隕〕落也。〔徂〕往也。〔漸〕漬也。〔帷裳〕車飾。孔氏穎達曰：丈夫之車立乘，有蓋無帷裳。此言帷裳者，婦人之車故也。以幃障車之傍，如裳以爲容飾，故或謂之幃裳，或謂之童容。〔爽〕差也。〔極〕至也。〔靡〕不也。〔咥〕笑貌。〔泮〕涯也。〔總角〕孔氏穎達曰：《甫田》云「總角丱兮」，是男子總角未冠，則婦人總角未笄也。以無笄，直結其髮，聚之爲兩角。〔晏晏〕和柔也。〔旦旦〕鄭氏康成曰：以信相誓旦旦耳，言其懇惻欵誠。

【標韻】蚩四支絲同本韻　謀十一尤丘同本韻　期四支媒十灰通韻　垣十三元關十五删漣一先言十三元遷一先通韻　落十藥若同本韻　葚二十六寢，叶知林反。耽十三覃，叶特林反。叶韻　説九屑二字自叶韻　隕十一軫，叶于貧反。貧十一真叶韻　湯七陽裳、行並同本韻　極十三職德同本韻　勞四豪朝二蕭通韻　暴二十號笑十八嘯悼二十號通韻　怨十四願岸十五翰泮同宴十七霰晏十六諫旦十五翰反十三阮，叶孚絢反。叶韻　思四支哉十灰通韻

竹竿　衛女思歸也。

籊籊竹竿，以釣于淇。豈不爾思？遠莫致之。一章　泉源在左，淇水在右。女子有行，遠兄弟父母。二章　淇水在右，源泉在左。巧笑之瑳，佩玉之儺。三章　淇水滺滺，檜楫松舟。駕言出遊，以寫我憂。四章

右《竹竿》四章，章四句。《小序》謂「衛女思歸」。《大序》增以「不見答」。何氏楷則謂《泉水》及此篇皆許穆夫人作。姚氏際恒以其語多重複，非一人筆，疑爲媵和夫人之詞。均未嘗細咏詩辭也。《載馳》、《泉水》與此篇，雖皆思衛之作，而一則遭亂以思歸，一則無端而念舊，詞意迥乎不同。此不惟非許夫人作，亦無所謂「不見答」意。蓋其局度雍容，音節圓暢，而造語之工，風致嫣然，自足以擅美一時，不必定求其人以實之也。詩固有以無心求工而自工者，迨至工時，自

不能磨，此類是已。俗儒説《詩》，務求確解，則三百詩詞，不過一本記事珠，欲求一陶情寄興之作，豈可得哉？

【眉評】〔三章〕仙骨姗姗，風韻欲絶。

【集釋】〔籊籊〕《集傳》曰：籊籊，長而殺也。〔泉源〕即百泉也。〔瑳〕《集傳》曰：瑳，鮮白色。笑而見齒，其色瑳然，猶所謂粲然，皆笑也。瑳，《説文》云：「玉色鮮白也。」笑而見齒，其色似之。〔巧〕何氏楷曰：巧，工也，猶好也。〔儺〕，《説文》云：「行有節也。」徐鍇云：「佩玉所以節步。」嚴氏粲曰：儺，柔緩也，腰身裊儺也。〔滺滺〕流貌。陸氏德明曰：滺，本亦作浟。〔檜〕木名，似柏。

【標韻】淇四支之同本韻　右二十五有母同本韻　左二十哿儺同本韻　滺十一尤舟、遊、憂並同本韻

芄蘭　諷童子以守分也。

芄蘭之支，童子佩觿。雖則佩觿，能不我知。容兮遂兮，垂帶悸兮。一章　芄蘭之葉，童子佩韘。雖則佩韘，能不我甲。容兮遂兮，垂帶悸兮。二章

右《芄蘭》二章，章六句。《小序》謂「刺惠公。」按《左傳》云：「初，惠公之即位也少。」杜注云：「蓋年十五六。」《序》即本《傳》而意逆之耳。然惠公縱少而無禮，臣下刺君，不應直以「童子」

呼之。此詩不過刺童子之好躐等而進，諸事驕慢無禮，以見先進恂恂退讓之風無復存者。此亦世道人心之大轉關，非細故也。聖人存之，亦進闕黨童子而教之之意。《集傳》何至遽云「不知所謂，不敢强解。」蓋亦震於《序》言而無辭以爲之説耳。

【眉評】〔集釋甲字條〕毛氏鳳曰：案甲與狎同音，詩中借甲爲狎，甲即狎也。

【集釋】〔芄蘭〕草名。《集傳》曰：一名蘿摩，蔓生，斷之有白汁可啖。支、枝同。沈氏括曰：支，莢也。芄蘭生莢，支出於葉間，垂之如觿狀。〔觿〕錐也，所以解結。成人之佩，非童子之飾也。姚氏際恒曰：上古或用角，故字從角，後以玉爲之。今世有傳者，大小不等，其身曲而末鋭，俗名解錐。《集傳》謂象骨爲之，蓋循《禮記》注之誤。然骨與角無大分别，既可以角爲之，何不可以骨爲之耶？〔知〕《集傳》曰：知猶智也。言其才能不足以知於我也。〔容、遂、悸〕毛氏萇曰：容儀可觀，佩玉遂遂然，垂其紳帶，悸悸然有節度。嚴氏粲曰：容，雍容也。《離騷》云：「遵赤水而容與。」《祭義》云：「及祭之後，陶陶遂遂，如將復入然。」蓋舒緩之狀。〔韘〕《集傳》曰：韘，決也。以象骨爲之，著右手大指，所以鈎弦闓體。姚氏際恒曰：韘，《毛傳》謂玦。案，《士喪禮》「纊極二」，《大射儀》「朱極三」，《詩》言「拾決」，大抵一物異名，上古必以韋爲之，故字從韋，後用玉。今世有傳者，俗名指機決，又非所佩之玦也。鄭氏謂沓，所以彄沓手指。蓋彷彿《儀禮》爲説，然實無沓名也。〔甲〕《集傳》曰：甲，長也。言其才能不足以長於我也。毛氏萇曰：甲，狎也。姚氏以爲近是，其義亦通。

【標韻】支四支觿、知並同本韻　遂四寘悸同本韻　葉十六葉韘同甲十七洽通韻

河廣　宋襄公母思歸宋不得也。

誰謂河廣？一葦杭之。誰謂宋遠？跂予望之。一章　誰謂河廣？曾不容刀。誰謂宋遠？曾不崇朝。二章

右《河廣》二章，章四句。《小序》謂「宋襄公母歸于衛，思而不止，故作是詩」。鄭氏因謂「襄公即位，夫人思之」。嚴氏以其言「河廣」，則是衛未渡河之先，時宋襄公方爲世子，衛之戴、文俱未立也。從嚴説，則夫人於已出之後而爲復往之思，似覺其無謂。從鄭説，則爲母思其子，本乎慈；廟絶而不往，止乎義，於義較優。然桓公雖無義，夫人不可以無情，況有子乎？觀襄公之爲太子，請於桓公曰：「請使目夷立。」公曰：「何故？」對曰：「臣之舅在衛，愛臣，若終立，則不可以往。」子之念母，雖千乘而不顧；母之念子，從一葦而難杭。襄公之心，安知非此詩有以動之耶？母也則止於慈，子也則盡乎孝，兩兩相望，難乎爲情，正在此際。若即位後而始思往，又何以見爲慈乎？《集傳》從鄭説，則猶未免世俗之見云。

【眉評】〔一章〕飄忽而來，起最得勢，語亦奇秀可歌。

【集釋】〔葦〕蒹葭之屬。〔杭〕度也。姚氏際恒曰：杭、斻通，方舟；後作航。《史》秦始皇南遊至錢塘，浙江水惡，乃西百二十里從狹中渡，因置餘杭縣。餘杭，舟名，謂以餘杭渡也。餘、艅通。《左傳》：「吴國有餘皇」。一作「艅航」。隋因餘杭舊名，置杭州。乃斻、航本字也。一蘆葦可渡，甚言其易，故爲奇語。或謂河方冰時，布一束之葦，便可履之而渡。如此説《詩》，杲哉！不特「固哉」矣。〔刀〕小船也。孔氏穎達曰：刀，《説文》作舠。舠，小船也。《釋名》云：「二百斛以上曰艇，三百斛曰刀。」嚴氏粲曰：刀、舠，古字通用。姚氏際恒曰：亦作刁、舠。

【標韻】杭七陽望同本韻　刀四豪朝二蕭本韻

伯兮　思婦寄征夫以詞也。

伯兮朅兮，邦之桀兮。伯也執殳，爲王前驅。一章　自伯之東，首如飛蓬。豈無膏沐，誰適爲容？二章　其雨其雨，杲杲出日。願言思伯，甘心首疾。三章　焉得諼草？言樹之背。願言思伯，使我心痗。四章

右《伯兮》四章，章四句。此詩不特爲婦人思夫之詞，且寄遠作也，觀次章辭意可見。鄭氏曰「衛宣公之時，蔡人、衛人、陳人從王伐鄭」，故曰「爲王前驅」。曰「自伯之東」，鄭在王國之東，

非衛東也。詩不過一婦人思夫作耳，何録乎？范氏曰：「居而相離則思，期而不至則憂，此人之情也。文王之遣戍役，周公之勞歸士，皆叙其室家之情、男女之思以閔之，故其民悦而忘死。聖人能通天下之志，是以能成天下之務。兵者，毒民於死者也，孤人之子，寡人之妻，傷天地之和，召水旱之災，故聖人重之。如不得已而行，則告以歸期，念其勤勞，哀傷慘怛，不啻在己。是以治世之詩，則言其君上閔恤之情；亂世之詩，則録其室家怨思之苦。以爲人情不出乎此也。」此詩室家之怨切矣。始則「首如飛蓬」，髮已亂矣，然猶未至於病也。繼則「甘心首疾」，頭已痛矣，而心尚無恙也。至於「使我心痗」，則心更病矣，其憂思之苦何如哉！使非爲王從征，胡以至是？後之帝王讀是詩者，其亦以窮兵黷武爲戒歟？

【眉評】〔二章〕宛然閨閣中語，漢魏詩多襲此調。〔四章〕奇想。

【集釋】〔伯〕伯叔尊稱，或其夫字。〔朅〕武貌。〔桀〕英桀也。〔殳〕范氏處義曰：殳，長尋有四尺，在車之左，故曰前驅。〔蓬〕草名，叢生，風飛散亂。〔杲杲〕日色明也。〔首疾〕頭痛也。〔諼〕孔氏穎達曰：諼訓爲忘，非草名。案：此諼下接草者，猶言善忘之草耳。草斷不可以忘事，故曰焉得也。《毛傳》謂諼草令人忘憂者，非。《説文》以諼爲藼者，尤非。詩家多用「斷腸忘憂」、「埋憂填恨」等字，皆寓言，非真物也。〔背〕姚氏際恒曰：背，堂背也。堂面向南，堂背向北，故背爲北堂。〔痗〕病也。

【標韻】揭九屑桀同本韻　殳七虞驅同本韻　東一東蓬同容二冬通韻　曰四質疾同本韻　背十一隊痗同本韻

有狐　婦人憂夫久役無衣也。

有狐綏綏，在彼淇梁。心之憂矣，之子無裳。一章　有狐綏綏，在彼淇厲。心之憂矣，之子無帶。二章　有狐綏綏，在彼淇側。心之憂矣，之子無服。三章

右《有狐》三章，章四句。《小序》謂「刺時」。《大序》以爲「衛之男女失時，喪其妃耦焉」，已非詩意。《集傳》竟以爲「有寡婦見鰥夫而欲嫁之」，不知何以見其爲寡婦，何以見其爲鰥夫，更何以見其爲「而欲嫁之」？夫曰「之子」，則明明指其夫矣。曰「無裳」、「無帶」、「無服」，則明明憂其夫之「無裳」、「無帶」、「無服」矣。以「有狐」作比者，狐性善疑，雖日在「淇梁」、「淇厲」、「淇側」，而終遲疑不渡，故曰「綏綏」也。此必其夫久役在外，淹滯不歸，或有所戀而忘返，故婦人憂之。以爲久羈逆旅，必至金盡裘敝而難歸耳。本無他義，亦少深情，聖人存之，不解何故。

【集釋】〔狐〕獸名，性淫而多疑。〔綏綏〕嚴氏粲曰：綏本訓安，則綏綏，安綏之意也。狐性多疑，綏綏則獨行而遲疑也。〔梁〕橋也。〔厲〕深水可涉處也。〔帶〕所以申束衣也。

【標韻】梁七陽裳同本韻　厲八霽帶九泰通韻　側十三職服一屋，叶蒲北反。叶韻

木瓜　諷衛人以報齊也。

投我以木瓜，報之以瓊琚。匪報也，永以爲好也。一章　投我以木桃，報之以瓊瑶。匪報也，永以爲好也。二章　投我以木李，報之以瓊玖。匪報也，永以爲好也。三章

右《木瓜》三章，章四句。此詩本朋友尋常餽遺之詞，而《序》言「美齊桓公也」，辭意絶不相類。豈有感人再造之恩，乃僅以果實爲喻乎？故《集傳》反之，以爲「疑亦男女相贈答之辭」，又不知其何所謂？篇中並無男女情，安知其如《静女》類？《集傳》於詩詞稍涉男女字，即以爲淫奔之詩，説《詩》如此，未免有傷忠厚，恐非詩人意也。夫《詩》中固有淫奔者，然非實見其所以然，不可概指爲淫奔。如此詩絶無男女字，而何必指其爲《静女》類耶？《小序》雖僞，必有所傳。以爲「美齊桓公」，非盡無因，蓋病在「美」字耳。此詩非美齊桓，乃諷衛人以報齊桓也。孔氏穎達曰：「以衛得齊桓之大功，思厚報之而不能，乃假小事以言。設使齊投我以木瓜，我報以瓊琚，猶非敢以此報齊之木瓜，欲令齊長以爲玩好，結我以恩情而已。況今救而封我，如此大功，知何以報之？」此言雖近似而未當。衛人始終並未報齊，非惟不報，且又乘齊五子之亂而伐其喪，則背德孰甚焉？此詩之所以作也。明言之不敢，故假小事以諷之，使其自得之於言外意。詩人諷刺往往如此。故不可謂《序》言盡出無因也。

【集釋】〔木瓜〕《爾雅》：楙，木瓜。蘇氏頌曰：木瓜，狀如柰，春末開花，深紅色，其實大者如瓜，小者如拳。〔瓊〕《集傳》曰：瓊，玉之美者。嚴氏粲曰：《傳》云：「瓊，玉之美者。」《疏》云：「瓊是玉之美名，非玉名也。」《説文》云：「瓊，赤玉也。」姑並存之。〔琚〕佩玉名。羅氏中行曰：琚，處佩之中，所以貫蠙珠而上繫於珩，下維璜衝牙者也。〔瑶〕《集傳》曰：瑶，美玉也。《説文》云「美石」，存參。〔玖〕《集傳》曰：玖，亦玉名也。陸氏德明曰：玖，玉，黑色。

【標韻】瓜六麻，叶攻乎反。琚六魚叶韻　報二十號好同本韻　桃四豪瑶二蕭通韻　李四紙玖二十五有，叶舉里反。叶韻

以上衛詩凡十篇。説者謂鄭、衛之俗淫靡，今觀衛詩十篇，無一淫者。首篇美武公之德，爲列國所罕有。次贊隱者自樂，三頌莊姜之美且賢，皆極一時之秀。即宋桓夫人，雖被出歸衛，而慈淑守禮，不可謂非賢婦人。他如《伯兮》寄遠，《木瓜》報德，皆馴雅可歌，未見其爲靡靡之音也。其所謂淫靡者，豈以刺宣姜諸作及《桑中》數詩耶？然皆編入《邶》、《鄘》二國，非衛本國人詩。可知衛除宣姜、夷姜外，實多賢婦人。豈有淫亂國而有此賢婦人出乎其間哉？衛有宣姜，衛之大不幸也。可慨也！

詩經原始卷之五

國風　五

王

《集傳》：王，謂周東都洛邑王城畿内六百里之地，在《禹貢》豫州大華、外方之間，北得河陽，漸冀州之南也。周室之初，文王居豐，武王居鎬；至成王，周公始營洛邑，爲時會諸侯之所，以其土中，四方來者道里均故也。自是謂豐鎬爲西都，洛邑爲東都。至幽王嬖褒姒，生伯服，廢申后及太子宜臼。宜臼奔申，申侯怒，與犬戎攻宗周，弑幽王於戲。晉文侯、鄭武公迎宜臼於申而立之，是爲平王。徙居東都王城。於是王室遂卑，與諸侯無異，故其詩不爲《雅》而爲《風》。然其王號未替也，故不曰「周」而曰「王」。姚氏際恒曰：此乃歷來相傳瞽説也，孔子曰：「《雅》、《頌》各得其所。」夫《雅》之所得，則《風》之所亦得。《風》、《雅》自有定體，其體風即系之《風》；其體雅即系之《雅》。非以王室卑之故，不爲《雅》而爲《風》也。案：風、雅、頌本以詩體分，不以時勢別。其體頌，雖魯侯服亦有《頌》；其體風，雖周王城亦爲《風》。豈以時勢之盛衰，國家之强弱分風、雅、頌耶？風、雅、頌體且不辨，何以言《詩》？況義意宏深，尤爲難識，無怪其多謬誤也。然則《王》何以不列於《二南》之後，而序於三衛之末？三衛者，殷故都也，首之見變風所由始。王城者，周東轍也，次之識王政所由衰。是二者皆變風之首，而世道之升降亦寓焉。

黍離　閔宗周也。

彼黍離離，彼稷之苗。行邁靡靡，中心摇摇。知我者謂我心憂，不知我者謂我何求。悠悠蒼天，此何人哉！一章　彼黍離離，彼稷之穗。行邁靡靡，中心如醉。知我者謂我心憂，不知我者謂我何求。悠悠蒼天，此何人哉！二章　彼黍離離，彼稷之實。行邁靡靡，中心如噎。知我者謂我心憂，不知我者謂我何求。悠悠蒼天，此何人哉！三章

右《黍離》三章，章十句。《小序》曰：「閔宗周也。」《大序》謂「周大夫行役至於宗周，過故宗廟宫室，盡爲禾黍，閔周室之顛覆，徬徨不忍去」，是爲得之。而姚氏猶以爲「偶中」，未免失之過刻也。及韓詩云《黍離》伯封作，則又怪誕無稽，不可從。惟是周轍既東，無復西幸。文、武、

成、康之舊，一旦灰燼，蕩然無存。有心斯世者，所爲目擊心傷，不能無慨於其際焉。特無如當時之君臣苟且偷安，罔思自奮。以王室之尊，下等侯服，甘心而不顧者，何哉？朱氏善曰：「周之王業，公劉開拓之於豳，太王創造之於岐，文王光大之於豐，武王成就之於鎬，皆在西都八百里之内。其土地，則先王之土地，其人民，則先王之人民也。爲子孫者，正當守之而不去，今乃舉舊都棄之，而即安於東。行役之大夫既已見而憂之，且追怨之，豈容付之無可奈何而已耶？謂宜請於平王，號令諸侯，整師輯旅，光復舊物。諸侯見王之有志，孰不奔走而服從？當是時，晉之義和，鄭之掘突，既皆王室之舊勳，齊藉太公之故基，魯承周公之遺烈，衛憑康叔之威靈，亦皆足以左右王室。而王自棄之，爲之臣者又寂無一人以爲言。噫，周轍之不西有由矣夫！」此又以恢復事責之行役大夫。持論未嘗不正，然當時情事，則必有難言焉者。故不得已而形諸歌咏，以寄其悽愴無已之心。觀其呼天上訴，一咏不已，再三反覆而咏歎之，則其情亦可見矣。詎得以千載下人追究千載上事，而得其實在情形哉？

【眉評】三章只换六字，而一往情深，低徊無限。此專以描摹虚神擅長，憑弔詩中絶唱也。唐人劉滄、許渾懷古諸詩，往迹襲其音調。

【集釋】〔黍〕《集傳》曰：黍，穀名。苗似蘆，高丈餘，穗黑色，實圓重。嚴氏粲曰：《説文》曰：「黍，禾屬而黏者也。以大暑而種，故謂之黍。」《本草》唐本注云：「黍似粟而非粟也。」黄氏一正曰：黍有丹、白、黄、黑四色，粒多而黏，穀之可爲酒者也。〔離離〕垂貌。〔稷〕《集傳》：稷亦穀也，一名穄，似黍而小。或曰粟也。《爾雅》曰：粢，稷也。〔邁〕行也。〔靡靡〕猶遲遲也。〔穗〕秀也。〔噎〕孔氏穎達曰：噎，咽喉閉塞之貌，言憂深也。

【標韻】苗二蕭摇同本韻　憂十一尤求同本韻　天一先，叶鐵因反。人十一真通韻　穗四寘醉同本韻　實四質噎九屑通韻

君子于役　婦人思夫遠行無定也。

君子于役，不知其期，曷至哉？雞棲于塒，日之夕矣，羊牛下來。君子于役，如之何勿思！一章　君子于役，不日不月，曷其有佸？雞棲于桀，日之夕矣，牛羊下括。君子于役，苟無飢渴！二章

右《君子于役》二章，章八句。《小序》謂「刺平王」，僞《説》以爲「戍申者之妻作」，皆鑿也。詩到真極，羌無故實，亦自可傳。使三百詩人，篇篇皆懷諷刺，則於忠厚之旨何在？於陶情淑性之意又何存？此詩言情寫景，可謂真實樸至，宣聖雖欲删之，亦有所不忍也。又况夫婦遠離，懷思不已，用情而得其正，即《詩》之所爲教，又何必定求其人以實之，而後謂有關係作哉？

【眉評】傍晚懷人，真情真境，描寫如畫。晉、唐人田家諸詩，恐無此真實自然。

【集釋】〔塒〕《集傳》：鑿牆而棲曰塒。郭氏璞曰：今寒鄉穿牆棲鷄。《禽經》云：陸鳥曰棲，水鳥曰宿。〔佸〕會也。〔桀〕杙也。《爾雅》：鷄棲於弋爲榤。李氏巡曰：弋，橜也。

【標韻】期四支塒同本韻　來十灰思四支通韻　月六月桀九屑括七曷渴同轉韻

君子陽陽

賢者自樂仕於伶官也。

君子陽陽，左執簧，右招我由房。其樂只且！一章　君子陶陶，左執翿，右招我由敖。其樂只且！二章

右《君子陽陽》二章，章四句。姚氏際恒曰：「《大序》謂『君子遭亂，相招爲禄仕』，此據『招』之一字爲説，臆測也。《集傳》謂『疑亦前篇婦人所作』，此據『房』之一字爲説，更鄙而稚。大抵樂必用詩，故作樂者亦作詩以摹寫之。然其人其事不可考矣。」此種詩亦可無俟深考。蓋三代賢人君子，多隱仕於伶官，以其得節禮樂，可以陶情淑性而收和樂之功。故或處一房之中，或侍遨遊之際，無不揚揚自得，陶陶斯詠，有以自樂。其樂而何害其爲賢也耶？然爲國而使賢人君子樂處下位，不欲居尊以任事，則其時勢亦可想知。此詩之所以存而不削歟？

【集釋】〔簧〕嚴氏粲曰：簧，笙之舌也。陳氏暘曰：《樂記》云「絃匏笙簧」，則簧之爲物，笙竽有焉。其美在中，所以鼓中聲也。〔只且〕語助辭。〔陶陶〕和樂之貌。〔翿〕《釋言》云：

翿，纛也。孫炎曰：纛，舞者所持羽也。〔敖〕同遨，遊也。

【標韻】陽七陽簧、房並同本韻　陶四豪翿、敖並同本韻　且六魚。二句自爲韻。

揚之水

戍卒怨也。

揚之水，不流東薪。彼其之子，不與我戍申。懷哉懷哉，曷月予還歸哉？一章　揚之水，不流東楚。彼其之子，不與我戍甫。懷哉懷哉，曷月予還歸哉？二章　揚之水，不流東蒲。彼其之子，不與我戍許。懷哉懷哉，曷月予還歸哉？三章

右《揚之水》三章，章六句。經文明明言戍申、戍甫、戍許，而《序》偏云「戍于母家」，致啟《集傳》忘讐逆理之論，是皆未嘗即當日形勢而一思之耳。夫周轍既東，楚實强盛。京洛形勢，左據成臯，右控崤函，背枕黄河，面俯嵩高。則申、甫、許實爲南服屏蔽，而三國又非楚敵，不得不戍重兵以相保守，然後東都可以立國。觀於三國，吴、魏相持，兩家重鎮必屯襄、樊，則往事可知。平王此時不申、甫、許之是戍而何戍耶？其所以致民怨嗟，見諸歌咏而不已者，以徵調不均，瓜代又難必耳。夫徵調不均則勞逸異勢，瓜代難必則生聚無期，不惟小民怨咨，亦足見秉國者之措置乖方，籌謀未善。若宗周形勝，則豈慮是哉？此東都之不再振而西轍之難歸者有由然矣。若沾沾謂其篤於母家，致令久戍不歸，則何異小兒夢囈，不識時務之甚，吾恐平王君臣竊相笑於

地下也。

【集釋】〔揚〕悠揚也，水緩流之貌。　〔彼其之子〕案：姚氏際恒曰：鄭氏謂「處鄉里者」，歐陽氏謂「國人怨諸侯不戍申者」，皆可通。《集傳》謂指室家，則謬矣。　〔戍〕屯兵以守也。　〔申〕梁氏益曰：申，伯爵，初爲侯，平王母申姜國，楚靈王遷之今信陽之方城内也。《皇輿表》：鄧州屬南陽府，信陽軍屬汝寧府，並隸河南。　〔楚〕木也。陸氏佃曰：楚者，楚地所出，其一名荆，故楚入春秋稱荆。而荆州亦以此木得名。　〔甫〕《集傳》：甫即吕也，亦姜姓。《書·吕刑》，《禮記》作《甫刑》，而孔氏以爲吕侯後爲甫侯，是也。王氏應麟曰：《史記》：「吕尚先祖爲四岳，佐禹治水有功，虞、夏之際，受封於吕。」《括地志》：「故吕城在鄧州南陽縣西四十里。」《吕氏春秋》：「吕在宛縣西」。　〔蒲〕嚴氏粲曰：毛以爲草，鄭以爲蒲柳，皆通。案：蒲草見《陳·澤陂》，蒲柳見《陳·東門之楊》。　〔許〕《集傳》：許，國名，亦姜姓。今潁昌府許昌縣是也。《皇輿表》：潁昌府許昌縣，今開封許州，隸河南。

【標韻】薪十一真申同本韻　懷九佳歸五微轉韻　楚六語甫七麌通韻　蒲七虞，叶滂左反。許六語叶韻

中谷有蓷　閔嫠婦也。

中谷有蓷，暵其乾矣。有女仳離，嘅其歎矣。嘅其歎矣，遇人之艱難矣。一章　中谷有蓷，

暵其脩矣。有女仳離，條其歗矣。條其歗矣，遇人之不淑矣。二章　中谷有蓷，暵其濕矣。有女仳離，啜其泣矣。啜其泣矣，何嗟及矣。三章

右《中谷有蓷》三章，章六句。《大序》謂「凶年饑饉，室家相棄。」《集傳》因之，近是。惟《小序》謂爲「閔周」，未免小題大作。夫一夫不獲時予之辜，固王者之所以爲心；而荒政不講，以致小民流離失所，尤爲東周大病。然遽以此爲「閔周」，則周之可閔者正多也。《集傳》又謂「婦人覽物起興，而自述其悲歎之詞。」閨閣嫺吟咏固自有人，而此云「有女」者，則非其自咏可知矣。杜詩此類甚多，何必定指爲自作？聖人删《詩》，至此存之，以見王政之惡，人民之困，至於此極。則其無以爲國之故，亦大可悲。張子云：「凡天下疲癃殘疾，惸獨鰥寡，皆吾兄弟之顛連而無告者也。」世之讀《中谷有蓷》而無以動其悲憫之懷者，吾亦末如之何也已矣！

【集釋】〔蓷〕孔氏穎達曰：《釋草》云，「萑，蓷。」郭璞曰：「今茺蔚也。」陸璣疏云：「舊説及魏博士周元明皆云菴蕳，是也。《韓詩》及《三蒼》説悉云益母。」案：《本草》，益母，茺蔚也。〔暵〕孔氏穎達曰：《易》曰，「燥萬物者莫暵乎火」。〔仳〕别也，流離失所之狀。〔脩〕《集傳》：脩，長也。或曰乾也。〔歗〕蹙口出聲。〔不淑〕《集傳》：古者死喪饑饉皆曰不淑。姚氏際恒曰：先言艱難，夫貧也。再言不淑，夫死也。《禮》，問死曰「何如不淑」。〔暵溼〕《集傳》：暵溼者，旱甚則草之生於溼者亦不免也。〔啜〕泣貌。

【標韻】乾十四寒歎、難並同本韻　脩十一尤，叶式竹反。歗十八嘯淑一屋叶韻　濕十四緝泣、及並同本韻

兔爰　傷亂始也。

有兔爰爰，雉離于羅。我生之初，尚無爲，我生之後，逢此百罹。尚寐無吪！一章　有兔爰爰，雉離于罦。我生之初，尚無造，我生之後，逢此百憂。尚寐無覺！二章　有兔爰爰，雉離于罿。我生之初，尚無庸，我生之後，逢此百凶。尚寐無聰！三章

右《兔爰》三章，章七句。《序》謂「桓王失信，諸侯背叛，搆怨連禍，王師傷敗，君子不樂其生。」《集傳》遂謂「庶幾寐而不動以死耳。」夫逢時多難，縱欲無生，何至求死？所謂無吪、無覺、無聰者，亦不過不欲言，不欲見，不欲聞已耳。天下洶洶，時事日非。上則諸侯背叛，射王中肩，君臣之義滅矣；下則室家相棄，有女仳離，夫婦之情乖矣；中則謂他人昆，亦莫我聞，兄弟之親又遠矣。其始蓋由於申、甫是戍，忘讐黨惡，君無父子之恩，民亦鮮倫常之義。以致賢者退處下位，不欲居高以聽政；小人幸逃法網，反得肆志而横行。於是狡者脱而介者烹，奸者生而良者死。所謂百凶並見，百憂俱集時也。詩人不幸遭此亂離，不能不回憶生初猶及見西京盛世，法制雖衰，紀綱未壞，其時尚幸無事也。迨東都既遷，而後桓、文繼起，霸業頻興，而王綱愈墜。天下乃從此多故。彼蒼夢夢，有如聾聵，人又何言？不惟無言，且並不欲耳聞而目見之，故不如長睡不

醒之爲愈耳。迨至長睡不醒，一無聞見，而思愈苦。古之傷心人能無爲我同聲一痛哭哉？此詩意也。何至如《集傳》云但求死耶？

【眉評】詞意悽愴，聲情激越，阮步兵專學此種。

【集釋】〔爰爰〕《集傳》曰：兔性陰狡。爰爰，緩意。孔氏穎達曰：無所拘制，爰爰然而緩。〔雉〕《集傳》：雉性耿介。〔離〕麗也。〔羅〕網也。〔罹〕憂也。〔吪〕黄氏震曰：古注，吪，動也。蓋動則憂，寐則不知，故欲無吪。姚氏際恒曰：吪字從口，從言之訛亦同。《小雅》「或寢或訛」，即此。吪，方寤動而有聲也。「無吪」，不言之意。後說較通。〔罦〕孔氏穎達曰：《釋器》云：「繴謂之罿。罿，罬也。罬謂之罦。罦，覆車也。」孫炎曰，「覆車，網可以掩兔者也。」〔造〕亦爲也。〔覺〕寤也。〔庸〕用也。

【標韻】羅五歌爲四支，叶吾禾反。罹同上，叶居何反。吪五歌叶韻　罦十一尤，叶步廟反。造二十號憂十一尤，叶一笑反。覺十九效叶韻　罿一東庸二冬。凶同聰一東通韻

葛藟　民窮無所依也。

緜緜葛藟，在河之滸。終遠兄弟，謂他人父。謂他人父，亦莫我顧。一章　緜緜葛藟，在河之涘。終遠兄弟，謂他人母。謂他人母，亦莫我有。二章　緜緜葛藟，在河之漘。終遠兄

弟，謂他人昆。謂他人昆，亦莫我聞。三章

右《葛藟》三章，章六句。此詩不必深解，但依《集傳》，謂「世衰民散，有去其鄉里家族而流離失所」之作，斯得之矣。若必謂「刺平王棄其九族」，則不惟「亦」字語氣不協，即詩意亦甚索然，反無謂也。葛藟本蔓生，必有所依而後附，今乃在河之滸與涘與漘，無喬木高枝以引其條葉，雖足自庇本根，而本根已失，奈之何哉？故人一去鄉里，遠其兄弟，則舉目無親，誰可因依？雖欲謂他人之父以爲父，而其父反愕然而不之顧；即欲謂他人之母以爲母，而其母亦恝然而不我親；父母且不可以僞託，況昆弟乎？則更澹焉如無聞也。民情如此，世道可知。誰則使之然哉？當必有任其咎者，即謂平王之棄其九族，而民因無九族之親者，亦奚不可？

【眉評】沉痛語，不忍卒讀。

【集釋】〔滸〕毛氏萇曰：水厓曰滸。〔涘〕孔氏穎達曰：《釋邱》云：「涘爲厓。」〔漘〕許氏謙曰：岸上面平夷，而下爲水洗蕩齧入若脣也。

【標韻】滸七麌父同顧七遇，叶果五反。叶韻　涘四紙母二十五有有同叶韻　漘十一真昆十三元聞十二文通韻

采葛　懷友也。

彼采葛兮。一日不見，如三月兮。一章　彼采蕭兮。一日不見，如三秋兮。二章　彼采艾

兮。一日不見，如三歲兮。三章

右《采葛》三章，章三句。此詩明明千古懷友佳章，自《集傳》以爲淫奔者所託，遂使天下後世士夫君子皆不敢有寄懷作也。不知此老何以好爲刻薄之言若是！至《小序》謂「爲懼讒」，尤不足與辯。夫良友情親，如同夫婦，一朝遠别，不勝相思，此正交情濃厚處，故有三月、三秋、三歲之感也。若泛泛相值，轉面頓忘，或市利相交，勢衰即去，豈尚能作此語？故是詩之在衰朝，亦世情之中流砥柱也，而可無存乎？

【眉評】雅韻欲流，遂成千秋佳語。

【集釋】〔蕭〕荻也。孔氏穎達曰：李巡曰：「荻，一名蕭。」陸璣云：「今人所謂荻蒿者是也。」《郊特牲》：「既奠，然後爇蕭合馨香。」是蕭所以供祭祀也。〔艾〕蒿屬。《爾雅》「艾，水臺」注：艾蒿。姚氏際恒曰：或云艾必三年方可治病，故言三歲，雖詩人之意未必如此，然亦巧合，大有思致。

【標韻】葛七曷月六月轉韻　蕭二蕭秋十一尤叶韻　艾九泰歲八霽通韻

大車　征夫歎也。

大車檻檻，毳衣如菼。豈不爾思，畏子不敢。一章　大車哼哼，毳衣如璊。豈不爾思，畏子

不奔。二章　穀則異室，死則同穴。謂予不信，有如皦日。三章

右《大車》三章，章四句。此詩若從《序》言，以爲「陳古以刺今」，則無以處「穀則異室」之言。蓋夫婦雖有別，亦何至異室而分居？如從《集傳》以爲「淫奔有所畏」，則無以釋「死則同穴」之語。蓋男女縱有情，誰爲收屍而合葬？此皆難以理論也。惟姚氏際恒云：「僞《傳》、《説》皆以爲周人從軍，訊其室家之詩，似可通。」此雖出於僞《説》，而詩意真切，詎得以其僞而少之歟？周衰世亂，征伐不一，周人從軍，迄無寧歲。恐此生永無團聚之期，故念其室家而與之訣絶如此。然其情亦可慘矣！

【集釋】〔大車〕姚氏際恒曰：大車，牛車。〔毳衣〕姚氏際恒曰：毳衣，毛布衣。〔菼〕《集傳》曰：菼，蘆始生也。〔爾〕指室家。〔子〕指主之者。〔哼哼〕重遲之貌。孔氏穎達曰：哼哼，行之貌，故爲重遲。上言行之聲，此言行之貌，互相見也。〔璊〕音門。孔氏穎達曰：璊，玉赬色也。禾之赤苗謂之璊，玉色如之。〔穀〕生也。〔穴〕壙也。〔皦〕白也。

【標韻】檻二十九謙菼二十七感敢同通韻　哼十三元璊、奔並同本韻　室四質穴九屑日四質通韻

丘中　招賢偕隱也。

丘中有麻，彼留子嗟。彼留子嗟，將其來施施。一章　丘中有麥，彼留子國。彼留子國，將

其來食。二章 丘中有李，彼留之子。彼留之子，貽我佩玖。三章

右《丘中》三章，章四句。《小序》謂「思賢」，毛、鄭因之，且以子嗟、子國爲父子二人。惟《集傳》反其所言，以爲「婦人望其所與私者」之詞，殊覺可異。子嗟、子國既爲父子，《集傳》且從其名矣，則一婦人何以私其父子二人耶？此真逆理悖言，不圖先賢亦爲是論，能無慨然？惟是《序》、《傳》亦有所疑，子嗟、子國既爲人名，則「之子」又何所指？故姚氏以爲「嗟、國皆助辭」。「嗟」爲助辭可也，「國」亦可爲助辭乎？且有麻即望其來施施，有麥即望其來食，有李即望其遺我以佩玖，上下文自相呼應，猶韓子云盤之土可稼而食之意。中間「彼留」、「彼留」云者，乃虛擬之辭耳。「嗟」固助辭，「國」即「彼國」之「國」，猶言彼留子於其國耶？其國不可以久留也。何不就我？「丘中有麻」可以績而衣，有麥可以種而食，並有李可以相餽遺，其樂孰甚焉？爾亦將有意其來以就食而互相爲禮耶？似此訓釋，又非思賢，乃招賢以共隱耳。周衰，賢人放廢，或越在他邦，或尚留本國，故互相招集，退處丘園以自樂，所謂桃花源尚在人間者是也。

【集釋】〔麻〕《集傳》：麻，穀名，子可食，皮可績爲布者。〔施施〕喜悅之意。呂氏祖謙曰：《孟子》曰：「施施從外來。」

【標韻】麻六麻嗟同施四支，叶時遮反。叶韻　麥十一陌國十三質食同通韻　李四紙子同玖二十五有，叶舉里反。叶韻

以上王詩凡十篇。案，此册詩皆亂離後作，故其音怨以怒，而又哀思無已，則其民之困且散也可知。《兔爰》猶及西周之盛，而《黍離》則但傷殘破之餘，以致室家相棄，兄弟不保，戍卒怨於前，征夫歎於後也。其始蓋由朝常紊亂，國是日非。君子不樂仕進，或退處下位，或遠隱丘園，朝廷之上，無與爲國。於是小人得進而用事，如狡兔爰爰，無所忌憚。故東都一徙，王綱不復再振。國雖未亡，而下等列侯，其與覆亡者相去幾何哉？無怪其音之哀以思，不止怨而怒矣。後世杜甫遭天寶大亂，故其中有《無家别》、《垂老别》、《哀江頭》、《哀王孫》等篇，與此先後如出一轍。杜作人稱「詩史」，而此册實開其先。讀《王風》者，能無俯仰慨嘆於其際哉？

鄭

《集傳》：鄭邑本在西都畿内咸林之地。宣王以封其弟友爲采地。後爲幽王司徒，而死於犬戎之難，是爲桓公。其子武公掘突，定平王於東都，亦爲司徒。又得虢、檜之地，乃徙其封而施舊號於新邑，是爲新鄭。咸林在今陝西西安府華州，新鄭即今河南開封府新鄭縣。然何以次於《王》？胡氏紹曾曰：鄭初封在圻内，《風》所以次《王》。且周之衰，鄭爲之也。桓公時王室多故，謀及史伯，寄帑於虢、檜之間，以陰謀鬱成大國。然新鄭即成皋、滎陽、虎牢之分，巖險聞天下，故春秋戰爭之多者無如鄭。案：鄭初封固在西周圻内地，即新徙亦密邇東都，故觀《風》首殷、周三都外，即次及於鄭焉。

緇衣　美鄭武公好賢也。

緇衣之宜兮，敝予又改爲兮。適子之館兮，還予授子之粲兮。一章　緇衣之好兮，敝予又改造兮。適子之館兮，還予授子之粲兮。二章　緇衣之蓆兮，敝予又改作兮。適子之館兮，還予授子之粲兮。三章

右《緇衣》三章，章四句。《序》《傳》皆謂「國人美武公」。《集傳》、《詩緝》悉從之，無異説。惟季氏本以爲「美武公好賢之詩。」姚氏謂爲後説勝前賢，不然「改衣」、「適館」、「授粲」，此豈臣下施於君上哉？無論鄭人不宜爲此言，即周人亦不當出此詞。其説是矣。愚謂「改衣」、「授粲」非在上者之所難，特難於「適子之館」而不憚煩焉耳。夫使龍飛鳳翥之士日來吾前，而吾但爲之「改衣」、「授粲」，而不適其館，隆以禮貌之謂何？是徒以衣食餌國士，而國士且望望然去，尚得謂之好賢哉？武公則於「改衣」、「授粲」外，而又能折節下交，屢適賓館。居則虚衷以前席，出則憑軾而過門。羅賢以禮不以貌，親賢以道尤以心。賢所以樂爲用，而共成輔國宏猷。國人好之，形諸歌咏，寫其好賢無倦之心，殆將與握髮吐哺、後先相映，爲萬世美談，此《緇衣》之詩所由作也。即謂之「美武公」也，亦奚不可？惟不宜以「改衣」、「適館」、「授粲」屬之國人耳。

【集釋】〔緇〕黑色。《周禮・考工記》「三入爲纁，五入爲緅，七入爲緇」注：染纁者三入而成；又再染以黑，則爲緅，又復再染以黑，乃成緇。〔緇衣〕孔氏穎達曰：緇衣，即《士冠禮》所云「玄冠，朝服、緇帶、素韠」是也。卿士旦朝於王，服皮弁，不服緇衣；退適治事之館，釋皮弁而服，以聽其所朝之政也。〔館〕舍也。〔粲〕餐也。〔蓆〕大也。

【標韻】宜四支爲同本韻　館十四旱，叶古玩反。粲十五翰叶韻　好二十號造同本韻　蓆十一陌，叶祥籥反。作十藥叶韻

將仲子　諷世以禮自持也。

將仲子兮，無踰我里，無折我樹杞。豈敢愛之？畏我父母。仲可懷也，父母之言，亦可畏也。一章　將仲子兮，無踰我牆，無折我樹桑。豈敢愛之？畏我諸兄。仲可懷也，諸兄之言，亦可畏也。二章　將仲子兮，無踰我園，無折我樹檀。豈敢愛之？畏人之多言。仲可懷也，人之多言，亦可畏也。三章

右《將仲子》三章，章八句。《序》謂「刺莊公，不勝其母，以害其弟，祭仲諫而弗聽。」特以詩中有父母、兄弟、仲子等字耳。《集傳》從鄭漁仲說，以爲無與莊公、叔段事，是矣。而又以爲淫奔詩，亦非。蓋女心既有所畏而不從，則不得謂之爲奔，亦不得謂之爲淫。姚氏知其然，仍不能

斷，乃曰：「按此詩言鄭事多不合，以爲淫詩則合。」是其識亦尚游移未定耳。此詩難保非采自民間閭巷、鄙夫婦相愛慕之辭，然其義有合於聖賢守身大道，故太史録之，以爲涉世法。夫使人心無所畏，則富貴功名孰非可懷而可愛？惟能以理制其心，斯能以禮慎其守。故或非義之當前，心雖不能無所動，而惕以人言可畏，即父母兄弟有所不敢欺，則慾念頓消，而天理自在，是善於守身法也。而謂之爲惡也得乎？故《左傳》子展如晉賦此詩，而衛侯得歸。使其爲本國淫詩，豈尚舉以自賦，而復見許於他國歟？此非淫詞，斷可知已。

【集釋】〔將〕請也。〔仲子〕男子之字也。〔里〕孔氏穎達曰：《地官・遂人》云：「五家爲鄰，五鄰爲里。」是二十五家爲里也。〔杞〕柳屬也。王氏應麟曰：杞有三，「無折我樹杞」，柳屬也。「南山有杞」「在彼杞棘」，梓杞也。「集于苞杞」「言采其杞」「隰有杞桋」，枸杞也。〔檀〕《集傳》：檀，皮青滑澤，材彊韌，可爲車。

【標韻】里四紙杞同本韻　愛十一隊母二十五有，叶滿彼反。叶韻　懷九佳畏五未，叶於非反。叶韻

叔于田　刺莊公縱弟田獵自喜也。

叔于田，巷無居人。豈無居人，不如叔也，洵美且仁。一章　叔于狩，巷無飲酒。豈無飲酒，不如叔也，洵美且好。二章　叔適野，巷無服馬。豈無服馬，不如叔也，洵美且武。三章

右《叔于田》三章，章五句。《小序》以爲「刺莊公」。《集傳》及諸家皆謂無刺莊公意。其實此詩的刺莊公無疑。叔之恃寵而驕，多行不義，誰則使之？莊公實使之也。詩人不必明斥公非，但極力摹寫叔之游獵無度，則其平日之遠君子而狎伍小人也可知。即叔之驕縱無忌，實莊公故縱其惡之意亦可見。不然，叔以國君介弟之親，京城大叔之貴，其所好者，不應在馳騁弋獵地也，其所交者，更不宜近飲酒服馬儔也。而何以日事田獵，至于巷無居人、飲酒，以及服馬之不足相勝乎？曰「美且仁」、「美且好」、「美且武」者，詩人故爲此誇大詞以動莊公，使其早爲之備。亦如公子吕所云「欲與大叔，臣請事之；若弗與，則請除之，無生民心」之意云耳。而謂此不義人真能得衆心歟？讀《詩》者慎勿泥其辭而昧其義焉可也。

【集釋】〔田〕《白虎通義》曰：四時之田總名爲田，爲田除害也。〔巷〕里塗也。〔狩〕冬獵曰狩。杜氏預曰：狩，圍守也。冬物畢成，獲則取之，無所擇也。〔服〕乘也。孔氏穎達曰：《易》稱「服牛乘馬」，俱是駕用之義，故服馬猶乘馬也。

【標韻】田一先人十一真仁同通韻　狩二十六宥酒二十五有好十九皓，叶許厚反。叶韻　野二十一馬，叶上與反。馬同上，叶滿補反。　武七麌叶韻

大叔于田　刺莊公縱弟恃勇而勝衆也。

叔于田，乘乘馬。執轡如組，兩驂如舞。叔在藪，火烈具舉。襢裼暴虎，獻于公所。「將叔無狃，戒其傷女。」一章　叔于田，乘乘黄。兩服上襄，兩驂鴈行。叔在藪，火烈具揚。叔善射忌，又良御忌，抑磬控忌，抑縱送忌。二章　叔于田，乘乘鴇。兩服齊首，兩驂如手。叔在藪，火烈具阜。叔馬慢忌，叔發罕忌，抑釋掤忌，抑鬯弓忌。三章

右《大叔于田》三章，章十句。案此詩與前篇同爲刺莊公縱弟游獵之作，但前篇虛寫，此篇實賦；前篇私游，此篇從獵，而愈矜其勇也。詩曰：「襢裼暴虎，獻于公所。」暴虎危事，太叔至親，而叔以此驕其兄，則恃勇無君之心已可概見。莊公時不惟不怒其無禮，而且勞而慰之曰：「將叔無狃，戒其傷女。」豈真愛之耶？實縱之以蹈於危耳！詩人窺破此隱，故特咏之，以爲誅心之論。如《春秋》書法，微意所在也。若謂國人愛之，而恐其或傷，則好勇不義之人，人又何愛之有耶？至其詞氣之工，則姚氏所謂「描摹工豔，鋪張亦復淋漓盡致，便爲《長楊》、《羽獵》之祖」，庶幾能識作者苦心云。

【集釋】〔兩驂〕車衡外兩馬曰驂。〔如舞〕董氏逌曰：五御之法，有舞交衢者，蓋詩所謂「如舞」也。驂與服諧和，然服制於衡，不得如舞，其言舞者，驂也。〔藪〕澤也。孔氏穎達曰：鄭有

圃田，此言在藪，蓋在圃田也。〔襢裼〕孔氏穎達曰：李巡曰：「襢裼，脱衣見體曰肉襢」。孫炎曰：「襢，去裼衣」。〔狃〕習也。〔乘黄〕陸氏佃曰：黄，馬之上色。《明堂位》曰：「周人黄馬蕃鬣。」言吉事乘此。〔兩服〕孔氏穎達曰：車有一輈而四馬駕之，中央夾輈者名服馬，兩邊名騑馬，亦曰驂馬。〔襄〕駕也。〔鴈行〕《集傳》：鴈行者，驂少次服後，如鴈行也。〔忌抑〕語助辭。〔磬控〕范氏處義曰：磬，謂使之曲折如磬；控，謂控制不逸。〔縱送〕《集傳》：舍拔曰縱，覆彇曰送。梁氏益曰：拔，矢末也，所謂栝也。亦作筈，箭本受弦處。彇與簫同，弓之梢末，所謂弭也。《曲禮》「左手執簫」疏云：「弓頭稍剡，差斜似簫，故名曰簫，又謂之彇。」〔鴇〕《集傳》：驪，白雜毛曰鴇，今所謂烏驄也。〔阜〕盛也。〔慢〕遲也。〔發〕發矢也。〔罕〕希也。〔釋〕解也。〔掤〕《集傳》：掤，矢筩蓋。《春秋傳》作冰。〔鬯〕《集傳》：鬯，弓囊也，與韔同。

【標韻】馬二十一馬，叶滿補反。組七麌舞同藪二十五有，叶素苦反。舉六語虎七麌所六語狃二十五有，叶女古反。女六語叶韻　黄七陽襄、行、揚並同本韻　射二十一禡御六御，叶魚駕反。叶韻　控一送送同本韻　鴇十九皓，叶補苟反。首二十五有手、藪、阜並同本韻　慢十六諫罕十四旱，叶虚旰反。叶韻　掤十蒸弓一東，叶姑宏反。叶韻

清人　刺鄭文公棄其師也。

清人在彭，駟介旁旁。二矛重英，河上乎翱翔。一章　清人在消，駟介麃麃。二矛重喬，河上乎逍遥。二章　清人在軸，駟介陶陶。左旋右抽，中軍作好。三章

右《清人》三章，章四句。《序》本《左傳》：「高克棄師奔陳」，鄭人爲賦此詩。事有明文，固勿庸議。即彭、消、軸，或以爲地名，或以爲非地名，皆不可考。惟鄭文公惡高克，而使之擁兵在外，此召亂之本也。幸而師散將逃，國得無恙；使其反戈相向，何以禦之？由斯以觀，高克亦無能輩耳，何以見惡於文公耶？詩曰「翱翔」，曰「逍遥」，曰「左旋右抽，中軍作好」，所謂霸上諸軍直同兒戲，即使作亂亦易制服。詩人固早有以知其必不然也。若文公者則不能無所議焉，故刺之。

【集釋】〔清〕邑名。〔駟介〕四馬而被甲也。〔旁旁〕馳驅不息之貌。〔二矛〕酋矛、夷矛也。酋矛長二丈，夷矛長二丈四尺，竝建於車上。〔英〕以朱羽爲矛飾，重疊而見。〔翱翔〕遊戲之貌。〔麃麃〕武貌。〔喬〕矛之上勾曰喬。〔陶陶〕樂貌。〔左旋右抽〕《集傳》：左，謂御，在將軍之左，執轡而御馬者也。旋，還車也。右，謂勇力之士，在將軍之右，執兵以擊刺者也。抽，拔刃也。〔中軍〕《集傳》：中軍，謂將在鼓下居車之中，即高克也。〔好〕容好也。

【標韻】彭七陽旁同英八庚翔七陽通韻　消二蕭麃、喬、遥並同本韻　軸一屋，叶音胄。陶四豪，叶徒侯反。抽十一尤，叶輟救反。好二十號叶韻

羔裘　美鄭大夫也。

羔裘如濡，洵直且侯。彼其之子，舍命不渝。一章　羔裘豹飾，孔武有力。彼其之子，邦之司直。二章　羔裘晏兮，三英粲兮。彼其之子，邦之彦兮。三章

右《羔裘》三章，章四句。《序》以爲「刺朝」，陳古以風今也。《辯説》謂詩意恐未必然，當時鄭之大夫，如子皮、子産之徒，豈無可以當此詩者？但今不可考耳。愚謂此詩非專美一人，必當時盈廷碩彦濟美一時，或則順命以持躬，或則忠鯁而事上，或則儒雅以聲稱，皆能正己以正人，不媿朝服以章身。故詩人即其服飾之盛，以想其德誼經濟文章之美，而咏歎之如此。曰「舍命不渝」者，君子安命，雖臨利害而不變也。曰「邦之司直」者，大臣剛毅有力，獨能主持國是而不摇也。曰「邦之彦兮」者，學士文采高標，足以黼黻猷爲而極一時之選也。有此數臣，國勢雖孱，人材實裕，故可以特立晉、楚大國之間而不致敗。此鄭之所以爲鄭也。不然，詩人縱極陳古以風今，亦何與於當時時務之要歟？

【集釋】〔羔裘〕大夫服也。〔如濡〕潤澤也。〔侯〕美也。姚氏際恒曰：此即諸侯之侯，當時

稱諸侯亦取美義也。〔舍〕處也。〔渝〕變也。〔飾〕《集傳》：飾，緣袖也。禮，君用純物，臣下之。故羔裘而以豹皮爲飾也。〔孔〕甚也。〔晏〕鮮盛也。〔三英〕裘飾也。〔彥〕士之美稱。

【標韻】濡七虞侯十一尤，叶洪鉤反。渝七虞叶韻　飾十三職力、直並同本韻　晏十六諫粲十五翰彥十七霰通韻

遵大路　挽君子勿速行也。

遵大路兮，摻執子之袪兮。無我惡兮，不寁故也。一章　遵大路兮，摻執子之手兮。無我魗兮，不寁好也。二章

右《遵大路》二章，章四句。此詩當從《序》言爲正。《集傳》謂「淫婦爲人所棄」者固非，即姚氏以爲「故舊道左言情」者亦未是。蓋道左而挽留賢士，且殷殷動以故舊朋好之心，則豈無故而云然哉？呂氏祖謙曰：「武公之朝，蓋多君子矣。至於莊公，尚權謀、專武力，氣象一變，左右前後無非祭仲、高渠彌、祝聃之徒也。君子安得不去乎？『不寁故也』，『不寁好也』，詩人豈徒勉君子遲遲其行也，感於事而懷其舊者亦深矣。」此雖無所據，而揆時度勢，據理言情，深得古風人意旨所在。不然，區區道故常情，何煩大聖人之刪而存哉？又曹氏粹中曰：「申公、白生强起穆生曰：『獨不念先王之德歟？』即此詩欲留君子之意。而詩不言念先王，但曰『無我惡』者，詞

婉而意愈深耳。」嗚乎！可以觀世道矣。

【集釋】〔摻〕擥也。〔袪〕袂也。孔氏穎達曰：袂是袪之本，袪是袂之末，俱是衣袖。〔寁〕速也。嚴氏粲曰：猶言倉卒也。〔魗〕與醜同。

【標韻】袪六魚，叶起據反。惡七遇故同叶韻 手二十五有魗同好十九皓，叶許口反。叶韻

女曰鷄鳴　賢婦警夫以成德也。

女曰鷄鳴，士曰昧旦。子興視夜，明星有爛。將翱將翔，弋鳧與鴈。一章 弋言加之，與子宜之。宜言飲酒，與子偕老。琴瑟在御，莫不靜好。二章 知子之來之，雜佩以贈之。知子之順之，雜佩以問之。知子之好之，雜佩以報之。三章

右《女曰鷄鳴》三章，章六句。此詩人述賢夫婦相警戒之辭，人皆知之矣。而《序》以爲「陳古以刺今」，不知何所見而云然。彼其意蓋謂《鄭風》無美詞耳。夫使美者皆述古，而惡者皆刺今，則變風中無一可取之詩，而何以知政治得失耶？此詩不惟變風之正，直可與《關雎》、《葛覃》鼎足而三。何者？《關雎》新昏，《葛覃》歸寧，此則相夫以成內助之賢，房中雅樂，缺一不備也。觀其詞義，「子興視夜」以下，皆婦人之詞。首章勉夫以勤勞，次章宜家以和樂，三章則佐夫以親賢樂善而成其德。婦人之職於是乎盡，而可不謂之爲賢乎？不意鄭俗淫哇之際，乃有此

中正和樂之音，堪與《關雎》、《葛覃》爲配。可見天理人心之善，未嘗或息於兩間。聖人删《詩》，特標此一篇於舉世不爲之中，可謂障狂瀾於既倒，砥中流以不移。必如《序》言，是一往無能回之人心矣，而何以爲世勸也？

【集釋】〔昧旦〕吕氏祖謙曰：《列子》曰：將旦，昧爽之交；日夕，昏明之際。〔明星〕《爾雅·釋天》：明星謂之啓明。嚴氏粲曰：今俗所謂曉星也。毛氏謂天將曉而小星不見，惟明大之星爛然，雖不指爲啓明，然將曉而明大者，惟啓明耳。〔弋〕許氏謙曰：《周禮·司弓矢》「矰矢、茀矢，用諸弋射」注疏：結繳於矢謂之矰。繳，繩也。矰，高也，取向上射飛鳥之義。茀之言刜也，以弋飛鳥。刜羅之，謂結繳以羅取而刜殺之也。〔鳧〕水鳥，如鴨。李氏巡曰：野曰鳧，家曰鶩。〔加〕中也。〔雜佩〕《集傳》：雜佩者，左右佩玉也。上横曰珩，下繫三組，貫以蠙珠。中組之半貫一大珠，曰瑀。末懸一玉，兩端皆鋭，曰衝牙。兩旁組半各懸一玉，長搏而方，曰琚。其末各懸一玉，如半璧而内向，曰璜。又以兩組貫珠，上繫珩兩端，下交貫於瑀，而下繫於兩璜，行則衝牙觸璜而有聲也。〔順〕愛也。〔問〕遺也。

【標韻】旦十五翰爛同鴈十六諫通韻　加六麻，叶居之反。宜四支叶韻　老十九皓好同本韻　贈二十五徑順十二震問十三問通韻　好二十號報同本韻

有女同車　諷鄭太子忽以昏齊也。

有女同車，顏如舜華。將翺將翔，佩玉瓊琚。彼美孟姜，洵美且都。一章　有女同行，顏如舜英。將翺將翔，佩玉將將。彼美孟姜，德音不忘。二章

右《有女同車》二章，章六句。《小序》謂「刺忽也」。衍之者曰：「忽不昏於齊，後以無大國之援而見逐，故國人刺之。」《辯説》以爲「忽之辭昏，未爲不正。至其失國，以勢孤援弱，亦未有可刺之罪也。」故《集傳》又「疑爲淫奔之詩。」夫曰「同車」，則有御輪之禮；曰「佩玉」，則有矩步之節；曰「孟姜」，則本齊族之貴。淫奔而越國，有若是之威儀盛飾昭彰耳目乎？前人駁之，固已甚詳。且曰「德音不忘」，是豈淫奔之謂？又不待辯而自明矣。然則此詩謂何？曰：諷忽以昏齊，非刺忽以不昏齊也。曰：有辨乎？曰：有。刺忽以昏於齊者，從事後論之也。諷忽以宜昏於齊者，事前勸之也。事後論忽，固是勢孤援弱，以至失國，似不昏於齊者，爲忽失計。迨後文姜淫亂，幾覆魯國，則不昏於齊者，又未嘗不爲忽幸。事前勸忽，則不過爲援助計。是彼美孟姜者，又安知其後之淫亂如是乎？故首章言其「美且都」，次章言其「德音不忘」，蓋欲諷忽以速娶之耳。後世李延年歌於漢武帝曰：「北方有佳人，絶世而獨立。一顧傾人城，再顧傾人國。豈不知傾城與傾國，佳人難再得。」亦是此意。然忽已辭昏，而詩仍存者，一爲忽惜，一爲忽幸，

而終以忽之辭昏爲有見也，而又何刺乎？

【集釋】〔女同車〕或謂同車爲親迎，又謂侄娣之從嫁者，皆非。無論同車非親迎禮，忽已辭昏，又何從嫁之有？此當是初議昏時，齊必盛飾數女以炫忽，詩人即所見以咏之而已。〔舜〕陸氏璣曰：舜，一名木槿，一名櫬，一名椴，齊、魯之間謂之王蒸。五月始華，故《月令》仲夏「木槿榮」。〔孟姜〕指文姜也。同車雖數女，而以文姜爲主，故特著之。〔都〕孔氏穎達曰：都者，美好閑習之言。司馬相如《上林賦》云：「妖冶閑都。」

【標韻】車六魚華六麻，叶芳無反。琚六魚都七虞叶韻　行七陽英八庚翔、將、姜、忘並七陽通韻

山有扶蘇　刺世美非所美也。

山有扶蘇，隰有荷華。不見子都，乃見狂且。一章　山有橋松，隰有游龍。不見子充，乃見狡童。二章

右《山有扶蘇》二章，章四句。《小序》謂「刺忽」，無據。《大序》謂「所美非美然」，庶幾近之，然不必定指忽也。夫天下妍媸莫辨，是非顛倒，以至覆家亡國而自殺其身者，亦豈尠哉？詩人不過泛言流弊，舉以爲戒。故藉草木起興，以見山之高，固有扶蘇，亦有橋松；隰之卑，固有荷華，亦有游龍。大小互見，美惡雜陳，要在采之者辨之而已。子都、子充之美，與狡童、狂且較其妍

媸，宜若易辨也。然有時亦見狡童、狂且爲美，而不見子都、子充之美者，則何以故？是非混則妍媸莫辨耳。有天下國家責者，尤當三復而細咏之。此亦目前至理，勿容穿鑿而附會者。《序》固謬執，涉於附會。然猶未至如《集傳》直以爲「淫女戲其所私者」之猥褻不堪也。

【集釋】〔扶蘇〕《毛傳》謂小木，非也。蓋枝葉扶蘇，乃茂木耳。〔子都〕季氏本曰：子都，古之美男子，借以爲喻。〔狂〕醜惡人也。〔且〕語辭。〔橋松〕《集傳》：上竦無枝曰橋，亦作喬。〔游龍〕張子曰：龍是葒草，其枝幹樛屈，著土處便有根如龍也。《本草》云，葒草一名鴻蘈，如馬蓼而大，即水紅也。〔子充〕董氏逌曰：子充不見於書，疑亦以美著也。〔狡童〕狡猶小兒也。

【標韻】蘇七虞華六麻，叶芳無反。都七虞且六魚叶韻　松二冬龍同充一東童同通韻

蘀兮　諷朝臣共扶危也。

蘀兮蘀兮，風其吹女。叔兮伯兮，倡予和女。一章　蘀兮蘀兮，風其漂女。叔兮伯兮，倡予要女。二章

右《蘀兮》二章，章四句。《序》謂「刺忽」，未始不可。然必曰「君弱臣强，不倡而和」，則非詩意。詩言「叔兮伯兮」，是以倡予者望諸叔伯大夫矣，而何以謂之爲忽耶？《集傳》則更以爲「淫

女之詞」，天下行淫之女，豈有呼叔而又呼伯者？且叔伯何所倡，而女又何所和？言之不徒污人齒頰，詎可以之釋經？此詩解者雖多，要以嚴氏粲之言爲近。曰：「此小臣有憂國之心，呼諸大夫而告之。言槁葉風吹不能久矣，豈可坐視，以爲無與於己而不相與扶持之乎？叔伯諸大夫其亟圖之。患無其倡，不患無和之者。」蓋小臣有憂國之心，而無救君之力；大臣有扶危之力，而無急難之心。當此國是日非，主憂臣辱之秋，而徒爲袖手旁觀者盈廷皆是。以故義奮忠貞不見諸大臣而激於下位也。忽之世，權臣專擅，國君微弱，苟一煽動，如風吹殘蘀，何能久存？然蘀去而附諸蘀以爲命者亦難自立，故不如早爲之備，先發以制人也。惜乎，小臣有是心而無是力，則不得不呼諸叔伯大夫而告之矣。故以是詩而屬忽世，其亦可矣。

【集釋】〔蘀〕毛氏萇曰：蘀，槁也。孔氏穎達曰：《七月》云：「十月隕蘀。」《傳》云：「蘀，落也。」然則落葉謂之蘀。此云蘀槁者，謂枯槁乃落也。〔要〕成也。

【標韻】吹四支和二十一箇，叶户圭反。叶韻 漂二蕭要同本韻

狡童 憂君爲群小所弄也。

彼狡童兮，不與我言兮。維子之故，使我不能餐兮。一章 彼狡童兮，不與我食兮。維子之故，使我不能息兮。二章

右《狡童》二章，章四句。《序》謂「刺忽」。呼君爲狡童者無禮，固屬非是。即或謂指祭仲，則祭仲在當時年已老，亦殊不類。昔人已辨之。《集傳》又謂「淫女見絶而戲其人之詞。曰悦己者衆，子雖見絶，未至於使我不能餐與息也。」則不惟「未至」之義，詩無其文，即悦己之衆，詩亦並無其意，不知何以見爲淫女反言以戲其人也？大抵狡童者，僉壬宵小之謂。《扶蘇》章之狡童、狂且，即此章之狡童也。國君所用非人，恃寵而驕，目無朝臣也久矣。言不屑與，況同食哉？大臣憂之而無如何，乃私相憤恨曰：彼狡童之不與我言且食也，無足爲怪，特所慮者君耳。吾爲君故，至不能餐，又不能息，是寢食俱廢矣。向非維君之爲而誰爲哉？詩意甚明，何至疑忽，又疑仲，而竟至疑爲淫女所私之人耶？特是作於何朝何代，則不可考。

【集釋】〔息〕安也。

【標韻】言十三元餐十四寒通韻　食十三職息同本韻

褰裳　思見正於益友也。

子惠思我，褰裳涉溱。子不我思，豈無他人。狂童之狂也且。一章　子惠思我，褰裳涉洧。子不我思，豈無他士。狂童之狂也且。二章

右《褰裳》二章，章五句。《小序》曰「思見正也」，而不言其見正之故。《大序》遂以忽、突争國

事實之，曰「狂童恣行，國人思大國之正己也。」於是有以狂童指突者，亦有以狂童指祭仲者。《集傳》則云：「淫女語其所私者。」皆誤認狂童爲狂且、狡童耳。童而曰狡，則爲狡獪小兒也無疑。狂僮曰狂，則爲醜惡狂人也亦無疑。若夫狂童，何狡之有？亦何狂之足慮？子在陳曰：「歸與！歸與！吾黨之小子狂簡，不知所以裁之。」是狂童者，後生有才而未知所裁之稱。以其不知所裁，故思所以裁之，此名師益友之未可以一日無也。詩人有望於良友之裁成其子弟也，故遺之以詩曰：子弟之待正於君也久矣，子其惠然思我而來臨乎？溱、洧雖深，一褰裳可涉渡也。若其無意，則豈無他人之相觀益善乎？抑豈無他士之砥礪於成乎？而無如子弟輩之狂，日見其狂而未知所裁者，非子不能正其狂也。子慎勿辭焉也可。自來此詩無是解者，愚循文按義當如是耳。不然，《左傳》子大叔之歌是什以餞韓宣子，而宣子能無怪之耶？

【集釋】〔惠〕愛也。〔溱〕鄭水名。《水經》：「溱水出鄭縣西北，南入于洧水。」陸氏德明曰：《說文》溱作潧，云潧水出鄭，溱水出桂陽也。〔洧〕亦鄭水名。梁氏益曰：《地理志》云：「洧水出陽城山東南，至長平入潁，今汴梁之洧川縣也，近鄭州。」

【標韻】溱十一真人同本韻　洧四紙士同本韻

丰

悔仕進不以禮也。

子之丰兮，俟我乎巷兮。悔予不送兮。一章　子之昌兮，俟我乎堂兮。悔予不將兮。二章

衣錦褧衣，裳錦褧裳。叔兮伯兮，駕予與行。三章　裳錦褧裳，衣錦褧衣。叔兮伯兮，駕予與歸。四章

右《丰》四章：二章，章三句；二章，章四句。此詩斷非淫詩也。何則？以男之俟女也，則至乎堂上矣；女之歸男也，則與伯叔偕行矣。堂上非行淫地，叔伯豈送淫人耶？又況車馬禮服具備，則更非淫奔之際可知。以爲「女子于歸自咏之詩」，姚氏際恒。則俟巷、俟堂，歸竟歸耳，又何不送、不將之悔乎？是邪正二説均不可通。故《序》云：「刺亂也。昏姻之道缺，陽倡而陰不和，男行而女不隨。」然詩云「駕予與行」，「駕予與歸」，則又何嘗不和不隨耶？總之，詩意前悔不行，後被强歸，此中必有他故。詩既不言，事亦難考。愚意此必寓言，非咏昏也。世衰道微，賢人君子隱處不仕。朝廷初或以禮往聘，不肯速行，後被敦迫，駕車就道。不能自主，發憤成吟，以寫其胸中憤懣之氣。而又不敢顯言賈禍，故借昏女爲辭，自悔從前不受聘禮之優，以致今日而有敦促之辱。仕進至此，亦可矜已。不然，昏禮縱缺，亦何至男俟乎堂而女不行耶？

【集釋】〔丰〕豐滿，嘉其貌之揚也。〔昌〕盛壯貌。〔將〕亦送也。〔褧〕襌也。鄭氏康成

曰：以禪縠爲之中衣。裳用錦，而上如禪縠焉。庶人之妻嫁服也。

【標韻】丰二冬，叶芳用反。巷三絳，叶胡貢反。送一送叶韻　昌七陽堂、將並同本韻　裳七陽行同本韻　衣五微歸同本韻

東門之墠　有所思而未得見也。

東門之墠，茹藘在阪。其室則邇，其人甚遠。一章　東門之栗，有踐家室。豈不爾思，子不我即。二章

右《東門之墠》二章，章四句。此篇乍玩似淫詩，故自《序》、《傳》來，無不目爲淫矣。然有謂女奔男者，亦有謂男求女者。就首章而觀，曰室邇人遠者，男求女之詞也。就次章而論，曰「子不我即」者，女望男之心也。一詩中自爲贈答，而均未謀面，則必非淫者自作可知。古詩人多託男女情以寫君臣朋友義。臣之望君，堂廉雖近，天威甚嚴，有不可以驟進者。君之責臣，則如唐玄宗云：「卿自不仕，奈何誣我？」是君又未嘗不有望乎臣也。至朋友兩相思念，更不待言。詩中有懷想情，而無男女字，又安知非朋友自相思念乎？且室邇人遠，頗有高人雅士跡邇市城，心出塵表氣象。故此詩雖不敢遽定爲朋友辭，亦不敢隨聲附和指爲淫詩。故但曰有所思而未得見之辭云耳。然有所思而不得見，遂無求見之心，則雖謂之發情止義也可，而何淫之有哉？

【集釋】〔墠〕《集傳》：墠，除地町町者。梁氏益曰：墠，除地去草也。封土爲壇，除地爲墠。町町，言有町畦也。〔茹藘〕陸氏璣曰：茹藘，蒨草也。齊人謂之茜。今圃人或作畦種蒔。《貨殖傳》云：「卮茜千石，亦比千乘之家。」〔阪〕郭氏璞曰：陂陀不平。〔踐〕行列貌。

【標韻】墠十六銑阪十三阮遠同通韻　栗四質室同即十三職通韻

風雨　懷友也。

風雨淒淒，鷄鳴喈喈。初號。**既見君子，云胡不夷。**一章　**風雨瀟瀟，鷄鳴膠膠。**再號。**既見君子，云胡不瘳。**二章　**風雨如晦，**天將明反晦。**鷄鳴不已。**三號。**既見君子，云胡不喜。**三章

右《風雨》三章，章四句。此詩自《序》、《傳》諸家及凡有志學《詩》者，亦莫不以爲「思君子」也。獨《集傳》指爲淫詩，則無良甚矣，又何辯耶？且鄭本國賢士大夫互相傳習，燕享之會，至賦以言志。使真其淫，似不必待晦翁而始知其爲淫矣。獨《序》以爲風雨喻亂世，遂使詩味索然，不可以不辯。夫風雨晦冥，獨處無聊，此時最易懷人。況故友良朋，一朝聚會，則尤可以促膝談心。雖有無限愁懷，鬱結莫解，亦皆化盡，如險初夷，如病初瘳，何樂如之！此詩人善於言情，又善於即景以抒懷，故爲千秋絶調也。若必以風雨喻亂世，則必待亂世而始思君子，不遇亂世則不足以見君子，義旨非不正大，意趣反覺索然。故此詩不必定指爲忽、突世作，凡屬懷友，皆可

以咏，則意味無窮矣。

【眉評】深宵風雨，聯床話舊，不覺情親，曉猶未已。此何如友誼耶？而乃以爲淫也，豈不冤哉？

【集釋】〔喈喈〕姚氏際恒曰：喈爲衆聲和，初鳴聲尚微，但覺其衆和耳。〔夷〕平也。嚴氏粲曰：《毛傳》以夷爲悦，心悦則夷平，憂則鬱結也。〔膠膠〕姚氏際恒曰：膠膠，同聲高大也。嚴氏粲曰：膠膠，摎摎，是雜之意，謂群鷄之聲也。〔瘳〕《集傳》：瘳，病愈也。言積思之病，至此而愈也。〔如晦〕姚氏際恒曰：如晦，正寫其明也，故曰如晦。惟其爲如晦，則淒淒瀟瀟，時尚晦可知。詩意如此，無人領會可與心賞者，如何如何。〔已〕止也。姚氏際恒曰：鷄三鳴後，天將曉，相續不已也。

【標韻】淒八齊喈九佳夷四支通韻　瀟二蕭膠三肴瘳十一尤，叶憐蕭反。叶韻　晦十一隊，叶呼洧反。已四紙喜同叶韻

子衿　傷學校廢也。

青青子衿，悠悠我心。縱我不往，子寧不嗣音？一章　青青子佩，悠悠我思。縱我不往，子寧不來？二章　佻兮達兮，在城闕兮。一日不見，如三月兮。三章

右《子衿》三章，章四句。《序》謂「刺學校廢也。」唐、宋、元、明諸儒，皆主其説。而《集傳》獨以

爲淫詩。迨至《白鹿洞賦》，又云「廣青衿之疑問」，仍用《序》説，是是非之心終難昧矣。姚氏際恒以爲「刺學校無據，疑亦思友之詩。」玩「縱我不往」之言，當是師之于弟子也。愚謂《序》言原未嘗錯，特謂「刺學校」則失詩人語氣。此蓋學校久廢不脩，學者散處四方，或去或留，不能復聚如平日之盛，故其師傷之而作是詩。曰：學問之道未可孤陋自安也，今學校廢久矣，予不能再赴講席而廣教，思彼青青子衿者，相從有素，能無繫予心哉？然予縱不能與諸及門互相助益，諸及門尊聞行知，各有淵源，寧不思日來吾前，以嗣吾德音耶？其所以不來者，吾知之矣：年少佻達，日事登臨，或城或闕，遊縱自恣，則其志荒矣。此吾所以憂思，刻不能忘，則雖一日之暫違，不啻三月之久别。予之心念及門也爲何如哉？

【集釋】〔青青〕純緑色。孔氏穎達曰：衿色雖一青，而重言青青者，古人之復言也。下言「青青子佩」，謂青組綬耳。《都人士》「狐裘黄黄」，謂裘色黄耳。《深衣》云：「具父母衣純以青，孤子衣純以素。」是無父母者用素。〔衿〕《爾雅》：衣眥謂之襟。孫氏炎曰：交領也。孔氏穎達曰：衿與襟音義同，衿是領之别名。

【標韻】衿十二侵心、音並同本韻　佩十一隊，叶蒲眉反。思四支來十灰叶韻　達七曷闕六月月同通韻

揚之水　闕疑。

揚之水，不流束楚。終鮮兄弟，維予與女。無信人之言，人實迋女。一章　揚之水，不流束薪。終鮮兄弟，維予二人。無信人之言，人實不信。二章

右《揚之水》二章，章六句。此詩終不可解。《序》以爲「君子閔忽之無忠臣良士，終以死亡」。然詩云「終鮮兄弟，維予與女」，是兄弟二人自相告誡之辭，非言臣與士也。且忽兄弟甚多，不止二人，何以云「維予與女」？曹氏曰：「《左》莊十四年，忽與子儀、子亹皆已死，而原繁謂厲公曰『莊公之子猶有八人』，不得爲鮮。然則非閔忽詩明矣。」至《集傳》則以爲淫女相謂其所私之言，其於「兄弟」字更不可通。昔人辯之已詳，兹不多贅。竊意此詩不過兄弟相疑，始因讒間，繼乃悔悟，不覺愈加親愛，遂相勸勉：以爲根本之間不可自殘，譬彼弱水難流束薪。兄弟相猜，本實先撥，又況骨肉無多，「維予與女」，何堪再離？女豈謂人言可信哉？他人雖親，難勝骨肉。「人實迋女」，以遂其私而已矣。慎無信人之言，而致疑於骨肉間也。語雖尋常，義實深遠。故聖人存之，以爲世之凡爲兄弟者戒。若必求其人其事以實之，則當闕疑以俟知者。

【集釋】〔迋〕與誑同。杜氏預曰：迋，欺也。

【標韻】楚六語女同本韻　薪十一真人、信並同本韻

出其東門　不慕非禮色也。

出其東門，有女如雲。雖則如雲，匪我思存。縞衣綦巾，聊樂我員。一章　出其闉闍，有女如荼。雖則如荼，匪我思且。縞衣如藘，聊可與娱。二章

右《出其東門》二章，章六句。《序》謂「閔亂也。公子互争，兵革不息，男女相棄，民人思保其室家焉。」然詩方細咏太平遊覽，絶無干戈擾攘、男奔女竄氣象。《序》言無當於經固已。《集傳》云：「人見淫奔之女而作此詩。」是以「如雲」、「如荼」之女盡屬淫奔，亦豈可哉？晦翁釋《詩》，隨口而道，並未暇思，於此可見。此詩亦貧士風流自賞，不屑與人尋芳逐豔。一旦出遊，睹此繁華，不覺有慨於心：以爲人生自有伉儷，雖荆釵布裙自足爲樂，何必妖嬈豔冶，徒亂人心乎？故東門一遊，女則如雲，而又如荼，終無一人，繫我心懷，豈矯情乎？色不可以非禮動耳。心爲色動，且出非禮，則將無所止。詩固知足，亦善自防哉。

【集釋】〔縞〕白繒也。孔氏穎達曰：《廣雅》云：「縞，細繒也。」《戰國策》云：「强弩之餘，不能穿魯縞。」然則縞是薄繒不染，故色白也。綦者，青色之小别，青而微白，爲艾草之色。〔巾〕馮氏復京曰：案《禮記》「左佩粉帨」，粉帨即巾也。此巾宜爲佩巾，或以爲婦人裹頭之巾。〔員〕與云同，語辭也。〔闉〕曲城也。陳氏飛鵬曰：門之外有副城回曲以障門者，謂之闉。

〔闍〕城臺也。〔荼〕毛氏萇曰：荼，英荼也。孔氏穎達曰：荼是茅草秀出之穗，言英荼者，英是白貌。《吴語》：「黄池之會，白常、白旗、素甲，白羽之矰，望之如荼。」李氏樗曰：《漢・禮樂志》曰：「顔如荼」。應劭曰：「荼，野菅，白華也。」顔師古曰：「菅，茅也。言美色如茅荼之柔也。」

【標韻】門十二文雲同存十三元巾十一真員文通韻　闍十虞荼同且六魚藘同娱七虞通韻。

野有蔓草　朋友相期會也。

野有蔓草，零露漙兮。有美一人，清揚婉兮。邂逅相遇，適我願兮。一章　野有蔓草，零露瀼瀼。有美一人，婉如清揚。邂逅相遇，與子偕臧。二章

右《野有蔓草》二章，章六句。《小序》曰「思遇時也」，庶幾得之。《大序》又衍爲「君之澤不下流，民窮於兵革，男女失時，思不期而會焉」，則明明附會説矣。迨至《集傳》，則言野田草露之間，男女邂逅，私相苟合以適己願，愈解愈紛，愈不成語。然循文按義，男女邂逅，固似苟合，而「與子偕臧」，又豈苟合者所能言哉？況其詩兩見於《左傳》，鄭享趙孟，而子太叔賦此，趙孟以爲「受其惠」；鄭餞韓起，而子齹又賦此，宣子以爲「孺子善哉，吾有望矣。」一見於《韓詩外傳》，孔子遭程木子於郯，傾蓋而語，顧子路束帛以贈，子路對曰：「士不中道相見。」孔子乃詠此詩

以曉之。是皆取士君子邂逅相遇爲義。「有美」云者，猶《簡兮》之稱「彼美」，《干旄》之咏「彼姝」云爾。若如晦翁所言，縱不爲鄭卿地，獨不爲孔子地乎？是知此詩必爲朋友期會之詩無疑。士固有一見傾心，終身莫解，片言相投，生死不渝者，此類是也。又何必男女相逢始適願哉？

【集釋】〔邂逅〕不期而會也。

【標韻】溥十四寒，叶上究反。婉十三阮願十四願，叶五遠反。叶韻　瀼七陽揚、臧並同本韻

溱洧　刺淫也。

溱與洧方渙渙兮。士與女方秉蕑兮。女曰：「觀乎？」士曰：「既且。」「且往觀乎！洧之外洵訏且樂。」維士與女，伊其相謔，贈之以勺藥。一章　溱與洧瀏其清矣。士與女殷其盈矣。女曰：「觀乎？」士曰：「既且。」「且往觀乎？洧之外洵訏且樂。」維士與女，伊其將謔，贈之以勺藥。二章

右《溱洧》二章，章十二句。《序》謂「刺亂。兵革不息，男女相棄，淫風大行」。此詩及《出其東門》正叙鄭俗游覽之盛，何以刺亂？使兵革不息，男女相棄，豈尚有采蘭贈勺事耶？故《辯説》以爲鄭俗淫亂，乃其風聲氣習流傳已久，不爲兵革不息，男女相棄而後然也。庶幾近之矣。然《集傳》又以爲「淫奔者自叙之詞」，則非。姚氏云：「篇中士女字甚多，非士與女所自作明矣。」

蓋刺淫，非淫詩也。此詩人自叙其國俗如此，不必言刺而刺自在。想鄭當國全盛時，士女務爲游觀。蒔花地多，耕稼人少。每值風日融和，良辰美景，競相出游，以至蘭勺互贈，播爲美談，男女戲謔，恬不知羞。則其俗流蕩而難返也。在三百篇中别爲一種，開後世冶遊豔詩之祖。聖人存之，一以見淫詞所自始，一以見淫俗有難終，殆將以爲萬世戒。不然，「鄭聲淫」爲聖王所必放，而又何存乎？

【集釋】〔渙渙〕春水盛貌。陸氏德明曰：渙，《韓詩》作洹。《説文》作汎。王氏應麟曰：三月桃花水下之時。〔秉蕑〕陸氏璣曰：蕑即蘭，香草也。姚氏際恒曰：秉蕑者，《禮·内則》「佩帨、茝蘭」，「男女皆佩容臭」也。秉者，身秉之，不必定是手執也。《集傳》以秉蕑爲采蘭，尤誤。蘭生谷中，豈生水中乎？且手中既秉蕑，又秉勺以贈，亦不合矣。〔勺藥〕劉氏瑾曰：《本草注》曰：勺藥有二種，有草勺藥，有木勺藥。姚氏際恒曰：《集傳》又謂「勺藥，香草也」，亦謬。勺藥即今牡丹，古名勺藥。自唐玄宗始得木勺藥于宫中，因呼牡丹。其花香，根葉不香，何得混云香草乎？案：後説即所謂木勺藥也。〔瀏〕深貌。〔殷〕衆也。〔將〕相將也。

【標韻】渙十五翰，叶于元反。蕑十五删叶韻　乎七虞且六魚。通韻　樂十藥謔、藥並同本韻　清八庚盈同本韻

以上鄭詩凡二十一篇。案：《鄭風》古目爲淫，今觀之，大抵皆君臣朋友、師弟夫婦互相思慕之詞。其類淫詩者，僅《將仲子》及《溱洧》二篇而已。然《將仲子》乃寓言，非真情也。即使其真，亦貞女謝男之詞。《溱洧》則

刺淫，非淫者所自作，何得謂爲淫耶？然則聖言非歟？竊意《鄭風》實淫，但經删定，淫者汰而美者存，故鄭多美詩，非復昔日之鄭矣。其《溱洧》一篇尚存不删者，以其爲鄭實録，存之篇末，用爲戒耳。此所謂「放鄭聲」也。宋儒不察，但讀「鄭聲淫」一語，遂不理會「放」字，凡屬鄭詩，悉斥爲淫。舉凡一切君臣朋友、師弟夫婦互相思慕之詞，無不以桑中、濮上之例例之。遂使一時忠臣賢士，義夫烈婦，悉含冤負屈於數千百載上，而無人昭雪之者。此豈一時一人之憾？愚故特爲標出，寧使得罪後儒，不敢冤誣前聖。世之有志《風》《雅》者，當能諒予一片苦衷也。

詩經原始卷之六

國風　六

齊

《集傳》：齊，國名。本少昊時爽鳩氏所居之地，在《禹貢》爲青州之域。周武王以封太公望，東至于海，西至于河，南至于穆陵，北至于無棣。太公，姜姓，本四岳之後，既封於齊，通工商之業，便魚鹽之利，民多歸之，故爲大國。今青、齊、淄、濰、德、棣等州是其地也。然則何以次於鄭？鄭爲畿内地，而齊其霸首也，故次鄭以齊。學者讀其詩，又當尚論乎其世者，此耳。

鷄鳴　賢婦警夫早朝也。

鷄既鳴矣，朝既盈矣。初寤，虚景。匪鷄則鳴，蒼蠅之聲。審聽，實情。○一章　東方明矣，朝既昌矣。匪東方則明，月出之光。上章聽，此章視，視聽莫不關心。○二章　蟲飛薨薨，甘與子同夢。

此乃實景，進一層法。**會且歸矣，無庶予子憎。**倒字句。○三章

右《鷄鳴》三章，章四句。《序》謂「思賢妃，刺哀公。」朱鬱儀謂「美乙公之王姬」。僞《説》謂「衛姬勸桓公」。衆説不一，皆無確據。故《集傳》但以爲古賢妃告戒於君之詞。姚氏際恒又謂爲賢妃作也可，即大夫妻作也亦無不可。「總之，警其夫欲令早起，故終夜關心，乍寐乍覺，誤以蠅聲爲鷄聲，以月光爲東方明，真情實景，寫來活現。」可謂善於説詩矣。然愚謂賢妃進御於君，有夜漏以警心，有太師以奏誡，豈煩乍寐乍覺，誤以蠅聲爲鷄聲，以月光爲東方明哉？此正士夫之家鷄鳴待旦，賢婦關心，常恐早朝遲誤有累慎德，不惟人憎夫子，且及其婦，故尤爲關心，時存警畏，不敢留於逸欲也。至謂鷄聲與蠅聲大小不類，此又詩人之詞，多在可解不可解之間，不必以辭害意也。若必巧爲之辯，則興會索然矣。「會且歸矣」，亦心切早朝之意。前二章摹寫其以早爲遲，其實時尚早也。此章則真恐其遲，故進一層言，非不欲與子同夢，特恐朝會人歸，致召人咎耳。全詩純用虛寫，極回環摩盪之致，古今絶作也。

【集釋】〔會〕朝也。

【標韻】鳴八庚盈、聲並同本韻　明八庚昌七陽光同轉韻　薨十蒸夢一送，叶莫滕反。憎十蒸叶韻

還　刺齊俗以弋獵相矜尚也。

子之還兮，遭我乎峱之間兮。並驅從兩肩兮，揖我謂我儇兮。一章　子之茂兮，遭我乎峱之道兮。並驅從兩牡兮，揖我謂我好兮。二章　子之昌兮，遭我乎峱之陽兮。並驅從兩狼兮，揖我謂我臧兮。三章

右《還》三章，章四句。《序》謂「刺哀公」。然詩無「君」、「公」字，胡以知其然耶？此不過獵者互相稱譽，詩人從旁微哂，因直述其詞，不加一語，自成篇章。而齊俗急功利，喜夸詐之風，自在言外，亦不刺之刺也。至其用筆之妙，則章氏潢云：『子之還兮』，己譽人也；『謂我儇兮』，人譽己也；『並驅』，則人己皆與有能也。」寥寥數語，自具分合變化之妙。獵固便捷，詩亦輕利，神乎技矣！

【集釋】〔還〕便捷之貌。　〔峱〕山名。許氏慎曰：峱山，在齊地。　〔從〕逐也。　〔肩〕陸氏德明曰：肩，《説文》云：「三歲豕，肩相及者」。本亦作豣，音同。孔氏穎達曰：《大司馬》云「大獸公之」，《七月》云「獻豣于公」，則肩是大獸。　〔儇〕利也。　〔茂〕美也。　〔昌〕盛也。　〔狼〕獸名，似犬。孔氏穎達曰：舍人曰：「狼，牡名貛，牝名狼。」　〔臧〕善也。

【標韻】還十五刪間同肩一先儇同通韻　茂二十六宥道十九皓，叶徒厚反。牡二十五有好十九皓，叶許厚反。叶韻

昌七陽陽、狼、臧並同本韻

著　刺不親迎也。

俟我於著乎而，充耳以素乎而，尚之以瓊華乎而。一章　俟我於庭乎而，充耳以青乎而，尚之以瓊瑩乎而。二章　俟我於堂乎而，充耳以黄乎而，尚之以瓊英乎而。三章

右《著》三章，章三句。《序》謂「刺不親迎也」，得之。而姚氏際恒則以爲「此本言親迎，必欲反之以爲刺，何居」？又謂「更可異者，吕氏祖謙『刺不親迎』之説，以爲『女至壻門，始見其俟己』，安見此著與庭堂爲壻家而非女家乎？《鄭風·丰》篇亦有『俟我乎堂』句，解者皆以爲女家，又何居」？愚竊謂爲不然，著、庭、堂，女家固有，但觀其三俟我於著，於庭，於堂，以次而漸進，至於内室，則其爲壻家之著、庭、堂，非女家之著、庭、堂可知矣。至《丰》詩之「俟堂」又當别論，不可以此章例也。禮貴親迎而齊俗反之，故可刺。否則此詩直當删也，又何存耶？

【集釋】〔著〕門屏之間也。孔氏穎達曰：《釋宫》云：「門屏之間謂之宁」。李巡曰：「門屏之間，謂正門内兩塾間。」著與寧音義同。　〔充耳〕孔氏穎達曰：充耳用素絲爲紞，以懸瓊華之石爲瑱。朱子曰：古人充耳以瑱，或用玉，或用象，看來是以線穿，垂在當耳處。　〔瓊華、瓊瑩、瓊英〕姚氏際恒曰：瓊赤玉，貴者用之。華、瑩、英，取協韻以贊其玉之色澤也。《毛傳》分「瓊

華」、「瓊瑩」、「瓊英」爲三種物，已自可笑，而又以「瓊華」爲石，「瓊瑩」、「瓊英」爲石似玉，又以分君卿大夫士，尤謬。《集傳》本之，皆以三者爲石似玉，亦不可解。案：此説甚有見，故録之。然則漢儒之好附會而無識，即此亦見一斑。

【標韻】著六御素七遇華六麻，叶若無反。叶韻　庭九青青同瑩八庚通韻　堂七陽黄同英八庚轉韻

東方之日　刺荒淫也。

東方之日兮，彼姝者子，在我室兮。在我室兮，履我即兮。 一章　**東方之月兮，彼姝者子，在我闥兮。在我闥兮，履我發兮。** 二章

右《東方之日》二章，章五句。此詩刺淫必有所指，非泛然也。故孔氏謂「刺哀公」，僞傳、説謂「刺莊公」，何玄子謂「刺襄公」，雖皆無據，而寢闥之内，一任彼姝朝來暮往，則終日昏昏，内作色荒也可知。士庶之家尚且不可，況宫闈乎？此詩之作詎能無故？然言者雖不可考，而聞者正當以爲戒也。

【集釋】〔履〕躡也。〔即〕《集傳》：即，言此女躡我之跡而相就也。〔闥〕陸氏德明曰：韓詩云「門屏之間曰闥。」〔發〕行去也。孔氏穎達曰：行必發足而去，故以發爲行也。《集傳》曰：言躡我而行去也。

【標韻】日四質室同即十三職通韻　月六月闥七曷發六月通韻

東方未明　刺無節也。

東方未明，顛倒衣裳。顛之倒之，自公召之。一章　東方未晞，顛倒裳衣。倒之顛之，自公令之。二章　折柳樊圃，狂夫瞿瞿。不能辰夜，不夙則莫。三章

右《東方未明》三章，章四句。此詩刺無節，亦必有所指。但《序》無據，故不可考。蘇氏轍曰：「爲政必有節，及其節而爲之，則用力少而事舉。苟爲無節，緩急皆所以害政也。」夫「東方未明」，起而顛倒其衣裳，可謂急矣。然猶有以爲緩，而「自公召之」者，則政將何以堪之？此就急之無節者言之也。黄氏佐曰：「此雖只言其興之早，已見得他日不免又太晚意，故曰無節。」玩末章「不夙則莫」一句可見。此又就緩之無節者言之。總之，爲政無節，緩急均有所害。蓋奉令莫知所從，則玩心生，而怠氣亦乘，政於是乎不可爲矣。不然未明而起，爲政之常，何刺之有？詩固詳言其急，而緩自見焉耳。惟「折柳」二句插入不倫，故姚氏以爲難詳。

【集釋】〔晞〕明之始升也。孔氏穎達曰：晞是日之光氣。《湛露》云「匪陽不晞」，謂見日之光而始乾，故以晞爲乾。《蒹葭》云「白露未晞」，言露在朝旦未見日氣，故亦爲乾義。此無取於乾，故言明之始升，謂將旦時，日之光氣始升也。〔柳〕許氏慎曰：柳，小楊也。〔樊〕藩也。

〔圃〕菜園也。郭璞曰：謂藩籬也。種菜之地謂之圃，其外樊籬謂之園。〔瞿瞿〕驚顧之貌。程子曰：柳，柔脆之物，折之以爲藩籬，非堅固也。狂夫亦知其有限，見之則瞿然而驚。晝夜之限非不明也，乃不能知，而不早則晏，言無節之甚。

【標韻】明八庚裳七陽轉韻　倒二十號召十八嘯通韻　晞五微衣同本韻　顛一先令八庚轉韻　圃七遇瞿、莫並同本韻

南山　刺襄公淫其妹，而魯不能禁也。

南山崔崔，雄狐綏綏。魯道有蕩，齊子由歸。既曰歸止，曷又懷止？一章　葛屨五兩，冠緌雙止。魯道有蕩，齊子庸止。既曰庸止，曷又從止？二章　蓺麻如之何？衡從其畝。取妻如之何？必告父母。既曰告止，曷又鞠止？三章　析薪如之何？匪斧不克。取妻如之何？匪媒不得。既曰得止，曷又極止？四章

右《南山》四章，章六句。此詩直刺文姜，事甚顯。而解者猶紛紛不一，豈不怪哉？《小序》謂「刺襄公」，只籠統言之。《集傳》分前二章刺齊襄，後二章刺魯桓。姚氏以爲「未免割裂，辭意不貫。」季明德則謂「通篇刺文姜」，而雄狐句又無着。何玄子謂「首章首二句刺齊襄，首章懷字刺文姜，二章刺魯桓，下二章又追原其夫婦成昏之始」，則尤穿鑿不自然。惟嚴氏粲謂「通篇刺

魯桓」，蓋謂齊人不當以「雄狐」目其君也。其曰：「雄狐綏綏然求匹，喻魯桓求昏于齊也。」又曰：「齊人不敢斥言其君之惡，而歸咎于魯之辭也。辭雖歸咎于魯，所以刺襄公者深矣。」姚氏取之，以爲如此，則辭旨歸一而意亦周匝。愚意殊不謂然。試問此事豈一人咎哉？魯桓、文姜、齊襄三人者，皆千古無恥人也。使其有一知恥，則其淫斷斷不至於此極。故此詩不可謂專刺一人也。首章言襄公縱淫，不當自淫其妹。妹既歸人而有夫矣，則亦可以已矣，而又曷懷之有乎？次章言文姜即淫，亦不當順從其兄，今既歸魯而成耦矣，則亦可以已矣，而又曷返齊而從兄乎？後二章言魯桓以父母命、憑媒妁言而成此昏配，非苟合者比，豈不有聞其兄妹事乎？既取而得之，則當禮以閑之，俾勿歸齊，則亦可以已矣。而又曷從其入齊，至令得窮所欲而無止極，自取殺身禍乎？故欲言襄公之淫，則以「雄狐」起興；欲言文姜成耦，則以冠履之雙者爲興；欲言魯桓被禍，則先以「蓺麻」興告父母以臨之，「析薪」興媒妁以鼓之，而無如魯桓之懦而無志也，何哉？詩人之大不平也，故不覺發而爲詩，亦將使千秋萬世後，知有此無恥三人而已。又何暇爲之掩飾其辭而歸咎於一哉！

【集釋】〔雄狐〕狐，邪媚之獸，故以比襄公。孔氏穎達曰：對文則飛曰雌雄，走曰牝牡，散則可以相通。《左傳》曰「獲其雄狐」，亦謂牡爲雄也。〔綏綏〕求匹之貌。〔魯道〕適魯之道也。馮氏京曰：《水經注》，汶水南逕鉅平縣故城東，西南流。城東有魯道，詩所謂「魯道有蕩」。今汶水上夾水有文姜臺。〔齊子〕指文姜也。〔兩〕二屨也。孔氏穎達曰：屨必兩隻相配，故以一兩爲一物。曹氏粹中曰：《屨人》「辨外、内命夫、命婦之命屨、功屨、散屨」注云：有繶屨、黄屨、白屨、黑屨、散屨，所謂五兩也。姚氏際恒云：五、伍通，參伍之伍。葛屨相伍必兩，冠緌必雙。下句不用伍字，即承上意而以止字足之。亦通。〔緌〕冠上飾也。許氏謙曰：禮書，二組屬於笄，順頤而下結之謂之纓。纓之垂者謂之緌。〔庸〕用也。〔蓺〕樹也。〔衡從〕陸氏德明曰：衡，亦作横。《韓詩》云：「東西耕曰横」。從，《韓詩》作由，云「南北耕曰由」。曹氏粹中曰：《齊民要術》云：「種麻欲得良田，耕不厭熟。縱横七遍以上，則麻生無葉。」「衡從其畝」，蓋古法也。〔鞠〕窮也。〔克〕能也。〔極〕亦窮也。又至也。

【標韻】崔十灰綏四支歸五微懷九佳通韻　雙三江庸二冬從同通韻　畝二十五有母同本韻　告二沃鞠一屋通韻　克十三職得、極並同本韻

甫田　未詳。

無田甫田，維莠驕驕。無思遠人，勞心忉忉。一章　無田甫田，維莠桀桀。無思遠人，勞心怛怛。二章　婉兮孌兮，總角丱兮。未幾見兮，突而弁兮。三章

右《甫田》三章，章四句。此詩詞義極淺，盡人能識。惟意旨所在，則不可知。《小序》謂「刺襄

公」。《大序》謂「無禮義而求大功，不修德而求諸侯」。率皆擬議之詞，非實據也。《集傳》不從，是矣。而順文敷義，又恐非詩人本旨。且前二章與後一章詞氣全不相類，此中必有所指，與泛言義理者不同。《集傳》勉强串合，終非自然。故何玄子以爲「刺魯莊公」，末章似是，其如上二章何哉？姚氏以爲「未詳」，識過諸儒遠矣。從之。

【集釋】〔田〕耕治之也。孔氏穎達曰：「田甫田」，猶《多方》「宅爾宅，田爾田。」今人謂佃食，古之遺語也。〔甫〕大也。〔莠〕害苗之草也。〔驕驕〕張皇之意。〔忉忉〕憂勞也。〔桀桀〕猶驕驕也。〔怛怛〕慘切貌。〔婉孌〕少好貌。〔丱〕兩角貌。〔弁〕冠名。

【標韻】驕二蕭忉四豪通韻　桀九屑怛七曷通韻　孌十七霰丱十六諫見十七霰弁同轉韻

盧令令　刺好田也。

盧令令，其人美且仁。一章　盧重環，其人美且鬈。二章　盧重鋂，其人美且偲。三章

右《盧令令》三章，章二句。《小序》謂「刺荒也」。《大序》曰：「襄公好田獵畢弋而不修民事，百姓苦之，故陳古以風焉。」襄公好田而死於田，事見《春秋傳》，故當刺。然此詩與公無涉，亦無所謂「陳古以風」意。蓋游獵自是齊俗所尚，詩人即所見以咏之，詞若歎美意實諷刺，與《還》略同。當以《集傳》爲是。但彼以馳逐爲能事，此以聲容爲美觀，作法又各不同耳。

【集釋】〔盧〕田犬也。孔氏穎達曰：犬有田犬、守犬。《戰國策》云：「韓國盧，天下之駿犬。東郭逡，海内之狡兔。韓盧逐東郭，俱爲田父之所獲。」是盧爲田犬也。〔令令〕犬頷下環聲。董氏逌曰：《韓詩》作「盧泠泠」。《説文》引《詩》作獜。〔重環〕子母環也。〔鬈〕《説文》：髮好貌。〔鋂〕許氏慎曰：鋂，大鎖也。〔偲〕《集傳》：偲，多鬚之貌。《春秋傳》所謂「于思」，即此字，古通用耳。

【標韻】令八庚仁十一真通韻　環十五删鬈一先轉韻　鋂十灰偲四支通韻

敝笱　刺魯桓公不能防閑文姜也。

敝笱在梁，其魚魴鰥。齊子歸止，其從如雲。一章　敝笱在梁，其魚魴鱮。齊子歸止，其從如雨。二章　敝笱在梁，其魚唯唯。齊子歸止，其從如水。三章

右《敝笱》三章，章四句。《小序》曰：「刺文姜也。」《大序》謂「齊人惡魯桓公微弱，不能防閑文姜，使至淫亂，爲二國患」。朱子曰：「桓當作莊。」蓋以文姜如齊多在莊公世，故《集傳》以此詩爲刺莊公不能防閑其母。豈知不能防閑其母之罪小，不能防閑其妻之罪大。且桓公時，文姜已歸齊，致公薨于齊，詩人不於此時刺桓公，豈待其子而後刺乎？姚氏主《序》説，而謂歸爲于歸，則又不可解。詩以敝笱不能制大魚比起，是明明謂魯桓不能制文姜，縱之歸齊，而已復從之，以

致自戕其生，爲天下笑。若謂歸爲于歸，則魚方入笱，而何見其爲不能制耶？故知此詩當作於公與夫人如齊之頃，而未薨于車之先。曰「其從如雲」，「其從如雨」，「其從如水」，非歎僕從之盛，正以笑公從婦歸寧，故僕從加盛如此其極也。

【集釋】〔敝〕壞也。〔笱〕罟也。許氏謙曰：《説文》笱，曲竹，捕魚。〔魴鰥〕大魚也。孔氏穎達曰：《孔叢子》云：「衛人釣得鰥魚，其大盈車。」是則鰥爲大魚也。〔歸〕張子曰：反歸于齊也。〔鱮〕陸氏璣曰：鱮似魴，厚而頭大，魚之不美者。故里語曰：「網魚得鱮，不如啗茹。」陸氏佃曰：鱮性旅行，故其字從與，亦謂之鰱也。〔唯唯〕陸氏德明曰：唯唯，《韓詩》作遺遺，言不能制也。輔氏廣曰：唯唯，言其出入之自如也。

【標韻】鰥十五刪雲十二文通韻　鱮六語雨七麌通韻　唯四紙水同本韻

載驅　刺文姜如齊無忌也。

載驅薄薄，簟茀朱鞹。魯道有蕩，齊子發夕。一章　四驪濟濟，垂轡濔濔。魯道有蕩，齊子豈弟。二章　汶水湯湯，行人彭彭。魯道有蕩，齊子翱翔。三章　汶水滔滔，行人儦儦。魯道有蕩，齊子遊敖。四章

右《載驅》四章，章四句。此詩以專刺文姜爲主，不必牽涉襄公，而襄公之惡自不可掩。夫人之

疾驅夕發以如齊者，果誰爲乎？爲襄公也。夫人爲襄公而如齊，則刺夫人即以刺襄公，又何必如舊說「公盛車服與文姜播淫於萬民」而後謂之刺乎？且《碩人》云「翟茀以朝」，是婦人之車亦可言茀，不必以前二章上二句屬襄公也。案《春秋》魯莊公二年，「夫人姜氏會齊侯于禚。」四年，「夫人姜氏享齊侯于祝丘。」五年，「夫人姜氏如齊師。」七年，夫人姜氏「會齊侯于防」，又「會齊侯于穀」。蓋至是，而夫人之如齊肆無忌憚矣。詩曰「發夕」，曰「豈弟」，曰「翱翔」，曰「遊敖」，正其時也。上章在桓公之世，其歸寧也，不過言僕從之衆「如雲」、「如雨」、「如水」而已。此詩在莊公之年，其會兄也，竟至樂而忘返，遂翱翔遠遊，宣淫於通道大都，不顧行人訕笑，豈尚知人間有羞恥事哉？至今汶水上有文姜臺，與衞之新臺可以並臭千古。雖濯盡汶、濮二水滔滔流浪，亦難洗厥羞矣。

【集釋】〔薄薄〕疾驅聲。〔簟〕方文席也。〔茀〕車後户也。孔氏穎達曰：簟字從竹，用竹爲席，其文必方。車之蔽曰茀。〔朱鞹〕《爾雅》：輿革前謂之鞎，後謂之茀；竹前謂之禦，後謂之蔽。郭璞注：鞎以韋靶車軾，茀以韋靶後户，禦以簟衣軾，蔽以簟衣後户。陳氏祥道曰：鞎與茀皆革爲之。詩所謂「朱鞹」是也。禦與蔽皆竹爲之，詩所謂「簟茀」是也。〔驪〕馬黑色也。毛氏萇曰：四驪，言物色盛也。孔氏穎達曰：《夏官·校人》云：「凡軍事，物馬而頒之。」注云：「物馬齊其力」。言「四」言「驪」，道其物色俱盛也。〔濟濟〕美貌。〔瀰瀰〕柔貌。

毛氏萇曰：垂轡，轡之垂者。瀰瀰，衆也。〔豈弟〕樂易也。嚴氏粲曰：樂易，安舒恬然，無慚恥之色。〔汶〕水名。曹氏粹中曰：汶水有二，許氏以爲出琅邪朱虛縣東泰山，東至安邱，入濰。桑欽以爲出泰山萊蕪縣西南，入濟。説者主欽義，以爲在齊南魯北。

【標韻】薄十藥鞹同夕十一陌，叶祥龠反。叶韻　濟八薺瀰、弟並同本韻　湯七陽彭、翔並同本韻　滔四豪儦二蕭敖四豪通韻

猗嗟　美魯莊公材藝之美也。

猗嗟昌兮，頎而長兮。抑若揚兮，美目揚兮。巧趨蹌兮，射則臧兮。一章　猗嗟名兮，美目清兮。儀既成兮。終日射侯，不出正兮。展我甥兮。二章　猗嗟孌兮，清揚婉兮。舞則選兮，射則貫兮，四矢反兮，以禦亂兮。三章

右《猗嗟》三章，章六句。此齊人初見莊公而歎其威儀技藝之美，不失名門子，而又可以爲戡亂材。誠哉，其爲齊侯之甥也！意本贊美，以其母不賢，故自後人觀之而以爲刺耳。於是紛紛議論，並謂「展我甥兮」一句以爲微詞，將詩人忠厚待人本意盡情説壞。是皆後儒深文苛刻之論有以啟之也。愚於是詩不以爲刺而以爲美，非好立異，原詩人作詩本意蓋如是耳。至詩中言射，錯綜入妙，有目可以共賞，故不再煩辭費。

【眉評】〔一章〕描摹莊公，如見其人。

【集釋】〔射〕古者諸侯相朝，則有賓射。故是詩所言，皆以賓射爲主。案：《春秋》莊四年冬，「公及齊人狩于禚」。此詩疑即狩禚事，蓋公朝齊而因以狩也。〔名〕猶稱也。〔侯正〕劉氏瑾曰：《周禮·梓人》有皮侯、采侯、獸侯。天子大射用皮侯，賓射用采侯，燕射用獸侯。鵠以皮爲之，正則布爲之。《射義》注：「畫布曰正，棲皮曰鵠。」是也。〔展〕誠也。〔甥〕姊妹之子曰甥。〔選〕異於衆也。〔四矢〕鄭氏康成曰：禮，射三而止，每射四矢，皆得其故處，此之謂復射。必四矢者，象其能禦四方之亂也。

【標韻】昌七陽長、揚、蹌、臧並同本韻　名八庚清、成、正、甥並同本韻　變十七霰婉十三阮，叶許願反。選十七霰貫十五翰，叶扃縣反。反十三阮，叶孚絢反。亂十五翰，叶靈眷反。叶韻

以上齊詩凡十一篇。案此册詩僅十一，而咏魯事者四，皆以襄公故也。襄公縱淫，與衛宣同爲世大惡，非尋常比。一則以父納子媳，一則以兄淫己妹，皆千古罕有事。詩人播爲歌咏，聖人載在葩經，皆有關於倫常大故，不僅係乎風化已也。然衛詩衆目爲淫，齊風人不以爲怪，何哉？且淫無過乎鄭，鄭俗不過采蘭贈勺，爲士女游觀之常，而齊何如乎？吾不能不於此三致嘅焉！

魏

《集傳》：魏，國名。本舜、禹故都，在《禹貢》冀州雷首之北，析城之西，南枕河曲，北涉汾水。

其地陋隘，而民貧俗儉，蓋有聖賢之遺風焉。周初以封同姓，後爲晉獻公所滅，而取其地。今河中府解州即其地也。蘇氏曰：魏地入晉久矣，其詩疑皆爲晉而作，故列於《唐風》之前，猶《邶》、《鄘》之於《衛》也。今案篇中公行、公路、公族皆晉官，疑實晉詩。又恐魏亦嘗有此官，蓋不可考矣。案：晉至獻公，國已强大，政漸奢侈。而魏詩每刺其君儉勤，與晉氣象迥乎不侔，必非晉詩無疑。且《邶》、《鄘》之咏衛事，其詩確有可指；此則不著時君世系，亦不得比《邶》、《鄘》之於《衛》，殆亦《檜》、《鄭》例耳。然則何以編之《齊》、《秦》間乎？繼齊而霸，先秦而强者，晉也。魏既入晉，則爲晉地，故與《唐》同居《齊》、《秦》之間。且其地爲舜、禹故都，與他國不同，先之所以見聖帝遺風猶未盡泯，霸圖盛業於此方新云爾。

葛屨　刺褊也。

糾糾葛屨，可以履霜。摻摻女手，可以縫裳。要之襋之，好人服之。一章　好人提提，宛然左辟，佩其象揥。維是褊心，是以爲刺。二章

右《葛屨》二章，一章六句，一章五句。儉，美德也，何可刺？然儉之過則必至於嗇，嗇之過則必至於褊，今不惟嗇而又褊矣，故可刺。詩言本自分明，而《序》與《傳》乃混而釋之，致啟後人疑議。此不善説《詩》者過也。夫履霜以葛屨，縫裳以女手，若在士庶之家，亦何足異？惟以象揥

之好人爲而服之，則未免近於趨利，下與民同，其規模狹隘固不必言，而心術之鄙陋爲何如哉？故儉亦當有節焉，乃爲貴耳。

【眉評】〔二章〕明點作意，又是一法。

【集釋】〔糾糾〕毛氏萇曰：糾糾，猶繚繚也。〔葛屨〕《集傳》：夏葛屨，冬皮屨。〔摻摻〕猶纖纖也。〔要〕裳要。〔襋〕衣領。〔好人〕《集傳》：好人猶大人也。黄氏佐曰：猶今言大人不當親細事也。姚氏際恒曰：好人，猶美人，指夫人也。以見其服事之勤如此。亦通。〔提提〕安舒之意。〔宛然〕讓之貌也。〔左辟〕徐氏鳳彩曰：古人以右爲尊，故讓者辟右就左，大人之儀容也。〔揥〕《集傳》：揥所以摘髮，用象骨爲之，貴者之飾也。

【標韻】霜七陽裳同本韻　襋十三職服一屋，叶蒲北反。叶韻　辟四寘揥八霽刺四寘通韻

汾沮洳　美儉德也。

彼汾沮洳，言采其莫。彼其之子，美無度。美無度，殊異乎公路。一章　彼汾一方，言采其桑。彼其之子，美如英。美如英，殊異乎公行。二章　彼汾一曲，言采其藚。彼其之子，美如玉。美如玉，殊異乎公族。三章

右《汾沮洳》三章，章六句。前篇刺褊，此篇美儉，二詩互證，義旨乃明。蓋儉無可議，褊乃足

刺。故既刺其褊，復美能儉也。《小序》不知，乃以爲刺，《大序》更謂「其君儉以能勤，刺不得禮」，豈不謬哉？且詩言公路、公行、公族，明是爲卿大夫發，《序》何以刺及其君？魏君縱勤與儉，斷不至親手采莫，以失其度。即卿大夫，亦不過於汾水彎環間課農樹桑，爲子孫計，已足見其爲勤儉也。此必公族子姓，各有賜莊，躬親樹畜。詩人於采莫、采桑、采藚之際，得睹勤勞而歎美之。以爲「彼其之子」，身居貴胄，德復粹然，而又能勤與儉，毫無驕奢習氣，殊異乎公族輩也。蓋世禄之家，鮮克由禮，而此獨超出流品，則其德詎可量耶？若毛、鄭及《集傳》諸解，以爲此人美則美矣，然其儉嗇褊急之態，殊不似貴人。既儉嗇褊急矣，又何云美？方美而忽刺，上下語氣必不相貫。即姚氏所云，詩人「託言采物」以美公族之人，其所美者何在？亦甚忽突，故不足以服群議也。

【眉評】〔一章〕「殊異」是美詞，非刺詞，上下文語意方貫。

【集釋】〔汾〕水名，出太原晉陽山，西南入河。王氏應麟曰：《水經》：汾水「西至汾陰縣北，西入于河。」入河之處，即魏之舊國。〔沮洳〕水浸處，下濕之地。〔莫〕菜也。陸氏璣曰：莫，莖大如箸，赤節，節一葉。今人繅以取繭緒，其味酢而滑。五方通謂之酸迷，河、汾之間謂之莫。〔無度〕《集傳》：無度，言不可以尺寸量也。度，限也。〔公路〕《集傳》：公路者，掌公之路車。晉以卿大夫之庶子爲之。〔公行〕《集傳》：公行，即公路也。以其主兵車之行列，故謂之公行也。孔氏穎達曰：公路與公行，一也。宣二年《左傳》云：「晉成公立，乃宦卿之適，以爲公族。其庶子爲公行。趙盾請以括爲公族，公許之。冬，趙盾爲旄車之族。」是其事也〔一〕。趙盾自以爲庶子，讓公族而爲公行。服虔云：「旄車，戎車之倅。」杜預云：「公行之官是也。」〔藚〕水舄也，葉如車前草。孔氏穎達曰：郭璞云：「水蕮如續斷，寸寸有節，拔之可復。」陸璣疏云：「今澤蕮也」。〔公族〕《集傳》：公族，掌公之宗族，晉以卿大夫之適子爲之。孔氏穎達曰：成十八年《左傳》曰：「晉荀會、欒黶、韓無忌爲公族大夫，使訓卿之子弟。」是公族，主君之同姓也。此公族、公行，諸侯之官，故魏、晉有之。《周禮》六官皆無公族、公行之官，是天子諸侯異禮也。

【標韻】洳六御莫七遇度、路並同通韻　方七陽桑同英八庚行七陽轉韻　曲二沃藚、玉二沃族一屋通韻

校記

〔一〕「盾」，原作「質」，據《左傳》及《毛詩正義》改。

園有桃　賢者憂國政日非也。

園有桃，其實之殽。興起。心之憂矣，急接心憂，省卻無數筆墨。我歌且謡。不知我者，謂我士也驕。以下純以清空之氣行之。彼人是哉，子曰何其？心之憂矣，其誰知之？舉世皆然，更無如何。其

誰知之，蓋亦勿思。一章　園有棘，其實之食。心之憂矣，聊以行國。不知我者，謂我士也罔極。搔首問天，合眼放步，有世人皆醉而我獨醒之慨。彼人是哉，子曰何其？心之憂矣，其誰知之？其誰知之，蓋亦勿思。二章

右《園有桃》二章，章十二句。魏之失不在儉，而在嗇與褊；且不在卿大夫之儉，而在國君之褊與急。觀前二詩可見。夫士夫之能勤且儉，俗之美者也，雖周家王業始基，不過如是，而何以煩賢者之切切慮哉？豈知爲國貴遠圖，不貴小利；内能節儉，外務宏施，乃可以收人心而立國本。禹之菲飲食而致孝乎鬼神，惡衣服而致美乎黻冕，卑宫室而盡力乎溝洫，乃所以爲儉之善，故聖人歎爲無間然也。竊意魏君非儉，乃嗇耳。舉國不知，以爲美德，從而和之，相率以吝。計較瑣屑，務簡省而不適宜，謀小利而不中節，以至人心日刻，而國勢愈孱，尚不自知其失。故賢者憂之，發爲歌詠，亦望當國者有以矯其失而正之耳。○「園有桃」，或以爲興，或以爲比，或以爲賦。朱子亦不能定，以爲詩固有一章而三義者。其實主興者居多，而語氣終未得。程子曰：「園有桃，亦用其實以爲殽，興國有民雖寡，能用則治；今不能用，故心憂之。」姚氏際恒云：「桃、棘，果實之賤者。園有之，猶可以爲食，興國之無人也。故直接以『心之憂矣』云云」。均就詩論詩，未嘗即當日情事而一思之耳。至《集傳》謂「園必有桃，則其實之殽矣。心之憂，則我歌且謡矣」，尤含囫滑過，毫無意義。愚謂詩人之意若曰：園必有桃而後可以爲殽，國必有民

而後可以爲治。今務爲刻嗇，剥削及民，民且避碩鼠而遠適樂國，君雖有土，誰與興利？旁觀深以爲憂，而當局乃不以爲過〔一〕，此詩之所以作也。

【眉評】〔一章〕姚氏際恒曰：「詩如行文，極縱横排宕之致。」〔二章〕此詩與《黍離》、《兎爰》如出一手，所謂悲愁之詞易工也。

【集釋】〔殽〕食也。〔其〕語辭。張氏彩曰：何其，猶《檀弓》言「何居」，蓋述譏己者反問之詞，言不喻其志也。〔棘〕《集傳》：棘，棗之短者。

【標韻】桃四豪殽三肴謡二蕭驕同通韻　哉十灰其四支知、思並同通韻　棘十三職食、國、極並同本韻

校記

〔一〕「不」字，據文義加。

陟岵　孝子行役而思親也。

陟彼岵兮，瞻望父兮。父曰：「嗟！予子行役，夙夜無已。上慎旃哉，猶來無止。」一章　陟彼屺兮，瞻望母兮。母曰：「嗟！予季行役，夙夜無寐。上慎旃哉，猶來無棄。」二章　陟彼岡兮，瞻望兄兮。兄曰：「嗟！予弟行役，夙夜必偕。上慎旃哉，猶來無死。」三章

右《陟岵》三章，章六句。人子行役，登高念親，人情之常。若從正面直寫己之所以念親，縱千

言萬語，豈能道得意盡？詩妙從對面設想，思親所以念己之心，與臨行勗己之言，則筆以曲而愈達，情以婉而愈深。千載下讀之，猶足令羈旅人望白雲而起思親之念，况當日遠離父母者乎？其用意尤重在「上慎旃哉」一語。親以是祝之子，子以是體夫親。其能以親心爲己心者，又不僅在思親之貌與親之情而已，而可不謂之爲賢乎？

【集釋】〔岵〕《爾雅·釋山》：多草木，岵。〔上〕猶尚也。〔無止〕謂無止于彼而不來也。〔屺〕《爾雅·釋山》：無草木，峐。屺同。〔無棄〕謂無棄我而不歸也。〔必偕〕謂必與同役者偕，無獨行也。〔無死〕較無止、無棄而加切耳。

【標韻】岵七麌父同本韻　已四紙止同本韻　屺四紙母二十五有，叶滿彼反。叶韻。　寐四寘棄同本韻　岡七陽兄八庚轉韻　偕九佳，叶舉里反。死四紙叶韻

十畝之間　夫婦偕隱也。

十畝之間兮，桑者閑閑兮，行與子還兮。一章　十畝之外兮，桑者泄泄兮，行與子逝兮。二章

右《十畝之間》二章，章三句。自來解此詩者，皆謂賢者不樂仕於其朝，而思與其友歸於農圃。惟姚氏際恒以爲「類刺淫之詩，蓋以桑者爲婦人，古稱採桑皆婦人，無稱男子者。若爲君子思

隱，則何爲及于婦人耶？」又云：「古西北地多植桑，故指男女之私者必曰『桑中』也。」姚氏最惡《集傳》指美詩爲淫詩，此詩絶無淫意而乃以爲淫，則何異惡人之狂而反自蹈狂疾者哉？後又曰：「不然，則夫之呼其妻，亦未可知也。」此語庶幾得之。蓋隱者必挈眷偕往，不必定招朋類也。賢者既擇地偕隱，則當指桑茂密處，婦女之勤於蠶事者相爲鄰里，然後能妥其室家，以成一代淳風。故語其婦曰：世有此境，吾將與子長往而不返矣。此隱者微意也。姚氏不識，指以爲淫，豈不冤哉？

【集釋】〔十畝〕姚氏際恒曰：《孟子》云：「五畝之宅，樹之以桑。」此十畝者，合兩宅而言，故曰之間也。〔閑閑〕《集傳》：閑閑，往來者自得之貌。〔行〕猶將也。〔泄泄〕猶閑閑也。〔逝〕往也。

【標韻】閒十五删閑、還並同本韻　外九泰泄八霽逝同轉韻

伐檀

傷君子不見用於時，而又恥受無功禄也。

坎坎伐檀兮，寘之河之干兮。河水清且漣猗。三句比起。不稼不穡，胡取禾三百廛兮？不狩不獵，胡瞻爾庭有懸貆兮？四句反襯「不素餐」，筆極噴薄有力。彼君子兮，不素餐兮！點明正意。○一章

坎坎伐輻兮，寘之河之側兮。河水清且直猗。不稼不穡，胡取禾三百億兮？不狩

不獵，胡瞻爾庭有懸特兮？彼君子兮，不素食兮！二章　坎坎伐輪兮，寘之河之漘兮。河水清且淪猗。不稼不穡，胡取禾三百囷兮？不狩不獵，胡瞻爾庭有懸鶉兮？彼君子兮，不素飧兮！三章

右《伐檀》三章，章九句。此詩解者不一，皆就其一二句以爲言，未嘗即全詩而會通之也。《小序》謂「刺貪」，《大序》謂「在位貪鄙無功而受禄，君子不得進仕爾。」謂「刺貪」者，指「不稼」以下而言也。謂「不得進仕」者，指章首三句而言也。刺貪與不得進仕，各自爲義，兩不相蒙，天下豈有此文義？又首三句，或以爲賦，或以爲比，或以爲興，亦無定解。以爲賦者，毛、鄭解，《集傳》從之。則以伐檀爲實事，一似君子必如小人力作而後食。夫君子之不耕而食也久矣。孟子云：「其君用之，則安富尊榮，其子弟從之，則孝弟忠信。」「不素餐兮」，孰大於是？豈必伐檀、稼穡、狩獵而後食哉？即使伐檀，亦何至寘之河干而無用？此不通之論也。以爲興者，姚氏際恒云：「興體不必盡與下所咏合，只是咏君子者適見有伐檀爲車，用置于河干，而河水正清且漣猗之時，即所見以爲興。」此求其解而不得，姑爲是影響之論以釋之，則又可笑之甚。惟蘇氏轍云「伐檀宜爲車，今河非用車之處」一語，差爲得之，蓋以爲比體也。然仍主君子不得進仕爲言，與下義終隔。且「河水」一句，亦無着落。《毛傳》云「若俟河水清且漣」，强添「若俟」二字，則尤失之愈遠。殊知河干伐檀，非喻君子不得進仕，乃喻君子仕於閒曹之秩也。君子食禄必有所

報，今但尸位，無所用力，故又以素餐爲恥。一如伐檀爲車，而乃寘之河干之地，但見河水清且漣猗，則雖車也將焉用之？「不稼」四句，正姚氏所云：「借小人以形君子，亦借君子以罵小人。乃反襯不素餐之義。」非刺貪也。此必魏廷貪婪充位比比皆是，間有一二賢人君子清操自矢者，衆共排之，俾居閒散無爲之地。彼君子者，又恥無功受禄，將有志而他適，則國事愈不可問。故詩人傷之，作此以刺時。詞意甚明，事亦易見，何至二千餘年紛紛無定解哉？

【集釋】〔坎坎〕伐木聲。　〔檀〕木名。　〔寘〕與置同。　〔干〕厓也。　〔漣〕風行水成文也。〔猗〕與兮同。　語辭也。　〔稼穡〕許氏慎曰：禾之秀實爲稼，穀可收曰穡。　孔氏穎達曰：以稼穡相對，皆先稼後穡，故知種之曰稼，斂之曰穡。　若散則相通。《大田》云「曾孫之稼」，非唯種之也；《湯誓》云「舍我穡事」，非唯斂之也。　〔胡〕何也。　〔廛〕孔氏穎達曰：一夫之居曰廛，謂一夫之田百畝也。《地官·遂人》云：「夫一廛，田百畝。」揚子云：「有田一廛。」與此同也。　〔狩〕鄭氏康成曰：冬獵曰狩，宵田曰獵。　〔貆〕貉子也。　〔素〕空也。　〔餐〕食也。　〔輻〕季氏本曰：輻在車輪中輳轂者。《老子》所謂「三十輻共一轂」也，亦伐檀爲之。〔直〕蘇氏轍曰：水平則流直。　〔億〕十萬曰億。　〔特〕獸三歲曰特。　〔淪〕小風水成文，轉如輪也。　或曰，相次有倫理也，亦通。　〔囷〕圓倉也。　〔鶉〕鵪屬。　〔飧〕熟食曰飧。　孔氏曰：《説文》：「飧，水澆飯也。」

【標韻】檀十四寒干同漣一先廛同貆十四寒餐同轉韻　輻一屋側十三職直、億、特、食並同叶韻　輪十一真漘、淪、囷、鶉並同飧十三元轉韻

碩鼠　刺重斂也。

碩鼠碩鼠，無食我黍。三歲貫女，莫我肯顧。逝將去女，適彼樂土。樂土樂土，爰得我所。一章　碩鼠碩鼠，無食我麥。三歲貫女，莫我肯德。逝將去女，適彼樂國。樂國樂國，爰得我直。二章　碩鼠碩鼠，無食我苗。三歲貫女，莫我肯勞。逝將去女，適彼樂郊。樂郊樂郊，誰之永號。三章

右《碩鼠》三章，章八句。此詩見魏君貪殘之效，其始皆由錯悞以嗇爲儉之故，其弊遂至刻削小民而不知足，以致境内紛紛逃散，而有此咏。不久國亦旋亡。聖人著之，以爲後世刻嗇者戒。有國者曷鑒諸？

【集釋】〔碩〕大也。孔氏穎達曰：《釋獸》於鼠屬有鼫鼠。孫炎曰：「五技鼠。」郭璞曰：「大鼠，好在田中食粟豆。」且舍人、樊光同引此詩，以鼫鼠爲彼五技之鼠也。許慎云：「鼫鼠五技，能飛不能上屋，能游不能渡谷，能緣不能窮木，能走不能先人，能穴不能覆身。」陸璣疏云：「今河東有大鼠，食人禾苗，亦有五技，或謂之雀鼠。其形大，故《序》云大鼠也。魏國，今河北縣是

也。言其方物，宜謂此鼠，非鼫鼠也。」案，此經作碩鼠，訓之爲大，不作鼫鼠之字，其義或如陸云。〔三歲〕言其久也。〔貫〕習熟也。〔顧〕念也。〔爰〕於也。〔德〕歸恩也。〔直〕猶宜也。〔永號〕長呼也。

【標韻】黍六語女同顧七遇，叶果五反。土七麌所六語叶韻　麥十一陌德十三職國、直並同通韻　苗二蕭勞四豪郊三肴號四豪通韻

以上魏詩凡七篇。說者謂魏以地陿而褊急，故傳世不永。其說大謬。湯以七十里，文王以百里，足以致王。魏地縱陿，何止百里？蓋其失在貪殘且迫急耳。若謂國小無人，抑又不然。《陟岵》思親，孝子也；恥食素餐，志士也。《園有桃》，則思深慮遠；《十畝之間》則高尚偕隱。而且《汾沮洳》之公路與公族，皆貴而能勤，富而能儉，德美如玉。誠能信而用之，則此數人者同心爲國，將民風丕變，政令一新，則雖舜、禹遺風，不難再振於今日，又何至爲區區之晉所滅亡哉？惜乎，其有人而不能用耳？

唐

《集傳》：唐，國名。本帝堯舊都，在《禹貢》冀州之域，太行恒山之西，太原、太岳之野。周成王以封弟叔虞爲唐侯。南有晉水，至子燮乃改國號曰晉。後徙曲沃，又徙居絳。其地土瘠民貧，勤儉質樸，憂深思遠，有堯之遺風焉。其詩不謂之晉而謂之唐，蓋仍其始封之舊號耳。唐叔所都，在今太原府。曲沃及絳，皆在今絳州。劉氏瑾曰：叔虞封唐，燮侯號晉，十七傳至晉

侯緡，爲曲沃武公所并。然武公能滅晉之宗而不能滅唐之號，能冒晉之號而不能繼唐之統。君子欲絶武公於晉而不可，故總名其詩爲唐以寓意焉。案：唐詩多作於曲沃并晉之世，兩晉相吞，一興一亡，其名無所專繫，故黜晉號而係之以唐，惡之深故絶之甚也。國有無詩而名存，聖人閔其君之無罪見滅，存之所以寓興亡繼絶之心者，邶、鄘是也。亦有有詩而名滅，聖人惡其君之得國不正，黜之所以見并族滅宗之罪者，晉是也。然則詩雖咏事，《春秋》之法寓焉矣。《孟子》云：「《詩》亡然後《春秋》作。」觀此則《春秋》褒貶，豈待《詩》亡而後著哉？

蟋蟀　唐人歲暮述懷也。

蟋蟀在堂，歲聿其莫。今我不樂，日月其除。無已大康，職思其居。好樂無荒，良士瞿瞿。一章　**蟋蟀在堂，歲聿其逝。今我不樂，日月其邁。無已大康，職思其外。好樂無荒，良士蹶蹶。**二章　**蟋蟀在堂，役車其休。今我不樂，日月其慆。無已大康，職思其憂。好樂無荒，良士休休。**三章

右《蟋蟀》三章，章八句。此真唐風也。其人素本勤儉，强作曠達，而又不敢過放其懷，恐躭逸樂，致荒本業。故方以日月之舍我而逝不復回者爲樂不可緩，又更以職業之當修勿忘其本業者爲志不可荒。無已，則必如彼瞿瞿良士好樂而無荒焉可也。此亦謹守見道之人所作。聖人取

之，冠於《唐風》之首，以爲唐堯舊俗固如是耳。而《序》以爲「刺晉僖公儉不中禮」，今觀詩意，無所謂「刺」，亦無所謂「儉不中禮」，安見其必爲僖公發哉？《序》好附會，而又無理，往往如是，斷不可從。

【集釋】〔蟋蟀〕陸氏璣曰：蟋蟀，一名蛬，一名蜻蛚，幽州人謂之趨織，里語曰「趨織鳴，懶婦驚」，是也。〔聿〕遂也。〔莫〕晚也。孔氏穎達曰：《七月》之篇説蟋蟀云「九月在户」，此言在堂，謂在室户之外，與户相近。時當九月，歲未爲暮，而言「歲聿其莫」者，言其過此月後，則歲遂將暮耳。〔除〕去也。〔大康〕過於樂也。〔職〕主也。〔瞿瞿〕卻顧之貌。〔邁〕去也。〔外〕蘇氏轍曰：既思其職，又思其職之外。〔蹶蹶〕《釋詁》：蹶，動也。《釋訓》：蹶蹶，敏也。〔役車〕孔氏穎達曰：《春官·巾車》注云：「役車，方箱，可載任器以供役。」然則收納禾稼亦用此車，故役車休息，是農工畢也。〔慆〕過也。〔休休〕安閑之貌。季氏本曰：休休以安爲念，亦懼意也。

【標韻】莫七遇除六魚居同瞿七虞叶韻　逝八霽邁十卦外九泰蹶八霽通韻　慆四毫，叶佗侯反。憂十一尤叶韻

山有樞　刺唐人儉不中禮也。

山有樞，隰有榆。子有衣裳，弗曳弗婁。子有車馬，弗馳弗驅。宛其死矣，他人是愉。一

章　山有栲，隰有杻。子有廷內，弗洒弗掃。子有鐘鼓，弗鼓弗考。宛其死矣，他人是保。二章　山有漆，隰有栗。子有酒食，何不日鼓瑟？且以喜樂，且以永日。宛其死矣，他人入室。三章

右《山有樞》三章，章八句。此諷唐人富者徒儉而不中禮之詩，與前篇針鋒相對。蓋前作唐人自以爲憂深思遠，樂得當矣，而豈知其適成唐人面目而已。故詩人作此以誚之曰：子以好樂無荒爲戒者，不過爲子孫長保此富貴計耳。豈知富貴無常，子孫易敗，轉瞬之間，徒爲人有。則何如及時行樂之爲善乎？此類莊子委蜕，釋氏本空一流人語，原不足以爲世訓。然以破唐人吝嗇不堪之見，則誠對症良藥。故二詩可以並存也。《序》説紛紛，或以爲「刺昭公」，《小序》。或以爲「答前篇之意而解其憂」，《集傳》。又或以爲「刺時君之敗亡者」，姚氏所主。何異夢中説夢！時君將亡，必望其急早修政，以收拾人心爲主，豈有勸其及時行樂，自速死亡乎？至前詩之憂，亦無煩待人解者。詞氣抑揚之間，意旨迥别，在人善會之而已。

【集釋】〔樞〕荎也。陸璣疏云：樞，其針刺如柘，其葉如榆，爲茹，美滑於白榆也。榆之類有十種，葉皆相似，皮及理異耳。〔榆〕白榆也。《爾雅》疏曰：榆之皮色白者名枌。〔婁〕亦曳也。〔宛〕坐見貌。〔愉〕樂也。〔栲〕山樗也。郭璞曰：栲似樗，生山中，亦類漆樹。俗語曰：「櫄、樗、栲、漆，相似如一。」〔杻〕檍也。陸氏璣曰：杻，枝葉茂好，二月中葉，疏華如

棟而細蘂，正白。今官園種之，正名曰萬歲。〔考〕擊也。

【標韻】樞七虞榆、婁、驅、愉並同本韻　栲十九皓杻二十五有，叶女九反。考、保並同叶韻　漆四質栗、瑟、日、室並同本韻

揚之水　諷昭公以備曲沃也。

揚之水，白石鑿鑿。素衣朱襮，從子于沃。既見君子，云何不樂？一章　揚之水，白石皓皓。素衣朱繡，從子于鵠。既見君子，云何其憂？二章　揚之水，白石粼粼。我聞有命，不敢以告人。三章

右《揚之水》三章，二章六句，一章四句。詩人諷刺他人多意在言外，不肯明言。況此詩發人隱謀，有關君國禍福，豈敢直言，自取滅亡？《小序》不知，以爲「國人將叛歸沃」之詞。《集傳》更謂不敢告人者，「民爲之隱」，而欲其事之成也。既形諸歌咏，遍傳國中矣，而猶謂「爲之隱」哉？嚴氏粲云：「時沃有篡宗國之謀，而潘父陰主之，將爲内應，而昭公不知。此詩正發潘父之謀，其忠告於昭公者，可謂切至。若真欲從沃，則是潘父之黨，必不作此詩以泄漏其事也。」二説大相反。從嚴氏説，則此詩爲忠告；從《集傳》説，則此詩爲叛黨。是非不言而自見。讀者可以識删存微意矣。

【集釋】〔鑿鑿〕巉露貌。姚氏際恒曰：「揚之水」，水之淺而緩者。「白石鑿鑿」，喻隱謀之彰露也。劉氏敞曰：非「揚之水」，不能使「白石鑿鑿」，非昭公微弱，不能驅百姓歸沃，沃以强盛。案：此説以水喻昭公，以石喻桓叔，亦通。〔朱襮〕孔氏穎達曰：《釋器》云：「黼領謂之襮。」孫炎曰：「繡刺黼文以褗領。」是襮爲領也。《郊特牲》云：「繡黼、丹朱中衣，大夫之僭禮。」知諸侯當服之。中衣者，朝服、祭服之裏衣也。大夫中衣亦用素，不必以繡黼爲領。繡黼唯諸侯乃得服之耳。〔子〕嚴氏粲曰：子指叛者。〔君子〕姚氏際恒曰：君子指桓叔。〔朱繡〕即朱襮也。〔鵠〕《集傳》：鵠，曲沃邑也。〔命〕聞其事已成。將有成命也。〔不敢告人〕嚴氏粲曰：蓋反辭以見意，故泄其謀，欲昭公知之也。

【標韻】鑿十藥襮二沃沃同樂十藥通韻　皓十九皓繡二十六宥，叶先妙反。鵠二沃，叶居號反。憂十一尤，叶一笑反。

叶韻　粼十一真人同本韻

椒聊　憂沃盛而晉微也。

椒聊之實，蕃衍盈升。彼其之子，碩大無朋。椒聊且，遠條且。一章　椒聊之實，蕃衍盈匊。彼其之子，碩大且篤。椒聊且，遠條且。二章

右《椒聊》二章，章六句。此詩爲沃盛晉弱而發無疑。惟輔氏廣謂「當時民情棄舊君而樂桓叔，

以見其俗之薄」，則大非詩意。詩不云乎：「彼其之子，碩大無朋。」以桓叔爲彼，則必以昭公爲君。憂晉之弱，不得不極言沃之盛以警之也，而何以謂其爲叛晉哉？案《春秋》惠二十四年，昭公封成師於曲沃，至莊十六年，曲沃伯始爲晉侯，中間幾七十年。此詩之作，亦遠在三四十年之間。事未至而慮已周，非見微知著之君子不足以爲此。其所以忠於昭公者何如乎？聖人存之，正以見其識之遠而慮之深耳。若謂民罔常懷，懷於有仁，盡將詩人忠厚視同叛黨，可乎哉？

【集釋】〔椒〕《集傳》：椒，樹似茱萸，有針刺，其實味辛而香烈。〔聊〕何氏楷曰：聊，舊以爲語助辭，似非文理。按《爾雅》云：「朹，繫梅。朻者，聊。」繫梅名朹，其朻者名聊也。朻，《説文》：「高木也。」聊即朹之高者。姚氏際恒曰：案，此説是。則是「椒聊且」，嘆其枝之高也，「遠條且」，嘆其條之遠也。

【標韻】升十蒸朋同本韻　聊二蕭條同本韻　匊一屋篤二沃通韻

綢繆　賀新昏也。

綢繆束薪，三星在天。今夕何夕？見此良人。子兮子兮，如此良人何？一章　綢繆束芻，三星在隅。今夕何夕？見此邂逅。子兮子兮，如此邂逅何？二章　綢繆束楚，三星在户。今夕何夕？見此粲者。子兮子兮，如此粲者何？三章右《綢繆》三章，章六句。此賀新昏詩耳。「今夕何夕」等詩，男女初昏之夕，自有此惝怳情形景象。不必添出「國亂民貧，男女失時」之言，始見其爲欣慶詞也。《詩》咏新昏多矣，皆各有命意所在。唯此詩無甚深義，只描摹男女初遇，神情逼真，自是絶作，不可廢也。若必篇篇有爲而作，恐自然天籟反難索已。

【集釋】〔三星〕姚氏際恒曰：三、參通。《毛傳》謂參，是也。案：參星中三星最明，俗通謂之三星。〔良人〕馮氏復京曰：《儀禮》鄭注云：婦人稱夫曰良。〔粲〕美也。張氏彩曰：粲者，華美之意。意以女之服貌爲言。《集傳》：此爲夫語婦之詞也。〔子兮〕姚氏際恒曰：一章子兮指女，二章子兮合指，三章子兮指男。

【標韻】薪十一真天一先人十一真通韻　芻七虞隅同逅二十六宥，叶狼口反。叶韻　楚六語户七麌者二十一馬，叶章與反。叶韻

杕杜　自傷兄弟失好而無助也。

有杕之杜，其葉湑湑。獨行踽踽。豈無他人，不如我同父。嗟行之人，胡不比焉？人無兄弟，胡不佽焉？一章　有杕之杜，其葉菁菁。獨行睘睘。豈無他人，不如我同姓。嗟行之人，胡不比焉？人無兄弟，胡不佽焉？二章

右《杕杜》二章，章九句。姚氏際恒云：此「似不得於兄弟而終望兄弟比助之辭。言我獨行無偶，豈無他人可共行乎？然終不如我兄弟也。使他人而苟如兄弟也，則嗟彼行道之人胡不親比我，而人無兄弟者胡不佽助我乎？『行之人』即上『他人』，以見他人莫如我兄弟也。即《常棣》『凡今之人，莫如兄弟』之意。」解此詩者，義止於是，不可別生枝節。如《大序》所云「君不能親其宗族，骨肉離散獨居而無兄弟，將爲沃所并」，徒形附會而無當詩意。《集傳》不用《序》言是矣，而釋詩語氣又多不合。如詩言「不如我同父」，明明是有兄弟人語，而《傳》乃曰「自傷孤特」之類，與經乖反，豈能信從？愚故舍彼而録姚説，不復更爲之詞也。

【集釋】〔杕〕特也。〔杜〕赤棠也。〔湑湑〕盛貌。〔踽踽〕無所親之貌。〔比〕輔也。〔佽〕助也。〔菁菁〕亦盛貌。〔睘睘〕無所依貌。曹氏粹中曰：《説文》云：「睘睘，驚視也。」獨行多懼，故睘睘也。

【標韻】湑六語踽七麌父同通韻　比四寘佽同本韻　菁八庚睘同姓二十四敬，叶桑經反。叶韻

羔裘　刺在位不能恤民也。

羔裘豹祛，自我人居居。豈無他人，維子之故。一章　羔裘豹褎，自我人究究，豈無他人，維子之好。二章

右《羔裘》三章，章四句。此篇「羔裘豹袪」，指卿大夫而言也無疑。即下云「豈無他人，維子之故」，亦其民欲去而不忍去之意也，亦無疑。民欲去其大夫而不忍去，則其大夫之賢否可知，即民情亦大可見。居居、究究，義雖難詳，理實可參。且見《爾雅》，自足爲據。而朱子乃謂《爾雅》是集諸儒訓詁成書，其間容或有誤，遂廢斯篇而不釋。夫訓詁原集古訓以爲詁，既以《爾雅》爲不足信，則又何所信乎？即此亦見其矯强自用。輔氏以爲得闕疑意，恐不免有門户回護之見也。

【集釋】〔羔裘豹袪〕《集傳》：君純羔，大夫以豹飾。袪，袂也。孔氏穎達曰：袂是袖之大名，袪是袖頭之小稱，其通皆爲袂也。〔自居居〕毛氏萇曰：自，用也。居居，懷惡不相親比之貌。〔褎〕猶袂也。〔究究〕毛氏萇曰：究究，猶居居也。《釋訓》云：居居、究究，惡也。

【標韻】袪六魚居同故七遇，音叶古慕反。叶韻　褎二十六宥。究同好二十號，叶呼候反。叶韻

鴇羽　刺征役苦民也。

肅肅鴇羽，集于苞栩。王事靡盬，不能蓺稷黍。父母何怙？悠悠蒼天，曷其有所？一章

肅肅鴇翼，集于苞棘。王事靡盬，不能蓺黍稷。父母何食？悠悠蒼天，曷其有極？二章

肅肅鴇行，集于苞桑。王事靡盬，不能蓺稻粱。父母何嘗？悠悠蒼天，曷其有常？三章

右《鴇羽》三章，章七句。此詩《序》謂「刺時。晉昭公之後大亂五世，君子下從征役，不得養其父母」之作。何氏楷以篇中有「蓺黍稷」等語，似與君子不類而疑之。姚氏際恒又以詩中有「王事」二字而信其説。總之，此等議論無關風人要旨。勤勞王事，詎分君子小民？不得養親，同此呼天籲地。人不傷心，何煩泣訴？始則痛居處之無定，繼則念征役之何極，終則恨舊樂之難復。民情至此，咨怨極矣。而爲之上者猶不知所以體恤而安輯之，則養生送死之無望，仰事俯育之難酬，民又何樂此邦而不他適？而詩但歸之於天，不敢有懈王事，則忠厚之心又何切也？論者謂唐人質朴，猶有堯之遺風，不於此可見歟？

【集釋】〔肅肅〕羽聲。〔鴇〕《集傳》：鴇，鳥名，似鴈而大，無後趾。陸氏璣曰：鴇鳥連蹄，性不樹止，樹止則爲苦。〔集〕止也。〔苞〕叢生也。〔栩〕《集傳》栩，柞櫟也。其子爲皂斗，殼可以染皂者是也。陸氏璣曰：徐州人謂櫟爲杼，或謂之爲栩。〔盬〕孔氏穎達曰：盬爲蠱，字異義同。《左傳》云：「於文皿蟲爲蠱，穀之飛亦爲蠱。」然則蟲害器敗穀者皆謂之蠱，是盬爲不攻牢不堅緻之意也。〔蓺〕樹也。〔怙〕恃也。〔行〕列也。陸氏佃曰：《説文》曰：「鴇相次也。」蓋鴇性群居如雁，自然而有行列，故從鴇。《詩》曰「鴇行」，以此故也。〔粱〕粟類也。王氏逢曰：《本草》注，凡云粱米皆是粟類。青粱，殼穗有毛，粒青，米亦微青，而細於黄白粱。黄粱，穗大毛長，穀米俱麤於白粱。〔嘗〕食也。〔常〕復其常也。

本韻

【標韻】羽七麌栩同黍六語怙七麌所六語通韻　翼十三職棘、稷、食、極並同本韻　行七陽桑、粱、嘗、常並同本韻

無衣　代武公請命于王也。

豈曰無衣七兮？不如子之衣，安且吉兮。一章

豈曰無衣六兮？不如子之衣，安且燠兮。二章

右《無衣》二章，章三句。《序》謂「美晉武公始并晉，其大夫爲之請命天子之使而作是詩。」朱子辯之，以爲武公弑君篡國，爲王法所必誅，《序》乃以爲美之，其顛倒順逆，亂倫悖理，未有如此之甚者。故特正之。其説是矣。然《集傳》以此詩爲武公所自作則非。詩詞傲慢無禮已甚，武公縱極跋扈，當其請命天子，亦將斂神抑氣，矜重其辭，然後可飾美觀而杜衆口。豈有直稱天王爲子，而欲請命服於朝乎？然則此爲詩人美武公詞乎？亦非也。大凡頌禱君上，必揚其美而掩其惡，似此無禮惡詞以爲頌美其上，是欲美之而適以醜之也，烏在其爲美哉？此蓋詩人窺見武公隱微：自恃强盛，不惟力能破晉，而且目無天王，特以晉人屢征不服，不能不藉王命以懾服衆心。故體其意而爲是詩。曰吾非不能爲是七章之衣，而必待命于子者，特以子之所賜衆心始服，而吾服之庶安且吉，可以傳世永遠耳。稱君爲子，詩人蓋著其惡，使後之人知其有無君之心

也。《小序》不識，乃以爲美。晦翁駁之，又以爲武公自作，均兩失之。詩意深微難讀如此，無怪紛紛臆説，莫測其旨矣。有以子指武公者，有以子屬天子之使者，皆節外生枝，杜撰費解，悉不可從。武公賂王，王即錫命。故武公得而輕之，王綱至此，埽地極矣。

【眉評】〔一章〕起勢飄忽。

【集釋】〔七〕《集傳》：侯伯七命，其車旗衣服皆以七爲節。〔子〕天子也。〔六〕《集傳》：天子之卿六命，變七言六者，謙也。不敢以當侯伯之命，得受六命之服，比於天子之卿，亦幸矣。

案：此特變文以成章耳，意不重此，不可執泥。〔燠〕煖也，亦安意耳。

【標韻】七四質 吉同本韻　六一屋 燠同本韻

有杕之杜

自嗟無力致賢也。

有杕之杜，生于道左。彼君子兮，噬肯適我。中心好之，曷飲食之？一章　有杕之杜，生于道周。彼君子兮，噬肯來遊。中心好之，曷飲食之？二章

右《有杕之杜》二章，章六句。《集傳》以爲「此人好賢而恐不足以致之」，其説固是。然詩中具有二義，本意云，吾勢雖不足以致賢，而心則誠好之，但不知如何而後能飲食致敬，聊表好賢之誠，使天下賢俊顧我而來遊乎？言外見彼有勢力足以致賢者，富貴而尊顯之，爲願所適，無施不

可，而又不肯禮賢下士，以致仁人君子居貞遠遯，不肯來遊，是誰過歟？天下事好者無力，而有力者不好，則亦末如之何也已矣。故《序》以爲「刺武公不求賢以自輔」，雖未必遽見爲然，而凡爲武公者，可以反己自思矣。

【集釋】〔噬〕發語辭。〔曷〕何也。〔周〕曲也。孔氏穎達曰：言道周繞之，故爲曲也。

【標韻】左二十哿我同本韻　好二十號食四寘叶韻　周十一尤遊同本韻

葛生　征婦怨也。

葛生蒙楚，蘞蔓于野。予美亡此，誰與獨處。 一章　**葛生蒙棘，蘞蔓于域。予美亡此，誰與獨息。** 二章　**角枕粲兮，錦衾爛兮。予美亡此，誰與獨旦。** 三章　**夏之日，冬之夜，百歲之後，歸于其居。** 四章　**冬之夜，夏之日，百歲之後，歸于其室。** 五章

右《葛生》五章，章四句。《序》以爲刺晉獻公好攻戰，則國人多喪。朱子謂「未見此詩之果作於其時」，然亦安知此詩之非必不出其時耶？然此等處無關詩旨緊要，可置而弗辯，但以爲征婦怨可也。征婦思夫，久役于外，或存或亡，均不可知，其歸與否，更不能必。於是日夜悲思，冬夏難已。暇則展其衾枕，物猶粲爛，人是孤棲，不禁傷心，發爲浩嘆。以爲此生無復見理，惟有百歲後返其遺骸，或與吾同歸一穴而已，他何望耶？唐人詩云：「可憐無定河邊骨，猶是深閨夢裏

人。」可以想見此詩景況。説《詩》諸老不察其情，或以爲思存，或以爲悼亡，已極可嘆。又或謂枕衾粲爛，其嫁未久，更覺腐論難堪。三百篇多少好詩，純被此種迂儒説壞，能不令人扼腕！

【眉評】〔四、五章〕二章句法只一互换，覺時光流轉，晌息百年，人生幾何，能不傷心？

【集釋】〔蘞〕《集傳》：蘞，草名，似栝樓，葉盛而細。〔蔓〕延也。〔予美〕婦人指其夫也。〔域〕塋域也。

【標韻】楚六語野二十一馬，叶上與反。處六語叶韻　棘十三職域、息並同本韻　粲十五翰爛、旦並同本韻　夜二十二禡，叶羊茹反。居六魚叶韻　日四質室同本韻

采苓　刺聽讒也。

采苓采苓，首陽之巔。人之爲言，苟亦無信。舍旃舍旃，苟亦無然！人之爲言，胡得焉？一章

采苦采苦，首陽之下。人之爲言，苟亦無與。舍旃舍旃，苟亦無然！人之爲言，胡得焉？二章

采葑采葑，首陽之東。人之爲言，苟亦無從。舍旃舍旃，苟亦無然！人之爲言，胡得焉？三章

右《采苓》三章，章八句。《序》謂「刺晉獻公好聽讒言」，蓋指驪姬事也。然詩旨未露其意，安知其必爲驪姬發哉？自古人君聽讒多矣，其始由於心之多疑而好察，數數訪刺外事於左右，故小

人得乘機而進讒，勢至順而機又易投也。若夫明哲聖主，未嘗不察邇而兼聽，但其心虛，故人之爲言未敢遽信爲然，必審焉而後聽。其心公，故人之進言亦必姑舍其然，詳察焉而後信。造言者既有所憚而難入，則讒不遠而自息矣。詩意若此，所包甚廣，所指亦非一端，安見其必爲驪姬發哉？但驪姬則讒之尤者，晉獻公則尤聽讒之甚者，故足以爲戒也。朱子不以《序》言爲然，置焉可也，而必排而斥之，過矣。

【集釋】〔首陽〕山名。孔氏穎達曰：首陽之山，在河東，蒲坂縣南。李氏樗曰：亦名雷首山。劉氏瑾曰：《集傳》以「首」爲山名，「陽」爲山之南。《春秋傳》亦曰「趙宣子田于首山」，然此詩下章又云「首陽之東」，則似「首陽」二字同爲山名。《論語集注》亦嘗指「首陽」爲山名矣。豈泛名其山則曰「首山」，主山南而言則又獨得「首陽」之稱乎？愚案：山陽有一名而數易其稱者，此山既名首陽，又名雷首，則何不可單名首山？但詩明言「首陽之巔」矣，則陽字必屬山名，不當更釋南也。〔巔〕山頂也。《集傳》既釋巔爲山頂，又訓陽爲山之南，豈曰首山之南之頂，成何語乎？〔旃〕之也。〔苦〕苦菜也。〔從〕聽也。

【標韻】苓九青巔一先言十三元信十一真通韻　旃一先然、焉並同本韻　苦七麌下二十一馬，叶後五反。與六語叶韻　葑二冬東一東從二冬通韻

以上唐詩凡十二篇。朱氏公遷曰：憂深思遠，《唐風》之厚。《杕杜》好賢，蓋亦知所崇尚者；聽讒有刺，征

役有怨，亦無責於變風時，惟武公之元惡大憝，則《國風》中所無有也。愚案：《唐風》之厚，於《羔裘》不恤民而民不忍去，《鴇羽》苦役民而民但呼天，而且《葛生》思婦，無怨懟之言；《椒聊》智士，有憂深之慮，即《揚之水》聞人奸謀，未嘗不反辭以動君，數者略見大概。即《采苓》刺讒於浸潤易入之中，勸以姑舍其言，無遽信從，亦非深於道而有體驗者不能，此其所以爲憂深思遠之實歟！

詩經原始卷之七

國風　七

秦

《集傳》：秦，國名。其地在《禹貢》雍州之域，近鳥鼠山。初，伯益佐禹治水有功，賜姓嬴氏。其後中潏居西戎以保西垂。六世孫大駱生成及非子。非子事周孝王，養馬於汧、渭之間，馬大繁息。孝王封爲附庸而邑之秦。至宣王時，犬戎滅成之族。宣王遂命非子曾孫秦仲爲大夫，誅西戎，不克，見殺。及幽王爲西戎、犬戎所殺，平王東遷，秦仲孫襄公以兵送之。王封襄公爲諸侯，曰：「能逐犬戎即有岐、豐之地。」襄公遂有周西都八百里之地。至玄孫德公又徙於雍。秦，即今之秦州。雍，今京兆府興平縣是也。案：秦詩始於秦仲世，其時僅爲大夫，比於附庸之國。吳、楚大國尚無詩，秦小國何以有《風》？蓋秦實繼齊、晉而霸焉者也。故齊、晉後即繼以秦。或謂夫子定《書》，以《秦誓》綴周會之後，知周之必爲秦也。即其删《詩》也亦然。此皆事後擬議之論，並非確解。況《詩》次非定自孔子，季札前而已然乎。

【眉評】毛氏鳳枝曰：案，漢右扶風雍縣，本秦雍城地。《方輿紀要》云：「秦故雍城在今鳳翔府城南七里。秦德公元年，初居雍城大鄭宫是也。」是秦之雍城在今鳳翔，不得云在興平。秦莊公常居犬邱，在今興平，與德公所徙之雍，自係兩地。犬邱亦名廢邱，項籍封秦將章邯爲雍王，都廢邱。《朱傳》遂謂德公所徙之雍亦在興平，蓋考之未審也。宜從《紀要》爲是。

車鄰

美秦君簡易易事也。

有車鄰鄰，有馬白顛。未見君子，寺人之令。一章　阪有漆，隰有栗。既見君子，並坐鼓瑟。「今者不樂，逝者其耋」。述秦君之詞。○二章　阪有桑，隰有楊。既見君子，並坐鼓簧。「今者不樂，逝者其亡」。三章

右《車鄰》三章：一章四句，二章，章六句。此詩《序》謂「美秦仲。」劉公瑾疑爲「美襄公」，以秦仲初爲大夫，寺人等官非所宜有也。總之，秦君開創之始，法制雖備，禮數尚寬。且其人必恢廓大度，不飾邊幅。如光武初見馬援，袒幘而坐迎之，非復公孫述之盛陳陛衛而後見，故臣下樂其簡易而歎美之，以爲真吾主也。曰：秦君富貴而尊嚴豈勝述哉？車則鄰鄰，馬則白顛，日處深

宮，非傳宣不能入，可謂盛矣！及其覿面乃又不然。君臣相與，歡若平生。鼓瑟者可以並坐而調音，鼓簧者亦可相依而度曲。不寧惟是，君勸臣曰：失今不樂，逝者將耄，而耄者將亡，如此歲月何哉？則是其心之推誠相與，毫無箝制也可知。若如諸儒所云：「是時秦君始有車馬及此寺人之官，國人創見而誇美之。」則何異馬援所云：「子陽乃井底蛙耳。」何以能開創宏業耶？即秦士大夫雖曰鄙俗，亦斷斷不至如此。唯其君臣相得，不務經綸，日事宴樂。開創若此，後效可知。聖人存之，以見嬴秦始基固若是耳。

【眉評】〔一章〕未見時如此嚴肅。　〔二、三章〕既見時如此簡易，不惟盡寬禮數，且能備極宴樂。

【集釋】〔鄰鄰〕衆車聲。　〔白顛〕《集傳》：白顛，額有白毛，今謂之的顙。　〔寺人〕內小臣也。孔氏穎達曰：《左傳》齊有寺人貂，晉有寺人披，是諸侯之官有寺人也。寺人是在內細小之臣。　〔並坐〕黄氏佐曰：並坐者同坐，非並肩而坐也。案，並坐者乃鼓瑟者並坐耳，非與君並坐也。

【標韻】鄰十一真顛一先令八庚通韻　漆四質栗、瑟並同耋九屑通韻　桑七陽楊、簧、亡並同本韻

駟驖　美田獵之盛也。

駟驖孔阜，六轡在手。公之媚子，從公于狩。一章　奉時辰牡，辰牡孔碩。公曰左之，舍拔

則獲。二章　遊于北園，四馬既閑。輶車鸞鑣，載獫歇驕。三章

右《駟驖》三章，章四句。此詩《序》謂「美襄公始命，有田狩之事，園囿之樂。」然時代無可考，詩詞亦不露「始命」意。惟既曰公，則必襄公以後詩也。田獵亦時君恒有事，奚足異？孟子不云乎：「今王田獵於此，百姓聞王車馬之音，見羽旄之美〔一〕，舉欣欣然有喜色而相告曰：『吾王庶幾無疾病與，何以能田獵也？』此無他，與民同樂也。」今秦始有田狩事，其與民同樂可知也。即民之欣欣然有喜色而相告者亦可知也。惟初膺侯命，舉行大典，其相率以從于狩者，不聞腹心干城之寄，而乃曰「公之媚子」，則嗜好爲何如耶？君子讀《詩》至此，不禁有懷《兔罝》野人，知周之所以王而久，秦之所以帝而促者，其由來蓋有素已。

【集釋】〔駟驖〕陸氏佃曰：《說文》曰：「馬深黑色驪，馬赤黑色驖。」非特有取於色，蓋亦取其堅壯如鐵也。〔孔〕甚也。〔阜〕肥大也。〔六轡〕孔氏穎達曰：每馬有二轡，四馬當八轡矣。言六轡者，以驂馬内轡納之於觖，故在手者惟六轡耳。〔媚子〕朱氏道行曰：媚子，指左右便嬖。〔時〕是也。〔辰〕時也。〔牡〕曹氏粹中曰：祭祀之牲不用牝，皆以牡爲貴。〔辰牡〕《集傳》：冬獻狼，夏獻麋，春秋獻鹿豕之類。〔奉〕孔氏穎達曰：奉是時牡，謂虞人也。獸人獻時節之獸以供膳，故虞人亦驅時節之獸以待射耳。〔碩〕肥大也。〔左之〕何氏士信曰：御者從右以逐之，君從左以射之。《公羊傳》解第一殺，第二殺，第三殺，皆自左膘射

之達於右，則左當人君之左，指禽獸之左膘而言。案：射必左出，故左之乃易中耳。〔拔〕矢括也。〔閑〕調習也。〔輶〕輕也。〔鸞〕鈴也。〔鑣〕馬銜也。〔獫歇驕〕《集傳》：獫、歇、驕，皆田犬名，長喙曰獫，短喙曰歇、驕。以車載犬，蓋以休其足力也。

【標韻】阜二十五有手同狩二十六宥叶韻　牡二十五有碩十一陌獲同叶韻　園十三元閑十五刪通韻　鑣二蕭驕同本韻

校記

〔一〕「旄」，原作「毛」，據《孟子》改。

小戎　懷西征將士也。

小戎俴收，車箱。五楘梁輈。馭兩服者。游環脅驅，陰靷鋈續。馭兩驂者。文茵暢轂，駕我騏馵。車內外兼寫。言念君子，温其如玉。此下懷駕車西征之人。在其板屋，亂我心曲。念其居處之非。○一章

四牡孔阜，六轡在手。承上「駕我」句。騏駵是中，騧驪是驂。此方言兩服兩驂。龍盾之合，車蔽。鋈以觼軜。驂轡飾。言念君子，温其在邑。方何爲期，胡然我念之？念其歸期之遠。○二章

俴駟孔群，馬甲。厹矛鋈錞。矛。蒙伐有苑，盾。虎韔鏤膺。弓室。交韔二弓，弓。竹閉緄縢。弓檠。言念君子，載寢載興。厭厭良人，秩秩德音。念其德音之美。○三章

右《小戎》三章，章十句。《序》謂「美襄公。備其兵甲以討西戎，國人則矜其車甲，婦人能閔其君子焉。」一詩兩義，中間並無遞换，上下語氣全不相貫，天下豈有此文義？惟僞《傳》以爲「勞大夫征戎」之詩，得之。鄒氏肇敏曰：「凡勞詩，或代爲其人言，或代爲其室家言。而此詩『言念君子』，則襄公自念其臣子也」。愚案：宋全斌伐蜀，屬汴大雪，太祖衣紫貂裘帽坐氊帷中，謂左右曰：我被服如此尚覺寒，念西征將士衝冒霜雪，何以堪處？即解裘帽馳賜全斌，仍諭諸將不能徧及也。全斌拜賜感泣，故所向有功。今詩云「在其板屋，亂我心曲」，以如玉之君子，身處板屋，而歸期又未能必，偶一念及，其何以堪？襄公能作是詩，即宋祖之賜裘帽於全斌也。無怪其能承君命以復父讎，獨雄長於西方者有由然已。後儒不察，又以爲從役者之家人所言，將秦人第一關係文字下屬厮役走夫之徒，則襄公勞士一片苦衷，不幾爲其所没，千載下誰復能諒之耶？

【眉評】〔一章〕首章寫車制，章末兼及懷人。下二章同一幾軸，而寫法各異。〔二章〕次章寫駕車。〔三章〕三章寫戎器，刻劃典奥瑰麗已極，西京諸賦迥不能及，況下此者乎！

【集釋】〔小戎〕兵車也。〔俴〕淺也。〔收〕軫也。《集傳》：謂車前後兩端横木，所以收斂所載者也。凡車之制，廣皆六尺六寸，其平地任載者爲大車，則軫深八尺，兵車則軫深四尺四寸，故曰「小戎俴收」也。〔梁輈〕陳氏鵬飛曰：輈，車轅也。其前駕於服馬之衡之上，其後則乘前軫直逼後軫。梁輈則穹其上，以便服馬之進退。車之進退以轅爲主，懼輈之不堅也，故一轅則五分其穹，每分以皮束之使堅，是謂五楘。〔游環〕《集傳》：游環，靷環也。以皮爲環，當兩服之背上，游移前卻無定處。引兩驂馬之外轡貫其中而執之，所以制驂馬，使不得外出。《左傳》曰「如驂之有靳」是也。〔脅驅〕《集傳》：脅驅，亦以皮爲之，前係於衡之兩端，後係於軫之兩端，當服馬脅之外，所以驅驂馬使不得內入也。曹氏粹中曰：兩服馬駕勾衡之下，旁有兩驂馬，齊於服馬之頸。懼驂之外出也，故以環貫驂外轡，以禁其出，欲出，則此環牽之。懼驂之內入亂服馬也，故以韋二條繫衡與軫，護服馬脅以止驂之入，欲入，則此皮從而約之也。〔陰〕《集傳》：陰，揜軌也。軌在軾前，而以板橫側揜之。以其陰映此軌，故謂之陰也。〔靷〕《集傳》：靷，以皮二條前繫驂馬之頸，後繫陰板之上也。〔鋈續〕《集傳》：鋈續，陰板之上有續靷之處，消白金沃灌其環以爲飾也。嚴氏粲曰：靷端作環相接謂之續。〔文茵〕范氏處義曰：以虎皮爲車中之褥，有文之可觀，故謂之文茵。〔暢轂〕《集傳》：暢，長也。轂者，車輪之中，外持輻內受軸者也。大車之轂一尺有半，兵車之轂長三尺二寸，故兵車曰暢轂。〔騏馵〕《集傳》：騏，騏文也。馬左足白曰馵。〔君子〕指西征大夫也。〔騮〕《集傳》：赤馬黑鬣曰騮。何氏楷曰：《爾雅》謂騮曰駁，蓋馬有騮色，有白色，故曰駁。上章曰馵，因其白之在足也；此章曰騮，因其白之在體也。〔中〕兩服馬也。〔騧驪〕《集傳》：黃馬黑喙曰騧。

驪，黑色也。〔盾〕干也。《集傳》：畫龍於盾，合而載之，以爲車上之衛。必載二者，備破毀也。〔觼〕環之有舌者。〔軜〕驂内轡也。〔俴駟〕馬甲以薄金爲之，欲其輕易，便於旋習也。〔孔〕甚也。〔群〕調和也。〔厹矛〕三隅矛也。〔鋈錞〕矛底端平曰鐓，鋈則以白金爲飾也。〔蒙〕雜也。〔伐〕中干也，盾之别名。〔苑〕文貌，畫雜羽於盾之上也。〔虎韔〕《集傳》：虎韔，以虎皮爲弓室也。〔鏤膺〕《集傳》：鏤膺，鏤金以飾馬當胸帶也。〔交韔〕《集傳》：交韔，交二弓於韔中，謂顛倒安置之。必二弓以備壞也。〔閉〕《集傳》：閉，弓檠也。《儀禮》作⿰韋必。陳氏道祥曰：柲以竹爲之，狀如弓然。約於弓裏，命之曰柲，所以備損傷也。〔緄〕繩也。〔縢〕約也。〔載寢載興〕起居不寧也。〔厭厭〕安也。〔良人〕何氏楷曰：先秦之世，良人爲君子通稱。《吕氏紀·序意》曰：秋甲子朔，朔之日，良人請問十二紀。注：「良人，君子也。」案：本《風·黄鳥》哀三良，亦曰「殲我良人」，《雅》之《桑柔》，亦曰「維此良人，作爲式穀」，皆以良人爲君子也。〔秩秩〕有序也。

【標韻】收十一尤輈同本韻　續二沃轂一屋馵七遇，叶之録反。玉二沃屋一屋曲二沃叶韻　阜二十五有手同本韻　中一東驂十三覃叶韻　合十五合軜同邑十四緝通韻　期四支之同本韻　群十二文錞十一真膺十一蒸弓一東，叶姑宏反。縢十蒸興同人十一真音十二侵叶韻

蒹葭　惜招隱難致也。

蒹葭蒼蒼，白露爲霜。興起。所謂伊人，在水一方。虛點其地。遡洄從之，道阻且長。展一筆。遡游從之，宛在水中央。實指居處，仍用虛活之筆。妙；妙！〇一章　蒹葭淒淒，白露未晞。所謂伊人，在水之湄。遡洄從之，道阻且躋。遡游從之，宛在水中坻。二章　蒹葭采采，白露未已。所謂伊人，在水之涘。遡洄從之，道阻且右。遡游從之，宛在水中沚。三章

右《蒹葭》三章，章八句。此詩在《秦風》中，氣味絶不相類。以好戰樂鬥之邦，忽遇高超遠舉之作，可謂鶴立鷄群，翛然自異者矣。然意必有所指，非泛然者。《序》謂「刺襄公，未能用周禮」，吕氏祖謙遂謂「伊人猶此理」，鑿之又鑿，可爲噴飯。蓋秦處周地，不能用周禮。周之賢臣遺老，隱處水濱，不肯出仕。詩人惜之，託爲招隱，作此見志。一爲賢惜，一爲世望。曰「伊人」，曰「從之」，曰「宛在」，玩其詞，雖若可望不可即；味其意，實求之而不遠，思之而即至者。特無心以求之，則其人倜乎遠矣！《序》本有指，辭不能達，故致紛紛議起也。

【眉評】三章只一意，特換韻耳。其實首章已成絶唱。古人作詩多一意化爲三疊，所謂一唱三嘆，佳者多有餘音，此則興盡首章，不可不知也。

【集釋】〔蒹〕《集傳》：蒹似萑而細，高數尺，又謂之薕。陸氏佃曰：今人以爲簾箔，因以得名。

〔葭〕蘆也。陸氏佃曰：孔氏云，初生爲葭，長大爲蘆，成則爲葦。〔遡洄〕逆流而上也。〔遡游〕順流而下也。〔晞〕乾也。〔湄〕水草之交也。〔躋〕升也。〔采采〕盛而可采也。〔右〕言其迂迴也。

【標韻】蒼七陽霜、方、長、央並同本韻　淒八齊晞五微湄四支坻四支通韻　采十賄已四紙涘同右二十五有，叶羽軌反。沚四紙叶韻

終南　祝襄公以收民望也。

終南何有？有條有梅。君子至止，錦衣狐裘。顏如渥丹，其君也哉！一章　終南何有？有紀有堂。君子至止，黻衣繡裳。佩玉將將，壽考不忘。二章

右《終南》二章，章六句。《序》謂「戒襄公」。姚氏又以爲「有美無戒」。今玩詩辭首章末句，嚴氏粲云：「其者，將然之辭；哉者，疑而未定之意。」愚案：末章末句亦云「壽考不忘」，則是勸戒也無疑。此必周之耆舊，初見秦君撫有西土，皆膺天子命以治其民，而無如何，於是作此以頌禱之。曰：崇嶐者終南，其何有乎？條與梅耳，所以成此山之高也。君子至止，衣服之盛，容貌之美，固不待言，非將以君臨一邦乎？君此邦則必德此民，如山之有木而後成山之高，乃無負山之名耳。然終南形勢尊嚴宏敞，爲天下冠，君此者可以雄視六合，不獨號令一方也。君其脩德

以副民望，百世毋忘周天子之賜也可。蓋美中寓戒，非專頌禱。不然，秦臣頌君，何至作疑而未定之辭，曰「其君也哉」，此必不然之事也。

【集釋】〔終南〕山名。毛氏萇曰：終南，周之名山中南也。孔氏穎達曰：昭四年《左傳》曰：「荆山、中南，九州之險。」是此一名中南也。案：山在今郿鄠諸境，以其幹屬天下之中，故曰中；勢踞鎬京之南，故曰南；合而言之曰中南也。〔條〕山楸也。材美可作車版。〔錦衣狐裘〕諸侯之服也。《玉藻》曰：君衣狐白裘，錦衣以裼之。〔渥丹〕季氏本曰：渥丹，猶《簡兮》所謂「渥赭」，言其有樂意而顏色赤澤也。〔紀〕《集傳》：紀，山之廉角也。〔堂〕《集傳》：堂，山之寬平處也。〔黻繡〕毛氏萇曰：黑與青謂之黻，五色備謂之繡。〔將將〕佩玉聲。

【標韻】梅十灰裘十一尤，叶莫悲反。丹十四寒哉十灰叶韻　堂七陽裳、將、忘並同本韻

黃鳥　哀三良也。

交交黃鳥，止于棘。誰從穆公？子車奄息。維此奄息，百夫之特。臨其穴，惴惴其慄。彼蒼者天，殲我良人！如可贖兮，人百其身。一章　交交黃鳥，止于桑。誰從穆公？子車仲行。維此仲行，百夫之防。臨其穴，惴惴其慄。彼蒼者天，殲我良人，如可贖兮，人百其身。二章　交交黃鳥，止于楚。誰從穆公？子車鍼虎。維此鍼虎，百夫之禦。臨其穴，

惴惴其慄。彼蒼者天，殲我良人！如可贖兮，人百其身。三章

右《黃鳥》三章，章十二句。此詩事見《左傳》，鑿鑿有據，自不必言。或以三良從死，命出穆公，或以爲康公迫死，或又以爲秦俗如此，非關君之賢否。總之，古人封建國君，得以專制一方，生殺予奪，惟意所欲。似此苛政惡俗，天子不能黜，國人不敢違。哀哉良善，其何以堪！若後世大一統，人命至重，非天子不得擅生殺。雖無知愚民，猶自矜恤，況賢人乎？封建固良法，封建亦虐政。秦、漢後竟不能復，雖曰時勢，亦人心爲之也。聖人存此，豈獨爲三良悼乎？亦將作萬世戒耳！

【集釋】〔交交〕飛而往來之貌。〔從穆公〕從死也。〔子車〕氏也。孔氏穎達曰：《左傳》作子輿。輿、車，字異義同。〔奄息〕名也。〔特〕傑出之稱。〔穴〕壙也。〔惴惴〕懼貌。〔防〕《集傳》：防，當也。言一人可以當百夫也。〔禦〕猶當也。

【標韻】棘十三職息、特同穴九屑慄四質通韻　天一先人十一真身同轉韻　桑七陽行、防同本韻　楚六語虎七麌禦六語通韻

晨風　未詳。

鴥彼晨風，鬱彼北林。未見君子，憂心欽欽。如何如何，忘我實多。一章　山有苞櫟，隰有

六駮。未見君子，憂心靡樂。如何如何，忘我實多。二章　山有苞棣，隰有樹檖。未見君子，憂心如醉。如何如何，忘我實多。三章

右《晨風》三章，章六句。《序》謂康公「棄其賢臣」。僞《傳》謂「秦君遇賢，始勤終怠」。二説未甚相遠。惟《集傳》則以爲婦人念其君子之詞，又引《扊扅歌》以證秦俗，與古《序》大相反。今觀詩詞，以爲「刺康公」者固無據，以爲婦人思夫者亦未足憑。總之，男女情與君臣義原本相通，詩既不露其旨，人固難以意測。與其妄逞臆説，不如闕疑存參。且其詩無甚精義，置焉可也。

【集釋】〔鴥〕疾飛貌。〔晨風〕鸇也。〔鬱〕茂盛貌。〔欽欽〕憂而不忘之貌。〔駮〕《集傳》：駮，梓榆也，其色青白如駮。〔檖〕郭氏璞曰：今楊檖也。《集傳》：檖，赤羅也，實似梨而小，酢可食。

【標韻】風一東，叶孚愔反。林十二侵欽同叶韻　何五歌多同本韻　櫟十二錫，叶奪各反。駮三覺樂十藥叶韻　棣八霽檖四寘醉同通韻

無衣　秦人樂爲王復仇也。

豈曰無衣？與子同袍。王于興師，修我戈矛，與子同仇。一章　豈曰無衣？與子同澤。王

于興師，修我矛戟，與子偕作。　二章　豈曰無衣？與子同裳。王于興師，修我甲兵，與子偕行。三章

右《無衣》三章，章五句。《序》謂「刺用兵。」秦人以「其君好攻戰，亟用兵，而不與民同欲。」意是而辭不能達。故朱子以爲《序》意與詩情不協。然《集傳》亦未喻詩意也。夫秦地爲周地，則秦人固周人。周之民苦戎久矣，逮秦始以禦戎有功，其父老子弟欲修敵愾，同仇怨於戎，以報周天子者，豈待言而後見哉？而無如周王之絶意西征也。康公好戰，又皆私怨，徒逞小忿而忘大讐，非民所欲。溯自公之二年與晉戰于武城，報令狐役也。六年，戰于河曲，報取少梁也。十年，又與楚人滅庸。連年動衆，詎皆君父同仇，而爲臣子者所難已哉？夫與其興師無名，何如報復得所？故作是詩以明志。曰：朋友無衣尚可同袍，況君父乎？王誠于此而能興師以伐戎也，我秦人願修戈矛與子周師共伸同仇大義，豈不善哉？此謝氏枋得所謂「春秋二百四十餘年，天下無復知有復仇志，獨《無衣》一詩毅然以天下大義爲己任」者也。然則《序》所謂刺，固不獨秦君，兼及周王矣。蓋民有勤王心，君無討賊意，伸在此則不能不屈在彼也，故曰刺也。

【眉評】〔一章〕起極矯健。

【集釋】〔袍〕孔氏穎達曰：《玉藻》云：「纊爲繭，緼爲袍。」純著新綿名爲繭，雜用舊絮名爲袍。〔澤〕《集傳》：澤，裹衣也。以其親膚近於垢澤，故謂之澤。陸氏德明曰：澤，如字。《説文》

作襗，云「袴也。」〔戟〕車戟也。

【標韻】袍四豪，叶步謀反。矛十一尤仇同叶韻　澤十一陌，叶徒洛反。戟同，叶訖約反。作十藥叶韻　裳七陽兵八庚行八庚轉韻

渭陽　康公送別舅氏重耳歸晉也。

我送舅氏，曰至渭陽。何以贈之？路車乘黃。一章　我送舅氏，悠悠我思。何以贈之？瓊瑰玉佩。二章

右《渭陽》二章，章四句。見舅思母，人情之常。姚氏謂「非惟思母，兼有諸舅存亡之感。」蓋「悠悠我思」句，情真意摯，往復讀之，悱惻動人，故知其有無限情懷也。然此種深情，觸景即生，稍移易焉已不能及。《大序》謂「及其即位，乃思而作」，豈真知詩情者哉？雖然，康公此詩可謂孝矣。乃未幾而脩怨於晉，既戰武城，又戰河曲，昏姻之好，變爲仇讎。則念母之心，不知何往，又何故耶？論者謂怨欲害其良心耳。使循是良心，養其端而充之，則怨欲可消，而兵革自息矣。惜乎，其智不及此也！此亦事後論人則然。若當其攜手渭陽，樽酒惜別，雖曰甥情，實奉父命。穆公之爲重耳也，且與以紀綱僕三千，然後晉可定而霸業以成。故《春秋》於秦、晉交戰，每主晉而客秦，多抑揚焉。此詩之存，其亦《春秋》意也夫？

【眉評】詩格老當，情致纏綿，爲後世送別之祖，令人想見携手河梁時也。

【集釋】〔渭〕水名。王氏應麟曰：《水經》：「渭水逕長安城北。」注：「即咸陽也。」《郡縣志》：「京兆府咸陽縣，本秦舊縣，渭水南去縣三里，秦咸陽在今縣東二十二里。」〔路車〕諸侯之車也。〔乘黄〕四馬皆黄也。

【標韻】陽七陽黄同本韻　思四支，叶新齎反。佩十一隊，叶蒲眉反。叶韻

權輿　刺康公待賢禮殺也。

於我乎，夏屋渠渠。居。今也每食無餘。食。于嗟乎！不承權輿。一章　於我乎，每食四簋。今也每食不飽。單承上食。于嗟乎！不承權輿。二章

右《權輿》二章，章五句。賢者去就，只争禮貌間耳。而此詩所較，不過區區安居餔歠事，恐非賢者志也。然孟子不云乎：「孔子爲魯司寇，不用，從而祭，燔肉不至，不税冕而行。不知者以爲爲肉也，其知者以爲爲無禮也。」是詩之作，亦猶是哉！蓋賢者每欲微罪行，不欲爲苟去，恐彰君過耳。康公之失，當不止是故，賢者藉是乘幾而作也。不然，食至無餘，而且不飽，康公禮貌縱衰，何至此極耶？

【眉評】起似居食雙題，下乃單承，側重食一面，局法變换不測。於此可悟文法化板爲活之妙。

【集釋】〔夏〕大也。〔渠渠〕深廣貌。案：夏屋，毛無明訓，鄭則以爲大具以食我。王肅以爲屋室之屋，而朱子從之，是。〔承〕繼也。〔權輿〕始也。胡氏一桂曰：作量自權始，以準量由此而生；造車自輿始，以蓋軫由此而起，故謂始曰權輿。〔簋〕《集傳》：簋，瓦器，容斗二升。方曰簠，圓曰簋。簠盛稻粱，簋盛黍稷。四簋，禮食之盛也。

【標韻】渠六魚餘同乎七虞輿六魚通韻　簋四紙，叶已有反。飽十八巧叶韻

以上秦詩凡十篇。 案，是册《車鄰》、《駟驖》、《小戎》諸詩，武勇甚矣，而《蒹葭》一詩又何澹哉！使非賢人君子，烏能爲是？蓋西京舊治，大有人在也。惜秦俗尚武，有賢而不能用耳。以故《黄鳥》致三良之哀，《權輿》有無食之嘆，其爲國大可想見。秦之爲秦與周之爲周，其薄厚不甚相遠哉！

陳

《集傳》：陳，國名。大皞伏羲氏之墟，在《禹貢》豫州之東，其地廣平，無名山大川，西望外方，東不及孟諸。周武王時，帝舜之胄有虞閼父爲周陶正，武王賴其利器用，與其神明之後，以元女大姬妻其子滿，而封之於宛丘之側，與黄帝、帝堯之後共爲三恪，是爲胡公。大姬，婦人尊貴，好樂巫覡歌舞之事，其民化之。今之陳州即其地也。案：陳、檜、曹皆小國，故居諸國之末。而陳爲伏羲舊治，又帝舜後裔，故在二國前。說者謂檜、曹《匪風》、《下泉》二詩有

思治心，未便居於陳國先，蓋亂極則思治，理或然也。若謂變風託於陳靈，恐非序《詩》本意。夫變風中不能無正，亦由正風中必有變也。此册《墓門》、《株林》等詩變亂極矣，而「衡門之下」乃有棲遲賢者，又不能不謂變中之正矣。則又何以解其此耶？

宛丘　刺上位游蕩無度也。

子之湯兮，宛丘之上兮。洵有情兮，而無望兮。一章　坎其擊鼓，宛丘之下。無冬無夏，值其鷺羽。二章　坎其擊缶，宛丘之道。無冬無夏，值其鷺翿。三章

右《宛丘》三章，章四句。此詩刺游蕩意固昭然。然《小序》謂「刺幽公」，姚氏以爲「子字恐未安」，朱子亦以爲未敢信。故《集傳》泛指「游蕩人」，固是慎重解經之意。但樂舞非細民所宜，威望亦於庸衆無關，使閭巷鄙夫終歲執羽舞翿於宛丘之上，亦屬常然，何煩詩人諷詠，重勞大聖人録而冠夫《陳風》之首，以爲游蕩者戒耶？此必陳君與其臣下不務政治，相與游樂，君擊鼓而臣舞翿，無冬無夏，威儀盡失。故過宛丘下者，相與指而誚曰：子之游蕩，洵足爲樂，奈失儀何？其何以爲民望乎？蓋在上者，下民之所瞻望者也，今乃不自檢束如是，無怪其民視而輕之。曰「子」者，外之之辭，亦輕之之意耳。然小民未必敢輕君上，故泛指游蕩人而言，使終日游蕩者聞而知所警戒焉足矣。若必明辯「子」字爲君爲臣，或下指人民，終屬呆相，豈免「固哉」之

誚歟？

【集釋】〔子〕毛氏萇曰：子指大夫。鄭氏康成曰：子者，斥幽公也。孔氏穎達曰：隱四年，公子翬謂隱公曰：「百姓安子，諸侯説子。」則諸侯之臣亦呼君曰子。《傳》、《箋》互異，説已見前論。〔湯〕蕩也。〔宛丘〕《集傳》：四方高中央下曰宛丘。王氏應麟曰：《郡縣志》：「宛丘在陳州宛丘縣南三里。」《括地志》：「縣在陳城中，古陳國。」〔洵〕信也。〔望〕人所瞻望。〔坎〕擊鼓聲。〔值〕植也。〔鷺羽〕以鷺羽爲舞者之翳也。〔缶〕瓦器，可以節樂。〔翿〕翳也。

【標韻】湯二十三漾上、望並同本韻　鼓七麌下二十一馬，叶後五反。　羽七麌叶韻　缶二十五有道十九皓翿二十號叶韻

東門之枌　巫覡盛行也。

東門之枌，宛丘之栩。子仲之子，婆娑其下。一章　穀旦于差，南方之原。不績其麻，市也婆娑。二章　穀旦于逝，越以鬷邁。視爾如荍，貽我握椒。三章

右《東門之枌》三章，章四句。此詩分明刺陳俗尚巫覡，而《序》泛云：「男女棄其舊業，亟會於道路，歌舞於市井。」《集傳》從之，但不信爲「刺幽公」耳。夫男女縱極淫亂，何至歌舞市井，會

於道路，成何世界？姚氏際恒引漢王符《潛夫論》曰：「詩刺『不績其麻，女也婆娑』，今多不修中饋，休其蠶織，而起學巫覡，鼓舞事神，以欺誑細民。」以爲「足證詩意」。是則然矣。然豈必盡學巫覡事哉？亦不過巫覡盛行，男女聚觀，舉國若狂耳。東門、宛丘，其地也。枌、栩相蔭，可以游息其下也。「子仲之子」，男覡也。「不績其麻」，女巫也。婆娑鼓舞，神弦響而星鬼降也。「穀旦于差」，諏吉期會也。「越以鬷邁」，男婦畢集以邁觀也。視如荍而貽之椒，則又觀者互相愛悦也。此與《鄭・溱洧》之采蘭贈勺大約相類，而鄙俗荒亂，則尤過之，在諸國中又一俗也，故可以觀也。舊傳云「大姬，婦人尊貴，好樂巫覡歌舞之事，其民化之」，蓋謂此也。爲民上者可不知謹所尚歟？

【集釋】〔子仲之子〕《集傳》作子仲之女。姚氏際恒云：下市字果爲女字，則「子仲之子」當作男。案：績麻乃婦女事，不必改市爲女也。蓋女巫亦恒舞于市耳。此子當作男覡也無疑。〔婆娑〕舞貌。〔穀〕善也。〔差〕擇也。〔市〕解見上。〔逝〕往也。〔越〕於也。〔鬷〕衆也。〔邁〕行也。〔荍〕《集傳》：荍，芘芣也，又名荆葵，紫色。羅氏願曰：荆葵比戎葵葉小，花似五銖錢大，色粉紅，有紫文縷之，一名錦葵，大抵似蘆菔花。〔椒〕芬芳之物也。

【標韻】栩七麌下二十一馬叶韻　差六麻娑五歌轉韻　逝八霽邁十卦通韻　荍二蕭椒同本韻

衡門　賢者自樂而無求也。

衡門之下，可以棲遲。泌之洋洋，可以樂飢。一章　豈其食魚，必河之魴？豈其取妻，必齊之姜？二章　豈其食魚，必河之鯉？豈其取妻，必宋之子？三章

右《衡門》三章，章四句。此賢者隱居甘貧而無求於外之詩。不知《序》何以云「誘僖公也？」夫僖公，君臨萬民者也，縱願而無立志，誘之以政焉而進於道也可，奈何以無求於世之志勸之？豈非所誘反其所望乎？《陳》之有《衡門》也，亦猶《衛》之有《考槃》，《秦》之有《蒹葭》，是皆從舉世不爲之中而已獨爲之，可謂中流砥柱，挽狂瀾於既倒，有關世道人心之作矣。然衛雖淫亂，實多君子；秦雖强悍，不少高人。陳則委靡不振，巫覡盛行，其狂惑之風，尤難自拔。而此獨澹焉無欲，超然自樂，所處者不過衡茅陋室，所飲者不過泉水悠洋，食不必鯉與魴，妻不必宋子而齊姜，則其爲志也何如哉？聖人删《詩》，此種詩不可多得，亦斷不可少。而《序》者不喻其意，反引而他屬，可慨也夫！

【集釋】〔衡門〕横木爲門也。孔氏穎達曰：衡，古文横，假借字也。衡、横義同。門惟横木爲之，言其淺也。〔棲遲〕遊息也。〔泌〕泉水也。〔洋洋〕水流貌。〔姜〕齊姓。〔子〕宋姓。

【標韻】遲四支飢同本韻　魴七陽姜同本韻　鯉四紙子同本韻

東門之池　未詳。

東門之池，可以漚麻。彼美淑姬，可與晤歌。一章　東門之池，可以漚紵。彼美淑姬，可與晤語。二章　東門之池，可以漚菅。彼美淑姬，可以晤言。三章

右《東門之池》三章，章四句。此詩終不可解。《序》謂「刺時。疾其君之淫昏，而思賢女以配君子。」《集傳》則以爲「男女會遇」之詞。姚氏又「疑即上篇之意，取妻不必齊姜、宋子，即此淑姬，可與晤對。」説各不一。從《序》説，則君有惡，當思賢臣以佐政，乃反思淑女以配君，亦奇想哉。從朱説，則男女會遇，豈有「淑姬」？斷無是理。至於姚説則尤謬戾，衡門隱士，甘貧樂道，乃忽睹彼淑姬，即欲思與晤對，合曲而歌，尚得爲賢乎哉？前云取妻不必宋子、齊姜者，設爲是詞以見心不外求之意耳。詎料姚氏認以爲真，竟欲取東池淑姬以配衡門隱士，豈非千秋笑柄？故此詩闕疑可也。即或詩人寓言，以淑女比賢士未爲不可，然其辭意淺率，終非佳構，不必再煩多辯已。

【集釋】〔漚〕漬也。　〔紵〕麻屬。　〔菅〕《集傳》：菅，葉似茅而滑澤，莖有白粉，柔韌宜爲索也。濮氏一之曰：《左傳》云：「雖有絲麻，無棄菅蒯。」蒯與菅謂苕也。黄華者，俗名黄芒，即蒯也。

白華者，俗名白芒，即菅也。

【標韻】〔麻〕六麻歌五歌轉韻　紵六語語同本韻　菅十五刪言十三元通韻

東門之楊　未詳。

東門之楊，其葉牂牂。昏以爲期，明星煌煌。一章　東門之楊，其葉肺肺。昏以爲期，明星晢晢。二章

右《東門之楊》二章，章四句。《序》謂「昏姻失時，親迎女猶有不至者。」詩未見昏姻字，亦未見其爲女不至之意。《集傳》改爲「男女期會，而有負約不至者」，尤無謂。玩其詞頗奇奥，隱約難詳，故闕之。

【眉評】辭意閃爍，似古迎神曲，非淫詞，亦非昏姻詩也。

【集釋】〔牂牂〕盛貌。〔明星〕啟明也。〔煌煌〕大明貌。〔肺肺〕《集傳》：肺肺，猶牂牂也。〔晢晢〕猶煌煌也。

【標韻】牂七陽煌同本韻　肺十一隊，叶普計反。晢十二錫叶韻

墓門　刺桓公不能早去佗也。

墓門有棘，斧以斯之。夫也不良，國人知之。知而不已，誰昔然矣。一章　**墓門有梅，有鴞萃止。夫也不良，歌以訊之。訊予不顧，顛倒思予。**二章

右《墓門》二章，章六句。此詩史也。陳國小，君臣無事可書，只此數詩，歌詠事實，聊備採録，以當信史。朱晦翁必欲疑而闕之，不惟詩人苦心埋没無傳，亦將使亂臣賊子得以倖逃公論，其可乎哉？案，《左傳》：陳侯鮑卒，文公子佗殺太子免而代之，於是陳亂。《序》因以此詩爲「刺佗」，謂其無良師傅，以至於不義。雖無實據，而詩與事合，固自可信。然詩非刺佗無良師傅，乃刺桓公不能去佗耳。蘇氏轍曰：「桓公之世，陳人知佗之不臣矣，而桓公不去，以及於亂。是以國人追咎桓公，以爲桓公之智不能及其後，故以《墓門》刺焉。『夫』，指佗也。佗之不良，國人莫不知之者，知而不之去，昔者誰爲此乎？」案，此乃釋首章次章「歌以訊之」等句，則必有忠言直諫，早悟桓公。奈公迷而不悟，以至亂作乃思良言，夫何益哉？二章皆刺桓公，始不知人，次又拒諫，無所謂不置良師傅意。《序》之解經，往往得其大概，而措辭又非，故詩旨反因之而晦。須爲細審，乃知其得失也。

【集釋】〔斯〕析也。孔氏穎達曰：《釋言》云：「斯，離也。」孫炎曰：「斯，析之離。」是斯爲析義

也。濮氏一之曰：斯，《莊子》「斯而析之」。〔鴞〕陸氏璣曰：鴞，大如斑鳩〔一〕，緑色，入人家凶。賈誼所賦鵩鳥是也。其肉甚美，可爲羹臛，又可爲炙。濮氏一之曰：《楚辭》注：「鴟鴞二物。」又云：「鵩似鴞。」本章云，其實一耳。《莊子》「見彈而求鴞炙」，是也。〔萃〕集也。〔訊〕告也。〔顛倒〕狼狽之狀。

【標韻】斯四支知同本韻　已四紙矣同本韻　萃四寘訊程氏以恬《音韻考》曰：《釋文》云：「本又作誶，徐音息悴反」。《廣韻》、《正韻》：誶字雖遂切，引《詩》曰「歌以誶止」。今案：此及下句「訊」字，皆「誶」之譌，此句「之」字亦「止」字之譌，顧、江諸家皆詳辨之。　顧七遇予六魚叶韻

校記

〔一〕「斑鳩」，原作「班鳩」，據陸璣《草木蟲魚疏》改。

防有鵲巢　憂讒賊也。

防有鵲巢，邛有旨苕。誰侜予美？心焉忉忉。一章　中唐有甓，邛有旨鷊。誰侜予美？心焉惕惕。二章

右《防有鵲巢》二章，章四句。此詩憂讒無疑，惟《序》以宣公實之，則不得其確。蓋鵲本巢木，而今則曰「防有鵲巢」矣。苕生下隰，而今則曰「邛有旨苕」矣。而且中唐非甓瓴之所，高丘豈

旨鷊所生？人皆可以僞造而爲謡，又況無根浮詞，不侜張予美，而生彼攜貳之心耶？予是以常懷憂懼，中心惕惕而不能自解也。程子曰：「予美，心所賢者。一言下之，誑君以讒人；一言奸之，誣善以害人，皆作詩者憂患之意」。可謂深得風人義旨矣。而朱子乃謂「予美」指所私者，定此詩爲「男女有私，而憂其或間之詞」，豈不異哉？夫《風》詩託興甚遠，凡屬君親朋友，意有難宣之處，莫不假託男女夫婦詞婉轉以達之。詩人之遇晦翁，詩人之大不幸也，可慨也！

【集釋】〔防〕隄也。《周禮·稻人》，以瀦畜水，以防止水。〔邛〕邱也。孔氏穎達曰：土之高處草生尤美，故邛爲邱。〔旨〕美也。〔苕〕苕饒也，好生下溼。〔侜〕侜張也，與譸同。〔忉忉〕憂貌。〔中唐〕毛氏萇曰：中，中庭也。唐，堂塗也。孔氏穎達曰：以唐是門内之路，故知中是中庭。孫炎云：「堂塗，堂下至門之逕也。」〔甓〕瓴甋也。郭氏璞曰：甂甎也，今江東呼爲瓴甓。〔鷊〕《集傳》：鷊，小草，雜色如綬。董氏逌曰：鷊舊作虉。劉氏瑾曰：案《埤雅》，鷊本鳥名，亦名綬鷄，咽下有囊如小綬，具五色。《傳》所釋鷊，草之名，豈因其似鷊而取義乎？〔惕惕〕猶忉忉也。

【標韻】巢三肴苕二蕭忉四豪通韻　甓十二錫鷊、惕並同本韻

月出　有所思也。

月出皎兮，佼人僚兮。舒窈糾兮，勞心悄兮。一章　月出皓兮，佼人懰兮。舒懮受兮，勞心慅兮。二章　月出照兮，佼人燎兮。舒夭紹兮，勞心慘兮。三章

右《月出》三章，章四句。此詩雖男女詞，而一種幽思牢愁之意，固結莫解。情念雖深，心非淫蕩。且從男意虛想，活現出一月下美人。並非實有所遇，蓋巫山、洛水之濫觴也。不料諸儒認以爲真，豈不爲詩人所哂？使充是心於君親朋友之間，則忠臣孝子，義弟良朋，必有情難自已之處。此《風》詩之旨深微幽遠，託興無端，含毫有意，固非迂儒俗士所能窺也。至其用字聱牙，句句用韻，已開晉、唐幽峭一派。東萊不識，以爲方言，豈非少見多怪歟？

【集釋】〔皎〕月光也。　〔佼人〕佼與姣同，美人也。　〔僚〕好貌。　〔窈〕幽遠也。　〔糾〕愁結也。　〔悄〕憂也。王氏安石曰：悄言不説而静默。　〔懰〕好貌。　〔懮受〕俱憂思也。　〔慅〕猶悄也。　〔燎〕明也。　〔夭紹〕糾緊之意。　〔慘〕憂也。

【標韻】皎十七篠僚同糾二十五有悄篠皓十九皓懰有受同慅四豪照十八嘯紹篠慘，《集傳》：慘當作懆，九皓。通章叶韻。

株林　刺靈公也。

胡爲乎株林？從夏南。匪適株林？從夏南。 一章　**駕我乘馬，説于株野。乘我乘車，朝食于株。** 二章

右《株林》二章，章四句。靈公與其臣孔寧儀行父淫於夏姬，事見《春秋傳》。而此詩故作疑信之詞，非特詩人忠厚，不肯直道人隱，抑亦善摹人情，如見忸怩之態。蓋公卿行淫，朝夕往從所私，必有從旁指而疑之者。即行淫之人，亦自覺忸怩難安，故多隱約其辭，故作疑信言以答訊者而飾其私。詩人即體此情爲之寫照，不必更露淫字，而宣淫無忌之情已躍然紙上，毫無遁形，可謂神化之筆。然羞惡之心，人皆有之。使陳靈君臣知所羞惡而檢行焉，則何至有徵舒射廐之難？即楚亦可不必入陳也。女戎召亂，足爲炯戒。聖人存此，亦信史歟！

【集釋】〔株林〕夏氏邑也。王氏應麟曰：《郡國志》「陳縣」。注：「陳有株邑，蓋朱襄之地。」《寰宇記》：「陳州南頓縣西南三十里有夏亭城，城北五里有株林。」《郡縣志》：「宋州柘城縣，本陳之株邑。《詩》『株林』是也。」〔夏南〕孔氏穎達曰：徵舒，字子南，以氏配字，謂之夏南。

〔説〕舍也。

【標韻】林十二侵南十三覃通韻　馬二十一馬野同本韻　駒七虞株同本韻。

澤陂　傷所思之不見也。

彼澤之陂，有蒲與荷。有美一人，傷如之何。寤寐無爲，涕泗滂沱。一章　彼澤之陂，有蒲與蕑。有美一人，碩大且卷。寤寐無爲，中心悁悁。二章　彼澤之陂，有蒲菡萏。有美一人，碩大且儼。寤寐無爲，輾轉伏枕。三章

右《澤陂》三章，章六句。《序》謂「刺時，男女相悦。」《集傳》謂「與《月出》相類」，誠然。然《月出》非淫詞，此亦必非淫詩也。曰「碩大且卷」，曰「碩大且儼」，豈淫女貌乎？曰「傷如之何」，曰「涕泗滂沱」，縱極相思，亦何至是？故姚氏以爲傷逝作；或又謂傷泄冶之見殺，均與興意不合。蓋起極幽豔，繼乃傷感，故知爲思存作，非悼亡篇也。大抵臣不得於其君，子不得於其父，皆可藉此以抒懷。詩人所言，或實有所指，或虚以寄興。興之所到，觸緒即來。後世《江南曲》、《子夜歌》此類甚多，豈篇篇俱有所爲而言耶？但陳靈荒淫，國亂極矣，豈無賢人君子思治不得，假此以自鳴者？如必見一美人字即以爲淫，則天下後世之文，爲美人所冤者多矣！

【集釋】〔陂〕澤障也。　〔蒲〕水草，可爲席者。　〔荷〕芙蕖也。　〔涕泗〕自目曰涕，自鼻曰泗。　〔蕑〕蘭也。　〔卷〕鬢髮美也。　〔悁悁〕猶悒悒也。　〔菡萏〕荷華也。　〔儼〕矜莊貌。

【標韻】荷五歌何、沱並同本韻　萠十五刪卷一先悁同通韻　萏二十七感儼二十八琰枕二十六寢通韻

以上陳詩凡十篇。案：《春秋傳》，吳季札請觀周樂，至《陳》曰：「國無主，其能久乎？」今讀《宛丘》至《澤陂》凡十篇，而刺君者三：《宛丘》則見其游蕩無度，《墓門》則譏其除惡不力，《株林》則刺其荒淫殺身。其君相無一可歌之善，謂之「無主」，不亦宜乎！又況巫覡盛行，讒賊浸潤，皆大姬之好尚所遺。其開國已有偏嗜，繼起又無善政，無怪子孫縱淫，以至亡國。世之創業垂統者，始基不可不正，俗尚不可不端者，其以此也歟？然中間未嘗無高人賢士，如《衡門》之安貧樂道，《墓門》之忠言直諫，自足相助爲理，無如其君若臣之置而不問焉，何也？此刪《詩》者之所爲扼腕嘆息而不能自已也！

詩經原始卷之八

國風 八

檜

陸氏德明曰：檜，本作鄶。王氏應麟曰：《左傳》、《國語》作鄶，《地理志》作會。《集傳》：檜，國名。高辛氏火正祝融之墟，在《禹貢》豫州外方之北，滎波之南，居溱、洧之間。其君妘姓，祝融之後。周衰爲鄭桓公所滅，而遷國焉。案：檜實滅於鄭武公，非桓公也。然則國亡在東轍之初，何以《詩序》於春秋之後？國小而又無事可表耳。嚴氏粲曰：檜世次莫考，詩不言何君，曰夷、厲之間者，《鄭譜》也。平王初，鄭武始滅檜，前乎平，何以知其非幽也？當幽之時，仲爲檜君，言不刺仲也。前乎幽，又何以知其非宣也？周道復興之時，不得有《匪風》之思也。非幽非宣，夷、厲當之矣。然愚讀檜詩，實仲亡國事，因重訂其詩如左。

羔裘 傷檜君貪冒，不知危在旦夕也。

羔裘逍遥，狐裘以朝。豈不爾思？勞心忉忉。一章 羔裘翱翔，狐裘在堂。豈不爾思？我心憂傷。二章 羔裘如膏，日出有曜。豈不爾思？中心是悼。三章

右《羔裘》三章，章四句。《小序》云：「大夫以道去其君也。」《大序》以爲「國小而迫，君不用道，好絜其衣服，逍遥游燕而不能自强於政治，故作是詩。」《集傳》從之，無異辭，惟不言大夫去耳。夫國君好絜衣服，過之小者也，何必去？即云國小而迫，正臣子相助爲理之秋，更不必去。此必國勢將危，其君不知，猶以寶貨爲奇，終日游宴，邊幅是脩，臣下憂之，諫而不聽，夫然後去。去之而又不忍遽絶其君，乃形諸歌詠以見志也。案《國語》，鄭桓公爲周司徒，問於史伯。史伯對曰：「子男之國，虢、鄶爲大。虢叔恃勢，鄶仲恃險，皆有驕侈怠慢之心，加之以貪冒。君若以周難之故，寄帑與賄，不敢不許。是驕而貪，必將背君。君以成周之衆，奉辭罰罪，無不克矣。」桓公從之，乃東寄帑與賄，虢、鄶受焉。其後武公卒取二國地以爲鄭有，詩之作正其時也。曰「羔裘」，曰「狐裘」，而且曰「如膏」，「有曜」，非徒好絜，實貪侈耳。曰「逍遥」，曰「翱翔」，非惟游惰，又冒昧也。此與虞公受晉璧、馬而不知其人之將襲己也又何以異？然當是時，安知其臣不有宫之奇其人者，犯顔而直諫？又安知其臣不有百里奚其人者，潔身而遠去？玩味詩詞，「豈

不爾思，中心是悼」，則百里奚輩也。唯其心戀戀故主，雖去國而猶不敢無憂國念，此詩之所以存耳。惜其世次微茫，姓氏無考，《序》又不能抉發隱衷，遂使忠臣智士一片苦心，隱而不彰。不惟説《詩》不精，論世亦欠其詳也。

【集釋】〔羔裘〕《集傳》：緇衣羔裘，諸侯之朝服。　〔狐裘〕《集傳》：錦衣狐裘，其朝天子之服也。

【標韻】遥二蕭朝同忉四豪通韻　翔七陽堂、傷並同本韻　膏二十二號曜十八嘯悼號通韻

素冠　傷檜君被執，願與同歸就戮也。

庶見素冠兮，棘人欒欒兮，勞心慱慱兮。一章　庶見素衣兮，我心傷悲兮，聊與子同歸兮。二章　庶見素韠兮，我心蘊結兮，聊與子如一兮。三章

右《素冠》三章，章三句。《小序》謂「刺不能三年。」後之説者莫不遵從，以詩中有「素冠」等字耳。殊知素冠，古人常服。《孟子》：「許子冠素。」又「皮弁」，尊貴所服，亦白色也。素衣則《論語》云：「素衣麑裘。」「素韠」，《士冠禮》云：「主人玄冠、朝服、緇帶、素韠。」《玉藻》云：「韠，君朱，大夫素。」經傳所載，不一而足。今何乍見一「素冠」，即以爲三年喪乎？無論素冠之爲喪服與非爲喪服，今僅憑一素色之冠，何以别其喪之長短乎？豈三年之喪乃素冠，短喪之服

不素冠乎？此必不可通之説也。至於「棘人」，姚氏際恒云：「其人當罪之時，《易·坎》六爻曰『係用徽纆，寘于叢棘』是也。欒欒，拘攣之意。」然則棘人乃罪人之稱，非喪者之號明矣。即素冠非喪者之服亦明矣。姚氏又云，考喪禮始終，從無素冠、素衣、素韠之文。説長不録。据《玉藻》縞冠、素紕，既祥之冠也。詩思三年之喪，何不直言齊衰等項，而必言祥後之祭服，如是之迂曲乎？且思其人即得見其人，則當幸見之，下直接以我心喜悦之句方合，今乃云「勞心慱慱」，以及「傷悲」、「藴結」等語，何哉？其駁《小序》之非，可謂詳且明矣。然亦不敢定此詩所指爲何人何事，但云「或如諸篇以爲君子也可，以爲婦人思男也亦可」。是其心亦尚游移無據，不能直斷所以然。竊以爲棘人素服，必其人以非罪而在縲絏之中，適所服者素服耳，而幸而見之，以至於傷悲，願與同歸如一者，非其所親，即素所愛敬之人，故至「勞心慱慱」而不能自已也。然律以首篇之義，或檜君國破被執，拘於叢棘，其臣見之不勝悲痛，願與同歸就戮，亦未可知。惜其國史無徵，言不足信，姑存一解於此云。

【集釋】〔庶〕幸也。〔素冠〕説見篇中。〔棘人欒欒〕並同見篇中。〔慱慱〕憂貌。〔韠〕《集傳》：韠，蔽膝也。以韋爲之，冕服謂之韍，其餘曰韠。孔氏穎達曰：古者田漁而食，因衣其皮。先知蔽前，後知蔽後。後王易之布帛，而猶存其蔽前者，重古道，不忘本也。

【標韻】冠十四寒欒、慱並同本韻　衣五微悲四支歸微通韻　韠四質結九屑一質通韻

隰有萇楚　傷亂離也。

隰有萇楚，猗儺其枝。比。夭之沃沃，樂子之無知。一章　隰有萇楚，猗儺其華。夭之沃沃，樂子之無家。二章　隰有萇楚，猗儺其實。夭之沃沃，樂子之無室。三章

右《隰有萇楚》三章，章四句。此遭亂詩也。《小序》之誤不必深辯，即《集傳》以爲「政煩賦重，民不堪其苦」者，亦未爲得。以賦重不必怨及室家也。此必檜破民逃，自公族子姓以及小民之有室有家者，莫不扶老攜幼，挈妻抱子，相與號泣路歧，故有家不如無家之好，有知不如無知之安也。而公族子姓之爲室家累者則尤甚。合觀前二篇，當是爲公室發者居多。如杜老之《哀王孫》、《哀江頭》等篇，舉其重而輕者自見耳。

【集釋】〔萇楚〕《集傳》：萇楚，銚弋，今羊桃也。子如小麥，亦似桃。陸氏璣曰：葉長而狹，華紫赤色，其枝莖弱，引蔓於草上也。〔猗儺〕柔順也。〔夭〕少好貌。吕氏祖謙曰：夭，如厥草惟夭之夭。〔沃沃〕光澤貌。〔子〕指萇楚也。

【標韻】枝四支知同本韻　華六麻家同本韻　實四質室同本韻

匪風　傷周道不能復檜也。

匪風發兮，匪車偈兮。顧瞻周道，中心怛兮。一章　**匪風飄兮，匪車嘌兮。顧瞻周道，中心弔兮。**二章　**誰能亨魚？溉之釜鬵。誰將西歸？懷之好音。**三章

右《匪風》三章，章四句。此詩諸儒皆泛作思周之作，未嘗即檜時勢而一論之。則是詩可以作，可以不作；采風者亦可以存，可以不存，何也？以其言中無物，則所存亦不久耳。檜當國破家亡、人民離散，轉徙無常，欲住無家，欲逃何往？所謂中心慘怛，妻孥相弔時也。凡物不能自發，因風而發；行不能遽偈，因車而偈。今也匪風而物自發矣，匪車而行自偈矣。而且物之發也，旋轉不定；行之偈也，漂搖難安。此何如景況乎？果誰爲之咎也？非周轍之東不至此。奚以見其然耶？曰鄭桓公之謀伐虢與檜也久矣，然未幾而旋亡。使周轍不東，檜亦未必受迫於鄭。其或王綱再振，鄭必不敢加兵於檜。而今已矣，悔無及矣！不能不顧瞻周道而自傷也。雖然，文、武、成、康之靈，昭然在天，周之興也，豈能無望哉？蓋周興則我小國亦與之俱興矣。搔首茫茫，其誰能亨魚乎？有則我願爲之溉其釜鬵也。其誰將西歸乎？有則我願慰之以好音也。特恐思之殷然，遇之漠然，不能無慨於其際，則真末如之何也已矣！此檜臣自傷周道之不能興復其國也。不料諸儒但以爲思周道之陵遲，則豈詩人意旨哉？

【集釋】〔發〕飄揚貌。〔偈〕疾驅貌。〔周道〕説見篇中。《集傳》作適周之路，亦通。〔怛〕傷也。〔飄〕回風曰飄。〔嘌〕漂搖不安之貌。〔溉〕滌也。〔鬵〕釜屬。陸氏德明曰：《説文》云：「大釜也。一曰鼎大上小下若甑曰鬵。」孔氏穎達曰：《釋器》云：「䰝謂之鬵。」孫炎曰：「關東謂甑曰鬵。」然則鬵是甑，亨魚用釜不用甑，雙舉者，以其俱是食器，故連言耳。

案：鬵非釜非甑，腹形若鼎，上有鐶，別架三足於下，可烹可蒸，俗名釣鍋之説爲近。

【標韻】發六月偈九屑怛七曷通韻　飄二蕭，叶匹妙反。嘌並同弔十八嘯叶韻　鬵十二侵音同本韻

以上檜詩凡四篇。案是册僅四篇，諸儒以爲亂極思治之作。殊知檜亡在東轍之初，詩有作於西京之際者，蓋亂始也，何以云「亂極思治」耶？讀書如此粗率，烏能論世？總之，迂儒拘士，未易與談《風》《雅》。彼第見《匪風》有「顧瞻周道」「懷之好音」等語，遂不問其所懷者何人，所瞻者何事，而直謂之曰「思周」也。後之人又從而益之，以爲「亂極思治」，何異隔靴搔癢？縱極論説，於詩緊要，毫不相關。愚故別爲訂正，與舊説又大異，考古者或不無所取焉。

曹

《集傳》：曹，國名。其地在《禹貢》兗州陶邱之北，雷夏、荷澤之野。周武王以封弟振鐸。今之曹州，即其地也。陳氏傅良曰：檜亡，東周之始也；曹亡，春秋之終也。夫子之删《詩》，繫《曹》、《檜》於《國風》之後，於《檜》之卒篇曰：「思周之道也」，傷天下之無王也。於《曹》

之卒篇曰：「思治也」，傷天下之無伯也。愚案：此論似聖人編《詩》以《檜》、《曹》殿《國風》之後，皆有意於二詩也。但季札觀樂時，《詩》之次序已如此，非定自夫子也。且使二詩具有深意，季札當歎美而深長思之，何以云：「《檜》以下無譏焉？」此可見其國小事微，詩亦無足重輕。采風者録之，聊以備一國之俗云爾。至二詩之有念周京，各有意在。編而存之，偶與相符，非有深意也。不然，亂極思治，何國蔑有，豈獨二小國爲然乎哉？愚故備論之，以見説《詩》者之好附會也如此。

蜉蝣　未詳。

蜉蝣之羽，衣裳楚楚。心之憂矣，於我歸處。一章　蜉蝣之翼，采采衣服。心之憂矣，於我歸息。二章　蜉蝣掘閲，麻衣如雪。心之憂矣，於我歸説。三章

右《蜉蝣》三章，章四句。《序》謂「刺奢也」。《集傳》改爲「時人有玩細娱而忘遠慮者」，均於詩旨未當。蓋蜉蝣爲物，其細已甚，何奢之有？取以爲比，大不相類。天下刺奢之物甚多，詩人豈獨有取於掘土而出、朝生暮死之微蟲耶？即以爲玩細娱而忘遠慮，亦視乎其人之所關輕重爲何如耳。若國君則所係匪輕，小民又何足爲重？但曰時人，詩豈必存？曹既無徵，難以臆測，闕之可也。

【集釋】〔蜉蝣〕《集傳》：蜉蝣，渠略也。似蛣蜣，身狹而長，有角。黄黑色，朝生暮死。陸氏璣曰：蜉蝣，方土語也，通謂之渠略。似甲蟲，有角，大如指，長三四寸，甲下有翅，能飛。夏月陰雨時，地中出。〔楚楚〕鮮明而整齊貌。〔采采〕華飾也。〔掘閲〕朱氏鬱儀曰：《管子》云：「掘閲得玉。」閲、穴，字通也。〔麻衣〕鄭氏康成曰：深衣也。姚氏際恒曰：古禮服、喪服，布皆是麻，未有木棉也。吉凶唯以升數爲别。

【標韻】羽七麌楚六語處同通韻　翼十三職服一屋，叶蒲北反。息職叶韻　閲九屑雪、説並同本韻

候人　刺曹君遠君子而近小人也。

彼候人兮，何戈與祋。彼其之子，三百赤芾。一章　維鵜在梁，不濡其翼。彼其之子，不稱其服。二章　維鵜在梁，不濡其咮。彼其之子，不遂其媾。三章　薈兮蔚兮，南山朝隮。比小人。婉兮孌兮，季女斯饑。比君子。○四章

右《候人》四章，章四句。《大序》謂「共公遠君子而近小人」，與《左氏傳》合。案：僖二十八年春，晉文公伐曹。三月，入曹。數之以其不用僖負羈、而乘軒者三百人，即詩所謂「三百赤芾」是也。曰薈蔚「朝隮」，言小人衆多而氣燄盛也。曰婉孌「斯饑」，言賢者守貞而反困窮也。夫所謂賢者，非僖負羈而何？晉文之數曹罪，安知非爲此詩而來？而朱子《辯説》猶云，但以「三

百赤芾」有合於《傳》，而疑之曰「未知然否」？不亦甚哉？

【集釋】〔候人〕《集傳》：候人，道路迎賓送客之官。〔芾〕《集傳》：芾，冕服之韠也。一命，緼芾黝珩；再命，赤芾黝珩；三命，赤芾葱珩。大夫以上，赤芾乘軒。〔鵜〕《集傳》：鵜，洿澤水鳥也，俗所謂淘河也。孔氏穎達曰：郭璞曰：「鵜鶘好群飛，入水食魚，故名洿澤。」陸璣《疏》云：「鵜形如鶚而極大，喙長尺餘，頷下胡大如數升囊。若小澤中有魚，便群共抒水，滿其胡而棄之，令水竭盡，魚在陸地，乃共食之，故曰淘河也。」〔梁〕水中魚梁也。〔咮〕喙也。〔媾〕寵也。〔朝隮〕雲氣升騰也。

【標韻】祋九泰芾五物叶韻　翼十三職服一屋，叶蒲北反。咮二十六宥媾同本韻　隮同躋，八齊。饑五微通韻

鳲鳩　追美曹之先君德足正人也。

鳲鳩在桑，其子七兮。興。淑人君子，其儀一兮。其儀一兮，心如結兮。一章　鳲鳩在桑，其子在梅。淑人君子，其帶伊絲。其帶伊絲，其弁伊騏。二章　鳲鳩在桑，其子在棘。淑人君子，其儀不忒。其儀不忒，正是四國。三章　鳲鳩在桑，其子在榛。淑人君子，正是國人。正是國人，胡不萬年！四章

右《鳲鳩》四章，章六句。《小序》謂「刺不壹」。詩中純美無刺意。或謂「美振鐸」，或謂「美公

子臧」，皆無確據。何玄子謂「曹人美晉文公之復曹伯」，亦以周王策命中有「王謂叔父，敬服王命，以綏四國」之語耳。姚氏取之，以爲「意雖鑿，頗有似處」。然愚案，詩詞寬博純厚，有至德感人氣象。外雖表其儀容，内實美其心德，非歌頌功烈者比。晉之霸，晉之功耳，何德之有耶？且文公譎而不正，其復曹伯，亦因疾爲筮史所誑，豈真有德於曹者哉？此詩專重内德，以頌晉文，何謂相似？至《集傳》則又謂「美君子之用心均平專一」，而不指爲何人，似亦不必深考之意。然詩卒章云「正是國人，胡不萬年」，則明明有其人在，非虛詞也。回環諷詠，非開國賢君，未足當此，故以爲「美振鐸」之説者，亦庶幾焉。惜其編《詩》失次，爲前後三詩所混，故啟人疑。若移置本風之首，如《衛》之《淇奧》，《鄭》之《緇衣》，則義自明矣。否則，後人因曹君失德而追述其先公之德之純以刺之，故曰「胡不」者，疑而問之之詞也，以爲爾能「正是國人」，胡不福爾子孫於億萬斯年？不然，頌其德矣，何云「胡不」？《小序》蓋得其影響而未知其所以然也，故特正之。

【眉評】〔四章〕全詩皆美，唯末句含諷刺意。

【集釋】〔鳲鳩〕《集傳》：鳲鳩，秸鞠也，亦名戴勝，今之布穀也。飼子朝從上下，暮從下上，平均如一也。〔如結〕金氏履祥曰：如結，言心不放。〔弁〕皮弁也。〔騏〕《集傳》：騏，馬之青黑色者。弁之色亦如此也。

【標韻】七四質一同結九屑通韻　梅十灰絲四支騏同通韻　棘十三職忒、國並同本韻　榛十一真人同年一先通韻

下泉　傷周無王，不足以制霸也。

冽彼下泉，浸彼苞稂。比。愾我寤歎，念彼周京。一章　冽彼下泉，浸彼苞蕭。愾我寤歎，念彼京周。二章　冽彼下泉，浸彼苞蓍。愾我寤歎，念彼京師。三章　芃芃黍苗，陰雨膏之。四國有王，郇伯勞之。四章

右《下泉》四章，章四句。此與《匪風》同被大國之伐，而傷周王之不能救己也。夫天下有道，則禮樂征伐自天子出；天下無道，則禮樂征伐自諸侯出。今晉文入曹，執其君，分其田，以釋私憾，寧能使曹人帖然心服乎？此詩之作，所以念周衰傷晉霸也。使周而不衰，則「四國有王」，彼晉雖强，敢擅征伐？又況承王命而布王恩者，有九州之伯以制之。昔者，郇國之君嘗承是命治諸侯而有功矣，而今不然也。不能不愾然寤歎，以念周京，如苞稂之見浸下泉，日蕪没而自傷耳。詩意若此，而《序》謂「共公侵削」，已屬懸揣；至《集傳》又謂「王室陵夷，而小國困弊」，尤爲泛泛，皆未嘗即其時勢而一論之也。夫《詩》可以觀，讀其詩不知其人，不論其世，而何觀之有哉？

【集釋】〔洌〕寒也。〔下泉〕泉下流者也。孔氏穎達曰：《釋水》：「沃泉縣出。縣出，下出也。」李巡曰：「水泉從上溜下出。」此言下泉，是《爾雅》之沃泉也。〔苞〕草叢生也。〔稂〕童梁，莠屬也。陸氏璣曰：禾秀爲穗而不成，崱嶷然謂之童梁，今人謂之宿田翁，或謂守田也。孔氏穎達曰：此稂是禾之秀而不實者，故非灌溉之草，得水而病。〔愾〕歎息之聲也。〔周京〕天子所居也。〔蕭〕蒿也。〔蓍〕筮草也。許氏慎曰：蓍，蒿屬，生千歲三百莖，易以爲數。天子蓍九尺，諸侯七尺，大夫五尺，士三尺。陸氏璣曰：似藾蕭，青色，科生。〔芃芃〕美貌。〔郇伯〕《集傳》：郇伯，郇侯，文王之後，嘗爲州伯，治諸侯有功。季氏本曰：郇雖文王之子所封，而郇伯則其後也，故鄭氏謂其爲文王子，而《集傳》則改爲文王之後，亦不知其爲何時人矣。王氏應麟曰：《春秋釋地》曰，解縣西北有郇城。《左傳》，盟于郇。《説文》，國在晉地。李氏樗曰：《王制》謂二百一十國爲州，州有伯，是九州中有九伯也。

【標韻】稂七陽京八庚通韻　蕭二蕭周十一尤叶韻　蓍四支師同本韻　膏二十號勞同本韻

以上曹詩凡四篇。 案：是册亦止四篇，其一未詳，可讀者三篇而已。《候人》則刺其君遠君子而近小人，《鳲鳩》則追美其先公德足以正人，《匪風》則傷周無王，不足以制霸〔一〕。是時晉文正盛，而陳氏乃謂《曹》之卒篇傷天下之無伯也，何哉？大抵曹、檜二國，形勢略同，其亡也亦相似。《匪風》、《下泉》均傷天下無王，不足以制霸，小國受害，亦不能望其救。采風者每於此觀世變焉。讀《詩》者亦當於此反覆玩味，則作詩者之真意出，即删《詩》者之微義亦無不顯矣。

校記

〔一〕《曹》無《匪風》，而於《下泉》方氏序云：「傷周無王，不足以制霸也。」疑此《匪風》乃《下泉》之誤。

豳

《集傳》：豳，國名。在《禹貢》雍州岐山之北，原隰之野。虞、夏之際，棄爲后稷而封於邰。及夏之衰，棄稷不務，棄子不窋失其官守，而自竄戎狄之間。不窋生鞠陶，鞠陶生公劉，能復修后稷之業，民以富實。乃相土地之宜，而立國於豳谷焉。十世而太王徙居岐山之陽，十二世而文王始受天命，十三世而武王遂爲天子。武王崩，成王立，年幼不能涖阼。周公旦以冢宰攝政，乃述后稷、公劉之化，作詩一篇以戒成王，謂之《豳風》。而後人又取周公所作，及凡爲周公而作之詩以附焉。豳，在今邠州三水縣。邰，在今京兆府武功縣。案：《豳》僅《七月》一篇，所言皆農桑稼穡之事，非躬親隴畝久於其道者，不能言之親切有味也如是。周公生長世胄，位居冢宰，豈暇爲此？且公劉世遠，亦難代言。此必古有其詩，自公始陳王前，俾知稼穡艱難並王業所自始，而後人遂以爲公作也。至《鴟鴞》、《東山》二詩，乃爲公作。《伐柯》、《破斧》、《九罭》、《狼跋》則又衆人爲公而作之詩。以其無所繫屬，故並附《七月》後，而統而名之曰《豳》，凡以爲公故也。當季札請觀周樂時，篇次本居《齊》後《秦》前，不知何時移殿諸國之末。意者夫子正樂，手所親訂歟？蓋夫子一生，志欲行周公之道而不能，故凡典籍之關於公者，恒三致意焉。且詩以《風》名，有正不能無變，既漓又當返淳。天下淳風，無過農民，此《七月》之詩所以必居變風之末者也。其餘紛紛議論，或謂豳公爲諸侯，故不得入《周》、《召》之正風；非美成王，亦不得入成王之正雅；又或謂君臣相誚，不得爲正，故爲變風，居變風之末，言變之可正也。皆無稽妄談，悉不可從。

七月　陳王業所自始也。

七月流火，天時。九月授衣。人事。一之日觱發，二之日栗烈。無衣無褐，衣。何以卒歲？三之日于耜，四之日舉趾。同我婦子，饁彼南畝。食。田畯至喜。一章　七月流火，九月授衣。春日載陽，有鳴倉庚。物。女執懿筐，遵彼微行，爰求柔桑。治蠶。春日遲遲，點綴風景。采蘩祁祁。女心傷悲，殆及公子同歸。兼寫閨情。○二章　七月流火，八月萑葦。蠶月條桑，取彼斧斨，以伐遠揚，猗彼女桑。七月鳴鵙，八月載績。紡績。載玄載黄，染絲。我朱孔陽，爲公子裳。爲衣。○三章　四月秀葽，五月鳴蜩。八月其穫，十月隕蘀。一之日于貉，田獵。取彼狐狸，爲公子裘。成裘。二之日其同，載纘武功。言私其豵，獻豜于公。四章　五月斯螽動股，六月莎鷄振羽。七月在野，八月在宇，九月在户，十月蟋蟀，入我牀下。穹窒熏鼠，塞向墐户。嗟我婦子，曰爲改歲，入此室處。禦寒。○五章　六月食鬱及薁，七月亨葵及菽。食譜細碎，逐月嘗新，妙！八月剥棗，十月穫稻。爲此春酒，以介眉壽。造語華貴。七月食瓜，八月斷壺。九月叔苴，采荼薪樗，食我農夫。六章　九月築場圃，十月納禾稼。黍稷重穋，禾麻菽麥。穀譜。嗟我農夫，我稼既同，上入執宫功。晝爾于茅，宵爾索綯。亟其乘屋，其始播百穀。七章　二之日鑿冰沖沖，三之日納于凌陰。并及藏冰，上言禦寒，此言避暑，文法變换。四之日其蚤，獻羔祭韭。九月肅霜，十月滌場。朋酒斯饗，曰殺羔羊。躋彼公堂，稱彼兕觥，萬壽無疆！結語堂皇，莊重不佻。○八章

右《七月》八章，章十一句。此詩之佳，盡人能言。其大旨所關，則王氏云：「仰觀星日霜露之變，俯察昆蟲草木之化，以知天時，以授民事。女服事乎内，男服事乎外。上以誠愛下，下以忠利上。父父子子，夫夫婦婦，養老而慈幼，食力而助弱。其祭祀也時，其燕饗也簡。」數語已盡其義，無餘藴矣！唯《周禮·籥章》「豳雅豳頌」之説，一詩而分三體，無人能言。鄭氏乃三分此詩以當之，以其道情思者爲風，正禮節者爲雅，樂成功者爲頌。自一章至二章，風也。自三章、四章、五章至六章之半，雅也。又自六章之半至七章、八章，頌也。天下豈有此文義，亦豈有此「籥章」？無文義則無音節，無音節則不成「籥章」，故王氏不取，朱子亦疑之，是矣。然又以爲，或

者但以《七月》全篇，隨事而變其音節，或以爲風，或以爲雅，或以爲頌；如又不然，則《雅》《頌》之中，凡爲農事而作者，皆可冠以「豳」號。愈疑愈遠，愈辯愈支，愈無是處。總以誤讀《周禮》之過。《周禮》僞書，本不足信。諸儒又泥其辭而不敢辯，至謂本有是詩而亡之，則無中生有，滋人以疑謬孰甚焉？夫《詩》之分風、雅、頌，三體本不相混，而《七月》一詩，實兼風、雅、頌三體而無或遺，但非截然判而爲三之謂，乃渾然合而成一之謂也。何以言之？曰風者，諷也；上以風化下，下以風刺上，言者無罪，聞者足戒。今《七月》所述，皆豳俗，而陳於王前則足以知戒，非風體乎？曰雅者，正也。言王政之所由廢興也。今《七月》所陳，又農功之緩急，即王政之先務，非有近於雅乎？至於頌，則曰美盛德之形容，以其成功告於神明者也。今《七月》卒章，農功既畢，獻羔祭韭，躋堂稱觥，其頌禱君親，以致敬神明者，何如不又可以爲頌乎？此一詩而兼三體之説，在《風》詩中實爲變體，故又曰變風。詩以體變，非風因俗變也。厥旨甚明，格亦易辨。何至三千餘年，竟無一人道及此耶？夫《詩》有變體，不獨《風》爲然也，《雅》亦有之，《頌》亦未嘗不有之。《小雅·蓼蕭》、《湛露》，雅兼乎風者；《魯頌·有駜》、《泮水》，頌又兼乎風也。雅、頌可兼風體，風詩獨不可兼雅、頌乎？知乎此，可以讀雅、頌變體，亦可以讀風詩變體矣。可以讀風詩變體，然後可以讀一詩而兼三體之變風矣。獨是此體在《三百篇》中，不可多觀。非惟雅、頌所無，即風體亦絶無而僅有者也。故以一詩而别爲一册者，未爲過也。今玩其辭，有樸拙處，有疏落處，有風華處，有典核處，有蕭散處，有精緻處，有淒婉處，有山野處，有真誠處，有華貴處，有悠揚處，有莊重處。無體不備，有美必臻。晉、唐後，陶、謝、王、孟、韋、柳田家諸詩，從未見臻此境界。姚氏際恒云：「鳥語蟲鳴，草榮木實，似《月令》。婦子入室，茅綯升屋，似風俗書。流火寒風，似《五行志》，養老慈幼，躋堂稱觥，似庠序禮。田官染職，狩獵藏冰，祭獻執功，似國典制書。其中又有似《采桑圖》、《田家樂圖》、《食譜》、《穀譜》、《酒經》。一詩之中，無不具備，洵天下之至文也。」此雖末節，無關要旨，然亦足見三代聖哲胸羅萬象，筆有化工，不求奇而自奇云。

【眉評】〔一章〕首章衣食雙起，爲農民重務。〔二章〕以下四章，皆跟衣字。此章先言蠶事，爲女功之始。間着懷婉之詞，何等風韻！〔三章〕此言紡績成裳，仍帶定「公子」字，妙！〔四章〕此兼言田事，集腋以成裘，而「獻豣于公」，忠愛之忱可見矣。〔五章〕此言卒歲，可以禦寒完衣一面事。而自五月以至十月，一氣説下，樸直之至。然其體物微妙，又何精緻乃爾！〔六章〕以下專言食。〔七章〕此章穡事正面，後半兼及治屋。〔八章〕至此農功既畢，可以獻羔薦廟，登堂稱觥，田家之樂無踰此矣。

【附録】姚氏際恒曰：此篇首章言衣食之原，前段言衣，後段言食。二章至五章終前段言衣之意，六章至八章終後段言食之意，人皆知之矣。獨是每章中，凡爲正筆閒筆，人未必細檢而知之也。

大抵古人爲文，正筆處少，閒筆處多。蓋以正筆不易討好，討好全在閒筆處。亦猶擊鼓者注意于旁聲，作繪者留心于畫角也。古唯《史記》得此意，所以傳于千古。此首章言衣食之原，所謂正筆也。二章至五章言衣。中唯「載玄載黄，我朱孔陽」二句爲正筆，餘俱閒筆。二章從春日鳥鳴，寫女之採桑，自「執懿筐」起，以至忽地心傷，描摹此女盡態極妍，後世咏採桑女、作閨情詩，無以復加。使讀者竟忘其爲言「衣食爲王業之本」正意也。三章曰「條桑」，曰「遠揚」，曰「女桑」，寫大小之桑，並採無遺，與上章始「求柔桑」，境界又别，何其筆妙！雖正寫「玄黄」帛成，曰「爲公子裳」，仍應上「公子」，閒情别趣，溢于紙上，而章法亦復渾然。「八月載績」一句，言麻。古絲麻並重也。此又爲補筆。四章則由衣裳以及裘，以及田獵，閒而又閒，遠而益遠。五章終之以「改歲」「入室」，與衣若相關若不相關。自五月至十月，寫以漸寒之意，筆端尤爲超絶。妙在只言物，使人自可知人，物由在野而至入室，人亦如此也。兩「入」字正相照應。六章至八章，言食。中唯「九月築場圃，十月納禾稼，黍稷重穋，禾麻菽麥」四句爲正筆，餘俱閒筆。六章分寫老壯食物，凡菜豆瓜果，以及釀酒取薪，靡不瑣細詳述，機趣横生。然須知皆是佐食之物，非食之正品也。故爲閒筆。七章「稼同」以後，并及公私作勞，仍點「播百穀」三字以應正旨。八章并及藏冰之事，與食若不相關若相關，而終之以田家歡樂，尊君親上，口角津津然，使人如見豳民忠厚之意，至今猶未泯也。以上總論全篇用筆作法。孔氏穎達曰：民之大命在温與飽，八章所陳皆論衣服飲食。首章爲其總要，餘章廣而成之。絲麻布帛，衣服之常，故蠶績爲女功之正，皮裘則其助；黍稷菽麥，飲食之常，故禾稼爲男功之正，菜果則其助。養蠶時節易過，恐失其時，殷勤言之，故二章、三章皆言養蠶之事。耕稼者，一年之事，非時月之功，民必趨時，不假深戒。首章已言其始，七章略言其終，不復説其芟耨耘耕之事。故男功之正少，女功之正多也。絲麻之外，唯有皮裘，可衣者少；黍稷之外，果瓜之屬，可食者多。故男功之助多，女功之助少也。先公之教，急於衣食。四章之末，説田獵習戎；卒章之初，説藏冰禦暑。非衣食之事而言之者，廣述先公禮教具備也。閒於政事，然後饗燕。卒章説飲酒之事，得其次也。以上統論全詩賓主次序，詳略之殊。首章。朱氏善曰：三陰之月，陰氣始盛，故於是而預爲禦寒之備。三陽之月，陽氣始盛，故於是而豫爲治田之備。先衣而後食，故以七月爲首也。大寒之候，在於丑月，而圖之於建申之時。收成之候，在於酉月，而慮之於建寅之日。其爲豫備可知。若寒至而後索衣，飢至而後索食，則其爲計亦晚矣。三章。朱氏善曰：上章於春日而求桑以養蠶，爲今年授衣計也。此章於八月萑葦既成，而豫蓄之以爲曲薄，爲明年養蠶計也。上章求穉桑以養其始生者，采白蒿以洗其未生者，此蠶事之始也。此章於桑之大者條取之，桑之小者猗取之，蠶盛而大小畢取，此蠶事之成也。蠶事既成，又於鳴鵙之候而績其麻以爲布。蓋蠶之所成者，可以供老疾，給婚嫁，奉君上而已；非績麻以爲布，則固無以爲少者壯者之供也。蠶績皆成，然後染之，且以供上而爲公子之裳。其風俗之厚如此，豈一日之積哉？五章。朱氏善曰：感時物之屢變，盡人事之當爲。豳民於衣食之奉，必先老而後幼，先貴而後賤。獨於「改歲」「入室」，則老幼貴賤同之，所以廣其愛也。六章。朱氏善曰：果酒嘉蔬，非不可以及少也，而供老疾，奉賓祭之意多。瓜瓠苴荼，老者未必不食也，而不可以爲常，於以見食稻食肉，乃老者之常，而果酒嘉蔬，則又於常食之外，專以此致其助。有常食以養之，而又有美味以助之，此豳人之老所以無凍餒也歟？七章。朱氏善曰：稼之既同，若可以少休也，而即念夫邑居之當脩；屋之方乘，若可以少緩也，而復念夫農功之當始。於其築而納之也，有以見其歡欣鼓舞之意；於其亟而乘之也，有以見勸勉戒飭之意。事有始終，而其憂勤艱難則無間於始終，此所以爲厚也歟？八章。朱氏善曰：鑿冰藏冰，其供上役也爲甚勤；肅霜滌場，其畢農功也爲甚速。故開冰也，獻羔祭韭，以薦寢廟，君既得以致其誠孝於神。其務閑也，殺羊舉酒而祝其壽，民復有以致其忠愛於君。可謂上下相親之甚矣！輔氏廣曰：「以介眉壽」，祝其親也；「萬壽無疆」，祝其君也。周之先公以農桑教民，而使民給足於衣食，然未嘗以爲惠也。周之民亦自力於農桑之事以樂其生，至於歲終休暇之時，殺羊爲酒，祝君之壽，以致其尊君親上之誠，亦未嘗以爲是足報其上也。上以誠愛下，下以誠事上，而兩不知其所以然，此所謂皞皞也。以上分論各章義旨。

【集釋】〔七月〕《集傳》：七月，斗建申之月，夏之七月也。後凡言月者放此。章氏潢曰：「七月流火」之詩，周公訓告成王而作也。注云，夏七月也。蓋火，心星，退於七月，萬古不易。雖欲不謂之爲夏正不可得也。但以「七月流火」爲夏之七月，則《三百篇》凡所云時日，皆當謂爲夏正，而《詩》即謂之爲「夏詩」斯可矣。如以周之詩詠夏之時，此章歸諸邠公猶近似也。然則「二月初吉」，「四月維夏」，「六月徂暑」，「六月棲棲」，「十月之交」，將以爲夏之時乎？抑周之時乎？要皆因周正建子之説誤之也。非周正不建子也，特改歲于建子之月，以易乎朝會之期耳，而其時與月未之改也。春不可以爲冬，秋不可以爲夏，天固不能改乎時與月，而聖人曆象，日月星辰，敬授人時，雖欲改月與時以令臣民，而有不能也。曾謂武王周公有是事哉？且不必他有所證，試即《七月》一章觀之：「三之日于耜，四之日舉趾」，「春日載陽」，「蠶月條桑」，「四月秀葽，五月鳴蜩」，「六月食鬱及薁，七月亨葵及菽」，「八月載績」，「九月築場圃，十月納禾稼」，「一之日于貉」，「二之日其同」，十二月中，天時人事，恐前乎周而唐、虞、夏、商，後乎周而秦、漢、唐、宋，莫不然也。曾謂周而獨不然乎？先儒固以此爲夏之時也，然第五章「曰爲改歲，入此室處」，夫以十月而入執宫功，將入此室處，想夏時亦然。豈夏時亦改歲于十月之終歟？詠而玩之，似不必謂夏正也明矣。知周特改歲于十一月，而未嘗改月與時，豈特「七月流火，九月授衣」不當謂之爲夏正，而《三百篇》如「六月棲棲」、「十月之交」諸篇，俱可無疑也。案：此説論周改歲不改月，頗有見。然詩所咏自夏正也。其曰「火星退於七月，萬古不易」，亦非。解見後。〔流火〕《集傳》：流，下也。火，大火，心星也。以六月之昏加於地之南方，至七月之昏則下而西流矣。劉氏瑾曰：《堯典》云：「日永星火，以正仲夏」。蓋堯時仲夏日在鶉火，故昏而大火中。及周公攝政時，凡一千二百四十餘年，歲差當退十六七度，故六月而後，日在鶉火，大火昏中；七月則日在鶉首，而昏時大火西流於地之未位。然此詩上述豳俗，乃當夏、商之時，而言「七月流火」者，蓋據周公時所見而言耳。案：此則章氏「火星退於七月」之説大謬。〔一之日〕《集傳》：一之日，謂斗建子，一陽之月。〔二之日〕《集傳》：二之日，謂斗建丑，二陽之月也。變月言日，言是月之日也。後凡言日者放此。〔觱發〕風寒也。〔栗烈〕氣寒也。〔褐〕毛布也。〔卒歲〕歲之終，即二之日也。〔于〕往也。〔耜〕田器也。于耜，言往修田器也。〔舉趾〕舉足而耕也。〔饁〕餉田功也。〔田畯〕田官也。孔氏穎達曰：《釋言》云：「畯，農夫也。」孫炎曰：「農夫，田官也。」郭璞曰：今之嗇夫是也。然則官選俊人主田謂之田畯，典農之大夫謂之農夫。以王者尤重農事，知其爵爲大夫也。〔倉庚〕黄鸝也。〔懿〕深美也。〔遵〕循也。〔微行〕小徑也。〔蘩〕白蒿也。〔祁祁〕衆多也。〔公子〕《集傳》：公子，豳公之子也。蓋是時公子猶娶於國中，而貴家大族連姻公室者，亦無不力於蠶桑之務。故其許嫁之女，預以將及公子同歸而遠其父母爲悲也。輔氏廣曰：舊説以「女心傷悲」爲感春陽之氣而然，則失之褻。以「殆及公子同歸」爲欲與公之女同歸，則又失之僭。

且於下「爲公子裳」、「爲公子裘」有碍，故先生不取，而以爲許嫁之女預以將及公子同歸爲憂，而遠其父母爲悲也。不唯見當時風俗之厚，而又於下文皆可通也。姚氏際恒曰：公子，豳公之子，乃女公子也。此采桑之女在豳公之宮，將隨女公子嫁爲媵，故治蠶以備衣裝之用。而于采桑時，忽然傷悲，以其將及公子同于歸也。如此則詩之情境宛合。從來不得其解，且寫小兒女無端哀怨，最爲神肖。或以爲春女思男，何其媟慢！或以爲悲遠離父母，又何其板腐哉！案：數說皆泥讀「公子」字而未嘗體會「殆及」神吻也。以公子爲女公子，是女字爲後人所添，非詩之所謂公子也。以此女爲許嫁之女，則「采蘩祁祁」，女子衆多，焉知其誰爲許嫁，而誰非許嫁人耶？且恐其將與女公子同賦于歸，則所與者不過一二人，豈舉國采桑諸女盡爲媵妾哉？諸儒欲求其解不得，於是多方擬議，婉轉以求合經文，皆以辭而害意也。曰「公子」者，詩人不過代擬一女心中之公子其人也。曰「殆及」者，或然而未必然之詞也。女當春陽，閒情無限，又值采桑，倍惹春愁，無端而念及終身，無端而感動目前，不知後日將以公之公子爲歸耶，抑別有謂于歸者在耶？此少女人人心中所有事，並不爲褻，亦非爲僭。王政不外人情，非如後儒之拘滯而不通也。且著此句於田野樸質之中，愈見丰神摇曳，可以化舊爲新，而無塵腐氣，亦文章中之設色生姿法耳。又何必沾沾辯其爲男爲女公子耶！〔萑葦〕即蒹葭也。毛氏萇曰：薍爲萑，葭爲葦。豫畜萑葦，可以爲曲也。〔蠶月〕治蠶之月，三月也。劉氏瑾曰：蠶月雖不可指定某月，然其既條取大桑，復猗取女桑，大約當在建辰之月蠶盛之時。先儒或疑此詩獨闕三月，蓋已具於蠶月之間矣。〔條桑〕枝落之采其葉也。〔斧斨〕《集傳》：斧，隋銎。斨，方銎。陸氏德明曰：隋，孔形狹而長。銎，《説文》云：「斧孔也」。孔氏穎達曰：斨，其斧也，唯銎孔異耳。案：隋，駝、妥二音。銎音穹。〔遠揚〕遠枝揚起者也。〔猗〕取葉存條曰猗。〔女桑〕小桑也。〔鵙〕伯勞，即鶗鴂也。〔績〕緝也。〔玄〕黑而有赤之色。〔朱〕赤色。〔陽〕明也。〔葽〕草名。王氏應麟曰：「四月秀葽」，諸儒不詳其名。惟《説文》引劉向説以爲苦葽，曹氏以《爾雅》、《本草》證之，知其爲遠志。〔蜩〕蟬也。孔氏穎達曰：《方言》曰：「楚謂蟬爲蜩，宋、衛謂之螗蜩，秦、晉謂之蟬。」是蜩、蟬一物，方俗異名耳。〔穫〕禾之早者可穫也。〔隕〕墜也。〔蘀〕落也。〔于貉〕音鶴，本作貈。《正字通》：貉似貍，鋭頭尖鼻，斑色，毛深厚温滑，可爲裘。《淮南子》：貛貉爲曲穴。姚氏際恒曰：于貉，猶上下之「于耜」、「于茅」。先言于貉者，往取貉也。鄭氏謂搏貉以自爲裘，狐貍以其尊者，是也。《集傳》曰：「貉，狐貍也。」不惟貉非狐貍，狐與貍亦别，稚子皆知，乃以貉、狐、貍三者爲一物，有此「格物」否？且若曰「往取狐貍」，又曰「取彼狐貍」，亦無此重疊文法也。〔公子裘〕姚氏際恒曰：「爲公子裘」，應上「爲公子裳」。按：此二公子與上「公子同歸」之公子微有不同。蓋上虚擬公子名色，此實指公家衆公子也。爲裘爲裳，何不以奉君公而必以奉公子？蓋公子爲公所鍾愛者也，言公子，則公心尤悦。且野人獻忱，不敢直達君上，聊以奉諸公子，其口吻固如是耳。〔纘〕繼也。〔豵〕一歲豕也。〔豜〕三歲豕也。〔斯螽莎雞蟋蟀〕毛氏萇曰：斯螽，蚣蝑也。莎雞羽成而振訊之。陸氏璣曰：莎鷄如蝗而斑色，毛翅數重，其翅正赤，六月中飛而振羽，索索作聲。嚴氏粲曰：蟋蟀，促織也。解見《唐·蟋蟀》。《集傳》：斯螽、莎鷄、蟋蟀，一物隨時變化而異其名。動股，始躍而以股鳴也。振羽，能飛而以翅鳴也。姚氏際恒曰：《集傳》云：「斯螽、莎鷄、蟋蟀，一物隨時變化而異其名。」按陸璣云：「斯螽，蝗類，長而青，或謂之蚱蜢。莎雞，色青褐，六月作聲如紡絲，故又名絡緯。」今人呼紡績娘。若夫蟋蟀，則人人識之，幾曾見三物爲一物之變化乎？且《月令》，六月「蟋蟀居壁」，詩言「六月莎雞振羽」，二物同在六月，經傳有明文，何云變化乎？依其言，則必如詩五月之斯螽，六月變爲莎雞，七月變爲蟋蟀，整整一月一變乃可。世有此「格物」之學否？案：三蟲皆眼前微物，何格物家竟不能格耶？〔穹〕空隙也。〔窒〕塞也。〔向〕北出牖也。〔墐〕塗也。〔改歲〕案：改歲之説已見上「七月」章氏注。然愚謂周不惟不改時與月，且並不改歲，蓋改建於孟春之月耳。夫時首孟春，萬古不易，斗柄指辰，隨時變更。周孟春，斗未指子，而遽建子，故不得爲時之正。若改正於仲冬，不獨時令不合，即農功亦錯，何以敬授人時耶？而此之云「改歲」，則姚氏際恒云：「改歲者，以冬成也。今人于孟冬便有徂年傷暮之思，古今一也。」其説近是，餘俱穿鑿附會，不可從。〔鬱〕棣屬。〔薁〕蘡薁也。孔氏穎達曰：鬱，棣屬者，是唐棣之類屬也。其樹高五六尺，其實大如李，正赤，食之甜。蘡薁者，亦是鬱類而小別耳。二者相類而同時熟，故言鬱薁也。〔葵〕菜名。〔菽〕豆也。〔剥〕擊也。〔介〕助也。〔眉壽〕豪眉也。人年老者，必有豪眉秀出者，故知眉謂豪眉也。〔壺〕瓠也。〔菽〕《集傳》：叔，拾也。姚氏際恒曰：叔當訓收，聲之轉也。〔苴〕麻子也。〔荼〕苦菜也。〔樗〕惡木，可爲薪也。〔禾〕《集傳》：禾者，穀連藁秸之總名。禾之秀實而在野曰稼，先種後熟曰重，後種先熟曰穋。再言禾者，稻秫苽粱之屬皆禾也。孔氏穎達曰：禾是大名，非徒黍、稷、重、穋四種而已。麻與菽麥則無禾稱，故於麻麥之上更言禾字以總諸禾也。許氏謙曰：麥非納於十月，蓋總言農事畢耳。〔同〕聚也，猶言所納之備也。〔宮功〕姚氏際恒曰：「上入執宮功」，治邑居也。「亟其乘屋」，治野廬也。《集傳》謂二畝半爲廬在田，二畝半爲宅在邑，非。梁氏益曰：《周禮·地官·均人職》「凡均力政以歲，上下豐年則公旬用三日焉，中年則公旬用二日焉，無年則公旬用一日焉。」案：後説亦可參觀。〔索〕繩索也。〔綯〕《爾雅》：絞也。〔乘〕升也。〔鑿冰〕《集傳》：鑿冰，謂取冰於山也。沖沖，鑿冰之意。《周禮》「正歲十二月，令斬冰」，是也。〔納〕《集傳》：納，藏也，藏冰所以備暑也。〔凌陰〕冰室也。蘇氏轍曰：古者藏冰，發冰以節陽氣之盛。夫陽氣之在天地，譬如火之著於物也，故常有以解之。十二月，陽氣蘊伏，錮而未發，其盛在下，則納冰於地中。至於二月，四陽作，蟄蟲起，陽始用事，則亦始啟冰而廟薦之。至於四月，陽氣畢達，陰氣將絶，則冰於是大發，食肉之禄、老病、喪浴，冰無不及。是以冬無愆陽，夏無伏陰，春無淒風，秋無苦雨，雷出不震，無災霜雹，癘疾不降，民不夭札也。〔蚤〕蚤朝也。〔韭〕菜名。〔獻羔〕《月令》仲春，獻羔開冰，先薦寢廟是也。〔朋酒〕姚氏際恒曰：朋酒，《毛傳》曰：「兩樽曰朋」。以《鄉飲酒禮》云「尊兩壺于房户間，有玄酒」，是用兩樽也。案，豳世質朴，不知已有此禮否？而邠民尤處田野，亦未必備設兩樽。其云「朋酒」，當是朋儕爲酒，乃「歲時伏臘，田家作苦」之意耳。〔公堂〕姚氏際恒曰：公堂，《毛傳》謂學校，近是。蓋豳曰序，豳公國中亦必有之。農人躋堂稱觥，以慶君上，非必至豳公之堂也。

【標韻】火二十哿衣五微，叶上聲。叶韻　發六月烈九屑褐七曷歲八霽，讀如雪。叶韻　耜四紙趾、之、喜並同本韻　陽七陽庚八庚筐、行、桑並七陽轉韻　遲四支祈五微悲支歸微通韻　火見上葦五尾叶韻　桑陽斨、揚、桑並同本韻　鵙十二錫績同本韻　黄七陽陽、裳並同本韻　葽二蕭蜩同本韻　穫十藥蘀、貉並同本韻　貍四支裘十一尤叶韻　同一東功、豵、公並同本韻　股七麌羽同野二十一馬宇麌户同下馬鼠六語户同上子四紙處語叶韻　薁一屋菽同本韻　棗十九皓稻同本韻　酒二十五有壽二十六宥叶韻　瓜六麻，叶音孤。壺七虞苴六魚樗同夫虞叶韻　圃麌稼二十二禡叶韻　穋一屋，叶六直反。麥十一陌叶韻　同東功同本韻　茅三肴綯四豪通韻　屋一屋穀同本韻　冲東陰十二侵，叶於容反。叶韻　蚤十九皓韭二十五有叶韻　霜陽場同饗叶

虚良反。羊陽堂同觥庚疆陽叶韻

鴟鴞　周公悔過以儆成王也。

鴟鴞鴟鴞，既取我子，無毀我室。恩斯勤斯，鬻子之閔斯。一章　迨天之未陰雨，徹彼桑土，綢繆牖户。今此下民，或敢侮予。全詩主意在此二句。○二章　予手拮据，予所捋荼，予所畜租，予口卒瘏，曰予未有室家。三章　予羽譙譙，予尾翛翛，予室翹翹，風雨所漂摇，予維音嘵嘵。此詩純用比。○四章

右《鴟鴞》四章，章五句。《序》謂「周公救亂也。成王未知周公之志，公乃爲詩以遺王。」蓋本《金縢》爲文。《辯説》以爲最有據而從之。唯「弗辟」之説，初依古注，後《覆蔡沈書》又改從鄭氏，讀辟作避，云：「『三叔方流言，周公處骨肉之間，豈應以片言半語遽然興師以征之？』又謂『成王方疑周公，公固不應不請而自誅之，請亦未必見從』，末又引『舜避堯之子』，『禹避舜之子』，以證此避字。無論《金縢》僞書不足信，即使足信，亦無周公退避之説。夫周公之攝政也，以成王幼未能行政故也。三叔流言乃以殷畔後事，非未畔之初即有流言也。使未畔而有流言，公豈尚使以監殷乎？起而征之，公但知誅畔者耳，非爲流言遽誅懿親也。公之東征，安知非請命而後行耶？觀後漢諸葛武侯兩次出師，表而後行，即知公必非不請而擅自出征也。以後主庸

材，不敢致疑武侯，豈成王睿知，又有姜、召二公夾輔其間，乃反致疑於公乎？乃知「王未知公志，公乃爲詩以遺王」者，皆後人以私意測聖心而爲此不經之談者也。又況王方襁褓，政攝自公，東征還後，仍秉國政，歐陽氏辯之詳矣。至於舜、禹之避，時勢迥不相同，詎得以例周公？蓋一處順境，故讓以成德；一處危時，故勞以建功。豈以區區退避爲聖德之大歟？若夫《金縢》僞《書》，其可疑者大要有三：袁氏枚云：「孔子曰：『不知命，無以爲君子。』又曰：『某之禱久矣。』三代聖人，夭壽不貳，武王不豫，命也，豈太王、王季、文王之鬼神需其服事哉？以身代死，古無此法。後世村巫里媪之見則有之矣。廣陵王胥曰：『死不得取代，庸身自逝。』周公豈廣陵之不若哉？」一也。又曰：「周公既不告廟而私禱矣，武王已瘳，己身無恙，公之心已安，公之事已畢。此私禱之册文焚之可也，藏之私室可也，乃納之於太廟之金縢，預爲日後邀功免罪之計，其居心尚可問乎？禮祝嘏詞說，藏於宗祝，是謂幽國。豈周公有所不知而躬蹈之乎？」二也。又曰：「爾汝者，古人挾長之稱；而圭璧者，所以將敬之物也。公呼先王爲爾，不敬。自夸材藝，不謙。終以圭璧要之，不順。若曰許我則以璧與圭，不許我則屏璧與圭，如握果餌以劫嬰兒，既驕且吝，慢神蔑祖。而太王、王季、文王甘其爾汝之稱，又貪其圭璧之誘，於昭於天者，何其啟寵納侮之甚也！」三也。其餘稱名築壇，諸多違禮悖德之事，又可勿論。然則公之誅管、蔡，亦非信史歟？曰，曷可以無信也？昔者王孫賈嘗以是問諸孟子矣〔一〕，孟子應之曰「然」。

然則周公實録莫《孟子》若也，《金縢》蓋竊其文而益以祝詞，並雷風感悟之説，以新人耳目耳。而豈知其誣公之甚耶？夫天下唯聖人爲能知聖人也，孟子不云乎：「周公，弟也；管叔，兄也。周公之過，不亦宜乎？」周公之誅管、蔡，周公之不得已也。我知公心既傷且悔，唯有引咎自責，並望成王以戒將來。勿謂罪人斯得，遂可告無罪於先王也。蓋骨肉相殘，不祥孰甚；叛服無常，可慮方深。今此下民，或尚有能侮予如前日事者，予可不倍加憂懼，爲未雨之綢繆耶？此《鴟鴞》之詩所由作也。故其詞悲而志苦，情傷而戒切，託爲鳥言，感人愈深。王之迎公，固不待天雨反風，禾則盡起而後悟矣。何諸儒所見從未逮此？予不能不反覆吟咏，致慨於其際焉。

【眉評】〔一章〕首章悔已往之過。〔二章〕次章戒未來之禍。〔三、四章〕以下極言締造平亂之難，如聞羈鳥悲鳴，恒有毁巢破卵之懼，其自警者深矣。

【集釋】〔鴟鴞〕《集傳》：鴟鴞，鵂鶹，惡鳥，攫鳥子而食者也。《爾雅·釋鳥》：鴟鴞，鸋鴂。郭璞注：鴟類。吕氏大臨曰：鴟鴞，惡聲之鷙鳥也。「有鴞萃止」，「翩彼飛鴞」，「爲梟爲鴟」，蓋梟之類。〔恩〕情愛也。〔勤〕篤厚也。〔鬻〕養也。〔閔〕憂也。〔迨〕及也。〔徹〕取也。〔桑土〕桑根也。〔綢繆〕纏綿也。〔拮据〕手口共作之貌。〔捋〕取也。〔荼〕萑苕，可藉巢者也。〔蓄〕積也。〔租〕王氏安石曰：與租賦之租同，蓋鳥食也。〔卒〕盡也。〔瘏〕病也。〔譙譙〕殺也。〔翛翛〕敝也。〔翹翹〕危也。〔嘵嘵〕急也。

【標韻】子四紙室四質叶韻　勤十二文閔十一軫，叶眉貧反。叶韻　雨七麌土、户並同予六語通韻　据六魚荼七虞租、瘏並同家六麻，叶古胡反。叶韻　譙二蕭翛、翹、摇、嘵並同本韻

校記

〔一〕「王孫賈」，《孟子·公孫丑下》爲「陳賈。」

東山　周公勞歸士也。

我徂東山，慆慆不歸。我來自東，零雨其濛。我東曰歸，我心西悲。虛冒下文一筆。制彼裳衣，勿士行枚。蜎蜎者蠋，烝在桑野。敦彼獨宿，亦在車下。此言夫念婦。○一章　我徂東山，慆慆不歸。我來自東，零雨其濛。果臝之實，亦施于宇。伊威在室，蠨蛸在户。町畽鹿場，熠燿宵行。亦可畏也，伊可懷也。二章　我徂東山，慆慆不歸。我來自東，零雨其濛。鸛鳴于垤，婦嘆于室。此言婦念夫，皆爲末章地。洒掃穹窒，我征聿至。有敦瓜苦，烝在栗薪。自我不見，于今三年。頓住，鎖上一筆，情韻悽然。○三章　我徂東山，慆慆不歸。我來自東，零雨其濛。倉庚于飛，熠燿其羽。之子于歸，皇駁其馬。親結其縭，九十其儀。其新孔嘉，其舊如之何？姚云，應前「獨宿」、「婦嘆」。○四章

右《東山》四章，章十二句。此周公東征凱還以勞歸士之詩。《小序》但謂「東征」，則與詩情不

符。《大序》又謂士大夫美周公而作，尤謬。詩中所述，皆歸士與其室家互相思念，及歸而得遂其生還之詞，無所謂美也。蓋公與士卒同甘苦者有年，故一旦歸來，作此以慰勞之。因代述其歸思之切如此，不啻出自征人肺腑，使勞者聞之，莫不泣下，則平日之能得士心而致其死力者，蓋可想見。朱氏善曰："聖人之所以能感人者，以其以己之心度人之心，而天下之人亦樂於效力，而不患上之不我知也。《東山》之詩，述其歸而未至也，則凡道途之遠，歲月之久，風雨之陵犯，饑渴之困頓，裳衣之久而垢敝，室廬之久而荒廢，室家之久而怨思，皆其心之所苦而不敢言者，我則有以慰勞之。及其歸而既至也，則睹天時之和暢，聽禽鳥之和鳴，而人情和悦，適與景會。舊有室家者，其既歸而相見固可樂，未有室家者，其既歸而新昏尤可樂。此皆其心之願而不敢言者，我則有以發揚之。莫苦於歸而在途之時，而上之人能與之同其憂；莫喜於歸而相見之時，而上之人能與之同其樂。樂以天下，憂以天下，然而不王者，未之有也，其是之謂歟？"此可謂善説《詩》矣。然非公曲體人情，勤恤民隱，何能言之親切如此？而姚氏謂非公作。嗚乎！非公之作而孰作之乎？假使此詩出於旁代之手，則不過一篇《從軍行》、《漢鐃歌》而已，烏足以見聖德之感人於無間哉？

【眉評】〔二章〕歷寫未歸景物，荒凉已甚。　〔四章〕既歸情事，室家團圞，幽豔乃爾。

【集釋】〔東山〕嚴氏粲曰：三監在周之東，周公自西徂東以征之，軍屯必依山爲固，故以東山言之。〔慆慆〕言久也。〔零〕落也。〔濛〕微雨也。〔裳衣〕程子曰：治歸裝也。〔勿士行枚〕鄭氏康成曰：士，事也。枚如箸，銜之，有繣結項中以止語也。〔蜎蜎〕動貌。

〔蠋〕《集傳》：蠋，桑蟲如蠶者也。〔烝〕發語辭。〔敦〕獨處不移之貌。〔果臝〕栝樓也。〔施〕延也。〔伊威〕鼠婦也。陸氏佃曰：《爾雅》曰：「伊威，委鼠。」一名鼠婦，亦曰鼠負。因溼化生，今俗謂之溼生。〔蠨蛸〕小蜘蛛也。陸氏佃曰：《釋蟲》云：「蠨蛸，長踦。」郭璞曰：「今小蜘蛛長股者，俗呼喜子。亦如蜘蛛布網垂絲，著人衣當有親客至。荆州、河内之人謂之喜母。」〔町畽〕董氏逌曰：《區種法》曰，伊尹作爲區田，一畝之中地長十八丈，分十八丈作十五町，町間分十四道，通人行。畽爲田里所聚。〔鹿場〕町畽無人，故鹿得以爲場。

〔熠燿宵行〕姚氏際恒曰：熠燿，螢也。宵行，夜行也。人人知之。《集傳》因下「熠燿其羽」，遂疑熠燿非蟲，而以宵行當之。既以蟲名爲辭語，而又自造一蟲名，甚奇。楊用修已極駁之，謂下「熠燿其羽」言倉庚，猶《小雅》「交交桑扈」、「有鶯其羽」用字法也。案：宵行固非蟲，熠燿亦非螢，乃螢之光耳。舉其光而螢自見，亦以爲眼前物人易知耳。不料諸老先生之竟不知也，豈不爲詩人所暗哂耶？〔鸛〕水鳥也。陸氏璣曰：鸛，鸛雀也。似鴻而大，長頸赤喙，白身黑翅。〔垤〕小丘也。〔皇〕馬色黄白曰皇。〔駁〕馬色騮白曰駁。〔縭〕孔氏穎達曰：《釋器》云：「婦人之褘謂之縭。縭，緌也。」孫炎曰：「褘，帨巾也。」案：昏禮言結縭，則縭當是帨。〔九十其儀〕《集傳》：言其儀之多也。

【標韻】山十五刪歸五微二句無韻。　東一東濛同本韻　歸微悲四支衣微枚十灰通韻　蠋二沃野二十一馬宿一屋下馬叶韻　宇七虞户同本韻　場七陽行同本韻　畏五未，叶於非反。懷十灰叶韻　垤九屑室四質窒同至四寘叶韻　薪十一真年一先通韻　飛微歸同縭支儀同通韻　嘉六麻何五歌通韻

破斧　美周公伐罪救民也。

既破我斧，又缺我斨。比。**周公東征，四國是皇。哀我人斯，亦孔之將。**一章　**既破我斧，又缺我錡。周公東征，四國是吪。哀我人斯，亦孔之嘉。**二章　**既破我斧，又缺我銶。周公東征，四國是遒。哀我人斯，亦孔之休。**三章

右《破斧》三章，章六句。此四國之民望救於公，如大旱之遇雲霓也。蓋三叔挾殷以畔，其民陷於叛逆，莫能自拔也久矣。一旦得睹旌旗，拯民水火，非惟四國疆土有所匡固，即我小民亦保全良多。使非公奉辭伐罪，親賦《東征》，烏能收功立效之速如是乎？夫罪人肆毒，何所不至？既播流言，破毁我周公；又將犯闕，危逼我嗣王。如彼盜器者然，破我斧矣，又缺我斨，是先損我利器，使無所用其力而業自廢耳。則其爲罪可勝誅哉？此固四國人民歸美周公，形爲歌詠之作。然而公之心則大公無我，只知惟逆是誅，非爲流言啟釁。奈何後世儒者，動以被謗東征，師

出有名爲議，自謂能得公心之大。嗚乎，是豈知公心之大者哉？

【集釋】〔斧斨〕解見《七月》篇。〔四國〕姚氏際恒曰：四國，商與管、蔡、霍也。毛氏謂管、蔡、商、奄，非也。其時奄已封魯矣。《集傳》謂「四方之國」。何玄子曰：「《書·多方篇》曰，『告爾四國多方』，既于四國之下復言多方，則四國非泛指四方明矣。」〔皇〕匡也。董氏逌曰：齊詩作「四國是匡」，賈公彦引以爲據。〔將〕大也。〔吪〕化也。李氏樗曰：化其惡而使知之爲善也。〔錡〕鑿屬。〔銶〕木屬。〔遒〕孔氏穎達曰：遒訓爲聚，亦堅固之義。《釋詁》云：「遒，斂聚也。」言四國之民於是斂聚不流散也。〔休〕美也。

【標韻】斨七陽皇、將並同本韻　錡四支，叶巨何反。吪五歌嘉六麻叶韻　銶十一尤遒同休同本韻

伐柯　未詳。

伐柯如何？匪斧不克。取妻如何？匪媒不得。一章　伐柯伐柯，其則不遠。我覯之子，籩豆有踐。二章

右《伐柯》二章，章四句。此詩未詳，不敢强解。《序》以爲「美周公，周大夫刺朝廷之不知也」。夫周公之德之美，他人不知，姜、召二公豈未之知乎？況東征三年，罪人斯得，心已大白於天下。雖在四國，且有「是皇是吪」之嘆，獨於朝廷，乃多疑議，恐無是理，斷不可信。且當日公雖東

征，權猶在手。一朝凱撤，朝廷奉迎之不暇，何至遲留未歸，猶煩周大夫之作詩以刺朝廷耶？朱子初說，亦用《序》義，後以此詩難曉，而「我覯之子」一句又與下章同，故推求其意，以爲東人欲見周公，始難而終易，而爲是深喜之詞。然總作比看，則與《九罭》之「我覯之子」一賦一比又相戾，且皆非詩詞中所有意也。姚氏際恒又以爲周人喜公還歸之詩。曰「『籩豆有踐』者，言周公歸，其待之之禮如此也」，亦含糊不可曉。總之，諸儒之説此詩者，悉牽强支離，無一確切通暢之語，故寧闕之以俟識者。

【集釋】〔柯〕斧柄也。〔籩〕竹豆也。〔豆〕木豆也。

【標韻】克十三職得同本韻　遠十三阮踐十六銑通韻

九罭　東人送周公西歸也。

九罭之魚，鱒魴。興。我覯之子，衮衣繡裳。一章　鴻飛遵渚。公歸無所，於女信處。二章　鴻飛遵陸。公歸不復，於女信宿。三章　是以有衮衣兮，無以我公歸兮，無使我心悲兮。四章

右《九罭》四章，一章四句，三章章三句。此東人欲留周公不得，心悲而作是詩以送之也。其意若曰：九罭之魚乃有鱒魴，朝廷之士始見衮裳，今我東邑何幸而睹此衮衣繡裳之人乎？無怪其

不能久留於茲也。夫鴻飛在天乃其常，然時而遵渚遵陸，特其暫耳。公今還朝，以相天子，豈無所乎？殆不復東來矣。其所以遲遲不忍去者，特爲女東人作信宿留也。公於東人如此其誠，東人於公當更何如？夫是以想我東人之得覯此袞衣也，我東人之大幸也。然則何策而使朝廷無以我公西歸乎？我東人庶得長睹冠裳，不至臨歧而心悲耳。此與宋民之遮道擁留司馬相公，曰「公無歸洛，留相天子，活百姓」者，同一出於至誠也。使非上下交孚，何以得民若是乎？詩意甚顯，《序》乃不知，殊可怪耳。朱晦翁雖能見及，而訓釋詩義亦未暢明，故特正之。

【集釋】〔九罭〕九囊網也。孔氏穎達曰：《釋器》云：「緵罟謂之九罭。九罭，魚網也。」孫炎曰：「謂魚之所入有九囊也」。〔鱒〕許氏謙曰：《爾雅翼》，鱒魚，目中赤色一道横貫瞳，多獨行，見網輒避。〔魴〕見《汝墳》。〔袞衣繡裳〕《集傳》：袞，衣裳九章：一曰龍；二曰山；三曰華蟲，雉也；四曰火；五曰宗彝，虎蜼也，皆繢於衣；六曰藻；七曰粉米；八曰黼；九曰黻，皆繡於裳。天子之龍一升一降，王公但有降龍。以龍首卷然，故謂之袞也。〔遵〕循也。〔渚〕小洲也。〔信〕再宿曰信。

【標韻】魴七陽裳同本韻　渚六語所、處並同本韻　陸一屋復、宿並同本韻　衣五微歸同悲四支通韻

狼跋　美周公也。

狼跋其胡，載疐其尾。比。公孫碩膚，赤舃几几。一章　狼疐其尾，載跋其胡。公孫碩膚，德音不瑕。二章

右《狼跋》二章，章四句。解此詩者多牽涉成王不信周公，愚殊不取，已數辯之矣。唯朱氏善曰：「物之累於形者，其進退跋疐，無所往而不病。聖人之周於德者，其進退從容，無所往而不宜。蓋臨大難而不懼，處大變而不憂，斷大事而不疑。非道隆德盛者，固不足以語此，非常人所能及也。」數語頗能道得三代聖人氣象出，乃是周公本色。詩亦善於形容盛德，曰「公孫碩膚」，「赤舃几几」，令人想見諸葛君綸巾羽扇，指揮群材，從容得意時，有此氣度也。

【集釋】〔跋〕躐也。〔胡〕頷下懸肉也。〔載〕則也。〔疐〕跲也。李氏巡曰：跲郤頓曰疐。《説文》曰：跲，躓也。《集傳》：老狼有胡，進而躐其胡，則退而跲其尾。〔孫〕音遜，讓也。〔碩〕大也。〔膚〕美也。〔赤舃〕冕服之舃也。鄭氏康成曰：舃有三等，赤舃爲上。冕服之舃，則諸侯與王同。〔几几〕安重貌。

【標韻】尾五尾几四紙通韻　胡七虞瑕六麻，叶洪孤反。叶韻

以上豳詩凡七篇。案：《豳風》僅《七月》一篇，其餘皆附存耳。文中子以《豳》爲變風，遂並謂周公諸詩君臣

相誚，不得爲正。非惟不知《風》詩變體，且並不識聖人苦心。夫豳詩之所以爲變者，以其一詩而兼三體，非《風》正格，故曰變也。其變在格，非變在事。且《七月》與《鴟鴞》以下，兩不相涉，何一概論之耶？至於東征，事之變者也，然非公之所及料也。三叔懿親，不使監殷，孰與爲監？其流言毀謗，乃畔者之常，何損於公？使成王終疑不悟，公豈尚能東征以討其罪乎？迨至三年，罪人斯得，縱有疑亦當釋然。而猶謂終疑不悟，必待雷風之變，始感泣而迎公于郊者，有是事哉？吾不知諸儒之視成王爲何如王，而論周朝爲何如朝？皆《金縢》僞《書》有以誤之也。孟子曰：「盡信《書》則不如無《書》。吾於《武成》，取二三策而已矣。」孟子之世，《武成》尚不可全信，況《金縢》之出自秦火後乎？吾願諸儒讀《書》，當以孟子爲法，則可無疑於周公之事，而豳詩亦可讀矣。若編次在《雅》前《風》後，冀變之可以爲正，危之可以復安，有非周公不可者，則不刊之論云。

〔清〕方玉潤 撰
李先耕 點校

詩經原始

下册

中華書局

詩經原始卷之九

小雅一

雅有大小正變之分，自來諸儒未有確論。故或主政事，或主道德，或主聲音，皆非。唯嚴氏粲云，雅之大小特以其體之不同耳。蓋優柔委曲，意在言外者，風之體也；明白正大，直言其事者，雅之體也。純乎雅之體者爲雅之大，雜乎風之體者爲雅之小。其言似是而幾矣，然而未盡其旨也。夫風、雅、頌三詩各有其體，原不相混。其或雜而相兼者，即其體之變焉者也。故凡詩皆有正變，不獨小雅爲然。如今之時藝有正鋒，則必有偏鋒；有正格，則必有變格，均因體裁而定。體裁分則音節亦異。其體裁之所以分者，或因事異，或以人殊，或由世變，則無定局。采風者亦視其詩之純雜以定格之正變而已矣。故不可專主政事、道德、聲音一端而言也。然則大小之分究何以别之？曰，此在氣體輕重，魄力厚薄，詞意淺深，音節豐殺者辨之而已。太史公曰：「小雅怨誹而不亂」，若大雅則必無怨誹之音矣。知乎小雅之所以爲小雅，則必知乎大雅之所以爲大雅，其體固不可或雜也。大略小雅多燕饗贈答，感事述懷之作，大雅多受鳌陳戒，天人奥藴之旨。及其變也，則因事而異，且有非作詩人自知而自主者。亦如十二律之本乎天地陰陽、正變相生、循環無間，變乎其所不得不變耳。而姚氏顧謂雅之大小必有正而無變者，豈理也哉？

鹿鳴之什

《集傳》云，《雅》《頌》無諸國别，故以十篇爲一卷而謂之什，猶軍法以十人爲什也。仍之。

鹿鳴　燕群臣也

呦呦鹿鳴，食野之苹。 興起。 **我有嘉賓，鼓瑟吹笙。吹笙鼓簧，承筐是將。人之好我，示我周行。** 一章 **呦呦鹿鳴，食野之蒿。我有嘉賓，德音孔昭。視民不恌，君子是則是傚。我有旨酒，嘉賓式燕以敖。** 二章 **呦呦鹿鳴，食野之芩。我有嘉賓，鼓瑟鼓琴。鼓瑟鼓琴，和樂且湛。我有旨酒，以燕樂嘉賓之心。** 三章

右《鹿鳴》三章，章八句。《序》謂「燕群臣嘉賓」。夫嘉賓即群臣，以名分言曰臣，以禮意言曰賓。文、武之待群臣如待大賓，情意既洽而節文又敬，故能成一時盛治也。傳曰：「賓臣者帝，師臣者王。」周之賓臣，周之所以王耳。若後世則直以奴隸視之，何賓之有？無怪其治不古若

矣。雖賜宴飲賓，錫爵賦詩，未嘗不仿古遺意，而上下之情則多隔而不通矣。且其所賦之詩，非沉酣即貢諛，求如周之賓臣，望其周行示好，則傚不恌者蓋寡。君子讀《詩》至此，不能無時世升降，臣道隆污之感焉！至其音節，一片和平，盡善盡美，與《關雎》同列四詩之始，殆無貽議云。

【集釋】〔呦呦〕聲之和也。〔苹〕嚴氏粲曰，《釋草》苹有二種，一云「苹，蓱，其大者蘋」。此水生之萍也，解見《采蘋》。一云「苹，藾蕭」。此陸生之苹也，即鹿所食是也。〔承〕奉也。〔筐〕所以盛幣帛者也。〔周行〕姚氏際恒曰：周行，大路也。《毛傳》訓「至道」，《集傳》訓「大道」，皆非。此與《大東》「行彼周行」之「周行」同，猶云指我途路耳。〔蒿〕《集傳》：蒿，菣也，即青蒿也。〔視〕姚氏際恒曰：視，鄭氏謂古示字。按：上有示字，不應又作視。蓋視民猶民視，謂小民視之，不敢習爲偷薄之行，而君子則「是則是傚」也。案：視民之視即視事之視，臨事可云視事，故臨民亦可云視民也。姚説雖通，未免又費周折矣。〔恌〕偷薄也。〔敖〕游也。〔芩〕《集傳》：芩，草名，莖如釵股，葉如竹，蔓生。〔湛〕樂之久也。〔燕〕安也。

【標韻】苹八庚賓十一真笙庚通韻　簧七陽將、行並同本韻　蒿四豪昭二蕭恌同傚十九效，叶胡高反。敖豪叶韻　芩十二侵琴、湛、心並同本韻

四牡 勤王事也

四牡騑騑，周道倭遲。豈不懷歸？王事靡盬，我心傷悲。一章 四牡騑騑，嘽嘽駱馬。豈不懷歸？王事靡盬，不遑啟處。二章 翩翩者鵻，載飛載下，集于苞栩。王事靡盬，不遑將父。三章 翩翩者鵻，載飛載止，集于苞杞。王事靡盬，不遑將母。四章 駕彼四駱，載驟駸駸。豈不懷歸？是用作歌，將母來諗。五章

右《四牡》五章，章五句。《序》謂「勞使臣之來。」蓋本《左傳》襄公四年穆叔曰：「《四牡》，君所以勞使臣也。」故後世解《詩》者，因作「君探其情而代之言」。然詩云「是用作歌」，則明明使臣自咏，非探情之所宜言矣。姚氏際恒云：「試將此詩平心讀去，作使臣自咏極順，作代使臣咏極不順。」亦因「作歌」句橫隔其間也。然則《傳》言非歟？姚氏又云：「王者採後，或因以爲勞使臣之詩。」其言亦頗近理。故《儀禮·燕禮》、《鄉飲酒禮》皆歌此詩，則又以爲上下通用之樂矣。是古來先有此詩，後乃採以爲樂。非因勞臣而後作是詩，故愈引而愈泛，此又不可不知其弊之所以失也。至詩之所以次《鹿鳴》者，以上章君之待臣以禮，故此章臣之事君以忠，上下交感，乃成泰運。然勤勞王事，固人臣所當忠；而「不遑將母」，又人子所宜孝。故不敢以將母之情而來告，然後忠孝可以兩全。此聖王之所以深嘉其情而樂予焉，且用其詩以勞使臣，亦將以爲

使臣勸。所謂求忠臣必於孝子之門者，此也。何諸儒泥傳言，而以爲「代探其情」，如是之迂折難解歟！

【集釋】〔騑騑〕行不止之貌。〔周道〕大路也。〔倭遲〕回遠之貌。〔盬〕《集傳》：盬，不堅固也。董氏逌曰，《説文》煑海爲鹽，煑池爲盬。盬苦而易敗，故《傳》以不堅訓之。〔嘽嘽〕衆盛之貌。〔駱〕白馬黑鬣曰駱。〔遑〕暇也。〔啟〕跪也。項氏安世曰：古者席地，故有跪有坐，跪即起身，居即坐也。〔處〕居也。〔鵻〕《集傳》：鵻，夫不也，今鵓鳩也。凡鳥之短尾者皆隹屬。羅氏中行曰：夫，方扶反。不，方浮反；又如字。《爾雅》作「鳺鴀」，音同。毛氏萇曰：鵻，壹宿之鳥。陸氏佃曰：壹宿，壹於所宿之木。鵻性慈孝愨謹。〔將〕養也。〔杞〕枸檵，今枸杞也。〔駸駸〕驟也。〔諗〕告也。

【標韻】遲四支悲同本韻　馬二十一馬，叶滿補反。處六語叶韻　下二十一馬，叶後五反。栩七麌父同叶韻　止四紙杞同母二十五有，叶滿彼反。駸十二侵諗二十六寢，又音深。叶韻

皇皇者華　遣使臣也。

皇皇者華，于彼原隰。首章興起。駪駪征夫，每懷靡及。一章　我馬維駒，六轡如濡。載馳載驅，周爰咨諏。二章　我馬維騏，六轡如絲。載馳載驅，周爰咨謀。三章　我馬維駱，六

轡沃若。載馳載驅，周爰咨度。四章　我馬維駰，六轡既均。載馳載驅，周爰咨詢。五章

右《皇皇者華》五章，章四句。此遣使臣之詩。上章臣知盡瘁，此故可以使也。然而使臣一人，知識有限，故又戒以「每懷靡及」之心。於是周諮博訪，乃無負職，庶可副朝廷望耳。夫天下至大，朝廷至遠，民間疾苦，何由周知？惟賴使者悉心訪察以告天子。故膺茲選者，凡修廢舉墜之在所當議，邊防水利之在所當籌，興利除害之在所當酌，遺逸耆舊之在所當詢者，莫不殷殷致意。上之德欲其宣，下之情欲其達，故不可以不重也。詩曰「咨諏」，又曰「咨謀」，曰「咨度」，曰「咨詢」者，意固各有所在，非徒叶韻而已。學者當於此等處求之，則異日之使於四方亦可專對，即授以政而無不達之誚矣。又豈徒循誦習傳爲博雅君子已哉？

【眉評】〔二、三、四、五章〕諏、謀、度、詢四字即從「每懷靡及」一句生出，又須細玩，四字無一虛下，通經乃可致用也。

【集釋】〔皇皇〕猶煌煌也。〔華〕草木之華也。〔原〕高平曰原。〔隰〕下溼曰隰。〔駪駪〕衆多疾行之貌。〔征夫〕使臣與其屬也。〔懷〕思也。〔如濡〕鮮澤也。〔周〕徧也。〔爰〕於也。〔諏〕聚議也。〔如絲〕朱氏公遷曰：猶言和柔也。〔謀〕計畫也。〔度〕酌量也。〔駰〕陰白雜毛曰駰。〔均〕調也。〔詢〕究問也。

【標韻】隰十四緝及同本韻　駒七虞濡、諏並同本韻　騏四支絲同謀十一尤，叶莫悲反。叶韻　駱十藥若、度並

同本韻　駟十一真均、詢並同本韻

常棣　周公燕兄弟也

常棣之華，鄂不韡韡。興起。凡今之人，莫如兄弟。總冒一筆。○一章　死喪之威，人事變。兄弟孔懷。原隰裒矣，兄弟求矣。只用變起二章患難中之兄弟。○二章　脊令在原，兄弟急難。比。每有良朋，壹言「良朋」〔一〕。況也永歎。三章　兄弟鬩于牆，外禦其侮。《左》、《國》俱作侮。每有良朋，兩言「良朋」，反應上兩「兄弟」。烝也無戎。四章　喪亂既平，既安且寧。雖有兄弟，不如友生。轉入亂平後之兄弟，是進一層法。○五章　儐爾籩豆，飲酒之飫。兄弟既具，和樂且孺。再追想兄弟之樂。○六章　妻子好合，如鼓瑟琴。兄弟既翕，和樂且湛。後以妻子作陪，與上良朋相稱。章法極變換，亦極整飭。○七章　宜爾室家，樂爾妻帑。是究是圖，亶其然乎。八章

右《常棣》八章，章四句。此詩《左傳》富辰謂召穆公作，《國語》富辰又以爲周文公詩。唯韋昭云：「周公作《常棣》之篇，以閔管、蔡而親兄弟。其後周室既衰，厲王無道，骨肉恩缺，親親禮廢，宴兄弟之樂絶。故召穆公思周德之不類，而合其宗族于成周，復作《常棣》之歌以親之。」是詩爲周公作，穆公特重歌之耳。且詩云「喪亂既平」，則明是誅管、蔡後語，非周公境地則不合，斷斷不可移於他人兄弟上去。召穆公爲周族歌之，尚可曰誦先芬以戒後哲；若他兄弟歌此，豈

能切乎？《小序》但謂「燕兄弟」，則大失詩旨。故《大序》又補以管、蔡事，而不言誰作者，亦非。蓋非周公親言，人亦不敢代爲言也。《集傳》云：「首章略言至親莫如兄弟之意。次章乃以意外不測之事言之，以明兄弟之情，其切如此。三章但言急難，則淺於死喪矣。至於四章，則又以其情義之甚薄，而猶有所不能已者言之。其《序》若曰，不待死喪，然後相收，但有急難，便當相助。言又不幸而至於或有小忿，猶必共禦外侮。其所以言之者，雖若益輕以約，而其所以著夫兄弟之義者，益深且切矣。」苦夫五章，則姚氏云：「喪亂既平而安寧矣，乃雖有兄弟反不如友生，何哉？蓋此時兄弟已亡，所與周旋者唯友生而已，故爲深痛。皆反覆明其『莫如兄弟』之意。」此說較《集傳》語氣差合，故舍彼録此。其他六七八章，姚氏又云：「追思兄弟之宜和樂也。上以良朋陪説，此又以妻子陪説，然有不同：良朋陪説，屈之也；妻子陪説，以見一家内外之和樂也。」此亦較《集傳》差明，故更録之。總之，良朋妻孥，未嘗無助於己，然終不若兄弟之情親而相愛也。蓋良朋妻孥皆以人合，而兄弟則以天合。以天合者，雖離而實合；以人合者，雖親而實疏。故曰：「凡今之人，莫如兄弟。」豈不益信然哉？周公深有悔於管、蔡之禍，恐兄弟情由此疏，故不厭委曲詳盡，極言異形同氣之恩以申告之，使其反覆窮究而驗其信然，不得以管、蔡故遂自損其天倫之樂，其用心亦可謂苦矣！

【眉評】〔五章〕第五章有兩解：朱子以爲反言，姚氏以爲追思，皆通。然追思較反言有意，讀之令人酸鼻，是周公當日情景，故從之。須看其全詩作法。首章虚冒，次章雙題，三四章以良朋陪，後二章以妻子陪，此章是一轉筆作中間樞紐。六章乃甚言兄弟之樂，以起末二章耳。此八段古文作法也。

【集釋】《集傳》：常棣，棣也。子如櫻桃，可食。宋氏祁曰：世人多誤以常棣爲唐棣，於兄弟用之。唐棣，栘也。栘，開而反合者也。此兩物不相親。李氏樗曰：《何彼襛矣》「唐棣之華」，與《論語》所舉「唐棣之華，偏其反而」，則《爾雅》所謂栘也。此常棣與《采薇》詩曰「維常之華」，則《爾雅》所謂棣也。二者異木也。〔鄂不韡韡〕鄭氏康成曰：承華者曰鄂，不當作柎。柎，鄂足也。鄂足得華之光明，則韡韡然盛。姚氏際恒曰：鄂、蕚同，花苞也。不、跗同，花蒂也。《集傳》以鄂爲「鄂然」，本《毛傳》之謬。又云「不，猶豈不也」，並謬。案：姚説本鄭，而較鄭尤精當，存之。〔威〕畏也。〔原隰裒〕姚氏際恒曰：「原隰裒」，只説原隰廣野之地，不相值則兄弟必求。故下脊令亦用原字。裒，損少意。《易》云，「裒多益寡」，謂少其人，猶後世詩「遍插茱萸少一人」也。《集傳》謂「尸裒聚於原野之間」，令人可畏復可笑也。且「死喪」、「原隰」之下，各有「兄弟」字，豈可爲蒙上之詞？又不達文義矣。愚案：詩詞無尸聚字，亦無人少字。《集傳》既以意增加尸聚於其中，姚氏又以意增添人少於其内，豈得謂爲確訓？蓋原隰者，陵谷也。裒爲損少，則變遷之意。上言死喪，乃人事之變；下言原隰，乃山川之變。總以見勢當變亂，始覺兄弟情親，起下急難、外侮。故兩言兄弟，與下兩言良朋，一主一陪，兩兩相形，可謂曲盡人情，文亦整飭有法。〔脊令〕雝渠，水鳥也。《爾雅》作「䳭鴒」。《禽經》脊令友悌。陸氏璣曰：大如鷃雀，腹下白，頸下黑如連錢，杜陽人謂之連錢。陸氏佃曰：《物類相感志》曰：「俗呼雪姑，鳴則天當大雪。」〔況〕季氏本曰：況與怛同，言朋友情雖愴怳，亦但長歎而已。〔鬩〕鬥狠也。〔禦〕禁也。〔烝〕衆也。〔戎〕姚氏際恒曰：戎，兵也。言有外侮，朋雖衆，也無有兵相助矣。〔儐〕陳也。〔飫〕饜也。〔具〕俱也。〔孺〕小兒之慕父母也。〔翕〕合也。〔帑〕子也。陸氏德明曰：帑依字吐蕩反，經典通爲妻帑字，今讀音孥也。〔究〕窮也。〔圖〕謀也。〔亶〕信也。

【標韻】韡五尾弟八薺通韻　威五微懷九佳通韻　裒十一尤求同本韻　難十四寒歎同本韻　務作侮，七虞。戎一東鬩疑　寧九青生八庚通韻　飫六御，叶於慮反。孺七遇通韻　琴十二侵湛同本韻　帑七虞乎同本韻

校記

〔一〕「壹」，原作「兩」，與四章旁批重，故改。「朋」字下原有「反」字，疑衍文，故刪。

伐木　燕朋友、親戚、兄弟也。

伐木丁丁，鳥鳴嚶嚶。出自幽谷，遷于喬木。興。嚶其鳴矣，求其友聲。比。相彼鳥矣，猶

求友聲。矧伊人矣，人本意。不求友生。朋友。神之聽之，終和且平。接得奇妙。○一章　伐木許許，釃酒有藇。既有肥羜，以速諸父親。寧適不來，微我弗顧？言極宛而和。於粲灑掃，陳饋八簋。既有肥牡，以速諸舅。戚。寧適不來，微我有咎？二章　伐木于阪，釃酒有衍。籩豆有踐，兄弟無遠。弟兄。民之失德，乾餱以愆。曲一筆。有酒湑我，無酒酤我。坎坎鼓我，蹲蹲舞我。極盡歡樂。迨我暇矣，飲此湑矣。三章

右《伐木》三章，章十二句。舊本六章，從《集傳》引劉氏説爲三章，以詩中有三「伐木」也。此朋友通用之樂歌也。中間兼言親戚兄弟，而諸父、諸舅與兄弟，皆言燕饗之事，唯朋友反不之及。豈篤於内者，必疏於外乎？曰，非也，蓋兄弟親戚中，皆有友道在也。朋友不離乎兄弟親戚，親戚兄弟自可以爲朋友。所貴乎朋友者，心性相投，道義相交耳。故首章統言朋友之交，當可質諸神明，始終不渝。如嚶鳴友聲，雖使神之聽之，亦終和且平。已貫下親戚兄弟在内。此下但分言燕饗，而不必更及朋友矣。其實燕饗非結以心性，要之神明，則情誼不真，燕饗亦未必能久且樂也。此友道所以爲五倫之一也。不但此也，朱氏善曰：「人之所以資乎朋友者，以明道也，以進德也。貴之而爲天子，賤之而爲庶人，尊之而爲父兄，卑之而爲子弟，親之而爲同姓，疏之而爲異姓，其分雖不同，而其可友則如一。故以賤交貴而不爲諂，以貴交賤而不爲屈，以卑就尊而不爲僭，以尊就卑而不爲貶，内取之同姓而不爲昵，外取之異姓而不爲泛。道之所存，德之所存，即吾友之所

存也，而何貴賤親疏之間哉？」此詩取友義也，故曰朋友通用之樂歌。或但指爲天子之詩，意未免視友道爲甚狹已而，豈詩人本意歟！

【眉評】〔一章〕佳句。極爲閒雅。渾成。朋友則神明可質。〔二章〕親戚則婉詞相招。〔三章〕兄弟則鼓舞爲樂。須玩他措詞不同，各還其分處。然總歸之友朋内，故首章不言燕享，而但以神聽和平要其信誓也。

【集釋】〔丁丁〕伐木相應聲。〔嚶嚶〕兩鳥鳴也。〔幽〕深也。〔相〕去聲，視也。〔矧〕況也。〔神聽〕盟誓之意。〔許許〕《集傳》：許許，衆人共力之聲。《淮南子》曰：「舉大木者呼邪許，蓋舉衆勸力之歌也。」〔釃酒〕《集傳》：釃酒者，或以筐，或以草，泲之而去其糟也。《禮》所謂「縮酌用茅」是也。《禮記·郊特牲》：縮酌用茅，明酌也。鄭氏康成曰：五齊，醴尤濁，和之以明酌，藉之以茅，縮去滓也。明酌者，事酒之上也。事酒，今之醳酒，皆新成也。〔藇〕美貌。〔羜〕郭氏璞曰：今俗呼五月羔爲羜。〔速〕召也。〔微〕無也。〔顧〕念也。〔於〕歎辭。〔粲〕鮮明也。〔八簋〕器之盛也。〔咎〕過也。姚氏際恒曰：寧適不來，微我弗顧」，謂寧得不來乎，無乃不我肯顧也？「微我有咎」，謂無乃以我有咎也，自反之意，較前益深。《集傳》云，「謂寧使彼適有故而不來，而無使我恩意之有不至也」，迂拙之甚。案：速客當婉詞以致其誠，若《集傳》所云，直罵客耳，非速賓也。講學家之不善體人情也如此！

〔衍〕多也。〔踐〕陳列也。〔無遠〕皆在也。〔乾餱〕食之薄者也。〔愆〕過也。〔湑〕亦釃也。〔酤〕買也。〔坎坎〕鼓聲。〔蹲蹲〕舞貌。

【標韻】丁九青嚶八庚通韻　谷一屋木同本韻　鳴庚聲、生、平並同本韻　許六語藇、羜並同父七麌顧七遇叶韻　埽十九皓簋四紙，叶已有反。牡二十五有舅、咎並同叶韻　阪十三阮衍十六銑踐同遠阮愆一先，叶起淺反。叶韻　湑六語酤七麌鼓、舞並同湑同上通韻

天保　祝君福也。

天保定爾，亦孔之固。俾爾單厚，何福不除？俾爾多益，以莫不庶。一章　天保定爾，俾爾戩穀。罄無不宜，受天百禄。降爾遐福，維日不足。二章　天保定爾，以莫不興。如山如阜，如岡如陵，如川之方至，以莫不增。三章　吉蠲爲饎，是用孝享。禴祠烝嘗，于公先王。君曰卜爾，萬壽無疆。四章　神之弔矣，詒爾多福。民之質矣，日用飲食。群黎百姓，徧爲爾德。五章　如月之恒，如日之升。如南山之壽，不騫不崩。如松柏之茂，無不爾或承。六章

右《天保》六章，章六句。《序》謂「下報上也」。鄭氏、《集傳》遂謂前五章皆君下臣，此章乃臣報君。殊知五章中非盡君下臣也，且臣必待君賜而後報，則所報者亦僞，豈尚有愛君之誠哉？

此不過編《詩》次第應如是耳，不可泥以説《詩》也。全詩大意，前三章皆天之福君，後三章皆神之福君。其祝頌且多複筆，亦略無規諷意，不已近於諛乎？豈知臣之祝君，非但君也，實爲民耳。蓋君之福即民之福，君一人受天地神祇之福，即天下臣民億萬衆同享天地神祇之福，其所係不綦重歟？故詩又曰，「群黎百姓，徧爲爾德」，是必在上有多福之君，然後在下有受福之民。特民在福中，日用飲食皆君福所庇而不自知其所以然耳。前後雖極言天神降福無所不至，其實以德徧群黎一句爲主。夫使君德未徧，天雖有福而不降，神又豈肯受其享哉？是知君福君自致耳，非民所能祝也。臣以此頌君，臣不過盡其心所欲而已。故極其頌禱不爲諛，反覆譬喻而非夸。若後世頌中帶諷，未免有意於其間，詎得以是爲名高歟？

【眉評】全詩以德字爲主。

【集釋】〔保〕安也。曹氏粹中曰：保則不危，定則不傾。〔爾〕指君也。歐陽氏修曰：詩人爾其君，蓋稱天以爲言。王氏質曰：人傳天辭，如《皇矣》「帝謂」也。〔固〕堅也。〔單〕盡也。〔除〕除舊而生新也。〔庶〕衆也。〔戩〕《集傳》：聞人氏曰，戩與翦同，盡也。〔穀〕善也。〔罄〕盡也。〔遐〕遠也。〔阜岡陵〕《集傳》：高平曰陸，大陸曰阜，大阜曰陵。皆高大之意。〔川〕劉氏熙曰：川，穿也，穿地而流也。蔡氏邕曰：衆流注海曰川。《集傳》：川之方至，言其盛長之未可量也。〔吉〕《集傳》：吉，言諏日擇士之善。〔蠲〕《集傳》：蠲，言齊戒滌濯之潔。〔饎〕《集傳》：饎，酒食也。劉氏瑾曰，《儀禮》「有饎爨」注：「炊黍稷曰饎。」邢氏昺曰：「言饎之一字通酒食兩名也。」〔享〕獻也。宗廟之祭，春曰祠，夏曰禴，秋曰嘗，冬曰烝。孔氏穎達曰：孫炎曰，祠之言食；礿，新菜可汋；嘗，嘗新穀；烝，進品物也。若以四時，當云「祠禴嘗烝」，《詩》以便文，故不依先後。此皆《周禮》文。自殷以上，則禴禘嘗烝，《王制》文也。至周公，則去夏禘之名，以春禴當之，更名春曰祠。案：《詩》曰，「禴祠烝嘗」，取叶韻也。〔公〕《集傳》：公，先公也。謂后稷以下至公叔祖類也。司馬氏遷曰：亞圉子公叔祖類，公叔祖類子古公亶父。司馬氏貞曰：《世本》云，太公、組紺、諸盩，《三代世表》稱叔類，凡四名。〔先王〕《集傳》：先王，太王以下也。孔氏穎達曰：周之所追太王以下，其太王之前皆爲先公。《語録》：問：古無追王之禮，武王、周公以王業肇於太王、王季，文王，故追王三王。至於組紺以上，則止祀以先公之禮。朱子曰：然。《周禮》祀先王以衮冕，祀先公以鷩冕，乃是天子祭先公之禮耳。〔君〕《集傳》：君，通謂先公先王也。卜，猶期也。此尸傳神意以嘏主人之祠。毛氏萇曰：尸所以象神。孔氏穎達曰：《少牢》云，「皇尸命工祝承致多福無疆于汝孝孫」之等，是傳神詞。嘏，主人也。〔弔〕至也。〔詒〕遺也。〔質〕實也。〔恒〕弦也。陸氏德明曰：恒，本亦作緪。〔升〕出也。〔騫〕虧也。

【標韻】固七遇除六御庶同通韻　穀一屋禄同足二沃通韻　興十一蒸陵、增並同本韻　享二十二養，叶虚良反。

嘗七陽王、疆同叶韻　福一屋，叶筆力反。食十三職德同叶韻　升十一蒸崩、承並同本韻

采薇　戍役歸也。

采薇采薇，薇亦作止。前三章皆以「采薇」興起，是一格調。曰歸曰歸，歲亦莫止。靡室靡家，玁狁之故。不遑啟居，玁狁之故。一章　采薇采薇，薇亦柔止。曰歸曰歸，心亦憂止。憂心烈烈，載飢載渴。我戍未定，靡使歸聘。二章　采薇采薇，薇亦剛止。曰歸曰歸，歲亦陽止。王事靡盬，不遑啟處。憂心孔疚，我行不來。三章　彼爾維何？維常之華。此二章調變。彼路斯何？君子之車。戎車既駕，四牡業業。豈敢定居？一月三捷。四章　駕彼四牡，四牡騤騤。君子所依，小人所腓。四牡翼翼，象弭魚服。豈不曰戒？玁狁孔棘。五章　昔我往矣，楊柳依依。末章又一變。今我來思，雨雪霏霏。行道遲遲，載渴載飢。我心傷悲，莫知我哀。六章

右《采薇》六章，章八句。《小序》、《集傳》皆以爲遣戍役而代其自言之作。唯姚氏謂戍役還歸詩也，蓋以詩中明言「曰歸曰歸」及「今我來思」等語，皆既歸之詞，非方遣所能逆料者也。愚謂曰歸、歲暮可以預計，而柳往雪來，斷非逆覩。使當前好景亦可代言，則景必不真；景不真，詩亦何能動人乎？此詩之佳，全在末章：真情實景，感時傷事，別有深情，非可言喻，故曰「莫知我

哀」。不然，凱奏生還，樂矣，何哀之有耶？其前五章，不過追述出戍之故與在戍之形而已。蓋壯士從征，不願生還，豈念室家？曰「我戍未定，靡使歸聘」者，雖有書不暇寄也。又曰「憂心孔疚，我行不來」者，雖生離猶死别也。至於在戍，非戰不可，敢定居乎？一月三戰必三捷耳。若其防守，尤加警戒，玁狁之難，非可忽也！今何幸而生還矣，且望鄉關未遠矣。於是乃從容回憶往時之風光，楊柳方盛；此日之景象，雨雪霏微。一轉眴而時序頓殊，故不覺觸景愴懷耳。詩意若此，何可以人代言耶？故以戍役歸者自作爲近是。至作詩世代，或以爲文王時，或以爲宣王時，更或謂季歷時，都不可考。《集傳》、姚氏同駁《大序》謂文王時之非，而亦不能定其爲何王。唯李氏塨引《孟子》文王事昆夷事，謂下章西戎即昆夷，遂並此詩亦指爲文王時作。然詩言玁狁，而未及西戎。姚氏又謂文王無伐玁狁事，未知然否。大抵遣戍時世，難以臆斷。詩中情景，不啻目前，又何必强不知以爲知耶？

【眉評】〔一章〕首章重言事故，以見義不容辭，非上所苦。〔二章〕不問家事。〔三章〕誓無生還。〔四章〕戰勝。〔五章〕守嚴。〔六章〕以上五章皆追述之詞。末乃言歸途景物，並回憶來時風光，不禁黯然神傷。絶世文情，千古常新。

【集釋】〔薇〕解見《草蟲》。〔作〕生出地也。〔玁狁〕北狄也。〔柔〕始生而弱也。〔烈烈〕憂貌。〔聘〕問也。〔剛〕既成而剛也。〔陽〕十月也。今以十月爲小陽月。〔爾〕

董氏逌曰：《爾雅注》、《説文》皆作薾。薾，華盛貌。〔常〕常棣也。解見《常棣》。〔路〕戎車也。〔君子〕將帥也。以其乘路車而稱君子，故知謂將帥。孔氏穎達曰：得稱路者，《左傳》鄭子蟜、叔孫豹，王賜之大路，是卿車得稱路也。〔業業〕壯也。〔騤騤〕强也。〔依〕猶乘也。〔腓〕猶芘也。董氏逌曰：案字書，腓，脛腨也。《易》之《咸》、《艮》，皆取象以著其隨物以動也。李氏樗曰：言此車乃君子所處，小人則從而動也。〔翼翼〕行列鴟張之狀。〔象弭〕《集傳》：象弭，以象骨飾弓弰也。〔魚服〕《集傳》：魚，獸名。似豬，東海有之。其皮背上斑，腹下純青，可爲弓鞬矢服也。〔戒〕警也。〔棘〕急也。

【標韻】作七遇莫、故並同本韻　柔十一尤憂同本韻　烈九屑渴七曷通韻　定二十五徑聘二十四敬通韻　剛七陽陽同本韻　盬七麌處六語疚二十六宥，叶訖力反。來十灰，叶立直反。叶韻　華六麻車同本韻　業十七洽捷十六葉叶韻　騤四支腓五微通韻　翼十三職服一屋，叶蒲北反。棘職叶韻　依微思支霏微遲支飢同悲同哀十灰。通韻

出車　征夫還也。

我出我車，于彼牧矣。自天子所，謂我來矣。召彼僕夫，謂之載矣。王事多難，維其棘矣。一章　我出我車，于彼郊矣。設此旐矣，建彼旄矣。彼旟旐斯，胡不旆旆？憂心悄悄，

僕夫況瘁。二章　王命南仲，往城于方。天子命仲之言。出車彭彭，旂旐央央。天子命我，城彼朔方。仲於是乘建旐，宣傳天子命。赫赫南仲，玁狁于襄。大將威靈，所向克捷。○三章　昔我往矣，黍稷方華。今我來思，雨雪載塗。征夫途中往來景象。王事多難，不遑啟居。豈不懷歸？畏此簡書。又生一波。○四章　喓喓草蟲，趯趯阜螽。未見君子，憂心忡忡；既見君子，我心則降。插此一筆，乃與前後二章景物相稱。看似閒襍，其實非閒襍也。赫赫南仲，薄伐西戎。五章　春日遲遲，卉木萋萋。倉庚喈喈，采蘩祁祁。此真還鄉景物也。執訊獲醜，薄言還歸。赫赫南仲，玁狁于夷。六章

右《出車》六章，章八句。《序》謂「勞還率」，《集傳》因之，以爲追言其始受命出征之時而爲歌以勞之。其言似是而實非也。蓋「赫赫南仲」等語，乃下頌上，非君勞臣之詞。且君自稱「王命」，自稱「天子」，亦於語氣不合。大略此詩作於當時征夫，後世王者採以入樂，用勞還率以酬其庸，蓋將以南仲勳業望之而已。序言未能分晰明白，《集傳》又誤以爲勞南仲而作，遂失詩人語意，是烏能辨詩之工拙也哉？此詩以伐玁狁爲主腦，西戎爲餘波，凱還爲正意，出征爲追述，征夫往來所見爲實景，室家思念爲虛懷。頭緒既多，結體易於散漫。觀其首二章，先叙出軍車旂之盛，旟旐飛揚，僕夫況瘁，已將大將征伐，聲勢赫赫寫出。驚心動魄，照人耳目！次又言王之命仲，仲之承王，愈加鄭重。義正詞嚴，聲靈百倍，早使敵人喪膽，玁狁懾服。故不煩一鏃一

矢，但城朔方而邊患自除。非「赫赫南仲」上承天子威靈，下同士卒勞苦，何能收功立效之速如是哉？不但此也，方議回軍，復事西戎。故以得勝王師加諸一隅亡虜，更不待衄刃而自解矣。此尤見南仲恩威並著，謀國遠略有非他將所能及者。然當其將還未還時，征夫往來，景物變遷，固覺可感；即其室家撫景懷人，甯無怨思？總以王事多難，簡書迫我，故不敢顧私情而辭公義耳。迨至今而春回日煖，草長鶯飛，采蘩婦子，祁祁郊外，而壯士凱還，則執訊獲醜，獻俘天子，歸功大帥。西戎既伐，玁狁之平愈固。然非南仲之功而誰功哉？於虖盛矣！此詩意也。讀者試咏其辭，豈勞之者所能言歟？至南仲時代，諸家所考亦無確見。鄭氏以爲文王時人，因文王不爲天子，而以天子歸之殷王。姚氏已駁其迂矣。季明德及僞《傳》又以爲宣王時人，因《常武》有南仲太祖一語，然《常武》爲宣王之上世可知，但不知果何王耳。案《史·匈奴傳》云：在襄王時，又云在懿王時。《漢書·人表》有南中，在厲王時。《匈奴傳》又引《出車》之詩，謂宣王命將征伐玁狁，則又在宣王時。史已無據，復何證歟？唯全詩一城玁狁，一伐西戎，一歸獻俘，皆以南仲爲束筆。不唯見功歸將帥之美，而且有製局整嚴之妙。此作者匠心獨運處，故能使繁者理而散者齊也。

【眉評】〔一、二章〕將出征，先寫車旂僕從之盛，是一篇點兵行。〔三章〕王命仲言，仲傳王命，兩命互寫，鄭重之至，赫奕之至，是全詩警策處。〔四章〕以上了一事，此下又生一事。以事之曲折爲文之波瀾。〔五章〕忽從其室家一面寫其未能即歸，事愈閒而文愈曲矣。玁狁是正意，西戎乃餘波故曰「薄伐。」〔六章〕須看他處處帶定南仲，章法自能融成一片。末仍歸重玁狁，完密之至。

【集釋】〔牧〕《爾雅》：郊外謂之牧。蓋言可放牧也。〔郊〕劉氏瑾曰：都城外五十里爲近郊，百里爲遠郊。〔設〕陳也。〔旐〕龜蛇曰旐。〔建〕立也。〔旄〕注旄於旗干之首也。〔旟〕鳥隼曰旟。《集傳》：鳥隼龜蛇，《曲禮》所謂「前朱雀而後玄武也」。楊氏曰，師行之法，四方之星各隨其方以爲前後左右，進退有度，各司其局，則士無失伍離次矣。〔旆旆〕飛揚之貌。〔悄悄〕憂貌。〔況〕與怳同。〔南仲〕此時大將也。説見篇中。〔方〕指朔方也，今靈、夏等州之地。〔彭彭〕衆盛貌。〔旂〕交龍爲旂。〔央央〕鮮明也。〔赫赫〕威名光顯也。〔襄〕除也。程子曰：城朔方而玁狁之難除也。〔簡書〕姚氏際恒曰：簡書，天子策命也。《毛傳》謂「戒命，鄰國有急，以簡書相召，則奔命救之」，此用《左傳》而誤也。閔元年，狄人伐邢，管敬仲言于齊侯曰：「《詩》云，『豈不懷歸，畏此簡書』。簡書，同惡相卹之謂也。請救邢以從簡書！」此第謂當時天子有此簡書，其中有「同惡」之語，非鄰國之簡書也。其後鄰國有戒命，則亦謂之簡書耳。〔執訊〕其魁首當訊問者也。〔醜〕徒衆也。〔夷〕平也。于襄者，埽除而無敵也。于夷者，蕩平而無事也。

【標韻】牧一屋來十灰，叶六直反。載十一隊棘十三職叶韻　郊三肴旐四豪通韻　旆九泰瘁四寘通韻　方七陽央、方、襄並同本韻　華六麻，叶芳無反。塗七虞居六魚書同叶韻　蟲一東螽、忡並同降三江戎東轉韻　遲四支萋八齊喈九佳祁支歸五微夷支通韻

杕杜　念征夫也。

有杕之杜，有睆其實。王事靡盬，繼嗣我日。日月陽止，女心傷止，征夫遑止。一章　有杕之杜，其葉萋萋。王事靡盬，我心傷悲。卉木萋止，女心悲止，征夫歸止。二章　陟彼北山，言采其杞。王事靡盬，憂我父母。檀車幝幝，四牡痯痯，征夫不遠。三章　匪載匪來，憂心孔疚。期逝不至，而多爲恤。卜筮偕止，會言近止，征夫邇止。四章

右《杕杜》四章，章七句。《小序》謂「勞還役」。勞之而不慰其心、酬其力，乃故作此婦人思夫之詞以媚之，天下有是酬人法乎？聖王縱曲體人情，亦不代人妻子作悲泣狀也！即使爲之，何益勞者，而謂勞者受之耶？大抵儒者説《詩》，非迂即腐，而又故曲其説以文所短，則詩旨愈晦。此詩本室家思其夫歸而未即歸之詞，故始則曰「征夫遑止」，言可以暇矣，曷爲而不歸哉？繼則曰「征夫歸止」，言計其歸期實可歸也。既又曰「征夫不遠」，言雖未歸其亦不遠矣。終則曰「征夫邇止」，言歸程甚邇，豈尚誑耶？始終望歸，而未遽歸，故作此猜疑無定之詞耳。然期望雖殷，

而終以王事爲重，不敢以私情廢公義也。此詩人識見之大，詎得以尋常兒女情視之耶？

【眉評】四章落筆均望征夫之歸，而各極其變。〔三章〕思而不歸，則代憂其父母，且慮及車馬疲敝，深情無限。〔四章〕再期不至，卜筮兼詢，情切可知。蓋事愈瑣而心愈迫矣。

【集釋】〔杕杜〕解見《唐・杕杜》。〔睆〕實貌。〔嗣〕續也。〔陽〕十月也。〔遑〕暇也。〔萋萋〕盛貌。春將莫之時也。〔檀車〕役車也。〔幝幝〕敝貌。〔痯痯〕疲貌。〔載〕裝也。〔逝〕往也。〔恤〕憂也。〔卜筮〕何氏楷曰：《禮》，大事先筮而後卜，小事則龜筮不相襲。今相襲俱作，以心之惶惑不定也。〔會〕合也。蓍龜之辭合一也。

【標韻】實四質日同本韻　陽七陽傷、遑並同本韻　萋八齊悲四支萋、悲同上歸五微通韻　杞四紙母二十五有，叶滿尾反。叶韻　幝十六銑痯十四旱遠十三阮通韻　來十灰，叶立直反。疚二十五有，叶訖力反。至四寘恤四質邇四紙叶韻

魚麗　燕嘉賓也。

魚麗于罶，鱨鯊。君子有酒，旨且多。一章　魚麗于罶，魴鱧。君子有酒，多且旨。二章　魚麗于罶，鰋鯉。君子有酒，旨且有。三章　物其多矣，維其嘉矣。四章　物其旨矣，維其偕矣。五章　物其有矣，維其時矣。六章

右《魚麗》六章。三章，章四句；三章，章二句。從古本，仍歸入《鹿鳴之什》。姚氏曰：「此王者燕饗臣工之樂歌。《大序》謂『文武始于憂勤，終于逸樂』，贅説失理，前人已辨之。《集傳》謂『宴饗通用之樂歌』，亦非。」然此詩本無義意，不過極言餚饌之多且美，故宴饗可以通用。且《燕禮》、《鄉飲酒禮》均皆用之，則亦未爲過也。唯因《儀禮》間歌《鹿鳴》三章後，即間歌《魚麗》三章，乃移《南陔》於此，而以《魚麗》次《華黍》之後，以爲篇次當如此。然《南陔》、《白華》、《華黍》既與《鹿鳴》三詩間歌，何不並移置三詩之間，而但移此以配《由庚》者，何哉？此可見其心游移，尚無成見，徒成其妄而已。愚故仍移置《南陔》之前，以復其舊。及至用樂，自有《儀禮》次序可循，不必擅移古聖經文也。若夫餚酒備極豐美，燕賓之禮自當如是。而諸家必衍至陰陽和而物類多，禮意周而賢士就，亦屬附會謬悠之談，均覺可厭！

【眉評】重重再描一層，是畫家渲染法。

【集釋】〔麗〕歷也。〔罶〕《集傳》：罶以曲薄爲笱，而承梁之空者也。〔鱨〕揚也。陸氏佃曰：今黄鱗魚，性浮而善飛躍，故一曰揚也。〔鯊〕鮀也。濮氏一之曰：鯊魚多種，有極大者，其皮如沙，今人以爲刀劍鞘。吹沙，小魚耳。〔鱧〕鮦也。嚴氏粲曰：毛氏以鱧爲鮦。《本草》云：「蠡，一名鮦，今黑鯉魚也。」〔鰋〕鮎也。孔氏穎達曰：《釋魚》有鰋、鮎。郭璞曰：「今鰋額白魚也。鮎，别名鯷。」孫炎以爲鰋鮎一魚。郭璞以鰋、鮎各爲一魚。〔有〕猶多也。

【標韻】罍二十五有酒同隔句韻　鯊六麻多五歌隔句轉韻　鱧八薺旨四紙通韻　鯉四紙有二十五有，叶羽已反。叶韻　多歌嘉麻轉韻　旨紙偕九佳，叶舉里反。叶韻　有同上。時四支，叶上紙反。叶韻

以上《鹿鳴之什》凡十篇。《大序》云：「文、武以《天保》以上治内，《采薇》以下治外。」今觀之乃不盡然。《鹿鳴》以下六篇，雖多君臣燕饗之樂，而《四牡》則勤王事，《皇華》則遣使臣，何以云「治内」？《采薇》以下四章，雖多將士征戍之詩，而《杕杜》則征婦思夫，《魚麗》則王者燕賓，又胡以云「治外」？而且《常棣》乃周公之作，《采薇》未定何王之詩，文、武安能用以爲樂？即此可見《詩序》之僞，徒附會而無理也。

南陔之什

《南陔》以下三詩，蘇氏轍云：「此三詩皆亡其辭。古者《鄉飲酒》、《燕禮》皆用之，孔子編《詩》，蓋亦取焉。歷戰國及秦，亡之，而獨存其義。毛公傳《詩》，附之《鹿鳴之什》，遂改什首。予以爲非古，於是復爲《南陔之什》，則《小雅》皆復孔子之舊。」今從之，而以《南陔》爲什首。

南陔笙詩也，辭亡。

白華同上。

華黍同上。

右三詩《序》謂「有其義而亡其辭」，《集傳》以爲「有聲無詞」。於是諸家解者遂以亡爲無，謂本無其辭，非亡之也。蓋古亡、無字通，然「無其辭」又何以「有其義」乎？郝氏敬辨之云：「夫聖人删《詩》非删《禮》也。笙歌相間自有《儀禮》在，何得以有聲無辭之空名寄之《雅》中？辭生於心，聲託於器。凡樂由心生，聲由辭生。有辭然後有聲，聲無辭不成章。若笙自爲笙，歌自爲歌，一歌間一笙，《風》、《雅》、《頌》之歌三百，即合有三百笙；奚獨《南陔》、《白華》五六篇爾？」又謂「《儀禮》於《鹿鳴》、《四牡》以下曰『歌』，於《南陔》、《白華》、《華黍》曰『笙』，曰『樂』，曰『奏』，而不言『歌』，以此爲有聲無辭之徵。今案《鄉射》亦《儀禮》也，云『奏《騶虞》、《貍首》』。而《騶虞》亦云『奏』。《周禮》有《九夏》，《國語》稱金奏《肆夏》、《樊遏》、《渠》。案，《肆夏》即《時邁》；《樊遏》爲《昭夏》，即《執競》；《渠》爲《納夏》，即《思文》，皆有辭而皆爲金奏，則奏亦辭也。《南陔》、《白華》之名，即《九夏》之類。金奏《九夏》有辭，笙奏《南陔》、

《白華》獨無辭乎？又《周禮。籥章》以籥吹《豳詩》，即《七月》。籥吹《七月》，亦猶笙吹《南陔》、《白華》、《華黍》也。《豳》有辭，而《南陔》以下獨無辭乎？又《禮記·文王世子》《明堂位》《祭統》，升歌《清廟》，下管《象》。《象》即《維清》也。謂管奏《維清》于堂。下管有辭，而笙獨無辭乎」？大抵歌即樂也，未有有聲無辭之樂。《集傳》又云「意古經篇題之下必有譜焉，如投壺魯鼓薛鼓之節而亡之耳。」愚謂樂固有有聲無辭者，不得謂盡皆有聲即有辭也。古之樂不可知，今之樂如《琴譜》《滄海龍吟》、《天風環佩》之類，均有聲而無辭，但非《南陔》、《白華》可比。《環佩》、《龍吟》何辭可譜？聲即譜，譜即樂，第能狀其形聲，即樂之佳者，故無辭也。若《南陔》、《白華》則明明有篇可名，有題可標，而獨無辭乎？故以爲義存而辭亡者近是。唯《序》之所謂義者，又僅就篇名以立義。夫詩篇名只取首二字，其義尚在後也。《南陔》、《白華》之謂，安知非詩人借以起興，借以譬喻，然後再入正意？烏能就此二字即可發全詩大義耶？且其所序之義又多無理。《南陔》曰，「孝子相戒以養也」，猶可説也；《白華》曰，「孝子之絜白也」，果何謂乎？無怪《集傳》駁之，以爲尤無理也。至《華黍》曰，「時和歲豐宜黍稷也」，則明是就「華黍」二字敷衍成義，又不待明者而自知其僞矣。今既明辨《序》、《傳》得失，故僅存詩目於此，而不復爲之補序云。

南有嘉魚　娛賓也。

南有嘉魚，烝然罩罩。君子有酒，嘉賓式燕以樂。一章　南有嘉魚，烝然汕汕。君子有酒，嘉賓式燕以衎。二章　南有樛木，甘瓠纍之。君子有酒，嘉賓式燕綏之。三章　翩翩者鵻，烝然來思。君子有酒，嘉賓式燕又思。四章

右《南有嘉魚》四章，章四句。此與《魚麗》意略同。但彼專言餚酒之美，此兼叙賓主綢繆之情。故下二章文格一變，參用比興之法，其實無甚深意，則如一耳。蓋亦燕臣工之樂也。故可與《魚麗》同時間歌，而其後又以爲燕饗通用之樂矣。

【集釋】〔嘉魚〕《集傳》：嘉魚，鯉質鱒鱗，肌肉甚美，出於沔南之丙穴。李氏樗曰：嘉魚，意以爲善魚，是魚之美者。案，左太沖《蜀都賦》，嘉魚出於丙穴，在漢中沔陽縣。嘉乃是魚名也。〔烝然〕發語聲也。　〔罩〕《集傳》：罩，篧也，編細竹以罩魚者也。　〔汕〕《集傳》：汕，樔也，以薄汕魚也。劉氏瑾曰：樔，《爾雅》作罺，並側交反。鄭氏康成曰：今之撩罟也。　〔衎〕樂也。唐氏汝諤曰：衎即樂之甚也。《易》曰：「飲食衎衎。」　〔鵻〕解見《四牡》。　〔又〕既燕又燕也。

【標韻】罩十九效樂同本韻　汕十六諫衎十五翰叶韻　纍四支綏同本韻　來十灰又二十六宥，叶夷昔反。叶韻

南山有臺　祝賓也。

南山有臺，北山有萊。樂只君子，邦君之基。樂只君子，萬壽無期。一章　南山有桑，北山有楊。樂只君子，邦家之光。樂只君子，萬壽無疆。二章　南山有杞，北山有李。樂只君子，民之父母。樂只君子，德音不已。三章　南山有栲，北山有杻。樂只君子，遐不眉壽。樂只君子，德音是茂。四章　南山有枸，北山有楰。樂只君子，遐不黄耇。樂只君子，保艾爾後。五章

右《南山有臺》五章，章六句。《小序》謂「樂得賢」，與前篇「樂與賢」無異。姚氏駁之，而以爲「此臣工頌天子之詩」，以詩中有「萬壽」、「父母」等字也。然《儀禮·鄉飲酒》及《燕禮》皆用之，則似非專頌天子詞矣。劉氏瑾曰：「或疑賓客不足以當『萬壽』之語。愚謂此詩上下通用之樂。當時賓客容有爵齒俱尊，足當之者。蓋古人簡質，如《士冠禮》祝辭亦云『眉壽萬年』，又況古器物銘所謂『用蘄萬年』，『用蘄眉壽』，『萬年無疆』之類，皆爲自祝之辭。則此詩以『萬壽』祝賓，庸何傷乎？」故《集傳》以爲「燕饗通用之樂」，亦不爲過。然自《魚麗》至此，三詩各有一義。《集傳》於《魚麗》曰「優賓」，於《嘉魚》曰「樂賓」，於此曰「尊賓」，頗得燕樂次序。朱氏道行曰：「徐氏曰，《魚麗》言品物之豐美，故曰優賓。《嘉魚》言懽忻之交通，故曰樂賓。《南

山》頌德祝壽，而德與壽，天下之達尊也，故曰尊賓。三者備，斯燕賓之道盡矣。」然愚案：三詩未必同出一時，不過後王用以入樂，其詞義先後重輕適如其序焉云爾。

【集釋】〔臺〕《集傳》：臺，夫須，即莎草也。陸氏璣曰：舊説夫須，莎草也，可爲蓑笠。或云臺草，有皮，堅細滑緻，可爲簦笠。〔萊〕《集傳》：萊，草名，葉香可食者也。〔君子〕指賓客也。〔杞〕《集傳》：杞，樹如樗，一名狗骨。〔栲〕山樗。〔杻〕檍也。〔眉壽〕秀眉也。朱氏公遷曰：秀眉，眉有秀毛也，長眉秀出於其間，爲壽徵。〔枸〕《集傳》：枸，枳枸。樹高大似白楊，有子著枝端，大如指，長數寸，噉之甘美如飴，八月熟，亦名木蜜。〔楰〕《集傳》：楰，鼠梓，樹葉木理如楸，亦名苦楸。〔黄〕老人髮復黄也。〔耇〕老人面凍梨色，如浮垢也。〔保〕安也。〔艾〕養也。

【標韻】臺十灰。萊同基四支期同通韻　桑七陽楊、光、疆並同本韻　杞四紙李同母二十五有，叶滿彼反。已紙叶韻　栲十九皓，叶音口。杻二十五有壽二十六宥茂同叶韻　枸七麌楰同本韻　耇有後同本韻

由庚笙詩也，辭亡。

崇丘同上。

由儀同上。

右三詩案《儀禮·鄉飲酒》及《燕禮》，用以配《魚麗》、《嘉魚》、《南山》三詩，同間入樂。每歌《魚麗》，則笙《由庚》；歌《嘉魚》，則笙《崇丘》；歌《南山》，則笙《由儀》；言一歌一吹也。與《鹿鳴》下三詩，配《南陔》三笙，同爲燕饗之樂。《鹿鳴》等樂既畢，則《魚麗》諸樂繼進。故《集傳》以此三詩分次《魚麗》各章之後，愚以其非古，仍類録於此，以復其舊。且《南陔》三笙既未移置《鹿鳴》等篇之下，則此三笙又何必分配前詩以改觀耶？至其辭亡無義，與《序》義之無理，已見前說，兹不再辯。

蓼蕭　天子燕諸侯而美之也。

蓼彼蕭斯，零露湑兮。既見君子，我心寫兮。燕笑語兮，是以有譽處兮。一章　蓼彼蕭斯，零露瀼瀼。既見君子，爲龍爲光。其德不爽，壽考不忘。二章　蓼彼蕭斯，零露泥泥。既見君子，孔燕豈弟。宜兄宜弟，令德壽豈。三章　蓼彼蕭斯，零露濃濃。既見君子，鞗革沖沖。和鸞雝雝，萬福攸同。四章

右《蓼蕭》四章，章六句。《小序》云「澤及四海也」。案，詩止言天子諸侯「笑語」、「心寫」之樂，

曷云「澤及四海」？爲之解者乃引《易・比》之《象》曰：「先王以建萬國，親諸侯。」諸侯正所以比天下，以爲古《序》之旨簡而該。以是爲「簡而該」，則凡屬天子燕諸侯之詩，莫不可曰「澤及四海」矣。序詩如此，何能使人測識？有序若無序，何若無序之爲妙乎？此蓋天子燕諸侯而美之之詞耳。然美中寓戒，而因以勸導之。曰德，曰壽，有是德乃有是壽，固也。諸侯之易於失德，則尤在兄弟爭奪之間與鄰國侵伐之際。故又從令德中特言「宜兄宜弟」。夫必内有以和其親，然後外有以睦其鄰，諸侯睦而萬國寧，乃真天子福也。故更曰「萬福攸同」，是豈徒爲諸侯頌哉？古人立言各有體裁，以上頌下，當以此種爲得體。

【集釋】〔蓼〕長大貌。〔蕭〕蒿也。〔湑〕湑然，蕭上露貌。〔君子〕指諸侯也。〔寫〕輸寫也。〔燕〕謂燕飲。〔譽〕善聲也。蘇氏轍曰：譽，豫通。凡詩之譽皆言樂也。郝氏敬曰：如「韓姞燕譽」之譽。〔瀼瀼〕露蕃貌。〔龍〕寵也。唐氏汝諤曰：爲龍增寵之意，爲光輝耀之意。〔爽〕差也。〔泥泥〕露濡貌。〔孔燕〕猶言盛燕也。〔豈〕樂也。〔弟〕易也。〔濃濃〕厚貌。〔鞗〕轡也。何氏楷曰：從絲曰轡，從革曰鞗。鞗即轡之別名，革乃轡首之垂者。〔沖沖〕垂貌。〔和鸞〕《集傳》：和、鸞，皆鈴也。在軾曰和，在鑣曰鸞，皆諸侯車馬之飾也。〔攸〕所也。

【標韻】湑六語寫二十一馬，叶想羽反。語、處語叶韻　瀼七陽光同爽二十二養忘陽叶韻　泥八薺弟、弟並同豈十

賄通韻　濃二冬沖一東雝冬同東通韻

湛露　天子燕諸侯也。

湛湛露斯，匪陽不晞。厭厭夜飲，不醉無歸。一章　湛湛露斯，在彼豐草。厭厭夜飲，在宗載考。二章　湛湛露斯，在彼杞棘。顯允君子，莫不令德。三章　其桐其椅，其實離離。豈弟君子，莫不令儀。四章

右《湛露》四章，章四句。《小序》謂「天子燕諸侯也」。案：《左》文四年，衛甯武子來聘，公與之宴。爲賦《湛露》，不拜，又不答賦。使行人私焉。對曰：「臣以爲肄業及之也。昔諸侯朝正于王，王宴樂之，于是乎爲賦《湛露》，則天子當陽，諸侯用命也。」此《序》所本，故無誤也。然《傳》統言諸侯，不言同姓。鄭氏則又謂「宴同姓矣」，豈不以「在宗載考」之謂乎？姚氏曰：「宗，宗廟也。古朝、聘、享皆于廟，則燕亦廟也。《毛傳》以宗子之法解『不醉無歸』，固已疎矣；又以宗爲宗室，尤非。宗室，宗子之室也。王者亦有宗室乎？《集傳》即依《毛傳》，謂宗室；又曰『蓋路寢之屬』，益可笑。路寢，聽朝之所也。路寢其宗室耶？宗室其路寢耶？」此可見在宗之詞，不必其爲同姓賦也。然夜飲至醉，易於失儀，故必不喪其威儀而後謂之禮成。其威儀之所以醉而不改乎其度者，則非有令德以將之也不可。故醉中可以觀德，尤足以知蘊蓄之

有素。況天子夜宴，而曰「不醉無歸」，君恩愈寬，臣心愈謹，乃可免愆尤而昭忠敬。詎可恃寵以失儀乎？詩曰「莫不令儀」、「莫不令德」者，蓋美中寓戒耳。外雖美其德容之無不善，意實恐其德容之或有未善，則未免有負君恩而虧臣職，其所係非淺鮮也。

【集釋】〔湛湛〕露盛貌。〔晞〕乾也。〔厭厭〕安也，久也，足也。〔夜飲〕私燕也。韓氏嬰曰：飲之禮，不脱屨而即席者謂之禮，跣而上坐者謂之宴。孔氏穎達曰：《楚茨》云「備言燕私」，傳曰，燕而盡其私恩，明夜飲者亦君留而盡私恩之義。〔豐〕茂也。〔宗〕已見篇中。〔考〕姚氏際恒曰：載，再也。考，擊也，擊鐘也。《唐風》「子有鼓鐘，弗鼓弗考」。再考鐘，所謂「金奏《肆夏》」也，入門、客出及燕之時皆用之。〔顯〕明也。〔允〕信也。〔離離〕猶纍纍也。

【標韻】晞五微歸同本韻　草十九皓考同本韻　棘十三職德同本韻　離四支儀同本韻

以上《南陔之什》六篇，無辭凡四篇。案《嘉魚》、《南山》與前《魚麗》三篇，同爲燕饗通用之樂。《蓼蕭》、《湛露》，則天子燕諸侯之詩。其時代皆不可考。毛公分《魚麗》以上爲文、武詩，《嘉魚》以下爲成王詩，《集傳》已辨其非矣，茲不再論。

詩經原始卷之十

小雅 二

彤弓之什

彤弓 天子錫有功諸侯也。

彤弓弨兮，受言藏之。我有嘉賓，中心貺之。鐘鼓既設，一朝饗之。一章 彤弓弨兮，受言載之。我有嘉賓，中心喜之。鐘鼓既設，一朝右之。二章 彤弓弨兮，受言櫜之。我有嘉賓，中心好之。鐘鼓既設，一朝醻之。三章

右《彤弓》三章，章六句。案《春秋傳》甯武子曰：「諸侯敵王所愾而獻其功，於是乎賜之彤弓一，彤矢百，玈弓矢千，以覺報宴。」故《序》與《集傳》皆謂「天子錫有功諸侯」是也。范氏曰：

「先王知諸侯不可無長，故爲方伯連帥以統之。有功則錫之弓矢以正諸夏，此王室所以尊也。不然，强淩弱，大并小，天子之令有所不行。故曰彤弓廢則諸夏衰矣。」黄氏櫄曰：「周平王東遷，晉文侯有功焉。王賜之以彤弓一，彤矢百。其後襄王以文公有獻楚俘之功，而命之宥，亦賜之彤弓一，彤矢百。夫以周室既衰，賞罰無章，而彤弓之賜必待有功，況盛時乎？」此彤弓之錫，先王所以維持百世而不可廢，亦不可輕以畀人者也。是詩之作，當是周初制禮時所定。其詞甚莊雅而意亦深厚。曰「一朝饗之」者，謂錫弓之日非但錫弓，且並饗之，同在一朝也。既重其典，又隆其燕，禮之甚盛者耳。而《集傳》誤解「一朝」爲速，引東萊吕氏之説，必以衰朝寵錫私恩，及後世屯膏吝賞之行，以與先王相比論。尊之適所以慢之也，烏乎可？

【集釋】〔彤弓〕朱弓也。孔氏穎達曰：彤，赤，故言朱弓。爲弓者皆漆之以禦霜露。色以赤者，周之所尚。故賜弓赤一而黑千，以赤爲重耳。〔弨〕弛貌。孔氏穎達曰：《説文》云：「弨，弓反。」謂弛之而體反也。嚴氏粲曰：賜弓不張。〔貺〕與也。〔饗〕大飲賓曰饗。孔氏穎達曰：饗者，烹太牢以飲賓。殺牲俎，豆盛於食燕。《周語》曰：「王饗有體薦，燕有折俎，公當饗，卿當燕。」是其禮盛也。〔載〕抗之也。劉氏瑾曰：載彤弓於弓檠，抗弓體使正，言其藏之謹也。〔右〕姚氏際恒曰：右，嚴氏曰，「助也。右與宥、侑通，皆助也。《左傳》言『饗醴命宥』，《注》云『以幣物助歡也』。」〔櫜〕韜也。陸氏德明曰：櫜，弓衣也。〔好〕説也。

〔醻〕報也。《集傳》：飲酒之禮，主人獻賓，賓酢主人，主人又酌自飲，而遂酌以飲賓，謂之醻。醻猶厚也，勸也。

【標韻】藏七陽貺二十三漾饗二十二養叶韻　載十一隊喜四紙右二十六宥，叶於記反。叶韻　櫜四豪好二十號醻十一尤，叶大到反。叶韻

菁菁者莪　樂育材也。

菁菁者莪，在彼中阿。既見君子，樂且有儀。一章　菁菁者莪，在彼中沚。既見君子，我心則喜。二章　菁菁者莪，在彼中陵。既見君子，錫我百朋。三章　汎汎楊舟，載沉載浮。既見君子，我心則休。四章

右《菁菁者莪》四章，章四句。《小序》曰：「樂育材也」。朱子初説亦從其義，既謂《序》失詩意，遂改爲「燕飲賓客之詩」。然詩中亦無燕飲字。故姚氏兩駁之，而以爲「人君喜得見賢之詩，其餘則不可以臆斷」。愚謂經文雖不露育材字，而菁莪之産於美地，在彼中阿、中沚、中陵，有潤澤以養其材。故物雖微而亦成其盛，即如人材之在學校，有教化以培植之，故質雖魯而亦成其德。即主育材言亦奚不可？且所謂賢，又安知其不從學校中以見之耶？此種詩古來相傳既久，可以不必與之立異。唯《大序》云「君子能長育人材，則天下喜樂之矣」，迂曲難解，則斷

不可從。蓋君子即賢者也，而乃以爲人君，則下文「樂且有儀」、「錫我百朋」二句直接不去。儀謂「享多儀」之儀，是君見賢而樂，樂則有儀以將意。若天下人得見人君，則何儀之有乎？百朋謂貝之多，是君見賢而以爲寶，不啻百朋之錫。若天下人得見人君，又何寶之是錫乎？故此詩當是君臨辟廱，見學校人材之盛，喜而作此。或即以燕饗群材，亦未可知。總之，不離育材者近是。

【集釋】〔菁菁〕盛貌。〔莪〕陸氏璣曰：莪，蒿也，一名蘿蒿。生澤田漸洳之處，葉似邪蒿而細，科生。三月中，莖可生食，又可蒸，香美，味頗似蔞蒿是也。〔君子〕指賢材也。〔儀〕姚氏際恒曰：「既見君子」之下句，嚴氏謂「從來皆承見君子者言」，是「樂且有儀」，自言其既樂而且以儀將之也；猶「享多儀」之儀。〔百朋〕姚氏際恒曰：百朋，兩貝爲朋。凡言朋是兩偶之義。鄭氏謂「五貝爲朋」，謬。《漢·食貨志》「貝有五等：其四等皆兩貝爲朋，其一不成貝，不爲朋」。鄭必是誤以五等爲五貝耳。《集傳》漫不加考，從之，非也。前人所論者如此。〔楊舟〕楊木爲舟也。

【標韻】莪五歌阿同儀四支，叶五何反。叶韻　沚四紙喜同本韻　陵十蒸朋同本韻　浮十一尤休同本韻

六月　美吉甫佐命北伐有功，歸宴私第也

六月棲棲，紀候。戎車既飭。車堅。四牡騤騤，馬强。載是常服。旂盛。玁狁孔熾，我是用急。點明北伐之故。王于出征，王親征。以匡王國。一章　比物四驪，閑之維則。再寫馬，不惟力齊，而且色備，兼能調習。維此六月，既成我服。戎服。我服既成，于三十里。師行。王于出征，以佐天子。王將中軍，以吉甫爲副。○二章　四牡修廣，其大有顒。三寫馬壯。薄伐玁狁，以奏膚公。有嚴有翼，共武之服。紀律軍心，慎以將事。共武之服，以定王國。非同兒戲。○三章　玁狁匪茹，整居焦穫，侵鎬及方，至于涇陽。賊勢深入，無所畏忌，逼近京邑。織文鳥章，白旆央央，軍中乃整車旂。元戎十乘，以先啟行。吉甫先行出戰。○四章　戎車既安，如輊如軒。車雖馳而安。四牡既佶，既佶且閑。馬雖奔而閒。薄伐玁狁，至于大原。逐北追奔，出境而止。文武吉甫，萬邦爲憲。歸功吉甫，是一篇之主。○五章　吉甫燕喜，既多受祉。燕飲私第，爲獻詩之故。來歸自鎬，我行永久。飲御諸友，炰鱉膾鯉。侯誰在矣？張仲孝友。以賓陪作收。○六章

右《六月》六章，章八句。孔氏穎達曰：「此經六章皆是北伐之事。毛意上四章説王自親行，下二章説王還之後遣吉甫行。故三章再言薄伐。上謂王伐之，下謂吉甫伐之也。鄭以爲獨遣吉甫，王不自行。王基云：『《六月》使吉甫，《采芑》命方叔，《江漢》命召公，唯《常武》宣王親自

征耳。』孫毓亦以此篇王不自行，鄭説爲長。」衆論紛紜，皆未嘗一讀經文也。而《小序》但謂「宣王北伐也」，則尤泛，何足與論詩旨？《集傳》雖亦歸功吉甫，而《辯説》仍遵古《序》，直以爲此句得之，豈得爲説詩達詁？蓋事本北伐，而詩則作自私燕；王本親征，而將則佐以吉甫；戰本同臨，追奔則止命元戎。詩旨甚明，何不一細詳之？曰「王于出征」者，王于是自將親征也。曰「以佐天子」者，以吉甫爲副，參佐王師也。曰「以定王國」者，將以一戰而定王國；非如灞上諸軍直同兒戲，故慎以將事也。此時王初即位，玁狁深入，逼近京邑。非自將親征，又得元戎大將參贊其間，不足以退强虜而安王國。故兵貴先聲，理直則氣壯也。此前三章命意所在，亦文章中之蓄勢養局法耳。迨至四、五兩章，乃叙戰事。先言玁狁之猖獗無忌，次寫大將之沖鋒先行。故一戰而敵退。王乃命將追奔，直至太原而止。蓋寇退不欲窮追也。此吉甫安邊良謀，非輕敵冒進者比。故當其乘勝逐北也，車雖馳而常安，馬雖奔而恒閑，何從容而整暇哉？及其回軍止戈也，不貪功以損將，不黷武以窮兵，又何其老成持重耶？所謂有武略者，尤須文德以濟之，非吉甫其孰當此？宜乎萬邦取以爲法也。然此皆追叙之筆，卒章乃入題位。蓋吉甫成功凱還，歸燕私第，幕府賓客，歌功頌烈，追述其事如此。故末以孝友之張仲陪筆作收，與上文武字相應，且以見賓客之賢。是私燕作法，亦獻詩者之自占身分處。故論北伐事，宣王爲主，吉甫爲佐；而論私燕情，張仲是賓，吉甫又是主。此詩乃幕賓之頌主將，自當以吉甫作主，宣王則不過追述之而已。《小序》漫不加考，故但曰「北伐也」。且其詩中又何嘗有王還後再遣吉甫行之説？諸儒讀《詩》鹵莽如此，無怪其不能得詩意也！

【眉評】〔一、二、三章〕前三章皆閒寫車馬旂服之盛及軍行紀律之嚴，而未及戰事，是文章中展局法。〔四、五章〕至此乃入戰事。寫得賊焰甚熾而迫，然後我軍出敵，一戰而勝，所謂以逸待勞也。好整以暇，是大將身分。窮寇毋追，深得禦邊之法。〔六章〕結似閒而冷，其實借孝友以陪文武，求忠臣必於孝子，是作者深意。

【集釋】六月《集傳》：六月建未之月也。濮氏一之曰：《詩》言「四月維夏，六月徂暑」，則爲夏正可知。案：周正改建未改月，故四月仍用夏首。不然本朝詩人咏本朝事，豈可忽用夏正耶？〔戎車〕兵車也。孔氏穎達曰：《春官·車僕》掌戎路之倅，廣車之倅，闕車之倅，屏車之倅，輕車之倅」注云：「此五者皆兵車，所謂五戎也。戎路，王在軍所乘。廣車，横陣之車。闕車，所用補闕之車也。屏車，所用對敵自蔽隱之車也。輕車，所用馳敵致師之車也。」是其等有五也。〔飭〕整也。〔騤騤〕强貌。〔常服〕姚氏際恒曰：常，旂屬也。服，屬也，言常之屬也。《毛傳》謂戎服，戎服何謂之常服乎？鄭氏謂「韋弁服」，《集傳》謂「戎事之常服」，並非。且以服爲衣服，與下章「既成我服」亦複矣。通章三服字，凡三義。〔玁狁〕即獫狁，北狄也。〔比物〕齊其力也。〔四驪〕其色又齊也。〔我服〕戎服也。〔三十里〕一舍也。古者吉行日五十里，師行日三十里。〔顒〕大貌。〔膚〕大也。〔公〕功同。〔翼〕敬也。〔共〕與供同。〔服〕事也。〔匪茹〕茹，度也。言玁狁不自度量也。〔整居〕孔氏穎達曰：整齊而處之者。言其居周之地，無所畏憚也。〔焦穫〕毛氏萇曰：焦穫，周地接於玁狁者。〔鎬〕《前漢書》：劉向疏曰，吉甫之歸，周厚賜之。其詩曰，來歸自鎬，我行永久。千里之鎬，猶以爲遠。顏氏師古曰：鎬非豐鎬之鎬。〔方〕《集傳》方，疑即朔方也。〔涇陽〕《集傳》：涇水之北，在豐、鎬之西北。言其深入爲寇也。〔織〕幟同。〔鳥章〕鳥隼之章也。〔白旆〕繼旐者也。〔央央〕鮮明也。〔元戎〕舊解皆曰戎車也。案：此當作大將解，猶稱方叔爲元老之稱也。〔先啟行〕啟，開也。行，道也。前鋒先開道而行也。〔如輊如軒〕言車之安適，前後視之，皆如軒輊也。〔佶〕壯健也。〔大原〕地名。〔吉甫〕即尹吉甫，此時大將以佐宣王者。〔憲〕法也。〔祉〕福也。〔御〕進也。〔侯〕維也。〔張仲〕吉甫之友也。

【標韻】飭十三職服一屋急十四緝國職叶韻　則職服屋叶韻　里四紙子同本韻　顒二冬公一東通韻　服、國見上叶韻　茹六語穫同本韻　方七陽陽、章、央、行並同本韻　軒十三元閑十五删原元憲十四願叶韻　祉紙久二十五有鯉紙友有叶韻

采芑　南人美方叔威服蠻荆也。

薄言采芑，于彼新田，于此菑畝。從閒地旁觀興起。方叔涖止，入題。其車三千，師干之試。軍雖衆而有制。方叔率止，乘其四騏，馬。四騏翼翼。路車有奭，車。簟笰魚服，車。鉤膺鞗革。馬○一章　薄言采芑，于彼新田，于此中鄉。方叔涖止，其車三千，旂旐央央。旗。方叔率止，約軝錯衡，車。八鸞瑲瑲。馬。服其命服，朱芾斯皇，服。有瑲葱珩。佩。○二章　鴥彼飛隼，其飛戾天，亦集爰止。又一興法。方叔涖止，其車三千，師干之試。方叔率止，鉦人伐鼓，金鼓。陳師鞠旅。顯允方叔，伐鼓淵淵，進。振旅闐闐。三章　蠢爾蠻荆，大邦爲讎。方叔元老，克壯其猶。方叔率止，執訊獲醜。生擒。戎車嘽嘽，嘽嘽焞焞，如霆如雷。顯允方叔，征伐玁狁，蠻荆來威。摯一筆，畏服。○四章

右《采芑》四章，章十二句。凡作詩必先立題，題立不佳，則詩必不佳。閲詩亦必須審題，題審不真，則更不能識人詩之所以佳。如前章《六月》一詩，誰不知其爲宣王北伐？此詩誰又不知其爲宣王南征？然同一征伐也，而詩則有作於出師之始，或作於班師之後，或天子勞之而賜以詩，或僚庶頌之而獻以句，且有局外旁觀，發爲咏歌以紀其事。後世采詩者，則不問誰作，第擇其工而且切者録之，以補一代國史所不及，所謂詩史也。前《六月》既爲吉甫幕賓所呈獻，此詩

之作又將出於誰手與作於何時，豈無所别歟？觀其全詩，題既鄭重，詞亦宏麗。如許大篇文字，而發端乃以采芑起興，何能相稱？蓋此詩非當局人作，且非王朝人語，乃南方詩人從旁得覩方叔軍容之盛，知其克成大功，歌以誌喜。如杜甫《觀安西兵過》及《聞官軍收河南河北》諸詩。故先從己身所居之地興起。及入題，乃曰「方叔涖止」。以下即極力描寫軍容之盛，紀律之嚴，早已爲攝服蠻荆張本。且其人亦非荆人，必詩人之流寓蠻荆者。不然，荆人何以自謂「蠢爾蠻荆」耶？蓋其人雖流寓荆楚，素必熟稔荆楚情形，知其不臣已久，而又不能力請王師以討之。一旦得覩大將軍威，元老雄略，不覺深幸南人之得覩天日，而己身亦與有餘慶焉。故末一章振筆揮灑，詞色俱厲，有泰山壓卵之勢，又何患其不速奏膚功也耶？若《序》但謂「宣王南征」，固已寬泛不切詩意；即《集傳》云「王命方叔南征，軍行采芑而食，故賦其事以起興」，亦非語氣。夫以赫赫王師，何至采芑而食，有如飢軍困卒之所爲，而乃以此起興乎？且「方叔涖止」一語，「涖」之云者，人自他方來臨吾土之謂，非我從本國適彼殊方之言，故知其爲南人作也。但姓氏無考，故不能確指其爲誰耳。總之，南征北伐，皆宣王中興事。即《江漢》、《常武》亦宣王武功詩。而玁狁及徐夷必加親征者，一患除肘腋，一威宣遠夷也。若《江漢》及此篇，則但命將出征可矣。其詩共四篇，二入《大雅》，二載《小雅》。入《大雅》者，朝廷紀功之作；載《小雅》者，草野歌頌之章。讀者試涵泳而諷誦之，不惟可以辨大、小《雅》之分，即此篇之爲南人作也，亦斷斷乎無疑義矣！

【眉評】前三章皆言車馬、旂幟、佩服之盛，而進退有節，秋毫無犯，禽鳥不驚，是王者師行氣象。然非大帥統率有方，何能如是嚴肅乎？故每章皆言「方叔率止」，以見節制之嚴耳。末乃大聲疾呼，如雷震蟄，喚醒蠻荊敢抗王師。再以玁狁之事攝之，故不覺其畏威而來服也。全篇前路閒閒，後乃警策動人。然制勝全在先爲不可勝以待敵之可勝，故不戰而已屈人之師。文之局陣如之。

【集釋】〔芑〕《集傳》：芑，苦菜也。青白色，摘其葉有白汁出，肥可生食，亦可蒸爲茹。即今苦蕒菜，宜馬食。軍行采之，人馬皆可食也。〔菑畝〕田一歲曰菑，二歲曰新田，三歲曰畬。《釋地》文。菑者，災也。畬，和柔之意。〔方叔〕宣王卿士，受命爲將者也。〔涖〕臨也。〔師〕衆也。〔干〕扞也。〔試〕肄習也。言衆且練也。〔率〕總率之也。〔翼翼〕順序貌。〔路車〕戎車也。〔奭〕赤貌。〔簟笰〕車蔽也。〔鉤膺〕《集傳》：鉤膺，馬婁頷，有鉤而在膺，有樊有纓也。樊，馬大帶；纓，鞅也。〔鞗革〕見《蓼蕭》篇。〔中鄉〕民居。〔約軝〕孔氏穎達曰：《説文》云「軝，長轂也，朱而約之」。謂以皮纏之而上加以朱漆也。〔衡〕衡有文飾也。〔命服〕天子所命之服也。〔朱芾〕黄朱之芾也。〔皇〕猶煌煌也。〔瑲〕玉聲。〔蔥〕蒼色如蔥。〔珩〕佩首横玉也。〔隼〕鷂屬。〔戾〕至也。〔爰〕於也。〔鉦〕鐃也。〔人〕擊鉦人也。〔伐鼓〕鉦鼓各有人，而言「鉦人」、「伐鼓」，互文耳。〔鞠〕告也。〔師〕二千五百人爲師。〔旅〕五百人爲旅。〔淵淵〕鼓聲。〔振旅〕《春秋傳》曰，出曰治兵，入曰振旅。〔闐闐〕亦鼓聲。〔元〕大也。〔猶〕謀也。〔嘽嘽〕衆也。〔焞焞〕盛也。

【標韻】芑四紙畝二十五有，叶每彼反。叶韻　止紙試寘翼十三職叶韻　奭十一陌革同本韻　鄉七陽央、瑲並同珩八庚轉韻　隼十一軫，叶息九反。止紙叶韻　止、試見上鼓七麌旅六語通韻　淵一先闐同本韻　讎十一尤猶同醜二十五有，叶尺由反。叶韻　雷十灰威五微通韻

車攻　宣王復會諸侯於東都也。

我車既攻，我馬既同。四牡龐龐，駕言徂東。一章　田車既好，四牡孔阜。東有甫草，駕言行狩。二章　之子于苗，選徒囂囂。建旐設旄，搏獸于敖。三章　駕彼四牡，四牡奕奕。赤芾金舄，會同有繹。四章　決拾既佽，弓矢既調，射夫既同，助我舉柴。五章　四黃既駕，兩驂不猗。不失其馳，舍矢如破。六章　蕭蕭馬鳴，悠悠旆旌。神到之筆。徒御不驚，大庖不盈。七章　之子于征，有聞無聲。允矣君子，展也大成！八章

右《車攻》八章，章四句。《小序》云「宣王復古也」，語雖渾，頗得其要。《大序》復益之曰：「宣

王内修政事，外攘夷狄，復文武之竟土，修車馬，備器械，復會諸侯於東都。因田獵而選車徒焉。」數語反嫌其贅而無當於義，何也？蓋此舉重在會諸侯，而不重在事田獵。不過藉田獵以會諸侯，修復先王舊典耳。昔周公相成王，營洛邑爲東都以朝諸侯。周室既衰，久廢其禮。迨宣王始舉行古制，非假狩獵不足懾服列邦。故詩前後雖言獵事，其實歸重「會同有繹」及「展也大成」二句。其餘車徒之盛，射御之能，固是當時美觀，抑亦詩中麗藻，其所係不在此也。而諸儒説《詩》，專從此等處以求詩義，豈能得其要哉？至《集傳》欲并八章爲四，意謂首二章通言車馬盛備，將往東都圃田之地。三、四章通言天子諸侯來會東都之事故。五、六通言田獵射御。七、八通言始終整肅。合而爲四也。似此分章，非惟難得事勢輕重，且並不辨文章疏密。蓋首章東行，是一篇之冒。次三乃言所至之地：曰甫，圃田也；曰敖，敖山也，皆所期會獵處也。四章諸侯來會。五、六始獵。七收軍。八則回蹕禮成。此事之始終即詩之次序，故非八章不足以盡文局之變耳。然既曰會諸侯於東都，何不會之於洛邑，而乃會之於敖甫之間？且諸侯朝於天子，當先期以至其地，何乃後期始來？此予所謂非假狩獵不足以懾服列邦者也。蓋東都之朝，不行久矣；至宣王始行之，而謂列辟能帖然服乎？迨至來會，得覩車徒之盛，紀律之嚴，射御之巧，頒賜之公，不覺心悦誠服，始懽聲鼓舞而爲舉柴之助。曰「展也大成」，喜之，亦幸之也。中興之業，豈易建哉？

【眉評】〔一章〕首章泛言東行。〔二章〕東至圃田。〔三章〕屯於敖山。〔四章〕諸侯來會，是全詩主腦。〔五、六章〕二章皆言獵事，極力描寫射御之善；而獲禽之多，不言自見。〔七章〕「馬鳴」二語寫出大營嚴肅氣象，是獵後光景。杜詩「落日照大旗，馬鳴風蕭蕭」本此。〔八章〕贊美作結，仍帶定軍行嚴肅，乃是王者之師。

【集釋】〔攻〕堅也。〔同〕《集傳》：同，齊也。《傳》曰，宗廟齊豪，尚純也。戎事齊力，尚强也。田獵齊足，尚疾也。〔龐龐〕充實也。〔阜〕盛大也。〔甫草〕姚氏際恒曰：甫草，《毛傳》謂「大芟草以爲防」，則有字無着落，非也。鄭氏謂「甫草，甫田之草也。鄭有圃田」。案，甫、圃同，鄭説是。田必芟草爲防，故有取于田之草也。《集傳》直以甫草爲圃田，謬。〔之子〕有司也。孔氏穎達曰：之子，謂凡從王者，非獨司馬官屬也。朱子曰：不敢斥王，故以有司言之。〔苗〕狩獵之通名也。張子曰：蒐苗獮狩，便習軍行草木間事，教芟舍亦然。黄氏一正曰：《大司馬》「夏教茇舍，遂以苗田」。義取其害苗者，故獵可通名苗。〔選〕數也。〔囂囂〕聲衆盛也。〔敖〕吕氏祖謙曰：敖，山名。晉師救鄭在敖、鄗之間，士季設七覆於敖前，則敖山之下，平曠可以屯兵，翳薈可以設伏也。〔奕奕〕連絡布散之貌。〔赤芾〕諸侯之服。王氏安石曰：諸侯涖其臣庶，則朱芾，君道也；會同於王，則赤芾，臣道也。〔金舄〕達屨也，加金爲飾。〔會〕時見曰會，無常期也。〔同〕殷見曰同。殷，衆也。〔繹〕陳列聯屬之貌。〔決〕以象骨爲之，著於右手大指，所以鉤弦開弓體也。〔拾〕以皮爲之，著於左臂以遂弦。〔佽〕比也。鄭氏康成曰：謂手指相次比也。〔調〕謂弓矢强弱相調也。〔射夫〕指諸侯來會者。〔同〕協也。〔柴〕《集傳》：柴，《説文》作𢱭，謂積禽也。使諸侯之人助而舉之，言獲多也。姚氏際恒曰：毛、鄭訓𢱭爲積，以爲「舉積禽」。案下章方言獵事，此不應遽言積禽，亦非。何玄子謂「即《毛傳》『大芟草以爲防，褐纏旃以爲門』之意。防限之設必有門，故用柴」，未知然否。案：二説當以《説文》爲長。助我舉柴，言其齊力同樂也。若柴門之設乃有司事，豈有以諸侯之人同舉柴門乎？吾不知其柴門之設有幾許也！至謂下章方言獵事，此章不應舉積，則此章獨非獵事乎？〔猗〕偏倚不正也。〔馳〕馳驅之法也。劉氏瑾曰：五御之目，三曰過君表，五曰逐禽左，即御田車馳驅之法也。〔舍矢如破〕《集傳》：巧而力也。蘇氏曰，不善射御者，詭遇則獲，不然不能也。今御者不失其馳驅之法，而射者舍矢如破，則可謂善射御矣。〔大庖〕《集傳》：大庖，君庖也。不盈，言取之有度，不極欲也。蓋古者田獵獲禽，面傷不獻，踐毛不獻，不成禽不獻。擇取三等。自左膘而射之，達於右腢爲上殺，以爲乾豆，奉宗廟。達右耳本者次之，以爲賓客。射左髀達於右䯚爲下殺，以充君庖。每禽取三十焉，每等得十，其餘以與士大夫習射於澤宮，中者取之。是以獲雖多而君庖不盈也。張子曰，饌雖多而無餘者，均及於衆而有法耳。凡事有法，則何患乎不均也？舊説，不驚，驚也。不盈，盈也。亦通。案：不驚不盈，以正說爲是。〔允〕信也。〔展〕誠也。

【標韻】同一東東同本韻　阜二十五有狩二十六宥叶韻　囂四豪敖同本韻　奕十一陌繹同本韻　調二蕭柴九佳。姚氏曰：「柴，今佳韻。調，今之蕭韻。皆無入聲，故爲通韻。《說文》以柴作𢱭，與首句攸協。意以二句調與三句同協也。不知東、蕭韻不相通，故以柴作𢱭，未然。」案：𢱭入四寘，亦與二蕭不叶，故此韻終難解。未詳　猗四支，叶於箇反。破二十一箇叶韻　旌八庚盈同本韻　聲庚成同本韻

吉日　美宣王田獵也。

吉日維戊，既伯既禱。田車既好，四牡孔阜。升彼大阜，從其群醜。一章　吉日庚午，既差我馬。獸之所同，麀鹿麌麌。漆沮之從，天子之所。二章　瞻彼中原，其祁孔有。儦儦俟俟，或群或友。悉率左右，以燕天子。三章　既張我弓，既挾我矢。發彼小豝，殪此大兕。以御賓客，且以酌醴。四章

右《吉日》四章，章六句。此宣王獵於西都之詩，不過畿内歲時舉行之典，與《車攻》之復古制大不相侔。而《序》亦以爲「美宣王」，何也？呂氏曰：「蒐狩之禮可以見王賦之復焉，可以見軍實之盛焉，可以見師律之嚴焉，可以見上下之情焉，可以見綜理之周焉。欲明文武之功業者，此亦足以觀矣。」故雖歲時常典，宣王能修復之，亦與東都會獵爲中興盛事。詩人能不相因而並美

乎？姚氏云：「舊傳岐陽石鼓爲宣王獵碣，或即此時也。詩中漆沮正近岐陽。」其實非也。《禹貢》謂導渭自鳥鼠同穴，東會于涇，又東過漆沮，即今洛河。其源自延、鄜流入同州，在涇水之東北。岐陽在涇水西南，相離遠甚。此當獵於延、鄜之間，與岐陽獵碣別是一事，正不必强爲附會也。

【集釋】〔戊〕剛日也。黄氏一正曰：外事以剛日，内事以柔日。内事如郊社、宗廟、冠昏；外事如巡狩、朝聘、盟會、治兵，凡出郊皆是也。〔伯〕《集傳》：伯，馬祖也，謂天駟房星之神也。案：既伯既禱者，既祭伯而又禱之也。〔醜〕衆也，謂禽獸之群衆也。〔庚午〕亦剛日也。〔差〕擇也。〔同〕聚也。〔麀〕鹿牝曰麀。〔麌麌〕衆也。〔漆沮〕《集傳》：漆沮，水名，在西都畿内，涇、渭之北，所謂洛水。今自延、韋流入鄜、坊，至同州入河也。案：《皇輿表》，鄜即今鄜州，坊即今鄜州中部縣，同州即今同州府，並隸陝西省。〔祁〕大也。〔儦儦俟俟〕嚴氏粲曰：儦儦而疾走，俟俟若相待。〔群〕三曰群。〔友〕二曰友。〔燕〕樂也。〔發〕發矢也。〔豝〕豕牝曰豝。〔殪〕一矢而死曰殪。〔兕〕野牛也。〔醴〕酒名，今甜酒也。

【標韻】禱十九皓好同本韻　阜二十五有醜同本韻　馬二十一馬麌七麌所六語叶韻　有二十五有友同子四紙叶韻　矢紙兕同醴八薺通韻

鴻雁　使者承命安集流民也。

鴻雁于飛，肅肅其羽。比。之子于征，劬勞于野。爰及矜人，哀此鰥寡。一章　鴻雁于飛，集于中澤。之子于垣，百堵皆作。雖則劬勞，其究安宅。二章　鴻雁于飛，哀鳴嗸嗸。維此哲人，謂我劬勞。維彼愚人，謂我宣驕。三章

右《鴻雁》三章，章六句。《序》謂「美宣王」能安集離散，是已。而是詩之作，出自何人，持論不一。自來諸家皆本《序》說，指「之子」爲使臣。唯《集傳》以「之子」指流民，謂此詩爲流民所作。姚氏駁之云：「『哀此鰥寡』，此者，上之人指民而言，未有自以爲此者也。」其意亦以「之子」爲使臣。則篇中三「劬勞」皆屬使臣言，而末章「謂我劬勞」，乃代使臣之詞。是以此詩爲詩人所作而已。夫詩人雖能代人言，不能代人難言之言；雖能代人難言之言，必不能代人所不及料之言。哲人之言如此其哲，愚人之言又若彼其愚，則豈人所及料哉？而謂詩人能代之言哉？大抵使者承命安民，費盡辛苦，民不能知，頗有煩言，感而作此。蓋小民雖遭散離，而可與圖終、難與慮始之見，則千古一轍，牢不可破。非親歷人不能道其甘苦也。詩首章乃承命四出，未必僅止一人，故曰「之子于征」者，使臣自相謂也。「劬勞于野」，則尚無定所。但覺滿目瘡痍，莫非可矜之人，而就中鰥寡尤爲可哀，則不能不急爲安撫，或施饘粥，暫圖生存。故以鴻飛肅肅無

依爲比。繼乃擇地安置，代爲興築，不日而百堵皆興，有所庇矣。此時民漸來歸，不啻如鴻之集在彼中澤也，雖曰劬勞，究屬安宅。蓋民之安，即使臣之安也，敢辭勞哉？乃衆口嗸嗸，哀鳴不已。故又稍爲整頓而編聯之，爲長久計，則議論紛起，毀譽交集。其間愚知固自不等，有能見理明而相諒者，則以爲我之爲民，誠劬勞矣。其或愚而無知，則且謂我多事，徒逞能也。我其奈之何哉？此詩意也。若《集傳》所云：「知者聞我歌，知其出於劬勞；不知者謂我閒暇而宣驕也。」吾不知此時之民尚何閒暇而宣歌也。且詩言「哀鳴」，而釋者乃云「閒歌」，非惟與詩不類，事亦並出情理之外矣。其可乎哉？

【眉評】〔三章〕説透民情。

【集釋】〔鴻雁〕水鳥名，大曰鴻，小曰雁。〔肅肅〕羽聲。〔之子〕使臣自相謂也。〔征〕行也。〔劬勞〕勞瘁也。〔矜〕憐也。〔鰥寡〕老而無妻曰鰥，老而無夫曰寡。〔堵〕一丈爲板，五丈爲堵。〔究〕終也。〔哲〕知也。〔宣〕示也。

【標韻】羽七麌野二十一馬寡同叶韻　澤十一陌作十藥宅陌叶韻　嗸四豪勞同驕二蕭通韻

庭燎　勤視朝也。

夜如何其？夜未央。庭燎之光。君子至止，鸞聲將將。一章　夜如何其？夜未艾。庭燎

晣晣。君子至止，鸞聲噦噦。二章　夜如何其？夜鄉晨。庭燎有煇。君子至止，言觀其旂。三章

右《庭燎》三章，章五句。此與《齊風·鷄鳴》篇同一勤於早朝之詩。然彼是士大夫妻警其夫以趨朝，此乃王者自警急於視朝。故詞氣雍容和緩，大相逕庭也。但不知其爲何王所作耳。然詩既敘於此，考之宣王前後，幽、厲皆無道主，豈尚有勤於視朝事哉？又況《列女傳》云：「宣王嘗晏起，姜后脱簪珥待罪於永巷。宣王感悟，於是勤於政事，早朝晏退，卒成中興之名。」以此證之，即以爲宣王詩也，亦奚不宜？唯序既以爲「美宣王」也，又以爲「箴之」。詩無箴意，胡云箴耶？程伊川及嚴垣叔更謂「規宣王之過勤」，則尤可哂，誠有如姚氏所誚云。

【眉評】〔一章〕起得超妙。

【集釋】〔其〕語辭。〔央〕中也。〔庭燎〕《集傳》：庭燎，大燭也。諸侯將朝，則司烜以物百枚并而束之，設於門内也。〔艾〕盡也。〔晣晣〕小明也。〔鄉晨〕近曉也。

【標韻】央七陽光、將同本韻　艾九泰晣八薺噦泰通韻　晨十一真煇五微旂同叶韻

沔水　未詳。

沔彼流水，朝宗于海。鴥彼飛隼，載飛載止。嗟我兄弟，邦人諸友，莫肯念亂，誰無父

母？一章　沔彼流水，其流湯湯。鴥彼飛隼，載飛載揚。念彼不蹟，載起載行。心之憂矣，不可弭忘。二章　鴥彼飛隼，率彼中陵。民之訛言，寧莫之懲。我友敬矣，讒言其興？三章

右《沔水》三章：二章，章八句；一章六句。《集傳》疑當作三章，章八句，卒章脱前兩句耳。《小序》謂「規宣王」。《集傳》謂「憂亂之詩」。案：宣王初政，多亂定歸來之詩，後皆美詞，無所謂憂亂也。其朝周、召二公輔政，幾復成、康之舊，何讒之有？然詩前云「念亂」，後言「讒興」，分明亂世多讒，賢臣遭禍景象，而豈宣王世乎？此詩必有所指，特錯簡耳。況卒章亦脱二句，則此中不能無誤也。不然，其詩詞意與宣王前後諸詩大不相類，故難詮釋，姑闕之以俟識者。

【集釋】〔沔〕水流滿也。〔不蹟〕《集傳》：不循道也。胡氏紹曾曰：蹟者，行道之跡，故不蹟爲不循道。〔載起載行〕不遑寧處也。〔弭〕止也。〔率〕循也。〔訛〕僞也。〔懲〕止也。

【標韻】海十賄止四紙通韻　友二十五有母同本韻　湯七陽揚、行、忘並同本韻　陵十蒸懲、興並同本韻

鶴鳴　諷宣王求賢山林也。

鶴鳴于九皋，聲聞于野。魚潛在淵，或在于渚。樂彼之園，爰有樹檀，其下維蘀。此中有人，呼之欲出。他山之石，可以爲錯。一章　鶴鳴于九皋，聲聞于天。魚在于渚，或潛在淵。樂

彼之園，爰有樹檀，其下維穀。他山之石，可以攻玉。詩有理趣。○二章

右《鶴鳴》二章，章九句。此一篇好招隱詩也，奈被諸儒讀壞！蓋以理語解詩，已覺腐氣難堪；而又分疏而實按之，則尤滯而不靈。姚氏誚爲「說《詩》之魔」，豈過當歟？唯鄭氏謂「教宣王求賢人之未仕者」，差爲得之。然「教」字仍本《小序》「誨」字意，亦非。夫詩人之於宣王，何教之而何誨之耶？蓋諷之以求賢士之隱於山林者耳。詩人平居，必有一賢人在其意中，不肯明薦朝廷，故第即所居之園實賦其景。使王讀之，覺其中禽魚之飛躍，樹木之蔥蒨，水石之明瑟，在在可以自樂。即園中人令聞之清遠，出處之高超，德誼之粹然，亦一一可以並見。則即景以思其人，因人而慕其景，不必更言其賢，而賢已躍然紙上矣。其詞意在若隱若現，不即不離之間，並非有意安排，所以爲佳。若如姚氏云通篇作譬喻看，章法雖奇，詩味反索然也。此雅詩之近乎風者，以其園景皆實賦，故入雅體。倘以爲比也，豈非風乎？

【眉評】〔一章〕園字是全詩眼目，前後景物皆園中所有。〔二章〕名句。（鶴鳴……于天。）

【集釋】〔鶴〕鳥名，禽品中之最高貴者。其鳴高亮，聞八九里。陸氏璣曰：鶴常夜半鳴。《淮南子》：「鷄知將旦，鶴知夜半。」〔皋〕韓氏嬰曰：九皋，九折之澤。〔蘀〕落也。〔錯〕礪石也。〔穀〕陸氏德明曰：《說文》云：「穀從木，非從禾也。」陸氏璣曰：穀，幽州人謂之穀桑，或曰楮桑。荆、揚、交、廣謂之穀，中州人謂之楮。殷中宗時桑穀共生是也。今江南人績其皮以

爲布，又擣以爲紙，謂之穀皮紙。〔攻〕錯也。

【標韻】野二十一馬渚六語叶韻　園十三元檀十四寒通韻　蘀十藥錯同本韻　天一先淵同本韻　園、檀同上通韻　穀一屋玉二沃通韻

以上《彤弓之什》凡十篇。案：是什詩雖十篇，其一未詳。舊説謂《鹿鳴》以下至《菁莪》，凡十八篇，爲正小雅；《六月》後皆變小雅也。不知其何取義？若以世變論，《常棣》處兄弟之變，《采薇》、《出車》乃咏征戍之苦，《杕杜》則更思婦之念征夫也，何以同列正雅之中？《六月》至《無羊》皆宣王中興事。除《沔水》一詩未詳外，其餘諸作，無非頌揚勳烈，以紀一時之盛，何以悉名變雅？大抵古序論《詩》，皆略得梗概，未暇悉心詳求，故啟後人之疑耳。以愚所論，自《鹿鳴》至此，可讀者二十三篇：《鹿鳴》、《四牡》、《皇華》、《伐木》、《天保》、《魚麗》、《嘉魚》、《南山》、《蓼蕭》、《湛露》、《彤弓》、《菁莪》，固是雅之正；即《吉日》、《庭燎》，亦小雅之正。以其詞氣和平，格調亦整飭也。《六月》、《采芑》、《車攻》、《鴻雁》、《鶴鳴》，固是雅之變；即《常棣》、《采薇》、《出車》、《杕杜》，亦小雅之變。不唯其時勢多故，即詩筆亦多變幻也。而《鶴鳴》一詩，尤爲創格，是變而愈變矣。蓋正雅中未嘗無變，而變雅中亦未嘗無正，不可以一概論也。以此例觀，餘可類推。然其義猶有不盡於是者，讀者隨時諷咏，以察其變焉可耳。

祈父之什

祈父 禁旅責司馬徵調失常也。

祈父，予王之爪牙。胡轉予于恤，靡所止居？一章 祈父，予王之爪士。胡轉予于恤，靡所底止？二章 祈父，亶不聰。胡轉予于恤，有母之尸饔？三章

右《祈父》三章，章四句。此禁旅責司馬徵調失常之詩。諸家皆無異言，唯毛、鄭以千畝之敗實之，而《集傳》又謂軍士怨於久役，故呼祈父而告之，是主久戍言也。案成周兵制，籍鄉遂之衆以作六軍，而邱甸之民亦出車乘、甲士、步卒，然其爲數少，故統言之則六軍之士出自六鄉也。至虎賁、司右，簡勇士屬焉，以左右王。鄭康成所謂征行之士，例不取王之爪牙之士也。此次千畝之役，嚴華谷云：「宣王料民大原，人不足用，乃出禁衛以從征。」是禁旅原不出征，偶一用之，尚且致怨，況久戍乎？且自古兵政，亦無有以禁衛戍邊方者。故當以箋、疏爲長。何玄子又云：「千畝之戰，諸侯之師皆無恙，而王師受其敗，則以勤王不力故耳，故恨責之。此祈父必侯國之祈父，故其人自稱爲王之爪牙。若對王朝之大司馬，則無此文矣。」姚氏以爲「議論細而是」，然非「轉予」口氣，故亦未爲確也。且末云「有母之尸饔」，明明是不應征調而征調之謂矣，

尚何紛紛强辯，以爲責侯國之祈父耶？獨是宣王中興，周室復振幾四十年。至是，始以諸侯勤王不力之故，而致王師敗績，朝綱再墜，則怨而責之者，不亦宜乎？然非詩人本意也。故寧從舊説爲是。

【集釋】〔祈父〕《集傳》：祈父，司馬也。職掌封圻之兵甲，故以爲號。《酒誥》曰「圻父薄違」，是也。孔氏穎達曰：古者祈、圻、畿同字，得通用。故此作祈，《尚書》作圻也。〔予〕司右、虎賁之屬自謂也。〔爪牙〕孔氏穎達曰：鳥用爪，獸用牙，以防衛己身。此人自謂「王之爪牙」，以鳥獸爲喻也。〔恤〕憂也。〔底〕至也。〔亶〕誠也。〔尸〕主也。〔饔〕熟食也。言不得奉母，反使母主饔飧之事也。

【標韻】牙六麻，叶五乎切。居六魚叶韻　士四紙止同本韻　聰一東饔二冬通韻

白駒　放隱士還山也。

皎皎白駒，食我場苗。縶之維之，以永今朝。所謂伊人，於焉逍遥。一章　皎皎白駒，食我場藿。縶之維之，以永今夕。所謂伊人，於焉嘉客。二章　皎皎白駒，賁然來思。爾公爾侯，逸豫無期。慎爾優游，勉爾遁思。三章　皎皎白駒，在彼空谷。生芻一束，其人如玉。毋金玉爾音，而有遐心！四章

右《白駒》四章，章六句。此王者欲留賢士不得，因放歸山林而賜以詩也。其好賢之心可謂切，而留賢之意可謂殷，奈士各有志，難以相强。何哉？觀其初則欲縶白駒以永朝夕；繼則更欲縻以好爵，而不暇計賢者之心不在是也；終則知其不可留，而惟冀其毋相絶，時惠我以好音耳。詩之纏綿亦云至矣。而《序》乃以爲「刺宣王」，毛、鄭之徒遂仍《序》意，謂宣王之末不能用賢，賢者有乘白駒而去者。朱子初年亦本其説，《集傳》雖不實指宣王，而立説仍未能離去《箋》、《疏》也。試思宣王不能用賢，何以眷眷於賢若是哉？其時中興初定，安知宣王不有貧賤至交不肯出仕王朝，如嚴光之於漢光武，李泌之於唐肅宗，獨行其志以爲高者？此詩之作，正光武所謂「咄咄子陵，不能相助爲理耶？」與肅宗所謂「朕非敢相臣，以濟艱難耳，今方同樂，奈何遽去」之意。特無實證，難指其人。若循文案義，則如是也。姚氏又謂「或必欲以爲刺王，則謂大夫欲留之，以見王之不能留，庶可耳。」然則「爾公爾侯」之咏，又豈臣下所宜言哉？

【眉評】〔一章〕愛賢而欲縶其駒，與好客而至投其轄，同一奇想。〔三章〕謝安爲布衣時，人皆以公輔期之。此必當時第一流人物。〔四章〕寫出賢人身分，令人神往不置。

【集釋】〔皎皎〕潔白也。〔駒〕馬之未壯者。〔場〕圃也。〔縶〕絆其足也。〔維〕繫其靷也。〔逍遥〕游息也。〔藿〕何氏楷曰：藿本作藿，《説文》云，「尗之少也」，或以爲豆葉。〔嘉客〕吕氏大臨曰：嘉客者，暫客於斯亦將去也。〔賁然〕《集傳》：賁然，光采之貌也；或以爲來之疾也。〔思〕語詞。〔慎〕勿過也。〔勉〕毋決也，又保重意。〔遁〕遯也。

【標韻】苗二蕭朝、遥並同本韻　藿十藥友、客十一陌叶韻　思四支期、思並同，二思字自爲韻。本韻　谷一屋束二沃玉同通韻　音十二侵心同本韻

黄鳥　刺民風偷薄也。

黄鳥黄鳥，無集于穀，無啄我粟！此邦之人，不我肯穀。言旋言歸，復我邦族。一章　黄鳥黄鳥，無集于桑，無啄我粱！此邦之人，不可與明。言旋言歸，復我諸兄。二章　黄鳥黄鳥，無集于栩，無啄我黍！此邦之人，不可與處。言旋言歸，復我諸父。三章

右《黄鳥》三章，章七句。此詩與下篇《我行其野》大略相類，亦同出於一時。此不過泛言邦人之不可與處，下章則並昏姻亦不肯相恤。總以見人心澆漓，日趨愈下，有滔滔難返之勢。其所以致民如此者，豈無故與？王氏曰：「先王躬行仁義以道民厚矣，猶以爲未也。又建官置師，以孝友睦婣任恤六行教民。爲其有父母也，故教以孝。爲其有兄弟也，故教以友。爲其有同姓也，故教以睦。爲其有異姓也，故教以婣。爲鄰里鄉黨相保相愛也，故教以任。相賙相救也，故教以恤。以爲徒教之或不率也，故使官師以時書其德行而勸之。以爲徒勸之或不率也，於是乎

有不孝、不睦、不婣、不弟、不任、不恤之刑焉。方是時也，安有如此詩所刺之民乎？」此可見民之薄實由上之失其教也。故《小序》以爲「刺宣王也」，《集傳》以爲未見其然，然皆不可考。而在上之無以教其民也，則不能辭其咎焉。故此二詩重在「不可與處」及「爾不我畜」，非重在「復我邦族」也。且重在上之無以使民相賙相恤，不重在民之不能相賙恤也。蓋所咏在民，而所刺則在上耳。若《集傳》及諸家所云，民適異國，不得其所，即投昏姻亦不見收恤，不如仍歸故土之爲善，則是美宣王矣，又何刺之有耶？夫宣王中興令主，固嘗遣使安集流散，而有《鴻雁》之詩矣。乃數十年而民風偷薄如故，豈王氏所云，未能以先王之所以教民者教其民歟？聖人删《詩》，存此二篇於中興之末，見周之衰實自此始，不必待東遷而後著也。

【集釋】〔穀〕木名，解見《鶴鳴》。〔穀〕善也。

【標韻】穀一屋粟二沃穀屋族同通韻　桑七陽梁同明八庚兄同轉韻　栩七麌黍六語處同父麌通韻

我行其野　刺睦婣之政不講也。

我行其野，蔽芾其樗。昏姻之故，言就爾居。爾不我畜，復我邦家。一章　我行其野，言采其蓫。昏姻之故，言就爾宿。爾不我畜，言歸思復。二章　我行其野，言采其葍。不思舊姻，求爾新特。成不以富，亦祇以異。三章右《我行其野》三章，章六句。説見前篇。而詞較迫，以人愈親而情愈見其薄耳。乃蘇氏又謂「甥舅之諸侯，求入爲王卿而不獲者所作」，則以私心測詩意，豈能切合？夫甥舅之國，求入爲卿不得，必有所以不得之故，烏能怨王而以此刺之乎？此與前篇朱鬱儀所云「宣王之世，諸侯兄弟有失所而來依于王室者。及其季年，政體怠荒，禮意衰薄，思返故國而賦是詩」，同爲臆測，然較蘇説差有理。唯既曰「失所」，而何「故國」之可返耶？案之詩意，均皆不切，故甯取王説而諸家可悉棄也。

【集釋】〔樗〕惡木也。李氏樗曰：樗，不材之木。《莊子》曰：「大枝擁腫，不中繩墨；小枝卷曲，不中規矩。」〔蓫〕《集傳》：蓫，牛蘈，惡菜也。今人謂之羊蹄菜。〔葍〕惡菜也。陸氏璣曰：幽州人謂之燕葍，其根正白，可著熱灰中温噉之。飢荒之歲，可烝以禦飢。〔特〕匹也。

【標韻】樗六魚居同家六麻，叶古胡反。叶韻　蓫一屋宿、復並同本韻　葍一屋，叶筆力反。特十三職異四寘，叶逸織反。叶韻

斯干　公族考室也。

秩秩斯干，臨水。幽幽南山。面山。如竹苞矣，如松茂矣。林木蒨茂。兄及弟矣，式相好矣，無相猶矣。聚族而處，誓相敦睦。○一章　似續妣祖，承先志。築室百堵，創新業。西南其户。爰居爰

處，爰笑爰語。二章　約之閣閣，椓之橐橐。繚垣。風雨攸除，鳥鼠攸去，君子攸芋。三章　如跂斯翼，如矢斯棘，如鳥斯革，堂高。如翬斯飛，君子攸躋。四章　殖殖其庭，有覺其楹。室邃。噲噲其正，噦噦其冥，君子攸寧。五章　下莞上簟，乃安斯寢。突接入室寢處。乃寢乃興，乃占我夢。吉夢維何？吉兆。維熊維羆，維虺維蛇。六章　大人占之，維熊維羆，男子之祥；維虺維蛇，女子之祥。最吉無過生育之繁。○七章　乃生男子，載寢之牀，載衣之裳，載弄之璋。生男爲上，故先及之。其泣喤喤，朱芾斯皇，室家君王。及其長成，所與爲昏莫非君王世族。○八章　乃生女子，載寢之地，載衣之裼，載弄之瓦。生女次之，亦爲吉昌。無非無儀，唯酒食是議，無父母貽罹。唯中饋是修，無貽父母以羞爲吉。○九章。

右《斯干》九章：四章，章七句；五章，章五句。此詩似卜築初成，祀禱屋神之詞；非落成宴飲詩也。然自是皇家語，非士庶所宜言。以詩中有「室家君王」等辭故耳。且鳥革翬飛，亦豈民間制度耶？《集傳》但言室成，而不指爲何王，固是。然其意以爲考室通用之樂則非。故此詩若以爲成王營洛時作，朱鬱儀、何玄子之言。則「南山」字無着落。姚氏際恒所駁。即篇中亦必無兄弟聚處及生男育女之祝。蓋東都只爲朝會諸侯而設，成王非躬居其室，何必祝其生男育女於是室哉？若以爲武王、鄒肇敏言。宣王《小序》時作，武王詩不應厠于宣王之內，宣王雖中興，不無建營宫室之舉，然京仍鎬京，室仍舊室，不過補葺而更新之，又何必面山臨水，作「相彼流泉」、「觀其陰陽」，有似卜築爲乎？且劉向云：「周德既衰而奢侈，宣王賢而中興，更爲儉宮室、小寢廟，詩人美之」。然則此詩豈儉小之謂乎？是知非爲宣王作可無疑矣。當是時，中興景運一新，天潢世胄以次還朝，各營新第，於是卜築豐水，面對南山，擇其林木佳處聚族環處，以爲世業常基者，夫豈無人？曰「似續妣祖」者，纘承先志也。曰「築室百堵」者，創建新室也。曰熊羆占夢者，子孫繁衍也。曰「室家君王」者，昏姻皆王侯世第也。唯女子則勉以中饋無貽父母羞爲勗，此非周室懿親及諸侯子姓，孰能創建如是之巍峩輪奐乎？故其詩次於宣王諸篇之末，以紀一時盛事，爲中興生色耳。《小序》不知，誤爲宣王考室，皆其讀詩粗率處也。

【眉評】〔一、二章〕先從形勝起，乃卜築第一要着。然非聚國族於斯，則亦未見其盛也。故首及之。次言承先志，乃創業者之心。〔三、四、五章〕此下三章皆築室事。先垣、次堂、次室，層次井然。須玩他鍊字有法，垣則曰「攸芋」，堂則曰「攸躋」，室則曰「攸寧」，一一分貼細膩處。〔六章〕藉夢作兆，文筆奇幻。〔七章〕再藉占夢男女雙題，開下兩章，乃不唐突。此文心結搆精密處。〔八、九章〕生男育女，兩大段對寫作收。與篇首聚族承先，遥遥相應。非獨卜後之昌，亦見文章之美。

【集釋】〔秩秩〕有序也。〔干〕水涯也。〔南山〕終南之山也。〔猶〕當作尤。〔似〕嗣也。〔爰〕於也。〔約〕束板也。〔閣閣〕上下相承也。〔椓〕築也。〔橐橐〕杵聲也。〔芋〕尊大也。〔跂〕竦立也。〔翼〕嚴氏粲曰：如《論語》「翼如也」之翼。〔棘〕急也。〔革〕變也。〔翬〕雉也。〔躋〕升也。〔殖殖〕平正也。〔覺〕高大而直也。〔楹〕柱也。〔噲噲〕猶快快也，爽塏之意。〔正〕向明處也。〔噦噦〕深廣之貌。〔冥〕奧窔之間也。〔莞〕蒲席也。孔氏穎達曰：郭璞曰，西方人呼蒲爲莞蒲，江東謂之苻蘺。《司几筵》有莞筵、蒲筵，則爲兩種席也。〔簟〕竹葦曰簟。馮氏復京曰：《司几筵》有次席，注以爲桃枝竹所次成者，其即此簟歟？莞席在下，即筵也。竹簟在上，即重席也。案：詩云「乃安斯寢」，似此席非筵席，乃寢處之席耳。〔羆〕《集傳》：羆似熊而長頭高腳，猛憨多力，能拔樹。陸氏璣曰：羆有黃羆，有赤羆，大於熊。〔虺〕《集傳》：虺，蛇屬，細頸大頭，色如文綬，大者長七八尺。〔大人〕太卜之屬，占夢官也。〔璋〕半圭曰璋。嚴氏粲曰：璋玉以禮神明，及朝聘以爲瑞，璋瓚以裸宗廟，此生男弄璋，當止是璋玉也。姚氏際恒曰：今世傳有三代玉璋，長一、二寸，至長不過三寸，其制不一；有孔可穿絲繩，故初生子可弄。〔喤〕大聲也。〔芾〕天子純朱，諸侯黃朱。〔皇〕猶煌煌也。〔君〕諸侯也。〔室家君王〕言昏姻皆王侯族也。〔裼〕褓也。陸氏德明曰：裼，《韓詩》作褅。孔氏穎達曰：褓，縛兒被也。〔瓦〕姚氏際恒曰：瓦，《毛傳》以紡塼解之，不可以塼爲瓦。黃東發謂「湖州風俗，婦人以麻線爲業，人各一瓦，索麻線于其上」，尤可笑。瓦質重大，豈初生子所能弄哉？予又見三代古玉，長濶寸許，如瓦形，或即是此，未可知也。

【標韻】干十四寒山十五删通韻　苞二十六宥茂同好十九皓猶十一尤叶韻　祖七麌堵、户並同處六語語同通韻　閣十藥橐同本韻　除六御去同芋七虞叶韻　翼十三職棘同革十一陌通韻　飛五微躋八齊通韻　庭九青楹八庚正同冥青寧同通韻　寢二十六寢興十蒸夢一送，叶彌登反。叶韻　何五歌羆四支，叶彼何反。蛇六麻，叶土何反。叶韻　祥七陽祥同本韻二字自爲韻　牀陽裳、璋、喤、皇、王並同本韻　地四寘裼十二錫瓦二十一馬，叶魚位反。儀四支，叶音義。議寘罹支叶韻

無羊　美司牧也。

誰謂爾無羊？三百維群。誰謂爾無牛？九十其犉。爾羊來思，其角濈濈。爾牛來思，其耳溼溼。一章　或降于阿，或飲于池，或寢或訛。爾牧來思，何蓑何笠，或負其餱。三十維物，爾牲則具。此句是主。○二章　爾牧來思，以薪以蒸，以雌以雄。爾羊來思，矜矜兢兢，不騫不崩。麾之以肱，畢來既升。三章　牧人乃夢，衆維魚矣，旐維旟矣。大人占之，衆維魚矣，實維豐年。旐維旟矣，室家溱溱。四章

右《無羊》四章，章八句。《小序》謂「宣王考牧」。鄭氏踵之，以爲「厲王之時，牧人職廢，宣王始興而復之，至此而成，謂復先王牛羊之數。」《集傳》則置而不論，但云：「牧事有成，而牛羊衆

多也」。夫牧養雖非大政，而犧牲於是乎出，賓客於是乎享，君庖於是乎充，亦爲國者之先務。宣王當板蕩之餘，牧養之政久廢，何有乎牛羊？至是乃修而復之，亦中興所恒有事。但《禮》云，問庶人之富，數畜以對。似天子不必以此誇耀富盛也。故但曰美司牧，而天子自在其中矣。《序》必以爲宣王考牧，未免小視乎朝廷也。且並上篇考室亦歸美宣王，二事相題並論，則尤附會無稽。竊謂二詩雖同出於中興初年，而其事不相屬，編《詩》者後始類録之耳。若使同美宣王，則二詩中皆以「大人占夢」，必不能再言以取重複之誚。是知考室自考室，考牧自考牧，不必盡爲宣王作也。詩首章「誰謂」二字飄忽而來，是前此凋耗，今始蕃育口氣。以下人物雜寫，或牛羊並題，或牛羊渾言，或單咏羊不咏牛，而牛自隱寓言外。總以牧人經緯其間，以見人物並處，兩相習自不覺其兩相忘耳。其體物入微處，有畫手所不能到。晉、唐田家諸詩，何能夢見此境？末章忽出奇幻，尤爲匪夷所思。不知是真是夢，真化工之筆也！其尤要者，「爾牲則具」一語爲全詩主腦。蓋祭祀、燕饗及日用常饌所需，維其所取，無不具備。所以爲盛，固不徒專爲犧牲設也。然淡淡一筆點過，不更纏繞，是其高處。若低手爲之，不知如何鄭重以言，不累即腐。文章死活之分，豈不微哉！

【眉評】〔一章〕起勢飄忽。牛羊並題。〔二章〕人物雜寫，錯落得妙，是一幅群牧圖。〔三章〕單寫羊，體物入微，文筆一變。〔四章〕幻情奇想，深得化俗爲雅，變板成活之法。

【集釋】〔犉〕黄牛黑脣曰犉。〔濈濈〕和也。〔溼溼〕《集傳》：溼溼，潤澤也。牛病則耳燥，安則潤澤也。〔訛〕驚動貌。《韓詩》作譌。〔何〕揭也。〔蓑笠〕備雨具也。〔三十維物〕《集傳》：齊其色而别之，凡爲色三十也。何氏楷曰：物，謂毛物，與「比物四驪」之物同。〔蒸〕細薪曰蒸。〔雌雄〕姚氏際恒曰：雌雄字從隹，即鳥也，故以雌雄言鳥。〔矜矜兢兢〕堅强也。欲争先而實緩貌。〔騫〕虧也。〔崩〕傾也。不傾，崎嶇險仄之處不傾跌也。〔肱〕臂也。〔既〕盡也。〔升〕入牢也。〔占夢〕借占夢以爲豐年之兆耳。〔旐旟〕《集傳》：旐，郊野所建，統人少。旟，州里所建，統人多。〔溱溱〕衆也。

【標韻】群十二文犉十一真通韻　濈十四緝溼同本韻　阿五歌池四支，叶唐何反。訛歌叶韻　笠緝物五物具七遇，叶居律反。叶韻　蒸十蒸雄一東兢、蒸、崩、肱、升並蒸叶韻　魚六魚旟同本韻　年一先溱十一真通韻

節南山　家父刺師尹也。

節彼南山，維石巖巖。首二章興起。赫赫師尹，民具爾瞻。憂心如惔，不敢戲談。其威可知。國既卒斬，何用不監！故作危言，虚喝一筆，領起全詩。○一章　節彼南山，有實其猗。赫赫師尹，不平謂何？天方薦瘥，喪亂弘多。再唱一筆，乃其爲政之失。民言無嘉，憯莫懲嗟。二章　尹氏大師，病根在此，特筆振起。維周之氏，秉國之均，四方是維，天子是毗，俾民不迷。不弔昊天，

不宜空我師，乃轉入本意。○三章　**弗躬弗親，庶民弗信。**此下歷舉不平之實。**弗問弗仕，勿罔君子。式夷式已，無小人殆。瑣瑣姻亞，則無膴仕。**勉之以平，則小人雖退而無怨。信任親人，小人之尤者。○四章　**昊天不傭，降此鞠訩。昊天不惠，降此大戾。**惟其不平，天亦屢降大凶。**君子如屆，俾民心闋。君子如夷，惡怒是違。**再勉以進用君子，則諸怨自消。○五章　**不弔昊天，亂靡有定。**根第三章。若不爲天所恤，亂未能已。**式月斯生，俾民不寧。憂心如酲，誰秉國成。**是誰之咎？應上「秉均」。**不自爲政，卒勞百姓。**應「弗親」，任用姻亞。○六章　**駕彼四牡，四牡項領。我瞻四方，蹙蹙靡所騁！**應「喪亂弘多」。○七章　**方茂爾惡，相爾矛矣。**應「憯莫懲嗟」。**既夷既懌，如相醻矣。**故揚一筆。○八章　**昊天不平，我王不寧。**始出「王」字。**不懲其心，覆怨其正。**抑。○九章　**家父作誦，以究王訩。**明點作詩，反應「不敢戲談」。**式訛爾心，以畜萬邦。**再勉以德，是詩人忠厚處。○十章

右《節南山》十章：六章，章八句；四章，章四句。《序》以爲「刺幽王也」。然桓王之世亦有一家父，《春秋》桓十五年，「天王使家父來求車」。上距幽王之卒已七十五歲。《集傳》及諸家多疑之，遂有以爲東遷後詩者。唯孔氏穎達云：「古人父子多同字，此家父未必是一人。」姚氏亦云：「東遷後曷爲咏南山？」愚謂此家父乃與師尹同朝，人不敢戲談，而已獨作詩以刺之者，夫豈後人所能爲哉？詩以直刺尹氏爲主，言王因之不寧，乃是臣子愛君之心。若以爲刺幽王，非惟失臣子事

君之道，且使小人得以藉口，則必不敢直題姓氏矣。尹氏爲政，失在委任小人，且多姻亞；而又「弗躬弗親」，政出私門。故多不平，以致召亂。天人交怒，灾異迭興，流言四起，而猶不知自懲。偶有規而正之者，反以爲怨。此家父之深以爲憂也。然其人聲勢赫赫，舉朝畏威，莫敢戲談；況侮之乎？唯家父，周朝世臣，義與國同休戚。故不憚誅罰，直刺其非，無或稍隱。然始猶望其進君子退小人，以挽回天意而安王朝。既知其無可救正，「亂靡有定」，顧瞻四方，不知逝將焉往。又況天方降灾，危及我王，尤非臣子潔身遠去，緘口不言之秋。不得不作爲歌詩，「以究王訩」之所由。倘使其人聞之，而因以改心易慮，則猶可以轉禍成福，而畜養萬邦，亦未始非歌詩之力也。此作詩表字之意所由來歟？然非忠誠爲懷，不計利害，亦孰肯以一身當尹氏之怒而不辭者？嗚乎！家父亦可謂爲人之所不能爲者矣，豈不壯哉？

【眉評】〔一章〕起得嚴厲有勢。〔一、二章〕首二章皆虛籠全局。〔三章〕上言「師尹」，此特題「大師」字，則其職任之重可知。是通篇警策處。〔四、五章〕二章實寫爲政不平，以及信任小人。以見天人交怒之故。然猶望其自懲，不作寫絶之辭。〔六章〕至此乃深惡而痛責之。蓋知其不能自懲也，觀下「不懲」二語可見。迨至「覆怨其正」，則惡愈深矣。〔九章〕「王」字輕輕帶出，詩人忠君愛國之心，含蓄無限。立辭之妙，可以爲法。〔十章〕結出作詩原由。

【集釋】〔節〕高峻貌。何氏楷曰：節，通作岊。徐鍇云：「山之陬隅高處曰岊。」〔巖巖〕積石貌。〔赫赫〕顯盛貌。〔師尹〕大師尹氏也。大師，三公。孔氏穎達曰：《尚書》、《周官》云，太師、太傅、太保，茲惟三公。《集傳》：尹氏蓋吉甫之後，《春秋》隱三年書「尹氏卒」，公羊子以爲「譏世卿者」，即此也。李氏樗曰：《春秋》後又書「尹氏立王子朝」，則尹氏之爲世卿，其來甚久矣。〔具〕俱也。〔瞻〕視也。〔惔〕燔也。李氏樗曰：《雲漢》曰：「如惔如焚」。惔，焚之類也。〔卒〕終也。〔斬〕絶也。〔監〕視也。〔有實其猗〕《集傳》：未詳其義。傳曰：「實，滿。猗，長也。」箋云「猗，倚也。言草木滿其旁，倚之畎谷」也。或以爲草木之實猗猗然，皆不甚通。案：山雖高，必有草木以實之，而其高愈顯。以興師尹雖尊，必有親近以附和之，而其威愈赫。〔薦〕荐通，重也。〔瘥〕病也。〔弘〕大也。〔憯〕曾也。〔懲〕創也。〔氐〕本也。〔均〕平也。〔維〕時也。〔毗〕輔也。〔弔〕悠也。〔空〕窮也。〔師〕衆也。〔問〕咨詢之也。〔仕〕任官之也。〔君子〕指正直人言。姚氏際恒曰：仕，非事也。君子，非指王也。以君子而弗咨詢之，弗仕使之，是誣罔君子也，故戒其「勿」。〔夷〕平也。〔已〕止也。王氏安石曰：已，廢退也。《孟子》所謂士師不能治士則已之，與此已同義。〔殆〕危也。〔瑣瑣〕小貌。〔姻亞〕壻之父曰姻，兩壻相謂曰亞。〔膴〕厚也。姚氏際恒曰：小人則平其心而休廢之；以小人危殆也，故戒其無。無，毋同。「瑣瑣姻亞」，指其事而言之。蓋此輩不唯仕，而且膴仕矣，故亦戒其「無」，應上君子弗仕意。〔傭〕均也。

〔鞫〕窮也。〔訩〕亂也。〔戾〕乖也。〔届〕至也。〔闋〕息也。〔違〕遠也。〔酲〕酒病曰酲。〔成〕平也。〔項〕大也。〔蹙蹙〕縮小之貌。〔茂〕盛也。〔相〕視也。〔懌〕悦也。〔家父〕家，氏；父，字。周大夫也。

【標韻】巖十五咸瞻十四鹽惔十三覃談同監咸通韻　猗四支，叶於何反。何五歌瘥、多並同嘉六麻嗟同叶韻　氏八齊維四支毗、迷齊師支通韻　親十一真信同本韻　仕四紙子同殆十賄仕紙通韻　傭二冬訩同本韻　惠八霽戾同届十卦闋九屑，叶苦桂反。叶韻　夷四支違五微通韻　定二十五徑生八庚寧九青酲庚成同政二十四敬姓同叶韻　領二十三梗騁同本韻　矛十一尤讎同本韻　平庚寧青心十二侵正庚通韻　誦二宋訩冬邦三江轉韻

正月　周大夫感時傷遇也。

正月繁霜，時乖於上。我心憂傷。民之訛言，民謡於下。亦孔之將。念我獨兮，憂心京京。哀我小心，癙憂以痒。我倒憂之，無人能識。○一章　父母生我，疾痛則呼父母。胡俾我瘉？不自我先，不自我後。傷己適遭是時。好言自口，莠言自口。雌黄其口，尤覺可畏。憂心愈愈，是以有侮。見嫉之故。○二章　憂心惸惸，念我無禄。民之無辜，并其臣僕。我之不幸，將與無罪民同被囚虜。哀我人斯，于何從禄？瞻烏爰止，于誰之屋？不知所止，如烏之止於誰屋。○三章　瞻彼中林，侯薪侯蒸。乃瞻林間，篇中興起，大小亦分明易辨。民今方殆，視天夢夢。民急呼天，天獨不應。既克有

定，靡人弗勝。有皇上帝，伊誰云憎？四章　謂山蓋卑？爲岡爲陵，民之訛言，寧莫之懲。召彼故老，訊之占夢。具曰予聖，誰知烏之雌雄？古今通病，召亂之本。○五章　謂天蓋高？不敢不局。謂地蓋厚？不敢不蹐。維號斯言，有倫有脊。哀今之人，胡爲虺蜴？束住前半。○六章　瞻彼阪田，有菀其特。又興開後一半文字。天之扤我，如不我克。彼求我則，如不我得。執我仇仇，亦不我力。七章　心之憂矣，如或結之。今茲之正，胡然厲矣？燎之方揚，寧或滅之。借燎田起下褒姒。赫赫宗周，褒姒烕之！罪人。○八章　終其永懷，又窘陰雨。其車既載，乃棄爾輔。以陰雨行車比亂世棄賢。載輸爾載，將伯助予！九章　無棄爾輔，員于爾輻。承上正言，以見賢不宜棄。屢顧爾僕，不輸爾載。終踰絕險，曾是不意。十章　魚在于沼，亦匪克樂。潛雖伏矣，亦孔之炤。再以魚比賢難避視。憂心慘慘，念國之爲虐。十一章　彼有旨酒，又有嘉殽。洽比其鄰，昏姻孔云。念我獨兮，憂心慇慇。十二章　佌佌彼有屋，蔌蔌方有穀。民享承平未久。民今之無祿，天夭是椓。又遭大亂。哿以富人，哀此惸獨！慘然。○十三章

右《正月》十三章：八章，章八句；五章，章六句。此自幽王時詩。然《序》以爲「刺幽王」，則非詩人語氣。蓋其自傷多難，不前不後，生當厄運。深恐國破家亡，與無辜人民同時被虜，爲人臣僕，有似烏飛啞啞，不知集于何屋。則此情此境，真不堪預爲設想也。夫天心人事，互相倚伏。人當危殆，則疾痛號泣，而欲訴之於天。今之天則夢夢然其如醉，若無辨於人之善惡也者，是天

心已不可問矣。世將禍亂，則流言謗讟尤易煽動乎人。若今之人，則貿貿然以自聖，更難知其烏之雌雄也者，是人事又何勝言哉！然此特天心未定，訛言孔多時則然。倘使人知自警，天亂亦將平。則「有皇上帝」，福善禍淫，原無所偏愛而爲福，又豈有所偏憎而降灾？予之處此，未敢縱恣。古人有言：勿謂天高，不敢不局；勿謂地厚，不敢不蹐。夫亦自小之甚矣。而人顧不能容，嘗肆毒以相害也，則又何故？始予固嘗見用於世矣，而無如天方扤我，如恐不勝。譬彼特苗生於阪田，風雨動之，其能長乎？夫始求之以爲法，而唯恐其不得；繼得之而如仇，亦終莫能用。此世之所以亂，而賢者終莫能伸也。又況淫虐召亂，女戎方興。赫赫宗周，衆賢臣輔之而不足，一褒姒烕之而有餘，可勝嘅哉！然衆賢非不劬勞盡瘁以輔之也，奈彼自棄其輔。如行車然，車載既重，「又窘陰雨」，車輔相失，其何以行？迨至載墮困於泥塗，始相呼助，詎能及耶？使其早見及此，「無棄爾輔」，又能慎戒僕夫，則雖人世崎嶇，路多絶險，亦不難安車就駕，如不經意而自踰矣。乃今之世，非第棄賢，又將禍焉。予是以「憂心慘慘」，慮國之爲虐，而不勝其深藏而自晦之。然魚游淺水，雖曰潛伏，亦甚炤然，恐終無以逃其禍耳！夫天意難測，亂未有已，是非之淆，既若彼其甚；人心多險，國是日非，賢奸之辨，又若此其難。而欲國之無亡也，得乎？然彼小人則方且肆然得志，旨酒嘉殽，呼朋引類，相與爲樂。而不知其國破家亡，將在旦夕。此予獨深憂而不能自解者也。雖然，予何足惜？所苦者吾民耳。前此宣王中興，仳仳然民始有家，亦蔌蔌然民方有穀。將以爲從此安居，可享無事福矣。而孰知大亂又作，是天降夭孽椓害小民。孽無可逭，富者尚可自勝，獨如此惸獨何哉？此周大夫感時傷遇之作，非躬親其害，不能言之痛切如此。而《集傳》疑爲東遷後詩，姚氏駁之云：「此詩刺時，非感舊也。若褒姒已往，鎬京已亡，言之何益？且與前後文意亦不相類。」是已。然鎬京未亡，何以遽言「褒姒威之」？古人縱極戇直，亦不應狂誕若此。此必天下大亂，鎬京亦亡在旦夕，其君若臣尚縱飲宣淫，不知憂懼，所謂燕雀處堂自以爲樂，一朝突決棟焚，而怡然不知禍之將及也。故詩人憤極而爲是詩，亦欲救之無可救藥時矣。讀者循文案義，其情自見，又何必紛紛辯論爲哉？

【眉評】〔一章〕天人交變，亂形已著。〔二章〕我何不幸，乃適當此厄運！〔三章〕亂極則國必亡，將來未知何如，偶一念及，詎堪設想？〔四章〕天何爲而此醉！〔五章〕人乃不知其非，可憐亦復可恨。〔六章〕己雖獨醒，無地能容。天高、地厚二語，根上天夢、山卑作一大段。〔七章〕前言是非顛倒，此後言用賢不專。〔八章〕政復暴虐。咎歸褒姒，言之可駭。〔九、十章〕二章極言得人者昌，失人者亡。純以譬喻出之，故易警策動人。〔十一章〕賢既不用，必難相容，故特憂之，爲一大段。〔十二章〕此下言小人朋黨亂政。〔十三章〕民弱受害作收。

【集釋】〔正月〕正，音政。《集傳》：正月，夏四月。謂之正月者，以純陽用事，爲正陽之月也。〔訛〕僞也。〔將〕大也。〔京京〕亦大也。〔癙憂〕幽憂也。〔痒〕病也。劉氏彝曰〔一〕：鼠病而憂，在於穴内，人所不知也。我有鼠憂，至於痒病，人所不知也。〔瘉〕病也。〔莠〕醜也。〔愈愈〕益甚之意。〔惸惸〕憂意。〔無祿〕不幸也。〔辜〕罪也。〔侯〕維也。〔夢夢〕不明也。〔局〕曲也。陸氏德明曰：局，本又作跼。〔蹐〕累足也。〔號〕長言之也。〔脊〕理也。〔虺蜴〕皆毒螫之蟲也。〔阪田〕崎嶇墝埆之處也。〔菀〕茂盛貌。〔特〕特生之苗也。〔扤〕動也。黄氏一正曰：扤，動搖𩨬𠘑，使不遂也。〔力〕用之力也。〔正〕政也。〔褒姒〕幽王嬖妾，褒國女，姒姓也。〔威〕亦滅也。〔輔〕《集傳》：輔，如今人縛杖於輻，以防輔車也。〔輸〕墮也。〔將〕請也。〔伯〕或人也，如某伯某仲之類。〔員〕益也。張氏彩曰：員者，周防完美，無缺陷傾側之意。〔炤〕音灼，昭明易見也。〔云〕周旋之意。〔仳仳〕小貌。〔蔌蔌〕陋貌。〔天夭〕天所禍也。何氏楷曰：《商書·肜日》篇云，「非天夭民」，與此天夭同義。〔椓〕害也。〔哿〕可也。

【標韻】霜七陽傷、將並同京八庚痒陽轉韻　瘉七虞後二十五有口同侮虞叶韻　祿一屋僕、祿、屋並同本韻　蒸十蒸夢一送，叶莫登反。勝蒸憎同叶韻　陵蒸懲同夢送雄一東，叶胡陵反。叶韻　局二沃，叶居亦反。蹐十一陌脊、蜴並同叶韻　特十三職克、得、力並同本韻　結九屑厲八霽，叶力桀反。滅屑威同叶韻　雨虞輔同予六語

通韻　輻一屋，叶筆力反。載十一隊，叶節力反。意四寘叶韻　樂十藥炤音灼，同。虐同本韻　鄰十一真云十二文慇同通韻　屋一屋穀、禄並同椓三覺獨屋轉韻

校記

〔一〕「彝」，隴東本作「彜」，此依雲南本校改。

十月之交　刺皇父煽虐以致灾變也。

十月之交，朔日辛卯，日有食之，亦孔之醜。彼月而微，此日而微。今此下民，亦孔之哀。一章　日月告凶，不用其行。四國無政，不用其良。彼月而食，則維其常；此日而食，于何不臧。二章　爗爗震電，不寧不令；百川沸騰，山冢崒崩；高岸爲谷，深谷爲陵。哀今之人，胡憯莫懲？三章　皇父卿士，番維司徒，家伯維宰，仲允膳夫，棸子内史，蹶維趣馬，楀維師氏，豔妻煽方處。緊承上「今之人」，歷舉其人以實之。○四章　抑此皇父，豈曰不時？胡爲我作，不即我謀？徹我牆屋，田卒汙萊。曰予不戕，禮則然矣！五章　皇父孔聖，作都于向。擇三有事，亶侯多藏。不憖遺一老，俾守我王。擇有車馬，以居徂向。六章　黽勉從事，不敢告勞。無罪無辜，讒口囂囂。下民之孽，匪降自天。噂沓背憎，職競由人。七章　悠悠我里，亦孔之痗。四方有羨，我獨居憂。民莫不逸，我獨不敢休。天命不徹，我不敢傚我

友自逸。八章

右《十月之交》八章，章八句。《小序》謂「大夫刺幽王」。鄭氏又以爲厲王之詩。歐陽修、蘇轍、陳鵬飛皆非之。李氏樗亦云，「《唐書·志》云，《十月之交》，以曆推之，在幽王之六年，則是爲幽王之詩無疑矣。」此詩中紀候力也。然亦非刺幽王，乃刺皇父耳。朱鬱儀曰：「向在東都，桓王『與鄭人蘇忿生之田，向、盟、州、陘』是也。去西都千里而遥。皇父恃寵請城，規避戎禍，土木繁興，徙世家巨族以實之。人情懷土重遷，傷其獨見搜括，故賦是詩。」姚氏以爲「此說得之」。今案，詩詞特一端耳。皇父援黨布置要樞，竊權固寵，罔上營私，以致灾異，曾莫自懲。乃敢誣天：曰「彼月而食，則維其常」；此日而食，于何不臧」，是不唯欺君，而又欺天矣！小人無忌，往往如此，豈非罪之尤大者乎？詩人刺之，開口直書天變時日於上，以著其罪。詩史家法嚴哉！

【眉評】〔一章〕詩史書法，《春秋》用之。〔二章〕天變於上。小人不知自警，反以爲常，則無忌憚之心可見。〔三章〕地變於下。又不知懲，則尤可恨。〔四、五、六章〕小人用事於外，嬖妾固寵於内，所以致變之由。〔七章〕至此乃言己之受勞而被讒。〔八章〕並及鄉里受害。以自安所遇作收。

【集釋】〔十月〕建亥月也。〔交〕日月交會，謂晦朔之間也。一歲凡十二會。〔日有食之〕陳氏植曰：日月交會，日爲月掩則日蝕。日月相望，月與日亢則月蝕。自是行度分道，到此交加去處應當如是。曆家推算，專以此定疏密，本不足爲變異。但天文纔遇此際亦爲陰陽厄會，於人事上必有災戾。故聖人畏之，側身修行，庶幾可弭災戾也。案：日食固爲月掩，月食則非地隔。蓋月本自有光，半明半暗，隨日爲盈虧。日與月正對，則其光反向上以避日，向地一面則暗而成蝕。然月食則以爲常者，月有盈虧，乃其常耳。日食而以爲變者，日虧闕則爲變也。天人原本一氣，天有厄則人必有災。日食雖非真厄，而其象則成厄象，象著而氣亦足以相感，此聖王之所以畏也。〔彼月而食四句〕小人不知畏天，故借日曰：「彼月而食，固其常矣；此日而食，又于何不臧之有乎？」蓋不欲以天變自加修省耳。〔爗爗〕電光貌。〔震〕雷也。〔寧〕安徐也。〔令〕善也。〔沸〕出也。〔騰〕乘也。〔冢〕山頂曰冢。〔崒〕崔嵬也。〔憯〕曾也。〔皇父、家伯、仲允〕皆字也。〔番、棸、蹶、楀〕皆氏也。〔卿士〕《集傳》：卿士、六卿之外更爲都官，以總六官之事也。鄭氏康成曰：皇父則爲之端首，兼擅群職，故但目以卿士云。〔司徒〕掌邦教也。〔維宰〕姚氏際恒曰：家伯之下，《注》《疏》及蘇氏、嚴氏本皆作「維宰」。蘇氏曰：「維宰，未知何宰也。」鄭氏則以「冢宰」釋之。《集傳》本則直改作「冢宰」，更非。〔膳夫〕掌王之飲食膳羞者也。〔内史〕中大夫，掌爵禄廢置，殺生予奪之法者也。〔趣馬〕中士，掌王馬之政者也。〔師氏〕亦中大夫，掌司朝得失之事者也。〔豔妻〕指褒姒也。〔煽〕熾也。〔方處〕陳氏推曰：言其寵方固也。〔抑〕發語辭。〔時〕農隙之時也。〔都〕大邑也。《周禮》，畿内大都方百里，小都方五十里，皆天子公卿所封地，非都會之都也。〔向〕地名，在東都畿内，今懷慶府孟縣。〔三有事〕三卿也。〔亶〕誠也。〔侯〕維也。〔藏〕蓄也。〔憖〕陸氏德明曰：憖，《爾雅》云，願也，强也，且也。〔有車馬者〕富民也。〔徂〕往也。〔噂〕聚也。〔沓〕重複也。〔職〕主也。〔競〕力也。〔羨〕餘也。〔徹〕均也。

【標韻】卯十八巧醜二十五有叶韻　微五微哀十灰通韻　行七陽良、常、臧並同本韻　令八庚崩十蒸陵、懲並同逌韻　徒七虞夫同本韻　馬二十一馬處六語叶韻　時四支諆十一尤萊十灰然一先叶韻　向二十三漾藏、三、向並同本韻　勞四豪囂二蕭通韻　天一先人十一真通韻　里四紙痗十一隊，叶呼洧反。叶韻　憂十一尤休同本韻　徹九屑逸四質通韻

雨無正　周暬御痛匡國無人也。

浩浩昊天，不駿其德。降喪饑饉，歲飢。斬伐四國。民亂。旻天疾威，弗慮弗圖。善惡不分。舍彼有罪，既伏其辜。有罪反舍。倒句。若此無罪，淪胥以鋪。無辜受害。○一章　周宗既滅，靡所止戾。宗室絶迹，無人救惡。正大夫離居，莫知我勩。宰輔又遠去。三事大夫，莫肯夙夜。諸親

亦無人盡職。邦君諸侯，莫肯朝夕。列辟更難輔相。庶曰式臧，覆出爲惡！故君惡日長。○二章　如何昊天，辟言不信？如彼行邁，則靡所臻。只好呼天自訴，君之不信忠言，有如行路無所底止。凡百君子，各敬爾身。胡不相畏？不畏于天！指上諸臣，雖各潔身不肯格君，獨不畏獲咎于天乎？○三章　戎成不退，饑成不遂。曾我暬御，憯憯日瘁。亂作無人止，民生無人遂，惟我近侍獨形憂瘁。凡百君子，莫肯用訊。聽言則答，譖言則退。爾諸臣終莫進言，惟知唯諾，更巧避讒。○四章　哀哉不能言！長嘆。匪舌是出，維躬是瘁。忠者不能言。哿矣能言，巧言如流，俾躬處休。能言者不忠。○五章　維曰于仕，孔棘且殆。又代諸臣自解出仕之難。云不可使，得罪于天子。直道，王以爲不可。亦云可使，怨及朋友。枉道者，又得罪于清流。○六章　謂爾遷于王都，曰予未有室家。鼠思泣血，無言不疾！昔爾出居，誰從作爾室？雖然，王不可無輔，故相召爾，爾乃自設，使予幽思，至于泣血，言無不痛。爾以無家爲解，然則出君又豈有家耶？○七章

右《雨無正》七章，一章章十句，二章章八句，三章章六句。此篇名多不可解。《小序》云：「大夫刺幽王也。」《大序》曰：「雨自上下者也，衆多如雨，而非所以爲政也。」朱子駁之，以爲尤無理。故《集傳》引歐陽公之言曰：「古之人於詩多不命題，而篇名往往無義例。其或有命名者，則必述詩之意，如《巷伯》、《常武》之類是也。今《雨無正》之名，據《序》所言，與詩絕異，當闕其所疑。」又引元城劉氏言曰：「嘗讀《韓詩》，有《雨無極》篇，《序》云，『雨無極，正大夫刺幽王

也。』至其詩之文，則比《毛詩》篇首多『雨無其極，傷我稼穡』八字。」始以劉説有理，繼疑詩之長短不齊，以爲非例。且並疑其非幽王詩。姚氏亦云，此篇名「不可考，或誤，不必强論。」然愚案，《韓詩》於此篇首章忽多二句，其爲僞增，自不待言。即詩中所言，亦非爲雨傷稼穡也。歲飢民亂，分明是荒旱景象，且不過借時勢以立言耳。其大旨乃暬御近臣傷國無正人，以匡正王失也。故雨字或誤，正字上下或有脱漏，亦未可知。魯魚帝虎，古簡之常。但須細審，未可以無考忽之。夫以赫赫宗周，匡國無人，而憂而望之者，乃僅僅出於近侍微臣，則謂之「國無正」也亦奚不可？首章天既降災，又多不平，是善惡不分，天心難測時也。其所以然者，則以上失其道故耳。上之失道，又以左右無賢匡正其惡故耳。左右莫過宗親，今之宗親則滅迹而遠蹈矣。其次正大夫，今之正大夫則分封而離居矣。又其次三事大夫，而今之三事大夫雖近在朝廷，「莫肯夙夜」，靖共亦屬無益。至邦君諸侯，則更各適己國，疇肯朝夕焉盡忠耶？是天災若彼其甚，人心又若此其離，王庶幾其一悟乎？乃更「覆出爲惡」，則無救矣。天乎，天乎！夫何忠言不信，如此其極，譬彼行邁而無所止乎！然而百爾君子，雖各潔其身，不相畏禍，而獨不畏於天乎？寇至無人退，民飢無人遂。唯我暬御憂心日瘁，而爾諸臣其誰是以忠告進於王前者？居平既多唯諾，臨危又巧於避讒，舉世一轍，莫知其非。哀哉，吾王孰與爲治？蓋忠者不能言，而能言者不忠。王之性又惡忠而好佞，是以巧言者反得安樂，忠誠者徒形勞瘁也。凡人莫不欲仕，而抑知筮仕之難，至急且殆乎？當今之時，直道者王之所謂「不可使」，而枉道者，王之所謂「可使」者也。直道者得罪于君，枉道者見怨于友，此仕之所以難耳。然而君臣之義，未可以因難而思退也。予恒勸爾諸臣各還王都，共思輔導。而皆以無家辭，使我幽憂至於泣血。則雖言無不痛，而人終不肯來。豈真無家乎？如曰無家，則昔爾之去也又誰爲爾作之室乎？詎可以是相諉乎？此詩不惟非東遷後詩，且西京未破之作，故望諸臣遷歸王都。若西京已破，王室東遷，則勤王又自有人，豈待暬御相招？且其立言别是一番建功立業氣象，斷不作「鼠思泣血」等語。曰「周宗既滅」者，周之宗室遠去絶迹，不來相依耳，非宗周王國爲人所滅也。觀其與下文「正大夫」諸臣並言歷叙而下，則知其爲宗室大臣也無疑。諸儒讀書，何不細心體會？但見「周宗」，即以爲「宗周」；但見「既滅」，即以爲「滅亡」，豈不可笑？且詩中明言「曾我暬御，憯憯日瘁。凡百君子，莫肯用訊」，又何以謂之「大夫刺幽王」耶？愚謂諸儒説《詩》，其實未嘗讀《詩》，寧不信然？

【眉評】〔一章〕先寫亂形，見天心之不平。〔二章〕歷數諸臣離心，匡國無人。時勢如斯，庶幾君心悔悟，乃更爲惡。〔三章〕痛責諸臣。〔四章〕乃自表己心，獨深憂慮，愈見國之無人也。舉朝如是，爲之奈何！〔五章〕可爲嘆息。〔六章〕代原臣心，君亦不能無過。言極沉痛，筆亦斬絶。〔七章〕末更望諸臣之來共匡君失，因詰責之，使窮於辭而無所遁，乃作詩本意。

【集釋】〔鋪〕徧也。〔周宗〕周之宗族也。〔止戾〕戾，乖也。「靡所止戾」，無人止王之乖戾也。〔正大夫〕姚氏際恒曰：正大夫，上大夫也，即卿。〔離居〕姚氏際恒曰：正大夫離居，猶前篇皇父出而「作都于向之類。〔三事大夫〕姚氏際恒曰：三事，《書・立政》篇爲「常伯、常任、準人」，亦大夫之職也。《集傳》以前篇「擇三有事」爲三卿，此「三事」爲三公，既不一，且皆謬。又以大夫爲六卿中下大夫，亦謬。且「三事大夫」連言，謂三事之大夫也；今分之，並謬。〔辟〕法也。〔臻〕至也。〔凡百君子〕總上章宗親，正大夫、三事大夫及邦君諸侯而言也。〔戎〕兵也。〔遂〕遂生也。〔暬御〕近侍也。〔憯憯〕憂貌。〔訊〕告也。

〔棘〕急也。〔鼠思〕猶言癙憂也。

【標韻】德十三職國同本韻　圖七虞辜、鋪並同本韻　戾八霽勩四寘通韻　夜二十二禡夕十一陌惡十藥叶韻

天一先信十一真臻、身並同天同上叶韻　遂四寘瘁同訊十二震退十一隊叶韻　出寘瘁同本韻　流十一尤休同

本韻　殆十賄子四紙友二十五有叶韻　都虞家六麻叶韻　疾四質室同本韻

以上《祈父之什》凡十篇。案：此什《無羊》以上六篇，宣王時詩，多美辭。唯《祈父》及《黃鳥》、《我行其野》三詩有諷意。蓋末年政荒亂幾漸形矣。《節南山》皆幽王時詩，而鄭氏乃以爲厲王詩。范氏處義駁之云：「《小雅》無厲王之詩。鄭氏以爲《十月之交》、《雨無正》、《小旻》、《小宛》皆厲王之詩也。毛氏作傳，遷其第，因改之耳。其説曰，師尹、皇父不得並政，褒姒、豔妻不得偕寵，番與鄭桓不得同位。先儒非之，謂使師尹、皇父、番與鄭桓先後共事，褒姒以色居位謂之豔妻，其誰曰不可？」又謂「《韓詩》之次與毛氏合。案：幽王八年，以鄭桓

公爲司徒，安知其前無番爲司徒？而四詩非厲王明矣。」又謂「『十月辛卯，日有食之』，驗之唐曆，在幽王六年，亦其一證。」其餘引證雖多，無甚關係，故不録。又有疑《正月》及《節南山》、《雨無正》三篇爲東周變雅者，是皆未嘗案切時勢，細咏詩詞而漫言之者。其駁正已散見各篇之下，兹不再贅。

詩經原始卷之十一

小雅 三

小旻之什

小旻

刺幽王惑邪謀也。

旻天疾威，敷于下土。謀猶回遹，何日斯沮？二句是主。謀臧不從，不臧覆用。就王一面言。我視謀猶，亦孔之邛！一章

潝潝訿訿，亦孔之哀。謀之其臧，則具是違；謀之不臧，則具是依。就臣一面言。我視謀猶，伊于胡底！二章

我龜既厭，不我告猶。謀夫孔多，是用不集。發言盈庭，誰敢執其咎？如匪行邁謀，是用不得于道。謀而不行。〇三章

哀哉爲猶，匪先民是程，匪大猶是經；維邇言是聽，維邇言是争！如彼築室于道謀，是用不潰于成。謀

而無斷。○四章 國雖靡止，或聖或否。民雖靡膴，或哲或謀，或肅或艾。芻蕘堪聽。如彼泉流，無淪胥以敗。五章 不敢暴虎，不敢馮河。只見目前。人知其一，莫知其他。不知遠慮。戰戰兢兢，如臨深淵，如履薄冰。六章

右《小旻》六章，三章章八句，三章章七句。此篇名以「旻」加「小」字，説者雖多，難詳其義。《集傳》引蘇氏説云：「《小旻》、《小宛》、《小弁》、《小明》，四詩皆以小名篇，所以别其爲《小雅》也。其在《小雅》者謂之小，故其在《大雅》者謂之《召旻》、《大明》，獨《宛》、《弁》闕焉，意者孔子删之矣。雖去其大而其小者猶謂之小，蓋即用其舊也。」其言頗近是。而郝氏猶駁之云：「未有二《雅》，先有篇目，非先有《小雅》而後以此詩從之也。《頌》有《小毖》又焉得有『大毖』乎？」然愚案：古人作詩，多不立題；詩成而後始拈首二字以名篇。故其名多可移易，如《唐風》有兩《杕杜》，一則云《杕杜》，一則云《有杕之杜》，皆後人分别名之，以示異耳。亦豈作詩者有意以避之耶？《小序》謂「刺幽王」，固是。然所刺者何事，必須標明，乃符序體；否則何詩不可謂之刺王乎？此必幽王多欲而無制，好謀而弗明，故群小得以邪辟進，王心愈回惑而不辨其是非。雖有一二正直臣，而忠不勝奸，樸不勝巧，亦難力與爲争。誰肯于發言盈庭之際，獨鬬衆論而身任其責以決之乎？然其所謀者，又皆便辟習近之言，無遠大謀猶之計。王偏惑而聽之，亦如行路而坐謀之於室，築室而反謀之道路，豈能有成？是皆不以先民爲法，而「維邇言是

争」，不以大猶是信，而「維邇言是聽」者，此亂本也。能無慮哉？然國論雖多，賢愚互見；民人雖寡，芻蕘堪詢。苟得其要，亦易爲治。若稍反焉，則「如彼泉流」，有淪胥以至於敗焉矣耳。蓋人情每惕近憂而忘遠慮，暴虎馮河之患，顯而易見，則知所以懼。而其他隱於無形者，則雖有甚於暴虎馮河，而亦不知所懼也。故予有念於此，不覺戰兢自持，而如凛冰淵之戒焉。此詩之作所由來歟？夫天下不患無謀，患在有謀而弗用；不患在有謀弗用，而患在用非其謀。謀非所用，則好謀實足以誤事。又況以邪辟之人議之於前，而以多欲之君聽而斷之於後也哉！

【眉評】〔一、二章〕首二章就君臣兩面寫足邪謀惑人之害將無所止。〔三、四章〕此二章受惑之故，其病在於不行不斷。〔五章〕人雖至愚，言亦可採。〔六章〕若無遠慮，必有近憂，是以戰兢自惕。〔標韻〕案：膴、謀無韻。《音韻考》云：《釋文》曰，《韓詩》作腜，莫咍切，屬灰韻。與止、否、謀協。存以備考。

【集釋】〔旻〕幽遠之意。〔敷〕布也。〔猶〕謀也。〔回〕邪也。〔遹〕辟也。〔沮〕止也。〔臧〕善也。〔覆〕反也。〔邛〕病也。〔潝潝〕相和也。〔訿訿〕相詆也。曹氏粹中曰：潝潝然相和者，黨同而無公是。訿訿然相毁者，伐異而無公非。〔具〕俱也。〔底〕至也。〔集〕成也。〔程〕法也。〔猶〕道也。〔經〕常也。〔潰〕遂也。〔膴〕大也，多也。〔艾〕與乂同，治也。〔淪〕陷也。〔胥〕相也。

【標韻】土七麌沮六語通韻　用二宋卭二冬叶韻　哀十灰違五微依同底四紙叶韻　猶二十六宥集十四緝，《韓詩》作就，叶疾救反。咎二十五有道十九皓，叶徒候反。叶韻　程八庚經九青聽同争庚成同通韻　止紙否同本韻　艾九泰敗十卦通韻　河五歌他同本韻　兢十蒸淵一先冰蒸通韻

小宛　賢者自箴也。

宛彼鳴鳩，翰飛戾天。興。我心憂傷，念昔先人。明發不寐，有懷二人。一章　人之齊聖，飲酒温克。彼昏不知，壹醉日富。各敬爾儀，天命不又。二章　中原有菽，庶民采之。興。螟蛉有子，蜾蠃負之。反跌下文。教誨爾子，式穀似之。三章　題彼脊令，載飛載鳴。興。我日斯邁，而月斯征。夙興夜寐，無忝爾所生。應上二人。○四章　交交桑扈，率場啄粟。興。哀我填寡，宜岸宜獄。握粟出卜，自何能穀？五章　温温恭人，如集于木。惴惴小心，如臨于谷。戰戰兢兢，如履薄冰。六章

右《小宛》六章，章六句。《小序》謂「大夫刺幽王」。朱子駁之云：「此詩之詞最爲明白，而意極懇至。説者必欲爲刺王之言，故其説穿鑿破碎，無理尤甚。」因改爲「大夫遭時之亂，而兄弟相戒以免禍之詩」。今細玩詩詞：首章欲承先志，次章嘅世多嗜酒失儀，三教子，四勗弟，五、六則卜善自警，無非座右銘。言固無所謂「刺王」意，亦何嘗有「遭亂」詞？「岸」「獄」「薄冰」等

字，不過君子懷刑，不能不常作是想。雖處盛世，此心亦終不能無也。然其作詩本意，亦非全無所爲而漫爲之之比。觀次章特題「飲酒」爲戒，則必因過量無德，恐致於禍，乃爲此以自警；且並勗子弟共相敦勉，「各敬爾儀」、「無忝所生」，而時凛薄冰之懼也。特其詞意在即離之間，似專爲此，又似不專爲此，故人難測其旨。總之，聖賢悔過自箴，特因一端以警其餘，規小過而全大德，是以愈推而愈廣耳。又有謂此爲同姓兄弟刺王之詩，故有「螟蛉」二句，以比宜臼奔申，申侯挾之而去。姚氏引嚴氏說。殊知「螟蛉」二句乃反跌下文「爾子」二語，意以爲螟蛉之子尚且相類，況爾親生，獨不能相肖乎？諸家誤認爲興體，故多不得語氣。若以比宜臼事，則更失之愈遠也。古《序》說《詩》，病在牽涉，尤多附會。諸儒雖知其然，未能盡除厥弊，未免又牽合幽王爲言，豈能有當詩意哉？

【眉評】〔一章〕思親。〔二章〕嘅世。〔三章〕教子。〔四章〕戒弟。〔五章〕自卜。〔六章〕自警。

【集釋】〔宛〕小貌。〔鳴鳩〕斑鳩也。〔翰〕羽也。〔戾〕至也。〔明發〕天將旦而光發明也。〔二人〕父母也。〔齊〕肅也。〔聖〕通明也。〔克〕勝也。〔富〕甚也。〔天命〕案：天命，諸家皆作天運解，與上文意不貫。當作天性，言天命之性也。〔又〕復也。〔菽〕大豆也。〔螟蛉〕桑上小青蟲也。蜾蠃，土蜂也。似蜂而小腰，取桑蟲負之於木空中，七日而化爲其子。楊氏雄曰：螟蛉之子殪而逢蜾蠃，祝之曰：「類我，類我！」則肖之矣。〔式〕用也。〔穀〕善也。〔題〕視也。〔脊令〕解見《常棣》。〔而〕汝也。〔忝〕辱也。〔桑扈〕《集傳》：桑扈，竊脂也。俗呼青觜，肉食，不食粟。陸氏佃曰：桑扈有二種，青質者觜曲食肉，好盜脂膏；素質者其翅與領皆有文章，所謂「率場啄粟」，「有鶯其羽」也。吕氏祖謙曰：《淮南子》云，「馬不食脂，桑扈不食粟」是也。〔填〕與瘨同，病也。〔岸獄〕《集傳》：岸亦獄也。《韓詩》作犴。鄉亭之繫曰犴，朝廷曰獄。劉氏瑾曰：字書云，犴一作豻。豻，胡地犬也。野，犬所以守，故以獄爲犴。〔如集于木〕恐隊也。〔如臨于谷〕恐隕也。

【標韻】天一先人十一真人同通韻　克十三職富二十六宥又同叶韻　采十賄負二十五有似四紙叶韻　鳴八庚征、生並同本韻　粟二沃獄同穀一屋通韻　木屋谷同本韻　兢十蒸冰同本韻

小弁　宜曰自傷被廢也。

弁彼鸒斯，歸飛提提。興。民莫不穀，我獨于罹。何辜于天？我罪伊何？心之憂矣，云如之何？一章　踧踧周道，鞫爲茂草。我心憂傷，惄焉如擣。假寐永嘆，維憂用老。心之憂矣，疢如疾首。二章　維桑與梓，必恭敬止。靡瞻匪父，靡依匪母。不屬于毛，不離于裏。天之生我，我辰安在？三章　菀彼柳斯，鳴蜩嘒嘒。興。有漼者淵，萑葦淠淠。譬彼舟流，

不知所届。比。心之憂矣，不遑假寐。四章 鹿斯之奔，維足伎伎。興。雉之朝雊，尚求其雌。譬彼壞木，疾用無枝。比。心之憂矣，寧莫之知。五章 相彼投兔，尚或先之。行有死人，尚或墐之。借形下文。君子秉心，維其忍之。心之憂矣，涕既隕之。六章 君子信讒，如或醻之。君子不惠，不舒究之。伐木掎矣，析薪杝矣。反形下文。舍彼有罪，予之佗矣。七章 莫高匪山，莫浚匪泉。君子無易由言，耳屬于垣。名論。無逝我梁，無發我笱！我躬不閱，遑恤我後！八章

右《小弁》八章，章八句。此詩爲宜臼作無疑，而朱子猶疑之者，過矣。唯《大序》以爲「太子之傅作」，則不知其何所據。姚氏駁之，云「詩可代作，哀怨出于中情，豈可代乎？」況此詩尤哀怨痛切之甚，「異於他詩」者。既又疑宜臼實不德，孟子何爲以「親親之仁」許之？不知此特就詩以論詩耳。又況孽子被放，良心易見。宜臼縱不德，未至大惡。當此操心慮患，至危且深之際，獨無良心發現，而有一言之可取耶？觀其三章追思父母，沉痛迫切，如泣如訴，亦怨亦慕，與舜之號泣於旻天何異？千載下讀之，猶不能不動人。以屬毛離裏之思，則以「親親之仁」許之也，抑又何怪？然此特其良心之偶一發見耳。若舜則五十而慕，故稱「大孝」，又非可同日並語者。全詩大旨，此章盡之。餘不過反覆申言被放之由及見逐之苦。或興或比，或反或正，或憂傷於前，或懼禍於後，無非望父母鑒察其誠，而怨昊天之降罪無辜。此謂情文兼到之作。宣聖雖欲

删之而不忍删也。而謂孟子能不節取之哉？至其布局精巧，整中有散，正中寓奇，如握奇率；然離奇變幻，令人莫測。讀者熟思而細玩之，當自有得，勿煩多贅。又，此詩與《邶·谷風》同爲棄妻逐子，而有風、雅之異者。蓋彼寓言，此則實事，故氣體亦因之不同耳。噫，觀於此，不又可以識風、雅之辨歟？

【眉評】〔一章〕呼天自訴總起。〔二章〕去國景象，觸目傷心。〔三章〕追慕父母，言極沉痛，筆亦鬱勃頓挫之至。〔四、五章〕二章以舟流、壞木作比，見逐子失親，無所歸依之苦。〔六章〕此章先言投兔、死人，反跌忍心。〔七章〕此章先言信讒，後以伐木、析薪反形不惠，用意同而章法卻變。〔八章〕去國後猶當謹言，孽子之慮患深矣。

【集釋】〔弁〕將飛拊翼貌。何氏楷曰：弁，通作拚，拊手之義。烏之將飛，而拊翼似之。〔鷽〕雅烏也。小而多群，腹下白，江東呼爲鵯烏。毛氏萇曰：鷽，卑居。卑居，雅烏也。〔斯〕語詞也。〔提提〕群飛安閒之貌。〔穀〕善也。〔罹〕憂也。〔踧踧〕平易也。〔周道〕大道也。〔鞫〕窮也。〔惄〕思也。〔擣〕舂也。〔假寐〕不脱衣冠而寐。〔疢〕疾也。〔桑梓〕二木名。桑可給蠶食，梓具器用。古者田園皆種之，故多先人手植以遺子孫者，後人賴其利用，又爲祖宗父母所遺，是以過其下必恭敬止。今稱父母之邦爲「桑梓」，即此意。〔瞻〕尊仰也。〔依〕親倚也。〔屬〕連也。〔毛〕膚體之餘氣末屬也。〔離〕麗也。〔裏〕心腹也。〔辰〕猶時也。〔菀〕茂盛貌。〔蜩〕蟬也。〔嘒嘒〕聲也。〔漼〕深貌。〔淠淠〕衆也。〔屆〕至也。〔遑〕暇也。〔伎伎〕舒貌。孔氏穎達曰：獸走，故以遲相待。羅氏願曰：鹿愛其類，發於天性，欲食皆鳴相召，志不忌也。〔雊〕雉鳴也。孔氏穎達曰：《高宗肜日》：「雉升鼎耳而雊。」《説文》云：「雊，雄雉鳴也。雉鳴而句其頸。」故字從隹句。〔壞〕傷病也。〔寧〕猶何也。〔先之〕王氏安石曰：兔見迫而投人，人宜利而取之也。乃或先之，使得避逃。案：先，去聲。〔墐〕埋也。毛氏萇曰：墐，路冢也。案：《左傳》曰：「道墐相望。」〔秉〕執也。〔隕〕墜也。〔醻〕報也。〔惠〕愛也。〔舒〕緩也。〔究〕察也。〔掎〕倚也。〔杝〕隨其理也。〔佗〕《集傳》：佗，加也。姚氏際恒曰：佗即他，謂音唾，訓加，似無意義。予、與同。謂舍彼之有罪而予之他人耳。

【標韻】斯四支提、罹並同本韻　何五歌何同二字自爲韻　道十九皓草、擣、老並同本韻　憂十一尤首二十五有叶韻　梓四紙止同母二十五有裏紙在十賄叶韻　嘒八霽淠同屆十卦寐四寘通韻　伎四支雌、枝、知並同本韻　先十七霰，叶蘇晉反。墐十二震　忍十一軫隕同叶韻　醻十一尤究二十六宥叶韻　掎四紙，叶居何反。杝《集傳》：救氏反，叶湯何反。陳氏《音韻考》曰：《説文》無杝字。篆文它、也相似，疑爲拖移之訛。佗五歌叶韻　山十五刪泉一先言十三元垣同通韻　笱二十五有後同本韻

巧言　嫉讒致亂也。

悠悠昊天，曰父母且。無罪無辜，亂如此幠。昊天已威，予慎無罪。昊天泰幠，予慎無辜。一章　亂之初生，承上。僭始既涵；亂之又生，君子信讒。點信字。君子如怒，反信子。亂庶遄沮；君子如祉，亂庶遄已。二章　君子屢盟，亂是用長。轉入信字。君子信盜，亂是用暴。盜言孔甘，亂是用餤。造語奇，信字透。匪其止共，維王之卬。三章　奕奕寢廟，君子作之。振起。秩秩大猷，聖人莫之。他人有心，予忖度之。躍躍毚兔，遇犬獲之。比。〇四章　荏染柔木，君子樹之。興。往來行言，心焉數之。蛇蛇碩言，出自口矣。巧言如簧，顏之厚矣。五章　彼何人斯？直呼其人。居河之麋。無拳無勇，職爲亂階。既微且尰，爾勇伊何？爲猶將多，爾居徒幾何？六章

右《巧言》六章，章八句。《集傳》云：以五章「巧言」二字名篇。此詩大旨因讒致亂，而讒之所以能入與不能入，則信與不信之故耳。故前三章皆言信讒，而至比讒人以爲盜。甘之者不唯不知其人之有甚乎盜，而且嗜其言以如飴，則盜亦益甘其言以餌嗜者，而進而餤之。在餤者方且以爲忠言可聽，而不知其亂機已形，豈甘讒乎？實餤亂耳！然讒非易進也，有積漸焉。容而受之，譖乃能入。使其初入，怒以相拒，則讒亦遽止矣。否則從善如流，讒無由進，亂亦何自而生乎？唯王不

然，而又甘之，是以天心變亂，罪及無辜。然後屢盟相要，欲以止亂，其何能及？雖然，讒亦何難辨哉？夫「奕奕寢廟」，君子尚能作之；「秩秩大猷」，聖人亦恒定之，豈讒人私心而予不不能度之乎？使予而忖是心也，如犬獵兔，無不獲矣。奈王性優柔，不能自決，「往來行言」，未嘗不「心焉數之」。而知其是非之所在，獨至浸潤之譖，膚受之愬，行乎其間，則不能以無惑。蓋巧言無恥而如簧，碩言出口而尚訥，故訥者惡聽而巧者易入也。噫，彼何人哉？而言之巧有如是哉？論其居至卑且下，論其材至柔且懦，論其疾則更微而且尰；而乃憑此三寸舌以惑亂君心，國政因之而紊，天意因之而變，人民亦因之而散。不知者方疑其爲謀甚多而負勇實甚，而豈知其人乃卑卑無足道哉？即其徒之倡而和者亦無幾何。若鋤而去之，根株不難淨盡。奈王不悟，則終未如之何也。已矣！此必有所指，惜史無徵，《序》不足信，徒存空言以爲世戒，俾知信讒之足以召亂也。如此，旨亦微哉！

【眉評】〔一章〕從遭亂虚起，伏下亂階。〔二章〕緊跟亂字，卸下信讒，以止讒作開。〔三章〕以長亂作合，亂即生於讒也。以上皆因信讒以致亂之故。〔四章〕此下言止讒不難，特提「寢廟」、「大猷」以起下文，見讒人之心亦易察耳。〔五章〕其「碩言」與「巧言」之分，亦在「蛇蛇」、「如簧」上辨之而已。〔六章〕讒人毫無才能，唯憑口舌，足爲亂階。點明致亂之由，章法一線穿成。

【集釋】〔悠悠〕遠大之貌。〔且〕語辭。〔憮〕大也。〔已泰〕皆甚也。〔慎〕審也。〔僭始〕不信之端也。〔涵〕容受也。〔君子〕指王也。〔遄〕疾也。〔沮〕止也。〔祉〕猶喜也。〔奕奕〕大也。〔秩秩〕序也。〔猷〕道也。〔莫〕定也。〔躍躍〕音的，跳疾貌。〔毚〕狡也。〔荏染〕柔貌。〔行言〕行道言也。〔數〕辨也。〔蛇蛇〕安舒也。〔碩〕大也，謂善言也。〔麋〕水草交謂之麋。李氏樗曰：左氏所謂「孟諸之麋」是也。〔拳〕力也。〔階〕梯也。〔微尰〕《集傳》：骭瘍爲微，腫足爲尰。孔氏穎達曰：郭璞云，骭，腳脛也；瘍，瘡也。膝脛之下有瘡腫，是涉水所爲。〔猶〕謀也。〔將〕大也。

【標韻】且六魚辜七虞憮同威五微憮、辜虞通韻　涵十三覃讒十五咸通韻　怒七遇沮六御通韻　祉四紙已同本韻　盟八庚長七陽轉韻　盜二十一號暴同本韻　甘覃餤同本韻　共二冬卬同本韻　作十藥莫、度並同獲十一陌叶韻　樹七麌數同本韻　口二十五有厚同本韻　斯四支麋同階九佳轉韻　何五歌多、何並同本韻

何人斯　刺反側也。

彼何人斯？故作疑詰之辭。其心孔艱。全篇之主。胡逝我梁，不入我門？伊誰云從？維暴之云。略略點明其人，仍不實指爲誰。○一章　二人從行，誰爲此禍？胡逝我梁，不入唁我？始者不如，今云不我可。有始無終。○二章　彼何人斯？胡逝我陳？我聞其聲，不見其身。有聲無形。

不愧于人，不畏于天。三章　彼何人斯？其爲飄風。胡不自北？胡不自南？蹤跡無定。胡逝我梁？祇攪我心。四章　爾之安行，亦不遑舍；爾之亟行，遑脂爾車？壹者之來，云何其盱？一望其來。○五章　爾還而入，我心易也；還而不入，否難知也。壹者之來，俾我祇也。再望其來。○六章　伯氏吹壎，仲氏吹篪。及爾如貫，諒不我知。出此三物，以詛爾斯。更誓以心。○七章　爲鬼爲蜮，則不可得。有靦面目，視人罔極。而終不來，乃直斥其人，而不忍隱矣。作此好歌，以極反側。卒乃點明心艱之至。○八章

右《何人斯》八章，章六句。《小序》謂「蘇公刺暴公。暴公爲卿士而譖蘇公，故蘇公作詩以絶之」。然詩中只有暴字而無蘇字，故《集傳》及諸家多疑之。愚謂《小序》雖僞，其來已久，此等證據，或有所傳，今亦不必過爲深考。且刺暴公，則只可明題暴字，安能更有蘇字？唯案詩意，通篇極力摹寫小人反側情狀，未及讒譖一語；止「誰爲此禍」四字見其互相傾軋之意，似不專指譖愬言。小人之傾君子，未嘗不譖，未嘗不愬；但詩既未明言，則亦不必定以此立説也。況詩始云「不入我門」，繼即詢之「伊誰云從」，始知其維暴公之從。似此人初與蘇公和好，繼慕暴公權勢，遂疎此而親彼，以至互相傾軋，釀成大禍，而又不來相弔。故曰「二人從行，誰爲此禍」。蓋此詩不徒爲暴公發，乃專斥依附暴公權勢而傾蘇公之人耳。小人欺天罔人，毫無畏忌，亦不知恥。是以交友則始合終離，行事則有影無形，居心則忽南忽北，行蹤詭秘，令人莫測。所

謂「爲鬼爲蜮」，心極奸險，不徒以譖愬爲工者也。然蘇公雖受其禍，未肯遽與之絶，仍望其來者再，至欲出三物以與盟心。亦因曩昔和好，不啻如壎如篪之相應而相和；今忽決裂至此，非君子交友大道，故不惜委曲以相望。而不料其人終不自反，是其心之反側誠難定也。乃形諸歌咏，以見交游不終之故如此。然則何以列之於《雅》？夫君子小人同秉國政，互相水火。君不能正之於上，臣必亂之於下。朋黨勢成而君心孤立，其國焉得不亡？君子讀《詩》至此，不能無慨於其際云！

【眉評】〔一章〕開口直刺心艱，而不言何人，使讒者聞之，自知所警。〔二、三、四章〕此三章極力摹寫讒人性情不常，行踪詭秘，往來無定。跟上「心艱」，起下「鬼蜮」，可謂窮形盡相，毫無遁情。〔五、六章〕此二章故作和緩之筆，文勢至此一曲，亦詩人忠厚待人之意。〔七章〕追念從前和好，如壎如篪，反形下文「爲鬼爲蜮」。〔八章〕末句結出「反側」二字，應上「心艱」，首尾一氣相承。蓋惟「心艱」，是以「反側」，小人心迹，千古如見。

【集釋】〔艱〕險也。〔唁〕弔也。〔陳〕堂塗也，堂下至門之徑也。〔舍〕息也。〔盱〕《集傳》：盱，望也。《字林》云：「盱，張目視也。」《易》曰：「盱豫，悔。」〔還〕返也。〔易〕説也。〔祇〕安也。〔壎篪〕《集傳》：樂器。土曰壎，大如鵝子，鋭上平底，似稱錘，六孔。竹曰篪，長四寸，圍三寸。七孔，一孔上出，徑三分，凡八孔。橫吹之。〔如貫〕如繩之貫物。言相連屬也。〔諒〕誠也。〔三物〕犬、豕、雞也。刺其血以詛盟也。〔蜮〕《集傳》：蜮，短狐也。江、淮水皆有之，能含沙以射水中人影；其人輒病，而不見其形也。陸氏德明曰：蜮狀如鼈，三足，一名射工，俗呼之水弩。〔靦〕面見人之貌也。〔反側〕反覆無常也。

【標韻】艱十五刪門十三元。云十二文。通韻　禍二十哿我、可並同本韻　陳十一真身同天一先通韻　風一東南十三覃心十二侵叶韻　舍二十一禡，叶商居反。車六魚盱七虞叶韻　易十一陌知四支祇同叶韻　篪支知、斯並同本韻　蜮十三職得、極、側並同本韻

巷伯　遭讒被宮也。

萋兮斐兮，成是貝錦。比。文致之罪。彼譖人者，亦已太甚！一章　哆兮侈兮，成是南箕。比。簸揚其說。彼譖人者，誰適與謀？二章　緝緝翩翩，謀欲譖人。慎爾言也，謂爾不信。跌回，譖人一面。○三章　捷捷幡幡，謀欲譖言。豈不爾受，既其女遷。既不信則必遷怒，較前章更深。○四章　驕人好好，勞人草草。承上。蒼天蒼天，視彼驕人，矜此勞人！開下。○五章　彼譖人者，誰適與謀？取彼譖人，投畀豺虎；豺虎不食，投畀有北；有北不受，投畀有昊！故作痛快語以洩其憤，亦無可如何之意而已。○六章　楊園之道，猗于畝丘。興。寺人孟子，作爲此詩。凡百君子，敬而聽之。淡淡作收，筆意一變。○七章

右《巷伯》七章，四章章四句，一章五句，一章八句，一章六句。《序》謂「刺幽王」，泛而無著。《大序》云「寺人傷于讒，故作是詩」，此亦詩中明文，無煩多贅。唯《集傳》引班固《司馬遷贊》云，「迹其所以自傷《小雅·巷伯》之倫」，其意亦謂巷伯本以被譖而遭刑也，遂以爲「時有遭讒而被宫刑爲巷伯者作此詩」。其説較有理。不然，寺人於王最近，誰得而譖之？即云同類自譖，與寺人惡讒作詩以儆君子，亦無此悲憤痛絶，不欲與共戴天之語。此必腐遷之流無疑。其禍同，其文亦同；故班固引以譬贊。此亦天之忌才，故設此一局以厄文人。未有腐遷，先有巷伯，古今人可同聲一哭也！雖然，遷不遭刑，文亦不奇；伯不遭禍，詩何能傳？此又天之玉成二人如出一轍，豈不奇哉？使伯回思至此，自當破泣爲笑。則「投畀豺虎，豺虎不食」之人，亦可以置之度外，不必更投諸有北與有昊矣。唯其時善人遭讒被禍至於此極，不能不令人扼腕而嘆彼蒼之夢夢耳！

【眉評】〔一、二章〕凡譖人者不外文致、簸揚兩端。首二章已將小人伎倆從喻意一面寫足，以下便不費手。〔三、四章〕此二章進一層説，言譖人者亦將自受其譖。〔五章〕譖人與受譖於人兩面雙題，總上起下，爲全篇樞紐。〔六章〕處置小人，不但揮諸天外，且欲得而甘心焉。〔七章〕受譖者既已大受其害，則惟有作詩以戒後之君子勿受其害而已。

【集釋】〔萋斐〕毛氏萇曰：文章相錯也。〔貝〕陸氏璣曰：貝，龜鼈之屬，其文彩之異、大小之殊甚衆。古者貨貝是也。餘蚔，黄爲質，以白爲文；餘泉，白爲質，黄爲文；又有紫貝，其白質如玉，紫點爲文，皆行列相當。其大者常有徑一尺，小者七八寸。〔哆侈〕微張之貌。〔南箕〕箕，星名。嚴氏粲曰：箕，東方之宿，考星者多驗於南方，故曰南箕。《集傳》：南箕四星，二爲踵，二爲舌。其踵狹而舌廣，則大張矣。朱氏謀瑋曰：天文，箕主口舌，以喻讒者。〔適〕主也。言有所以主之者，則其爲譖也深矣。〔緝緝〕口舌衆也。〔翩翩〕往來貌。〔不信〕謂聽者有時而悟，亦將不信爾言矣。〔捷捷〕儇利貌。〔幡幡〕反覆貌。〔女遷〕謂禍亦將遷及於女矣。〔驕人〕指譖行而得意之人也。〔勞人〕指受譖之人。〔投〕棄也。〔北〕北方寒涼不毛之地。〔昊〕昊天也。〔楊園〕楊生下濕之地也。〔猗〕加也。〔畝丘〕高地也。〔寺人〕内侍也。〔孟子〕其字也。蓋被宮而爲寺人之官者也。

【標韻】錦二十六寑甚同本韻　箕四支謀十一尤叶韻　人十一真信同本韻　言十三元遷一先通韻　好十九皓草同本韻　謀尤，叶滿補反。虎七麌北十三職昊皓，叶許候反。叶韻　丘尤，叶袪奇反。詩支之同本韻

谷風　傷友道絶也。

習習谷風，維風及雨。將恐將懼，維予與女。將安將樂，女轉棄予。一章　習習谷風，維風及頽。將恐將懼，寘予于懷。將安將樂，棄予如遺。二章　習習谷風，維山崔嵬。無草不

死，無木不萎。忘我大德，思我小怨。三章

右《谷風》三章，章六句。此朋友相怨之詩。而《序》固謂之「刺幽王」，何也？夫天下俗薄，朋友道衰，以此刺王，何事不可以刺王？且亦天下古今通病，豈獨幽王時爲然耶？凡人處世，當患難恐懼時，則思朋友；遇安樂無事日，則謝交游。受人大德，轉瞬不記，遭人小怨，終身難忘者，比比皆是，而詩固云，爾也亦身受其怨，而不能自已焉耳。然詩體絶類乎風，而乃列之於雅，姚氏以爲「不可解」，愚亦以爲不可解。豈其間固不能無所誤歟？

【集釋】〔谷風〕姚氏際恒曰：嚴氏曰：「來自大谷之風，大風也。又習習然連續不斷，繼之以雨，喻連變恐懼之時，猶後人以『震風、淩雨』喻不安也。」〔將〕且也。〔頹〕《集傳》：頹，風之焚輪者也。孔氏穎達曰：《釋天》云：「焚輪謂之頹。」孫炎曰：「迴風從上下曰頹。」然則頹者，迴風從上而下，力薄不能更升，谷風與相遇，乃相扶而上。姚氏際恒曰：「維風及頹」，頹，暴風也。〔寘〕置同。〔崔嵬〕山巔也。〔草死木萎〕言草木值大谷暴風無不萎死也。《集傳》云，「然猶無不死之草，無不萎之木」，恐非語氣。姚氏際恒曰：言草木萎死，無長生之意。舊説谷風爲生長，習習爲和調，難通矣。

【標韻】雨七麌女、予並同本韻　頹十灰懷九佳遺四支通韻　嵬灰萎支通韻　德十三職怨十三元叶韻

蓼莪　孝子痛不得終養也。

蓼蓼者莪，匪莪伊蒿。比。哀哀父母，生我劬勞。一章　蓼蓼者莪，匪莪伊蔚。比。哀哀父母，生我勞瘁。兩章雙譬作起。○二章　缾之罄矣，維罍之恥。比。鮮民之生，不如死之久矣！沉痛語。無父何怙，無母何恃？題面。出則銜恤，入則靡至。寫出無依情狀。○三章　父兮生我，母兮鞠我。題意。拊我畜我，長我育我，顧我復我，出入腹我。腹字鍊。欲報之德，昊天罔極！四章　南山烈烈，飄風發發。興。民莫不穀，我獨何害！五章　南山律律，飄風弗弗。興。民莫不穀，我獨不卒！二章雙陪作收，篇法整飭。○六章

右《蓼莪》六章：四章，章四句；二章，章八句。此詩爲千古孝思絶作，盡人能識。唯《序》必牽及「人民勞苦」，以「刺幽王」，不惟意涉牽强，即情亦不真。蓋父母深恩與天無極，孰不當報？唯欲報之，而或不能終其身以奉養，則不覺抱恨終天，悽愴之情不能自已耳。若謂人民勞苦，不得終養，始思父母，則遇勞苦乃念所生，不遇勞苦即將不念所生乎？又況詩言「民莫不穀，我獨何害」，「我獨不卒」者，明明一己所遭不偶，與人民無關也。詩首尾各二章，前用比，後用興；前説父母劬勞，後説人子不幸，遥遥相對。中間二章，一寫無親之苦，一寫育子之艱，備極沉痛，幾於一字一淚，可抵一部《孝經》讀。固不必問其所作何人，所處何世，人人心中皆有此一段至

性至情文字在，特其人以妙筆出之，斯成爲一代至文耳！又何暇指其爲刺王作哉？

【眉評】〔一、二章〕先言父母劬勞，勞瘁，總起。〔三章〕次言無父無母，拍合題位。〔四章〕追念父母劬勞之實。姚氏云，勾人淚眼全在此無數我字，何必王裒！〔五、六章〕末二章以衆襯己，見己之抱恨獨深。

【集釋】〔蓼〕長大貌。〔莪〕美菜也。〔蒿〕賤草也。嚴氏粲曰：《釋草》曰：「蘩之醜，秋爲蒿。」釋云，醜，類也。言蘩、蕭、蔚、莪之類。春始生，氣味既異，故其名不同。至秋老成，則皆蒿也。此説莪、蒿甚明。以莪形蒿，莪美而蒿惡。〔蔚〕《集傳》：蔚，牡菣也。三月始生，七月始華，如胡麻華而紫赤。八月爲角，似小豆角，鋭而長。案：此蒿之麤者。〔缾罍〕皆酒器也，缾小罍大。〔罄〕盡也。〔鮮〕寡也。〔恤〕憂也。〔鞠畜〕皆養也。〔拊〕拊循也。〔育〕覆育也。〔顧〕旋視也。〔復〕覆也，不能暫舍也。〔腹〕懷抱也。〔罔〕無也。〔極〕窮也。〔烈烈〕高大貌。〔發〕疾也。〔穀〕善也。〔律律〕猶烈烈也。〔弗弗〕猶發發也。〔卒〕終也。不卒，言不得終養也。

【標韻】蒿四豪勞同本韻　蔚五未瘁四寘通韻　恥四紙矣、恃並同至寘叶韻　鞠一屋畜、育、復、腹並同本韻　德十三職極同本韻　烈九屑發六月害九泰，叶音曷。叶韻　律四質弗五物卒質本韻

大東　哀東國也。

有饛簋飧，有捄棘匕。興。周道如砥，其直如矢。君子所履，小人所視。睠言顧之，潸焉出涕。徐徐籠題。○一章　小東大東，突接東國，緊。杼柚其空。正旨。糾糾葛屨，可以履霜。佻佻公子，行彼周行。既往既來，使我心疚。二章　有洌氿泉，無浸穫薪。比。契契寤歎，哀我憚人。薪是穫薪，尚可載也。哀我憚人，亦可息也。三章　東人之子，職勞不來。西人之子，粲粲衣服。以西人形東人。舟人之子，熊羆是裘。私人之子，百僚是試。四章　或以其酒，不以其漿。鞙鞙佩璲，不以其長。維天有漢，監亦有光。忽入《天文志》，奇。跂彼織女，終日七襄。應上「杼柚」。○五章　雖則七襄，不成報章。睆彼牽牛，不以服箱。因織女出牽牛。東有啟明，西有長庚。有捄天畢，載施之行。因牽牛又帶出以下諸星。四句似閒文，然節去此，文氣即不舒。○六章　維南有箕，不可以簸揚。維北有斗，不可以挹酒漿。應上「酒漿」。維南有箕，載翕其舌。維北有斗，西柄之揭。應西人爲東人之厄。○七章

右《大東》七章，章八句。姚氏曰：「《大序》謂『東國困于役而傷于財』，是已。謂『譚大夫作』，則無可稽。」朱子亦以爲「無據」，然又恐其或有所傳而不敢駁，故《集傳》仍之。愚謂譚亦東國，詩雖無據，安知其不爲譚所作耶？此等考據，可以不必。詩本咏政賦煩重，人民勞苦。入後忽

歷數天星，豪縱無羈，幾不可解。不知此正詩人之情，所謂「光燄萬丈長」也。試思此詩若無後半文字，則東國困敝，縱極寫得十分沉痛，亦不過平常歌咏而已，安能如許驚心動魄文字？所以詩貴有聲有色，尤貴有興有致，此興會之極爲欻舉者也。然其驅詞寓意，亦非漫無紀律者。四章以上，將東國愁怨與西人驕奢兩兩相形，正喻夾寫，已極難堪。「天漢」而下，忽仰頭見星，不禁有觸於懷，呼天自訴。因杼柚之空，而怨及織女機絲亦不成章；因織女虛機，而怨及牽牛河鼓難駕服箱。不寧唯是，即啟明、長庚之分見東西，亦若有所怨及焉；以其徒在天而燦然成行也。於是更南望箕張，北顧斗柄。箕非徒無用，不可以簸揚，反張其舌而若有所噬；斗非徒無益，不可以挹酒漿，反揭其柄而若取乎東。民之困於王者，既若彼其窮；而人之戹於天者，又如此其極。天乎，何其困戹東國若是乎？民情至此咨怨極矣！故不必論其辭之有意義無意義也。若論意義，織女、牽牛，南箕、北斗，有意義者也；啟明、長庚、天畢，無意義者也。使以其無意義節而去之，直接南箕句，未爲不可。然文氣迫而不舒，光燄亦因之頓減矣。此中消息非老於文者不知，即非深乎詩者亦未可與論得失也。倘斤斤然字句間求之，詎能免高叟之誚歟？後世李白歌行，杜甫長篇，悉脱胎於此，均足以卓立千古。《三百》所以爲詩家鼻祖也。

【眉評】〔五章〕以下大放厥詞，借仰觀以洩胸懷積憤。與上「抒柚」、「酒漿」等字若相應若不相應。奇情縱恣，光怪陸離，得未曾有。後世歌行各體從此化出，在《三百篇》中實創格也。

【集釋】〔饛〕滿簋貌。〔飧〕熟食也。毛氏萇曰：謂黍稷也。孔氏穎達曰：禮之通例，皆簠盛稻粱，簋盛黍稷。〔捄〕曲貌。〔棘匕〕《集傳》：以棘爲匕，所以載鼎肉而升之於俎也。〔砥〕礪石。〔矢〕言直也。〔睠〕反顧也。〔潸〕涕下貌。〔小東大東〕東方大小之國也。〔杼〕持緯者也，用梭以行緯也。〔柚〕陸氏德明曰：柚，本又作軸。董氏逌曰：柚，卷織者。〔空〕盡也。〔佻〕輕薄不耐勞苦之貌。〔洌〕寒也。〔氿〕音軌。側出曰氿泉。〔穫〕刈也。〔契契〕憂苦也。〔憚〕勞也。〔東人〕東諸侯之人也。〔西人〕西京之人也。〔職〕專主也。〔來〕慰撫也。〔私人〕皂隸之屬也。〔僚〕官也。〔試〕用也。〔鞙鞙〕長貌。〔璲〕以瑞玉爲佩也。〔漢〕天河也。〔跂〕姚氏際恒曰：跂，「跂予望之」之謂。〔織女〕星名。〔七襄〕周天十二次，自卯至酉，一日而歷七次也。〔睆〕視也。〔牽牛〕星名。〔服〕駕也。〔箱〕車箱。〔啟明長庚〕皆金星：以其朝在東，先日而出，故謂之啟明；以其夕在西，後日而入，故謂之長庚也。〔天畢〕畢星也。〔行〕行列也。〔箕斗〕二星名。以夏秋之間見於南方，云北斗者，以其在箕北耳，與北斗異。〔翕〕引也。〔舌〕箕下二星也。朱氏公遷曰：箕，四星，在天漢之中。二爲踵，在上；二爲舌，在下。踵反在上，故曰引其舌也。

【標韻】七四紙砥、矢、履、視並同涕八霽通韻　東一東空同本韻　霜七陽行同本韻　來，十灰，叶六直反。疚二十六宥，叶訖力反。叶韻　薪十一真人同本韻　載十一隊，叶節力反。息十三職叶韻　來音賚，叶六直反。服一屋，叶蒲北反。裘十一尤，叶渠之反。試四寘，叶申之反。叶韻　漿七陽長、光、襄並同本韻　章陽箱同庚八庚行陽轉韻　揚陽漿同本韻　舌九屑揭同本韻

四月　逐臣南遷也。

四月維夏，自首夏起。六月徂暑。先祖匪人，胡寧忍予？不念先臣舊烈，忍逐其子孫。〇一章　秋日淒淒，歷秋。百卉具腓。亂離瘼矣，奚其適歸。又遭亂離，將安所歸？〇二章　冬日烈烈，飄風發發。歷冬。爲時既久。民莫不穀，我獨何害？〇三章　山有嘉卉，侯栗侯梅。廢爲殘賊，莫知其尤。廢同縲囚，不知何罪。〇四章　相彼泉水，載清載濁。我日構禍，曷云能穀？不能同流，所以致禍。〇五章　滔滔江漢，南國之紀。自西而南，經程又遠。盡瘁以仕，寧莫我有。竭誠報國，君反不知。〇六章　匪鶉匪鳶，比。翰飛戾天。不能高飛。匪鱣匪鮪，潛逃于淵。不能潛伏。〇七章　山有蕨薇，隰有杞桋。興。君子作歌，維以告哀。只好作詩，聊以志痛而已。〇八章

右《四月》八章，章四句。此詩明明逐臣南遷之詞，而諸家所解，或主遭亂，或主行役，或主構禍，或主思祭，皆未嘗即全詩而一誦之也。頭緒既紛，不知所從。故《序》以爲「刺幽王在位貪殘，下國構禍，怨亂並興焉」。割裂詩體，雜湊成言，前後文義，竟不能通。《集傳》雖專主「遭

亂」説，而曰：「我先祖豈非人乎？何忍使我遭此禍也。」因遭亂而怨及祖宗非人，天下豈有如是子孫？至「廢爲殘賊」，則又云：「在位者變爲殘賊，誰之過哉？」方叙己之遭亂，忽言在位兇殘，語既無根，事亦不倫。且訓廢爲變，恐無此解。詩詞並不難解，其奈諸説自生轇轕，何哉？愚謂當時大夫，必有功臣後裔，遭害被逐，遠謫江濱者，故於去國之日作詩以志哀云。冒暑遠征，人情所難；今遭放廢，適當其厄，豈得已哉！然予雖獲罪，而先人恒有功。論貴論功之典行，亦當寬宥而矜全之；何朝廷不齒我祖於人，而獨忍加罪于予耶？故自夏徂秋，由秋而冬，歷時三序，始抵南國。則見江、漢交流，滔滔不斷，包絡大地而經帶乎荆、揚，何其有條而有理也！夫二瀆納川而注之海，民得賴以安居；是南國之有江、漢，南國之事皆可竺而就理矣。獨予盡瘁王室，而王終不我知，而我有者何哉？此其中蓋亦有故。譬彼泉流，清濁異派，既不同流而合污，自當見嫉而構禍。予之放廢，殘賊之所爲也。故欲問其尤，莫知所致。蓋展翰而高飛者，鶉與鳶也；潛淵而深藏者，鱣與鮪也。予既匪鱣而匪鮪，宜乎其不能潛藏而避患；又匪鶉而匪鳶，更宜乎其不能高飛而遠難。此遷謫之禍所由來歟？嗟嗟，孤臣遠邁，悵望何之？游子無家，去將焉往？又况亂離多故，萬民交病，更覺無所依歸。回憶來時，景象頻更：秋則白日淒淒，冬則飄風發發。雖南方嘉卉，不少梅栗，而江干落寞，百草皆枯，不覺愴然泣下。有慨乎於其際者，蓋人皆安樂，而我獨窮愁，未免所遭之不偶耳。雖然，薇蕨生山，杞桋在隰，物各有宜，人亦隨遇，豈可例視？夫是以作爲歌詩，用訴哀情，亦聊以抒吾鬱積之氣而已矣。朱氏善曰：「此詩專以爲行役，則『先祖匪人』之怨，其辭過於深；專以爲憂亂，則『滔滔江漢』之詠，其辭過於遠。然則是詩也，蓋大夫行役而憂時之亂懼其禍之辭也。」姚氏際恒曰：「此疑大夫之後爲仕者遭小人構禍，身歷南國，而嘆其無所容身也。」是二説者，蓋庶幾焉，而未盡也。愚故爲之衍其緒如此云。

【眉評】〔一章〕冒暑而行。〔二、三章〕歷經三時。〔四章〕獲罪之冤，實爲殘賊人所擠。「廢」字乃全篇眼目。〔五章〕召禍之由。〔六章〕遠謫南國。〔七章〕禍無可逃，妙以譬喻出之。〔八章〕結始點明。

【集釋】〔四月〕建巳月，孟夏，即周之四月也。諸家作夏之四月者非，另有辯。〔六月〕建未月，季夏也。即此亦足見周正未改歲時也。〔徂〕往也。〔淒淒〕涼風也。〔卉〕草也。〔腓〕姚氏際恒曰：腓當依《爾雅》作痱。痱訓病，若腓則屬足趾。〔瘼〕病也。〔侯〕維也。〔廢〕放廢也。〔爲〕去聲。〔殘賊〕指在位貪殘賊民之人也。〔尤〕咎也。〔江漢〕見《周南·漢廣》。〔紀〕《集傳》：紀，綱紀也，謂經帶包絡之也。〔有〕識有是人也。〔鶉〕雕也。〔鳶〕亦鷙鳥也。〔鱣鮪〕大魚也。〔杞〕枸檵也。〔桋〕赤楝也。

【標韻】暑六語予同本韻　腓五微歸同本韻　發六月害九泰叶韻　梅十灰尤十一尤叶韻　濁三覺穀一屋轉韻

紀四紙有二十五有叶韻　天一先淵同本韻　楝四支哀十灰通韻

以上《小旻之什》凡十篇。案是什《序》皆以爲「刺幽王」，今閱之，僅《小旻》、《大東》二篇爲刺王之作，其餘皆臣子自傷所遭不偶，或以弟兄多咎；或以朋友不終；或因父母早歿，致不得終養；或因朝臣排擠，致被宮而被謫，無非各寫遭際，各抒胷懷。雖《小弁》被廢，子未可以刺父；《巷伯》遭刑，臣亦未可以刺君。今乃概謂之「刺」，其可乎哉？愚謂《三百》佳詩，純被腐儒説壞，即此亦見一斑。

北山之什

北山

刺大夫役使不均也。

陟彼北山，言采其杞。偕偕士子，朝夕從事。王事靡盬，憂我父母。一章　溥天之下，莫非王土。率土之濱，莫非王臣。大夫不均，我從事獨賢！二章　四牡彭彭，王事傍傍。嘉我未老，鮮我方將。旅力方剛，經營四方。三章　或燕燕居息，或盡瘁事國；或息偃在牀，或不已于行；或不知叫號，或慘慘劬勞；或棲遲偃仰，或王事鞅掌；或湛樂飲酒，或慘慘畏咎；或出入諷議，或靡事不爲。四章

右《北山》四章，三章章六句，一章十二句。姚氏際恒曰：「末舊分三章，今當爲一章，以其文法相同也。」從之。

《序》謂「刺幽王」，而不言何人作。《集傳》云：「大夫行役而作此詩。」惟姚氏以爲「此士者所作以怨大夫也」。蓋以詩中有「偕偕士子」及「大夫不均」之語，故不得又謂大夫作耳。幽王之時，役賦不均，豈獨一士受其害？然此詩則實士者之作無疑。前三章皆言一己獨勞之故，尚屬臣子分所應爲，故不敢怨。末乃勞逸對舉，兩兩相形，一直到底，不言怨而怨自深矣。此詩人善於立言處，固不徒以無數或字見局陣之奇也。

【眉評】歸重獨勞，是一篇之主。末乃以勞逸對言，兩兩相形，愈覺難堪。姚氏曰：或字作十二疊，奇。末更無收束，竟住，尤奇。

【集釋】〔偕偕〕强壯貌。〔彭彭〕不得息貌。〔傍傍〕不得已貌。〔嘉〕善也。〔鮮〕少也，以爲少而難得也。〔將〕壯也。〔旅〕與膂同。〔燕燕〕安息貌。〔不知叫號〕深居安逸，不聞人聲也。〔鞅掌〕《集傳》鞅掌，失容也。言事煩勞，不暇爲儀容也。孔氏穎達曰：《傳》以鞅掌爲煩勞之狀，故云失容。今俗語以職煩爲鞅掌，其言出於此。〔出入諷議〕孔氏穎達曰：謂閒暇無事，出入放恣，議量時政者。

【標韻】杞四紙事四寘叶韻　盬七麌母二十五有叶韻　下二十一馬土麌叶韻　濱十一真臣、均並同賢一先通韻　彭八庚傍七陽將、剛、方並同轉韻　息十三職國同本韻　牀陽行同本韻　號四豪勞同本韻　仰二十養掌同本韻　酒有咎同本韻　議寘，叶魚羈反。爲四支叶韻

無將大車

自遣也。

無將大車，祇自塵兮。無思百憂，祇自疷兮。一章　無將大車，維塵冥冥。無思百憂，不出于熲。二章　無將大車，維塵雝兮。無思百憂，祇自重兮。三章

右《無將大車》三章，章四句。此詩人感時傷亂，搔首茫茫，百憂并集，既又知其徒憂無益，祇以自病，故作此曠達，聊以自遣之詞。亦極無聊時也。《序》謂「大夫悔將小人」，而詩無將小人意。《集傳》又謂「行役勞苦而憂思者之作」，而詩更無行役語，不知諸儒説《詩》，何以好爲附會也如是？

【集釋】〔將〕扶進也。〔大車〕平地任載之車。蓋駕牛者也。〔祇〕適也。〔疷〕病也。劉氏曰：當作疧，與瘖同，眉貧反。案：古昬、昏字同寫。〔冥冥〕昏晦也。〔熲〕《集傳》：熲與耿同，小明也。在憂中耿耿不能出也。〔雝〕音壅，猶蔽也。〔重〕猶累也。

【標韻】塵十一真疷四支，當作疧，叶真韻。叶韻　冥九青熲二十四迥叶韻　雝二冬重同本韻

小明

大夫自傷久役，書懷以寄友也。

明明上天，照臨下土。我征徂西，至于艽野。二月初吉，載離寒暑。心之憂矣，其毒大

苦。念彼共人，涕零如雨。豈不懷歸？畏此罪罟。一章　昔我往矣，日月方除。此一章起句作追憶之辭，章法一變。曷云其還，歲聿云莫？念我獨兮，我事孔庶。心之憂矣，憚我不暇。念彼共人，睠睠懷顧。豈不懷歸？畏此譴怒。二章　昔我往矣，日月方奧。曷云其還，政事愈蹙？歲聿云莫，采蕭穫菽。心之憂矣，自詒伊戚。念彼共人，興言出宿。豈不懷歸？畏此反覆。三章落筆同調。○三章　嗟爾君子，無恒安處！此二章起句作正喝之辭，又一變。靖共爾位，正直是與。神之聽之，式穀以女。理語無塵腐氣，自是不朽名言。○四章　嗟爾君子，無恒安息！靖共爾位，好是正直。神之聽之，介爾景福。五章

右《小明》五章，三章章十二句，二章章六句。此詩與《北山》相似而實不同。彼刺大夫役使不均，此因己之久役而念友之安居。題既各别，詩亦迥異。故此不獨羨人之逸，且勉其不可懷安也。而《序》乃謂「大夫悔仕於亂世」。詩方勉人以「靖共」，己顧自悔其出仕，有是理哉？

【眉評】〔一、二、三章〕前三章因久役而思友。〔四、五章〕末二章勗友以無懷安，首尾義意自相環貫。

【集釋】〔艽野〕地名，蓋荒遠之地，無可考也。〔二月〕建卯月也。〔初吉〕朔日也。〔毒〕言憂心如毒之苦也。〔共人〕指僚友之處者。共、恭同，即「靖共爾位」之人。〔罟〕網也。〔除〕除舊生新，即二月初吉也。〔譴怒〕罪責也。〔奧〕煖也。〔蹙〕急也。〔詒〕遺

也。〔戚〕憂也。〔反覆〕傾倒無常之意。〔君子〕亦指其僚友也。〔靖共〕謝氏枋得曰：靖，如「自靖自獻」之靖，凡事謀之心而安也。共，如「温共朝夕」之共，凡事共敬而不敢慢也。〔與〕猶助也。〔穀〕禄也。〔以〕猶與也。〔息〕猶處也。〔介景〕皆大也。

【標韻】土七麌野二十一馬暑六語若麌雨、罟並同叶韻　除六御莫七遇庶同暇二十二禡顧遇怒同叶韻　奥一屋蹙、菽並同戚十二錫，叶子六反。宿屋覆同叶韻　處六語與、女並同本韻　息十三職直同福屋叶韻

鼓鐘　未詳。

鼓鐘將將，淮水湯湯。憂心且傷。淑人君子，懷允不忘。一章　鼓鐘喈喈，淮水湝湝。憂心且悲。淑人君子，其德不回。二章　鼓鐘伐鼛，淮有三洲。憂心且妯。淑人君子，其德不猶。三章　鼓鐘欽欽，鼓瑟鼓琴，笙磬同音。以《雅》以《南》，以籥不僭。四章

右《鼓鐘》四章，章五句。此詩循文案義，自是作樂淮上，然不知其爲何時、何代、何王、何事？《小序》漫謂「刺幽王」，已屬臆斷。歐陽氏云：「旁考《詩》《書》《史記》，皆無幽王東巡之事。《書》曰『徐夷並興』，蓋自成王時，徐戎及淮夷已皆不爲周臣。宣王時嘗遣將征之，亦不自往。初無幽王東至淮、徐之事，然則不得作樂於淮上矣。當闕其所未詳。」觀此不惟不信幽王時作，且並詩亦疑其非淮上詩也。嚴氏又云：「古事亦有不見於史而因經以見者」，論固當已，然詩

文亦何嘗有幽王字哉？夫疑此詩非幽王時詩也可，且並此詩亦疑其非淮上詩也不可。以詩固云鼓鐘淮上矣。禹導淮自桐柏，東會于泗、沂，東入于海。淮之境固甚寬，不必定指徐夷爲言。又況《常武》伐徐，宣王親征，何云亦不自往？此詩之作，或即在於其時，而誤簡於此歟？玩其詞意，極爲歎美周樂之盛，不禁有懷在昔。淑人君子，德不可忘，而至於憂心且傷也。此非淮、徐詩人重觀周樂，以誌欣慕之作而誰作哉？特史無徵，《詩》更失考，姑釋其文如此，而仍闕其序云。

【眉評】〔四章〕極力摹寫周樂之盛作收。

【集釋】〔將將〕鐘聲也。〔淮水〕出信陽桐柏山，至淮安入海。〔湯湯〕沸騰之貌。〔回〕邪也。〔鼛〕大鼓也。《周禮》作皐，云，「皐鼓，尋有四尺」。〔三洲〕淮上地。〔笙磬三句〕姚氏際恒曰：「笙磬同音」，以其異器也，若琴瑟則不言同音矣。此固夫人知之。然别有妙旨：笙在堂上，磬在堂下，言堂上、堂下之樂皆和也。然尤有妙旨：《小雅》言「鼓瑟吹笙」，則瑟依于笙；《商頌》「鞉鼓淵淵，嘒嘒管聲」，又曰「依我磬聲」，則鼓管依于磬，故言「笙磬」以統堂上、堂下之樂。詩人之善言如此。「南」，《二南》也。《二南》爲文王之詩，後世子孫必以用之爲樂矣。唯「雅」未詳，或《大雅》歟？大抵議禮作樂之説出于《三百篇》後，不可據以解《三百篇》也。然《二南》亦非如禮所言以爲歌，蓋以爲籥耳。「籥」，管籥也，吹以應舞也。季札觀樂，所謂「見舞《象》箾、《南》籥者」是矣。此《南》籥也，故承之曰「以籥不僭」，謂以籥《南》，以籥《雅》也。《集傳》釋「不僭」之義曰，「言三者皆不僭也」，以籥與雅、南爲三者，謬。〔僭〕亂也。

【標韻】將七陽湯、傷、忘並同本韻　喈九佳湝同悲四支回十灰通韻　鼛四豪洲十一尤妯、猶並同叶韻　欽十二侵琴、音並同南十三覃僭二十九艷，叶七心反叶韻

楚茨　王者嘗烝以祭宗廟也。

楚楚者茨，言抽其棘。自昔何爲？我蓺黍稷。追敘田工之始，是長篇展局法。我黍與與，我稷翼翼。我倉既盈，我庾維億。以爲酒食，以饗以祀，以妥以侑，以介景福。一章　濟濟蹌蹌，入祭事。絜爾牛羊，牲體。以往烝嘗。祭名。或剝或亨，或肆或將。熟而薦之。祝祭于祊，祀事孔明。求神致誠，總束一句。先祖是皇，神保是饗。初獻，神是以享。孝孫有慶，報以介福，降福。萬壽無疆！二章　執爨踖踖。下至賤役。爲俎孔碩，俎豆。或燔或炙，君婦莫莫。内而貴者，亞獻。爲豆孔庶，爲賓爲客，獻酬交錯。外而貴者，三獻。禮儀卒度，笑語卒獲。無不知法而得宜。神保是格，報以介福，萬壽攸酢！降神。○三章　我孔熯矣，式禮莫愆。承上起下，略爲停頓，是中權過脉法。工祝致告，「徂賚孝孫。嘏詞。苾芬孝祀，神嗜飲食。卜爾百福，如幾如式。既齊

既稷，既匡既敕，永錫爾極，時萬時億！」四章　禮儀既備，鐘鼓既戒，孝孫徂位。工祝既告，「神具醉止」，皇尸載起。鼓鐘送尸，神保聿歸。送神。諸宰君婦，廢徹不遲。祭畢。諸父兄弟，備言燕私。順勢帶起下章。〇五章　樂具入奏，以綏後禄。入内私燕。爾殽既將，莫怨具慶。既醉既飽，小大稽首。「神嗜飲食，使君壽考。孔惠孔時，維其盡之。子子孫孫，勿替引之！」六章

右《楚茨》六章，章十二句。自此篇至《大田》四詩，辭氣典重，禮儀明備，非盛世明王不足以語此。故《序》無辭以説之，不得不創爲「傷今思古」之論。然詩實無一語傷今，顧安得謂之思古耶？朱晦翁辯之既詳，且疑爲正雅之篇有錯脱在此者，而又指爲「公卿」之詩也，何哉？此詩之非爲公卿作也，他不具論，即鼓鐘送尸，乃奏《肆夏》，爲天子禮樂，翁豈未之前聞？何其疏忽乃爾耶！至詩體之佳，則姚氏云，「煌煌大篇，備極典制。其中自始至終一一可案，雖繁不亂。《儀禮·特牲》《少牢》兩篇皆從此脱胎」，亦可謂善於論文者矣！

【眉評】〔一章〕首章總冒，先從稼穡言起，由墾闢而有收成，由收成而得享祀，由享祀而獲福禄。蓋力於農事者，所以爲神饗致其誠也。是祭前一層文字。〔二、三章〕備言牲醴之絜，俎豆之盛，以及從祀之人莫不敬謹將事，是以神降之福。是初祭，二大段。〔四章〕祝致神語。〔五章〕神醉尸起，送尸歸神，一往肅穆，敬謹之至。是既祭，二大段。〔卒章〕入燕族，是祭後

一層文字。通篇層次井然，一絲不亂。

【集釋】〔楚楚〕盛密貌。〔茨〕蒺藜也。董氏逌曰：鄭康成謂「趨以采薺」，當爲「楚薺」之「薺」。呂氏祖謙曰：《説文》曰，「薺，蒺藜也」。而茨則以茅葺屋覆之名。然則當康成世，字猶爲薺，其爲茨者，後人誤也。〔抽〕除也。〔與與翼翼〕皆蕃盛貌。〔庾〕露積曰庾。〔億〕十萬曰億。〔饗〕獻也。〔妥〕安坐也。《集傳》：妥，安坐也。《禮》曰：「詔妥尸」，蓋祭祀筮族人之子爲尸，既奠迎之，使處神坐而拜以安之也。〔侑〕勸也。《少牢饋食禮》，尸告飽。祝獨侑曰，皇尸未實，侑。尸又食。主人不言，拜侑。尸又三飯。〔介〕大也。〔景〕亦大也。〔濟濟蹌蹌〕言有容也。〔烝嘗〕冬祭曰烝，秋祭曰嘗。〔剥〕解剥其皮也。〔亨〕煑熟之也。〔肆〕陳之也。〔將〕奉持而進之也。〔祊〕廟門内也。《禮記·郊特牲》「索祭祝于祊，不知神之所在於彼乎，於此乎？」注：索，求神也。輔氏廣曰：王氏云，凡祀，裸鬯則求諸陰，焫蕭則求諸陽，索祭祝于祊，則求諸陰陽之間。蓋魂無不之，神無不在，求之之備如此。〔孔〕甚也。〔明〕猶備也，著也。〔皇〕大也。〔保〕安也。〔神保〕姚氏際恒曰：神保，何玄子曰，「本其生存謂之祖，言其精氣謂之神」。朱子謂神保，蓋尸之嘉號，猶《楚詞》所謂「靈保」者。案《楚詞》云，「思靈保兮賢姱」，乃謂神安附於巫身，以「賢姱」目巫，非以「靈保」目巫也。若以「神保」名尸，則于第三章「神保是格」固自難通，而第五章「神保聿歸」之前，不應變言「皇尸載起」矣。〔孝孫〕主祭人也。〔爨〕竈也。〔踖踖〕敬也。〔燔〕燒肉也。〔炙〕炙肝也。皆所以從獻也。《特牲》「主人獻尸，賓長以肝從；主婦獻尸，兄弟以燔從」，是也。〔君婦〕后也。〔莫莫〕沖漠之意。〔豆〕《集傳》：豆所以盛内羞庶羞，主婦薦之也。孔氏穎達曰：内羞，在右，陰也；庶羞在左，陽也。〔賓客〕《集傳》：賓客筵而戒之，使助祭者既獻尸而遂與之相獻酬也。主人酌賓曰獻，賓飲主人曰酢。主人又自飲而復飲賓曰酬，賓受之，奠於席前而不舉，至旅而後少長相勸，而交錯以徧也。〔卒〕盡也。〔度〕法度也。〔獲〕得其宜也。〔格〕來也。〔酢〕報也。〔熯〕竭也。〔工祝〕工於爲祝也。〔苾芬〕香也。〔卜〕予也。〔幾〕期也。〔式〕法也。〔齊〕整也。〔稷〕疾也。〔匡〕正也。〔敕〕戒也。〔極〕至也，衆善所歸也。〔徂位〕《集傳》：祭事既畢，主人往阼階下西面之位也。〔致告〕《集傳》：祝傳尸意，告利成於主人，言孝子之利養成畢也。〔神醉四句〕《集傳》：於是神醉而尸起，送尸而神歸矣。曰「皇尸」者，尊稱之也。「鼓鐘」者，尸出入奏《肆夏》也。鬼神無形，言其醉而歸者，誠敬之至，如見之也。〔諸宰二句〕姚氏際恒曰：諸宰徹諸饌，君婦徹籩豆，諸宰徹于先，君婦徹于後，故言諸宰在君婦先。何玄子以君婦在諸宰後，遂謂君婦爲九嬪、世婦、女御之屬，鑿也。〔不遲〕以疾爲敬也。〔入奏〕《集傳》：凡廟之制，前廟以奉神，後寢以藏衣冠。祭於廟而燕於寢。故於此將燕，而祭時之樂，皆入奏於寢也。〔後禄〕前祭既受禄矣，故以燕爲將受後禄而綏之也。〔惠〕順也。

【標韻】棘十三職稷、翼、億並同祀四紙福一屋，叶筆力反。叶韻　蹌七陽羊、嘗並同亨八庚將陽祊庚明同皇陽饗二十二養。慶陽疆並同轉韻　踖十一陌碩、炙並同莫陌庶六御客陌錯十藥度同獲陌格同酢藥叶韻　愆一先孫十三元通韻　祀紙食職福屋式職稷、敕、極、億並同叶韻　備四寘戒十卦位寘告二十一號，叶古得反。止紙起同叶韻　尸四支歸五微遲支私同通韻　奏二十六宥，叶音族。禄屋叶韻　將陽慶同本韻　飽十八巧首二十五有考十九皓叶韻　盡十一軫引同本韻

信南山　王者烝祭也。

信彼南山，維禹甸之。地利。畇畇原隰，曾孫田之。我疆我理，南東其畝。一章　上天同雲，雨雪雰雰。益之以霢霂。天時。既優既渥，既霑既足，生我百穀。二章　疆埸翼翼，黍稷彧彧。曾孫之穡，以爲酒食。人事。畀我尸賓，壽考萬年！三章　中田有廬，治屋。疆埸有瓜。種瓜。是剝是菹，剝瓜。獻之皇祖。獻瓜。曾孫壽考，受天之祜。四章　祭以清酒，從以騂牡，方祭事灌酒，迎牲。享于祖考。執其鸞刀，主人親執。以啟其毛，告純。取其血膋。告殺。升臭。〇五章　是烝是享，承上點明案名。苾苾芬芬。祀事孔明，總束。先祖是皇。報以介福，降福作收。萬壽無疆！六章

右《信南山》六章，章六句。姚氏云：「此篇與《楚茨》略同，但彼篇言烝、嘗，此獨言烝。蓋言王者烝祭歲也。《集傳》亦以爲『大指與《楚茨》略同』，而以曾孫爲凡祭者皆得稱之。案，首章從『南山』『禹甸』言起，以疆理南東之制屬之曾孫，此豈爲公卿咏者耶？謬矣！」愚謂不寧惟是，詩中灌酒迎牲，謂爲天子諸侯之禮。且曰『獻之皇祖』，則更非諸侯之所宜言矣。姚氏又云：「此篇言曾孫與上篇曾孫別：上篇曾孫指主祭者，此言『我疆我理』，則指成王也。蓋『我疆』二句，此初制爲徹法也。」然則此詩乃正《雅》之錯脱在此，非幽王時詩，誠有如晦翁之疑矣。而何氏楷亦云：「《楚茨》、《信南山》同爲一時之作。《楚茨》詳於後而略於前；自祭祊以前，但以『祀事孔明』一語該之。《信南山》詳於前而略於後；自薦熟以後，但以『祀事孔明』一語該之。」是二詩同出一時，則二曾孫均指成王也，詎得謂凡爲祭者皆得而稱之哉？

【眉評】〔一、二、三章〕前三章因祭祀而推原粢盛所自出，與《楚茨》同意而較詳。〔二章〕姚氏曰：「『冬雪春雨，寫景皆入微，後世不能到。』」〔四章〕至此可入祀事矣，而未言牲酒先及獻瓜，看似閒筆，乃文章中養局法也。〔五、六章〕寫祭事精細入微。姚氏曰：「上篇鋪叙閎整，叙事詳密；此篇則稍略而加以跌蕩，多閒情别致，格調又自不同。」

【集釋】〔南山〕終南山也。〔甸〕治也。〔畇畇〕墾辟貌。〔曾孫〕曾，重也。自曾祖以至無窮，皆得稱之也。〔疆〕爲之大界也。〔理〕定其溝塗也。〔畝〕壟也。何氏楷曰：韋昭云，「下曰畎，高曰畝。畝，隴也。」案，畎乃隴中水道，古作𤰝。六畎爲一畝，對畝則畎爲下；對畎則畝爲高。畝即田身也。〔同雲〕《集傳》：同雲，雲一色也。將雪之候如此。〔雰雰〕雪貌。〔霢霂〕小雨貌。〔優〕渥也。〔霑〕足也。〔埸〕音亦。何氏楷曰：疆、埸皆田界之名。疆乃八家同井之界畔，埸乃一夫百畝之界畔。埸通作易。〔翼翼〕整飭貌。〔彧彧〕茂盛貌。〔畀〕與也。〔菹〕酢菜也。〔祜〕福也。〔清酒一章〕《集傳》，清酒，清潔之酒，鬱鬯之屬也。騂，赤色，周所尚也。祭禮，先以鬱鬯灌地，求神於陰；然後迎牲。執者，主人親執也。鸞刀，刀有鈴也。膋，脂膏也。啟其毛，以告純也。取其血，以告殺也。取其膋，以升臭也。合之黍稷，實之於蕭而燔之，以求神於陽也。《記》曰，周人尚臭，灌用鬯臭，鬱合鬯，臭陰達於淵泉。灌以圭璋，用玉氣也。既灌然後迎牲，致陰氣也。蕭合黍稷，臭陽達於牆屋。故既奠然後焫蕭合羶薌。凡祭慎諸此。魂氣歸于天，形魄歸于地，故祭求諸陰陽之義也。

〔烝〕冬祭名。

【標韻】甸十七霰田一先，叶去聲。叶韻　理四紙畝二十五有，叶滿彼反。叶韻　雲十二文雰同本韻　霂一屋渥三覺足二沃穀屋通韻　翼十三職彧屋食職叶韻　賓十一真年一先通韻　廬六魚瓜六麻，叶攻呼反。菹魚祖七麌祜同叶韻　酒二十五有牡同本韻　刀四豪毛同膋二蕭通韻　芬十二文明八庚皇陽疆同通韻

甫田　王者祈年因以省耕也。

倬彼甫田，歲取十千。賦斂。我取其陳，食我農人。周給。自古有年，今適南畝，巡省。或耘或耔，黍稷薿薿。攸介攸止，烝我髦士。勸相。○一章　以我齊明，與我犧羊，以社以方。總點祀事。我田既臧，農夫之慶。琴瑟擊鼓，以御田祖，以祈甘雨，以介我稷黍，以穀我士女。○二章　曾孫來止，以其婦子，饁彼南畝，田畯至喜。攘其左右，嘗其旨否。如畫。禾易長畝，終善且有。曾孫不怒，農夫克敏。三章　曾孫之稼，如茨如梁。曾孫之庾，如坻如京。乃求千斯倉，乃求萬斯箱。黍稷稻粱，農夫之慶。報以介福，萬壽無疆。另提一筆，總前祈年、省耕作收，非美農夫也。○四章

右《甫田》四章，章十句。此王者祈年因而省耕也。祭方社，祀田祖，皆所以祈甘雨，非報成也。觀其「或耘或耔」，曾孫來省，以至嘗其饁食，非春夏耕耨時乎？至末章極言稼穡之盛，乃後日成效，因「農夫克敏」一言推而言之耳。文章有前路，自有後路。賓主須分，乃得其妙。不然，方祈甘雨何以便報成耶？《集傳》按章分釋，虛實莫辨，已失語氣。乃更謂報福爲上頌下之詞，以君王而視農失曰「萬壽無疆」，竊恐三代聖王不如是之悖且謬耳！

【眉評】〔首章〕泛口農政大端作起。〔二章〕次入祭事，於方社則詳禮物，於田祖則詳樂器，互文

以見義。一時之祭皆祈年耳，非報自報而祈自祈也。〔三章〕此乃省耕。至「嘗其旨否」，古王者愛民重農之意寫得如許親切。〔四章〕稼穡之盛由於農夫克敏，農夫之敏由於君上能愛農以事神，全篇章法一線，妥貼周密，神不外散。

【集釋】〔倬〕姚氏際恒曰：倬，大也。《毛傳》作明貌，不切。〔甫〕亦大也。〔十千〕鄭氏康成曰：井田之法，九夫爲井。井稅一夫，其田百畝。井十爲通，通稅十夫，其田千畝。通十爲成，成稅百夫，其田萬畝。欲見其數，從井、通起，故言十千。〔陳〕舊粟也。〔有年〕豐年也。〔耘〕除草也。〔耔〕雝本也。〔薿薿〕茂盛貌。〔介〕大也。〔烝〕進也。〔髦士〕朱氏公遷曰：髦士，即農人之秀者。慰勉之意不可人人曉之，惟可與言者與之言，庶幾達於衆也。〔齊明〕齊與粢同。《曲禮》曰：「稷曰明粢」，蓋齊盛也。〔犧羊〕純色之羊。〔社〕后土也，以句龍氏配。〔方〕四方之神也。〔田祖〕先嗇也，謂始耕田者，即神農也。〔穀〕養也，又善也。〔曾孫〕主祭王者之稱也。〔饁〕餉也。〔攘〕取也。〔旨〕美也。〔易〕去聲，治也。〔長〕竟也。〔有〕多也。〔敏〕疾也。〔如茨〕茨，屋蓋。如茨，言其密比如屋茨。〔如梁〕梁，車梁。言其穹窿也。〔坻〕水中之高地也。〔京〕高邱也。〔箱〕車箱也。

【標韻】田一先千同陳十一真人同年先通韻　畝二十五有耔四紙薿、止、士並同叶韻　明八庚羊七陽方、臧、慶

並同轉韻　鼓七麌祖、雨並同黍六語女同通韻　止紙子同畝有喜紙右有否、畝、有並同怒七遇敏十一軫，叶母鄙反。叶韻　梁陽京庚倉陽箱、梁、慶、疆並同轉韻

大田　王者西成省斂也。

大田多稼，既種既戒，擇種。既備乃事。以我覃耜，利器。俶載南畝。播厥百穀，耕種。既庭且碩，曾孫是若。先冒一筆。○一章　既方既皁，發苗。既堅既好，結穟。不稂不莠。去草。去其螟螣，驅蟲。及其蟊賊，無害我田稺！田祖有神，禱神。秉畀炎火。二章　有渰萋萋，興雨祁祁。雲霓慰望，借點景物。雨我公田，遂及我私。先公後私，忠愛可愛。彼有不穫穉，低穗。此有不斂穧。遺刈穗。彼有遺秉，失載穗。此有滯穗，折亂穗。伊寡婦之利！利及鰥寡。○三章　曾孫來止，始入省斂。以其婦子，饁彼南畝，田畯至喜。來方禋祀，並祀西方。以其騂黑，牲。與其黍稷，粢盛。以享以祀，以介景福。祈福作收。○四章

右《大田》四章，二章章八句，二章章九句。此王者西成省斂之詩，與前篇同出一時。蓋春秋巡省，祈年報賽，用以答神者也。前篇重在祈年省耕，故從王者一面極力摹寫祀事巡典，神則致其誠，民則極其愛，所以盡在上者之心也。此篇重在播種收成，故從農人一面極力摹寫春耕秋斂，害必務去盡，利必使有餘，所以竭在下者之力也。凡文正面難於著筆，須從旁煊染，或閒處襯

托，則愈閒愈妙，愈淡愈奇。前篇省耕，只嘗饁食二語寫出聖王愛民之情，千古如見其誠。此篇省斂，本欲形容稼穡之多，若從正面描摹，不過千倉萬箱等語，有何意味？且與上篇犯複，尤難出色。詩只從遺穗説起，而正穗之多自見。其穗之遺也，有低小之穗，爲刈穫之所不及者；有刈而遺忘，爲束縛之所不備者；亦有束縛雖備，而爲輦載之所不盡者；且更有輦載雖盡，而折亂在壠，爲刈穫所不削，而束縛之難拾者。凡此皆寡婦之利也。事極瑣碎，情極閒淡，詩偏盡情曲繪，刻摹無遺，娓娓不倦。無非爲多稼穡一語設色生光，所謂愈淡愈奇，愈閒愈妙，善於烘托法耳。《集傳》不知，以爲「有餘不盡取」，又以爲「與鰥寡共爲不費之惠」，且以爲不棄於地爲「不輕視天物」，皆呆泥句下，未能曲盡詩旨，誠如姚氏所譏。又謂「農夫答前篇之意」，則更非也。

【眉評】〔一章〕追叙方春始種一層。〔二章〕順叙夏耘除害一層。〔三章〕秋成收穫一層。描摹多稼，純從旁面烘托，閒情別致，令人想見田家樂趣，有畫圖所不能到者。〔四章〕此乃省斂正面，一路順寫，與前篇局勢不同。前篇詳於察與省，而略於耕；此篇詳於斂與耕，而略於省與察。

【集釋】〔種〕擇其種也。〔戒〕飭其具也。〔覃〕利也。〔俶〕始也。〔載〕事也。〔庭〕直也。〔碩〕大也。〔若〕順也。〔方〕《集傳》：方，房也，謂孚甲始生而未合時也。

〔皁〕實未堅者曰皁。〔稂〕童粱也。〔莠〕似苗而害苗者也。〔螟螣蟊賊〕姚氏際恒曰：《爾雅》云，「食苗心曰螟，食葉螣，食節賊，食根蟊。」按，賊乃賊害之意，以此押韻。以爲蟲名，恐非。〔穉〕幼禾也。〔有渰二句〕何氏楷曰：渰，《説文》「雲雨貌。」《毛傳》專以渰爲「雲興貌」，似無據。「祈祈」當指雲言，《韓奕》之詩曰「祁祁如雲」可證。「有渰萋萋」雖兼雲，而意專在雨；言隨雲之雨萋萋然。「興雨祁祁」雖專指雨，而意獨在雲；言興雨之雲祁祁然也。〔公田〕《集傳》：公田者，方里而井，井九百畝，其中爲公田，八家皆私百畝而同養公田也。〔穧〕束也。〔滯〕亦遺棄之意也。〔禋〕《集傳》：精意以享謂之禋。董氏逌曰：「來方禋祀」，以其所至之方而禋祀也。

【標韻】戒十卦耜四紙叶韻　畝二十五有穀一屋叶韻　碩十一陌若十藥叶韻　皁十九皓好同本韻　螣十三職賊同本韻　穉四寘火二十哿，叶虎委反。叶韻　萋八齊祁四支私同穉寘穧八霽穗寘利同叶韻　止紙子、喜、祀並同本韻　黑十三職稷同福屋，叶筆力反。叶韻

瞻彼洛矣　闕疑。

瞻彼洛矣，維水泱泱。君子至止，福祿如茨。韎韐有奭，以作六師。一章　瞻彼洛矣，維水泱泱。君子至止，鞞琫有珌。君子萬年，保其家室。二章　瞻彼洛矣，維水泱泱。君子至

止，福禄既同。君子萬年，保其家邦。三章

右《瞻彼洛矣》三章，章六句。此詩與《秦風·終南》相似。然彼自咏諸侯，此則天子事也。《序》説之謬固不必辯，何玄子謂「紀東遷」，爲鄭武公咏。姚氏取之。然詩云「以作六師」，豈亦爲未受命之世子咏耶？《集傳》云：「天子會諸侯於東都以講武事，而諸侯美天子之詩。」循文案義，自如此解。唯此等歌咏必有所紀，非泛泛者。今既求其事而不得，則不如闕疑以俟知者之爲愈也。如必謂爲東遷事，則當是爲平王賦，庶乎可耳！

【集釋】〔洛〕東都水名。〔泱泱〕深廣貌。〔君子〕指天子也。〔茨〕積也。〔韎〕茅蒐所染色也。梁氏益曰：茅蒐，茹藘也。古謂之茅蒐，今謂之茜草。茜亦作蒨，染絳之草也。〔韐〕《集傳》：韐，韠也，合韋爲之。《周官》所謂「韋弁」，兵事之服也。〔奭〕赤貌。〔作〕猶起也。〔六師〕六軍也，天子六軍。〔鞞〕容刀之鞞，今刀鞘也。〔琫〕上飾。〔珌〕下飾。皆玉爲之。〔同〕猶聚也。

【標韻】矣四紙止紙本韻　茨四支師同本韻姚氏際恒云：每章六句，三句一韻，首末句協，甚爲創格。從之，下同。珌四質室同本韻　同一東邦三江通韻

裳裳者華　闕疑。

裳裳者華，其葉湑兮。我覯之子，我心寫兮。我心寫兮，是以有譽處兮。一章　裳裳者華，芸其黃矣。我覯之子，維其有章矣。維其有章矣，是以有慶矣。二章　裳裳者華，或黃或白。我覯之子，乘其四駱。乘其四駱，六轡沃若。三章　左之左之，君子宜之。右之右之，君子有之。維其有之，是以似之。四章

右《裳裳者華》四章，章六句。此詩與前篇互相酬答。上篇既無可考，則此亦當闕疑。唯末章似歌非歌，似謠非謠，理瑩筆妙，自是名言，足垂不朽。雖曰承上「沃若」，而下不過借六轡在手，以寫全德備躬，常變大小，無適不宜。蓋必誠於中而後形諸外也。故曰：維其有，是以似。若何玄子引《老子》「吉事尚左，凶事尚右」之言以釋《毛傳》曰：「左，陽道，爲朝祀之事；右，陰道，爲喪戎之事。」未免泥而鮮通。又以有似二語爲「賦象賢」，指武公繼父興復王室事，則尤鑿之又鑿。姚氏雖存其説，愚弗取也。

【集釋】〔裳裳〕《集傳》：裳裳，猶堂堂。董氏云，古本作常，常棣也。〔湑〕盛貌。〔覯〕見也。〔處〕安也。〔芸〕黃盛也。〔章〕文章也。有文章斯有福慶也。

【標韻】湑六語寫二十一馬處語叶韻　黃七陽章、慶並同本韻　白十一陌駱十藥若同叶韻　左二十哿宜四支，叶

牛何反叶韻　右二十五有似四紙叶韻

以上《北山之什》，凡十篇。案是什可讀者纔七篇，餘皆未詳其世。而《楚茨》下四詩，《集傳》疑爲「豳雅」，固屬擬議。要自是古王者田祀諸詩誤簡於此無疑。即《洛矣》以下二篇，詞氣和平，亦非亂世之音。諸儒不求其真，曲爲附會，以致明珠委地，瓦礫相混，然其精光寶氣，自不可掩也。

詩經原始卷之十二

小雅 四

桑扈之什

桑扈 天子饗諸侯也。

交交桑扈，有鶯其羽。興。君子樂胥，受天之祜。一章 交交桑扈，有鶯其領。興。君子樂胥，萬邦之屏。二章 之屏之翰，百辟爲憲。不戢不難，反起末句。受福不那。三章 兕觥其觩，旨酒思柔。彼交匪敖，萬福來求。正應上章。○四章

右《桑扈》四章，章四句。此詩詞義昭然，的爲天子燕諸侯之詩無疑。然頌禱中寓箴規意，非上世君臣交儆，未易有此和平莊雅之音。編《詩》者偶檢於此，亦正變互雜之際，能無所誤歟？考

《左傳》成十三年「衛侯饗苦成叔，甯惠子相。苦成叔傲。甯子曰：『苦成叔其亡乎？古之爲饗食也，以觀威儀，省禍福也。故《詩》曰「兕觥其觩，旨酒思柔。彼交匪敖，萬福來求。」今夫子傲，取禍之道也』」，正爲此詩下一注腳。而《集傳》解「不戢」三句云：「蓋曰豈不斂乎，豈不慎乎，其受福豈不多乎？」是意在求福，略無警傲之意，恐非詩旨。故姚氏駁之，以爲「詩味索然」，且與「來求」犯複。蓋二句皆正言，非「古語聲急」而反言之。那，語辭，非多也。即「思柔」句亦當作飲此兕觥之酒，宜思所以柔和其德性，則「彼交匪傲」，而「萬福來求」矣。《集傳》訓思爲語辭者，皆非。其説於理較順，故從之。至序所謂「刺幽王」，曰「君臣上下動無禮文焉」。不知所謂，不敢妄爲附和也。

【眉評】〔三章〕頌不忘規，可作兕觥銘。

【集釋】〔交交〕飛往來之貌。〔桑扈〕竊脂也，見《小宛》。〔有鶯其羽〕姚氏際恒曰：有如鶯之羽與領也。古用字多拗折如此。〔君子〕指諸侯也。〔胥〕語辭。〔祜〕福也。〔屏〕蔽也。〔翰〕幹也。〔辟〕君也。〔憲〕法也。〔戢〕斂也。〔難〕音儺，慎也。〔那〕語辭。〔兕觥〕爵也。姚氏際恒曰：兕性剛好觸，故以其角製爲觥飲酒，所以寓鑒戒之意，使人不敢剛而傲也。〔觩〕角曲貌。〔旨〕美也。〔敖〕傲通。〔萬福來求〕無事求福，而福反來求我也。

【標韻】扈七麌羽、祜並同本韻　領二十三梗屏同本韻　翰十五翰憲十四願叶韻　難五歌那同本韻　觩十一尤柔、求並同本韻。

鴛鴦　幽王初昏也。

鴛鴦于飛，畢之羅之。興。君子萬年，福禄宜之。一章　鴛鴦在梁，戢其左翼。工於賦物。君子萬年，宜其遐福。二章　乘馬在廄，摧之秣之。君子萬年，福禄艾之。三章　乘馬在廄，秣之摧之。君子萬年，福禄綏之。四章

右《鴛鴦》四章，章四句。《序》謂「刺幽王。思古明王，交於萬物有道，自奉養有節焉」。朱子譏其穿鑿，尤無理，誠然。然以爲「此諸侯所以答《桑扈》也」，亦未爲得。蓋臣子頌君，何物不可以起興，而乃有取於在梁斂翼之鴦鴛鳥耶？夫鴛鴦匹鳥，當其倦而雙棲，一正一倒，戢其左翼以相依於内，舒其右翼以防患於外，有夫婦情而無君臣義焉。故《白華》之詩有感於伉儷之不終，亦引用其語，而下即云「之子無良，二三其德」，詞意固昭然矣。《白華》爲申后被黜之詩，安知此詩不爲申后初昏而作？聖人兩存其詩，正以見幽王「二三其德」，雖有初而靡終也。何玄子説詩甚鑿，唯解此與鄙意同。姚氏亦甚取之，故並誌焉。然其説亦非始於何氏，蓋創自鄒肇敏。但彼謂咏成王，自不如幽王之切而有據耳。

【眉評】〔二章〕細膩如畫。

【集釋】〔鴛鴦〕匹鳥也。崔氏豹曰：鴛鴦，鳧類，雌雄未嘗相離，故謂之匹鳥。〔畢羅〕《集傳》：畢，小罔，長柄者也。羅，罔也。孔氏穎達曰：羅則張以待鳥，畢則執以掩物。〔梁〕石絶水爲梁。〔戢〕斂也。〔遐〕遠也。〔摧秣〕許氏謙曰：莝與摧同。《説文》，「莝，斬芻也。秣，食馬穀也。」〔艾〕養也。〔綏〕安也。

【標韻】羅五歌宜四支，叶牛何反。叶韻　翼十三職福一屋叶韻　秣七曷，叶莫佩反。艾九泰叶韻　摧十灰綏四支通韻

頍弁　刺幽王親親誼薄也。

有頍者弁，實維伊何？爾酒既旨，爾殽既嘉。豈伊異人，兄弟匪他。蔦與女蘿，施于松柏。比。未見君子，憂心奕奕；既見君子，庶幾説懌。一章　有頍者弁，實維何期？爾酒既旨，爾殽既時。豈伊異人，兄弟俱來。蔦與女蘿，施于松上。比。未見君子，憂心怲怲。既見君子，庶幾有臧。二章　有頍者弁，實維在首。爾酒既旨，爾殽既阜。豈伊異人，兄弟甥舅。如彼雨雪，先集維霰。比。死喪無日，無幾相見。樂酒今夕，君子維宴。三章

右《頍弁》三章，章十二句。《序》自《節南山》後，無一不以爲「刺幽王」，此則真刺幽王詩也。

但謂「不能宴樂同姓，孤危將亡」，則非。詩明言「爾酒」「爾殽」，又云「樂酒今夕」，何得謂之「不能宴樂同姓」耶？蓋王平日親親誼薄，雖有宴樂，未能和睦。故同姓諸公借飲酒以諷刺之。曰「豈伊異人」，曰「兄弟匪他」，皆言外見意。以爲此兄弟也，豈異人乎哉？使王不以他人視骨肉，則骨肉自骨肉，他人自他人，誰弗知之？同姓諸公又何至作此自外之辭以相諷刺？此以知其爲王發也無疑。卒章又曰「死喪無日，無幾相見」，雖不必定謂孤危將亡；而對酒當歌，人生幾何，王能無所動於中歟？夫同姓聯支，本屬一氣。即異姓諸親，亦非外人。凡屬兄弟以及舅甥，疇弗欲庇護本根以固皇家？如蔦蘿之施松柏，而松柏亦因以自蔭其根株。以故見君則喜，背君則憂。而無如君之外視兄弟，疏遠舅甥，未免本實先撥，何哉？此雖刺王，而一片忠誠愛君之心溢於言表，固自足存。若《集傳》第以爲「宴兄弟親戚之詩」，則此一宴也，不過尋常款洽，何足重輕於其際歟？

【集釋】〔頍〕《集傳》：頍，弁貌。或曰舉首貌。張氏彩曰：許氏曰，頍即古規字。規爲員者，弁之貌也。〔弁〕皮弁。孔氏穎達曰：弁者，冠之大名。稱弁者多矣，但爵弁則士之祭服，韋弁則服以即戎，冠弁則服以從禽，非常服也；惟皮弁上下通服之，故知皮弁也。曹氏粹中曰：士之爵弁，服之以祭，皮弁服之以朝。其在王者，常朝則服皮弁，而燕同姓亦服之。所謂皮弁者，以白鹿皮爲冠，其衣十五升布，其裳積素。〔蔦〕《集傳》：蔦，寄生也。葉似當盧，子如覆盆子，赤黑甜美。〔女蘿〕兔絲也。〔奕奕〕憂心無所薄也。〔何期〕猶伊何也。〔時〕善也。輔氏廣曰：以時爲善，何也？曰：物得其時則善矣。與「維其時矣」之時同。〔具〕俱也。〔怲怲〕憂盛滿也。〔阜〕猶多也。〔霰〕何氏楷曰：《説文》云：「霰，稷雪也。」徐鍇云：「雪初作未成花，圓如稷粒，撒而下也。」

【標韻】何五歌嘉六麻他歌通韻　柏十一陌奕、懌並同本韻　期四支時同來十灰通韻　上二十三漾怲二十三梗，叶兵田反。臧七陽叶韻　首二十五有阜、舅並同本韻　霰十七霰見、宴並同本韻

車舝

嘉賢友得淑女爲配也。

間關車之舝兮，思孌季女逝兮。往迎。匪飢匪渴，德音來括。思慕之忱。雖無好友，式燕且喜。一章　依彼平林，有集維鷮。興。辰彼碩女，令德來教。式燕且譽，好爾無射。二章　雖無旨酒，式飲庶幾。雖無嘉殽，式食庶幾。雖無德與女，式歌且舞。三章　陟彼高岡，析其柞薪。興。析其柞薪，其葉湑兮。鮮我覯爾，我心寫兮。四章　高山仰止，景行行止。品高。四牡騑騑，六轡如琴。覯爾新昏，以慰我心。歸來又得賢配，點明作意。○五章

右《車舝》五章，章六句。此詩依《序》及《集傳》，均有可疑處。《序》云，「大夫刺幽王」，《大序》謂褒姒嫉妒無道，「周人思得賢女以配君子，故作是詩。」鄒肇敏駁之云：「思得孌女以間其寵，

則是張儀傾鄭袖，陳平給閼氏之計耳。以嬖易嬖，其何能淑？且賦《白華》者安在？豈真以不賢見黜？詩不諷王復故后，而諷以別選新昏，無論豔妻驕扇，寵不再移，其爲倍義而傷教亦已甚矣！」姚氏以爲「閱此可以擊節」，然亦不能定其爲誰作也。《集傳》則第以爲「宴樂新昏之詩」。夫樂新昏，則德音燕譽無非賢淑；而高山景行，亦屬閨門。試思女子無儀是式，而何德音之可譽？閨門以貞静是修，更何仰止之堪思？且令德既望其來教，式歌又樂其且舞，皆於事理有難通，即頌揚亦覺其弗類。孰謂證之《關雎》，可以共得性情之正，而爲昏禮通用之樂乎？無已，其爲樂賢友而得淑女以爲之配乎？故曰：「覯爾新昏，以慰我心。」此其人學品既端，如高山之在望，景行之堪追，非得碩女，何堪來教？故於其乘車而往迎也，不啻飢渴之難待；其攬轡而來歸也，愈見琴瑟之静好。遂不覺中藏而心寫之，以爲佳耦鮮覯，雖無旨酒，飲亦能甘；雖無嘉殽，食亦自飽。但恨無德可以稱述於女，則唯有式歌且舞，以頌爾之新昏而已。然頌新昏而不忘碩德，此所以爲賢。詩人與友，均堪不朽。夫子引之，以爲「《詩》之好仁如此，鄉道而行，中道而廢，忘身之老也，不知年數之不足也，俛焉日有孳孳，斃而後已」者，豈無意歟？

【眉評】前後兩章實賦，一往迎，一歸來。二四兩章皆寫思慕之懷，卻用興體。中間忽易流利之筆，三層反跌作勢，全詩章法皆靈。

【集釋】〔閒關〕車舝聲。〔舝〕《左傳》作轄，車軸頭鐵也。董氏逌曰：案《說文》：「舝，鍵也，故謂之闕。」又曰：「輂，車聲也。」車鍵而行則有聲，故古人以閈闕爲聲，其説本此。〔孌〕美貌。〔逝〕往也。〔括〕會也。〔依〕茂木貌。〔鷮〕《集傳》：鷮，雉也。微小於翟，走而且鳴，其尾長，肉甚美。〔辰〕時也。〔碩〕大也。〔射〕厭也。〔女〕指友也。〔柞〕櫟也。〔清〕盛也。〔鮮〕少也。〔覯〕見也。〔景行〕大道也。〔慰〕安也。

【標韻】輂八黠逝八霽渴七曷括同叶韻　友二十五有喜四紙叶韻　鷮二蕭教四肴通韻　譽六御射十一陌叶韻　幾五微幾同二字同韻　女六語舞七麌通韻　岡七陽薪十一真叶韻　湑語寫二十一馬叶韻　仰二十二養行七陽叶韻　琴十二侵心同本韻

青蠅　大夫傷于讒，因以戒王也。

營營青蠅，止于樊。興而比。豈弟君子，無信讒言！一章　營營青蠅，止于棘。讒人罔極，交亂四國。二章　營營青蠅，止于榛。讒人罔極，構我二人。三章

右《青蠅》三章，章四句。《序》以爲「刺幽王也」，《集傳》則云：「詩人以王好聽讒言，故以青蠅飛聲比之，而戒王以勿聽也。」二者似是而未盡也。蓋詩明言「構我二人」，是此人已中其害，乃爲詩以遺王，非徒空言刺而戒之已耳。凡事必由親以及疎，由近以及遠；唯讒則必先由遠以及近，由疎以及親，迨至親近而亦受其讒，則讒真無所底極已。此人與王始必相得，至是亦爲所

譖，故曰「構我二人」。夫以我二人之親且信也，似無所用其間矣，而讒居然行乎其間，使我二人始合而終離，外信而内疑者，其爲術不甚可畏哉！吾願王慎勿聽之可也。王不知讒，王獨不見青蠅乎？青蠅之爲物至微而甚穢，驅之使去而復來。及其聚而成多也，營營然往來，飛聲可以亂人之聽。始不過「止于樊」，繼且「止于棘」，終且「止于榛」。是無往不入，漸而相親，是非淆而黑白亂矣。故首章直呼君子，以「勿聽」戒之。然後甚言其禍，如後世禪家之當頭棒喝，使人猛省耳。而君子之上必加之曰「豈弟」者，微詞也。

【集釋】〔營營〕往來飛聲。〔青蠅〕鄭氏康成曰：蠅之爲蟲，汙白使黑，汙黑使白，喻佞人變亂善惡也。〔樊〕藩也。〔君子〕王也。〔棘〕所以爲藩也。〔極〕猶已也。〔構〕孔氏穎達曰：構者，構合兩端，令二人彼此相嫌，交更惑亂也。〔二人〕己與聽者。

【標韻】樊十三元言同本韻　棘十三職國同本韻　榛十一真人同本韻

賓之初筵　衛武公飲酒悔過也。

賓之初筵，左右秩秩。坐有次序。籩豆有楚，殽核維旅。陳列整潔。酒既和旨，飲酒孔偕。飲者齊一。鐘鼓既設，舉醻逸逸。將射改縣，進止安徐。大侯既抗，弓矢斯張，射之有節。射夫既同，獻爾發功。善射者多。發彼有的，以祈爾爵。務求中的，借罰勸飲。○一章　籥舞笙鼓，樂既和奏。

備樂。烝衎烈祖，以洽百禮。備禮。百禮既至，有壬有林。錫爾純嘏，子孫其湛。其湛曰樂，各奏爾能。各酌獻尸。賓載手仇，室人入又。加爵再酌。酌彼康爵，以奏爾時。二章 賓之初筵，温温其恭。入正傳。其未醉止，威儀反反。曰既醉止，威儀幡幡。舍其坐遷，屢舞僊僊。初醉，僅遷其坐，屢舞。作三層寫，一層深一層。其未醉止，威儀抑抑。曰既醉止，威儀怭怭。是曰既醉，不知其秩。三章 賓既醉止，載號載呶。亂我籩豆，屢舞僛僛。再醉則亂籩豆。是曰既醉，不知其郵。側弁之俄，醉極則冠弁亦復不整，是一幅醉客圖。屢舞傞傞。既醉而出，並受其福。醉而不出，是謂伐德。飲酒孔嘉，維其令儀。歸重令儀。○四章 凡此飲酒，或醉或否。總束。既立之監，或佐之史。彼醉不臧，不醉反恥。式勿從謂，無俾大怠。匪言勿言，匪由勿語。由醉之言，俾出童羖。奇語。三爵不識，矧敢多又。五章

右《賓之初筵》五章，章十四句。《集傳》云：「《毛氏序》曰：『衛武公刺幽王也。』《韓氏序》曰：『衛武公飲酒悔過也。』今案此詩意，與《大雅・抑》戒相類，必武公自悔之作。當從韓義。」姚氏以爲此説「出《後漢書》注，未知是否。《小序》因以爲『衛武公刺時』」。愚謂二説實相通。詩爲武公之作無疑，不必過爲苛論也。當幽王時，國政荒廢，媟近小人，飲酒無度。君臣上下，沈湎淫泆以成風俗者，尚堪問哉？武公初入爲王卿士，難免不與其宴。既見其如此無禮，而又未敢直陳君失，只好作悔過用以自警，使王聞之，或以稍正其失，未始非詩之力也。古人教人，

以言教不如以身教；臣子事君，以言諫不如以身諫。武公立朝，正己以格君非，雖曰悔過，實以諷諫意耳。毛、韓二説，原未嘗錯，特各主一義，遂使詩旨不明，以啟後世之争。夫豈無因而至此哉？詩本刺今，先陳古義，以見飲酒原未嘗廢，但須射祭大禮而後飲，而飲又當有節，不至失儀，乃所以爲貴。古之飲也如是，今之飲酒則不然。飲不至醉，醉必失儀，不至伐德不止，其無禮也又如是。兩義對舉，曲繪無遺。其寫酒客醉態，縱令其醒後自思，亦當發笑，忸怩難安，此所以善爲諷諫也。末乃言立監，俾勿大怠，以至妄語，大傷酒德。總是自警語，總前作收，爲全詩正旨，篇法極爲整飭。而前四章雖若古今二義平説，其實章法各極變化，盡作者之能事，又非後世鱗次排比者比。不惟言可爲戒，文亦當法，非武公盛德，孰能爲之哉？

【眉評】〔一章〕將言燕飲之失儀，先舉射飲祭飲之不失儀者作起。開局既覺宏敞，宴飲亦非偏廢，是高一層起法。〔二章〕上章先飲後射，此章先祭後飲。〔三章〕至此乃入燕飲，不然即與首章犯複。〔四章〕三章描摹醉客失儀狀，可謂窮形盡相。然上章由未醉寫到既醉，次由失儀回顧令儀，回環變换，絶不呆板。〔五章〕末章總收，歸重悔過，是爲本旨。

【集釋】〔初筵〕初即席也。《周禮·春官·司几筵》注：筵亦席也。鋪陳曰筵，藉之曰席。〔秩秩〕有序也。〔楚〕列貌。〔殽〕豆實菹醢也。〔核〕籩實桃梅之屬。孔氏穎達曰：殽是總名，此文殽核與籩豆相對，故分之耳。其實核亦爲殽。〔旅〕陳也。〔和旨〕調美也。

〔偕〕齊一也。〔設〕將射，更整其樂也。〔逸逸〕往來有序也。〔大侯〕《集傳》：大侯，君侯也。天子熊侯，白質；諸侯麋侯，赤質；大夫布侯，畫以虎豹；士布侯，畫以鹿豕。天子侯身一丈，其中三分居一，白質，畫熊，其外則丹地，畫以雲氣。〔抗〕張也。張，《集傳》：凡射，張侯而不繫左下綱，中掩束之。至將射，司馬命張侯，弟子脱束，遂繫下綱也。大侯張而弓矢亦張，節也。〔射夫既同〕比其耦也，射禮：選群臣爲三耦，三耦之外，其餘各自取匹，謂之衆耦。〔獻〕猶奏也。〔發〕矢發也。〔的〕質也。侯中所畫之地爲質。〔祈〕求也。〔爵〕射不中者，飲豐上之觶也。〔籥舞〕文舞也。毛氏萇曰：秉籥而舞，與笙鼓相應也。〔烝〕進也。〔衎〕樂也。〔烈〕業也。〔洽〕合也。〔百禮〕言其備也。〔壬〕大也。〔林〕盛也。〔各奏爾能〕《集傳》：謂子孫各酌獻尸，尸酢而卒爵也。〔仇〕《集傳》仇，讀曰斞。許氏謙曰：《釋文》斞，音拘，挹取酒也。〔室人〕室中有事者，謂佐食也。〔又〕復也。賓手挹酒，室人復酌，爲加爵也。〔康〕安也。〔時〕時祭也。〔反反〕顧禮也。〔幡幡〕輕數也。〔僊僊〕軒舉之狀。〔抑抑〕慎密也。〔怭怭〕媟嫚也。〔秩〕常也。〔號〕呼也。〔呶〕讙也。〔僛僛〕傾側之狀。〔郵〕與尤同，過也。〔傞傞〕盤旋不休貌。〔俄〕傾貌。〔伐〕害也。〔令〕善也。〔監史〕司正之屬。〔謂〕告也。〔由〕從也。〔童羖〕無角之羖羊，必無之物也。姚氏際恒曰：「由醉之言」二句，謂其醉言無實，如可使出童羖。然此必無之物，甚言其不實也。《集傳》云：「則將罰汝使出童羖矣，設言必無之物以恐之也。」既曰必無之物，又烏足以恐之？且醉者正以變易情志，不畏於人，無所恐也。若猶有恐，則不醉矣。　〔三爵不識二句〕姚氏際恒曰：「『三爵不識』二句，謂三爵之禮亦不識，況敢又多飲乎？《集傳》謂「飲至三爵已昏然無所記矣」，夫人量有寬窄，何以知其量止三爵乎？醉而失德者多因寬量，飲而不止所至。若三爵便已昏醉，則亦不能再飲，何由至于失德耶？況以不識爲無所記，更不知欲其記何事也？

【標韻】秩無韻楚六語旅同本韻　旨四紙偕九佳，叶舉里反。叶韻　設九屑逸四質通韻　抗二十三漾張七陽叶韻　同一東功同本韻　的十二錫爵十藥叶韻　奏二十六宥禮八薺叶韻　林十二侵湛同能十蒸通韻　又二十六宥，叶音怡。時四支叶韻　恭同上，無韻。反十三元幡同僊一先通韻　抑十三職怭四質秩同通韻　呶三殽傲四支郵十一尤叶韻　俄五歌傞同本韻　福一屋德職叶韻　嘉六麻儀支叶韻　否四紙史、耻並同怠十賄通韻　語六語羖七麌通韻　識職又見上叶韻

魚藻　鎬民樂王都鎬也。

魚在在藻，有頒其首。興。王在在鎬，豈樂飲酒。一章　魚在在藻，有莘其尾。王在在鎬，飲酒樂豈。二章　魚在在藻，依于其蒲。王在在鎬，有那其居。三章

右《魚藻》三章，章四句。此鎬民私幸周王都鎬，而祝其永遠在兹之詞也。然其體近乎風，所以爲變雅歟？·不然都鎬始自武王，詩不當别序在此，而序在此者，以其體變故耳。《小序》不知，遂以爲「刺幽王」，其説固非。即《集傳》以爲「諸侯美天子之詩」，亦未得詩意。夫使諸侯而美天子也，則必將先序鎬京形勝，以爲天下壯觀，而願吾主之宅是鎬京以撫有四夷也。乃所以爲下頌上之詞，乃所以爲諸侯美天子之詩。今不過曰王在鎬耳，而其興又不過曰魚在藻耳。以魚之在藻興王之在鎬，則其細已甚，故知爲細民聲口也無疑矣。夫細民何知險要？但喜其身近皇居，遂若私爲己有，不啻形諸歌咏已耳。細玩兩在字，則其情自見。聖人喜其真誠無僞，採以入樂，且採以入《雅》樂，亦足見周初盛時民情之愛戴其君上也如是，而唯鎬民則尤深幸無已焉。若何玄子以爲「武王愷還之詩」，則徒泥豈樂之豈爲愷還之愷耳。説《詩》而死於句下，則豈善説《詩》者哉？

【集釋】〔藻〕水草也。　〔頒〕大首貌。　〔豈〕亦樂也。　〔莘〕長也。　〔那〕安也。　〔居〕處也。

【標韻】首二十五有酒同本韻　尾五尾豈同本韻　蒲七虞居六魚通韻

采菽

美諸侯來朝也。

采菽采菽，筐之筥之。興。君子來朝，何錫予之？雖無予之，路車乘馬。又何予之？玄衮及黼。一章　觱沸檻泉，言采其芹。興。君子來朝，言觀其旂。其旂淠淠，旗幟。鸞聲嘒嘒。載驂載駟，車馬。君子所届。初至。○二章　赤芾在股，邪幅在下。服飾。此章實賦朝見。彼交匪紓，天子所予。容止。樂止君子，天子命之。錫命。樂只君子，福禄申之。三章　維柞之枝，其葉蓬蓬。興。樂只君子，殿天子之邦。屏藩。樂只君子，萬福攸同。平平左右，亦是率從。並及侍從。○四章　汎汎揚舟，紼纚維之。興。樂只君子，天子葵之。考察。樂只君子，福禄膍之。優哉游哉，亦是戾矣。五章

右《采菽》五章，章八句。此固是西周盛王諸侯來朝加以錫命之詩，然非出自朝廷制作，乃草野歌咏其事而已。觀前後四章興筆自見。事極典重而起極輕微，豈國家錫予而有取於筐筥以爲興耶？若《集傳》云「此天子所以答《魚藻》也」，則尤非。詩中明言「天子所予」「天子所命」等語，則非天子自言可知，讀《詩》不先明語氣，安能更望其深探作者微意？學者試將此詩與《彤弓》、《湛露》等篇並讀，其氣象之廣狹輕重，迥不相侔。然後知事體雖同，詩旨各别。太史編之，亦將以紀一時之盛云爾。若《序》謂「刺幽王侮慢諸侯」之説，不悉辯。

【眉評】〔三章〕朝覲正面只「彼交匪紓」一句寫足。〔五章〕考察乃天子維制諸侯之權。

【集釋】〔路車〕《集傳》：路車，金路以賜同姓，象路以賜異姓也。〔玄袞及黼〕《集傳》曰：玄袞，玄衣而畫以卷龍也。黼，如斧形，刺之於裳也。周制，諸公袞冕九章，已見《九罭》篇。侯伯鷩冕七章，則自華蟲以下，子男毳冕五章，衣自宗彝以下而裳黼黻。孤卿絺冕三章，則衣粉米而裳黼黻。大夫玄冕，則玄衣黻裳而已。〔觱沸〕泉出貌。〔檻泉〕正出也。梁氏益曰：《爾雅》云：「檻泉，正出。」《公羊傳》云「直出」，直猶正也。正出者，涌出也。自發源處涌而直上，故曰正出。〔芹〕水草。〔淠淠〕動貌。〔嘒嘒〕聲也。〔届〕至也。〔股〕脛本曰股。〔邪幅〕偪也，邪纏於足，如今行縢，所以束脛，在股下也。〔交〕交際也。〔紓〕緩也。〔蓬蓬〕盛貌。〔殿〕鎮也。〔平平〕姚氏際恒云：平平，《韓詩》作「便便」，安順義；亦作「辯」。《毛傳》云「辯治」，未聞。〔左右〕諸侯之臣也。〔率〕循也。〔紼〕繂也。〔纚維〕皆繫也。〔葵〕揆也。〔膍〕厚也。〔戾〕至也。

【標韻】筥六語予同馬二十一馬黼七虞叶韻　芹十二文旂五微叶韻　淠八霽嘒同届十卦通韻　股麌下馬予語叶韻命二十四敬申十一真叶韻　蓬一東邦三江同東從二冬通韻　維四支葵同本韻　膍八霽戾同叶韻

角弓　刺幽王遠骨肉而近僉壬也。

騂騂角弓，翩其反矣。兄弟昏姻，無胥遠矣。一章　爾之遠矣，民胥然矣。爾之教矣，民胥傚矣。二章　此令兄弟，綽綽有裕。不令兄弟，交相爲瘉。三章　民之無良，一語關合上下。相怨一方。受爵不讓，至于己斯亡。四章　老馬反爲駒，不顧其後。比。承上「不讓」。如食宜饇，如酌孔取。五章　毋教猱升木，如塗塗附。比。君子有徽猷，小人與屬。六章　雨雪瀌瀌，見晛曰消。比。承上「與屬」。莫肯下遺，式居婁驕。七章　雨雪浮浮，見晛曰流。比。如蠻如髦，我是用憂。八章

右《角弓》八章，章四句。觀《頍弁》爲兄弟刺幽王之詩，則此篇亦爲刺幽王也無疑。特《大序》謂「不親九族而好讒佞」，則詩中無刺讒語，唯疏遠兄弟而親近小人是此詩大旨。前四章疏遠兄弟，難保不相怨，而民且傚尤，體多用賦。後四章親近小人，以至「不顧其後」，而相殘賊，詩純用比，乃篇法變换處。中間以「民之無良」一句綰合上下。唯無良，故兄弟相瘉；唯無良，故小人不讓。如老馬之不量力而思任載，如飲食之不自足而貪殘是縱。王又不知其惡，反飽之欲，是教猱以升木，而以塗附塗，其可乎哉？雖然，小人之情亦視君子爲轉移焉耳。君子而有徽猷，小人亦將聽用而與爲屬。譬彼雨雪，見日即消而自流也。無如君子莫肯下遺以德，反自矜

驕，小人得以逞志，滅棄禮義，敗壞王綱，則與蠻髦無異，非世道人心一大害哉？吾用是隱然深憂，而不能自解者也。雨雪陰凝之象，兄弟相瘉，小人縱欲，均包在内。《集傳》專指讒言，姚氏專主兄弟疑怨，説均非。蓋「老馬」二章即承「受爵不讓」來，「雨雪」二章即承「小人與屬」來。一氣相承而下，前後雖若分説而蟬聯不斷，章法之妙，無以踰此。章法明則詩旨亦自見矣。奈何説《詩》諸儒，多不以章法爲重哉？

【集釋】〔騂騂〕弓調和貌。〔角弓〕以角飾弓也。〔翩〕反貌。《集傳》：弓之爲物張之則内向而來，弛之則外反而去，有似兄弟昏姻，親疎遠近之意。〔胥〕相也。〔令〕善也。〔綽〕寬也。〔裕〕饒也。〔瘉〕病也。〔猱〕獮猴也。〔塗〕泥也。〔徽〕美也。〔猷〕道也。〔屬〕附也。〔瀌瀌〕盛貌。〔晛〕日氣也。〔蠻〕南蠻也。〔髦〕夷髦也。《書》作髳，義同。

【標韻】反十三阮遠同本韻　遠叶於圓反然一先叶韻　教十九效傚同本韻　裕七遇瘉七虞叶韻　方七陽亡同本韻　後二十五有取同本韻　木一屋附遇屬二沃叶韻　瀌二蕭消、驕並同本韻　浮十一尤流、憂並同本韻

菀柳　諸侯憂王暴厲也。

有菀者柳，不尚息焉。上帝甚蹈，無自暱焉。俾予靖之，後予極焉。一章　有菀者柳，不尚

愒焉。上帝甚蹈，無自瘵焉。俾予靖之，後予邁焉。二章　有鳥高飛，亦傅于天。彼人之心，于何其臻？曷予靖之？居以凶矜。三章

右《菀柳》三章，章六句。姚氏曰：「《小序》謂『刺幽王』，或謂厲王。《大序》謂『諸侯皆不欲朝』，《集傳》從之，非也。君雖不淑，臣節宜敦，不朝豈可訓耶？大概王待諸侯不以禮，諸侯相與憂危之詩。」其説義理較正大，故録之。若如《序》與《集傳》所云，是以私心待天王，不臣孰甚焉？此詩直可删去，何存之有？然詩中所刺又似厲王，非幽王也。蓋其所述非暴即虐，於厲王爲尤近云。

【眉評】〔一、二章〕兩後字宜一頓。言天王之威甚厲，使予靖職，莫敢或後，後則責予無有窮極也。〔三章〕末章言天王之欲無有極至，使予不早靖之，則小民受害，日居凶矜之地，曷時能已哉？

【集釋】〔菀〕茂盛也。〔尚〕庶幾也。〔上帝甚蹈〕姚氏際恒曰：「『上帝甚蹈』，《戰國策》、《荀子》作『上天甚神』。古人引《詩》類多字句錯互，學者宜從本書，不必言矣。然其解釋則可以依之。如以上帝爲上天，則上帝指天也。蹈，《毛傳》訓動。蹈者，足動而履之之謂，故訓動。郝仲輿謂猶《樂記》『發揚蹈厲』之蹈，亦可參證。謂上帝甚蹈厲，不可自暱於宴安也。《集傳》曰：『上帝，指王也』；（又不言何王）蹈，當作神。』既從《國策》諸書以蹈作神，而又别解上帝爲

王，混亂之極。且言「王甚神」，是贊之，非刺之矣。案：「上帝」，《國策》諸書雖作「上天」，其實即以上帝比天王也。不然，「上天甚神」與下文「俾予靖之」語意殊不相貫。姚氏於上帝則從《國策》之文，於「甚蹈」則又不從甚神之訓，何也？〔暱〕玩也。〔靖〕靖職也。〔愒〕息也。〔瘵〕病也。言無自取病也。〔邁〕過也。言王必過責我也。〔傅臻〕皆至也。〔曷予靖之〕言我曷不靖其厥職。〔凶〕危地也。〔矜〕言民之遭凶危而可憐也。

【標韻】息十三職暱四質極職通韻　愒八霽瘵十卦邁同通韻　天一先臻十一真矜十蒸通韻

以上《桑扈之什》凡十篇。案是什雖多刺幽王之詩，而《桑扈》則天子饗諸侯，《魚藻》則民樂王都鎬，《采菽》則又詩人美諸侯之來朝，均非後世衰亂之音。幽王世烏有此和平作哉？蓋周初正雅錯簡在此，不必曲爲之說也。大凡說《詩》不可預設成心，須各還本面。雖不能言皆有中，要亦十得八九，不可不知也。

都人士之什

都人士　緬舊都人物盛也。

彼都人士，狐裘黃黃。衣。其容不改，出言有章。行歸于周，萬民所望。一章　彼都人士，臺笠緇撮。冠。彼君子女，綢直如髮。我不見兮，我心不說。二章　彼都人士，充耳琇實。

冠飾。彼君子女，謂之尹吉。門第。我不見兮，我心苑結。三章 彼都人士，垂帶而厲。帶。彼君子女，卷髮如蠆。我不見兮，言從之邁。四章 匪伊垂之，帶則有餘。匪伊卷之，髮則有旟。重寫帶髮一層，風致翩然，令人神往不置。我不見兮，云何盱矣！五章

右《都人士》五章，章六句。《序》謂「周人刺衣服無常」，蓋襲《禮・緇衣》之誤，不再辯。《集傳》云：「亂離之後，人不復見昔日都邑之盛，人物儀容之美，而作此詩以歎惜之。」然則此又東遷以後詩也。況曰「彼都」，曰「歸周」，明是東都人指西都而言矣。詩全篇只咏服飾之美，而其人之風度端凝，儀容秀美自見；即其人之品望優隆與世族之華貴，亦因之而見，故曰「萬民所望」也。詩本無甚關係，然存之可以紀一時盛衰之感，而因以見先王化淳俗美之休猶未盡泯於人心云。

【眉評】〔一章〕單提士。〔二、三、四章〕此三章士女並題。〔五章〕一女雙收與首章若相應若不相應，並見篇法之變。

【集釋】〔不改〕有常也。〔周〕鎬京也。〔臺〕夫須也，見《南山有臺》。〔緇撮〕緇撮，緇布冠也。〔綢直如髮〕《集傳》：「綢直如髮」，未詳其義，然以四章、五章推之，亦言其髮之美耳。姚氏際恒曰：「綢直如髮」，毛謂「密直如髮」，鄭謂「其性情密緻，操行正直，如髮之本末無隆殺」，此說是。如此解殊有味，正見古人罕譬之妙。且以髮喻女，亦本地風光。此云「如髮」，下

以髮云「如蠆」，用字分明，安得泥此以爲咏其髮乎？又此咏其髮，後又咏其髮，亦復。又此咏其髮之直，後又咏其髮之曲，亦矛盾。此言「如髮」者，以髮之本末而言也。咏其卷髮者，以其綰髻也。案：姚駁《朱傳》是矣，而遵鄭説仍非。詩以「綢直如髮」對上「臺笠緇撮」。「臺笠緇撮」，實物也，則「綢直如髮」亦應是實物，非徒虚咏性情而已。今訓綢爲密緻，直爲正直，是以虚對實，未能相稱。且以性情如髮，覺迂折難通。遍考諸書，綢多訓縛束。《爾雅・釋天》「素錦綢杠」注〔一〕：「以白地錦韜旗之竿。」《禮・檀弓》「綢練設旐」注：「以練綢旌之杠。」《楚辭・九歌》「薜荔柏兮蕙綢」注：「綢，縛束也。」《前漢書・司馬相如傳》「靡屈虹而爲綢」注：「綢，韜也。」又《集韻》，「韜，音套，臂衣也。」然則綢當是臂衣、束素之類，女子所着，故以對士子之冠。曰「直如髮」者，其物必垂下如髮之鮮明光膩，幾委乎地者。〔琇〕美石也，以美石爲瑱。〔尹吉〕《集傳》：鄭氏曰，「吉讀爲姞。尹氏、姞氏，周之昏姻舊姓也。」人見都人之女咸謂尹氏、姞氏之女，言其有禮法也。〔苑〕猶屈也，積也。〔厲〕垂帶之貌。〔卷髮〕見姚説。〔蠆〕螫蟲也。〔邁〕行也。〔旟〕揚也。〔盱〕望也。

【標韻】黄七陽章、望並同本韻　撮七曷髮六月説九屑通韻　實四質吉同結九屑通韻　厲八霽蠆十卦邁同通韻　餘六魚旟同盱七虞通韻

校記

〔一〕「綢杠」原作「綢杜」，據《爾雅》改。

采緑 婦人思夫，期逝不至也。

終朝采緑，不盈一匊。予髮曲局，薄言歸沐。一章 終朝采藍，不盈一襜。五日爲期，六日不詹。二章 之子于狩，言韔其弓。之子于釣，言綸之繩。三章 其釣維何？維魴及鱮。維魴及鱮，薄言觀者。四章

右《采緑》四章，章四句。此真風詩也，何以列之於《雅》？倘所謂變體者非歟？幽王之時，政煩賦重，征夫久勞於外，踰時不歸，故其室思之如此。採《詩》者録之以刺時。非詩有刺王意，亦非詩之刺怨曠者。《序》説既欠分明，辯之者亦未暇深爲理會也。夫王政失平，民人嗟怨，不在其人，即在其家。兹録其室怨曠之詩，雖無一語及王政，而王政之苦於民者自見諸言外，故曰刺也。

【眉評】〔四章〕單承釣説，章法一變。

【集釋】〔緑〕王芻也。郭氏璞曰：菉，蓐也，今呼鴟腳莎。董氏逌曰：《楚辭》曰，「薋菉葹以盈室」，王逸云，「終朝采菉」，今考鄭氏説以爲王芻，則當逸時字爲菉矣。〔匊〕兩手曰匊。

〔局〕卷也。〔藍〕染草也。孔氏穎達曰：藍可以染青，故《淮南子》云「青出於藍」，《月令》「仲夏無刈藍」，是可以染之草。〔襜〕衣蔽前謂之襜，即蔽膝也。〔詹〕與瞻同。〔五日六日〕姚氏際恒曰：「五日爲期」二句，五日成言也，六日調笑之意。言本五日爲期，今六日尚不瞻見，只是過期之意，不必定泥爲六日而咏也。鄭氏以其不近理，改爲「五月、六月」，吁，何其固哉！〔綸〕理絲曰綸。

【標韻】綠二沃匊一屋沐同通韻　藍十三覃襜十四鹽詹同通韻　弓一東繩十蒸叶韻　鱮六語者二十一馬叶韻

黍苗　美召穆公營謝功成也。

芃芃黍苗，陰雨膏之。悠悠南行，召伯勞之。一章　我任我輦，我車我牛。我行既集，蓋云歸哉！二章　我徒我御，我師我旅。我行既集，蓋云歸處！三章　肅肅謝功，召伯營之。烈烈征師，召伯成之。四章　原隰既平，泉流既清。召伯有成，王心則寧。五章

右《黍苗》五章，章四句。此詩明言召穆公營謝功成，士役美之之作。而《序》固云「刺幽王」者，何也？事與《崧高》同，詩亦出於一時，而彼篇則入《大雅》，此自歸《小雅》者，體異故耳。詩以體分，不在事同。讀者試合兩篇而細咏之，其厚薄輕重當自有得於心，豈以士役朝臣及詩之長短而分大小哉？姚氏之論，未足憑也。

【集釋】〔芃芃〕長大貌。〔任〕負任者也。〔輦〕人輓車也。〔牛〕所以駕大車也。〔集〕成也。〔徒〕步行者。〔御〕乘車者。〔師旅〕五百人爲旅，五旅爲師。〔肅肅〕嚴正之貌。〔謝〕邑名，申伯所封國也，在今汝寧府信陽州。〔功〕工役之事也。〔營〕治也。〔烈烈〕威武之貌。〔征〕行也。〔平〕土治曰平。〔清〕水治曰清。

【標韻】膏二十號勞同本韻　牛十一尤哉十灰叶韻　旅六語處同本韻　營八庚成同本韻　清庚寧九青通韻

隰桑　思賢人之在野也。

隰桑有阿，其葉有難。興。**既見君子，其樂如何？**一章　**隰桑有阿，其葉有沃。既見君子，云何不樂？**二章　**隰桑有阿，其葉有幽。既見君子，德音孔膠。**三章　**心乎愛矣，遐不謂矣？中心藏之，何日忘之？**四章

右《隰桑》四章，章四句。《序》謂「刺幽王」，《辯説》以爲「非刺詩」。然桑而曰隰，則以興賢人君子之在野者可知。夫以賢人君子而隱處巖阿，則朝廷之上所處非賢人君子之儔又可知。詩不喜在位廷臣，而思野處賢士，以至中藏心寫，無日能忘，則當日朝政爲何如哉？故《序》言亦未可以厚非。特此皆言外意，詩中原未嘗露，似亦不必據此爲説，徒傷詩人忠厚意耳。

【集釋】〔隰〕下溼之地。〔阿〕美貌。〔難〕盛貌。〔沃〕光澤也。〔幽〕黑色也。〔膠〕

固也。〔遐〕《集傳》：遐與何同，《表記》作瑕。鄭氏注曰，瑕之言胡也。〔謂〕猶告也。

【標韻】難五歌何同本韻　沃二沃樂十藥叶韻　幽十一尤膠三肴叶韻　愛十一隊謂五未通韻　藏七陽忘同本韻

白華　申后自傷被黜也。

白華菅兮，白茅束兮。一比己之潔。之子之遠，俾我獨兮。一章　英英白雲，露彼菅茅。二比王恩之不及。天步艱難，之子不猶。二章　滮池北流，浸彼稻田。三比王澤之不廣。嘯歌傷懷，念彼碩人。三章　樵彼桑薪，卬烘于煁。四比己供無釜之爨。維彼碩人，實勞我心。四章　鼓鐘于宮，聲聞于外。五比己不足以動王聽。念子懆懆，視我邁邁。五章　有鶖在梁，有鶴在林。六比嫡失位。維彼碩人，實勞我心。六章　鴛鴦在梁，戢其左翼。七比夫婦反目。之子無良，二三其德。七章　有扁斯石，履之卑兮。八比尊卑異蹈。之子之遠，俾我疧兮。八章

右《白華》八章，章四句。《小序》謂「周人刺幽后也」，蓋誤，不必辯。《大序》謂「幽王取申女以爲后，又得褒姒而黜申后，故周人爲之作是詩」者，亦非。按此詩情詞悽惋，託恨幽深，非外人所能代，故《集傳》以爲「申后作」也。姚氏曰：「郝仲輿云，『愚幼受《朱傳》，疑申后能爲《白華》之忠厚，胡不能戢父兄之逆謀？宜曰能爲《小弁》之親愛，胡乃預驪山之大惡？讀古《序》始知

二詩託刺，故《序》不可易也。』何玄子駁之曰：『驪山之事，不可舉以責申后。申后被廢，未必大歸。又幽王遇弑事在十一年，距廢后時蓋已九載。此時申后存亡亦未可知。鄒肇敏謂『觀于宫、于外、在梁、在林之咏，亦如後世之賦《長門》耳』。此論爲允。」又曰：「郝氏佞《序》，最屬可恨，故録何氏之駁于此，俾人無惑焉。」愚案，后此時縱歸申且尚在，亦不過一老婦人耳，何能阻父兄之逆謀？觀宜臼即位後，尚不能指叛臣而申弑逆之典，况申后乎？論古人當即勢以原心，不可好爲苛論以責人也。是詩之作，與《小弁》同爲千古至文。至今讀之，猶令人悲咽不能自已，非至情而能若是乎？

【眉評】全篇皆先比後賦，章法似複，然實創格，又一奇也。

【集釋】〔白華〕野菅也，已漚爲菅。陸氏璣曰：菅似茅，而滑澤無毛，根下五寸中有白粉者宜爲索，漚乃尤善矣。〔英英〕輕明之貌。〔天步〕猶言時運也。〔猶〕如也。〔滮〕流貌。〔北流〕豐、鎬之間水多北流。〔碩人〕尊大之稱，指幽王也。〔卬〕我也。〔烘〕燎也。〔煁〕《集傳》：煁，無釜之竈，可燎而不可烹飪者也。〔懆懆〕《説文》云：愁不安也。〔邁邁〕不顧也。〔鶖〕秃鶖也。陸氏佃曰：鶖性貪惡，一名扶老。狀如鶴而大，長頸赤目，其毛辟水毒，頭高八九尺，善與人鬭，好啗蛇。〔梁〕魚梁也。〔鴛鴦〕見前。〔扁〕卑貌。〔疷〕病也。

【標韻】東二沃獨一屋通韻　茅三肴猶十一尤叶韻　田一先人十一真通韻　薪真煁十二侵人真心侵通韻　外九泰邁十卦通韻　林侵心同本韻　翼十三職德同本韻　卑四支疷同本韻

緜蠻　王者加惠遠方人士也。

緜蠻黄鳥，止于丘阿。比。道之云遠，我勞如何？飲之食之，教之誨之。命彼後車，謂之載之。一章　緜蠻黄鳥，止于丘隅。豈敢憚行，畏不能趨。飲之食之，教之誨之。命彼後車，謂之載之。二章　緜蠻黄鳥，止于丘側。豈敢憚行，畏不能極。飲之食之，教之誨之。命彼後車，謂之載之。三章

右《緜蠻》三章，章八句。此王者加惠遠方人士也。「緜蠻黄鳥」，音雖可聽，而所飛不遠。極其所至，不過止于丘阿、丘隅、丘側而已。以喻遠方寒士，雖有令聞，無力觀光，難賓於王者。故代爲之設想曰，「道之云遠，我勞如何」，「豈敢憚行」，亦畏不能趨以極所至云耳。然則國家宜何如加惠而體恤之乎？夫亦曰「飲之食之」，使内無所憂；「教之誨之」，使學有所就；更命後車以載之，使其利用賓王者無所憚其勞，則野無遺賢，而國多俊士矣。若如序云「微臣刺亂」，而詩無刺意。即如《集傳》所云「此微賤勞苦而思有所託者」，又何其卑鄙無足道哉！姚氏曰：「此疑王命大夫求賢，大夫爲咏此詩。」然則命車載之，果誰爲之命耶？是皆不可通之説也。舊

說又謂「大臣出使，小臣爲介，依託于卿大夫，而望其飲食教誨，後車以載」，則不知其何所謂矣。噫，説《詩》之難也若是其甚乎！

【集釋】〔緜蠻〕鳥聲。何氏楷曰：以其聲之微細相連，不絶如緜；而鳥語不可與人解，又似蠻也。〔阿〕曲阿也。〔後車〕副車也。〔隅〕角也。〔憚〕畏也。〔趨〕疾行也。〔極〕至也。

【標韻】阿五歌何同本韻　誨十一隊載同本韻　隅七虞趨同本韻　側十三職極同本韻

瓠葉　不以物薄廢禮也。

幡幡瓠葉，采之亨之。君子有酒，酌言嘗之。一章　有兔斯首，炮之燔之。君子有酒，酌言獻之。二章　有兔斯首，燔之炙之。君子有酒，酌言酢之。三章　有兔斯首，燔之炮之。君子有酒，酌言醻之。四章

右《瓠葉》四章，章四句。《序》謂「刺幽王」，固鑿。《集傳》以爲「燕飲之詩」，亦泛。大抵古人燕賓，情真而意摯，不以豐備而寡情，亦不以微薄而廢禮。「瓠葉」、「兔首」，固不必拘，然總是微薄意。徐氏常吉曰：「豐以燕賓者，《魚麗》是也。《易·鼎》之《彖傳》曰，『大亨以養聖賢』。薄以燕賓者，《瓠葉》是也；《易·損》之《彖》曰，『二簋可用享』。知《易》之意，則知《詩》之意

矣。」然而格調平庸，詞意膚淺，未免《三百篇》之濫觴，則又不可不知也。

【集釋】〔幡幡〕瓠葉貌。羅氏願曰：瓠，其葉可爲菜。〔炮〕毛曰炮。〔燔〕加火曰燔。〔炙〕炕火曰炙。〔酢〕報也，賓既卒爵而酌主人也。

【標韻】亨八庚嘗七陽轉韻　燔十三元獻十四願叶韻　炙十一陌酢十藥叶韻　炮三肴醻十一尤叶韻

漸漸之石　東征怨也。

漸漸之石，維其高矣。山川悠遠，維其勞矣。武人東征，不遑朝矣。一章　漸漸之石，維其卒矣。山川悠遠，曷其没矣。武人東征，不遑出矣。二章　有豕白蹢，烝涉波矣。異事。月離于畢，天象。俾滂沱矣。武人東征，不遑他矣。三章

右《漸漸之石》三章，章六句。此將士東征，勞苦自嘆之詩。《小序》以爲「刺幽王」，姚氏謂其「無據」。然以詩體觀之，氣味甚薄，唯務造警句以爲奇，此正雅降爲風之候，故以屬諸幽王亦無疑也。唯《大序》云：「戎狄叛之，荆舒不至，乃命將率東征，久病於外，故作是詩。」則徒成爲附會而無據耳。又「豕涉波」四句，或以爲既雨，或以爲將雨，或以爲實境，或以爲虛擬借以起興，均非確論。此必當日實事。月離畢而大雨滂沱。雖負塗曳泥之豕，亦烝然涉波而逝，則人民之被水灾而幾爲魚鼈者可知。即武人之霑體塗足，冒險東征，而不遑他顧者更可見。四句只

須倒説，則文理自順，情景亦真。詩人造句結體與文家迥異，不可以辭而害意也。不然，武人離家遠行，何物不可起興？而必有取於豕涉波、月離畢之象乎？古人作詩，務要徵實。況此東征，尤關國事，不可不據實直書，以備國史採録。如「十月辛卯，日有食之」之類，所謂詩史，不可滑過。奈何諸儒説《詩》，不從此等處着眼細勘，反以爲虚詞起興，徒賞其語意奇警，爲得未曾有哉！吁，可嘆已！

【眉評】〔三章〕紀異而造語甚奇，若使「月離」句在上，則語意自原，而文筆庸平矣，不可不知。

【集釋】〔漸漸〕高峻之貌。〔卒〕即崒字，謂山嶺之末也。〔曷〕何也。〔没〕盡也。〔出〕謂深入不暇出也。〔豕白蹢四句〕蹢，蹄也。烝，衆也。離，月所宿也。畢，星名。朱子曰：畢是漉魚底叉網。漉魚，則其汁水淋漓而下若雨然。畢，星名，義蓋取此。今畢星上有柄，下開兩叉，形亦類畢，故月宿之則雨。《集傳》：豕涉波，月離畢，將雨之驗也。姚氏際恒曰：《集傳》引張子曰：「豕之負塗曳泥，其常性也。今其足皆白，衆與涉波而去，水患之多可知矣。」此正指既雨後爲言也。乃《集傳》又曰「豕涉波，月離畢，將雨之驗也」，何居？姪炳曰，「將雨，既雨，諸説紛如。總因泥下『離畢』之義，認爲苦雨；與鸛鳴蟻蛭之説同一可哂。愚謂出師日久，三年六月，不知幾歷雨暘，武人何沾沾以此爲苦？若東山零雨，特就歸途所遇而言，不可以此例彼也。豕性或喜群聚卑濕之所有之，若謂喜雨至于游泳波漣，鮮不『載胥及溺』矣。蓋二者皆以不得其所爲興：豕性負塗而今涉波，月行中道而今離畢；武人有家室而今東征，是以行役久病，不遑他事。兩兩相況，意直捷而味深雋」。此説甚佳，存之。案：數説皆似是而實非，其駁已見本文，不再贅。

【標韻】高四豪勞同朝二蕭通韻　卒四質没六月出質通韻　波五歌沱、他並同本韻

苕之華　傷饑亂也。

苕之華，芸其黄矣。興。心之憂矣，維其傷矣！一章　苕之華，其葉青青。知我如此，不如無生！二章　牂羊墳首，三星在罶。人可以食，鮮可以飽！三章

右《苕之華》三章，章四句。周室衰微，既亂且饑，所謂大兵之後，必有凶年也。人民生當此際，「不如無生」，蓋深悲其不幸而生此凶荒之世耳。《序》但謂「大夫閔時」，則不知其所閔者何事？《大序》乃云，「師旅並起，因之以饑饉」，而其義始暢。「牂羊」二句，造語甚奇。較之「豕涉波」尤爲警闢可愕。姚氏謂「但覺其奇妙，不能深得其解」。因引《毛傳》云：「『牂羊墳首』，言無是道也。『三星在罶』，言不可久也。」《集傳》云：「羊瘠則首大。罶中無魚而水静，但見三星之光而已。言饑饉之餘，百物彫耗如此。」以爲二説「皆非確義，唯《集傳》較近」。愚案《集傳》是也，何云難解？姚氏説《詩》雖多穎悟，要亦有推求過深之處，故既信而

復疑耳。

【眉評】〔三章〕沉痛語，不忍卒讀。奇闢！

【集釋】〔苕〕《集傳》：苕，陵苕也。《本草》云，即今之紫葳。蔓生，附於喬木之上，其華黃赤色，亦名淩霄。〔牂羊〕牝羊也。〔墳〕大也。

【標韻】黃七陽傷同本韻　青九青生八庚通韻　首二十五有罶同飽十八巧，叶補苟反。叶韻

何草不黃　征夫恨也。

何草不黃？何日不行？何人不將，經營四方？一章　何草不玄？何人不矜？哀我征夫，獨爲匪民！二章　匪兕匪虎，率彼曠野。哀我征夫，朝夕不暇。三章　有芃者狐，率彼幽草。有棧之車，行彼周道。四章

右《何草不黃》四章，章四句。此征伐不息，行者愁怨之詩，人皆知之矣。唯「兕虎」二句，迄無定解，何哉？《大序》云：「視民如禽獸，君子憂之。」《集傳》云：「言征夫匪兕匪虎，何爲使之循曠野而朝夕不得閒暇也？」是皆泥兩「匪」字而不得其解耳。姚氏雖知是倒句法，乃曰「率彼曠野者，非兕非虎耶？」而又以爲「興征夫朝夕在途」也，亦非。蓋全詩皆賦體，而諸家必欲以爲興，故泥而鮮通。至《集傳》則前後三章皆興，獨虎兕章以爲賦，尤覺可怪。夫征役不息，終

歲往來，以至「何草不黃」矣，而「經營四方」者猶未有已時耶！即至草色皆枯，由黃而玄，而征行仍如故也。且也曠野之間，無非虎兕；幽草以內，盡是芃狐，此何如荒涼景象乎？「哀我征夫，朝夕不暇」，乘此棧車，「行彼周道」，是虎兕芃狐相率而爲群也，其幸而不至爲惡獸所噬者，亦幾希矣！嗟嗟，我征夫也，獨非民哉？胡爲遭此亂離，棄其室家，幾至無人不鰥也哉？蓋怨之至也。周衰至此，其亡豈能久待？編《詩》者以此殿《小雅》之終，亦《易》卦純陰之象。《坤》上六曰：「龍戰于野，其血玄黃。」其是之謂歟？觀於《詩》，而世運之升降，人事之盛衰，可一覽而識其故矣！

【眉評】純是一種陰幽荒涼景象，寫來可畏，所謂「亡國之音哀以思」也。詩境至此，窮仄極矣！

【集釋】〔將〕相將而行也。〔玄〕赤黑色。草衰而黃，既黃而黑也。〔率〕循也。〔芃〕尾長也。〔棧車〕役車也。

【標韻】黃七陽行、將、方並同本韻　玄一先矜十蒸民十一真通韻　虎七麌野二十一馬暇二十二禡叶韻　草十九皓道同本韻

以上《都人士之什》凡十篇。案：是什有宣王時詩雜入其中者，《黍苗》是也。有東遷後詩雜入其中者，《都人士》是也。亦有周盛時詩雜入其中者，《緜蠻》是也。要之，氣味甚薄，體兼乎風，故不得爲雅之正。其餘急管繁絃，哀音促節，盡是亡國之詩。徒以造句奇警，爲驚人之具。有似六朝陳、隋人語，專以琢句爲工，求其真

氣，則索然矣。文章厚薄，關乎氣運。雖三代著作，亦不能不爲風會所移。朱氏公遷曰：「自《菀柳》至此，其詩多似風體。雅降爲風，亦有其漸歟？」可謂知言。然愚謂不獨此也，即《桑扈》一什，除《賓之初筵》及《車舝》、《采菽》洋洋數篇外，其餘莫非風體。讀者試合前六什而遞觀之，則《小雅》正變之分，亦可以得其梗概。惟其間有以事變者，有以體變者，不能不細心剖別，而後《雅》詩體裁乃判然而無混耳。

詩經原始卷之十三

大雅　一

説見《小雅》〇朱子曰：《大雅》非聖賢不能爲，平易明白，正大光明。章氏潢亦曰：嘗讀李白詩云「《大雅》久不作」，白其深明《大雅》之旨矣乎？三代而下，如韓退之《唐平淮西碑》，其於《小雅》猶庶幾近之。至於《大雅》豈特「久不作」而已乎！而《大雅》之義，其不明於世也亦久矣，何也？《大雅》篇什皆所以發天人之奥也，雖後儒終生勤苦探索，亦止能敷陳其理義云耳。求其知性知天，洞晰《大雅》之精奥者，幾何人哉？又曰：自「文王在上」以至《召旻》，篇什不齊，莫非此意。但是詩也，向非周、召、衛武、申伯，大聖大賢，亦孰能有此《大雅》之音也？案：二説皆謂《大雅》非聖賢不能爲，誠爲有見。若云《大雅》篇什皆發天人之奥，則未盡然。夫《大雅》固有美有刺也，雖多尚德，亦嘗論功，安能盡發天人奥哉？如《江漢》、《常武》，美宣王之中興；《瞻卬》、《召旻》，刺幽王之召亂，何嘗有一言及於天人性理。即《行葦》、《鳧鷖》，亦無非燕飲、祈福等事，固不害其爲《大雅》詩也。蓋《大、小雅》之分，亦以體異焉耳。讀者試即《崧高》、《黍苗》二詩誦之，而其體自見。又即《賓之初筵》與《抑》詩合而咏之，而其體愈見。數詩皆前人之所謂人同、事同者也，而何以詩之詞氣與音節迥然不同？此可以知大、小《雅》之分矣。竊謂天人奥藴，固非聖賢不能發，《大雅》篇什亦多發之；而欲執是以盡《大雅》之體，則將以性理爲《風》《騷》，又何異宋人談《詩》入魔，不知隔卻幾重障霧也耶。

文王之什

文王　周公追述文德配天，以肇造乎周也。

文王在上，於昭于天。周雖舊邦，其命維新。有周不顯，帝命不時。文王陟降，在帝左右。姚氏曰：「每四句承上語作轉韻，委委屬屬，連成一片。曹植《贈白馬王彪》詩本此。」愚謂曹詩只起落處相承，此則中間换韻亦相承不斷，詩格尤奇。○一章　亹亹文王，令聞不已。陳錫哉周，侯文王孫子。文王孫子，本支百世。凡周之士，不顯亦世。二章　世之不顯，厥猶翼翼。思皇多士，生此王國。王國克生，維周之楨；濟濟多士，文王以寧。三章　穆穆文王，於緝熙敬止。假哉天命，有商孫子。商之孫子，其麗不億。上帝既命，侯于周服。四章　侯服于周，天命靡常。

殷士膚敏，祼將于京。厥作祼將，常服黼冔。王之藎臣，無念爾祖。五章　無念爾祖，聿修厥德。永言配命，自求多福。殷之未喪師，克配上帝。宜鑒于殷，駿命不易。六章　命之不易，無遏爾躬。宣昭義問，有虞殷自天。上天之載，無聲無臭。儀刑文王，萬邦作孚。七章

右《文王》七章，章八句。《小序》謂「文王受命作周」，似是而非也。文王未改元，何以云受命？歐陽氏、蘇氏、游氏諸家辯之詳已。然愚獨怪漢以後儒者，何不信經傳而信符讖，不信孔子而信雜家？孔子不云乎：「三分天下有其二，以服事殷。周之德，其可謂至德也已矣。」使受命改元，何以尚云「服事」哉？天下豈有二天子，而可云「服事」者？故知文王並未改元也。「三分有二」，亦就人心之向背言之耳。《集注》引《春秋傳》以釋《論語》云「文王率商之畔國以事紂」，亦屬非是。既曰「畔國」，豈尚可以「事紂」乎哉？此詩蓋推本文王之德足以配天，故可以肇造周室於奕禩。商之孫子，臣服于周，與殷之多士，亦來助祭，皆武王有天下後事，非謂文王時即如是也。《吕覽》引此詩以爲周公作，蓋亦近之。唯《集傳》云「以戒成王」，則不必泥。夫文王德配上帝，而其後遂有天下者，蓋能盡人性以合天心，而天因以位育權畀之耳。中古前聖君固常有之，三代後帝王所必無也。故周公述焉，亦將以爲萬世法，豈獨爲成王戒耶？然求其所以能與天合德之故，則不過曰「穆穆」，曰「於緝熙敬止」而已。子思子曰：「『維天之命，於穆不

已。』蓋曰天之所以爲天也。『於乎不顯，文王之德之純』，蓋曰文王之所以爲文也，『純』亦『不已』。」此可謂唯聖賢能知聖賢矣。然則此詩固不獨興王兆瑞之章，抑亦聖學傳心之典，故非周公不能爲也。至其章法之佳，句法之奥，已見眉評旁批。讀者細玩之，而自有得於心焉。

【眉評】〔一章〕首章總冒，不過言文王之德與天合一，而造語特奇，此詩文之分也。〔二章〕福及孫子。福及多士。〔三章〕理語無塵障，三代聖賢之所以異於宋儒處。〔四章〕「商之孫子」亦臣服于周。〔五章〕殷之多士亦助祭于周。四章平列對舉，一法一戒。〔六章〕再追念殷德未失，亦可配天，以襯起下章。文勢乃曲而不直。〔七章〕天無聲臭可求，唯法文王即所以法天。應首章與天合德作收，法極嚴整。

【集釋】〔於〕歎辭。〔昭〕明也。〔命〕天命也。〔不顯〕姚氏際恒曰：不顯不字，楊慎、陸深皆作丕，謂古字通。從之。後放此。丕，《説文》：「大也。」〔亹亹〕姚氏際恒曰：亹，《爾雅》訓勉，《毛傳》亦云：「亹亹，勉也。」《集傳》云：「勉强之貌。」增强字，非。〔令聞〕善譽也。〔陳〕敷也。〔哉〕語辭。〔侯〕維也。〔本〕宗子也。〔支〕庶子也。〔猶〕謀也。〔翼翼〕勉敬也。〔思〕語辭。〔皇〕美也。〔楨〕幹也。〔穆穆〕深遠之意。〔緝〕續也。〔熙〕明也。真氏德秀曰：《詩》言「緝熙」者四：《文王》之詩「於緝熙敬止」，以德言也。《敬之》之詩曰「學有緝熙于光明」，以學言也。《維清》之詩曰，「維清緝熙，文王之典」，《昊天有成命》曰「於緝熙，單厥心」，二者以事言也。〔止〕語辭。〔假〕大也。〔麗〕數也。〔不億〕不止於億也。〔服〕《釋文》云：事也，用也，言服行。〔膚〕美也。〔敏〕疾也。〔祼〕嚴氏粲曰：祼，謂以鬯酒獻尸，尸受酒而灌於地以降神也。祼、灌，古字通也。〔將〕行也，酌而送之也。〔京〕周之京師也。〔黼〕黼裳也。〔冔〕殷冠也。〔藎臣〕姚氏際恒曰：「王之藎臣」，承上「殷士」言。謂此殷士，今皆爲王所進用之臣，豈得無念爾祖文王之德乎？義自明順。《集傳》曰：「于是呼王之藎臣而告之曰：『得無念爾祖文王之德乎？』蓋以戒王而不敢斥言，猶所謂『敢告僕夫』云爾。」其自爲迂拙如此！〔聿〕發語辭。〔命〕天理也。〔師〕衆也。〔上帝〕天之主宰也。〔駿〕大也。〔不易〕言難保也。〔遏〕絶也。〔宣〕布也。〔昭〕明也。〔義〕善也。〔問〕聞通。〔有〕又通。〔虞〕度也。〔載〕事也。〔儀〕象也。〔刑〕法也。〔孚〕信也。

【標韻】天一先新十一真通韻　時四支右二十五有叶韻　已四紙子同本韻　世八霽世同二字自爲韻　翼十三職國同本韻　楨八庚寧九青通韻　止紙子同本韻　億職服一屋叶韻　常七陽京庚轉韻　冔七麌祖同本韻　德職福屋叶韻　帝霽易寘通韻　躬一東天先叶韻　臭二十六宥孚七虞叶韻

大明　追述周德之盛，由於配偶天成也。

明明在下，人。赫赫在上。天。天難忱斯，天。不易維王。人。天位殷適，側落殷王。使不挾四方。鍊字。○一章　摯仲氏任，自彼殷商，來嫁于周，曰嬪于京。乃及王季，維德之行。大任有身，生此文王。以下追述周德。此章先出太任，後出王季。○二章　維此文王，小心翼翼。昭事上帝，聿懷多福。厥德不回，以受方國。三章　天監在下，有命既集。文王初載，天作之合。一句綰合兩代佳偶。在洽之陽，在渭之涘。文王嘉止，大邦有子。此章先出文王，再出大姒。○四章　大邦有子，俔天之妹。文定厥祥，親迎于渭。造舟爲梁，不顯其光。太任則曰「來嫁」，太姒則曰「親迎」，兩世昏配，作兩樣寫法。○五章　有命自天，命此文王，于周于京，纘女維莘，長子維行，篤生武王。雙收婦德。落到武王。保右命爾，燮伐大商。以下側重伐商。○六章　殷商之旅，其會如林。矢于牧野，維予侯興。「上帝臨女，應在上。無貳爾心。」七章　牧野洋洋，檀車煌煌，駟騵彭彭，維師尚父，特題尚父，隱含邑姜，文章虛實之。時維鷹揚。涼彼武王，肆伐大商，會朝清明。八章

右《大明》八章，四章章六句，四章章八句。《序》謂「文王有明德，故天復命武王也」，直不知詩中命意所在。即《辯說》云「言王季、大任、文王、太姒、武王，皆有明德，而天命之」，亦甚含囫。

蓋周家奕世積功累仁，人悉知之。所奇者，歷代夫婦皆有盛德以相輔助，並生聖嗣，所以爲異。使非「天作之合」，何能聖配相承不爽若是？故詩人命意，即從此著筆，歷叙其昏媾天成，有非人力所能爲者。然大任、大姒明寫，邑姜暗寫，此又文心變幻處。從來説《詩》者無人道及，不將詩人一片苦心埋没不彰耶？至首尾三章，極言天人感應之機捷於影響。天可信而不可信，王易爲而不易爲。逆天者天必亡之，順天者天必昌之。其昌之也，一朝而「清明」；其亡之也，四方無所恃。故必有「明明」之聖德，而後有「赫赫」之天命。天人之際，豈不亦甚微哉？吾願萬世之有天位者，當以殷適爲戒，而以武王爲法；庶可以上應天心，中承祖德，下撫四方，一戎衣而天下大定也。然亦豈偶然得之者歟？於虖盛矣！

【眉評】〔一章〕將言文武受命，故先揭出天人感通之故，以爲全篇綱領。而説得赫然可畏，蓋危言以惕之也。〔次章至六章〕皆歷叙文、武生有聖德，並非偶然。蓋「天作之合」，故父子夫婦之間皆有盛德以相配偶，而生聖嗣。在文法，此爲鋪叙閒文；在詩意，此爲追述要義。〔七、八兩章〕始言伐商而有天下，以終首章之意。〔八章〕「清明」作收，與「明明」、「赫赫」相應，用字亦極不苟如是。全詩六句八句相間成章，又是一格。

【集釋】〔明明〕德之明也。〔赫赫〕命之顯也。〔忱〕信也。〔不易〕難也。〔天位〕天子之位也。〔殷適〕殷之適嗣也。〔挾〕持也。〔摯〕國名。〔仲〕中女也。〔任〕摯國姓也。〔殷商〕黄氏一正曰摯，奚仲之後。「自彼殷商」，蓋摯，商畿内國也。〔來嫁二句〕姚氏際恒曰：《集傳》云：「『嬪于京』疊言，以釋上句之意，猶曰『釐降二女于嬀汭，嬪于虞』。」按《書》曰「降」，言其下嫁也。曰「嬪」，言其成婦也。曰「嬀汭」，詳其地名也。曰「虞」，詳其國名也。此詩正與之同：「來嫁」，始嫁也。「嬪」，成婦也。「周」，國名也。「京」，京師之地也。古人立言悉有文理，其層次毫忽不苟。乃皆誤以《詩》《書》爲疊言，胡文理淺事尚不之知而談經耶？〔王季〕文王父也。〔身〕姚氏際恒曰：身，《毛傳》曰：「重也。」鄭氏曰：「重，謂懷孕也。」孔氏曰：「以身中復有一身，故言重。」古人解析字義，其精如此。《集傳》但曰：「身，懷孕也」，甚麤。〔翼翼〕恭敬之貌。〔懷〕來也。〔回〕邪也。〔方國〕姚氏曰：方國，爲方百里之國。孟子曰「文王由方百里起」，是也。鄭氏謂「四方來附之國」，向來從之，非。〔洽〕水名，在今西安府同州郃陽縣，今流已絶，故去水而加邑。渭水亦逕此入河也。〔嘉〕昏禮也。〔大邦〕莘國也。梁氏益曰：莘，姒姓之國，文王妃大姒之母家。今同之夏陽，漢郃陽也，有大姒家嗣。〔子〕指大姒也。〔俔〕《集傳》：俔，磬也。《韓詩》作磬。《説文》云：「俔，譬也。」孔氏曰：「如今俗語譬喻物曰磬作然也。」〔天妹〕姚氏曰：妹，少女之稱。女將歸，故《易》卦名《歸妹》。天妹，尊稱之也，猶王曰天王之義云耳。〔文〕禮也。〔祥〕吉也。言卜得祥而以納幣之禮定其祥也。〔梁〕《集傳》：梁，橋也。作船於水，比之而加板於其上以通行者，即今之浮橋也。〔纘〕繼也。〔莘〕國名。〔長子〕指大姒也。〔行〕嫁也。〔牧野〕在朝歌南七十里。衛之汲縣，故商都牧野之邑。〔侯〕姚氏曰：「維予侯興」，鄭氏解侯爲諸侯，謂武王也。《集傳》以侯爲維，非。〔騵〕騮馬白腹曰騵。〔師尚父〕大公望也。〔涼〕《韓詩》作亮，佐助也。〔會朝〕會戰之旦也。蘇氏轍曰：《書》所謂「甲子昧爽」也。〔清明〕孔氏穎達曰：王肅云：「天下乃大清明，無復濁亂之政。」

【標韻】上二十二養王七陽方同叶韻　商陽京八庚行陽王同轉韻　翼十三職福一屋國職叶韻　集十四緝合十五合通韻　涘四紙子同本韻　妹十一隊渭五未通韻　梁陽光同本韻　王陽莘十一真王、商並陽叶韻　林十二侵興十蒸心侵通韻　煌陽彭庚揚陽商同明庚轉韻

緜

追述周室之興始自遷岐，民附也。

緜緜瓜瓞。比起。民之初生，自土沮漆。古公亶父，溯源。陶復陶穴，未有家室。先翻一筆，領起全局。○一章　古公亶父，來朝走馬，率西水滸，至于岐下。遷居。爰及姜女，挈眷。聿來胥宇。二章　周原膴膴，堇荼如飴。爰始爰謀，爰契我龜。地。曰止曰時，築室于茲。定宅。○三章　迺慰迺止，迺左迺右，迺疆迺理，迺宣迺畝。經畫自西徂東，周爰執事。四章　乃召司空，乃召司徒，董事。俾立室家。其繩則直，縮版以載，作廟翼翼。先宗廟。○五章　捄之陾

陾，度之薨薨，築之登登，削屢馮馮。後宮室。百堵皆興，鼛鼓弗勝。六章　迺立臯門，臯門有伉。再次乃立門。迺立應門，應門將將。迺立冢土，戎醜攸行。兼營大社，帶起下二章。○七章

肆不殄厥慍，外侮。亦不隕厥問。內脩。柞棫拔矣，行道兑矣，混夷駾矣，維其喙矣。服敵。○八章

虞芮質厥成，德化。文王蹶厥生。予曰有疏附，予曰有先後，予曰有奔奏，予曰有禦侮。四轉。○九章

右《緜》九章，章六句。此上三章皆周公述祖德詩也。然三章立義各有不同：《文王》以天德言，故曰「令聞」，曰「厥猶」，曰「緝熙敬止」，曰「聿脩厥德」，又曰「宣昭義問」，而總歸之於「陟降」配天，以至聲臭俱無。使非「穆穆」「不已」，烏能「作孚萬邦」？故有天德者必膺天命，此《文王》之旨也。《大明》以人事言，故有王季即生大任，有文王即生大姒，有武王即生邑姜，奕世賢淑，互相纘承。使非「天作之合」，烏能「不顯其光」？故人紀肇修者，人心亦附，此《大明》之旨也。此詩以地利言，故曰「自土沮漆」，曰「至于岐下」，曰「築室于兹」，凡屬宗廟社稷，莫不制畫昭然。使非去邠踰梁，何以臣服戎狄？故地利之美者地足以王，是則《緜》詩之旨耳。若論世次，《緜》爲首，王迹所自始也。次《大明》，再次乃《文王》。若論功德，周至文王而始大，自當以《文王》弁首。此編《詩》義例，亦即詩人意旨。從來説者不明作者深心，概謂之追述，而無所别。豈知周室之興，其有得於天、地、人三者之厚，實有異乎歷代帝王之數，故能如是之盛且

遠耶？然詩雖重地利，仍以威德爲主。故後二章，一服昆夷，一感虞、芮，王道大行，天下歸心。

夫豈無因而致此哉？蓋文王德修於内，四臣力贊乎外，故以作收。自古帝王未有不得人而能自

昌者，地靈尤須人傑，是之謂耳。

【眉評】〔七章〕自次章至此，皆經營遷居立國之事。落筆乃乘勢帶起下章，機局乃緊，否則平散無力矣。〔九章〕上章威服强敵，此章德感二君，周所以日盛而昌大也。收筆奇肆，亦饒姿態。

【集釋】〔緜緜〕不絶貌。〔瓞〕邢氏昺曰：瓞，一名瓝，小瓜也。〔沮漆〕二水名，在豳地。《水經》：沮水出北地直路縣東，過馮翊祋祤縣北〔二〕，東入于洛。漆水出扶風杜陽縣俞山東北，入于渭。朱氏公遷曰：「自土沮漆」，自沮漆之土也，語倒如此也。〔古公亶父〕《集傳》：古公，號也；亶父，名也。或曰，字也。後乃追稱大王焉。趙氏順孫曰：古公，猶言先公也，蓋未追王前之本號。古公當殷末，時猶尚質，故亶父以名言。姚氏際恒曰：孫文融曰：「此詩不但稱『古公』，且仍書其名，乃後又稱『文王』，豈武王初克商，甫尊文王，尚未追王大王，是彼時作耶？」案，此誠不可曉。季明德以末章言文王，與大王不相連屬，疑爲錯簡，殊妄。《左傳》昭二年已賦《緜》之卒章，以晉侯比文王，以韓子比四輔矣。〔陶復陶穴〕姚氏際恒曰：陶，《説文》：「瓦器也」，蓋瓴、甓之屬。復者，平地纍土爲之，故曰復。穴者，土中室也。復、穴雖皆土所爲，而以瓴、甓之類甃之。復則以拒風雨，穴則以隔土氣。《集傳》云，「陶，窰竈也。復，重窰也」，

絶不明。〔岐下〕岐山之下也。許氏謙曰：《地理考異》、《郡縣志》：岐山，亦名天柱山，在鳳翔府岐山縣東北十里。〔姜女〕大王妃也。〔胥〕相也。〔宇〕宅也。〔周〕地名，在岐山之南。〔膴膴〕肥美貌。〔荼〕姚氏際恒曰：嚴氏曰：「《内則》言婦養舅姑，《公食禮》言君待其臣，皆以堇，則堇是美菜。《七月》言食農夫以荼，則荼非美菜也。雨露所濡，甘若薺實。堇、荼皆甘如飴，言美惡皆宜也。孔氏謂堇即烏頭，且引《晉語》驪姬『寘酖於酒，寘堇於肉』爲證，蓋以此堇爲《爾雅》『芨，堇』之堇也。説者皆祖之。若爲驪姬寘堇肉之堇，則與酖毒同類，與荼菜可食之物非其類矣。詩人稱周原之美，不應言其宜毒物也。且毒物不可食，何由知其如飴乎？」〔契〕《集傳》：契，所以然火而灼龜者也，《儀禮》所謂「楚焞」是也。或曰，以刀刻龜甲欲鑽之處也。〔慰〕安也。〔止〕居也。〔周〕徧也。〔司空〕掌營國邑。〔司徒〕掌徒役之事。姚氏際恒曰：司空、司徒、司馬，商世所有之官，天子有之，諸侯亦有之。故武王《牧誓》呼此三官，而此詩以築室之故召此二官也。〔捄〕盛土於器也。〔陾陾〕衆也。〔度〕投土於版也。〔薨薨〕衆聲也。〔登登〕相應聲。〔馮馮〕牆堅聲。〔堵〕五版爲堵。〔鼛鼓〕解見《鼓鐘》，以鼓役事。〔二〕〔皋門應門〕《集傳》：《傳》曰：「王之郭門曰皋門。」〔伉〕高貌。「王之正門曰應門。」將將，嚴正也。大王之時，未有制度，特作二門，其名如此。及周有天下，遂尊以爲天子之門，而諸侯不得立焉。〔冢土〕大社也。天子諸侯皆立也。〔戎醜〕大衆也。〔肆〕《集傳》：肆，故今也，猶言遂也，承上起下之辭。〔殄〕絶也。〔愠〕怒也。〔隕〕墜也。〔問〕聞通，謂聲譽也。姚氏際恒曰：「肆不殄厥愠」二句，必指當時與昆夷之事實言，今不可考矣。觀二厥字，與下章「虞、芮質厥成」二句二厥字同，可見彼爲事實，則此章亦事實可知。案：此與《集傳》「言大王雖不能殄絶昆夷之愠怒，亦不隕墜己之聲聞」者異。然《集傳》亦求其實而不得，故爲此虚擬之言耳。〔虞芮一章〕《集傳》：虞，芮，二國名。質，正。成，平也。《傳》曰：「虞、芮之君，相與争田，久而不平，乃相與朝周。入其境，則耕者讓畔，行者讓路；入其邑，男女異路，斑白不提挈；入其朝，士讓爲大夫，大夫讓爲卿。二國之君感而相謂曰：『我等小人，不可以履君子之境。』乃相讓，以其所争田爲閒田而退。天下聞之而歸者四十餘國。」蘇氏曰：「虞在陝之平陸，芮在同之馮翊。平陸有間原焉，則虞、芮之所讓也。」蹶生，未詳其義。或曰，蹶，動而疾也。生，猶起也。予，詩人自予也。率小親上曰疏附。相道前後曰先後。喻德宣譽曰奔奏。武臣折衝曰禦侮。姚氏際恒曰：「文王蹶厥生」，蹶字難解。然其義自承上句「虞芮質厥成」來，而文王乃爲之「蹶厥生」，大約是謂動其生讓畔之心耳。解者離上句釋之，便紛然摹擬，益無是處矣。

【標韻】瓞九屑漆四質穴屑室質通韻　父七虞馬二十一馬滸虞下馬女六語宇虞叶韻　飴四支龜、時、兹並同本韻　止四紙右二十五有理紙畝有事四寘叶韻　徒七虞家六麻，叶音姑。叶韻　直十三職翼同本韻　陾十蒸

薨、登、馮、興、勝並同本韻　伉二十三漾將七陽行同叶韻　愠十三問問同本韻　拔十一隊兑九泰喙隊通韻

成八庚生同本韻　附七遇後有奏二十六宥侮虞叶韻

校記

〔一〕「祋祤」，原作「祋祤」，據《水經注》改。

〔二〕「弗勝者」三字係《集傳》另條注文，誤收，今刪。

棫樸　文王能作士也。

芃芃棫樸，薪之槱之。濟濟辟王，左右趣之。一章　濟濟辟王，左右奉璋。奉璋峩峩，髦士攸宜。二章　淠彼涇舟，烝徒楫之。周王于邁，六師及之。三章　倬彼雲漢，爲章于天。周王壽考，遐不作人。四章　追琢其章，金玉其相。勉勉我王，綱紀四方。五章

右《棫樸》五章，章四句。《小序》謂「文王能官人」。姚氏以爲差些，蓋「能作士」耳。《集傳》又云：「前三章言文王之德，爲人所歸；後二章言文王之德，有以振作綱紀天下之人，而人歸之。」使非不能作士，人孰歸之？故此詩亦倒叙法耳。其作人之盛也，既美其質，復琢其章，故能焕發成采，如「彼雲漢」之「爲章於天」矣，豈不倬然也哉？及其歸心也，莫大乎承祭與征伐。文王承祭，「奉璋峩峩」，無非「髦士攸宜」，則其作文德之士也可知。文王征伐，六師扈從，有似

「烝徒楫」舟，則其作武勇之士也又可見。蓋非徒能官人而已，又有以作之，使其振興鼓舞而變化焉。此周之人材所以獨盛於唐虞三代上也。然豈一朝一夕故哉？「周王壽考」，始見成功。故雖有聖人在上，亦必久於其道，而後天下化成。「才難」之嘆，不益信歟？

【眉評】〔四章〕以天文喻人文，光燄何止萬丈長耶！

【集釋】〔芃芃〕木盛貌。〔棫〕白桵也。小木叢生，有刺。〔樸〕言根枝迫迮相附著也。〔槱〕積也。〔辟〕君也。〔璋〕《集傳》：半圭曰璋。祭祀之禮：王祼以圭瓚，諸臣助之。亞祼以璋瓚，左右奉之。其判在内，亦有趣向之意。〔峩峩〕盛壯貌。〔髦〕俊也。〔淠〕舟行貌。〔涇〕水名。〔烝〕衆也。〔楫〕櫂也。〔于〕往也。〔邁〕行也。〔六師〕六軍也。〔倬〕大也。〔雲漢〕天河也。〔壽考〕文王九十七乃終，故曰壽考。〔遐〕與胡同。〔作人〕謂鼓舞變化之也。〔追〕雕也。〔琢〕金曰雕，玉曰琢。〔相〕質也。〔勉勉〕猶言不已也。〔綱紀〕凡綱罟張之爲綱，理之爲紀。

【標韻】槱二十五有趣同本韻　王七陽璋同本韻　峩五歌宜四支叶韻　楫十六葉及十四緝通韻　天一先人十一真叶韻　章陽相、王、方並同本韻

旱麓　祭必受福也。

瞻彼旱麓，榛楛濟濟。豈弟君子，干禄豈弟。一章　瑟彼玉瓚，黄流在中。豈弟君子，福禄攸降。二章　鳶飛戾天，魚躍于淵。豈弟君子，遐不作人。三章　清酒既載，騂牡既備，以享以祀，以介景福。四章　瑟彼柞、棫，民所燎矣。豈弟君子，神所勞矣。五章　莫莫葛藟，施于條枚。豈弟君子，求福不回。六章

右《旱麓》六章，章四句。《小序》曰：「受祖也。」《大序》因以爲「周之先祖世修后稷、公劉之業，大王、王季申以百福干禄焉」，不知作何夢囈！即《集傳》以爲「詠歌文王之德」，亦殊泛泛。此蓋指其祭祀受福而言也，與上篇絶不相類。上篇言作人，於祭祀見其一端；此篇言祭祀，而作人亦見其極盛。姚氏但見其有「作人」字，遂謂其與上篇大抵相似，胡不即前後文而一咏之耶？首章曰「干禄」，卒章曰「求福」，夫福禄豈可干而求之哉？又況聖王明德配天，禄自我禄，福自我福，非他人所能預抑，豈有意爲之哉？不知此正詩人立言之妙耳。若曰文王盛德，上有以得天，下有以得人，幽有以格神，夫固與天人神鬼無毫髮之間，禄何待干而後獲，福何待求而始至？而自人視之，則若文王之有意干而求之也。不然，何以無禄不臻，無福不備？不求福則已，一求福而神勞之以福；不干禄則已，一干禄而天降之以禄，一若事之操券而得者。夫非有

術以致之哉？此蓋以常情擬聖德，從不能摹擬中極意以摹擬之，非真謂禄可干而福可求也。宋儒不解詩意，以爲禄不可干，福不可求，乃爲之極力回護。是真以干禄、求福擬文王，亦何猷而可哂耶？《詩》遇漢儒而一厄，遇宋儒又一厄，遇明儒又一大厄。不知何時始能撥雲霧而見青天也？

【眉評】〔二章〕華貴。〔三、四章〕前後均泛言福禄，中間乃插入「作人」、「享祀」二端。蓋享祀是此篇之主，而「作人」則推原致福之由，得人者昌，天必相之矣。

【集釋】〔旱〕山名。〔麓〕山足也。〔榛〕似栗而小。〔楛〕似荆而赤。〔豈弟〕樂易也。〔瑟〕縝密貌。〔玉瓚〕《集傳》：玉瓚，圭瓚也。以圭爲柄，黄金爲勺，青金爲外，而朱其中也。〔黄流〕《集傳》：黄流，鬱鬯也。釀秬黍爲酒，築鬱金煮而和之，使芬芳條鬯，以瓚酌而祼之也。孔氏穎達曰：秬，黑黍，一秠二米者也。秬鬯者，釀秬爲酒，以鬱金之草和之。草名鬱金，則黄如金色。酒在器流動，故謂之黄流。〔攸〕所也。〔鳶〕鴟類。〔戾〕至也。〔瑟〕茂密貌。〔燎〕爨也。〔勞〕慰撫也。〔莫莫〕盛貌。〔回〕邪也。

【標韻】濟八薺弟同本韻　中一東降三江轉韻　天一先淵同人十一真叶韻　備四寘福一屋叶韻　燎十八嘯勞二十號通韻　枚十灰回同本韻

思齊　刑于化洽也。

思齊大任，文王之母。刑于之本。思媚周姜，京室之婦。大姒嗣徽音，刑于之實。則百斯男。一章　惠于宗公，神罔時怨，神罔時恫。刑于寡妻，點明主意。至于兄弟，以御于家邦。二章　雝雝在宮，肅肅在廟。刑于之象。不顯亦臨，無射亦保。三章　肆戎疾不殄，烈假不瑕。跟「家邦」，爲刑于所推。不聞亦式，不諫亦入。四章　肆成人有德，小子有造。兄弟字亦包在內。古之人無斁，譽髦斯士。五章

右《思齊》五章：二章，章六句；三章，章四句。《小序》謂「文王所以聖」〔一〕，以首章特標「文王之母」句也。姚氏遵之，遂以爲一篇眼目在是，全詩只「以首章爲主」。殊知此特推原刑于之化所自始耳。詩蓋咏歌文王刑于之化也。治化無不本於閨門，由寡妻而兄弟，由兄弟而家邦；乘其機而順以導之，勢甚便也。然非有所本，則其化亦不能如是之神且速。文王治家，不獨以身爲率，又得聖母以爲之倡，故其宮闈寢廟間，「肅肅」「雝雝」，太和翔洽，莫可言喻。此蓋其母大任氏德性齊莊，而又能上媚先姑，以盡子婦之職。故其子婦亦有所式，化而成內助之功。此文王刑于之化至神且速，而獨有異乎人者也。故此詩當以刑于數語爲主。首章大任，逆溯其源。末二章戎疾、造士，順徵其效。三章宮廟，則虛寫其刑于氣象。所謂德修於內而化成乎天

下者，非文王而能若是乎？若單重大任，則全詩氣脉中難一氣貫下。即如《集傳》以爲此詩「亦歌文王之德」，則所歌者何德？造語殊欠分明，均非善説《詩》者。

【眉評】〔一章〕首章推本刑于之化，實賴上有聖母。〔二章〕數語爲全詩之主。〔三章〕描寫文王居室氣象，刑于化洽，自可想見。〔四、五章〕末二章承上「家邦」推廣言之。

【集釋】〔思〕語辭。〔齊〕莊也。〔媚〕愛也。〔周姜〕大王之妃大姜也。〔京〕周也。〔大姒〕文王之妃也。〔徽〕美也。〔百男〕舉成數而言其多也。朱子曰：案《春秋傳》云：「管、蔡、郕、霍、魯、衛、毛、聃、郜、雍、曹、滕、畢、原、豐、郇，文之昭也」，并伯考、武王十八人。然此特其見於書傳者耳，亦可見其多矣。〔惠〕順也。〔宗公〕宗廟先公也。〔恫〕痛也。〔刑〕儀法也。〔御〕迎也，又治也。〔雝雝〕和之至也。〔肅肅〕敬之至也。〔不顯〕幽隱之處也。〔射〕與斁同，厭也。〔保〕守也。〔肆〕故今也。〔戎〕大也。〔疾〕難也。〔殄〕絶也。〔烈〕光也。〔假〕大也。〔瑕〕過也。〔式〕法也。〔髦〕俊也。

【標韻】母二十五有婦同本韻　音十二侵男十三覃通韻　公一東恫同邦三江轉韻　廟十八嘯保十九皓叶韻　殄十六銑瑕六麻無韻　式十三職入十四緝通韻　造二十號士四紙無韻江氏以爲後三章皆無韻，今考之，唯殄、瑕、造、士無韻。

校記

〔一〕「聖」，原作「興」，據《毛詩注疏》改。

皇矣　周始大也。

皇矣上帝，臨下有赫。監觀四方，求民之莫。維此二國，其政不獲。維彼四國，爰究爰度。上帝耆之，憎其式廓。乃眷西顧，儁語。此維與宅。一章　作之屏之，其菑其翳。修之平之，其灌其栵。啟之辟之，其檉其椐。攘之剔之，其檿其柘。帝遷明德，大王。串夷載路。天立厥配，大姜。受命既固。二章　帝省其山，柞、棫斯拔，松、柏斯兑。帝作邦作對，自大伯、王季。夾寫大伯。維此王季，因心則友。從王季一面寫友愛，而大伯之讓德自見。則友其兄，則篤其慶，載錫之光。受禄無喪，奄有四方。三章　維此王季，帝度其心，貊其德音。其德克明，跟定明德。克明克類，克長克君。王此大邦，克順克比。比于文王，逗下四章。其德靡悔。既受帝祉，施于孫子。四章　帝謂文王，「無然畔援，無然歆羡，誕先登于岸。」密人不恭，敢距大邦，侵阮徂共。王赫斯怒，爰整其旅，以按徂旅，以篤于周祜，以對于天下。五章　依其在京，侵自阮疆。陟我高岡。「無矢我陵，我陵我阿；無飲我泉，我泉我池。」度其鮮原，居岐之陽，在渭之將，萬邦之方，下民之王。六章　帝謂文王，「予懷明德，不大聲以色，不長夏以革。不識不知，順帝之則。」帝謂文王，「詢爾仇方，同爾兄弟，以爾鉤援，攻具。與爾臨衝，攻具。以伐崇墉。」城池。○七章　臨衝閑閑，崇墉言言，執訊連連，攸馘安安。

斬俘。是類是禡，祭禱。是致是附，四方以無侮。臨衝茀茀，崇墉仡仡。再述攻堅，以見降敵之難。是伐是肆，是絶是忽，四方以無拂。八章

右《皇矣》八章，章十二句。《序》云：「美周也。天監代殷莫若周，周世世修德莫若文王。」朱子無異議，故《集傳》從之。唯姚氏以爲「『美周』泛混。大抵上篇《思齊》與此篇皆咏文王：《思齊》則述其母以上及王母，此篇則述大王以下至王季，皆推原其所生以見其爲聖也」。然「以見其爲聖」一語，又何嘗非「泛混」哉？況經咏文王，亦只言其伐密、伐崇二事，有此武功而已，何以遽見其「爲聖」？此似是而非之説也。周雖世世修德，然至文王而始大。故此詩歷叙大王以來積功累仁之事，而尤著意摹寫王季友愛一段至德。一以見大伯讓國之美，一以見王季實能不負大伯推讓之心，故至文王而昌大也。文王聖德自不必言，而其所以昌大大王之業者，實自伐密、伐崇，始有文德，而又有武功。所謂「一怒而安天下之民」者，天之眷戀，雖欲不「西顧」也，其可得哉？至篇中處處以「明德」作骨，此尤周家世傳心學，與虞廷「執中」，受授無異。學者於此，斷斷不可輕意滑過。三代帝王，莫不本天德以爲王道；若後世，則兵强馬壯者爲之而已。天命之歸，亦未嘗不有所眷顧，然而雜霸、純王之分，判若霄壤也。

【眉評】〔一章〕天眷西顧是全篇主腦，然自求民莫來，天豈有私於周哉？〔二章〕接叙大王遷岐開闢景象，歸重「明德」。通篇跟定二字發揮，是周室歷代傳心家學。〔三、四章〕寫王季友

愛，帶出太伯，是夾叙法，亦是推原法。而精理名言，粹美無痕，所以爲佳。〔五章〕以下叙伐密、伐崇。連用「帝謂文王」句，特筆提起，是何等聲靈！通篇文勢皆振。後代文唯韓愈往往有此。〔六章〕定都於程。〔七章〕不脱「明德」字。三聖明德，亦作三樣寫。上章伐密，止按旅一句；此下伐崇，備久而後降，是文章詳略相間法。〔八章〕「一怒而安天下之民」，所謂王者之師也。

【集釋】〔皇〕大也。〔臨〕視也。〔莫〕定也。〔二國〕姚氏際恒曰：二國，商、周也。獲，得也。商、周之政大不相得，于是悉反之，承上天監民定言。舊解二國爲夏、商；不應遠及夏。且此者，本國及紂云也；若夏、商，則亦不云此矣。〔四國〕四方之國也。〔究〕尋也。〔度〕謀也。〔耆〕毛氏萇曰：耆，致也。〔憎〕《集傳》：憎，當作增。〔式廓〕輔氏廣曰：式，如式樣之式。廓，如匡廓之廓。〔作〕拔起也。〔屏〕去之也。〔菑〕木，立死者也。〔翳〕小木，蒙密蔽翳者也。〔修平〕皆治也。〔灌〕叢生者也。〔栵〕行生者也。〔啟辟〕芟除也。〔檉〕《集傳》：檉，河柳也。似楊，赤色，生河邊。陸氏璣曰：一名雨師，枝葉似松。〔椐〕《集傳》：椐，樻也。腫節似扶老，可爲杖者也。陸氏璣曰：即今靈壽杖是也。〔攘〕剔也。〔檿柘〕《集傳》：檿、山桑也。與柘皆美材，可爲弓榦，又可蠶也。《考工記·弓人》取榦，柘爲上，檿桑次之。〔明德〕謂明德之君，即大王也。〔串夷〕串即患，謂昆夷也。〔載路〕謂滿路而去。〔配〕指大姜也。〔帝〕上帝也。〔柞棫三句〕柞，櫟也。棫，白桵也。均叢生有刺，拔挺而上。兑，通也。姚氏際恒曰：柞棫拔而松柏兑，往來道通，人物蕃盛，于是始成其爲邦而有君矣，故曰「帝作邦作對」。作對，猶「對于天下」也。〔大伯〕大王長子。〔王季〕大王少子，文王父也。〔因心四句〕姚氏際恒曰：因心者，王季因大王之心也，故受大伯之讓而不辭，則是能友矣。下單承則友言，「則友其兄」，因以「篤慶」、「錫光」；描摹家庭一段靄然致祥光景也。舊解皆切合受讓上糾纏作解，古人作詩，要無此意。〔奄〕《集傳》：奄字之義，在忽遂之間。〔貊〕《集傳》：貊，《春秋傳》、《樂記》皆作莫，莫然清静也。〔克明〕能察是非也。〔克長〕教誨不倦也。〔克君〕賞慶刑威也。〔順〕慈和也。〔比〕上下相親也。〔比于〕至于也。〔悔〕遺恨也。〔帝謂〕設爲天命之詞也。〔畔援三句〕《集傳》：無然，猶言不可如此也。畔，離畔也。援，攀援也。言舍此而取彼也。歆，欲之動也。羨，愛慕也。言肆情以徇物也。岸，道之極處也。又曰人心有所畔援，有所歆羨，則溺於人欲之流，而不能以自濟。文王無是二者，故獨能先知先覺，以造道之極至。蓋天實命之，而非人力之所能及也。姚氏際恒曰：畔援，猶跋扈也；歆羨，覬覦也；無然，謂無使其然。「誕先登于岸」，謂先據高以制下也。于是密人之不恭則征之。不恭即畔援、歆羨之類。岸，鄭氏謂獄，固非，《集傳》説作道，無論解《詩》不可説入理障，且下「密人不恭」如何接得去？

又以道爲岸，彼岸，釋氏之教也。解《詩》不可入吾儒之理，況可入釋氏之理耶？案：姚氏之駁《集傳》是已。然謂畔援猶跋扈者亦非。且登岸爲據高以制下，義亦甚淺而粗，恐「帝謂文王」之意不如是耳。愚謂畔者，離而去之也。援者，攀而附之也。無然者，謂無間離人以攀附之心也。至歆者，欲之動乎中；羨者，心之慕乎外，蓋利人土地而生羨慕之念耳。今皆無之，是帝心之所深眷者矣。登岸，猶言拯民溺流，而登諸高岸之上也。以故「密人不恭」，命爾以征伐者，非利人土地，非阻人來歸，蓋將拯民水火，「以篤于周祜，以對于天下」而已。帝謂如此，夫豈後儒淺見所能測哉！〔密〕密須氏也，姞姓之國。梁氏益曰：密須，子爵，商侯國，《世本》云：「商有密須，文王伐之。」〔阮〕國名，在今涇州。密則靜寧州也。〔共〕阮地名，今涇州之共池是也。梁氏益曰：虞公所奔之共池。〔按〕遏也。〔徂旅〕密師之往共者也。〔依其在京一章〕姚氏際恒曰：此言定都也。謂依其在周京之時，蓋從伐密之侵阮來，在伐密以後也。《集傳》云：「文王安然在周之京，而所整之兵既遏密人，遂從阮疆而出以侵密。」按，既云「遏密」，又云「出以侵密」，無異醉夢語，可怪殊甚。且侵阮本謂密人，即上「侵阮阻共」也，乃云「侵密」，尤不通。鮮原必是地名，今無考。或據《竹書紀年》爲地名以證，此書不可信。案：「依其在京」一語，姚、朱二説均未明。蓋既伐密之後，將别遷都，不必遠去，但依其在周京左近之地。故曰「居岐之陽，在渭之將」，去周京亦未遠也。「陟高岡」五句，正度地之宜：無近陵，無逼泉；

泉以爲池，陵易成谷，均非善地。然非登高望遠，不能相其陰陽，故「陟我高岡」，而後辨耳。鮮原如姚説，當是地名，或即程邑也。〔懷明德五句〕姚氏際恒曰：帝謂予懷文王之明德，其整旅、遏旅之時，不大其聲音與色相也，不長其侈大與變革也。《集傳》解「不大」句，謂「德之深微，不暴著其形迹」，全本《中庸》説理。不知《中庸》斷章取義，豈可從乎！其説近是，存之。蓋聖王處事，臨大敵，抒大難，不動聲色，不輕喜怒，但循天理以著威德，是此章大旨。〔鉤援〕鉤梯也。〔臨〕臨車也，在上臨下者也。〔衝〕衝車也。皆攻城之具也。〔崇〕國名，在今西安府鄠縣。《史記》：崇侯虎譖西伯於紂，紂囚西伯於羑里。西伯之臣閎夭之徒求美女、奇物、善馬以獻紂，紂乃赦西伯，賜之弓矢鈇鉞，得專征伐。曰：「譖西伯者，崇侯虎也。」西伯三年，伐崇侯虎而作豐邑也。〔墉〕城也。〔閑閑〕徐緩也。〔言言〕高大也。〔連連〕屬續狀。〔馘〕割耳也。軍法：獲者不服，則殺而獻其左耳。〔安安〕不輕暴也。〔類〕將出師祭上帝也。〔禡〕至所征之地而祭始造軍法者，謂黄帝及蚩尤也。〔致〕致其至也。〔附〕使之來附也。〔茀茀〕强盛貌。〔仡仡〕堅壯貌。〔肆〕縱兵也。〔忽〕滅也。〔拂〕戾也。

【標韻】赫十一陌莫、獲並同度十藥廓同宅陌叶韻　翳八霽栵同本韻　椐六御柘二十二禡路御固同叶韻　拔十一隊兑九泰對隊季四寘友二十五有叶韻　兄八庚慶七陽光、喪、方並同轉韻　心十二侵明庚君十二文通韻比四紙悔十賄子紙通韻　援十七霰羨同岸十五翰叶韻　恭二冬邦三江共冬通韻　怒七遇旅六語祜七麌下二十一馬叶韻　疆陽岡同本韻　阿五歌池四支叶韻　陽陽將、方、王並同本韻　德十三職色同革十一陌則職通韻　王陽方同援十三元衝冬墉同叶韻　閑十五删言元連一先安十四寒通韻　禡禡附七遇侮虞叶韻　茀五物仡同忽六月拂同通韻

靈臺　美遊觀也。

經始靈臺，經之營之，庶民攻之，不日成之。經始勿亟，庶民子來。一章　王在靈囿，麀鹿攸伏；麀鹿濯濯，白鳥翯翯。王在靈沼，於牣魚躍。二章　虡業維樅，賁鼓維鏞；於論鼓鐘，於樂辟廱。三章　於論鼓鐘，於樂辟廱。鼉鼓逢逢，矇瞍奏公。四章

右《靈臺》四章：二章章六句，二章章四句。《小序》以爲「民始附」，如同醉夢，何足深辯。而辟廱之名，或以爲學名，或以爲樂名，或又以爲習樂之所，且更以爲大射行禮之處。紛紛聚訟，迄無定解，亦覺可笑。以爲學名者，引《王制》論學曰「天子曰辟廱，諸侯曰泮宮」，遂以此辟廱爲講學之地。且其制，「水旋邱如璧」，遂謂廱爲澤，更名其學曰澤宮。以爲樂名者，引《莊子》論歷代樂曰：「文王有《辟廱》」，故又以爲樂名也。蘇氏疑之曰：「古人以樂教冑子，則未知學以樂而得名歟，樂以學而得名歟？」是不敢以爲樂，而以爲學樂之所耳。朱子又曰：「古人之學

與今不同。《孟子》所謂『序者，射也』，則學蓋有以射爲主者矣。」此又以爲習射之處，皆爲學所泥也。然獨不思所謂學者「曰辟廱」，天子之學也，其時文王未爲天子，而何以有辟廱之學耶？且辟廱環邱以水，則不能習射；地近靈臺、靈沼、靈囿，與麀鹿、禽鳥、鱗介爲隣，更非習樂講學地，蓋游觀處耳。夫人君游樂，必有園囿。築臺所以望氛祲，察災祥也；設囿所以域禽獸，備田獵也；至於闢沼，則蓄潛鱗兼資灌溉耳。然有游必有宴，有宴必有樂，此《辟廱》之樂所由名歟？其後周家盛王以爲：辟廱者，文王之所經營也。臺曰靈臺，囿曰靈囿，沼曰靈沼，雖曰民情樂赴，實亦地氣鍾靈。故或就其地以爲學，或仿其制以設教，或假其名以別乎「泮水學宫」之號，均不可知。然於是始有以辟廱爲天子學者，而諸侯不得立焉矣。若此時之辟廱，則實以供文王之游玩，而非以待諸生之觀聽也。諸儒何不平心一細察之？詩首章見落成之速，使非民情踴躍，胡以至是？次章見蕃育之盛，不啻人物相忘，藉非賢者，又烏樂此？末二章則辟廱鐘鼓，以助讌遊樂興，此何如太平景象乎？故同此鐘鼓管樂之音也，同此臺池鳥獸之觀也，而民之見之者，有樂有不樂，非可强而同之。同此，則不惟民心樂赴，且亟欲同樂，雖欲緩之而不能者，果操何術以致之哉？詩人覩此，能不一再咏之，以紀聖王游觀之美？若以辟廱爲學，則《靈臺》一詩，前方縱游，後忽講道，殊覺不倫，何以立訓？古人斷斷無是文字，而顧可以誣文王哉！

【眉評】〔一章〕民情踴躍，於興作日見之。　〔二章〕飛走鱗介，各適其性，卻處處與王夾寫。見人物兩忘，不相驚擾之意。描摹物情，體貼入微。〔三、四章〕「辟廱」「鐘鼓」，盛世游觀，何等氣象！

【集釋】〔經〕度也。〔靈臺〕文王所作也。〔營〕鄭氏康成曰：營表其位。孔氏穎達曰：謂以繩度立表，以定其位處也。〔攻〕作也。〔不日〕言不數日也。《集傳》言「不終日」者，非。〔亟〕急也。〔囿〕《說文》曰：囿，苑有垣也。案：臺下有囿，所以域養禽獸也。〔麀〕牝鹿也。〔伏〕言安其所處，不驚擾也。〔濯濯〕肥澤貌。〔白鳥〕鶴與鷺之類。〔翯翯〕潔白貌。〔牣〕滿也。〔虡業維樅〕《集傳》：虡，植木以懸鐘磬，其橫者曰栒。業，栒上大板，刻之捷業如鋸齒者也。樅，業上懸鐘磬處，以綵色爲崇牙，其狀樅樅然者也。〔賁〕大鼓也。〔鏞〕大鐘也。〔論〕《集傳》：論，倫也。言得其倫理也。姚氏際恒曰：論，鐘鼓之節度，不必改作倫。〔辟廱〕解已見篇中。姚氏際恒曰：辟廱非天子之學，戴仲培、楊用修皆闢之。今按《毛傳》第言「水旋丘如璧曰『辟廱』，以節觀者」，鄭氏于《文王有聲》曰：「武王于鎬京行辟廱之禮」，皆不言天子之學。自《王制》曰：「天子之學曰辟廱。」《毛傳》輯於《王制》之時，鄭在其後，而皆不之信，則《王制》之說果未然也。大抵辟，君也；廱，和也。《文王有聲》上章曰「皇王維辟」，下章曰「鎬京辟廱」，正可證。謂之辟廱者，作樂之地也；故《莊子》言歷代之樂曰：「文王有《辟廱》」是矣。「鎬京辟廱」者，築城池，建垣翰，以成京師，而亦法文王爲作樂之地焉，然則辟廱既非學，即《毛傳》「水旋丘如璧」之説亦非實。然自有此説，而以《魯頌》「泮水」爲半璧之形所自來矣。案：是説亦不以辟廱爲天子學，乃作樂之地耳。然以之解是詩則近是，若概謂辟廱非學則不然。蓋後世固以辟廱爲天子之學矣。考古家只知駁前而不顧後，往往如是。

〔鼉鼓〕《集傳》：鼉，似蜥蜴，長丈餘，皮可冒鼓。陸氏佃曰：《夏小正》云，「剥鼉以爲鼓」，其皮堅厚，取以冒鼓，故曰鼉鼓。鼉鼓非特有取於皮，亦其鼓聲逢逢然象鼉之鳴。《續博物志》曰：「鼉長一丈，其聲如鼓。」〔矇瞍〕有眸子而無見曰矇，無眸子曰瞍。古者樂師皆以瞽者爲之，以其善聽而審於音也。〔公〕事也。

【標韻】營八庚成同本韻　亟十三職來十友叶韻　伏一屋濯三覺翯同躍十藥通韻　樅二冬鏞、鐘、廱並同本韻　鐘、廱、逢冬公一東通韻

下武

美武王上繼文德以昭後嗣也。

下武維周，世有哲王。三后在天，王配于京。一章　王配于京，世德作求。永言配命，成王之孚。二章　成王之孚，下土之式。永言孝思，孝思維則。三章　媚兹一人，應侯順德。永言孝思，昭哉嗣服。四章　昭兹來許，繩其祖武。於萬斯年，受天之祜。五章　受天之祜，四方來賀。於萬斯年，不遐有佐。六章

右《下武》六章，章四句。《小序》謂「繼文也」，意是而詞未達。蓋有意與下章「繼伐」相對故也。武王伐殷而有天下，謚曰武，樂亦曰《武》。人幾疑其以武功顯，而文德或有媿乎三后。殊知其所稱善繼、善述者，乃在文德而不在武功，故詩人特表而咏之，亦可謂深知武王者矣。武王之德在「永孝思」，孝思之永，在「求世德」，以上合乎天理，而下孚乎人心。徐氏光啟曰：「武王通先人之節以濟天下之變，與先人志意流通。此其心事何等光明正大，故曰『昭哉嗣服』，不但以其變侯化國爲能闡揚光大而已。」又可謂善説此詩者矣。夫天子以善繼述爲能孝，故武王之孝曰達孝，尼父固嘗稱之。此詩發端即曰「下武維周」，下者，後也；武者，繼也。以後人而繼先世之業，孝思之永，孰大乎是？《箋》、《傳》甚明，而朱晦翁乃云「下，義未詳」，又疑其「字當作文」。無論文複三后，即詩旨亦因之而晦。姚氏譏其文義、字義均不通，雖未免言之太甚，實亦有以自取耳。

【眉評】〔三、四章〕前後四章皆首句跟上蟬聯而下，中兩章忽用第三句相承，格又一變。

【集釋】〔下〕鄭氏康成曰：下，猶後也。〔武〕毛氏萇曰：武，繼也。〔三后〕大王、王季、文王也。〔王〕武王也。〔配〕對也。〔京〕鎬京也。〔媚〕愛也。〔一人〕謂武王也。〔服〕事也。〔繩〕繼也。〔武〕迹也。〔佐〕助也。

【標韻】王七陽京八庚轉韻　求十一尤孚七虞叶韻　式十三職則同本韻　德職服一屋叶韻　武七麌祜同本

韻　賀二十一箇佐同本韻

文王有聲　鎬以成豐志也。

文王有聲，遹駿有聲，遹求厥寧，遹觀厥成。文王烝哉！單句煞。○一章　文王受命，有此武功：文中有武。既伐于崇，作邑于豐。文王烝哉！二章　築城伊淢，作豐伊匹。匪棘其欲，遹追來孝。承先。王后烝哉！文王。○三章　王公伊濯，維豐之垣。四方攸同，王后維翰。王后烝哉！文王。○四章　豐水東注，以豐水作兩京樞紐。維禹之績。四方攸同，皇王維辟。皇王烝哉！武王。○五章　鎬京辟廱，武中有文。自西自東，自南自北，無思不服。皇王烝哉！武王。○六章　考卜維王，宅是鎬京。維龜正之，武王成之。武王烝哉！七章　豐水有芑，武王豈不仕！詒厥孫謀，啟後。以燕翼子。武王烝哉！八章

右《文王有聲》八章，章五句。此詩專以遷都定鼎爲言。文王之遷豐也，「匪棘其欲」，蓋「求厥寧」，以「追來孝」耳；然已兆宅鎬之先聲。武王之遷鎬也，豈徒繼伐，蓋建辟廱以貽孫謀耳，又無非成作豐之素志。故文、武對舉，並言文之心即武之心，武之事實文之事。自有日進於大之勢，更有事不容已之機。文、武亦順乎天心之自然而已，夫豈有私意於其間哉？《序》云「繼伐」，固非詩人意旨；即《集傳》所謂「此詩言文王遷豐，武王遷鎬之事」，又何待言？蓋詩人命

意必有所在。《大雅》之咏文、武多矣，未有以豐、鎬並題者。兹特題之，則必以建置宏謀爲纘承大計。説者當從此究心以求兩聖心心相印處，乃得此詩要旨。不然，泛言繼述，與詩無涉；即呆説豐、鎬，於事又何益耶？詩共八章，前四章乃説文王遷豐，後四章説武王遷鎬。遷鎬則「貽厥孫謀」，遷豐則「遹追來孝」，而皆以單句贊詞煞脚，此兩平駢板格也。然八句煞脚中，前兩章言「文王」，後兩章言「武王」；中間四章，二言「王后」，二言「皇王」，則又變矣。不獨此也。言文王者，偏曰伐崇「武功」，言武王者，偏曰「鎬京辟廱」，武中寓文，文中有武。不獨兩聖兼資之妙，抑亦文章幻化之奇，則更變中之變矣！若姚氏引鄧潛谷之言曰：「中四章皆言武王」，「曰『王后』、『皇王』者，本其在生爲君而言也，末二章曰『武王』者，本其崩後之謚而言也。」忽生忽死，忽皇忽后，夾雜不清，豈成文哉？法律尚且弗知，義旨烏能盡識？以此嘆説《詩》之難也。

【眉評】〔五章〕豐水之東即鎬，遞下鎬京無迹。

【集釋】〔遹〕《集傳》：遹，義未詳，疑與聿同，發語辭。〔駿〕大也。〔烝〕姚氏際恒曰：烝，《説文》，「火氣上行」，贊其熾盛升進之意。舊説謂君，非是。王后、皇王，即君也，又曰君哉，可乎？〔伐崇〕事見皇矣篇。〔作邑〕徙都也。嚴氏粲曰：國勢寖盛，程邑不足以容，乃作邑于豐以居之。〔豐〕即崇國之地，在今鄠縣杜陵西南。〔淢〕《集傳》：淢，成溝也。方十里爲成，成間有溝，深廣各八尺。陸氏德明曰：《韓詩》作洫。〔匹〕稱也。〔棘〕急也。〔王后〕指文王也。〔公〕功也。〔濯〕著明也。〔豐水〕《集傳》：豐水東北流，徑豐邑之東，而注于河。〔績〕功也。〔皇王〕有天下之號，指武王也。〔辟〕君也。〔鎬京〕《集傳》：鎬京，武王所營也。在豐水東，去豐邑二十五里。吕氏祖謙曰：《後漢·地志》曰：「鎬在京兆尹上林苑中。」孟康云：「長安西南有鎬池。」《古史考》曰：「武王遷鎬，長安豐亭鎬池也。」〔辟廱〕説見前篇。張子曰：靈臺辟廱，文王之學也。鎬京辟廱，武王之學也。至此始爲天子之學矣。案：靈臺辟廱不必爲學，或至此始爲學耳。〔思服〕心服也。〔考〕稽也。〔宅〕居也。〔正〕決也。嚴氏粲曰：以吉凶取正于龜，而龜出其吉兆以正定之也。〔成之〕作邑居也。〔芑〕草名。〔仕〕姚氏際恒曰：「孔氏曰，述用材也。豐水之傍以潤澤生芑穀，喻養成人材也。武王豈有不仕之以官者，言無不用之，無遺材也。蓋欲傳其孫之謀，而燕安輔翼其子耳。」案：是説較諸家訓仕爲事之説差直捷，故從之。〔詒〕遺也。〔燕〕安也。〔翼〕敬也。〔子〕指成王也。

【標韻】聲八庚成同本韻　功一東豐同本韻　匹四質孝十九效叶韻　垣十三元翰十四寒通韻　績十二錫辟十一陌通韻　廱二冬東一東通韻　北十三職服一屋叶韻　京八庚成同本韻　仕四紙子同本韻

以上《文王之什》凡十篇。《集傳》云：《鄭譜》此以上爲文、武時詩，以下爲成王、周公時詩。今案，《文王》

首句即云「文王在上」，則非文王之詩矣。又曰「無念爾祖」，則非武王之詩矣。《大明》、《有聲》并言文、武者非一，安得爲文、武之時所作乎？蓋正《雅》皆成王、周公以後之詩，但此什皆爲追述文、武之德，故《譜》因此而誤耳。愚謂作詩時世多不可考，强爲之《譜》，亦臆測耳。大抵《文王》一什，皆周家有天下後追述祖德之詩，故疑非周公不能作也。即《棫樸》、《旱麓》、《靈臺》三篇，或譜入文王之世者，亦非《旱麓》偶不稱王言謚；而《棫樸》、《靈臺》二詩則居然言王矣。豈西伯生存，亦自命爲王乎？是二天子也，詎可爲訓。《詩》以忠孝爲本，周家之德亦以忠厚開基。説者以是誣文不識天經大義，獨不念《詩》學根本乎？是烏可以無辯也？

詩經原始卷之十四

大雅 二

生民之什

生民

述后稷誕生之異，爲周家農業始也。

厥初生民，時維姜嫄。特題母名。生民如何？克禋克祀，素性好神。以弗無子。以「弗」字，尚「無子」。履帝武敏歆，忽感異迹。攸介攸止，載震載夙，載生載育，遂有身孕。時維后稷。點明。○一章

誕彌厥月，先生如達。不坼不副，無菑無害。以赫厥靈，上帝不寧。不康禋祀，居然生子。微詞。○二章

誕寘之隘巷，牛羊腓字之。誕寘之平林，會伐平林。誕寘之寒冰，鳥覆翼之。鳥乃去矣，后稷呱矣。實覃實訏，厥聲載路。三章

誕實匍匐，克岐克嶷，以就口

食。蓺之荏菽，荏菽旆旆，禾役穟穟，麻麥幪幪，瓜瓞唪唪。四章 誕后稷之穡，有相之道。茀厥豐草，種之黄茂。實方實苞，實種實褎，實發實秀，實堅實好，實穎實栗。即有邰家室。五章 誕降嘉種，維秬維秠，維穈維芑。恒之秬秠，是獲是畝；恒之穈芑，是任是負。以歸肇祀。六章 誕我祀如何？或舂或揄，或簸或蹂；釋之叟叟，烝之浮浮；載謀載惟，取蕭、祭脂，取羝以軷；載燔載烈，以興嗣歲。七章 卬盛于豆，于豆于登。其香始升，上帝居歆。胡臭亶時。后稷肇祀，庶無罪悔，以迄于今。八章

右《生民》八章：四章章十句，四章章八句。從《集傳》。此詩事異文奇，未免駭人聽聞，故説者紛然各異。然所以異者，其亦有故：一由於不通文理，一由於不解人事。曷言之？詩曰：「生民如何，克禋克祀，以弗無子。履帝武敏歆，攸介攸止，載震載夙，載生載育。」《集傳》云：「精意以享謂之禋；祀，郊禖也；弗之言祓也，祓無子，求有子也。」意蓋謂「姜嫄出祀郊禖，見大人迹而履其拇，遂歆歆然如有人道之感，於是即其所大所止之處，而震動有娠」。其説本《史記》及鄭《箋》，諸儒多非之。然證以二、三章「居然生子」，以屢棄寘而屢逢庇護，雖牛羊禽鳥亦腓字而覆翼之，則「履迹」之説似非虚誕。唯從帝出祀郊禖，雖履迹而心動，安知其娠不爲帝子而爲異種，必多方以棄寘之乎？若《毛傳》云：「姜嫄出祀郊禖，履帝嚳之迹，而行將事齊敏」，則尤不通之至。蓋從祀郊禖者，求有子也。求子而得子，又反棄之，有是理乎？凡此皆「克禋克祀，

以弗無子」之文有未通耳。詩言禋祀，不過精意以致祭，未言「郊禖」也。凡言「郊禖」者，皆後儒所增。何以知其爲求子乎？「以弗無子」。鄭氏謂「祓除其無子之疾」，已迂而鑿。姚氏又謂「弗使其無子」，亦與下意棄寘不相貫。唯鄧濳谷與季明德兩家以爲姜嫄未嫁而生子者得之。蓋「以弗」云者，以其弗嫁，未字於人也。「無子」者，以其未字於人，故尚無子也。下乃云「履帝武敏歆」，是倏然有感而心動；故下又云「居然生子」而棄寘之。文氣本自相貫，其奈諸儒不細心領會，何哉？然則禋祀謂何？愚意姜嫄其人，性必好道而敬神，故於天帝之類恒虔祀之。其所履者亦即天帝之迹，非别有所謂大人也。蓋平日精神所聚，故不覺靈氣感通，豈必待郊禖求子而後有所遇哉！此等事不必上世始有之，即後世之見於稗官小説及釋典中者，不一而足，固無足異。今黄梅意生寺爲釋子慧能所生地，居然尚存，亦其類也。即《春秋傳》鬬穀於兔之被棄，爲虎所乳；《前漢書》高帝之母夢與龍交而娠，何一非駭人聽聞者哉？唯高帝現有太公，故明知其爲龍種，而亦不忍棄之；子文母未嫁而孕，故雖知其爲父後，而亦不能不棄之，有名與無名之分也。是知后稷之生，必因無名而見棄。若從帝郊禖而娠，豈尚無名乎哉？愚謂諸儒不察文義，且並不解人情者，此也。又况詩中溯源，但題其母，不及其父，則是無父而生也明矣。姜嫄爲高辛氏世妃，或曰元妃，都無定解，然皆後日事。若此時，則尚未有夫也，故足怪。詩首章言受孕之奇。次言誕生之易。三言被棄而庇護者多。四言稍長即知稼穡。五言其有功農民，因以受封。六言其能降嘉種以歸肇祀。七言其祭祀之誠，並祈來年。八言周人世守其業，不敢有懈，而因以得膺天命而有天下。是皆后稷所賜，故將尊之以配天，未爲過也。然非姜嫄不及此，故曰「厥初生民」，自姜嫄始。《小序》曰：「尊祖也。」《大序》曰：「文、武之功起于后稷，故推以配天。」《集傳》從之，謂「周公制禮，尊后稷配天，故作詩。」然皆得其半而未明也。后稷配天，已有《思文》一頌，此特推原其故耳，非用以爲配天之樂。衆説不明，故異論滋生。何玄子謂此詩「郊祀后稷以祈穀」，朱晦翁又謂「受釐頒胙之禮」，何不即詩辭而一細繹之耶？

【眉評】〔一章〕受孕之奇。〔二章〕誕生之易。〔三章〕保護之異。〔四章〕嗜好天生。〔五章〕克勤人事。教種膺封。〔六章〕播種肇祀。〔七章〕報賽祈年。〔八章〕尊祖無怠。通篇層次井然，不待深求而自了了。唯八章中皆以八句十句相間，又二章以後，七章以前，每章起句均用「誕」字作首，另是一格。

【集釋】〔民〕人也，謂周人也。〔時〕是也。〔姜嫄〕《集傳》：姜嫄，炎帝後，姜姓，有邰氏女，名嫄，爲高辛之世妃。孔氏穎達曰：鄭以姜嫄爲高辛之世妃，謂其後世子孫之妃也，未知其爲幾世，故直以「世」言之。姚氏際恒曰：或云元妃，歷來相傳如此。案：《通鑑》亦作帝嚳元妃所生，即棄。於堯爲長兄，何以至舜始用？此中年歲不無可疑。或以爲世妃者庶幾近之，第去帝嚳世亦未遠耳。〔祀〕《集傳》：祀，郊禖也。古者立郊禖，蓋祭天於郊，而以先媒配也。變媒言禖者，神之也。其禮以玄鳥至之日，用太牢祀之。天子親往，后率九嬪御。乃禮天子所御，帶以弓韣，授以弓矢，于郊禖之前也。案：祀者，祭之通名。詩第言「克禋克祀」者，謂能精意以享祖耳，並無一語及郊禖意。不知《集傳》何以引及此禮，至使第三章棄寘之言，竟不能通，皆此注誤之也。然不獨《集傳》爲然，諸家正坐此病耳。〔履〕踐也。〔帝〕上帝也。〔武〕迹也。〔敏〕拇也。郭氏璞曰：拇迹大指處。〔歆〕動也。〔介〕大也。〔震〕娠也。〔夙〕《集傳》：夙，肅也。生子者，及月辰居側室也。〔育〕養也。〔誕〕發語辭。〔彌〕終也，終十月之期也。〔先生〕首生也。〔達〕小羊也。羊子易生，無留難也。〔坼副〕皆裂也。〔赫〕顯也。〔不寧〕寧也。〔不康〕康也。〔居然〕猶徒然也。〔腓〕芘。〔字〕愛也。〔會〕值也。〔覃〕長也。〔訏〕大也。〔載〕滿也。〔匍匐〕手足並行也。〔岐嶷〕峻茂之狀。〔口食〕自然食也。〔蓺〕樹也。〔荏菽〕大豆也。〔旆旆〕枝旟揚起也。〔役〕列也。〔穟穟〕苗美好之貌也。〔幪幪〕茂密也。〔唪唪〕多實也。〔相〕助也。〔茀〕治也。〔種〕布之也。〔黄茂〕嘉穀也。〔方〕房也。〔苞〕甲而未坼也。〔褎〕漸長也。〔發〕盡發也。〔秀〕始穟也。〔堅〕其實堅也。〔好〕形味好也。〔穎〕《説文》曰：穎，禾末也。言其穗重而穎垂也。〔栗〕孔氏穎達曰：《左傳》曰：「嘉栗旨酒。」服虔云：「穀之初熟爲栗。」〔邰〕陸氏德明曰：邰，后稷所封國也，今在京兆武功縣。姚氏際恒曰：「即有邰家室」，《毛傳》曰：「邰，姜嫄之國也。堯見天因邰而生后稷，故國后稷于邰。」孔氏曰：「邰國當自有君；所以得封后稷者，或時君絶滅，遷之他所也。」羅泌駁之曰：「昔者帝嚳取于有駘氏，曰姜嫄，生后稷；而后稷之封亦曰駘。説者咸謂帝堯以其母國封之。然及太王復取于有駘氏曰大姜，是姜姓之駘至周猶在，豈得云以是而封稷哉！不知稷封之駘在于武功，而姜姓之駘在于瑯琊，固不同也。」何玄子曰：「瑯琊之駘，固齊地，乃有逢伯陵所居，大姜祖也。然大姜之『有台』，據《列女傳》作『有吕』，吕、台相似，疑但當作『吕』耳。吕，姜姓也。《國語》云『堯祚四岳國，命爲侯伯，賜姓曰姜，氏曰有吕』，嫄固姜姓，或是訛『有吕』爲『有台』，轉訛爲『有邰』，未可知也。」羅説是，何説亦存之。〔降〕《集傳》：降，降是種於民也。《書》曰：「稷降播種」，是也。〔秬〕黑黍也。〔秠〕黑黍，一稃二米者也。

〔穈〕陸氏德明曰：《爾雅》作虋，赤粱粟也。〔芑〕白粱粟也。〔恒〕徧也。〔任〕肩任也。

〔負〕背負也。〔肇〕始也。稷始受國爲祭主，故曰肇祀。〔揄〕抒臼也。謂取米出臼也。

〔簸〕揚去糠也。〔蹂〕蹂以脱其穗也。〔釋〕淅米也。〔叟叟〕陸氏德明曰：叟字又作溲，濤米聲也。《爾雅》作溞。〔浮浮〕《爾雅》、《説文》並作烰。云，烝也。〔謀〕卜日擇士也。〔惟〕齊戒具修也。〔蕭〕蒿也。〔脂〕《集傳》：脂，膟膋也。宗廟之祭，取蕭合膟膋爇之，使臭達牆屋也。案：此亦氣相感耳。〔羝〕牡羊也。〔軷〕姚氏際恒曰：軷爲祭行，月令冬，「祀行」本此。「以興嗣歲」，祈來歲也。〔卬〕姚氏際恒曰：卬，我也。鄭氏曰：「我，后稷也。」終言「后稷肇祀」，至於今承而行之，幸得無罪悔也。

【標韻】民十一真嫄十三元通韻　祀四紙子、止並同本韻　夙一屋育同稷十三職叶韻　月六月達七曷害九害叶韻　靈九青寧同本韻　祀紙子同本韻　字四寘翼十三職隔句叶韻　林十二侵林同二字自爲韻　去六御呱七虞訏同路七遇叶韻　匐職食同本韻　旆九泰穟寘通韻　幪一東唪一董叶韻　道十九皓草同茂二十六宥苞三肴褎宥秀同好皓叶韻　栗四質室同本韻　秠紙芑同畝二十五有負同祀紙叶韻　揄虞蹂十一尤叟、浮並同叶韻　惟四支脂同本韻　軷隊歲八霽通韻　登十蒸升同本韻　歆侵今同本韻　祀紙悔十賄通韻

行葦　詩用未詳。

敦彼行葦，牛羊勿踐履。方苞方體，維葉泥泥。戚戚兄弟，緊承上來。莫遠具爾。或肆之筵，點明燕樂。或授之几。一章　肆筵設席，授几有緝御。或獻或酢，洗爵奠斝。醓醢以薦，或燔或炙。嘉殽脾臄，或歌或咢。二章　敦弓既堅，四鍭既鈞，舍矢既均，序賓以賢。敦弓既句，既挾四鍭。射作兩層寫。四鍭如樹，序賓以不侮。三章　曾孫維主，以曾孫爲主，則兄弟爲賓。酒醴維醹，酌以大斗，以祈黃耇。黃耇台背，如鮐。以引以翼。壽考維祺，以介景福。四章

右《行葦》四章，章八句。從《集傳》。此詩首章總提燕兄弟，次言醻酢，三言射禮，末言尊優耆老。詞意甚明而詩用莫詳者，蓋以爲燕射，而無尊老之文；以爲養老，則更非角射之典。故《小序》但謂「忠厚」，《大序》衍之云：「周家忠厚，仁及草木，故能内睦九族，外尊事黄耇，養老乞言，以成其福禄焉。」朱晦翁駁之，以爲「逐句生意，無復倫理」，是已。然詩中有射，而《序》遺之；詩無乞言，《序》反增之，則尤荒謬之甚。即《集傳》疑爲「祭畢而燕父兄耆老之詩」。無論稽之《三禮》，無文可考；縱使有之，鄒肇敏曰：「夫孔熯之餘，再欲逞破的之技，即少壯者不堪，又可苛求於高年乎？」故知聖王制禮，必無祭後之射，尤無行射養老之文。況燕毛不及異姓，又安能有舍矢序賓之事？其非祭後燕也明矣。然則《詩》豈無所用乎？姚氏云：「是詩者，固燕同、異姓父兄、賓客之詩，而醻酢、射禮亦並行之，終之以尊優耆老焉。古禮不可考，不得以後世禮文執而求之。」此亦無可如何辭耳，然猶勝强不知以爲知者。故愚亦以爲詩用未詳也。至何玄子則直以爲美公劉之詩矣。蓋一徵之《吴越春秋》，曰，「公劉慈仁，行不履生草，運車以避葭葦」。一徵之《列女傳》，曰，「晉弓工妻謁于平公曰，『君聞昔者公劉之行乎？牛、羊踐葭葦，惻然爲痛之』」。一徵之王符《潛夫論》，曰，「公劉厚德，恩及草木，牛羊六畜且猶感德」。一徵之《後漢書》，桓榮曰：「昔文王葬枯骨，公劉敦行葦，世稱其仁。」案：衆説雖非《詩》義，然公劉必有是事，而後人稱之者衆。觀《詩》引此爲興，未必無因，特以爲美公劉則臆測耳。詩曰，「戚戚兄弟，莫遠具爾」，蓋承上來，以爲去公劉之世未遠，則皆骨肉兄弟也。然則是詩固燕同姓之樂，故又曰「曾孫爲主」，不必以「序賓」爲疑。其曰「序賓」者，特射禮爲然，他何及耶？

【眉評】〔一章〕牛羊未有不踐生草者，詩言「勿踐」，故知非泛然起興者比，同一筵燕而有分別，已爲末章地步。〔二章〕此寫醻酢，爲燕正面。〔三章〕此寫射禮，爲燕中事。〔四章〕老者不射，故酌大斗飲之座中，乃不寂寞。

【集釋】〔敦〕聚貌，勾萌時也。〔行〕道也。〔苞〕甲而未坼也。〔體〕成形也。〔泥泥〕柔澤貌。陸氏德明曰：張楫作「苨苨」，云「草盛也」。〔緝〕續也。〔御〕侍也。〔獻酢〕進酒於客曰獻，客答之曰酢。主人又洗爵醻客，客受而奠之，不舉也。〔斝〕爵也。夏曰醆，殷曰斝，周曰爵。〔醓〕醓之多汁者也。〔燔炙〕燔用肉，炙用肝。〔臄〕口上肉也。〔歌咢〕歌者，比於琴瑟。徒擊鼓曰咢。〔敦〕雕通，畫也。〔鍭〕《爾雅》：金鏃翦羽謂之鍭。〔鈞〕參亭也。〔舍〕發矢也。〔均〕皆中也。〔賢〕射多中也。〔句〕彀通，謂引滿也。〔不侮〕射以中多爲雋，以不侮爲德。〔曾孫〕主席者之稱，不必祭也，如宗子、嫡孫之類〔一〕。〔醹〕厚也。〔台〕鮐也。人老則背有鮐魚文。〔引〕導也。〔翼〕輔也。〔祺〕吉也。

【標韻】葦五尾履四紙體八薺泥、弟並同爾紙几同通韻　御六御斝二十一馬炙二十二禡叶韻　臄十藥咢本韻

堅一先鈞十一真均同賢先通韻　句二十六宥鍭同本韻　樹七虞侮同本韻　主虞醹同本韻　斗二十五有耇同本韻　翼十三職福一屋叶韻

校記

〔一〕「席」，據《集傳》應作「祭」。

既醉　嘏詞也。

既醉以酒，既飽以德。一篇之主。君子萬年，介爾景福。福。○一章　既醉以酒，爾殽既將。君子萬年，介爾昭明。德。○二章　昭明有融，單承「德」言。高朗令終。令終有俶，公尸嘉告。三章　其告維何？以下嘏詞。籩豆靜嘉。祭品之誠。朋友攸攝，攝以威儀。贊助之誠。○四章　威儀孔時，君子有孝子。孝子不匱，孝嗣之誠。永錫爾類。五章　其類維何？室家之壼。內助之誠。君子萬年，永錫祚胤。於是始錫福。○六章　其胤維何？後胤之錫。天被爾祿。君子萬年，景命有僕。七章　其僕維何？釐爾女士。妾婦之錫。釐爾女士，從以孫子。」以昌厥後。○八章

右《既醉》八章，章四句。《小序》謂「太平」，既泛且混。孔氏又從而附和之，尤無謂。《集傳》云：「此父兄所以答《行葦》之詩」，因此章言祭，並前篇亦言祭。殊知前篇非祭，此詩亦非答；蓋祭而述神嘏之詞耳，何答之有耶！詩雖以「介福」爲言，其實以德爲主。不獨「昭明」、「高朗」

爲明德之光，即「籩豆靜嘉」，誠之寓於物也，何其潔！「朋友攸攝」，誠之萃於人也，何其敬！「孝子不匱」，「室家之壼」，誠之者於後嗣與內助也，又何其賢且孝！於是錫爾以祚，所以厚其身；錫爾以胤，所以昌厥後。「釐爾女士」，「從以孫子」，則內助之賢且化及於僕婦，後嗣之孝更貽厥夫孫謀。凡以爲誠也。誠者，德之極。有是德而後膺是福。祭者無事而不盡其誠，故神嘏無時而不錫以福。此非光明俊偉之君，治化熙洽之世，不克有此祀事，亦不克當此咏歌。故諸家皆以爲成王時詩。誠哉，其爲成王時詩也！唯以「昭明」爲福之光大，「令終」爲福之悠遠，舍德言福，非佞即諛，而豈詩人意旨哉！

【眉評】〔一章〕起得飄忽。〔二、三、四章〕首二章福德雙題，三章單承德字，四章以下皆言福，蓋借嘏詞以傳神意耳。然非有是德何以膺是福？詩意甚明。何元、明以來儒者，乃有專主福而不言德者？〔四章〕蟬聯而下，次序分明。〔六章〕以下雖言福，仍帶定德字。

【集釋】〔德〕王德也。統下「昭明」及祀事之誠，皆是。〔殽〕俎實也。〔將〕行也。奉持而進之意。〔昭明〕王氏安石曰：昭明，明德也。〔融〕《集傳》：融，明之盛也。《春秋傳》曰：「明而未融。」〔朗〕虛明也。〔令終〕姚氏際恒曰：「高朗令終」，鄭氏曰，「天既與女以光明之道，又使之長有高明之譽，而以善名終」，此說是；即「以永終譽」之意。自孔氏釋「令終」爲「考終命」，則又承鄭之誤而誤者。何也？鄭氏妄以「景福」爲「五福」，故孔氏遂牽合之。《集傳》從之，非也。〔俶〕始也。〔公尸〕《集傳》：公尸，君尸也。周稱王，而尸但曰公尸，蓋因其舊。如秦已稱皇帝，而其男女猶稱公子、公主也。〔嘉告〕善言以告，即嘏詞也。〔静嘉〕清潔而美也。〔朋友〕指賓客之助祭也。〔攝〕檢也。〔孝子〕《集傳》：孝子，主之嗣子也。《儀禮》：「祭祀之終，有嗣舉奠。」〔匱〕竭也。〔類〕姚氏際恒曰：類，鄭氏謂族類，是。曰，人「謂廣之以教道天下也。」《春秋傳》曰：「潁考叔，純孝也，施及莊公。」引證亦明。《毛傳》以類訓善，《集傳》從之，亦非。〔壼〕《集傳》：壼，宫之巷也。言深遠而嚴肅也。〔祚〕福禄也。〔胤〕子孫也。〔僕〕附屬也。〔釐〕予也。〔女士〕女之有士行者。〔從〕隨也。

【標韻】德十三職福一屋叶韻　將七陽明八庚轉韻　融一東終同本韻　俶屋告二沃通韻　嘉六麻儀四支叶韻　子四紙類四寘叶韻　壼十三阮胤十二震叶韻　禄屋僕同本韻　士紙子同本韻

鳧鷖　繹祭也。

鳧鷖在涇，公尸來燕來寧。爾酒既清，爾殽既馨。公尸燕飲，福禄來成。一章　鳧鷖在沙，公尸來燕來宜。爾酒既多，爾殽既嘉。公尸燕飲，福禄來爲。二章　鳧鷖在渚，公尸來燕來處。爾酒既湑，爾殽伊脯。公尸燕飲，福禄來下。三章　鳧鷖在潨，公尸來燕來宗。既

燕于宗，福禄攸降。公尸燕飲，福禄來崇。四章　鳧鷖在亹，公尸來止熏熏。旨酒欣欣，燔炙芬芬。公尸燕飲，無有後艱。五章

右《鳧鷖》五章，章六句。此繹祭燕尸之樂也。姚氏曰：「《序》謂『守成』，泛混。鄭氏于上章下曰：『祭祀既畢，明日又設醴而與尸燕，成王之時尸來燕也』，此説可爲詩旨。而《集傳》本之，因謂『祭之明日繹而賓尸之樂』，然又有誤。孔氏曰：『燕尸之禮，大夫謂之「賓尸」，即用其祭之日，今《有司徹》是其事也。天子、諸侯則謂之繹，以祭之明日。《春秋·宣八年》言『辛巳，有事於太廟；壬午，猶繹』，是謂在明日也。此『公尸燕飲』是繹祭之事，《疏》語分別明了，惜乎其未閲耳。」此説詩旨甚明。而鄭氏又以首章之「在涇」，喻燕祭宗廟之尸；二章之「在沙」，喻燕祭四方萬物之尸；三章之「在渚」，喻燕祭天地之尸；四章之「在潨」，喻燕祭社稷山川之尸；五章之「在亹」，喻燕祭七祀之尸。一「在涇」也，而曲爲分別，以譬在宗廟等處，豈尚知詩人用字義哉？水雖有五，唯涇是名。其餘沙、渚、潨、亹，皆從涇上推説，猶言涇之旁，涇之涯，涇之涘耳。而何至以配天地萬物，山川社稷乎？且燕一尸而衆尸皆咏，則所燕之尸又將誰屬？諸儒説《詩》大都如此，可慨也夫！

【集釋】〔鳧〕水鳥如鴨者。〔鷖〕鷗也。〔涇〕水名。〔爾〕指王也。〔爲〕猶助也。〔渚〕水中高地也。〔湑〕酒之泲者也。〔潨〕水會也。〔來宗〕尊也。〔于宗〕宗廟

也。〔亹〕《集傳》：亹，水流峽中，兩岸如門也。〔熏熏〕和説也。

【標韻】涇九青寧同清八庚馨青成庚通韻　沙六麻宜四支多五歌嘉麻爲支叶韻　渚六語處、湑並同脯七麌下二十一馬叶韻　潨一東宗二冬崇東通韻　亹十三元熏十二文欣、芬並同艱十五删通韻

假樂　詩用未詳。

假樂君子，顯顯令德。宜民宜人，受禄于天。保右命之，自天申之。一章　千禄百福，子孫千億。跟「受禄」。穆穆皇皇，宜君宜王，不愆不忘，率由舊章。跟「令德」。二章　威儀抑抑，德音秩秩。跟「令德」。無怨無惡，率由群匹。跟「宜人」。受福無疆，四方之綱。跟「宜民」。○三章　之綱之紀，燕及朋友。跟「宜人」。百辟卿士，媚于天子。不解于位，民之攸塈。跟「宜民」。○四章

右《假樂》四章，章六句。姚氏際恒曰：此分章從舊本，《中庸》引此詩首章可證。嚴氏分爲六章，章四句；季明德分爲三章，章八句，皆不必從。此等詩無非奉上美詞，若無「不解于位」一語，則近諛矣。其所用既無考證，詩意亦未顯露，故不知其爲何王，亦莫定其爲何用矣。《序》云「嘉成王」，以其詩次成王之世而言也。《集傳》疑即公尸之答《鳧鷖》，又以其篇在《鳧鷖》後而言也。至何玄子更以爲祭武王之詩，則因《中庸》引《詩》以證舜，故疑爲下章之武王咏也。皆臆測也，而何可以爲據哉？自《行

葦》至此四詩，大抵皆賓筵、祀事、嘏祝、頌禱之章，後世因用以入樂。世雖未詳，而以爲成王咏者庶幾近焉。唯體兼小雅，在《文王》、《生民》諸詩中實爲變體，故又另爲一格也。

【眉評】〔一章〕一詩大旨全在首章，以下第承言之。〔四章〕至末始寓規意。

【集釋】〔假〕《集傳》：《春秋傳》皆作嘉。嘉，美也。〔申〕重也。〔穆穆〕敬也。〔皇皇〕美也。〔君〕諸侯也。〔王〕天子也。〔抑抑〕密也。〔秩秩〕有常也。〔匹〕類也。〔燕〕安也。〔解〕惰也。〔塈〕息也。

【標韻】子四紙德十三職叶韻　人十一真天一先申真通韻　福一屋億職叶韻　皇七陽王、忘、章並同本韻　抑職秩四質匹同通韻　疆陽綱同本韻　紀紙友二十五有士紙子同位四寘塈質叶韻

公劉　始遷豳也。

篤公劉，匪居匪康，迺埸迺疆，迺積迺倉；足食。迺裹餱糧，于橐于囊，思輯用光。弓矢斯張，干戈戚揚，足兵。爰方啟行。一章　篤公劉，于胥斯原。既庶既繁，民衆。既順迺宣，而無永歎。陟則在巘，復降在原。何以舟之？維玉及瑤，鞞琫容刀。點染華貴。○二章　篤公劉，逝彼百泉，瞻彼溥原；迺陟南岡，乃覯于京。京師之野，于時處處，于時廬旅，于時言言，于時語語。描摹遷都人衆未定景象，如在目前。○三章　篤公劉，于京斯依，蹌蹌濟濟，俾筵俾几，

既登乃依。落成宴飲。乃造其曹，執豕于牢，酌之用匏。食之飲之，君之宗之。四章　篤公劉，既溥既長，既景迺岡，相其陰陽，觀其流泉，其軍三單；兵制。度其隰原，徹田爲糧，稅法。度其夕陽，豳居允荒。偏寫得如許風雅。○五章　篤公劉，于豳斯館。涉渭爲亂，取厲取鍛。止基迺理，爰衆爰有。夾其皇澗，遡其過澗。新居如畫。止旅迺密，芮鞫之即。竟住，妙！○六章

右《公劉》六章，章十句。姚氏曰：「《小序》謂『召康公戒成王』。按詩無戒辭，召康公亦未有據。《集傳》漫從之，何耶？金仁山謂《七月》及《篤公劉》皆豳之遺詩，其言曰：『《篤公劉》下視《商頌》諸作，同一蹈厲，《七月》亦然，豈至周、召之時而後有此哉？且周詩固有追述先公之事者，然皆明著其爲後人之作。《生民》之詩，述后稷之事也，而終之曰「以迄于今」。《緜》之詩述古公之事也，而係之以文王之事。此皆後人之作也。若《篤公劉》之詩，極道岡阜、佩服、物用、里居之詳；《七月》之詩，上至天文、氣候，下至草木、昆蟲，其聲音、名物，圖畫所不能及。安有去之七百歲而言情、狀物如此之詳，若身親見之者？又其末無一語追述之意。吾是以知決爲豳之舊詩也。』案，此說深爲有理，然則此詩者固當日豳民咏公劉之舊詩，而周、召之徒傳之以陳于嗣王歟？」愚謂《序》以此爲召康公作者，蓋因《七月》既屬之周公，則此詩不能不屬諸召公矣。其有心附會周、召處，明白顯然。即二詩之爲豳舊作，亦可概見。二公當日陳之王前，未必

不聯名具上，以見同心輔政之誠。而後世强分而屬之誰作者，適成其私心臆測之見而已，是烏可與談《大雅》之樂哉？詩首章將言遷都，先寫兵食具足，是爲民信之本。古人舉事不苟如此。次相度地勢。三寫民情歡洽，「于時處」「于時廬」「于時言」「于時語」，莫非鼓舞操作氣象，毫無咨嗟怨歎之言，此國之所以日大也。四既落成而燕飲之。君乃爲之立長分宗，以整屬其民，乃開國大計，非泛然者。迨至五章，區畫略定，乃定兵制，軍分爲三，並立税法，糧什取一。民即兵，兵即民，故並言焉。此「寓兵于農」之法，千秋軍制無過乎是。周家世守成規，有由來矣。至此，遷都之事已畢，而更「度其夕陽」以爲之地者，何哉？蓋舊民雖安，新附日衆，不可不設館以處之。于是更即芮水之外，廣爲安置：或夾皇澗，或遡過澗，莫非民居，悉成都邑。豳居之境，乃益擴耳。首尾六章，開國宏規，遷居瑣務，無不備具。使非親覩其事而胸有條理者，未見其如是之覼縷無遺。又况千百載下人，能執筆摹而爲之也哉？金氏之言大有見也，故録之。

【眉評】〔一章〕遷都之始。〔二章〕度地之宜。〔三章〕民情之洽。〔四章〕燕饗之樂。君宗即此亦定。〔五章〕軍制税法並寫，蓋寓兵于農也。〔六章〕新附民衆，乃更擴其土而居之，以作收筆。見國勢之大，日進無疆也。

【集釋】〔篤〕厚也。〔公劉〕后稷之曾孫也，事見《豳風》。陸氏德明曰：王肅云：「公，號；劉，名也。」《尚書傳》云：「公，爵；劉，名也。」〔居〕安也。〔康〕寧也。不窋失官而犇于戎狄之間，公劉爲不窋孫，自不安于戎狄地，故遷豳。〔埸〕田小界也。〔疆〕田大界也。〔積〕露積也。〔餱〕食也。〔糧〕糗也。〔槖囊〕無底曰槖，有底曰囊。〔輯〕和也。〔戚〕斧也。〔揚〕鉞也。〔胥〕相也。〔順〕安也。〔宣〕徧也，言居之徧也。〔無永歎〕得其所，無嗟怨也。〔巘〕山頂也。〔舟〕未詳。〔玉瑶二句〕姚氏際恒曰：舟，《毛傳》謂帶，或謂佩，今未詳。「維玉及瑶」，言佩玉也。「鞞琫容刀」，言佩刀也。鞞，刀鞘也；琫，刀上玉飾；珌，刀下玉飾，《小雅》「鞞琫有珌」是也。此但言琫，不言珌。容刀，謂鞞之容此刀也。《毛傳》謂「下曰鞞」，混鞞爲珌，非是。珌又與琕同，非鞞也。蓋誤以鞞作琕耳。《集傳》解容刀爲「容飾之刀」，謬。又上既解鞞爲刀鞘，又云：「或云，容刀謂鞞琫之中容此刀耳」，琫爲刀上玉飾，何能容刀？尤謬。總于諸字之義全未清楚耳。〔百泉〕姚氏際恒曰：百泉，嚴氏曰：「泉，水也。今地理家言衆水所聚爲得水也。」曹氏據杜佑云：「百泉在漢爲朝那縣，屬安定郡；在唐爲百泉縣，屬平涼郡，當是其地因《詩》『百泉』而得名。」何玄子曰：「不窋竄于西戎，其地即慶陽府是也，有不窋城，又有不窋塚，春秋時爲義渠戎國。厥後公劉往遷于豳，蓋道慶陽、平涼，而後達于今西安府之邠州。邠州乃涇流所經；而百泉則入于涇水，自平涼而來者也，故詩人咏及之。舊說但謂公劉自邰遷豳，而百泉遂茫然不知其處矣。」〔溥〕大也。〔京〕高邱也。〔師〕衆也。京師高邱而衆居也。董氏曰：「所謂京師者，蓋起於此，其後世因以所都爲京師也。」〔時〕是也。〔廬〕寄也。〔旅〕賓旅也。〔于京斯依一章〕姚氏際恒曰：何玄子曰：「京即上章京字，人即依乎此。則宗廟之禮亦依乎此矣。故營建甫畢，即是舉遷廟之禮。蹌，動也。濟濟，言齊也。筵几，乃供神者。登，謂登進神之衣服于坐也。依，神所依也。《祭統》云，『鋪筵，設同几，爲依神也』，正此詩義。」此説可存。「乃造其曹」至末，言與群臣燕飲之事。殺豕、酌匏，禮簡不諱，妙。「君之宗之」，謂公劉以一身爲群臣之君宗也。以異姓之臣言，稱君；以同姓之臣言，稱宗。合上四之字，皆指群臣言。案：此説與吕氏「建國立宗」之義雖稍遜，然自是一解，存之亦足以備參考。〔景〕考日景以正四方也。〔三單〕姚氏際恒曰：單，盡也，謂三軍盡出于是也。古「寓兵于農」之義如此。鄭氏謂單爲「無羡卒」，「丁夫適滿三軍之數」，迂鑿未然。〔徹〕姚氏際恒曰：徹，《毛傳》訓治。按，井田起于三代，商人行助法，公劉倣而行之，故于此治田爲糧，以爲國用。助法，一夫七十畝，公劉想亦同。不然，爲商之臣敢變商之法乎！其後周公增爲百畝之制，因取此詩徹之一字以爲本朝變更之號焉。總之，商、周皆有公田，皆治公畢然後敢治私，故孟子讀「雨我公田」之詩，而謂「雖周亦助也」。《集傳》曰：「一井之田九百畝，八家皆私百畝，同養公田。耕則通力而作，收則計畝而分。周之徹法自此始。」其説謬也。《孟子》曰，「井九百畝，其中爲公田。八家皆私百畝，同養公田。公事畢，然後敢治私事」。八家各自耕百畝，同出力耕公田百畝，如今之「當官事」是也。若謂通力而作，計畝而分，是八家合耕九百畝田，均分其粟爲九處，公取其一，八家取其八，則是八家皆公九百畝，非皆「私百畝」矣，更不分「公事」與「私事」矣，不與《孟子》之文明相反乎！而乃引《孟子》文于前，何也？且《詩》云：「雨我公田，遂及我私」，既無公私之分，又何先後之別與？如其説，九百畝之廣地安能一鼓而齊作？其中勤惰作止，誰爲之察？多寡衡量，誰爲之分？適以長其争端，又安能相有助而親睦乎！必不可行也。〔夕陽〕山西也。〔允〕信也。〔荒〕大也。〔館〕客舍也。〔亂〕舟之截流横渡者也。〔厲〕砥也。〔鍛〕鐵也。〔止〕居也。〔基〕定也。〔理〕疆理也。〔衆〕人多也。〔有〕愈衆也。〔皇過〕二澗名。

〔芮〕《集傳》：芮，水名，出吴山西北，東入涇。《周禮·職方》作汭。〔鞫〕水外也。

【標韻】康七陽疆、倉、糧、囊、光、張、揚、行並同本韻　原十三元繁同宣一先歎十四寒原元通韻　瑶二蕭刀四豪通韻　泉先原元通韻　岡七陽京八庚轉韻　處六語旅、語並同本韻　依五微濟八薺几四紙依微叶韻　曹豪牢同匏三肴通韻　之、之、之、之四支四字自爲韻顧氏以爲無韻者，非。　長陽岡同本韻　泉先單十四寒原元通韻　糧陽陽、荒並同本韻　館十四旱亂十五翰鍛同叶韻　理紙有二十五有叶韻　澗十六諫澗同自爲韻　密四質即十四職通韻

泂酌　召康公戒成王也。

泂酌彼行潦，挹彼注茲，可以餴饎。豈弟君子，民之父母。一章　泂酌彼行潦，挹彼注茲，可以濯罍。豈弟君子，民之攸歸。二章　泂酌彼行潦，挹彼注茲，可以濯溉。豈弟君子，民之攸塈。三章

右《泂酌》三章，章五句。《小序》謂「召康公戒成王」，未知其何所據。然相傳既久，亦姑從之。此等詩總是欲在上之人當以父母斯民爲心，蓋必在上者有慈祥豈弟之念，而後在下者有親附來歸之誠。曰「攸歸」者，爲民所歸往也；曰「攸塈」者，爲民所安息也。使君子不以「父母」自居，外視其赤子，則小民又豈如赤子相依，樂從夫「父母」？故詞若褒美而意實勸戒。唯其體近乎風，匪獨不類大雅，且並不似小雅之發揚蹈厲，剴切直陳者，則又不知其何故耳。

【集釋】〔泂〕遠也。〔行潦〕孔氏穎達曰：行道上雨水流聚，故云流潦。〔餴〕《集傳》：餴，烝米一熟，而以水沃之，乃再烝也。〔饎〕酒食也。〔豈弟〕豈，以強教之，故有父之尊；弟，以悦安之，故有母之尊〔一〕。〔濯〕滌也。〔溉〕亦滌也。孔氏穎達曰：《傳》云，「溉，清也」，謂洗之使清潔也。〔塈〕息也。

【標韻】茲四支饎四寘母二十五有叶韻　罍十灰歸五微通韻　溉五未塈四寘通韻

校記

〔一〕下一「尊」字，據《集傳》當作「親」。

卷阿

召康公從游，歌以獻王也。

有卷者阿，地。飄風自南。時。豈弟君子，人。來游來歌，游。以矢其音。歌。○一章　泮奐爾游矣，承上「游」字入，勢甚便捷。優游爾休矣。豈弟君子，俾爾彌爾性，似先公酋矣。二章　爾土宇昄章，有土。亦孔之厚矣。豈弟君子，俾爾彌爾性，百神爾主矣。三章　爾受命長矣，有壽。茀祿爾康矣。有福。豈弟君子，俾爾彌爾性，純嘏爾常矣。四章　有馮有翼，有輔。有孝有德。有德。以引以翼。豈弟君子，四方爲則。五章　顒顒卬卬，如圭如璋，令聞令望。有名。豈弟君子，四方爲綱。六章　鳳凰于飛，紀瑞。翽翽其羽，亦集爰止。藹藹王多吉士，扈從之盛。維君子使，媚于天子。能忠君。○七章　鳳凰于飛，翽翽其羽，亦傅于天。藹藹王多吉人，維君子命，媚于庶人。能愛民。○八章　鳳凰鳴矣，于彼高岡。梧桐生矣，于彼朝陽。菶菶萋萋，雝雝喈喈。九章　君子之車，既庶且多。不脱游字。君子之馬，既閑且馳。矢詩不多，維以遂歌。應首章作結。○十章

右《卷阿》十章，六章章五句，四章章六句。姚氏曰：「《小序》謂『召康公戒成王』，未見其必

然。」又曰：「或引《竹書紀年》，以爲『成王三十三年，遊于卷阿，召康公從』，政附會此而云，不足信。」殊知此正可以深信無疑，何也？詩首章不云乎，「有卷者阿，豈弟君子，來游來歌」矣；卒章又不云乎，「矢詩不多，維以遂歌」也；此非王游卷阿，而公因有是詩以陳王前之一證乎？又何待旁考他書，然後足信其爲有據也？《集傳》亦云：「疑公從成王游於卷阿之上，因王之歌，而作此以爲戒。」當信者而反疑之，亦由其心之游移未有定耳。詩發端總叙以爲全篇之冒，是一段卷阿游宴小記。中間借游陳詞，故稱頌中有勸戒意。二、三、四章，有土、有壽、有福，可謂頌揚極矣。而統而歸之曰「俾爾彌爾性」，蓋必有性、命、德，而後來福、禄、徵。曰彌者，益也。謂充滿其性量而無間，又悦怡夫性天以弗遺，則似先公、三百神、常純嘏，胥於是乎在，此德之内藴者然也。五、六兩章曰，「四方爲則」，「四方爲綱」，則就其德之外著者言之。雖曰祝頌，不忘規諷，此其所以爲周、召學歟？七、八兩章，忽題「鳳凰」，以頌賢臣。曰，「王多吉士」，「王多吉人」，豈虚譽哉？蓋自鳳鳴于岐，而周才日盛。即此一游，一時扈從賢臣，無非才德具備，與吉光瑞羽，互相輝映，故物瑞人材，雙美並咏，君顧之而君樂，民望之而民喜，有不期然而然者。故又曰「媚于天子」，「媚于庶人」也。然猶未足以形容其盛也。九章復即鳳凰之集于梧桐，向朝陽而鳴高者虚寫一番。則「菶菶萋萋，雝雝喈喈」之象，自足以想見其「蹌蹌濟濟」之盛焉。是前半寫君德，後半喻臣賢，末乃帶咏游時車馬，並點明作詩意旨，與首章相應作收，章法極爲明備。何諸家議論尚紛然無定解哉？又《大序》云「言求賢用吉士也」，不唯止説得詩之後半面，且並似「王多吉士」、「吉人」二語亦並未嘗讀者。夫既曰「藹藹」，而又曰「多」矣，則其人才之盛，不待求而自足者可知也。召公不必勸王求，王亦何必待召公之勸而後用哉！其所以寓規於頌者，在「媚于天子」與「媚乎庶人」而已。蓋能事天子，乃能「媚乎天子」；能愛庶人，乃能「媚乎庶人」也。且能愛庶人而不能事天子，庶人未必媚；即能事天子而不能愛庶人，天子亦未必爲其所媚。是媚之一字，似頌而實諷，不可輕心滑過，徒賞其鍊字之工也。至嚴氏謂「周公有明農之請，將釋天下之重負以聽王之所自爲。康公慮周公歸政之後，成王涉歷尚淺，任用非人，故作《卷阿》之詩，反覆歌咏，欲以動悟成王」。因以每章「豈弟君子」鑿實爲指賢，此尤如夢初醒，純以私心測古聖，詎能得其要領？

【眉評】〔一章〕總點作詩之由。〔二、三、四章〕三章俱以「彌性」作主，「彌性」兼充滿無間、悦怡不衰二義，似先公、主百神、常純嘏，端賴乎是。此德之裕乎内者。〔五、六章〕二章「爲則」「爲綱」，即從德望來。乃德之著乎外者。〔七、八章〕二章就實景以喻賢臣。而臣之所謂賢，無過忠君愛民，詩特媚字，遂覺異樣生新。〔九章〕承上再虚摹一層，喻意始足，而文心亦鬯。〔十章〕總收因游獻練一詩意。

【集釋】〔卷〕曲也。〔阿〕大陵也。〔豈弟君子〕指王也。毛、鄭作賢人看者，非。〔矢〕陳也。〔伴奐〕精神舒展之意。〔優游〕起居自適之意。〔爾〕指王也。〔彌〕姚氏際恒曰：彌，《釋文》「益也」。「彌爾性」，謂充足其性，使無虧間也；不可解作「終命」，亦不可説入理障。〔先公〕姚氏際恒曰：先公似指文、武，當曰先王，抑亦可互稱歟？〔酋〕終也。〔昄章〕《集傳》：昄章，大明也。或曰，昄當作版，版章猶版圖也。〔茀祿〕皆福也。〔馮〕依也。〔翼〕輔也。〔顒顒卬卬〕尊嚴也。〔鳳凰〕靈鳥也。雄曰鳳，雌曰凰。孔氏穎達曰：天老曰：「鳳象：麟前鹿後，蛇頸魚尾，龍文龜背，燕頷雞喙，五色備舉〔一〕。出于東方君子之國，見則天下大安寧。」案：鳳，靈鳥，不常見。周初，鳳鳴于岐山，故鄭氏謂「時鳳凰至，詩因以爲喻」，亦本地風光也。〔翽翽〕羽聲。〔藹藹〕衆多也。〔媚〕順愛也。

【標韻】阿五歌歌同本韻隔韻叶　南十三覃音十二侵通韻隔韻叶　游十一尤休、酋並同本韻　厚二十五有主七麌叶韻　長七陽康、常並同本韻　翼十三職德、翼、則並同本韻　卬陽璋、望、綱並同本韻　止四紙士、子並同本韻　天一先人十一真人同通韻　鳴八庚生同本韻隔句叶　岡陽陽同本韻隔句叶　萋八齊喈九佳通韻　多歌馳四支多、歌並見上叶韻

校記

〔一〕「燕頷雞喙」原作「燕項雞啄」，《正義》作「燕頷喙」，今據阮元《校勘記》改。

民勞　召穆公警同列以戒王也。

民亦勞止，汔可小康。惠此中國，以綏四方。安民。無縱詭隨，以謹無良。式遏寇虐，憯不畏明。防姦。柔遠能邇，以定我王。正君。○一章　民亦勞止，汔可小休。惠此中國，以爲民逑。無縱詭隨，以謹惛怓。式遏寇虐，無俾民憂。無棄爾勞，以爲王休。二章　民亦勞止，汔可小息。惠此京師，以綏四國。無縱詭隨，以謹罔極。式遏寇虐，無俾作慝。敬慎威儀，以近有德。三章　民亦勞止，汔可小愒。惠此中國，俾民憂泄。無縱詭隨，以謹醜厲。式遏寇虐，無俾正敗。戎雖小子，而式弘大。四章　民亦勞止，汔可小安。惠此中國，國無有殘。無縱詭隨，以謹繾綣。式遏寇虐，無俾正反。王欲玉女，是用大諫。五章《集傳》、《春秋傳》、《荀子》書竝作簡，音簡。

右《民勞》五章，章十句。《序》謂「召穆公刺厲王」，《集傳》謂「乃同列相戒之辭」，姚氏以爲皆是。愚謂詩起四句説安民，中四句説防姦，非君上不足以當此；唯末二句輔成君德，似戒同列辭耳。每章皆然，特各變其義以見淺深之不同。而中間四句尤反覆提唱，則其主意專注防姦也可知。蓋姦不去，則君德不成，民亦何能安乎？故全詩當以中四句爲主。雖曰「戒同列」，實則望君以去邪爲急務也。公當厲王無道時，王必信用詭隨人以寇虐天下，公未便直陳君惡，故借同僚相勖言以聳君聽，冀君有以格其非心而同歸於治焉耳。噫，公之用心可謂勤矣！濮氏一之曰：「每章首言民今勞弊，可少休息。京師者、諸夏之本，欲安四方之民，當自恤京師始。」嚴氏粲曰：「穆公戒同列之用事者，言國以民爲本，民勞則國危。今周民亦疲勞矣，庶幾可以小安之乎？京師諸夏之根本，愛此京師，則可以安天下也。詭隨者，心知其非而詐順從之，此姦人也。人見詭隨者無所傷拂，則目爲良善；不知其容悦取寵，皆爲自利之計，而非忠於所事，實非善良之士也。苟喜其甘言而信用之，足以召禍亂，致寇虐。但權位尊重者，往往樂軟熟而憚正直，故詭隨之人得肆其志，是居上位者縱之爲患也。今戒用事者無縱此詭隨，則可以謹防無良之人，用遏止其寇虐。此理甚明，可痛其不畏明也。治道略外而詳内，惟『柔遠能邇』者可以安吾君，而何取於詭隨乎？」二説皆深知召公心者。而詭隨與寇虐互相爲難，尤難遏止。朱氏善曰：「非詭隨無以媚上，而爲寇虐之本；非寇虐無以威下，而遂詭隨之志。詭隨者，柔惡之所爲；寇虐者，剛惡之所發。」是詭隨不除，寇虐何自止哉！夫詭隨情狀，不一而足：曰無良，曰惽怓，曰罔極，曰醜厲，曰繾綣，皆小人之變態而莫可以言窮者也。而就中唯繾綣一類，唯能固結君心而不可解，故終之以此，欲王深惡而痛絶之耳。迨至詭隨除而寇虐止，然後知明命之當畏，民憂之足慮，「無俾作慝」以至於敗，常反經而無乎不爲也。故末二句，始則正告之以「柔遠能邇」，乃可以定王室。繼則姑誘之以無棄前功，乃可以成王休。三則不徒遠惡，尤當親近有德，而威儀始固。四曰「戎雖小子，而式弘大」，言女身雖微而所係甚重，不可不謹，蓋深責之之詞也。五曰「王欲玉女，是用大諫」，言王將以女爲材而寶重之，吾用是器女而有所規諫焉。何者？蓋王寶重女，則必大用女；王大用女，則天下安危，民生休戚，係女一身，而可無一言以相勖？蓋述作詩之旨也。此必有所指，非泛戒同列者。惜乎無可考耳！

【眉評】〔三章〕京師爲天下根本，故以居中；亦見安頓之法。五章章法一例，唯於字句淺深間見變换，又一格也。

【集釋】〔汔〕幾也，〔詭隨〕嚴氏粲曰：詭詐也，懷詐面從也。〔謹〕斂束之意。〔憯〕曾也。〔明〕天之明命也。〔柔〕安也。〔能〕順習也。〔逑〕聚也。〔惛怓〕猶讙譁也。〔罔極〕爲惡無窮極之人也。〔愒〕息也。〔泄〕孔氏穎達曰：其憂寫泄而去。〔厲〕惡也。〔正敗〕正道敗壞也。〔戎〕汝也。〔繾綣〕小人之固結其君者也。孔氏穎達曰：昭二十五年《左傳》，「繾綣從公，無通外内」，則繾綣者，固牢相著之意。〔正反〕反於正也。「正敗」者，敗而已，未盡反而爲不正也；「正反」則無正矣。每章言愈切而意愈深。〔玉〕寶愛之意。

【標韻】康七陽方、良並同明八庚王陽轉韻　休十一尤逑同怓三肴憂尤休同叶韻　息十三職國、極、慝、德並同本韻　愒八霽泄、厲並同敗十卦大九泰通韻　安十四寒殘同本韻　綣十七霰反十三阮諫十六諫叶韻

板　凡伯規同僚以警王也。

上帝板板，下民卒癉。出話不然，爲猶不遠。靡聖管管，非聖。不實于亶。猶之未遠，是用大諫。一章　天之方難，無然憲憲。慢天。天之方蹶，無然泄泄。辭之輯矣，民之洽矣。辭之懌矣，民之莫矣。二章　我雖異事，及爾同僚。我即爾謀，聽我囂囂。我言維服，勿以爲笑。先民有言，「詢于芻蕘」。遜詞以誘之。○三章　天之方虐，無然謔謔。老夫灌灌，小子蹻蹻。匪我言耄，爾用憂謔。多將熇熇，不可救藥。危詞以警之。○四章　天之方懠，無爲夸毗。威儀卒迷，善人載尸。民之方殿屎，則莫我敢葵。喪亂篾資，曾莫惠我師。養。○五章　天之牖民，教。如壎如篪，如璋如圭，如取如攜。攜無曰益，牖民孔易。民之多辟，無自立辟。六章　价人維藩，大師維垣。大邦維屏，意不過得人，而措詞極警。大宗維翰。懷德維寧，唯德是輔，故五者都以此句爲主。宗子維城。無俾城壞，無獨斯畏。七章　敬天之怒，無敢戲豫。敬天之渝，無敢馳驅。昊天曰明，及爾出王。昊天曰旦，及爾游衍。以此作收，令人凛凛而敬心自生。○八章

右《板》八章，章八句。此與前篇不但相類，且出一手。前警同列以戒王，此亦規同僚以警王也。前「用大諫」在篇末，此亦「用大諫」在章首也。大旨不殊，而章法略異耳。且前著意詭隨、

寇虐，故多從人心上説；此著意違聖、慢天，故多從天命言。立義雖各不同，而實可參觀。然則何以分屬之凡伯、召公耶？蓋厲王時，唯此二公爲國勳舊，故借重二公名耳。然非二公儔，亦不能爲此詩，即以之分屬二公，奚不可者？且夫人心之患，莫患於非聖而自是；主德之衰，又莫衰於慢天而無忌。無忌者，以天爲不足畏，而予智自雄，凡古聖遠大謀猷，靡不篾絶，以遂其私。故上帝震怒，降灾下民，天意與人心若甚遼隔，而豈知禍由人哉？自是者，又以聖爲不足法，而放蕩自恣，凡上天昭鑒在兹，又無不怠弛，以肆其欲。故古聖法言，不入民聽，王道與人情若大相懸，而豈知治甚邇哉？蓋辭輯而民治，辭懌而民定，有必然者。我用是爲諸公懼，且爲諸公勖。我之所事，雖與諸公異，而忝列同朝，則僚友也。我言雖微，中則有物，願勿笑焉。何則？昔者先民有言，芻蕘之言，尚可採聽，況僚友乎？且天方虐威，未可戲謔。唯老者知其不可而正告之。倘少者不信，以爲昏耄妄言，而更驕焉，是以憂爲戲，如火之燎原不可撲滅，其可救藥乎哉？夫天心至仁而或懠怒者，則以小人用事，善人無爲，馴至於亂焉耳。蓋小人好爲夸大以欺世，人或信其真能而用之；又工於諂媚以毗人，世或取其容悦而任之；則善惡不分，威儀迷亂。雖有賢者，難以自白，則唯有箝口尸位，隱忍不言而已。此民之所以愁苦呻吟而無所控告者也。然其君臣上下，方且迷亂暴虐，無敢揆度其所以然者。際兹喪亂，資財篾亡，曾無恩惠下逮吾民，已覺難爲之上。而人有秉彝未盡泯滅，以故「天之牖民」，其覺甚易。如壎唱而篪和也，如璋判而圭合也，取則得而攜則隨，上之化下，何莫不然？今者民既多辟，又豈可自立邪辟以導之耶？然則爲之奈何？曰：王道以得人爲盛，君心以敬天爲主。人可以爲藩、爲垣、爲屏、爲翰，且並可以爲城，而總視乎君德以爲之本。有德則安，無德則危。价人也，大師也，大邦也，大宗之與宗子也，皆所以固乎吾城者也。吾城壞，則藩、垣、屏、翰，無乎不壞，而王且獨居矣。王且獨居，則可畏者將至矣，而可忽乎哉？至於天變，尤當敬畏。曰板板，曰方難，曰方蹶，曰方虐，曰方懠，其變也不一，則其怒也亦不一。苟不之敬，而戲豫自荒，馳驅無忌，則怒而變也，不愈甚乎！蓋天之陟降，日監在茲。人一出入，而天無不與之俱；人一動息，而天無不與之隨。曰明、曰旦，狀天威也。平時猶然，況怒且渝。欲回天者，將舍敬其奚從哉？吾是以不能不爲諸公告也。較之上篇，意尤深切，而詞愈警策，足以動人，奈王不悟，何歟？

【眉評】〔一、二章〕首二章言其違聖慢天，乃當時大病。〔三、四章〕此二章乃進言之，故一言我言雖微，不可不聽；一言爾病之深，將不可救。〔五、六章〕此二章乃正告以救民之方：民方困苦，雖無思惠以及之，而人心易覺，不難教化以導之。〔七、八章〕末二章又正告以自修之法：唯德乃足以得人，唯敬乃可以回天。〔八章〕天人相接處，説得至嚴而精。

【集釋】〔板板〕姚氏際恒曰：板板，似遼隔之意。《毛傳》以板爲反，恐未然。〔卒〕盡也。〔癉〕病也。〔猶〕謀也。〔管管〕姚氏際恒曰：管管，似小智自用之意。《毛傳》謂「無所依繫」，亦未然。案：此即所謂管窺見也。〔亶〕誠也。〔憲憲〕欣也。〔蹶〕動也。〔泄泄〕猶沓沓也，蓋弛緩之意。〔輯〕和也。〔洽〕合也。〔懌〕悦也。〔莫〕定也。〔服〕事也。〔芻蕘〕採薪者。言古人尚詢及芻蕘，況僚友乎？〔謔〕戲侮也。〔灌灌〕款款也。〔蹻蹻〕驕貌。〔熇熇〕熾盛也。〔懠〕怒也。〔夸〕大也。〔毗〕附也。〔尸〕不言不爲，飲食而已者也。〔殿屎〕呻吟也。〔葵〕揆也。〔篾〕猶無也。〔資〕財也。〔惠〕恩也。〔師〕衆也。〔牖〕《集傳》：牖，開明也。猶言天啟其心也。程子曰：牖，開通之義。室之暗也，故設牖以通明。何氏楷曰：《左傳》言「天牖其衷」，用字同此。〔壎篪〕壎唱而篪和也。〔圭璋〕孔氏穎達曰：半圭爲璋，合二璋則成圭。〔取攜〕取求攜得而無所費。〔价〕大也。大德之人也。〔藩〕籬也。〔師〕衆也。〔垣〕牆也。〔大邦〕强國也。〔屏〕樹也。〔大宗〕强族也。〔翰〕榦也。〔宗子〕同姓也。〔渝〕變也。朱子曰：如「迅雷風烈必變」之變。〔王〕往也。言出而有所往也。〔旦〕亦明也。〔衍〕寬縱之意。

【標韻】板十五潸癉十四旱遠十三阮管旱亶同諫十六諫叶韻　難十五翰憲十四願叶韻　蹶八霽泄同本韻　輯十四緝洽十七洽通韻　懌十一陌莫同本韻　僚二蕭囂同笑十八嘯蕘蕭叶韻　虐十藥謔、蹻、謔、藥並同本韻　懠齊毗四支迷八齊尸支屎、葵、資、師並同通韻　篪支圭齊攜同通韻　益十一陌易、辟並同本韻　藩十三元垣同翰十四寒通韻　寧九青城八庚通韻　壞十卦畏五未通韻　怒七遇豫六御通韻　渝虞驅同本韻　明庚

王七陽轉韻　旦十五翰衎十六銑叶韻

以上《生民之什》凡十篇案是什詩體凡數變：《生民》、《公劉》爲一體，正大雅也。《行葦》至《假樂》四詩爲一體，兼乎小雅者也；《泂酌》、《卷阿》爲一體，兼乎風者也，皆變大雅也。然以格變，非因時與事變也。若《民勞》與《板》，則時與事俱變矣。時與事雖變，而詩體不變，則又變而不變焉者也。噫！知乎此，可以識大雅正變之分矣。

詩經原始卷之十五

大雅　三

蕩之什

蕩

召穆公託古傷周也。

蕩蕩上帝，下民之辟。天之常。疾威上帝，其命多辟。天之變。天生烝民，其命匪諶。靡不有初，鮮克有終。一章　文王曰咨，咨女殷商！以下設詞借殷作鑒。曾是彊禦，暴。曾是掊克，貪。曾是在位，曾是在服。天降滔德，女興是力。二章　文王曰咨，咨女殷商！而秉義類，彊禦多懟，跟暴虐。流言以對，寇攘式内。跟貪欲。侯作侯祝，靡届靡究。三章　文王曰咨，咨女殷商！女炰烋于中國，斂怨以爲德。不明爾德，時無背無側。爾德不明，以無陪無卿。

四章　文王曰咨，咨女殷商！天不湎爾以酒，不義從式。既愆爾止，靡明靡晦。式號式呼，俾晝作夜。五章　文王曰咨，咨女殷商！如蜩如螗，如沸如羹。小大近喪，人尚乎由行。内奰于中國，覃及鬼方。六章　文王曰咨，咨女殷商！匪上帝不時，殷不用舊。雖無老成人，尚有典刑。曾是莫聽，大命以傾。七章　文王曰咨，咨女殷商！人亦有言，顛沛之揭，枝葉未有害，本實先撥。殷鑒不遠，在夏后之世！點明殷鑒，後世可知。○八章

右《蕩》八章，章八句。此詩自二章以下，皆託言文王嘆商以刺厲王。蓋臣子奉君，不敢直斥其惡，而目擊時事日非，紀綱大壞，又難自忍，故假託往事以警時王。雖敗壞已極，而猶冀其感悟，庶幾一改厥圖，以臻於治。此臣子憂國愛君之心，自有所不能已於言者。觀其借殷爲喻，曰「曾是彊禦，曾是掊克」，自古危亂之君，未有不貪，亦未有不暴者。唯暴也，故所用皆彊禦之人；唯貪也，故所用皆掊克之輩。曾是二者而使之在位，而位有弗爭？曾是二者而使之任事，而事有不敗者乎？蓋二者之德，滔德也。豈天降是德以爲民害乎？亦女之興起其人而力爲之耳。夫人而彊禦，則必忌賢而妒能；妒且忌，而欲無怨之也得乎？人而掊克，則必巧取以聚斂；斂以巧，不謂之攘内也得乎？人心相疑則詛祝相要，靡有届極窮究時矣。而女顧舍善類，而用此貪暴之人，何哉？蓋由於「爾德不明」，故有逆背傾仄之人出，而不知其爲逆背傾仄而用之也，則以爲無背側之明也可。亦由於「不明爾德」，故有不堪爲陪爲卿之人至，而不知其爲不堪陪卿

而用之也，則以爲無陪卿之人也亦無不可。此女之任用小人，以至肆行中國而無所忌。而女方且斂衆怨以爲德焉，而女不知也。又何怪今之上帝不浩蕩而疾威，不爲民辟而乃多邪辟也哉？不寧唯是，女又沈湎于酒，縱淫無度。用燕喪儀，靡晦靡明，無時不醉，甚至「俾晝作夜」，亦不知檢。以故朝政無大無小，悉近喪亡。則夫人情怨亂，咨嗟歎息，不啻如蟬之鳴，如羹之沸，無時能静，無地能清也。其始不過内奰中國，繼且外延鬼方，可謂無間遠邇矣。而乃尚不知變，復由行於惡而不已，則其召亂豈有極哉？夫國有大政，人惟求舊，非老成人無以定大計，決大疑。《書》曰，「無侮老成人」，盤庚之所以興也。今殷既棄舊而乃怨乎天者，謬矣！正使無老成人可用，而先王法政紀綱猶存，獨不可藉爲扶持以資治理乎？唯其并人兵法，「曾是莫聽」，夫然後大命從而傾覆也。雖然，舊人弗用，夫亦何害？獨念大木將傾，必有所損。雖枝葉固未折傷，而本實先撥矣。勳舊者，國家之根本；道德者，又君心之根本。君心之根本既若彼其壞，國家之根本又若是將傾，而欲無亡也得乎？此殷鑒也，豈甚遠哉？亦在夏后之世耳！殷鑒在夏，則後之鑒者從可知已。《小序》云：「傷周室大壞也。」《大序》謂「厲王無道，天下蕩蕩無綱紀文章」，固是言外之意。然其所謂「蕩蕩」，又非詩之所謂「蕩蕩」也，不可不知。説見晦翁《辯》中，兹不再贅。

【眉評】〔一、二章〕貪暴二字是厲王病根，故先揭出，作全詩眼目。〔三章〕任用僉壬。〔四章〕善惡不明。〔五章〕沈湎於酒。〔六章〕怙惡不悛。〔七章〕廢棄典刑。〔八章〕剥喪本根。

【集釋】〔蕩蕩〕廣大貌。〔辟〕君也。〔疾威〕猶暴虐也。〔多辟〕多邪辟也。〔烝〕衆也。〔諶〕信也。〔有初鮮終〕姚氏際恒曰：「天生烝民」以下，孔氏謂天之生民，其命難信，無不有初而鮮克有終者。「初」，謂文王也。「終」，謂厲王也。此于詩意爲近。《集傳》謂「人降命之初皆善，而少能以善道自終」，似迂。案：二説皆可通。厲王性，生之初未必遂與文王異，及其後竟與文王異者，自暴自棄，故鮮克有終耳。〔彊禦〕暴虐臣也。〔掊克〕聚斂臣也。〔服〕事也。〔滔〕慢也。王氏安石曰：彊禦掊克，是謂滔德。〔興〕起也。〔力〕如力行之力。言任之之堅也。〔而〕亦女也。〔義〕善也。〔懟〕怨也。〔流言〕浮浪不根之言。〔侯〕維也。〔作〕《集傳》：作，讀爲詛。〔祝〕詛，祝，怨謗也。〔炰烋〕氣健貌。〔背側陪卿〕姚氏際恒曰：「時無背無側」，「以無陪無卿」，何玄子曰，「反面爲背，不正爲側，俱非佳字，皆指小人之斂怨言也。」舊説以背爲前後左右之稱，背可謂之前乎？其不該明矣。《漢書·五行志》曰：『《詩》云，「爾德不明，以亡陪亡卿。不明爾德，以無背無仄」，言上不明，暗昧蔽惑，則不能知善惡，亡功者受賞，有罪者不殺。』顔注云，『言不別善惡，有逆背傾仄者，有堪爲卿大夫者，皆不知之也。』按班、顔之解已得《詩》意，但背側陪卿四字，俱就小人身上說。」「無背無側」者，彼實背側，不知其爲背側，故明有而謂之無也。「無陪無卿」者，不知其不堪爲陪卿，而漫以之爲陪卿，故雖有而亦猶之無也。〔湎〕飲酒變色也。〔式〕用也。〔止〕容止也。〔蜩螗〕皆蟬也。朱氏善曰：如蟬之鳴，言其無靜默之時也。〔沸羹〕朱氏善曰：如羹之沸，言其無清淨處也。〔小大〕指政事也。〔奰〕音皮器反，怒也。〔覃〕延也。〔鬼方〕《易》：高宗伐鬼方。〔老成人〕舊臣也。〔典刑〕舊法也。〔顛沛三句〕姚氏際恒曰：揭，起也。撥，開也。大樹遭仆拔而揭起之時，其枝葉儼然尚未有害也，而其本實先已撥開于土矣。言本實既無土滋，而枝葉必隨之敝壞也。鄭氏訓揭爲蹶，撥爲絶，未然。〔鑒〕視也。〔夏后〕桀也。

【標韻】辟十一陌辟同本韻二字字同而義異。民十一真諶十二侵終一東叶韻　克十三職服一屋德職力同叶韻　類四寘懟同對十一隊内同通韻　祝屋究二十六宥叶韻　國職德、德、側並同本韻　明八庚卿同本韻　酒二十五有式職晦十一隊夜二十一馬叶韻　螗七陽羹八庚行陽方同轉韻　時四支舊宥叶韻　人真刑九青聽同傾庚通韻　揭九屑害九泰撥七曷世八霽叶韻

抑

衛武公自儆也。

抑抑威儀，維德之隅。人亦有言，靡哲不愚。名言。庶人之愚，亦職維疾。哲人之愚，亦維

斯戾。一章　無競維人，四方其訓之。有覺德行，四國順之。訏謨定命，遠猶辰告。敬慎威儀，維民之則。二章　其在于今，興迷亂于政；顛覆厥德，荒湛于酒。女雖湛樂從，弗念厥紹。罔敷求先王，克共明刑。三章　肆皇天弗尚，如彼泉流，無淪胥以亡。夙興夜寐，灑埽庭内，維民之章。修爾車馬，弓矢戎兵，用戒戎作，用逷蠻方。四章　質爾人民，謹爾侯度，用戒不虞。慎爾出話，敬爾威儀，無不柔嘉。白圭之玷，尚可磨也；斯言之玷，不可爲也。五章　無易由言，無曰苟矣。莫捫朕舌，言不可逝矣。無言不讐，無德不報。惠于朋友，庶民小子。子孫繩繩，萬民靡不承。六章　視爾友君子，輯柔爾顔，不遐有愆。相在爾室，尚不愧于屋漏。無曰不顯，莫予云覯。神之格思，不可度思，矧可射思！七章　辟爾爲德，俾臧俾嘉。淑慎爾止，不愆于儀。不僭不賊，鮮不爲則。投我以桃，報之以李。彼童而角，實虹小子。八章　荏染柔木，言緡之絲。温温恭人，惟德之基。其維哲人，告之話言，順德之行。其維愚人，覆謂我僭，民各有心。九章　於乎小子，未知臧否！匪手攜之，言示之事。匪面命之，言提其耳。借曰未知，亦既抱子。民之靡盈，誰夙知而莫成？十章　昊天孔昭，我生靡樂。視爾夢夢，我心慘慘。誨爾諄諄，聽我藐藐。匪用爲教，覆用爲虐。借曰未知，亦聿既耄。十一章　於乎小子，告爾舊止！聽用我謀，庶無大悔。天方

艱難，曰喪厥國。取譬不遠，昊天不忒。回遹其德，俾民大棘。十二章

右《抑》十二章，三章章八句，九章章十句。此一篇座右銘也。而《序》謂「衞武公刺厲王，亦以自警也」，未免言涉兩岐。朱子駁之云：「不應一詩既刺人，又自警。」以《史記》考之，武公即位在厲王之後，宣王之時，説者謂是追刺，尤不是。故《集傳》專以武公自警爲言。而姚氏又駁之，以爲此刺厲王之詩，非武公《懿戒》。以「抑」作「懿」，乃韋昭之言，非《國語》左史之言。且篇中句句刺王，無一語自警。乃歷舉「諄諄」、「藐藐」及「聽用我謀，庶無大悔」等語，云「決非自警之辭」，而「四方」、「四國」、「車馬」、「戎兵」等詞，則尤切于刺王。因譏晦翁爲「文義不通，何論經學」？噫，此真文義不通，而乃反脣以譏人乎！此詩雖無戒字，純是戒辭，並無一語刺王。誠有如晦翁云，「其曰『刺厲王』者失之，而曰『自警』者得之」也。如以爲刺王，則「其在于今，興迷亂于政」之言似矣；而「夙興夜寐，灑埽庭内」之語，豈亦爲王咏乎？且「白圭」喻玷，「屋漏」銘心，是何等親切内省之語，而亦謂之爲刺人，有是理乎？此而不知，則真文義之不通矣，而何論乎經學也？至「小子」「告爾」以及「聽我」「用我」等詞，乃詩人自爾而自我，箴戒行文之體應如是耳。豈可執是以爲刺人言乎？若謂「懿」之非「抑」，其言固是，而詩則實自儆也。安知非詩自名「懿」，不以「抑」爲名？懿讀爲抑，乃韋昭之悮，而後人因以悮之耶。姚氏有意力翻朱案，故執此一字層駁不休，遂並詩中正旨亦不之顧。此門户之見未除也。愚非佞《序》，更不宗

朱。然平心而論此詩之解，實以《集傳》爲得，而姚與《序》並失焉。詩首章「靡哲不愚」一語，千古學人大病，四字説盡。蓋愚人之愚，其愚也易破；哲人之愚，其愚也難明。自以爲哲，則無乎不愚矣。故欲砭其愚，必先針其自哲之病而言乃可入。故發端以此爲第一義也。於是特提訏謨遠猶，以爲人所當圖。不可苟且偷安，是自勖正意。而無如今日俗習囿人，非湛樂即飲酒，敗德亂政，莫此爲甚。而女獨不念所承之緒是何等緒，而乃惟樂是從，「罔敷求先王」之道，以共明刑，其可乎哉？似此違天悖德，天必弗尚，以至淪亡。如泉之流，滔滔莫返，詎能挽回？故不欲自勵則已，如欲自勵，内而庭除之近，外而蠻方之遠；細而寢興灑埽之常，大而車馬戎兵之變：無一非當整飭。所謂「訏謨定命，遠猷辰告」者，不於此益見其實歟？然既定爾人民，謹我侯度，可無意外之虞。而辭氣之間，尤悔易集，能無致謹？夫白圭有玷，磨可使平；斯言有玷，失莫能救。故言尤無易出焉。使其易出而不自持也，是莫捫之舌，苟焉而已，詎可任其一逝不返乎？蓋天下之理無有言而不讎者，亦無有德而不報者。誠惠及朋友，以至庶民小子，則「子孫繩繩」、「萬民靡不承」矣。謹言之效，至於如此。然猶不敢自以爲無玷也。大廷之緘默易凜，獨居之私念難防。屋漏之中，鬼神鑒焉。於此而無愧，則真無愧也。慎勿謂幽暗莫顯，遂無人覯而可以縱欲敗度也。當知鬼神之盛，體物不遺；至神莫測，不顯亦臨。雖極敬謹，猶懼有失，況敢厭射之乎？夫修德而欲人法之，猶投桃報李之有必然者。不修德而亦欲人服之，是童牛而角之所必無者。然而我言雖善，聽者難從。其在哲人，告即能行。其在愚人，聞且未信。故論木以荏染爲成器之本，而論人以温恭爲人德之基。「於乎小子」，吾不啻手攜而事示，又不啻耳提而面命之矣！慎無視爲夢夢，慘慘勞我。我之誨爾諄諄然，爾之聽我藐藐然，其可乎哉？「借曰未知」，乃女今則既抱子矣，乃未幾「亦聿既耄」矣。少壯猶可曰「不知」，豈老耄而猶「不知」耶？「於乎小子」，天運方艱，國危可畏。倘不知儆而更「回遹其德」也，則君道失於上而小民困於下矣。欲國之無亡也得乎？尚其聽哉，庶幾無悔。此非自儆辭乎？而必謂之刺人也，冤哉！兹並附録兩家之言於后，讀者詳之。

【附録】朱子《辯説》曰：此詩之《序》有得有失。蓋其本例以爲非美非刺，則詩無所爲而作。又見此詩之次適出於宣王之前，故直以爲「刺厲王」之詩。又以《國語》有左史之言，故又以爲「亦自警」。以詩考之，則其曰「刺厲王」者失之，而曰「自警」者得之也。夫曰刺厲王之所以爲失者：《史記》，衛武公即位於宣王之三十六年，不與厲王同時，一也。詩以「小子」目其君而爾汝之，無人臣之禮，與其所謂「敬威儀」、「慎出話」者自相背戾，二也。厲王無道，貪虐爲甚，詩不以此箴其膏肓，而徒以威儀詞令爲諄切之戒，緩急失宜，三也。詩詞倨慢，雖仁厚之君有所不能容者，厲王之暴，何以堪之？四也。或以《史記》之年不合，而以爲追刺者，則詩所謂「聽用我謀，庶無大悔」，非所以望於既往之人，五也。曰自警之所以爲得者：《國語》左史之言，一也。詩曰「謹爾侯度」，二也。又曰「曰喪厥國」，三也。又曰「亦聿既耄」，四也。詩意所指，與《淇奥》所美，《賓筵》所悔相表裏，五也。二説之得失，其佐驗明白如此。必去其失而取其得，然後此詩之義明。今序者乃欲合而一之，則其失者固已失之，而其得者亦未足爲全得也。然此猶自其詩之外而言之也。若但即其詩之本文而各以其一説反復讀之，則其訓義之顯晦疏密，意味之厚薄淺深，可以不待考證而判然於胷中矣。此又讀《詩》之簡要直訣，學者不可以不知也。○姚氏際恒曰：此刺厲王之詩，不知何人所作也。案《楚語》左史倚相曰：「昔衛武公年數九十五矣，猶箴儆于國曰，『自卿以下至於師長、士，苟在朝者，無謂我老耄而舍我，必恭恪于朝，朝夕以交戒我！』於是乎作《懿戒》以自儆。」韋昭曰：「《懿》，《大雅·抑》之篇也。懿讀爲抑。」《序》謂「亦以自警」，與韋説同。然又以詩中實多刺厲王之辭，則先之曰「衞武公刺厲王」。今按以此詩當《懿戒》，其不可信者有五。《詩·賓之初筵》及《假樂》篇皆有「威儀抑抑」之文，與此「抑抑威儀」同，未嘗有以抑爲懿之説。而他詩用懿字，如「好是懿德」，「懿厥哲婦」，亦未嘗有作爲抑也。「抑抑」，《毛傳》訓「密也」；若懿自訓美，義不相同。惟其嚴密，故曰「德隅」，内嚴密則外見廉隅也。若作懿，則爲美，「美威儀」句既淺俚，且下句義亦不貫，豈可以音之偶近而遂不別其義乎？一也。《楚語》云「《懿戒》」，今篇中無戒字，亦不合，二也。篇中句句刺王，無一語自警。如曰「借曰未知，亦既抱子」、「借曰未知，亦聿既耄」、「視爾夢夢，我心慘慘。誨爾諄諄，聽我藐藐」、「聽用我謀，庶無大悔」等語，決非自警之辭。若夫切于王之尤著者，如曰「四方其訓之」、「四國順之」、「其在于今，興迷亂于政」、「罔敷求先王，克恭明刑」、「修爾車馬，弓矢戎兵，用戒戎作，用遏蠻方」、「子孫繩繩，萬民靡不承」、「天方艱難，曰喪厥國」、「回遹其德，俾民大棘」等語皆是，固不待識者而知之矣。詩中既皆刺王，非自警，《楚語》何以反言「自警」而不言刺王乎？則可知《楚語》所指非《抑》詩明矣。四也。若爲衛武公自警之詩，何以不入《衛風》，并不入《小雅》，而入《大雅》乎？必不可通。五也。如是，則安得以《抑》詩當武公之《懿戒》哉？作《序》者見相傳説《楚語》如此，而詩則實爲刺王之辭，于是立兩歧之地，而曰「衛武公刺厲王」，又曰「亦以自警也」。其謬有三。夫人刺王則刺王，自警則自警，未有兩事夾雜可爲文者。自警既使人誦而聽，然則聽刺王之義何居？刺王期王改悟，然則自警爲侯事，與王事又不相涉也。若然，何難作刺王一篇，自警一篇，而必以兩事夾雜爲一篇，此必無之理。一也。孔氏曰：「武公以宣王三十六年即位，則厲王之世，武公時爲諸侯庶子耳，未爲國君，未有職事，善惡無預于物，不應作詩刺王。」此實録也。則武公無刺厲王之事甚明。二也。詩中《毛傳》、《鄭箋》句句皆言刺王，無一語及武公與自警。毛在《序》前，固無此説。鄭亦不依《序》，此明明可見者。奈何自《序》出而舉世皆以爲武公作乎？三也。如是，則《序》説尚可用乎？否乎？尤可異者，朱氏之辨《序》曰：「此詩之《序》有得有失。以詩考之，則其曰『刺厲王』者失之，而曰『自警』者得之也。」雖非武公刺厲王，然實爲刺厲王，乃反以爲失。若武公自警，則絶無此意，乃反以爲得。是非顛倒，黑白錯互，可笑殊甚！此本不必辨，但恐人惑其説，故略舉而辨之。其曰「自警之所以爲得，《國語》左史之言，一也。」按此非《國語》左史之言，乃韋昭之言也。又曰「《詩》曰『謹爾侯度』，二也。」案鄭氏解「質爾人民，謹爾侯度，用戒不虞」曰，「侯，君也。此時萬民失職，亦不肯趨公事，故又戒鄉邑之大夫及邦國之君，平女萬民之事，慎爲君之法度，用備不億度而至之事」，義自如此。試平心讀之可見，何嘗是使人告己之説乎？又曰：「『曰喪厥國』，三也。」鄭氏解謂「下災異生兵寇，將以滅亡。」且國乃天下之通稱，《節南山》詩云「國既卒斬」，亦侯國乎？又曰：「『亦聿既耄』，四也。」嗟嗟，文義之不通而尚云通經學乎！上章曰「亦既抱子」，此云「亦聿既耄」，承上章而言。方抱子時，忽然耄矣，凡詩語一章深一層，皆然也，何爲指其一處而言之乎？「既耄」爲指其年九十五，「既抱子」則在壯年，將作何解？又曰，「詩意所指，與《淇奧》所美，《賓筵》所悔相表裏，五也。」案，《淇奧》所美、《賓筵》所悔，與此皆無涉。《賓筵》悔飲酒，此詩刺王荒湛于酒，豈以酒字偶同而遂謂之「相表裏」乎？又曰，「既有得失，其佐驗明白如此，必去失而取其得，然後此詩之意明。」予謂必去其《序》之失而後此詩之意明，其云「取其得」者，正墮《序》之雲霧不淺耳。案：二説各執己是，姚氏雖有意吹求朱《傳》之失，未免强詞求勝，原無是處。亦由晦翁所舉詩中證語，不舉其大而標其細，故使人得以擿其疵而力駁之。愚解此詩，但撮大要，連綴成文，使讀者從容涵泳，領其大旨。則此詩之爲刺人而作乎？亦將爲自警而作乎？可得諸意言之表者矣。何必紛紛聚訟爲哉？

【眉評】〔一章〕哲、愚二字雙起，先將學者病根剔出，以下方好自砭。〔二章〕特提人字，正言一段。〔三章〕拍合今日亂政。〔四章〕承上意亂政總疏一段，見事無大小常變，内外遠近，無不當警。〔五章〕點明「侯度」，以下容貌辭氣逐段細勘「白圭」四句專貼言語，名論不勘。〔六章〕承言語一章。〔七章〕承容止，順推入微。聖學存養工夫，數語括盡。《大學》「誠意」，《中庸》「愼獨」從此而出，卻無半點理障氣，所以爲高。〔八章〕就威儀上言德之當修。〔九章〕就話言上言德之當順。〔十、十一章〕二章皆欲其聽言以修德。前章耳提面命是正説，後章諄諄藐藐是反説。自「抱子」以至「既耄」，均不可以「未知」自諉，一層深似一層也。〔十二章〕末用危言自警，愈見修省之切。

【集釋】〔抑抑〕密也。〔隅〕《集傳》：隅，廉角也。鄭氏曰：「人密審於威儀者，是其德必嚴正也。故古之賢者，道行心平，可外占而知内。如宫室之制，内有繩直，則外有廉隅也。」〔哲〕知也。〔庶〕衆也。〔職〕主也。〔戾〕反也。〔競〕强也。〔覺〕直大也。〔訏〕大也。〔謨〕謀也。〔定〕審定不易也。〔命〕號令也。〔猶〕圖也。〔辰〕時也。〔告〕戒也。〔則〕法也。〔興〕尚也。〔紹〕承也。〔敷〕廣也。〔共〕執也。〔刑〕法也。〔弗尚〕厭棄之也。〔逷〕遠也。〔質〕成也，定也。〔侯度〕諸侯所守之法度也。〔虞〕慮也。〔玷〕缺也。〔捫〕持也。〔讐〕答也。〔屋漏〕李氏如圭曰：《曾子問》謂之當室之白。孫炎云，當室之白，日光所漏入也。〔格〕至也。〔度〕測也。〔射〕斁通，厭也。〔辟〕君也，指武公也。〔止〕容止也。〔僭〕差也。〔賊〕害也。〔童〕無角曰童。何氏楷曰：童以角爲言，猶《易》言「童牛」，《詩》言「童羖」也。〔虹〕潰亂也。王氏逢曰：字書虹與訌同。〔荏染〕《集傳》：荏染，柔貌。〔柔木〕《集傳》：柔木，柔忍之木也。〔緡〕《集傳》：緡，綸也，被之綸以爲弓也。〔覆〕猶反也。〔僭〕不信也。〔慘慘〕憂貌。〔耄〕八十、九十曰耄。〔舊〕舊章也。〔止〕語詞。〔忒〕差也。〔遹〕僻也。〔棘〕急也。

【標韻】隅七虞愚同本韻　疾四質戾八霽叶韻　訓十三問順十二震通韻　告二沃則十三職叶韻　今十二侵政二十四政叶韻　酒二十五有紹十七篠叶韻　王七陽刑九青叶韻　尚二十三漾亡陽叶韻　寐四寘内十一隊通韻　章陽兵八庚方陽轉韻　虞七虞嘉六麻磨五歌爲四支叶韻　苟、有、逝霽叶韻　讐十一尤報二十號叶韻　友有子四紙叶韻　繩十蒸承同本韻　顔十五刪愆一先通韻　漏二十六宥覯同本韻　格十一陌度十藥射陌叶韻　嘉麻儀支叶韻　賊職則同本韻　李紙子同本韻　絲支基同本韻　行庚心侵通韻　否紙事寘耳紙子同叶韻　盈庚成同本韻　昭二蕭樂十九效慘二十七感藐篠教效虐藥耄二十號叶韻　子紙止同悔十

賄通韻　國職忒、德、棘並同本韻

桑柔　芮伯哀厲王也。

菀彼桑柔，比起。其下侯旬，捋採其劉。瘼此下民，不殄心憂。倉兄填兮，倬彼昊天，寧不我矜？呼天自訴。○一章　四牡騤騤，旟旐有翩。臣吏奔走，兵役繁興。亂生不夷，靡國不泯。民靡有黎，具禍以燼。於乎有哀，國步斯頻。二章　國步蔑資，天不我將。靡所止疑，云徂何往？君子實維，秉心無競。襯一筆。誰生厲階，至今爲梗？暗指厲王。○三章　憂心慇慇，念我土宇。我生不辰，逢天僤怒。自西徂東，靡所定處。多我覯痻，孔棘我圉。四章　爲謀爲毖，亂況斯削。告爾憂恤，誨爾序爵。誰能執熱，逝不以濯？如火益熱。其何能淑，載胥及溺。如水益深。○五章　如彼遡風，亦孔之僾。民有肅心，荓云不逮。好是稼穡，力民代食。稼穡維寶，代食維好。六章　天降喪亂，滅我立王。國人逐厲王。降此蟊賊，稼穡卒痒。哀恫中國，具贅卒荒。王出居彘，故若贅然。靡有旅力，以念穹倉。自恨無力挽回天運。○七章　維此惠君，民人所瞻。先開一層。秉心宣猶，考慎其相。維彼不順，自獨俾臧。拍合厲王自用，以致大亂。自有肺腸，俾民卒狂。筆陣開合，動盪有勢。○八章　瞻彼中林，甡甡其鹿。朋友已譖，不胥以穀。忽然興起，有搔首茫茫，百憂交集之感。人亦有言，進退維谷。九章　維此聖人，瞻言百里。

維彼愚人，覆狂以喜。匪言不能，胡斯畏忌？十章　維此良人，弗求弗迪。維彼忍心，是顧是復。民之貪亂，寧爲荼毒？十一章　大風有隧，有空大谷。比。維此良人，作爲式穀。維彼不順，征以中垢。十二章　大風有隧，貪人敗類。比。聽言則對，誦言如醉。匪用其良，覆俾我悖。十三章　嗟爾朋友，予豈不知而作？如彼飛蟲，時亦弋獲。既之陰女，反予來赫。十四章　民之罔極，職涼善背。爲民不利，如云不克。民之回遹，職競用力。指暴虐。○十五章　民之未戾，職盜爲寇。指聚斂。涼曰不可，覆背善詈。外爲正直，陰爲險詐。雖曰匪予，既作爾歌。十六章

右《桑柔》十六章，八章章八句，八章章六句。此詩人皆知爲芮良夫作矣，而不知其作於何時，則又可異。案《左傳》文元年，秦穆公引「大風有隧」篇，稱爲「芮良夫之詩」。故《小序》謂「芮伯刺厲王」。《集傳》以下諸家皆從之，且謂篇中不敢斥言王，而但斥當時執政者信用非人，貪利生事，以致禍亂。蓋厲王暴虐，不敢直諫，故託言規諷僚友以刺王耳。此又何異癡人說夢耶？夫詩不云乎，「天降喪亂，滅我立王」，此時國人已畔，厲王已逐。然王雖被逐，尚居於彘。故又曰「哀恫中國，具贅卒荒」。正《春秋傳》所謂「君若綴旒」時也。朝廷之上雖有周、召二公行政，謂之「共和」，而王至共和十四年始死於彘。則哀此中國誰爲之主？雖曰有君，不且若贅然哉？此詩正作於其時，蓋傷之也，何以刺爲？凡詩中所言，無非追究同朝不能匡救君惡，以至

危亡，並恨已無大力拯民水火，可以挽回天意。此作詩大旨也。若諸家但謂刺王，且並謂借諷友以刺王，不惟臣子拳拳愛君之心無所見，即此詩精神結聚之處亦不能顯。《集傳》雖亦疑爲共和之後作，然又曰不知的在何時，則其心尚無定見，亦由於未能讀詩之佳處故耳。大凡諸儒説《詩》，總不肯全篇合讀，求其大旨所在，而碎釋之，烏能得其要領？晦翁譏《行葦》序，以爲「逐句自生意義，不暇尋繹血脈，管照前後。」又云：「隨文生義，無復倫理。」不知己亦正坐此病。即如此詩，其佳處全在「滅我立王」三章，而乃爲游移無定之解。其餘不過追遡悔恨之詞，偏又呆疏碎釋，豈能抓人癢處哉？

【眉評】〔一、二章〕征役不息爲亂之本。〔三、四章〕於是民無所往。〔五章〕告以救亂如拯水火，卻用翻撥之筆，便不平板。〔六章〕朝不可仕，不如在野。然即退處亦難安居，更進一層。〔七、八、九章〕君若綴旒，此何時勢？雖其自取，臣心何安？凡此皆君不能擇相，信任小人之過。三章極沈鬱頓挫之致。〔十、十一章〕二章以聖愚善惡相形對言，見愚人不能遠慮，忍人未可信用，是追究厲王之失。〔十二、十三章〕二章皆以風行隧道爲比，凡小人垢由中藏，善不人耳，皆有所自。君臣昏聵如此，其國焉得不亡！〔十四、十五、十六章〕以下規諷僚友，見不能匡正君惡皆臣下之失。忠臣愛君之心，千載如見其誠。

【集釋】〔菀〕音鬱，茂也。〔旬〕徧也。〔劉〕殘也。〔殄〕絶也。〔倉兄〕與愴怳同，悲閔之意也。〔填〕姚氏際恒曰：填，填塞之意。愴怳填塞于胸也。〔倬〕明貌。〔夷〕平也。〔黎〕黑也，謂黑首也。〔燼〕灰燼也。〔步〕猶運也。〔頻〕急蹙也。〔蔑資〕姚氏際恒曰：蔑資，無所資賴也。《集傳》以資作咨，非。〔將〕養也。〔疑〕《集傳》：疑，如《儀禮》「疑立」之立定也。《鄉射禮》：賓升西階上疑立。《注》：疑，正立自定之貌。〔徂〕往也。〔競〕争也。〔厲〕怨也。〔梗〕萍梗，謂飄泊無定也。〔僤〕厚也。〔瘖〕病也。〔棘〕急也。〔圉〕邊也。〔毖〕慎也。〔況〕滋也。〔削〕歐陽氏脩曰：亂日滋則國日削。〔序爵〕辨别賢否而官人也。〔執熱〕姚氏際恒曰：執熱，執勞煩熱也。逝，往也。謂執勞煩熱之人，誰能不往而洗濯其體乎？「逝不以濯」亦倒字句，猶云「不以逝濯」也。自來解此皆以執熱爲執持熱物，幾曾見人執持熱物之後必濯以水乎？又曰：或亦知執持熱物之非，孫文融解爲「熱氣盈身，如執之然」，鍾伯敬解爲「熱不可解」，何玄子解爲「盛暑之時，誰能執守此熱以往而不思澣濯」，竟無一通者。〔溺〕陷溺也。〔遡〕鄉也。〔僾〕唈也。〔荓〕使也。〔恫〕痛也。〔具〕俱也。〔贅〕屬也。〔卒〕盡也。〔荒〕虚也。〔旅〕與膂同。〔相〕輔也。〔狂〕惑也。〔甡甡〕衆多並行之貌。〔譖〕不信也。〔維谷〕姚氏際恒曰：維谷，嚴氏曰，「言進退皆窮，如陷山谷然。」《毛傳》直訓爲窮，未明。〔迪〕進也。〔荼毒〕姚氏際恒曰：侄炳曰，「荼惟以苦名，無毒。孔氏曰，『荼，苦葉；毒，螫蟲。皆惡物。』本爲二物。《集傳》乃曰，『荼，苦菜也。味苦氣辛，能殺物，故謂之荼毒。』其附會如此。」〔隧〕道也。〔征以中垢〕姚氏際恒曰：「『征以中垢』，謂行以中藏之汙穢也。或謂『小人以内汙之事誣君子』者，非。〔聽言二句〕姚氏際恒曰：「『聽言則對，誦言如醉』，根上文來。謂聽彼之言則喜而對之，誦古人之言以告之則昏昏如醉。《集傳》曰，『王使貪人爲政，我以其或能聽我之言而對之；然亦知其不能聽也，故誦言而中心如醉。』一字不可解。〔赫〕威怒之貌。〔職〕專也。〔涼〕鄭讀爲諒，信也。〔善背〕工爲反覆也。〔克〕勝也。〔回遹〕邪僻也。〔戾〕定也。〔覆背善詈〕姚氏際恒曰：「『覆背善詈』，『背善』即上章『善背』，謂覆爲背善，且詈我也。從來以善詈連言，非。案：《集傳》云，「及其反背也，則又工爲惡言以詈君子。」亦通。〔匪予〕姚氏際恒曰：匪，非也。謂雖必以予言爲非，然不能自已，既爲爾作歌，以冀爾之一悟也。

【標韻】柔十一尤劉、憂並同本韻隔句韻句十一真民同填一先天同矜十蒸通韻隔句韻騤四支夷同黎八齊哀十灰通韻隔句韻翩先泯真燼十二震頻真叶韻隔句韻資支疑、維並同階九佳通韻隔句韻將七陽往二十二養叶韻隔句韻競二十四敬梗二十三梗叶韻隔句韻殷十二文辰真東一東瘏十三元叶韻隔句韻宇七麌怒七遇處麌圉同叶韻隔句韻毖四寘恤四質熱九屑淑一屋叶韻隔句叶削十藥爵同濯三覺溺藥通韻隔句韻風東心十二侵叶韻　僾十一隊逮同本韻隔句叶穡十三職食同本韻　寶十九皓好同本韻　王七陽痒、荒、蒼並同本韻隔句叶賊職國、力並同本韻隔句叶

君文瞻十四鹽叶韻　相陽臧、腸、狂並同本韻　鹿屋穀、谷並同本韻　里四紙喜同忌寘叶韻　迪十二錫復屋毒二沃叶韻　谷屋穀同垢二十五有叶韻　隧寘類同對隊醉寘悖隊通韻　作藥獲陌赫同叶韻　背隊克職力同叶韻　戾八霽寇宥詈寘叶韻　予六魚歌五歌叶韻七章以上隔句叶，蓋轆轤韻也。

雲漢　宣王爲民禳旱也。

倬彼雲漢，昭回于天。王曰於乎！何辜今之人？天降喪亂，饑饉薦臻。靡神不舉，總言群神。靡愛斯牲。祭品。圭璧既卒，祭儀。寧莫我聽？一章　旱既太甚，蘊隆蟲蟲。不殄禋祀，自郊徂宮。先尊後親。上下奠瘞，靡神不宗。后稷不克，上帝不臨。先親後尊。耗斁下土，寧丁我躬？二章　旱既太甚，則不可推。兢兢業業，如霆如雷。周餘黎民，靡有孑遺。昊天上帝，則不我遺。胡不相畏，先祖于摧？寫得可畏。○三章　旱既大甚，則不可沮。赫赫炎炎，云我無所。大命近止，靡瞻靡顧。群公先正，則不我助。父母先祖，胡寧忍予？涕泣而道。○四章　旱既大甚，滌滌山川。旱魃爲虐，如惔如焚。我心憚暑，憂心如熏。群公先正，則不我聞。昊天上帝，寧俾我遯？無可奈何。○五章　旱既大甚，黽勉畏去。跟上「遯」字轉入正意。胡寧瘨我以旱，憯不知其故？祈年孔夙，方社不莫。昊天上帝，則不我虞。敬恭明神，宜無悔怒。六章　旱既大甚，散無友紀。鞫哉庶正，疚哉冢宰，趣馬師氏，膳夫左右，

靡人不周，無不能止。凡在朝臣，莫不救旱。瞻卬昊天，云如何里？七章

瞻卬昊天，有嘒其星。應上「雲漢」。大夫君子，昭假無贏。大命近止，無棄爾成。何求爲我，以戾庶正？瞻卬昊天，曷惠其寧？八章

右《雲漢》八章，章十句。此一篇禳旱文也。而《序》謂「仍叔美宣王」，姚氏譏其「未有考」。然使其實有所考，而篇中所言亦非美王意，乃王自禱詞耳。詩開口即爲民號冤，仰天上訴，曰「於乎！何辜今之人？」祇此一念之誠，哀矜惻怛不能自已，已足爲消烖弭禍之本。況又爲民求神，上而后稷、上帝之尊且親，下而祈年、方社之神且靈，「自郊徂宮」，罔不奠瘞，所謂「靡神不宗」，無牲不備者也。凡在朝臣，如庶正，如冢宰，如趣馬、師氏，如膳夫左右，又無不同心救旱，悉敬悉誠，亦庶幾乎上帝式臨，后稷克勝矣。而乃寧莫我聽乎？夫「旱既大甚，蘊隆蟲蟲」，既不可推，又不可沮。「滌滌山川，旱魃爲虐」，天降喪亂，曷其有極？於是饑饉薦臻，凶歲頻仍。周雖餘民，「靡有孑遺」，其不至散無友紀，「先祖于摧」者，亦幾希矣！夫是以憂心憚暑，「如惔如焚」。欲避之而無可避，即逃之又不能逃。於乎！「昊天上帝」，「胡寧瘨我以旱」，而不我遺，曾亦不知其何故也？嗟嗟！「群公先正」，縱不我助，亦不我聞。而「父母先祖」，亦寧忍予而「靡瞻靡顧」乎？夫「上帝不臨」，后稷莫勝，是「大命近止」，尊親俱無可恃矣。夫與其耗斁下土，害及蒼生，毋寧禍我一人，猶得以身當之，庶可暫息天怒，而無苦吾民爲也。獨是瞻彼昊天，不唯

昭回雲漢，而且「有嘒其星」，天未厭亂，莫能挽回。敢不業業兢兢，如雷如霆，益矢敬恭，以答明神。蓋昭格不懈於前修，天心悔禍於將來，此豈爲吾一人慮哉？殆將以定衆志於庶司也。天乎，天乎！仰視蒼蒼，何時是惠我以寧時乎？此非禱祝詞乎？何以謂之爲「美宣王」也？朱氏善曰：「讀是詩見宣王有事天之敬，有事神之誠，有恤民之仁。敬畏以事天，而天監之；虔恭以事神，而神享之；惻怛以恤民，而民懷之。蘊隆之氣消，豐穰之效著，内治既修，外攘斯舉。中興之業，皆自《雲漢》一念之烈而基之也。」此所以爲「美宣王」意歟？然詩則固脩省恐懼之不暇矣，而何以「美」爲？吾故曰禳旱文也。

【眉評】〔一章〕開口爲民號寃，哀矜惻怛，其情如見。即此一語，已足上格穹蒼而消災禍也。〔二章〕跟上「靡神」句爲民祈澤也。〔三章〕此又寧以己身爲民當裁，則爲民之心尤切。〔四章〕恐懼脩省是救災弭患之本。〔五章〕沈痛語，不忍卒讀。父母至親既忍視予，則上帝至尊豈肯宥我？〔六章〕此章自閔其格天無術。〔七章〕此章勸衆人共力回天。〔八章〕再益求昭格，勿棄前功，總以挽回天心爲主。王心爲民，可謂切矣！

【集釋】〔雲漢〕天河也。〔昭〕光也。〔回〕轉也。言其光隨天而轉也。〔薦〕荐通。孔氏穎達曰：《左傳》曰，「晉荐饑」。《釋天》云，仍饑爲荐。〔臻〕至也。〔蘊〕蓄也，陽氣蓄積于中也。〔隆〕盛也，陽氣驕亢于外也。〔蟲蟲〕《爾雅·釋訓》：蟲蟲，薰也。蓋旱熱薰炙人也。〔殄〕絶也。〔郊〕祀天地也。〔宫〕宗廟也。〔上〕祭天也。〔下〕祭地也。〔奠瘞〕孔氏穎達曰：奠謂置之於地，瘞謂埋之於土，皆禮神之物，酒食牲玉之屬也。黄氏佐曰：奠是方祭時事，瘞是祭畢時事。〔宗〕尊也。〔克〕勝也。言后稷欲救此菑而不能勝也。〔臨〕享也。〔斁〕敗也。〔丁〕當也。言以我身當是烖害也。〔推〕去也。〔孑〕無右臂貌。〔摧〕滅也。言先祖之祀將自此而滅也。〔沮〕止也。〔大命近止〕死將至也。〔群公先正〕《集傳》：「群公先正」，《月令》所謂「雩祀百辟卿士之有益於民者，以祈穀實」者也。《月令》注云：百辟卿士，古之上公以下，若勾龍、后稷之類。〔滌滌〕言山無木，川無水，如滌而除之也。〔魃〕旱神也。孔氏穎達曰：《神異經》曰，南方有人長二三尺，袒身而目在頂上，走行如風，名曰魃。所見之國大旱，一名旱母。蓋是鬼魅之物。〔惔〕燎之也。〔瘨〕病也。〔憯〕曾也。〔祈年〕祈穀于上帝與祈來年于天宗也。〔方〕祭四方之神也。〔社〕祭土神也。〔虞〕度也。〔散無有紀〕姚氏際恒曰：君以臣爲友，今以旱故，將離散無紀矣。亦倒字句，謂友散無紀也。《集傳》曰，「友紀，猶言綱紀」，未聞友之訓綱也。〔鞫〕窮也。〔庶正〕衆官之長也。〔疚〕病也。〔冢宰〕又衆長之長也。〔趣馬〕掌馬之官。〔師氏〕掌以兵守王門者。〔膳夫〕掌食之官也。〔周〕救也。《集傳》：歲凶年，穀不登，則趣馬不秣，師氏弛其兵，馳道不除，祭事不縣，膳夫徹膳，左右布而不脩，大夫不食粱，士飲酒不樂。言諸臣無有一人不周救百姓者。〔無不能止〕無以不能而遂止不爲也。〔里〕《集傳》：里，憂也。與《漢書》「無俚」之俚同，聊賴之意也。吕氏祖謙曰：《釋文》曰：「里本作㾖」。《爾雅》作悝。《釋詁》曰：「悝，憂也。」劉氏瑾曰：《孟子》「稽大不理於口」。《集傳》訓賴，亦引《季布傳》「無俚」之俚爲證，然則里、理、俚，蓋通用。〔嘒〕明貌。〔假〕音格，至也。

【標韻】天一先人十一真臻同牲八庚聽九青通韻　蟲一東宮同宗二冬臨十二侵躬東叶韻　推十灰雷同遺四支遺同摧灰通韻　沮六語所同顧七遇助六御予六魚叶韻　川先焚十二文熏、聞並同遯十三阮叶韻　去御故遇莫同虞七虞怒遇叶韻　紀四紙宰十賄右二十五有止紙里同叶韻　星青贏庚成、正並同寧青通韻

崧高　送申伯就封于謝，用式南邦也。

崧高維嶽，駿極于天。維嶽降神，生甫及申。維申及甫，姚氏云，「急轉見主客」。維周之翰，四國于蕃，功。四方于宣。功。○一章　亹亹申伯，王纘之事，于邑于謝，南國是式。王命召伯，「定申伯之宅。宮室。登是南邦，世執其功」。二章　王命申伯，「式是南邦。因是謝人，以作爾庸」。王命召伯，徹申伯土田。賦稅。王命傅御，遷其私人。家人。○三章　申伯之功，召伯是營。有俶其城，城郭。寢廟既成，宗廟。既成藐藐。王錫申伯，四牡蹻蹻，車馬。鉤

膺濯濯。四章　王遣申伯，路車乘馬。「我圖爾居，莫如南土。錫爾介圭，桓圭。以作爾寶。往近王舅，南土是保」。五章　申伯信邁，於是始行。王餞于郿。郊餞。申伯還南，謝于誠歸。王命召伯，徹申伯土疆，以峙其粻，行糧。式遄其行。六章　申伯番番，既入于謝，徒御嘽嘽。就國是行後事。周邦咸喜，戎有良翰。不顯申伯，王之元舅，文武是憲。全德。○七章　申伯之德，柔惠且直。全德。揉此萬邦，聞于四國。功。吉甫作誦，作詩人。其詩孔碩，詩品。其風肆好，以贈申伯。點明作收。○八章

右《崧高》八章，章八句。此詩與下篇《烝民》，同爲尹吉甫贈送之作。一送申伯，一送仲山甫，以二臣位相亞，名相符，才德又相配，故於二臣之行也，特贈詩以美之。於申伯則曰嶽降，於山甫則曰天生，二詩發端皆極意經營，工力亦極相敵。是二詩者，尹吉甫有意匹配之作也。有意匹配二臣，爲宣王中興生色。則篇中所謂「生甫及申」之甫，非仲山甫而何？乃諸儒忽曰：「甫，甫侯也，即穆王時作《吕刑》者。」《集傳》疑二人不同時，難以並舉。又云：「或曰此是宣王時人，而作《吕刑》者之子孫也。」吕氏祖謙亦曰：「甫、申，意者皆宣王時賢諸侯，同有功於王室者。甫雖不見於經，以文意考之，蓋當如此也。」舍現在同見於詩之人不言，而乃爲此猜疑無定之辭，真是可怪！蓋泥申、甫皆國名耳。唯嚴氏粲曰：「舊説謂姜氏之先主四嶽之祀。嶽神福興其子孫」，則執著于「嶽降」之文，以辭害意矣。此詩言「嶽降」，猶《烝民》言「天生仲山甫」

耳。當時仲山甫爲相，申伯亞于山甫，借山甫以大申伯也。且申伯光輔中興，而遠取周道始衰之甫侯以匹之，非所以褒揚申伯也。或者疑甫爲字，申爲國，則名稱不類，故以申、甫皆爲國。不知古人文辭難以例拘。《舜典》稱「契、稷」，稷以官，契以名。漢稱「絳、灌」，絳以封邑，灌以姓，皆不類也。此何玄子爲之覈實曰：「或謂吉甫既爲作詩之人，二甫字同，必無自贊之理。」然《烝民》之詩美仲山甫，篇中亦明著爲吉甫所作，則此詩以申甫並言，乃似統爲二詩發端，亦可以見甫之爲仲山甫，又斷斷無疑也。二詩同編，二臣對咏，明白如是，尚煩諸儒辯論如是，則其他有疑難定者，不言可知。噫！經學之難，不難於考證多端，難於通儒一言以決之耳！此詩用筆雖俊爽，而製局甚平，無足爲異。唯發端嚴重莊凝，有泰山巖巖氣象。中興賢佐，天子懿親，非此手筆不足以稱題。以下歷叙王命諸臣代伯經營其國，自城郭、宗廟、宮室、車馬、寶玉，以及土田、賦税之屬，無不具備。所尤異者，伯之家人，亦令傅御代爲遷徙；赴國行糧，亦命召伯早爲儲備。王之寵臣，可謂至矣！夫古之封建，錫以車馬，畀以寶玉者有之；未有代營其城邑、寢廟者。古之寵賚，予以弓矢，賜以甲第者有之；未有代遷其室家，且並慮及餱糧者。有之，自宣王待申伯始。然則爲之臣者，宜何如感泣忘身以報之耶？此中興業所以不難就也。蓋王之爲是，曲盡恩榮者，非以伯爲元舅之尊也，非以伯有擁戴之勞也，誠以其資兼文武，望重屏藩，論德則柔惠堪嘉，論功則蕃宣足式，故用「以式南邦」，不得不如是之恩意周浹，禮文備至焉爾。然則諸臣之旁觀者，又不知如何感泣，亦將忘身以報之矣。嗚乎！令德聖主，忠藎賢臣，其推誠相與，夫固有非形迹所能喻者。此尹吉甫之所爲長言而歌咏之也歟？

【眉評】〔一章〕起筆峥嶸，與嶽勢競隆。後世杜甫呈獻鉅篇，專學此種。〔二、三、四、五章〕中開四章，皆王遣臣代其經營而錫予之，自城郭、宗廟、宫室、車馬、寶玉，以及土田、賦税之屬，無不具備；且命傅御遷其家人，則寵榮者至矣。〔六章〕至是始入餞行正面，更爲備及行糧，是何等周密！〔七章〕入謝乃文章後路應有之意。〔八章〕結尾點明作意，並特表其功德之盛，非徒以親貴邀寵者，亦詩人自占身分處。

【集釋】〔崧高〕《集傳》：山大而高曰崧。李氏巡曰：山高大者自名崧，本不指中嶽。今之中嶽名嵩高，或取此文以立名乎？〔嶽〕山之尊者，東岱、南霍、西華、北恒是也。〔駿〕大也。〔甫〕即仲山甫，説見篇中。〔申〕申伯，姜姓國也。孔氏穎達曰：堯之時有姜氏者，掌四岳之祭。周則有甫、申、齊、許，皆姜氏之苗裔也。〔翰〕榦也。〔蕃〕蔽也。〔亹亹〕强勉之貌。〔纘〕繼也。〔邑〕國都之處也。王氏安石曰：國之所都亦曰邑，「作邑于豐」、「商邑翼翼」是也。〔謝〕《集傳》：謝在今鄧州南陽縣，周之南土也。曹氏粹中曰：《地理志》，南陽宛縣有申伯國，棘陽縣東北百里有謝城，其地蓋相近。〔式〕法也。陳氏飛鵬曰：「南國是式」者，命爲州牧也。〔召伯〕召穆公虎也。〔登〕成也。〔世執其功〕言使申伯後世常守其功也。〔徹〕何氏楷曰：用徹法以正其土田，則經界之脩明，稅賦之畫一皆在其中矣。此即《黍苗》篇所云平原隰，清泉流之事。又曰：《韓奕》言「實畝實籍」，《江漢》言「徹我疆土」，而此言「徹申伯土田」，蓋自厲王暴虐，而徹法壞盡矣。宣王中興之美，亦可見其一也。〔傅御〕申伯家臣之長也。〔私人〕家人也。〔遷〕使就國也。〔俶〕始也。〔藐藐〕深貌。〔蹻蹻〕壯貌。〔濯濯〕光明貌。〔介圭〕諸侯封圭，蓋桓圭以朝於天子者也。〔近〕《集傳》：近，辭也。徐氏光啟曰：辭者，語辭也。鄭氏康成曰：聲如「彼記之子」之「記」。案：《説文》從辵，從丌。今從斤，誤。〔郿〕今鳳翔府郿縣。孔氏穎達曰：自鎬適申，塗不經郿。時宣王蓋省視岐周，故餞之于郿。申伯既受命，王餞，還歸於鎬而後適申也。案：此近是。〔信邁誠歸〕何氏楷曰：邁，行也。「信邁」，猶云果行也。「謝于誠歸」者，鄭云，「誠歸于謝」也。〔峙粻〕《集傳》：峙，積也。粻，糧也。遄，速也。召伯之營謝也，則已斂其稅賦，積其餱糧，使廬市有止宿之委積，故能使申伯無留行也。〔番番〕武勇貌。〔嘽嘽〕衆盛貌。〔戎〕汝也。〔揉〕治也。〔吉甫〕尹吉甫，周之卿士也。〔誦〕工師所誦之辭也。〔碩〕大也。〔風〕姚氏際恒曰：此《雅》也，而曰「其風肆好」，則知凡詩皆可稱「風」，第《雅》《頌》可稱「風」，《風》不可稱「雅」、「頌」耳。〔肆〕遂也。

【標韻】天一先申十一真翰十四寒宣先通韻　事四寘式十三職宅十一陌叶韻　邦七陽功一東叶韻　邦陽庸二冬

叶韻　田先人真通韻　營八庚成同本韻　伯陌濯三覺藐十七篠蹻同隔句韻　馬二十一馬土七麌叶韻　寶十九皓保同本韻　郿四支歸五微通韻　疆陽行同本韻　謝二十二禡喜四紙叶韻　翰十五翰憲十四願叶韻　德職直、國並同本韻　碩陌伯同本韻

烝民　送仲山甫築城于齊，懷柔東諸侯也。

天生烝民，有物有則。民之秉彝，好是懿德。天監有周，昭假于下。保茲天子，生仲山甫。深源星宿，不獨理精，詞亦粹然。雖宜聖亦不能不爲之心折。此《三百篇》說理第一義也。○一章　仲山甫之德，承德字來。柔嘉維則。跟則字。令儀令色，表。小心翼翼。裏。古訓是式，學問。威儀是力。修行。天子是若，明命使賦。事業。○二章　王命仲山甫，式是百辟。外總百官。纘戎祖考，世官。王躬是保。內輔君德。出納王命，入司政本。王之喉舌。賦政于外，出治四方。四方爰發。三章　肅肅王命，仲山甫將之。承上賦政。邦國若否，仲山甫明之。既明且哲，回顧德字。以保其身。保身。夙夜匪解，以事一人。致君。○四章　人亦有言，柔則茹之，剛則吐之。維仲山甫，柔亦不茹，柔有則。剛亦不吐。剛亦有則。不侮矜寡，不畏彊禦。五章　人亦有言，德輶如毛，民鮮克舉之。奇喻。我儀圖之，維仲山甫舉之。進一層言。愛莫助之。袞職有闕，維仲山甫補之。六章　仲山甫出祖，入題正面。四牡業業，征夫捷捷，每懷靡及。四牡彭彭，

八鸞鏘鏘。王命仲山甫，城彼東方。築城。○七章　四牡騤騤，八鸞喈喈。仲山甫徂齊，地名。式遄其歸。吉甫作誦，並點詩人。穆如清風。名句。仲山甫永懷，以慰其心。八章

右《烝民》八章，章八句。《序》謂「美宣王任賢使能，周室中興焉」。而詩中無美王意，故《集傳》改爲送行之作，本詩詞也。郝仲輿駁之云：「時厲王流彘，諸侯已不知有天子。齊，遠而區區之城，且以上請，豈非宣王復興之烈哉？删《詩》存《烝民》，《春秋》之旨。如解作送行，何關王政？何登於《雅》？」姚氏以爲「佞序」，「真腐儒之見。詩末句明言『仲山甫永懷，以慰其心』，並不及美宣王之意，何緣不讀詩乎？」案，郝論甚正大，未可厚非。然自是詩外意，非詩中旨也。詩本美仲山甫，故備舉其德性、學行、事業，以及世系、官守，無不極意推美，而總歸之於德，且準以則焉而不過，幾於《中庸》至善學，故能使宣聖三復其言而歎美之。然則仲山甫賢，即作詩之尹吉甫亦可不謂之爲賢乎？此詩内意也。若築城於齊，不過尋常卿士任之足矣，何至以才全德備，補衮重臣遠出而司其事？豈非以諸侯久無朝廷，今一旦以築城請，不得不命天子保傅親受其成。雖曰「城彼東方」，實懷柔東諸侯也。故尹吉甫作詩美之，亦此意歟？不然，何云「仲山甫永懷，以慰其心」耶？唯不宜直云「美宣王」，但當曰送仲山甫築城於齊，則《春秋》之義自見。惜諸儒説《詩》，率多半明半暗，未能窺其全旨，故來後人指摘相循而未有已時耳。

【眉評】〔一章〕工於發端，與上篇同一高渾有勢。然「嶽降」以氣言，「天生」以理言，妙在説理不

腐，三代之異於南宋者以此。〔二章〕此詩備舉其德，由德行遞到事業。〔三章〕此章總言職守。〔四章〕此章由政事轉言德行。〔五、六章〕二章專表其德，至補袞始微帶政治，然總不脱則字。蓋則字是懿德之準，即是此詩之骨。須看他描寫山甫德行，處處無過乎則。〔七、八章〕此二章方寫出行，爲作詩送别之由，篇法極爲整飭。

【集釋】〔烝〕衆也。〔則〕法也。〔秉〕執也。〔彝〕常也。〔懿〕美也。〔監〕視也。〔昭〕明也。〔假〕至也。〔保〕佑也。〔仲山甫〕樊侯字也。孔氏穎達曰：《周語》稱「樊仲山甫諫宣王」，是山甫爲樊國之君也。韋昭云，「食采於樊」。僖二十五年《左傳》説晉文公納、定襄王，王賜之樊邑，則樊在東都之畿内也。〔嘉〕美也。〔令〕善也。〔色〕顔色也。〔翼翼〕恭敬貌。〔古訓〕先王之遺典也。〔若〕順也。〔賦〕布也。〔戎〕女也。〔王躬是保〕《集傳》：所謂保其身體者也。然則仲山甫蓋以冢宰兼太保，抑其世官也與？或問：仲山甫以冢宰兼太保，何以知之？曰：其言「式是百辟」，則是爲宰相可知。其曰「保兹天子」、「王躬是保」，則是爲大保可知。〔出〕承而布之也。〔納〕行而復之也。〔喉舌〕所以出言也。〔發〕發而應之也。〔將〕奉行也。〔若〕順也。〔否〕猶臧否也。〔明〕謂明於理。〔哲〕謂察於事。〔保身〕《集傳》：蓋順理以守身，非趨利避害而偷以全軀之謂也。〔茹〕納也。〔輶〕輕也。劉氏濟曰：《駟驖》曰「輶車」者，亦取其馳逐之輕，故輶有輕之義。〔儀〕度也。〔圖〕謀也。〔袞職〕王職也。〔祖〕行祭也。〔業業〕健貌。〔捷捷〕疾貌。〔東方〕齊也。〔式遄其歸〕不欲其久於外也。〔穆〕深長也。

【標韻】則十三職德同本韻　下二十一馬甫七麌叶韻　德職則、色、翼、式、力並同本韻　若十藥賦七遇叶韻　甫、辟無韻考十九皓保同本韻　舌九屑發六月通韻　將七陽明八庚轉韻　身十一真人同本韻　茹六語吐麌甫同茹語吐麌禦語通韻　舉語助六御補麌叶韻　業十七洽捷十六葉及十四緝通韻　彭庚鏘陽方同轉韻　騤四支喈九佳歸五微通韻　風一東心十二侵叶韻

韓奕　送韓侯入覲歸娶，爲國北衛也。

奕奕梁山，維禹甸之。從韓地起，遠溯禹甸爲封建，作勢嚴重有法。有倬其道，韓侯受命。王親命之，「纘戎祖考，無廢朕命！夙夜匪解，虔共爾位！朕命不易。榦不庭方，以佐戎辟」。一章　四牡奕奕，孔修且張。韓侯入覲，以其介圭，入覲于王。王錫韓侯，淑旂綏章，簟茀錯衡。玄袞赤舄，鉤膺鏤鍚，鞹鞃淺幭，鞗革金厄。二章　韓侯出祖，出宿于屠。顯父餞之，清酒百壺。其殽維何？炰鼈鮮魚，其蔌維何？維筍及蒲。其贈維何？乘馬路車。籩豆有且，侯氏燕胥。三章　韓侯取妻，汾王之甥，蹶父之子。忽入取妻一段，不獨文章生色，事亦極有關係。韓侯迎止，于蹶之里。親迎。百兩彭彭，八鸞鏘鏘，不顯其光。諸娣從之，祁祁如雲。

韓侯顧之，爛其盈門。入門。○四章　蹶父孔武，靡國不到。爲韓姞相攸，追溯。莫如韓樂。孔樂韓土，順勢逗入韓國。川澤訏訏，魴鱮甫甫，麀鹿噳噳，有熊有羆，有貓有虎。慶既令居，韓姞燕譽。五章　溥彼韓城，燕師所完。以先祖受命，因時百蠻。王錫韓侯，其追其貊，奄受北國，因以其伯。實墉實壑，實畝實籍。獻其貔皮，赤豹黄羆。收筆莊雅得體。○六章

右《韓奕》六章，章十二句。此不過一篇韓侯初立，入覲受賜，因以便道親迎歸國，詩人美之之作。於國何所關係？《小序》謂「尹吉甫美宣王」，固涉泛泛，即謂「能錫命諸侯」，亦豈詩中大旨？至《集傳》則又只以爲送别之章，尤屬隔靴搔癢，未可與知人論世也。唯鄒氏忠胤曰：「韓爲望國，諸侯之向背係焉。而又密邇北國，爲一方屏藩。韓侯來朝，猶用繼世稟命之禮。王因令之纘舊服，受北國爲伯，其依毗亦隆重哉！而馭下之柄可概見矣。」此差得詩人作詩義旨。然曰「猶用繼世稟命之禮」，亦只説得「能錫命諸侯」一節，非深明當日時勢者也。愚意此詩必作於《六月》北伐之後，故爲關係中興之作。蓋自玁狁背叛以來，北方諸侯梗命不朝者亦已多矣。兹值北伐有功，韓侯適以受命入覲，而又年少英賢，爲國懿親，更配帝甥，膺兹屏翰，實足以制北狄而衛王家。故宣王因其來朝，特隆以禮。與申伯諸臣同深倚賴，非泛常比也。詩人亦於其歸國便道親迎之日，餞之以詩，亦將以北方保障望之。故首尾均以受命建國，勤修職貢爲言。至中間親迎兩章，不過借作文章波瀾，且以見其爲國至戚，尤宜輸忠以報天子耳。若天子寵錫之

隆，蹶父相攸之美，皆詩中極意烘託法，非關正意。然正意亦未嘗不由此而見也。惜後儒説《詩》，專從此等處訝其恩遇非常，則何異矮人觀場，終日不知其何故耶。姚氏際恒，近世善説《詩》者，其於此詩亦僅曰「宣王册命韓侯，韓侯入覲天子，韓侯取天子甥女爲國戚，皆絶大事。如此詩不入《大雅》，而必標曰『美宣王』，然後入《大雅》耶？」噫！以此事爲絶大事，詩爲《大雅》詩，則其識不又出矮人下數等哉！

【眉評】〔一章〕首章來朝受命，「纘戎」以下皆制詞。〔二章〕此章既朝覲而得天子之錫，奇光異彩，炫睛奪目。〔三章〕此章祖送歸國。〔四章〕此章便道親迎，一時盛事，寵榮極矣。且見爲國戚，足以捍衛王室。〔五章〕此章並及擇壻，文勢更覺舒展。姚氏云，因取妻及擇壻于韓，見韓王之美，仍歸封國本旨。其聯絡脱卸處，幾于無迹可尋。章末落到歸韓，特言「韓姞燕譽」，與上「侯氏燕胥」遥遥相對。〔六章〕末章仍歸到封建，因其前人之土宇，增今日之疆域，不唯使其勤修職貢，且令其懷柔北狄。

【集釋】〔奕奕〕大也。〔梁山〕《集傳》：梁山，韓之鎮也，今在同州韓城縣。李氏樗曰：其後屬晉。《爾雅》：梁山，晉望也〔一〕。孫炎注曰，晉國所望祭，則是韓滅之後，故以爲晉望也。〔甸〕治也。〔倬〕明貌。〔韓〕國名，侯爵，武王之後也。〔受命〕《集傳》：受命，蓋即位除喪，以士服入見天子而聽命也。班氏固曰：世子上受爵命，衣士服何？謙不敢自專也。

〔纘〕繼也。〔戎〕汝也。〔易〕改也。〔榦〕正也。〔不庭方〕不來庭之國也。梁氏益曰：《左傳》，鄭莊公以王命討不庭。説者曰，下之事上皆成禮於庭中。不庭，言不趨走於庭，故討其罪。〔辟〕君也。〔修〕長也。〔張〕大也。〔介圭〕封圭也。〔淑〕善也。

〔綏章〕《集傳》：綏章，染鳥羽或旄牛尾爲之，注於旂竿之首，爲表章者也。〔鉤膺鏤錫〕《集傳》：鏤，刻金也。馬眉上飾曰錫，今當盧也。孔氏穎達曰：當盧者，當馬之額盧，在眼眉之上。案《巾車》「玉路，錫樊纓，金路，鉤樊纓。」注云，「金路，無錫有鉤」，此言鉤膺必金路矣，而得有鏤錫者，蓋特賜之。〔鞹鞃淺幭〕《集傳》：鞹，去毛之革也。鞃，式中也。謂兩較之間，横木可憑者，以鞹持之使牢固也。淺，虎皮。幭，覆式也。字一作幦，又作幎，以有毛之皮覆式上也。孔氏穎達曰：幭字，《禮記》作幦，《周禮》作⿰衤冥，字異而義同。《玉藻》言「羔幦鹿幦」，《春官·巾車》言「犬⿰衤冥豻⿰衤冥」，皆以有毛之皮爲幦。《少儀》御車之法云，「拖諸幦」，明在軾上，故知覆軾也。〔鞗革金厄〕《集傳》：鞗革，轡首也。金厄，以金爲環，纏搤轡首也。孔氏穎達曰：厄，大蟲，似蠶。金厄者，以金接轡之端如厄蟲然也。〔屠〕《集傳》：屠，地名，或曰，即杜也。姚氏際恒曰：屠、杜古通用。晉有「杜蒯」，亦作「屠蒯」。《漢志》注云，「古杜伯國，漢宣帝葬其地，因曰杜陵，在長安南十五里。」〔顯父〕周之卿士也。〔蔌〕菜殽也。〔筍〕竹萌也。〔蒲〕蒲蒻也。〔且〕多貌。〔侯氏〕《覲禮》：諸侯來朝者之稱。此則指韓侯也。

〔胥〕語辭。〔汾王之甥〕汾王，厲王也。厲王流于彘，在汾水上，故曰汾王也。甥指韓姞。〔蹶父〕周之卿士，韓姞父也。〔姞〕姓也。曹氏粹中曰：「《説文》曰：「黄帝之後，伯鯈姓。姞，后稷妃家」也，然則蹶，蓋其氏也。〔諸娣〕《集傳》：諸侯一娶九女，二國媵之，皆有娣姪也。〔相攸〕擇可嫁之所也。〔訏訏甫甫〕皆大也。〔噳噳〕衆也。〔貓〕《集傳》：貓，似虎而淺毛。《爾雅》：虎竊毛，謂之虦貓。〔慶〕喜也。〔令〕善也。〔燕〕安也。〔譽〕樂也。〔溥〕大也。〔燕師所完〕燕召公之國也。韓初封時，王命以其衆爲築此城。〔追貊〕夷狄之國也。〔墉〕城也。〔壑〕池也。〔籍〕税也。〔貔〕猛獸也。

【標韻】甸十七霰命二十四敬命同通韻　道十九篠考同本韻　解十卦位四寘通韻　易十一陌辟同本韻　張七陽王、章並同衡八庚轉韻　舄陌錫十一錫厄陌通韻　屠七虞壺同魚六魚蒲虞車魚且、胥並同通韻　子四紙止、里同本韻　彭庚鏘陽光同轉韻　雲十二文門十三元通韻　到二十號樂十九效通韻　土七麌訏虞甫麌噳麌虎麌譽六御叶韻　完十四寒蠻十五删通韻　貊陌伯、籍並同本韻　皮四支羆同本韻

校記

〔一〕「梁」字原奪，據《爾雅·釋山》補。

江漢　召穆公平淮銘器也。

江漢浮浮，武夫滔滔。匪安匪遊，淮夷來求。既出我車，既設我旟。匪安匪舒，淮夷來鋪。一章　江漢湯湯，武夫洸洸。經營四方，告成于王。四方既平，王國庶定。時靡有争，王心載寧。平淮之事止此。○二章　江漢之滸，王命召虎。以下善後事。「式辟四方，徹我疆土。匪疚匪棘，王國來極」。于疆于理，至于南海。三章　王命召虎，「來旬來宣。文武受命，召公維翰。無曰予小子，召公是似。肇敏戎公，用錫爾祉」。四章　「釐爾圭瓚，秬鬯一卣。告于文人，錫山土田。于周受命，自召祖命」。受賞。虎拜稽首，「天子萬年」！五章　虎拜稽首，「對揚王休，作召公考，天子萬壽」！銘勳於器是主。明明天子，令聞不已。矢其文德，洽此四國。六章

右《江漢》六章，章八句。此似一篇召伯家廟紀勳銘。蓋穆公平淮夷，歸受上賞，因作成於祖廟，歸美康公，以祀其先也。細觀詩意自見。首二章叙平淮之功甚略，後二章述慶賞報塞之義極詳。反覆祝頌，鄭重賡颺，歌咏不已，則其歸重後層可知。中興復舊典，旬宣遠猷，皆設爲王命之詞，以便歸功祖德，亦無非爲後半作勢。豈非廟器銘哉？《序》以爲「尹吉甫美宣王能興衰撥亂，命召公平淮夷」，不知作何夢囈。《集傳》以爲「詩人美之」者，亦非。蓋自銘其器耳。夫

淮夷平自是宣王中興事，然詩非爲宣王作，特編《詩》者録之，以見宣王之功也。此中界限不可不明。詎得因其平淮夷，遂漫然以爲「美宣王」而無所區别哉？

【眉評】〔一章〕整師而往。〔二章〕淮夷患除。〔三章〕善後安民，不外興復井田，清釐賦税諸法。〔四章〕再勉以繼述先業。皆設爲王策命之言，落句即起下章，論定賞行，鄭重之至。〔五、六章〕頌揚王休，乃臣子報塞之義，然仍勸君以文德，則寓箴規於賡拜時矣。

【集釋】〔浮浮〕水盛貌。〔滔滔〕順流貌。蓋平淮由江、漢率師順流而下也。〔淮夷〕夷之在淮南者。〔鋪〕陳也，陳師以伐之也。〔洸洸〕武貌。〔庶〕幸也。〔虎〕召穆公名也。〔辟〕與闢同。〔徹〕井其田也。〔疚〕病也。〔棘〕急也。〔極〕中之表也，居中而爲四方所取正也。〔旬〕徧也。〔宣〕布也。〔召公〕召康公奭也。〔翰〕榦也。〔予小子〕王自稱也。〔肇〕開也。〔戎〕汝也。〔公〕功也。〔釐〕賜也。〔卣〕《爾雅·釋器》：卣，中尊也。〔文人〕姚氏際恒曰：「文人」，自指文王。《毛傳》但訓爲「文德之人」，非。《集傳》曰，「文人，先祖之有文德者也，謂文王也」。爲説雜而複，亦非。〔周〕岐周也。〔召祖〕穆公之祖康公也。《集傳》：古者爵人必於祖廟，示不敢專也。又使往受命於岐周，從其祖康公受命於文王之所，以寵異之。〔對〕答也。〔揚〕稱也。〔作召公考〕《集傳》：考，成也。言穆公既受賜，遂答稱天子之美命，作康公之廟器，而勒王策命之詞以考其成，且祝天子以萬壽也。古器物銘云，「郙拜稽首，敢對揚天子休命，用作朕皇考龔伯尊敦。郙其眉壽，萬年無疆」！語正相類。但彼自祝其壽，而此祝君壽耳。案：此詩即銘詞，《集傳》既知考成爲銘器而不敢斷者，何也？〔矢〕陳也。

【標韻】浮十一尤滔四豪游尤求同叶韻　車六魚旟、舒並同鋪七虞通韻　湯七陽洸、方、王並同平八庚定二十五徑爭庚寧九青叶韻　滸七虞虎、土並同本韻　棘十三職極同本韻　理四紙海十賄通韻　宣一先翰十四寒通韻　子紙似、祉並同本韻　瓚十四旱卣二十五有無韻　人十一真田先命二十四敬年先叶韻　首有休尤考十九皓壽二十六宥叶韻　子紙已同本韻　德十三職國同本韻

常武　宣王自將伐徐也。

赫赫明明，王命卿士，南仲大祖，世爲名將。大師皇父，「整我六師，以修我戎，既敬既戒，惠此南國！」一章　王謂尹氏，「命程伯休父，左右陳行。戒我師旅，率彼淮浦，省此徐土」。取道于淮，所征在徐。不留不處，三事就緒。二章　赫赫業業，有嚴天子。王舒保作，匪紹匪遊。徐方繹騷。震驚徐方，如雷如霆，聲勢。徐方震驚。三章　王奮厥武，王親指麾。如震如怒。進厥虎臣，猛將。闞如虓虎。鋪敦淮濆，仍執醜虜。生擒。截彼淮浦，奇兵。王師之所。四章　王旅嘽嘽，如飛如翰，迅疾。如江如漢，洶湧。如山之苞，静守。如川之流。動攻。緜緜翼

翼，聯營。不測不克，祕謀。濯征徐國。痛勦。〇五章　王猶允塞，徐方既來。徐方既同，天子之功。四方既平，徐方來庭。徐方不回，王曰還歸。暢然滿志，凱還。〇六章

右《常武》六章，章八句。詩無「常武」字而以名篇，故又啟諸儒紛紛疑議，二千餘年尚無定解，抑又可笑。《小序》曰：「召穆公美宣王也。」不知其何所據？《大序》曰：「有常德以立武事，因以爲戒然。」然篇中有美而無戒，且所謂「常德」者，亦不知其何以謂之「常德」，而始可「立武事」？均覺難解。《辯説》獨不敢非，以爲「於理亦通」，故其言曰：「詩中無『常武』字，召穆公特名其篇，蓋有二義：有常德以立武則可，以武爲常則不可。此所以有美而有戒也。」是又本《序》以爲說，無怪姚氏譏其爲「佞《序》者，莫若朱也」。然姚氏亦無説以解此，則其他又何論耶？愚按：常者，恒也，謂事之有恒者而後可常焉。蓋對變言，而又近乎黷者也。武者，事之變，詎可以爲常武也？不可黷，又豈可視爲恒？唯當其時，不能不用武以定亂，則雖變也，而亦正焉。匪黷也，乃無忘乎恒耳。周之世武功最著者二：曰武王，曰宣王。武王克商，樂曰《大武》；宣王中興，詩曰《常武》，蓋詩即樂也。此名「常武」者，其宣王之樂歟？殆將以示後世子孫，不可以武爲常，而又不可暫忘武備，必如宣王之武而後爲武之常。然變而不失其正焉者耳，而豈以武爲常哉？又豈如《序》所云「有常德以立武事」之謂哉？詩首命將，次置副，三乃親征，四五則皆臨陣指麾，出奇進攻諸事。蓋誓師則必敬必戒，整隊則成列成行。循淮而下，直薄徐

土。軍未行而先聲已震；陣甫列而醜虜成禽。静守則如山之苞，勢不可撼；動攻則如川之流，氣莫能當。有猛士尤貴奇謀，故不測而不克；有偏師乃行正道，故緜緜而翼翼。截彼淮浦，防其逸，尤用擊援；濯征徐國，擒渠魁，並勦餘孽。是一篇古戰場文字。迨至「徐方既來」，「徐方來同」，乃歸功天子。而「徐方來庭」，「徐方不回」，天子亦不自有其功。曰：「是豈可以爲常哉？蓋不得已也，可以下令還歸矣！」中興業建，樂舞斯成，名命《常武》，是之謂歟？蓋不敢上媲《大武》，亦不敢下同「黷武」。特恐後世子孫以武爲常，而輕試其鋒；又恐後世臣民與武相忘，而竟無所備，是皆不可以爲常，載咏篇章並觀樂舞，不能不爽然而自失也。於乎！宣王用意可不謂之深且遠哉！

【眉評】〔一章〕命將。兵凶戰危，故以敬戒爲主，即臨事而懼之意。〔二章〕置副。循淮而下以至徐土，是師行正道。〔三章〕以下方寫自將，先聲早已奪人。蓋以順討逆，宜無不克，況親征乎？〔四、五章〕横截淮浦，斷其歸路，並扼援師，下章乃能淨洗賊窟，不留遺孽。故曰「濯征」，鍊字新而奇，並有更新之意。〔六章〕「徐方」二字回環互用，奇絶快絶！杜甫「即從巴峽穿巫峽，便下襄陽向洛陽」之句，有此神理。標韻案，戎不入韻，諸家叶音汝，不必從。

【集釋】〔卿士〕即皇父之官也。孔氏穎達曰：《十月之交》皇父與此皇父得爲一人。或皇氏父字，傳世稱之，亦未可知也。〔南仲〕見《出車》篇。〔大祖〕始祖也。〔大師〕皇父之兼官也。

陳氏飛鵬曰：自冢宰而下謂之六卿，大師而下謂之三公。既曰「王命卿士」，又曰「大師皇父」，周家不特設三公，皆兼職而已。如周公以冢宰兼大師也。〔尹氏〕吉甫也，蓋爲内史，掌策命卿大夫也。〔程伯休父〕周大夫。孔氏穎達曰：程國之伯，字休父。《楚語》云：「重黎民世叙天地，其在周，程伯休父其後也。當宣王時，失其官守，而爲司馬氏」。濮氏一之曰：程，畿内邑，在豐。〔三事〕姚氏際恒曰：「三事」，《毛傳》謂之「立三有事之臣」。案此即《書·立政》篇「作三事」，及《詩·十月》篇「擇三有事」，《雨無正》「三事大夫」也。謂分主六軍之三事大夫，無一不盡職以就緒也。鄭氏謂「三農之事」，謬。〔赫赫〕顯也。〔業業〕大也。〔嚴〕威也。天子自將，威可畏也。〔王舒保作〕《集傳》：未詳其義。或曰，舒，徐。保，安。作，行也。言王師舒徐而安行也。曹氏粹中曰：雖以天子之威靈如此，亦安徐詳諦而後動。〔紹〕糾緊也。〔游〕遨游也。〔繹〕連絡也。〔騷〕擾動也。〔進〕鼓而進之也。〔闞〕奮怒之貌。〔虓〕虎之自怒也。〔鋪〕布也。〔敦〕頓也。〔仍〕《集傳》：仍，就也。《老子》曰：「攘臂而仍之。」〔截〕絶也，謂斷絶其出入之路也。〔嘽嘽〕衆盛貌。〔苞〕本也。〔緜緜〕不斷也。〔翼翼〕不單也。〔不測〕不厭詐也。〔不克〕先爲不可勝也。〔濯征〕有洗濯其腥穢之意。〔允〕信也。〔塞〕實也。〔庭〕朝也。孔氏穎達曰：既降服後，朝京師而至王庭。〔回〕不復叛也。〔還歸〕班師而歸也。

【標韻】士四紙父七虞戎一東國十三職叶韻　父虞旅六語浦虞土同處語緒同通韻　子紙作十藥無韻　游十一尤騷四豪叶韻　方七陽驚八庚轉韻　武虞怒七遇虎虞虜、浦並同所語叶韻　翰十五翰漢同本韻　苞三肴流尤叶韻　翼職克、國並同本韻　塞職來十灰叶韻　同東功同本韻　平庚庭九青通韻　回灰歸五微通韻

瞻卬　刺幽王嬖褒姒以致亂也。

瞻卬昊天，則不我惠。孔填不寧，降此大厲。邦靡有定，士民其瘵。蟊賊蟊疾，靡有夷屆。罪罟不收，靡有夷瘳。一章　人有土田，女反有之。跟蟊賊。人有民人，女覆奪之。此宜無罪，女反收之。跟罪罟。彼宜有罪，女覆說之。二章　哲夫成城，哲婦傾城。健句挺接極有力。懿厥哲婦，爲梟爲鴟。婦有長舌，維厲之階。亂匪降自天，生自婦人！匪教匪誨，時維婦寺。三章　鞫人忮忒，譖始竟背。豈曰不極，伊胡爲慝？如賈三倍，君子是識。陪一筆。婦無公事，休其蠶織。四章　天何以刺？何神不富？舍爾介狄，維予胥忌。不弔不祥，威儀不類。人之云亡，邦國殄瘁！罪罟遺害至於如此。○五章　天之降罔，維其優矣。人之云亡，心之憂矣。天之降罔，維其幾矣。人之云亡，心之悲矣。六章　觱沸檻泉，維其深矣。興。心之憂矣，寧自今矣！不自我先，不自我後。藐藐昊天，無不克鞏。無忝皇祖，式救爾後！七章

右《瞻卬》七章，三章章十句，四章章八句。此刺幽王嬖襃姒致亂之詩。而《序》謂「凡伯作」，則未有考。曹氏粹中曰：「凡伯作《板》詩在厲王末，至幽王大壞時七十餘年矣，決非一人，猶家父也。」然亦不必辯。唯《集傳》謂「刺幽王嬖襃姒任奄人以致亂」，姚氏譏之，以爲「襃姒實有其人，實由以致亂。今以奄人與襃姒並舉爲言，然則何人乎？」使晦翁聞之，亦無以爲對。蓋詩雖以婦寺連言，不過女寵内侍因緣爲奸，故帶言之，非所重也。倘使女寵無實可指，則奄人與嬖妾並舉，亦自無妨。今襃姒既有其人，而奄人不過虛以對之，其可乎哉？且詩極言女禍之害，以爲亂自婦人，匪由天降。曰「傾城」，曰「長舌」，曰「厲階」，可謂窮形盡相，不遺餘力矣。而奄寺則末句偶一及之，豈可据以爲言耶？又詩之尤爲痛切者，在「人之云亡，邦國殄瘁」二語，而諸家多易忽之，真不可解！夫賢人君子，國之棟梁；耆舊老成，邦之元氣。今元氣已損，棟梁將傾，此何如時耶？蓋詩必有所指，如箕子、比干之死與奴。故曰「人之云亡」而「邦國殄瘁」也。倘使其人無足重輕，雖曰「云亡」，又何足殄人邦國也耶？惜乎無可考耳，然而痛矣！

【眉評】〔三章〕極力描寫女禍，可謂不留餘力。〔五章〕言之慘然。〔七章〕猶望其補救於後，忠厚之至。

【集釋】〔填〕《集傳》：填，舊説古塵字，又久也。〔厲〕亂也。〔瘵〕病也。〔蟊賊〕害苗之蟲也。〔疾〕害也。〔夷〕平也。〔屆〕極也。〔罟〕網也。〔反〕覆也。〔收〕拘也。

〔說〕音脱，赦也。〔哲婦〕指褒姒也。〔懿〕美也。〔梟鴟〕惡鳥也。〔長舌〕《集傳》：長舌，能多言者也。姚氏際恒曰：長舌，猶言長于舌，指其善爲譖言。故下曰「譖始竟背」，非謂多言也。譖言豈必在多乎？此正指譖申后、廢太子事，故曰「維厲之階」。「匪教匪誨」，謂不待教誨而能爲譖亂者，惟婦與寺。《集傳》毫不明。〔鞫〕窮也。〔忮〕害也。〔忒〕變也。〔譖〕不信也。〔竟〕終也。〔背〕反也。〔慝〕惡也。〔賈〕居貨者也。〔三倍〕獲利之多也。〔刺〕責也。姚氏際恒曰：「天何以刺？何神不富？」鄭氏曰，「王之爲政既無過惡，天何以責王見變異乎？神何以不福王而有災害也？」較《集傳》爲明。〔介狄二句〕《集傳》：言必將有夷狄大患，今王舍之不忌，而反以我之正言不諱爲忌，何哉？〔罔〕罟也。〔優〕多也。〔幾〕近也。〔觱沸〕泉湧貌。〔檻泉〕泉正出者。〔藐藐〕高遠貌。〔鞏〕固也。

【標韻】惠八霽厲同瘵十卦届同通韻　收十一尤瘳同本韻　田一先人十一真通韻　罪十賄罪同本韻　奪七曷説音脱，同。本韻　城八庚城同本韻　鴟四支階九佳通韻　天先人真通韻　誨十一隊寺四寘通韻　忒十三職背隊極職慝、識、織並同叶韻　刺寘富二十六宥忌寘類、瘁並同叶韻　優尤憂同本韻　幾五微悲支通韻　深十二侵今同本韻　先先天同本韻　後二十五有鞏二腫後有叶韻

召旻　刺幽王政由内亂也。

旻天疾威，天篤降喪。瘨我饑饉，民卒流亡。我居圉卒荒！一章　天降罪罟，蟊賊内訌。昏椓靡共，潰潰回遹，實靖夷我邦。二章　皋皋訿訿，曾不知其玷。兢兢業業，孔填不寧，我位孔貶。三章　如彼歲旱，草不潰茂，如彼棲苴。我相此邦，無不潰止。四章　維昔之富不如時，維今之疚不如茲。彼疏斯粺，胡不自替？職兄斯引。五章　池之竭矣，不云自頻。泉之竭矣，不云自中。溥斯害矣，職兄斯弘。不烖我躬！六章　昔先王受命，有如召公，日辟百國里。今也日蹙國百里。於乎哀哉！維今之人，不尚有舊！七章

右《召旻》七章，五章章五句，二章章七句。姚氏際恒曰：舊謂四章，章五句；三章，章七句。今正之。從其説。

此詩命名，蘇氏云：「因其首章稱『旻天』，卒章稱『召公』，故謂之《召旻》，以别《小旻》而已。」然亦不能無意焉。陳氏傅良曰：「《周南》係於周公，《召南》係於召公，豈非化之盛者必有待乎二公也？至於《風》之終係以《豳》，《雅》之終係以《召旻》，豈非化之衰者必有思乎二公耶？」作者雖未必其如是，而編《詩》者豈無意於其間哉？唯序云，「旻，閔也，閔天下無如召公之臣」，殊穿鑿不成文理。《辯説》譏之，是已。而《集傳》云：「此刺幽王任用小人，以致饑饉侵削之詩。」姚氏又以爲「涉泛，無著落」。蓋蟊賊仍指褒姒，故曰「内訌」也。然「昏椓」以下，有曰「實

靖夷我邦」，又似非專主褒姒爲言。大凡朝政之亂，無不出内以及外。況幽王嬖寵褒姒，而褒姒又工於讒譖，爲厲之階。則一時小人「皋皋訿訿」，因緣倖進，乘隙而弄國家之柄者，又豈少哉？故上章「哲婦傾城」已明刺褒姒，則此章之「昏椓」「回遹」者，不定指褒姒左右也，然亦未有不由内訌而成者。「蟊賊」句特溯其原耳，豈可執是以爲主耶？至謂「凡伯作」，已見上篇，不再辯。

【眉評】〔五章〕長句甚兀奡，篇中多以此見姿態。然在《大雅》中實爲變調。文章風會，日趨愈下也。

【集釋】〔篤〕厚也。〔瘨〕病也。〔圉〕邊陲也。〔訌〕潰也。孔氏穎達曰：以訌字從言，是争訟相陷，故至潰敗。胡氏一桂曰：小人之害在内，蟊賊之害稼亦在内，故曰内訌。〔昏椓〕昏亂椓喪之人也。〔共〕與恭同。一説與供同，謂共其職也。〔潰〕潰亂也。〔回遹〕邪僻也。〔靖〕治也。〔夷〕平也。〔皋皋〕《爾雅疏》：舍人曰：「皋皋，不治之貌。」〔訿訿〕蘇氏轍曰：訿訿，多讒謗也。〔玷〕缺也。〔填〕久也。〔潰〕姚氏際恒曰：「潰茂」及「潰止」之潰，皆訓散亂義。曹氏曰：「草散亂則茂盛，故歲旱無雨澤，則草不潰茂。」舊以上潰字訓遂，下潰字訓亂，非矣。〔棲苴〕《集傳》：棲苴，水中浮草棲於木上者。朱氏善曰：歲之旱，則草之生於谷中且不能以遂長；況其棲於木上者，安得而不枯槁乎？國之亂，則民優於財用者，且不能以自給；況其窮而無告者，安得而不流亡乎？是以「我相此邦」，無不潰亂者也。〔時〕是也。〔疚〕病也。《集傳》：言昔之富未嘗若是之疚也，而今之疚又未有若此之甚也。〔疏〕糲也。〔粺〕則精矣。〔替〕廢也。〔兄〕怳同。〔引〕長也。《集傳》：彼小人之與君子，如疏與粺，其分審矣。而曷不自替以避君子乎，而使我心專爲此故，至於愴怳引長，而不能自已也？蘇氏轍曰：疏，麤也。粺，精也。君子與小人精粗之不同，可指而知也。小人曷不自替以避君子，而乃自任以長此亂也？案：蘇説較《集傳》爲明，故再録之。〔池竭一章〕《集傳》：頻，厓。溥，廣。弘，大也。又曰，池，水之鍾也。泉，水之發也。故池之竭由外之不入，泉之竭由內之不出。言禍亂有所從起，而今不云然也。此其爲害亦已廣矣。是使我心專爲此故，至於愴怳日益弘大，而憂之曰：「是豈不裁及我躬也乎？」〔先王〕文、武也。〔召公〕康公也。〔辟〕開也。〔蹙〕促也。〔舊〕舊臣也。曹氏粹中曰：當是時去宣王中興之日不遠，其舊臣故老無尚存者乎？

【標韻】喪七陽亡、荒並同本韻　訌三江邦同本韻　玷二十八琰貶同本韻　茂二十六宥止四紙叶韻　時四支茲同本韻　粺十卦替八霽通韻　引十二震無韻未詳何叶。　頻十一真中一東弘、躬並同叶韻　里紙里同舊宥叶韻

以上《蕩之什》，凡十一篇。案：是什除首尾刺幽、厲數篇外，餘皆宣王中興詩。合觀《小雅》宣王諸什，其

中興事可概言焉。始則安集流民，而有《鴻鴈》之什，繼則爲民禳旱，而成《雲漢》之章。蓋初承厲王後，民散久矣，故以安民爲本。迨至《無羊》，司牧考成，國富兵强。然後北伐玁狁，以其逼近京邑，害先去其太甚也。於是南服蠻荆，以其形踞江漢，威加無容暫緩也。所以《六月》甫咏，即歌《采芑》，二詩實相去未遠耳。南北之患既除，及加兵遠夷，討其不庭。故分兵二路，遠伐淮、徐。一命召公，出江漢，襲取淮揚，斷夷右臂；一自將，循淮流，直擣徐國，深入腹心。故《江漢》、《常武》二詩，又同時並咏。蓋至是而四夷賓服，中興勢成，可以復文、武、成、康舊矣。然猶未也。韓侯來朝，因而封之，使爲北衛。申伯入謝，厚以餞之，用式南邦。而且命仲山甫築成于齊，以懷柔諸侯。然後大會東都，近田畿内，有廢必興，無墜不舉。而更勤于視朝，問夜何其。不唯賢臣輔治于外，更逢哲后佐理其中，而欲世之不治也得乎？而未已也。《鶴鳴》則求賢山林，《白駒》則送客空谷，無非好賢慕士，傳爲美談〔一〕。故能收功一世，著績千秋。乃未幾而徵調失常，敗績千畝。《祈父》受怨，王室遂衰。加以嗣君不德，女戎召亂，驪山烽火，焚及鎬京。王轍既東，宗周不復。蓋治亂之機，捷於影響矣。君子讀《詩》至此，能無致慨於其際歟！

校記

〔一〕「白駒」，原作「雉駒」。《詩》僅《白駒》有「在彼空谷」之句，且方氏於《白駒》云：「放隱士還山也。」據改。

詩經原始卷之十六

頌一

姚氏曰：《大序》云：「頌者，美盛德之形容，以其成功告于神明者也。」孔氏曰：「此特釋《周頌》耳，魯、商之《頌》則異于是。《商頌》雖是祭祀之歌，祭其先王之廟，述其生時之功，正是死後頌功，非以成功告神，其體異于《周頌》也。《魯頌》主咏僖公功德，又與《商頌》異也。」又曰：「《魯頌》之文尤類《小雅》；比于《商頌》，體制又異。」蘇氏曰：「商、周二《頌》皆用以告神明，而《魯頌》乃用以善禱。後世文人獻頌，特效魯耳，非商、周之舊也。」按孔、蘇二氏説《周、魯、商頌》之異，可謂明了矣。然愚謂此特言頌之用耳，非深知乎頌之體者也。章氏潢曰：「頌有頌之體，其詞則簡，其義味則雋永而不盡也。如《天作》與《雅》之《綿》，均之美大王也；《清廟》、《維天之命》與《雅》之《文王》，均之美文王也；《酌》、《桓》與《雅》之《下武》，均之美武王也；試取而同誦之，同乎？否乎？蓋雅之詞俱昌大，在頌何其約而盡也！頌之體於是乎可識矣。《敬之》、《小毖》雖非告成功，而謂之爲雅，可乎哉？魯之《有駜》、《泮水》則近乎風，《閟宮》與商之伍篇則皆近乎雅，而其體則頌也，故謂爲『變頌』也亦宜。」又曰：「宗廟朝廷均有頌也，大約主於祭祀而交神明，頌之道也。敷揚先王之盛德成功，固不如雅詩之詳盡。然聞《清廟》之頌，『顯相』、『多士』能無感乎？聞《維天之命》，『曾孫』能無感乎？聞《烈文》、《天作》，『辟公』與其子孫，能無感乎？『於乎前王不忘』之音一入于耳，而思及前王者不容已也。『噫嘻成王』之旨一惕於衷，而思及成王者不容已也。寓悚動儆惕之意於登歌祝頌之間，使在廷、在廟之人莫不精白一心，以對越祖考，洋洋乎如在其上，如在其左右焉。則先人之盛德成功，固已洋溢於升歌之表，而人神懽洽，幽明貫通，此頌之所以爲頌也。《書・大傳》曰：『周公升歌《清廟》，苟在廟中嘗見文王者，愀然如復見文王焉。』以此意會通諸頌，頌豈有餘蘊哉？」此辯頌體與頌之功用，可謂至矣。然尚從詞意辨之而已，非從聲音以別白之也。案《禮・樂記》曰：「《清廟》之瑟，朱絃而疏越，壹倡而三歎，有遺音者矣！」此真善言頌音也。又曰，「廉直、勁正、莊誠之音作，而民肅敬；寬裕、肉好、順成和動之音作，而民慈愛」。又曰：「寬而静、柔而正者，宜歌《頌》；廣大而静，疏達而信者，宜歌《大雅》。」此又善辨乎雅、頌之音也。大約雅音宏而肆，頌音沉而柔。知乎此，則頌之體與用與音，無不燎然於心矣。又頌之於四序近乎冬。冬之爲氣也，收斂而閉藏，其發而爲聲也，沖融而雋永，肅穆而沉静。故頌之音象之。讀者苟於此而熟復涵泳，體諸心復會以神，又何患頌體之難辨哉？

周頌上

蘇氏曰：《周頌》皆有所施於禮樂，蓋因禮而作《頌》，非如《風》《雅》之詩有徒作而不用者也。文武之世，天下未平，禮樂未備，則《頌》有所未暇。至周公、成王，天下既平，制禮作樂，而爲詩以歌之；於是《頌》聲始作。鄭氏曰：《周頌》者，周室成功致太平德洽之詩。其作在周公攝政，成王即位之初。姚氏駁之，以爲《頌》有武王時作者，有在昭王時作者。必以此拘釋《詩》，所以多滯也。信然。

清廟　祀文王也。

於穆清廟，肅雝顯相。濟濟多士，秉文之德，對越在天，駿奔走在廟。不顯不承，無射于人斯！

右《清廟》一章，八句。《序》謂「周公既成洛邑，朝諸侯，率以祀文王焉。」《集傳》從之，姚氏以爲謬。蓋《洛誥》之文有曰「則禋于文王、武王」，又曰「文王騂牛一，武王騂牛一」，是洛邑既成，兼祀文、武。此詩專祀文王，故不可通。而劉氏瑾曰：「《書》言『烝祭文、武』，而此樂歌止頌文王之德者，父子並祭，統於尊也。」則又曲爲之説，於理殊未當也。然此自祀文王之樂歌，不必執泥洛成告廟之言。且詩中亦無此意，安見其必爲洛邑祭乎？至謂「朝諸侯，率以祀文王」，則尤謬。蓋本《明堂位》周公踐天子位，朝諸侯以爲言耳。姚氏闢之，以爲「誣妄」，是已。《明堂位》本漢儒僞書，烏足以爲據，而乃以之誣周公耶？據《序》言，是周公之冤且未白，又安能以定文王之樂？無怪其滯礙難通也！胡氏一桂曰：「此詩只第一句説文王之廟，餘皆就祀文王者身上説。雖未嘗明頌文王之德，自有隱然見於辭意之表者。何則？文王往矣，今助祭之公侯執事之人所對越者，已不見其有顯然之迹；所奔走者，亦不見其有可承之實。而人心之敬恭嚴事者無厭射乃如此。於此可以見盛德至善，淪肌浹髓，没世自有不能忘者矣。」愚謂此正善於形容文王之德也，使從正面描寫，雖千言萬語何能窮盡？文章虚實之妙，不於此可悟哉？

【集釋】〔於〕歎辭。〔穆〕深遠也。〔清〕姚氏際恒曰：《清廟》，鄭氏曰：「祭有清明之德者之宫也；天德清明，文王象焉。」此釋《清廟》是。自杜預始以爲「清静之廟」。《集傳》仍之，釋清爲清静。夫清與静其義各殊，安得以静釋清乎？《集傳》于下篇《維清》，又釋清爲「清明」，何居？〔肅〕敬也。〔雝〕和也。〔顯〕明也。〔相〕助也，謂助祭之公卿諸侯也。〔濟濟〕姚氏際恒曰：「濟濟」，整齊之意。《集傳》釋爲衆，亦非也。于《棫樸》「濟濟辟王」則説不去，又釋爲「容貌之美」，何居？然「濟濟辟王」之「濟濟」，亦只是儀度整齊，非容貌之美也。皆誤。〔越〕於也。〔駿〕大而疾也。〔不〕姚氏際恒曰：不，皆作丕。〔承〕尊奉也。

〔斯〕語辭。

【標韻】無韻姚氏際恒曰：案《頌》爲奏樂所歌，尤當有韻。今多無韻者，舊謂一句爲一章，一人歌此句，三人和之，所謂「一唱三嘆」，則成四韻。愚謂此説是已。然「一唱三嘆」，恐不必如是泥解，即一人唱，一人和，便已成韻，未爲不可也。其説近是，存之。

維天之命　祀文王也。

維天之命，泛起。**於穆不已。**緊接。**於乎不顯，文王之德之純！假以溢我，**乘勢順折而下，省卻無數筆墨。**我其收之。駿惠我文王，曾孫篤之。**回斡文王句，單煞。

右《維天之命》一章，八句。此詩解者又如聚訟。序謂「太平告文王」之非，固不足辯。《集傳》與鄭《箋》本《中庸》以説理釋《詩》，義既非詩之本旨；即姚氏本歐、蘇説，謂「天命文王以興周；文王中道而崩，天命久而不已，王其後世，乃大顯文王之德，更以溢及于我；我今其承之，以大順文王之德不敢違，而爲曾孫者益宜篤承之也」。亦不知其何所謂。「天命文王興周」是已，文王豈「中道而崩」哉？「王其後世」之「王」爲誰？「溢及于我」之「我」又爲誰？都不可解。愚謂此詩並非説理，命字亦不可訓爲道字。其意若曰：自來曆數，維天所命，而天命至深且遠，又恒悠久不息。唯「文王之德之純」，足以誕膺天命而大顯王業。乃王身未及受命，而使其澤洋溢及我後王。我後王其承受之，以大順我文王之德而不敢違。則爲之曾孫者宜何如篤承之也？然天命於穆，及「文王之德之純」，此中自有理在，故《中庸》引之以釋至誠無息之道。蓋《詩》自《詩》，而引者自引也。兩義原不相涉，説者何得引以釋《詩》？姚氏之言未爲無見，惜其所解又不明晰，且謂周公之作必不説理，亦好爲排擊者之過耳。兹並録其説於後，使覽者自詳焉。

【附録】姚氏際恒曰：此篇文氣一直下，謂天命文王以興周；文王中道而崩，天命久而不已，王其後世，乃大顯文王之德，更以溢及于我；我今其承之，以大順文王之德不敢違，而爲曾孫者益宜篤承之也。歐、蘇二氏皆如此解。上四句猶之「周雖舊邦，其命維新。有周不顯，帝命不時」，「天監在下，有命既集」，「有命自天，命此文王」諸語也。自《中庸》引用爲説理之辭，于此詩上二句曰，「蓋曰天之所以爲天也」，下二句曰，「蓋曰文之所以爲文也，純亦不已」，將「天命」與「文德」説作兩事，謂「文王之純」與「天之不已」無異，是與天爲一。按，「天命」命字，必不可作實字用，固已難通，且前古之人從未敢以人比天，此自後世意見。《中庸》引《詩》，斷章取義，豈可據以作解？《中庸》亦在《禮記》中，凡《禮記》諸篇之引《詩》者，可盡據以作解乎？前古之人又未嘗深刻談理，亦起於後世。必以「天命」與「文德」對，「於穆」與「不顯」對，「不已」與「純」對，有如是之深刻談理者乎？自鄭氏依《中庸》解《詩》，然于「天命」命字難通，乃訓爲「道」。

嗟乎，《詩》之言「天命」者多矣！何以彼皆不訓道而此獨訓道乎？歐、蘇爲前宋之儒，故尚能闢鄭，不從其説，猶見《詩》之真面目。後此之人，陷溺理障，即微鄭亦如是釋矣；況又有鄭以先得我心，于是毅然直解，更不復疑。至今天下人從之，乃盡没《詩》之真面目，可嘆哉！「假以溢我，我其收之」，《左》襄二十七年引《詩》曰「何以恤我，我其收之」，杜預以爲「逸詩」。然即此二句，非逸詩也。但古人引《詩》，原多異字，《左傳》、《禮記》皆然，不可爲據，自當依本詩作解，不必惑于所引詩也。假，使也。溢，歐陽氏曰「及也，如水溢而旁及也」，其解亦自明順。《集傳》曰：「何之爲假，聲之轉也。」按，何遐爲聲之轉，不聞何假也。又曰：「恤之爲溢字之訛也。」據傳以改經，失理甚矣！且不明標《左傳》而若自爲説者，更奇。《烝民》，宣王時之詩也，故予謂漸開説理之端。此詩周公作，豈亦説理乎？故《中庸》之説斷乎不可用于此詩也。

【眉評】首二句從天命總起，下乃接入文王，一氣直下。如曰皇天無親，惟德是輔之意。天與文非兩平對也。《集傳》依《中庸》，以文與天對作一截，假以下作一截，殊非語氣。

【集釋】〔命〕猶運也。《集傳》作道，非。　〔純〕誠也。　〔假溢〕已見姚説。　〔收〕受也。　〔駿〕大也。　〔惠〕順也。　〔曾孫〕後王也。　〔篤〕厚也。

【標韻】無韻說見前

維清　祀文王也。

維清緝熙，文王之典。肇禋。迄用有成，維周之禎。姚氏以「維清」作句。其言曰：「『緝熙敬止』，言文王也，故『緝熙文王之典』爲句。若曰『維清緝熙』，則不類矣。且清字爲起韻。」亦通。然清字雖有韻而無著，故不若從舊爲善。

右《維清》一章，五句。古樂既亡，樂章亦不知其何所用。後儒循文案義，率皆臆測，非真知也。此詩本祀文王，而《序》忽云「奏《象舞》也」，遂啟後人無限疑議。案《象舞》者，象武功之樂而爲之舞也。武王克商有天下，周公作樂，《象》之名曰《大武》。即《下武》詩。凡樂有歌有舞，歌以爲聲，舞以爲容；聲容備謂之奏。容所以象也，故謂之《象》，此《象舞》之名所由來也。然必有大武功若武王然，乃可象之。文王則以文德顯也，夫何《象》爲？雖伐密、伐崇，不無擊刺之事，而豈文王之至歟？是知象文王者，必非一擊一刺之事已也。朱子不用《序》言，誠爲有見。然僅曰「詩中未見奏《象舞》之意」，故不足以服佞《序》者之心。然愚又有疑焉：凡樂有聲有容，是武功固可舞，文德亦未嘗不可舞。《序》云「《象舞》」非云「象武」，安知其言即爲武功乎？季札觀樂，「見舞《象箾》、《南籥》者」，杜預云：「文王樂也。」又「見舞《韶箾》者」，杜預云：「舜樂也。」是《象》有「箾」，《韶》亦有「箾」。説者謂以竿擊人曰箾，然則執箾以舞猶干舞也，執籥以舞即籥舞也。文王伐密、伐崇，爲周室武功之始，固可象而爲武；豈舜之揖讓垂裳，無爲而治者，亦有武功之可象耶？舞《韶箾》者既非象武功，則舞《象箾》者亦非象武功也明矣。諸儒讀《詩》，泥「舞」爲「武」，故致疑議滋生，極爲可笑！此詩首四字曰「維清緝熙」，此正文王之德之盛。非清無以立熙之本，非熙亦無以成清之功。文王之典，既本清明之德以出之，而日新月盛，時時繼續，以底乎熙明而益著其效，則王業之成，實肇乎此。遂至於後而有成，謂非周家之禎祥不得也。故《象舞》者，象其清明之德而爲舞耳；非象其刺伐之功而爲樂也。故《禮記·文王世子》曰：「下管《象》，舞《大武》。」《武》本《武》詩，《象》即此篇，兩不相混，何至指「舞」而爲「武」耶？至《仲尼燕居》曰：「下管《象》、《武》。」蓋文、武二樂並題耳。故下又云：「升歌《清廟》，示德也；下而管《象》，示事也。」事即典也。可見《象》自《象》，《武》自《武》，非可混而爲一者也。蓋《象》者，文王之樂；《武》者，武王之樂，皆樂中之舞者。然舞亦必有詞，詩即其詞也。《序》於此篇曰，「奏象舞也」；於《武》曰，「奏大武也」，其授受必有所自。不然，詩無奏《象舞》意，何以知其爲「奏《象舞》」耶？《集傳》既不深考，故孔《疏》亦時有出入，即諸儒之遵《序》者亦未能洞見其所以然，但以爲自古而存之。若姚氏又攻之不遺餘力，皆非真知《詩》義者也。然詩之用，則祀文王也，故但曰「祀文也」云爾。

【附録】姚氏際恒曰：《小序》謂「奏象舞」，妄也。朱仲晦不從，以爲詩中無此意，是已。然未嘗深考而明辨之，則何以使後人不疑乎？今按其説，莫詳於孔疏矣。孔疏本非闢《序》，今節録其説可爲闢《序》用。其曰：「序者於此云『奏《象舞》』，於《武》之篇不可復言『奏《象》』，故指其樂名，言『奏《大武》』耳。其實《大武》之樂亦爲《象》，故《禮記》《文王世子》《明堂位》《祭統》皆云『升歌《清廟》，下管《象》』，《象》與《清廟》相對，俱是詩篇，故《明堂》注『《象》，謂《周頌·武》也』。謂《武》詩爲《象》，明《大武》之樂亦爲《象》矣。但《記》文於管之下别云『舞《大武》』，謂《武》詩則簫管以吹之，《武》樂則干戚以舞之，所以並設其文。故鄭并《武》解其意，於《文王世子》注云『《象》，周武王伐紂之樂也，以管播其聲，又爲之舞』，於《祭統》注云，『管《象》，吹管而舞《武》、《象》之樂也』，皆《武》詩、《武》樂並解之也。必知彼《象》非此篇者，以彼三文皆云『升歌《清廟》，下管《象》』，若是此篇，則與《清廟》俱是文王之事，不容一升一下；今《清廟》則升歌，《象》則下管，明有父子、尊卑之異。《文王世子》於升歌、下管之後覆述其意，云，『正君臣之位，貴賤之等，而上下之義行焉』，言君臣上下之義，明《象》非文王之事，故知『下管《象》』者，謂《武》詩。但序者避此《象》名，不言《象》耳」。按孔説謂《禮記》諸篇「下管《象》」皆指《武》詩甚明。蓋《象》者，象武王之武功也。且謂《武》詩爲「《象武》」，可也，亦不得謂之「《象舞》」。蓋用以爲舞，此後世事，當時原詩安得即以「舞」名乎？是《武》詩且不可謂之《象舞》，何況《維清》之詩於《象舞》何涉耶？諸儒好穿鑿者誤信序「《象舞》」之説，謂《禮記》諸篇所言《象》者即此篇，反以鄭注爲《武》詩及孔《疏》爲非，此佞《序》之過也。鄭注《禮記》皆是，獨於此篇下云「《象舞》，象用兵時刺伐之舞，武王制焉」，似以用兵時制伐屬文王者，謬矣。文王雖未嘗無武功，而武功豈足以盡文王？文王之德至矣，作樂象功，乃獨象其刺伐耶？又《仲尼燕居》云「下管《象武》」，則直言《武》，此尤明證。而説者猶以「下管《象》」爲句，「《武》、《夏》籥序興」爲句，斯誠何心哉！又《墨子》曰，「武王因先王之樂，命曰《象武》」，董子曰，「武王作《象樂》」，則《象》自屬《武》詩，而不可混入《維清》之詩明矣。案：此亦誤認「舞」爲「武」耳。其意謂武乃可舞，故武乃可象也。殊知文德亦可象，則文德亦可舞。若謂文德不可象而爲舞，則舜之《韶箾》又何舞耶？凡樂有聲則有容，故有歌必有舞，奚獨《大武》之樂乃可舞者？《左傳》在董子之前，其言當更可信。至《禮記》「下管《象》、《武》」乃二樂並言，解者以《武》屬下句，自是不通；而以《象武》爲一名，又豈可通？何不讀下文「下而管《象》以示事也」之句耶？

【集釋】〔清〕清明也。〔緝〕續也。〔熙〕明也。〔肇〕始也。〔禋〕祀也。〔迄〕至也。

【標韻】禋十一真。成八庚楨同通韻案：上「清」字本一頓，與下諸韻叶，唯姚氏竟以「維清」作句者則非。

烈文　成王戒助祭諸侯也。

烈文辟公，錫茲祉福，惠我無疆；子孫保之。無封靡于爾邦，維王其崇之。念茲戎功，繼序其皇之。無競維人，四方其訓之。不顯維德，百辟其刑之。於乎前王不忘！

右《烈文》一章，十三句。《小序》謂「成王即政，諸侯助祭」。《集傳》謂「祭於宗廟而獻諸侯助祭之樂歌」。姚氏謂「成王或可，但不必即政耳」。今案詩「念茲戎功」，則是成王初年，所與祭者皆與前王定天下之諸侯也，故曰「戎功」。若槩言「諸侯助祭」，則何大功之有？是序義又較《集傳》爲强矣。唯詩意上下若成兩截，歐陽氏分「繼序其皇之」以上爲君敕臣之辭，「無競維人」以下爲臣戒君之意。姚氏駁之，以爲一詩不可作兩人語。而自謂「此詩當是周公作，以爲獻助祭諸侯之樂歌，而末因以勉王也」。夫一詩不可作兩人語，而一詩又豈可勉兩人乎？且祭禮賓三獻尸之後，主人酌酒獻賓，因以有歌。此時之歌自當以主人爲主，主人爲誰？成王也。成王既爲祭主，又何煩周公代爲獻賓而因以勉王耶？此皆不通之論也。蓋詩起四句乃勞諸侯以助祭之意，言王祭而受福，以及其子孫，皆諸侯相助以成之。中四句則戒辭而兼以慰意也，戒則戒其無封而無靡，無靡則用之有節，無封則取之有制；慰則慰其先人既夾輔王室以有功，其後嗣亦將世繼屏藩而昌大，皆專以對諸侯之辭也。後五句忽題先王之所以能感激人心至没世而不忘者，實由其生前之能得人，能務德也。以此互相敦勉，蓋不唯有望諸列辟，亦將以自勖耳。此君臣交儆之意，而豈一詩兩語，又豈一詩兩勉之説乎？古人説《詩》，正意既畢，言外必有餘波層出不窮，乃能使人領略不盡。試思此詩若無後段，則不過戒諸侯辭耳，有何意味？解者不知，妄生别議，豈能得詩中妙旨哉？

【眉評】末段忽提先王所以能使後人不忘之故，君臣交相勉勵，神味尤覺無窮。

【集釋】〔烈〕光也。〔辟公〕諸侯也。〔封靡〕封，專利以自封殖也。靡，侈汰也。〔崇〕尊尚也。〔戎〕大也。〔皇〕大也。〔人〕人道也。一説賢人也，亦通。

【標韻】公一東疆七陽邦三江崇東功同皇陽轉韻　人十一真訓十三問刑九青叶韻　王陽忘同本韻

天作　享岐山也。

天作高山，大王荒之。彼作矣，文王康之。彼徂矣岐，有夷之行，子孫保之。

右《天作》一章，七句。此詩首四句特題大王、文王，其意蓋以大王遷岐爲王業之基，文王治岐爲王業之盛；光前裕後，二君爲大。故《序》以爲「祀先王先公」，似矣。然何以下乃接云「彼徂矣岐，有夷之行」，「子孫保之」，則又似專重在岐，而非「祀先王先公」之謂也。季明德曰：「竊意此蓋祀岐山之樂歌。案《易·升卦》六四爻曰：『王用享于岐山』，則周本有岐山之祭。」鄒肇敏亦云：「天子爲百神主。岐山王氣攸鍾，豈容無祭？祭，豈無樂章？不及王季者，以所重在岐山，故止挈首尾二君言之也。」愚案：二説頗有見，姚氏亦取之，不似《集傳》但見「大王」字，即漫以爲「祭大王之詩」。此詩若果爲祭大王，則將置文王於何地？天下斷未有祭其祖而並頌其孫者，亦斷未有兼頌二君而可指爲專祭一王者；況下文並二君亦不之及，詎可曰「此祭大王之詩」乎？讀《詩》如此，何能得其精意？真令人莫解其故！

【集釋】〔高山〕謂岐山也。〔荒〕治也。輔氏廣曰：治荒謂之荒，猶治亂謂之亂也。〔康〕安也。〔徂〕《彙纂》：沈括曰：「《後漢書·西南夷》作『彼岨者岐』。」今案彼書「岨」但作「徂」，而引《韓詩·薛君章句》，亦但訓爲往。獨「矣」字正作「者」，如沈氏説。然其注末復云，「岐雖阻僻」，則似又有「岨」意。韓子亦云「彼岐有岨」，疑或別有所據，故今從之，而定讀岐字絶句。姚氏際恒曰：徂，沈括《筆談》改作「岨」，妄改經文，以就我解，最爲武斷。《集傳》從之，何也？王伯厚曰：「《筆談》引《朱浮傳》作『彼岨者岐』，今按《後漢書·朱浮傳》無此語。《西南夷傳》朱輔上疏曰：『彼徂者岐，有夷之行。』注云：『徂，往也。』蓋誤以朱輔爲浮，亦非岨字。」案：字義當以岨字爲是，但諸家皆無確證，故難從。不如仍其舊之爲當也。〔夷〕平也。〔行〕路也。

【標韻】荒七陽康、行並同本韻　保十九皓無韻不叶

昊天有成命　祀成王也。

昊天有成命，二后受之。成王不敢康，夙夜基命宥密。於緝熙，單厥心，肆其靖之。

右《昊天有成命》一章，七句。《序》謂「郊祀天地」，不知何所取義？詩唯首句及天，「二后」下皆言文、武受命，及成王之德。曰「不敢康」，曰「宥密」，曰「緝熙」，而終之以「單厥心」，所以上基天命，纘成王業，而能安靖天下者於是乎在。於天地毫不相涉，天下豈有此等祭天地文乎？尚何煩諸儒之紛紛辯論爲哉！《集傳》本歐説，援引《國語》以爲祭成王之詩。蓋依經爲解，辭無紆曲。其説較正，姚氏亦從之而不肯明言，且更引及揚雄、賈誼之言以爲證，其亦費盡無數唇舌矣！何不憚煩若是耶？兹並附録諸儒之説於後，覽者可以自辨其得失焉。

【附録】《序》：《昊天有成命》，郊祀天地。鄭氏康成曰：「有成命」者，言周自后稷之生而已有王命也。文王、武王受其業，成此王功，不敢自安逸，早夜始信順天命，行寬仁安静之政以定天下。孔氏穎達曰：詩，郊祀天地之樂歌也。天地神祇佑助周室，文、武受其靈命，王有天下。詩人見其郊祀，思此二王能受天之命，勤行道德，故述之而爲此歌焉。經之所陳，皆言文、武施行道德，撫民不倦之事也。又曰：此經不言地，《序》云地者，作者因祭天地而爲此歌。王者之有天下，乃是天地同助，言天可以兼地，故辭不及地。《序》知其因此二祭而作，故具言之。又曰：此詩作在成王之初，不得稱成之謚，所言成王，有涉成王之嫌。韋昭云謂文、武脩己自勤，成其王功；非謂周成王身也。鄭、賈、唐説皆然。是時人有疑是成王身者，故辨之也。杜氏佑曰：周制，禋祀畢獻之後，天子舞六代之樂。若感帝及迎氣，即天子舞當代之樂。其樂章用《昊天有成命》也。古制，天子親在舞位。蘇氏轍曰：此詩有「成王不敢康」，而《執競》有「不顯成康」，世或以爲此言成王誦，康王釗也。然則《周頌》有康王子孫之詩矣。周公制禮，禮之所及，樂必從之；樂之所及，詩必從之。故《頌》之施於禮樂者備矣，後世無容易之。且詩曰「成王不敢康，夙夜基命宥密」，又曰「自彼成康，奄有四方」，成王非基命之君，而周之「奄有四方」非自成、康始也。案：以上皆遵序以爲郊祀天地之樂歌者。蓋泥康王以後詩不當次於此間，故改成王二字爲「成其王功，非謂周成王身也」。其説頗紆曲而難通，然正使其能通，而詩所云皆王成功，與天地何與？豈有祭天地不告天地而專頌王成功之理？其謬不言而自見矣。至疑《周頌》三十一篇不當有康王以後詩，且文公制禮，禋祀大典不可或闕。三代至今，世已遠矣；況經秦火，斷簡遺經，能無錯亂？豈可抱「《雅》《頌》得所」之言，謂古聖樂歌悉有條而不紊耶？後人釋經，總要眼光如炬，照徹上下，不爲舊説所囿，乃能見《詩》真面。若囿於一偏，或妄逞武斷，均之一失，鮮有當也。《集傳》：此詩多道成王之德，疑祀成王之詩也。言天祚周以天下，既有定命，而文、武受之矣。成王繼之，又能不敢康寧，而其夙夜積德以承天命者，又宏深而靜密。是能續光明文、武之業而盡其心，故今能安靖天下，而保其所受之命也。《國語》叔向引此詩而言曰「是道成王之德也。成王能明文昭，定武烈者也」。以此證之，則其爲祀成王之詩無疑矣。姚氏際恒曰：《小序》謂「郊祀天地」，妄也。《詩》言天者多矣，何獨此爲祀天地乎？郊祀天地不但于成王無與，即武王亦非配天者，而言二后何耶？漢儒惑其説，宋儒且引此詩以爲合祀之證，其經術之疏謬可知矣。此詩成王自是爲王之成王。《國語》叔向曰「道成王之德，及武王能明文昭，定武烈」，此一證也。賈誼《新書》曰：「后，王也。二后，文王、武王也。成王，武王之子，文王之孫也。文王有大德而功未既，武王有大功而治未成；及成王承嗣，仁以涖民，故稱『昊天』焉。」此一證也。揚雄謂「康王之時，頌聲作于下」，班固謂「成、康没而頌聲寢」，此一證也。然則毛、鄭輩必以成王作「成其王」解，固泥于凡《頌》皆爲成王時周公作耳。案：《集傳》説《詩》，鮮有如是通明圓當者。姚氏最攻《集傳》，至此亦不能不用其説。然而不及《集傳》者何哉？又黄氏震曰：「古注、晦菴凡二説，在學者詳之。」愚謂晦庵是，古注直可删耳。

【眉評】姚氏曰：「通首密練。」

【集釋】〔二后〕文、武也。〔成王〕名誦，武王子也。〔基〕《集傳》：基，積累於下，以承藉乎上者也。〔宥〕宏深也。〔密〕静密也。何氏楷曰：宥，《説文》云：「寛也。」密當依《新書》作謐，《説文》云：「静語也。一曰無聲也。」《禮·仲尼燕居》篇：「孔子曰：『夙夜基命宥密。』無聲之樂也。」今案，密爲謐，乃無聲之義。〔靖〕安也。

【標韻】無韻

我將　祀帝于明堂，以文王爲之配也。

我將我享，維羊維牛，維天其右之？儀式型文王之典，日靖四方，伊嘏文王，既右饗之。

我其夙夜，畏天之威，于時保之！

右《我將》一章，十句。《小序》曰：「祀文王于明堂也。」蓋本《孝經》「宗祀文王于明堂，以配上帝」之文，其説自無可議。然詩以祀帝爲主，文王配焉，自當云「祀帝于明堂，而以文王配之也」。若《序》言，是專祀文王，而無所謂配天之説矣。程子曰：「萬物本乎天，人本乎祖，故冬至祭天而以祖配之，以冬至氣之始也。萬物成形於帝，而人成形於父，故季秋享帝而以父配之，以季秋成物之時也。」陳氏曰：「古者祭天於圜丘，埽地而行事，器用陶匏，牲用犢，其禮極簡。聖人之意以爲未足以盡其意之委曲，故於季秋之月有大享之禮焉。天即帝也。郊而曰天，所以尊之也，故以后稷配焉。后稷遠矣，配稷於郊，亦以尊稷也。明堂而曰帝，所以親之也，以文王配焉。文王親也，配文王於明堂，亦以親文王也。尊尊而親親，周道備矣。然則郊者古禮，而明堂者周制也。周公以義起之也。」東萊吕氏曰：「於天維庶其饗之，不敢加一辭焉，於文王則言儀式其典，『日靖四方』。天不待贊，法文所以法天也。卒章惟言『畏天之威』，而不及文王者，統於尊也。畏天所以畏文王也，天與文王一也。」合觀數説，是詩無餘藴矣。《集傳》備引之篇末，旨深哉！

【眉評】首三句祀天，中四句祀文王，末三句則祭者本旨，賓主次序井然。觀此，則上章並非天地合祭並顯然矣。

【集釋】〔將〕奉也。〔享〕獻也。〔羊牛〕王氏志長曰：案彭山季氏云：「《周禮·羊人》曰，『積，共羊牲』，謂積柴祭天，則用羊實柴也。先柴而後獻，故『維羊』文在『維牛』之上。將者，奉羊以共柴。饗者，獻牛以共祀。理或然歟？」〔右〕古人尚右，故以右爲尊。朱氏公遷曰：明堂之位，帝居中，文王居西南，主皆西坐東向，東左西右，則饌在左而神在右矣。〔儀式刑〕皆法也。〔嘏〕錫福也。

【標韻】牛十一尤右二十五有叶韻　方七陽饗二十二養叶韻　威五微之四支通韻

時邁　武王巡守告祭柴望也。

時邁其邦，昊天其子之？實右序有周，薄言震之，莫不震疊。懷柔百神，及河喬嶽。允王維后！明昭有周，式序在位，載戢干戈，載櫜弓矢。我求懿德，肆于時夏。允王保之！

右《時邁》一章，十五句。姚氏本何玄子，分「明昭有周」以下爲第二章。今案之首二句若總提，下乃分二段。若照何本，不惟章法長短不齊，即文氣亦覺緊緩不順，故不若從舊爲當。此詩自宜從《序》爲是。陳氏大猷曰：「天下非一人所能獨理，於是有封建諸侯。不能保其長治，於是有巡守。巡守所以維持封建也。」案，此乃古常制，若詩則實武王初克商後，告祭柴望朝會之樂也。故首二句云：「時邁其邦，昊天其子之？」若不敢必天之以我爲子也者，蓋初有天下之辭耳。下乃接云若果「實右序有周」也，則使我治人，而人無不震疊；使我事神，而神莫不懷柔，乃信君道之克盡。又言果「明昭有周」也，則慶讓黜陟而刑賞行，偃武修文而好尚定，乃益見天命之有常。故《春秋傳》曰：「昔武王克商，作《頌》曰『載戢干戈』。」而《外傳》又以爲「周文公之《頌》」，則此詩爲周公作無疑矣。然《外傳》又云：「金奏《肆夏》、《樊》、《遏》、《渠》，天子以饗元侯也。」韋昭注云：「《肆夏》一名《樊》，《昭夏》一名《遏》，《納夏》一名《渠》，即《周禮》《九夏》之三也。」吕叔玉云：「《肆夏》，《時邁》也。《樊遏》，《執競》也。《渠》，《思文》也。」夫以此詩爲《肆夏》，特詩有「夏」之語耳。《肆夏》，《集傳》謂陳布懿德于中夏；鄭氏謂陳其功于是，大而歌之。訓義各别，姑不具論。案《周禮·鐘師》凡樂事以鐘鼓奏《九夏》。」杜子春曰：「王出入，奏《王夏》；尸出入，奏《肆夏》；牲出入，奏《昭夏》；四方賓來，奏《納夏》；臣有功，奏《章夏》；夫人祭，奏《齊夏》；族人侍，奏《族夏》；客醉而出，奏《陔夏》；公出入，奏《驁夏》。」既以《時邁》爲《肆夏》，而《時邁》之文乃周武王初有天下朝祭之文，固不可以之饗元侯，亦與尸出入無干，何以奏爲？至《思文》之奏于四方賓來，尤爲無理，其可信乎？故《詩》至今日，第循文以求其義焉，可矣。如必指某詩配某樂，非鑿即妄，誠未見其能當也！

【集釋】〔邁〕行也。〔邦〕諸侯之國也。〔右〕尊也。〔序〕次也。〔震〕動也。〔疊〕懼也。〔懷〕來也。〔柔〕安也。〔允〕信也。〔戢〕聚也。〔櫜〕韜也。〔肆〕陳也。〔時〕姚氏際恒曰：時，是也。〔夏〕《集傳》曰：夏，中國也。姚氏曰：夏，大也。

【標韻】無韻

執競　祀武王也。

執競武王，無競維烈。不顯成康，上帝是皇。自彼成康，奄有四方，斤斤其明。鐘鼓喤喤，磬筦將將，降福穰穰。降福簡簡，威儀反反。既醉既飽，福祿來反。

右《執競》一章，十四句。此詩或以爲「祭武王」，《小序》、《毛傳》、《鄭箋》、《孔疏》及范氏景仁。或以爲祭成王，朱鬱儀、季明德、何玄子。又或以爲三王並祭，歐陽氏、《集傳》及姚氏際恒。紛紛辯論，迄無定解，總爲「成王」二字所誤耳。「昊天有成命」之「成王」，分明是成王誦，而毛、鄭輩乃以爲「成此王功，不敢自安逸」作解。此篇之「成康」，本是武王「成功康定天下」，而歐陽氏以下諸家又偏以「成王誦、康王釗」爲訓。讀書固執如此，説《詩》焉能解頤？詩發端特題「武王」，勢極嚴重。下二句歷言其功德之著。「不」讀作丕，大也，「顯」，明也。「成」，武成也。「康」，康定也。一字一義，如《舜典》之「濬哲文明」，「温恭允塞」等句。而因成爲無競之烈，雖在上帝亦不能不以君人之道望之也。故自其成功康定，「奄有四方」以來，明無不照，知無不周，故曰「斤斤其明」也。所以不祭則已，祭必降福。當其祭也，鐘鼓則喤喤然，磬筦則將將然，降福則穰穰然。而神之降福雖多，而大祭者之威儀愈益謹重，不敢以醉飽而失其度。天是以福禄頻來，常反覆而不厭也。此非專祭武王之詩乎？若謂「三王並祭」，無論典禮無稽，即文勢亦隔閡難通。蓋「烈」則歸之武王，「皇」則屬諸成、康，而「奄有四方」者又始自成、康矣。通乎不乎？當亦不言而自辨已。即謂合祀成康，推本武王，而「奄有四方」亦非自彼二后也。故詩又當從《序》，爲「祀武王」之説爲是。唯范氏景仁曰：「祀武王而述成、康，見子孫之善繼」；與吕涇野之言曰：「自成、康以來，其功則能崇天下，其德能和敬以奉祭祀，武王其必享之」，仍泥「成康」字爲成王、康王，而更曲爲之説，真所謂腐儒迂論，徒增人厭耳！吕説愈不通，可恨，可恨！至吕叔玉謂「《樊遏》、《執競》也」，杜子春謂「牲出入奏《昭夏》」，即此詩。其附會之謬，已見上篇。然終不知《執競》之「武王」，與「牲出入」何所干涉，而必用而奏之也。

【附録】李氏樗曰：歐陽公曰：「《昊天有成命》曰：『成王不敢康，夙夜基命宥密。』則成王者，成王也，當是康王以後之詩。」而毛、鄭之説，以《頌》皆是成王時作，遂以「成王」爲「成此王功不敢康」。《執競》之詩曰：「自彼成康，奄有四方。」則「成、康」者，乃成王、康王也，當是昭王已後之詩。而毛氏以爲「成大功而安之」，鄭氏以爲「成安祖考之道」。觀毛、鄭之説，雖不如歐陽之簡直，然觀諸詩亦有窒礙者。成王之時，但持盈守成而已，不可以爲基命也。今曰「基命」，則非持盈守成也。《執競》之祀武王，如果是成康，則是祀武王之詩。其言成、康之文如此，其屢言武王無幾矣。豈古人祀先祖之意乎？不當以成王、康王爲説。《書》曰「成王畏相」，又曰「惟助成王德」，《書》之所言，不是周之成王矣。郝氏敬曰：祀成、康，則此詩作於康王以後。周之禮樂，定自周公。是篇所謂《遏》，即《昭夏》者也。《禮》：「牲出入奏《昭夏》」，「天子以《遏》饗元侯。」康王以後，昭穆之季，未聞有繼周公作禮樂者矣。即有新聲，豈可以配《九夏》乎？云「成康」者，成王成功，康定天下。猶《酒誥》言「成王」，《大誥》言「寧王」云爾。凡《詩》、《書》言武、成、康、寧，多頌武王，而王誦、王釗，率祖考以爲謚耳。豈凡言「成康」者即爲二王乎？姚氏際恒曰：《小序》謂「祀武王」，固非。《集傳》謂「祀武王、成王、康王」，是已；然三王並祭出何典禮？得毋鹵莽耶？後之主祭三王之説者，鄒肇敏曰：「文王廟在豐，武王廟在鎬，其成、康亦祔於武廟可知。而此祭非祫非禘，故止及三王耳。」案，成、康各有專廟，何得謂祔于武廟？此妄説也。惟新主未成廟乃祔；然亦只一王，如成王崩，康王祔之，武王廟不應有兩王也。朱允升曰：「祭三王無其例，然武王有世室，則必有專祭矣，豈昭王以後祭武世室而配以成、康歟？」此亦臆測，毫無稽據。主祭武王之説者，范景仁曰：「祀武王而述成、康，見子孫之善繼也。」吕涇野亦曰：「自成、康以來，其功能崇天下，其德能和敬奉祭祀，武王以其必享之。」然則祀武王之詩，周公豈不曾作，而直待昭王之臣作乎？主祭成、康之説者朱鬱儀曰：「祀成王、康王而推本於武王也。」案祭禮或分或合，昭王獨祀成、康二王，此何説也？季明德曰：「此蓋昭王時以成、康二王祫食于武王廟之詩也。」又曰：「但不知何故而舉此祭耳。」案時祭不當祫，祫祭只一尸，其辭在己亦疑之，何待人駁乎？何玄子曰：「昭王之世，始以成、康備七廟。然武王崩，周人祀之于廟，則有《昊天有成命》及《下武》二詩，而康王祀廟之始無聞焉。《執競》之詩爲成、康作，但二詩而以二王並言，則又心疑之。已乃恍然悟曰，此即所謂『日祭』之詩也。《周語》祭公謀父曰：『日祭、月祀、時享、歲貢、終王，先王之訓也。』《楚語》觀射父曰：『古者先王日祭、月享、時類、歲祀。』劉歆曰：『祖、禰則日祭。』案日祭之典雖于他經無所見，而《國語》兩及之，然則成于昭爲祖，康于昭爲禰，《執競》之詩當是于日祭上食歌之，故以二王並言。」愚按，「日祭」雖出《國語》，而「祖、禰日祭」，僅見于劉歆之言，然耶否耶？然何氏搜索及此，亦爲難能，聊存之以逆此詩之難可也。

【集釋】〔競〕强也。　〔斤斤〕明之察也。　〔喤喤〕和也。　〔將將〕集也。　〔穰穰〕多也。

〔簡簡〕大也。〔反反〕謹重也。〔反〕覆也。

【標韻】王七陽康、皇、方並同明八庚喤陽將、穰並同轉韻　簡十五潸反十三阮反同通韻

思文　后稷配天也。

思文后稷，克配彼天。立我烝民，莫匪爾極。貽我來牟，帝命率育。無此疆爾界，陳常于時夏。

右《思文》一章，八句。《小序》云「后稷配天」，是也。而經無祀天之文，故《集傳》疑之，不言「郊祀」，但云「后稷之德真可配天」而已。然《孝經》嘗云，「昔者周公后稷以配天」矣，古人文字類多簡質，況天功又有不待人述者乎？即《我將》祀帝，亦言牛羊，「維天其右之」；而此則更簡益從簡耳，夫何怪焉？「立我烝民」，《集傳》從鄭《箋》「立當作粒」，與《尚書·益稷》篇「烝民乃粒」義同。《孔疏》，立，古讀如字。時烝民阻飢，教化不得施，無以立人之道。后稷播種，民人率育，而陳常時夏，是立我烝民，皆后之功也，故曰「莫匪爾極」，義較直捷。《毛傳》訓「極」爲中，又不若《集傳》之訓「極」爲至，不待紆曲費解矣。「陳常于時夏」，《集傳》謂「陳其君臣父子之常道於中國」，姚氏謂「郊祀每歲常行；時，是；夏，大；爲陳此常行之禮于是大之樂歌也」。朱固近腐，姚亦未通。愚謂烝民阻飢久矣，失其常性，今方率育，無此疆而爾界，則有常產者有

常性，即五常之道亦于是乎大立矣。此訓時爲是，夏爲大之説也。若訓夏爲中夏，則其義亦豈能外此哉？后稷之功與天無極，周公制禮以祖配天，夫豈一朝一代、一身一家之私情已哉！

【集釋】〔思〕語辭。〔文〕文德也。〔貽〕遺也。〔來〕小麥也。〔牟〕大麥也。劉氏瑾曰：《本草》曰：「小麥味甘，大麥味鹹，爲五穀長。」注：「大麥，今稞麥，一名麰麥。形似小麥，皮厚，故謂大麥。」〔率〕徧也。〔育〕養也。

【標韻】稷十三職極同本韻　育一屋夏二十一馬叶韻

臣工　王耕籍田以敕農官也。

嗟嗟臣工！敬爾在公。王釐爾成，來咨來茹。嗟嗟保介！維莫之春，亦又何求？如何新畬？於皇來牟，將受厥明。明昭上帝，迄用康年。命我衆人：「庤乃錢鎛，奄觀銍艾。」

右《臣工》一章，十五句。姚氏曰：「《小序》謂『諸侯助祭遣于廟』，甚迂。詩既無祭事，天子于諸侯何下敢斥言之，而呼臣工、車右，如以卑告尊不敢斥言之例乎？《集傳》謂『戒農官之詩』，若是則當在《雅》，何以列於《頌》乎？鄒肇敏曰：『明堂朝覲，則《我將》、《載見》諸詩是已。至耕籍豈容無詩？「嗟臣工」，正指公卿大夫之屬，至「嗟保介」，則義益顯然。其爲耕籍而戒農官，益可據矣』，其説近是。」故從之。然天子耕籍乃孟春事，而此云「暮春」者，得無謬乎？鄭氏謂周之莫春，于夏爲孟春。然則周正可改寅爲子，天時亦可易孟爲季乎？何其不通如是也！周正不唯不改置仲冬之月，且並仍在孟春之令，特以孟春爲建子而不建寅耳。蓋建可改而時不能更，觀此益信周之歲首與夏、商無異矣。詩固因孟春耕籍而戒以終歲之事，非專爲暮春言也。故末言「奄觀銍艾」，非秋成時乎？若泥「暮春」，則以辭而害意矣。姚氏雖亦見及鄭《箋》之謬，而究無説以解「暮春」之語，則以其未知周正改建未改時耳。至「保介」，《集傳》以爲「農官之副」，固屬杜撰。然保介之在車右，實無與于農事，何敕之有？古今官名，隨時更易，未可據秦漢僞書以解成周真《頌》也，識者詳焉。

【集釋】〔公〕公家也。〔釐〕賜也。〔成〕成法也。〔茹〕度也。〔保介〕姚氏際恒曰：保介，鄭氏曰：「車右也。《月令》：孟春『天子親載耒耜，措之于參、保介之御間』。介，甲也。車右，勇力之士，披甲執兵也。」孔氏曰：「知『保介』爲車右，故即引《月令》以證之。彼説天子耕籍田之禮，天子親載耒耜，措置之于參乘之人保介之與御者二人間。君之車上止有御者與車右二人而已。今言『保介』與『御』，明保介即車右也。以農事勅車右者，此人與之同車，而置田器于其間，常見勸農之事，故敕之也。不敕御人，以御人專主于御車也」。其説甚爲詳明。是保介爲車右，本無與于農事；此因農事而出，措耒耜于車右，故敕之也。作《集傳》者並不閲《注》、《疏》，曰「保介見《月令》、《呂覽》，其説不同，然皆爲籍田而言，蓋農官之副也。」以保介爲籍田之官，杜撰殊甚。夫保介爲農官之副，不知何者爲農官之正乎？案：姚氏本《注》、《疏》駁《集傳》，固是。第《月令》之「保介」，亦不知其果爲《周頌》之「保介」否也？説已詳篇中。〔暮春〕亦詳見篇中。〔畬〕三歲田也。朱氏謀㙔曰：稱新畬者，田野之日闢也。〔於皇〕歎美之辭。〔來牟〕麥也，説見上篇。〔明〕《集傳》：明，上帝之明賜，言麥將熟也。〔迄〕至也。〔康年〕猶豐年也。〔衆人〕甸徒也。〔庤〕具也。〔錢鎛銍〕孔氏穎達曰：《説文》云：「錢，銚，古田器。」《世本》云：「垂作銚。」宋仲子注云：「銚，刈也。」然則銚，刈物之器也。《説文》云：「鎛，田器也。」《釋名》云：「鎛，鉏類也。鎛，迫地去草。」《世本》云：「垂作鎒。」《吕氏春秋》高誘注云：「鎒，芸苗也。六寸，所以入苗間。」鎛、鎒當是一器。《釋名》云：「銍，穫禾鐵也。」《管子》云：「一農之事，必有一銍、一鎒、一銚，然後成農。」是三者皆田器。錢氏天錫曰：錢以起土，用於耕；鎛以去草，用於耘；銍以穫禾，用於穀。〔艾〕穫也。

【標韻】工一東公同本韻　茹六魚畬同本韻　求十一尤牟同本韻　帝八霽艾九泰，叶音刈。通韻　年一先人十一真通韻

噫嘻　春祈穀也。

噫嘻成王，既昭假爾，率時農夫，播厥百穀。駿發爾私，終三十里。亦服爾耕，十千維耦。

右《噫嘻》一章，八句。《小序》謂「春夏祈穀於上帝」，是也。姚氏駁之，以爲「春祈穀，夏則雩矣」。其實雩、祈穀，義本相通，故可並，勿庸疑也。唯《集傳》以爲「戒農官之詩」，則非。「戒農官」何必禱及成王？此易辨者。乃又云「成王始置田官」，則尤謬。季明德曰：「農事，古人所急。治農之官，自古有之。況武王所重者民食，豈待成王而始置哉？」何玄子亦曰：「此康王春祈穀也。既得卜于禰廟，因戒農官之詩。《家語》孔子對定公曰：『臣聞天子卜郊，則受命于祖廟而作龜于禰宮，尊祖親考之義也』。又《左》襄七年，『夏四月，三卜郊，不從。孟獻子曰：「吾乃今而後知有卜筮。夫郊祀后稷，以祈農事也。啟蟄而郊，郊而後耕。今既耕而不郊，宜其不從。」』愚以此詩章首有『成王昭格』之語，是此詩作于康王之世，乃主作龜禰宮而言。不然，周自后稷以農事開國，即欲敕農官，何不于始祖之廟舉始祖爲辭，而顧于成王，何取乎？」此論較是。然非戒辭，乃祝辭，故入《頌》也。詩意云：王既已政教光明如是，猶能敬重農事，率是典田之官。今之教民耕田，各極其望，「終三十里」而遥，萬夫齊力，及時務功，以大發其私。故地無遺利，人無遺力，豐穰乃可望，要非王之惠不及此。其不言公田者，爲民祈故耳。《集傳》不知，乃云：「此必鄉、遂之官，司稼之屬，其職以萬夫爲界者。溝洫用貢法，無公田，故皆謂之私。」豈知詩意者哉？又本鄭《箋》解「三十里」句，云「三十里，萬夫之地。四旁有川，内方三十三里有奇」，亦爲姚氏所駁。竊意詩言「三十里」者，一望之地也〔一〕。言「十千維耦」者，萬衆齊心合作也。一以見其人之衆，一以見其地之寬，非有成數在其胸中。不意後儒竟爲之持籌核算，計畝受夫，絲釐弗爽。有謂「萬夫之地，方三十里少半里」者，有謂「三十里有奇」者，又有謂「萬耦」當云「五千耦」者，真是癡人説夢，烏足當人一哂哉？《詩》本活相，釋者均獃，又安能望其以意逆志，得詩人言外旨耶？

【附録】姚氏際恒曰：「『駿發爾私，終三十里』，《毛傳》曰：『私，民田也。言上欲富其民而讓于下，欲民之大發其私田耳。『終三十里』，言各極其望也。』孔氏曰：『各極其望，謂人目之望所見極于三十，每各極望則徧及天下矣。『三十』以極望爲言，則『十千維耦』者，以萬爲盈數，故舉之以言，非謂三十里内十千人也』。按《傳》、《疏》之説甚明，詩意只如此，非可鑿然以典制求之。是「三十里」與「十千」之義各別，不得聯合以解，明矣。自鄭氏篤信《周禮》，引之曰：『凡治野田，夫間有遂，遂上有徑；十夫有溝，溝上有畛；百夫有洫，洫上有塗；千夫有澮，澮上有道；萬夫有川，川上有路。此萬夫之地，方三十三里少半里也。一川之間萬夫，故有萬耦。言三十里者，舉成數。』孔又疏之曰：『計此萬夫之地，一夫百畝，方百步，積萬夫方之，是廣長各百夫，以百乘百，是萬也。既廣長皆百夫，夫有百步，三夫爲一里，則百夫爲三十三里又少半里也。』按《周禮》之説本襲《考工記·匠人》「九夫爲井」句，而增廣爲此説，必不可據。詳見《周禮通論》。孟子曰「方里而井」，則三十里爲三十井。一夫百畝，一井八夫，三十里之地僅二百四十夫耳，安得有萬夫？今欲以萬夫合三十里之地，只得謂「以百乘百」。嗟乎！詩意果如是乎？且一里八夫，乃云「三夫爲一里」，尤謬。不特詩言萬夫，非百夫之以百乘百，而三十里亦非百夫也。其曲紐妄合，誤而又誤，欺世乃如此！《集傳》本之曰：「三十里萬夫之地，四旁有川，内方三十三里有奇。言『三十里』，舉成數也。」嗟乎！無論其不當從鄭之妄説也，且于《鄭箋》、《孔疏》毫釐不解。鄭、孔謂三十里百夫之地，非謂萬夫之地也。鄭引《周禮》「萬夫有川」之文，非謂「四旁有川」也。《周禮》「萬夫有川」，是一川萬夫；今作「四旁有川」，是爲四川，當四萬夫矣。鄭三十三里少半里，今言三十三里有奇，又誤也。不詳來歷，不解文義，直與稚子塗鴉何異？乃以注經，而後世群遵之而習讀之，不可曉也。又曰「此必鄉、遂之官，司稼之屬，其職以萬夫爲界者。溝洫用貢法，無公田，故皆謂之私」，亦謬。君言「私」，民言「公」，正見其交相忠愛處。乃因詩無「公」字，遂認「私」字爲無公田之貢法，可乎？且依其解，爲戒農官。國中地少，郊野地多，何爲僅戒國中之農官而不及郊野乎？又其云「溝洫用貢法」，亦誤。辨見《孟子通論》。

【集釋】〔噫嘻〕歎辭。〔昭〕明也。〔假〕音格。〔時〕是也。〔駿〕大也。〔發〕耕也。〔私〕私田也。〔三十里〕説見篇中。〔耦〕二人並耕爲耦。

【標韻】爾四紙里同本韻　穀一屋耦二十五有叶韻

校記

〔一〕「詩言『三十里』者」，底本「者」下衍一「者」字，今删。

振鷺　微子來助祭也。

振鷺于飛，于彼西雝。我客戾止，亦有斯容。在彼無惡，在此無斁。庶幾夙夜，以永終譽。

右《振鷺》一章，八句。姚氏曰：「《小序》謂『二王之後來助祭』，宋人悉從之，無異説。自季明德始不從，曰：『《序》似臆説。武王既有天下，封堯後于薊，封舜後于陳，封禹後于杞，而陳與杞、宋爲三恪。此來助祭，獨言二王之後，何爲不及陳耶？竊意此詩必專爲武庚而發，蓋武庚庸愚，不知天命，故使之觀樂辟雝以養德，庶幾其能忠順耳。』鄒肇敏踵其意而爲説曰：『武王西雝之客，蓋指禄父，而夏之後不與。何者？鷺，白鳥也。殷人尚白，武王立受子禄父爲殷公，以撫殷餘民，而不改其色；故「亦有斯容」與「亦白其馬」，皆不改色之證者。後儒見武庚以叛見誅，舉而棄之不屑道，必以「我客」屬嗣封之微子。夫由後而知鴟鴞毁室，罪存不貰。由武王之世觀之，則武庚固殷之冢嗣，亦猶丹朱在虞，商均在夏，三恪莫敢望焉。周之嘉賓孰先武庚者？無問其賢否也。』較季説尤爲宛轉盡致矣。何玄子又踵兩家之意而别爲説曰：『周成王時，微子來助祭于祖廟，周人作詩美之。此與《有瞽》、《有客》皆一時之詩，爲微子作也。何以知其爲微子也？微子之封宋也，統承先王，修其禮物，作賓于王家，故《有客》之詩曰『亦白其馬』。商尚白也，鷺乃白鳥，而『我客』、『有客』似之。意者其衣服車旂之類皆用白與？此以知其爲微子也。何以知其在成王時來助祭也？《書序》曰：『成王既黜殷命，殺武庚，命微子啟，作《微子之命》』，是則微子之封宋自成王始命之，此以知微子在成王時來助祭也。」愚按，《微子之命》篇語乃僞古文，不足據。若以尚白爲言，則武庚亦必仍舊制，安見非武王時武庚來助祭，而必成王時微子來助祭乎？是仍與季、鄒揣摩之説無異也。總之，《序》説原有可疑者三：周有三恪助祭，何以獨二王後，一也。詩但言『我客』，不言二客，二也。此篇言有振鷺之容，白也；《有客》篇明言『亦白其馬』，似指殷後而不指夏後，三也。有此三者，故或以爲武庚，或以爲微子，所自來矣。以今揆之，微子之説較優于武庚；且有《左傳》以證。《左傳》皇武子曰：『宋，先代之後，于周爲客；天子有事，膰焉；有喪，拜焉。』按周之隆宋自愈于杞，蓋一近一遠，近親而遠疏，亦理勢所自然也。《商頌》亦稱『嘉客』，指夏後；此稱『客』，指殷後也。宋國之臣言宋事，則宜爲微子而非武庚也。『有事膰焉』，亦來助祭之證。《集傳》引《序》説者，乃引《左傳》『天子有事，膰焉；有喪，拜焉』之語，然則只説得宋，遺卻杞矣。」案：姚氏引季、鄒、何三家之説，闢《小序》及《集傳》「二王之後來助祭」之非，是已。而又謂何氏微子之説較優于武庚，而不言其所以優之之故，但引《左傳》皇武子之言爲證。夫武子之言，僅云「宋，先代之後，于周爲客：有事，膰焉；有喪，拜焉」，是泛舉宋之于周爲客也云爾，非謂此詩爲微子助祭發也。且下《有客》篇序，亦明言「微子來見祖廟」矣，安見微子助祭非《有客》篇，而必爲此詩？是烏足以爲證耶？愚謂詩前四語雖似贊，後四語乃戒辭：在武庚則勉其令終，在微子則令其鑒往。故曰「庶幾」，曰「以永終」，二者均有可通。若夏王後同來，則斷斷不出此也。況詩明言容似白鷺，則客僅商客而無夏客也可知。但武庚被誅，雖有詩亦當删黜；微子嗣封，縱能賢尤應箴規，此指微子較優于武庚之説也。惜諸家均未見及此耳。然則《有客》之詩又將誰屬？曰，此自當以鄒説「爲箕子發也」近是。《序》蓋誤以箕子爲微子，遂不能不謂此篇爲「二王後」，一誤而無乎不誤耳。

【眉評】姚氏曰：「全在意象之間，絶不著迹。」

【集釋】〔振〕群飛貌。〔鷺〕白鳥。〔雝〕澤也。王氏安石曰：西雝，蓋辟廱也。辟廱有水，鷺所集也。〔客〕指微子也。〔彼〕其國也。

【標韻】雝二冬容同本韻　惡七遇斁同譽六御通韻

以上《周頌》上，凡十三篇。舊用分什法，今以其篇什無多，但分上下二卷。

詩經原始卷之十七

頌二

周頌下

豐年　秋冬大報也。

豐年多黍多稌。亦有高廩，萬億及秭。爲酒爲醴，烝畀祖妣，以洽百禮，降福孔皆。

右《豐年》一章，七句。《彙纂》曰：「《豐年》《序》以爲『秋冬報也』。箋以秋冬報爲嘗烝，王安石以豐年屬天地之功，故以此詩爲祭上帝。陳祥道引《豐年》以證《禮》，謂秋報者，季秋之於明堂也。呂祖謙謂以祈爲郊，則季秋大饗明堂，安知不并歌《豐年》之詩以爲報歟？曹粹中謂秋冬大饗，及祭四方八蜡，天地百神，無所不報，同歌是詩。漢、唐、宋諸儒之説，大約如是。《集傳》定爲『報賽田事之樂歌』，蓋指田祖先農、方社之屬。然詳觀此詩言黍稌之多，倉廪之富，而得爲此酒醴以饗祖考，洽群神，祀事無缺，而百禮咸備，皆上帝之賜，故曰『降福孔皆』也。考祀典，秋冬大報，上自天地，以至方蜡，靡祀不舉，祀則有樂。是詩槩爲報祭之樂章，故《序》不明斥所祭爲何神也。」案，《序》不言祭何神，但云「秋冬報」，故後多疑議。若云「大報」，則其義自明矣。總之，古禮既廢，古樂又亡，第從樂章以考祀典，詎能有符？縱極切合，亦不過懸揣以求其義焉云爾。

【集釋】〔稌〕音杜，稻也。郭氏璞曰：「今沛國呼稻爲稌，是也。」〔亦〕助語辭。〔億秭〕數萬至萬曰億，數億至億曰秭。〔烝〕進也。〔畀〕予也。〔洽〕備也。〔皆〕徧也。

【標韻】廪二十六寢秭四紙醴八薺妣紙禮薺皆九佳叶韻

有瞽　成王始行祫祭也。

有瞽有瞽，在周之庭。設業設虡，崇牙樹羽，應田縣鼓，鞉磬柷圉。既備乃奏，簫管備舉。喤喤厥聲，肅雝和鳴，先祖是聽。我客戾止，永觀厥成。

右《有瞽》一章，十三句。姚氏曰：「《小序》謂『始作樂而合乎祖』，近是。祖，文王也；成王祭也。何玄子因以爲『大祫』；祫，合也。又曰，『《序》意謂成王至是始行合祖之禮，大奏諸樂云爾，非謂以新樂始成之故合乎祖也』。」案，諸家多以樂初成而薦之祖考爲言，樂初成而薦之祖考，何勞「我客戾止」？今「先祖是聽」，我客亦止，則必舉行祫祭大典可知。故何説較諸家爲尤精耳。「我客」而與「先祖」並題，亦猶舜之虞賓在位，其所以尊之者爲何如哉！謝氏枋得曰：「舜作樂而曰『虞賓在位，祖考來格』；成王合樂而曰『先祖是聽，我客戾止』，以先代之後與先祖並言，尊之至也。《書》曰『崇德家賢』，統承先王修其禮物，非尊其後，尊聖帝明王也。」

【眉評】姚氏曰：「此詩微類《商頌・那》篇，固知古人爲文亦有藍本也。」

【集釋】〔瞽〕樂官，無目者也。〔業虡崇牙〕見《靈臺》篇。〔樹羽〕置五采之羽於崇牙之上也。〔應〕小鼙。〔田〕大鼓也。〔縣鼓〕周制也。夏后氏足鼓，殷楹鼓，周縣鼓。〔鞉〕如鼓而小，有柄，兩耳，持其柄而摇之，則旁耳還自擊。〔磬〕石磬也。〔柷〕狀如漆桶，以木爲之，中有椎連底，挏之令左右擊，以起樂者也。〔圉〕亦作敔。狀如伏虎，背上有二十七鉏鋙刻，以木長尺櫟之，以止樂者也。〔簫〕編小管爲之。〔管〕如篴，并兩而吹之者也。〔我客〕二王後也。〔成〕樂闋也。如「簫韶九成」之成也。

【標韻】瞽七麌虡六語羽麌鼓同圉語舉同通韻

潛　冬薦魚也。

猗與漆沮，潛有多魚：有鱣有鮪，鰷鱨鰋鯉。以享以祀，以介景福。

右《潛》一章，六句。《小序》云「季冬薦魚，春獻鮪」，魚是總名，鮪乃下六魚之一，何以冬則總薦魚，春則單薦鮪？且單薦鮪，則文當言鮪；何以仍用總魚名？周庭縱極不文，亦不難別作樂歌以薦之，何至用此不通之文以獻諸祖考前乎？案《月令》季冬，「命漁師始漁，天子親往，乃嘗魚，先薦寢廟」，季春，「薦鮪于寢廟」。孔氏曰：「冬則衆魚皆可薦，故總稱魚，春惟獻鮪而已。」又曰：「冬月既寒，魚不行，乃性定而肥充，故冬薦之也。」然則魚本二季皆可薦，而詩云「潛有多魚」，下並舉六魚以實之者，是冬令魚潛不行而肥美，凡魚皆可薦之時也。故總舉六魚，隨薦皆可，用以爲樂。若季春，鮪始出而浮，陽魚之先至者也，故單薦鮪。此詩非其樂矣。《序》乃統而言之，《集傳》亦不敢有異說，豈深知文義者乎？

【集釋】〔猗與〕歎辭。　〔潛〕《集傳》：潛，槮也。蓋積柴養魚，使得隱藏避寒，因以薄取之也。或曰，藏之深也。孔氏穎達曰：《釋器》云，「槮謂之涔」。李巡曰，「今以木投水中養魚曰涔」。孫炎曰，「積柴養魚曰槮」。涔、潛古今字。　〔鰷〕白鰷也。

【標韻】沮六魚魚同本韻　鮪四紙鯉同本韻　祀紙福一屋叶韻

雝　祭文王以徹俎也。

有來雝雝，至止肅肅。相維辟公，天子穆穆。一章　於薦廣牡，相予肆祀。假哉皇考，綏予孝子。二章　宣哲維人，文武維后。燕及皇天，克昌厥後。三章　綏我眉壽，介以繁祉。既右烈考，亦右文母。四章

右《雝》四章，章四句。從姚氏際恒本。《序》謂「禘大祖」，朱子辨之云：「《祭法》『周人禘嚳』。」又曰「天子七廟，三昭三穆及大祖之廟而七。周之大祖即后稷也。禘嚳於后稷之廟，而以后稷配之，所謂禘其祖之所自出，以其祖配之者也。《祭法》又曰，『周祖文王』，而春秋家說三年喪畢，致新死者之主於廟，亦謂之吉禘，是祖一號而二廟，禘一名而二祭也。今此《序》云『禘大祖』，則宜爲禘嚳於后稷之廟矣，而其詩之詞無及於嚳、稷者；若以爲吉禘于文王，則與《序》已不協，而詩文亦無此意，恐《序》之誤也。此詩但爲武王祭徹俎之詩，而後通用於他廟耳。」案，此說頗爲明晰，可無疑義矣。若如《箋》、《疏》以爲成王禘祭文王之詩，則詩中「烈考」、「皇考」之稱既不可通，即文母之祭亦與諦義無涉，故不若從《集傳》之爲當也。而篇末又引用《禮・樂師》「及徹，率學士而歌《徹》」之文，姚氏譏爲「蛇足」，云「此詩徹時用，豈名『徹』乎？《周禮》之妄也。」案《論語》分明言「以《雝》徹」，非云「以《徹》徹」，何得而更有「徹」之名耶？凡若此者，

皆讀書粗率，未能悉心體認之過耳。

【集釋】〔雝雝〕和也。〔肅肅〕敬也。〔相〕助祭也。〔辟公〕諸侯也。〔穆穆〕美也。〔於〕歎辭。〔廣牡〕大牲也。〔肆〕陳也。〔假〕大也。〔皇考〕文王也。〔綏〕安也。〔孝子〕武王自稱也。〔宣〕通也。〔哲〕知也。〔燕〕安也。〔昌〕大也，謂昌大其後也。蘇氏徹曰：周人以諱事神，文王名昌，而此詩曰「克昌厥後」，何也？曰，周之所謂諱，不以其名號之耳，不遂廢其文也。諱其名而廢其文者，周禮之末失也。姚氏際恒曰：愚按，或謂周公始定諱，武王時尚未有此，亦一説。〔右〕尊也。〔烈考〕姚氏際恒曰：烈考，亦文王。《集傳》是。《毛傳》謂武王，嚴氏主之。「烈考」、「文母」，明相對偶，子豈可與母對而且居母上耶？右爲尊，故謂其神在右，猶云「如在其上」也。《毛傳》訓助，于此處難通。〔文母〕大姒也。

【標韻】雝二冬公一東通韻　肅一屋穆同本韻　牡二十五有考十九皓叶韻　祀四紙子同本韻　人十一真天一先通韻　后有後同本韻　壽有考皓叶韻　祉紙母有叶韻姚氏際恒曰：此詩每句有韻，甚奇。又凡四章，二、三、四章皆「有」韻，而二、四兩章皆先「有」韻，後「紙」韻。前後相關，音調纏綿繚繞，尤爲奇變。愚案：此真所謂轆轤韻也。而用韻之奇，亦無過乎是者。

載見　諸侯入朝，始助祭于武王廟也。

載見辟王，曰求厥章。龍旂陽陽，和鈴央央，鞗革有鶬，休有烈光。率見昭考，以孝以享。以介眉壽，永言保之，思皇多祜。烈文辟公，綏以多福，俾緝熙于純嘏。

右《載見》一章，十四句。《序》謂「始見乎武王之廟也」。毛萇訓載爲始，朱子以爲恐未然，故以載作「發語辭」。姚氏謂《集傳》「既訓載爲則，則不當云『發語辭』」。若爲虚字之『則』，則乃承接之辭，豈可作發語用？」一虚字也，而諸儒辯論莫定，其他可知。然從毛、鄭訓始者多，則以下文「率見昭考」與首句相應故也。《彙纂》亦曰：「成王新即政，率是百辟見於昭廟，以隆孝享。一以顯耆定之大烈彌光，一以彰萬國之歡心如一。有丕承王業，畏懷天下氣象，故曰始也。若泛言諸侯助祭，則烈祖有功德之廟多矣，何獨詣武王一廟而作此歌乎？」案：此乃作詩大旨，亦存詩者之微意也。而《集傳》必欲訓載爲發語辭者，何哉？朱氏善曰：「諸侯之來朝，將以禀受法度也。而我乃率之以祀武王，何也？蓋先王者，法度之所從出；而宗廟者，又禮法之所由施也。」此又讀書别有所見，亦實詩中要義，不可不參觀而並詳焉者也。

【集釋】〔章〕法度也。〔旂〕交龍曰旂。〔陽〕明也。〔和鈴〕軾前曰和，旂上曰鈴。〔鞗革〕轡首也。〔有鶬〕聲和也。姚氏際恒曰：有鶬，《毛傳》謂「有法度」，鄭謂「金飾貌」，其謂金飾貌者，《韓奕》「鞗革金厄」，蓋依像金厄而言也。《集傳》謂「聲和」，蓋本《商頌》「八鸞鶬鶬」而言也。當于後二説中求之。案：鄭説言其貌，《集傳》言其聲。蓋轡首必以金飾像鶬而又有聲，故合二説而義乃備也。〔休〕美也。〔昭考〕《集傳》：昭考，武王也。廟制，大祖居中，左昭右穆。周廟文王當穆，武王當昭，故《書》稱「穆考文王」，而此詩及《訪落》皆謂武王爲「昭考」。〔思〕語辭。〔皇〕大也。

【標韻】王七陽章、陽、央、鶬、光並同享二十二養叶韻姚氏際恒曰：此八句惟一句出韻，餘皆一韻。漢《柏梁詩》本此。祜七虞嘏二十一馬，又叶古。叶韻姚氏際恒曰：三句一韻，秦《功德碑》本此。

有客　箕子來朝見祖廟也。

有客有客，亦白其馬。有萋有且，敦琢其旅。一章　有客宿宿，有客信信，言授之縶，以縶其馬。二章　薄言追之，左右綏之。既有淫威，降福孔夷。三章

右《有客》三章，章四句。從姚氏本。姚氏曰：「《小序》謂『微子來見祖廟』，向從之。唯鄒肇敏曰，『愚以爲箕子也。《書》武王十三祀，王訪于箕子，乃陳《洪範》。此詩之作，其因來朝而見廟乎？「淫威」、「降福」，亦既就《箕疇》中「嚮用五福，威用六極」，遂用其意，言前之非常之凶禍，今當酬以莫大之福饗，蓋祝之也』。此説甚新，以「威、福」合《洪範》，尤巧而確，存之。」愚謂此

詩之切合箕子，並不在「威、福」字有符《洪範》，蓋「縶馬」、「追綏」等句，非箕子不足以當武王之眷顧如是也。蓋武王之訪于箕子者爲道，箕子之來見武王者亦爲道，兩聖相投，自有來之不能不來，亦即有去之不容即去者。故一宿不已，必曰「信宿」；信宿不已，欲縶其馬而不使之去；即使或去，亦必追還而安留之。果何爲哉？凡以爲此《洪範》之道故耳。豈區區「威福」字偶合《範》言，遂足據以爲證哉？若微子縱極賢德，不過寵以封賜，俾承殷祀足矣，何必眷顧羈留若是？且前懲武庚之禍，後尤當警以戒詞，乃爲得體。故《振鷺》愚信其爲微子發，此詩愚尤信其爲箕子咏也。蓋此乃千古之公論，非一人之佞言。知言者其亦有以諒之也夫！

【眉評】起得飄然。

【集釋】〔萋且二句〕姚氏際恒曰：「有萋有且，敦琢其旅」，鄒肇敏曰：『有萋有且』，薦其籩豆也。『敦琢』爲玉，『旅』爲陳，蓋來朝之享禮，所謂『旅幣無方』也。《禮記》云：『籩豆之薦，四時之和氣也。內金，示和見情也。丹漆絲纊竹箭，與衆共財也。其餘無常貨，各以其國之所有，則致遠物也。』《郊特牲》曰：『旅幣無方，所以別土地之宜，而節遠邇之期也。龜爲前列，先知也。以鐘次之，以和居參之也。虎豹之皮，示服猛也。束帛加璧，往德也。』以此觀之，萋且、敦琢之義曉然矣。又案《巷伯》『萋兮斐兮』，《韓奕》『籩豆有且』，皆可互證，何以作『敬慎』解？《棫樸》『追琢其章』，豈選擇之謂乎？」案鄒釋此二句詩，可謂發千古之矇矣。何玄子因鄒言《巷伯》「萋斐」，遂謂「萋當作緀，且即『籩豆有且』之且。乃薦帛之具，薦緀于且，故曰『有萋有且』。《禮器》言諸侯助祭之事，《郊特牲》言諸侯朝享之事，而皆言束帛加璧之禮，則此詩言『有萋有且』之即爲束帛，『敦琢其旅』之即爲加璧，明矣。」亦通。〔信〕再宿曰信。

【標韻】馬二十一馬旅六語叶韻　宿一屋馬馬叶韻　綏四支夷同本韻

武　奏大武也。

於皇武王，無競維烈。允文文王，克開厥後。嗣武受之，勝殷遏劉，耆定爾功。

右《武》一章，七句。《小序》曰：「奏大武也。」《左》宣十二年，楚子亦曰：「武王克商，作《武》，其卒章曰『耆定爾功』。」孔氏以卒章爲終章之句，是。此詩即《大武》可無疑矣。然《集傳》云：「《傳》以此詩爲武王所作，則篇内已有武王之謚，而其説誤矣。」此又以辭而害意也。《傳》云「武王克商作」，非云「自作」，自誤而反云人誤者，何哉？姚氏知《集傳》之誤，而又誤以此詩即「下管《象》」之《象》，是未嘗讀季札觀周樂之文矣。案《左》襄二十九年，吴公子札來聘，請觀周樂。「見舞《象箾》、《南籥》者」，杜預注云：「文王樂也。」「見舞《大武》者」，杜預注云：「武王樂也。」《象》即《維清》，《武》乃此篇。《武》原非一詩，何云或吹或舞皆此詩耶？蓋泥《禮記·仲尼燕居》「下管《象》、《武》」之句爲一樂名，又誤讀「象武」爲「象舞」，其説已見《維清》

篇内，兹不赘。姚氏最自負，而其讀《詩》亦疏略如此，以此見説《詩》之難也。

【集釋】〔於〕歎辭。〔皇〕大也。〔遏〕止也。〔劉〕殺也。〔耆〕致也。

【標韻】無韻

閔予小子 祔武王主于廟也。

閔予小子，遭家不造，嬛嬛在疚。於乎皇考，永世克孝！念兹皇祖，陟降庭止。維予小子，夙夜敬止。於乎皇王，繼序思不忘！

右《閔予小子》一章，十一句。《小序》謂「嗣王朝于廟」，而不言何時。《集傳》以爲「成王免喪，始朝于先王之廟，而作此詩」，蓋本鄭氏説也。然「遭家不造，嬛嬛在疚」等語，豈「免喪」之言乎？姚氏曰：「何玄子引殷大白《副墨》曰，『武王既葬而祔主于廟』，似爲得之。」此正其時詩也，何云「似」耶？蓋首三句方在喪中，下又將有事朝政，故知其爲既葬而祔主于廟之時耳。然詩似祝辭，非頌體，而亦列之《頌》者，《頌》之變也。周家聖聖相承，家學淵源不外一敬字。文王之學曰「緝熙敬止」，武王之學曰「敬勝怠者吉」，今成王方嗣統，欲上繼祖父之緒于不忘，亦曰「夙夜敬止」，其心傳之要不在是歟？故每於對越在天之時，常若其「陟降庭止」，不以喪中而忘道德也。此當爲成王沖幼第一章詩，而其志向已如此，無怪其能纘承文武大業，爲聖世明王，夫豈無因而致此哉？

【集釋】〔閔〕痛也。〔造〕成也。〔嬛〕與煢同。何氏楷曰：石經作煢。李氏樗曰：嬛字與「哀此煢獨」之義同。嬛者，孤獨而已。〔疚〕哀病也。〔皇考〕武王也。〔皇祖〕文王也。〔皇王〕兼指文、武也。

【標韻】造二十號孝十九效通韻　庭九青敬二十四敬叶韻　王七陽忘同本韻

訪落　成王即政告廟，以咨群臣也。

訪予落止，率時昭考。於乎悠哉，朕未有艾！將予就之，繼猶判渙。維予小子，未堪家多難。紹庭上下，陟降厥家。休矣皇考，以保明其身！

右《訪落》一章，十二句。此詩諸家所言大略相同，蓋成王初即政而朝于廟，以延訪群臣之詩。名雖延訪，而意實屬望昭考，蓋家學原有素也。故「於乎」以下，一往追維皇皇如有所求而弗獲之心，所謂學如不及，猶恐失之者，其慕道而謂切矣。至「維予小子」而下，忽覺君蒿悽愴，若或見之，則又孝思之感動不能自已。此初告廟時景象。末乃以保身收住，仍歸重學術上言。三代聖君治道本乎學術，事業始自宮庭，不於此益信然哉？

【眉評】姚氏曰：「多少宛轉曲折。」

【集釋】〔落〕始也。曹氏粹中曰：凡宫室始成則落之，故以落爲始。〔悠〕遠也。〔艾〕《集傳》：艾如「夜未艾」之艾。許氏謙曰：《庭燎》傳：「艾，盡也。」則此「朕未有艾」謂未能盡率昭考之道也。〔判〕分也。〔涣〕散也。〔保〕安也。〔明〕顯也。

【標韻】無韻

敬之　成王自箴也。

敬之敬之，天維顯思，命不易哉！無曰高高在上！陟降厥士，日監在兹。維予小子，不聰敬止。日就月將，學有緝熙于光明。佛時仔肩，示我顯德行。

右《敬之》一章，十二句。此詩本一氣呵成，人多讀作兩截，真不可解。《小序》謂「群臣進戒嗣王」，只説得上半截文意。《集傳》于上截云，「成王受群臣之戒而述其言」，于下截云，「此乃自爲答之之言」。姚氏曰：「愚向者亦不敢以一詩硬作兩人語，惟此篇則宛肖。上章先以『敬之』直陳，意甚警切，下皆規戒之辭；下章則純乎成王語」，故敢定爲群臣答《訪落》之意而成王又答之也。然與《集傳》所言又何以異？是皆未察文義之過耳。蓋此詩乃一呼一應，如自問自答之意，並非兩人語也。一起直呼「敬之敬之」，至「日監在兹」，先立一案：見天道甚明，命不易保，無謂其高而不吾察，當知其聰明明畏，常若陟降於吾之所爲，而無日不臨監於此者。蓋一俯仰間而如或見諸目前也。「維予小子」，性既不聰，行又弗敬，不能體天命于無形，則唯有「日就月將」，勉强而行，庶幾積續以至于光明耳。然必賴群臣輔助我所擔荷之任，而示我以顯明之德行，乃可追吾所見而能及也。故「維予小子」以下，亦即緊承上文，相應而下，機神一片，何容分作兩截，並謂二人語耶？此亦尋常文格，非成王奇創，諸儒何至迷惑若是？姚氏又謂「此《三百篇》言『學』之始」，意謂詩不可以言學也。夫詩非不可以言學，唯言學而入于理障則不可耳。姚氏於《烝民》之詩，則譏其漸開説理之端；於《維天之命》，則謂其爲周公作，非説理者；於此篇又以爲言學之始，何其自相矛盾如是耶？

【集釋】〔顯〕明也。〔思〕語辭。〔士〕事也。何氏楷曰：案《説文》，事乃士之本訓。其以士爲人品之稱者，則謂其人足任事，故亦以士名之。〔將〕進也。〔佛〕弼通。〔仔肩〕任也。

【標韻】之四支思同哉十灰兹支通韻　子四紙止同本韻　將七陽明八庚行陽轉韻

小毖　成王懲管蔡之禍而自儆也。

予其懲，而毖後患！莫予荓蜂，自求辛螫。肇允彼桃蟲，拚飛維鳥。未堪家多難，予又集于蓼。

右《小毖》一章，八句。《小序》謂「嗣王求助」，語雖混而近是。《集傳》謂「亦《訪落》之意」，則全非。蓋《訪落》欲紹前徽，此詩乃懲後患，用意各有所在，辭氣亦迥不侔。豈因其一謀始，一毖小，遂謂相同耶？然武庚之禍亦非小者，向非周公，王室存亡尚不可知，而猶謂之爲小耶？此詩名雖「小毖」，意實大戒，蓋深自懲也。故開口即言懲患，不知如何自儆而後可免於禍，慮之深則惕之至耳。「莽蜂」二句，本無毒于予，而自取其毒者。管、蔡之變，誰爲之？咎非自取歟？「桃蟲」二句，向以爲小物竟成大禍者。武庚之叛，人不及防，豈所料哉？凡此皆非常禍亂，而予方沖幼，未堪多難，偏又集于辛苦之地，如嘗蓼而不堪其味也，奈之何哉？自《閔予小子》至此，凡四章，皆成王自作。若他人，則不能如是之親切有味矣。然除《閔予小子》一篇似祝辭外，餘皆箴銘體，非頌之正也，不可不知。蓋箴銘體近頌，故附乎《頌》耳。至於筆意清矯，思致纏綿，四詩實出一手；故知其爲成王作。至今讀之，令人想見其憂深慮遠，道醇術正氣象，非太平有道明王而能若是哉？

【眉評】姚氏曰：「憒憹、蟠鬱，發爲古奧之辭。偏取草蟲等作喻，以見姿致，尤奇。」

【集釋】〔懲〕有所傷而知戒也。〔毖〕慎也。〔莽〕使也。〔蜂〕小物而有毒者。許氏慎曰：「飛蟲螫人者。」陸氏佃曰：「其毒在尾，垂穎如蜂，故謂之蜂。」〔肇〕始也。〔允〕信也。〔桃蟲〕姚氏際恒曰：「『肇允彼桃蟲，拚飛維鳥』，《毛傳》云『桃蟲，鷦也』，本《爾雅》。又云『鳥之始小而終大者』。郭璞曰：『鷦鷯，小鳥而生鵰、鶚。』陸氏璣曰：『俗語「鷦鷯生鵰」』。案，鷦鷯雖小鳥，亦鳥也，安得以蟲名？且《莊子》謂其所棲不過一枝，不云桃枝也。《爾雅》之説已自難信，而郭璞復實之以生鵰、鶚之説，幾曾見鷦鷯生子爲鵰、鶚來？其附會更何疑！若鷦鷯生子爲鵰、鶚，不知鷦鷯又何物所生乎？且詩但云「鳥」，不云大鳥也。今爲彼説，以「桃蟲」爲小鳥，勢必以「鳥」爲大鳥，增添語字，以就己説，可乎？總之，若使桃蟲爲鳥，詩決不又云「拚飛維鳥」矣。蓋謂蟲之小物忽變而爲飛鳥，以喻武庚其始甚微，而臣服後乃鴟張也。《詩緝》載張氏曰，「猶言『向爲鼠，後爲虎』，不必謂桃蟲化爲鳥也。」其見與予合。〔蓼〕辛苦之物也。

【標韻】蜂二冬蟲一東通韻　鳥十七篠蓼同本韻案：此詩中二句「蟲」字與上「蜂」字叶，「鳥」字與下「蓼」字叶，甚奇。

載芟　春祈社稷也。

載芟載柞。其耕澤澤，千耦其耘，徂隰徂畛。侯主侯伯，侯亞侯旅，侯彊侯以。有嗿其饁，思媚其婦。有依其士，有略其耜，俶載南畝。播厥百穀，實函斯活。驛驛其達，有厭其傑。厭厭其苗，綿綿其麃。載穫濟濟，有實其積，萬億及秭。爲酒爲醴，烝畀祖妣，以洽百禮。有飶其香，邦家之光。有椒其馨，胡考之寧。匪且有且，匪今斯今，振古如兹。

右《載芟》一章，三十一句。《小序》謂「春籍田而祈社稷」。朱子《辯説》以爲與下篇，兩詩未見有祈報意。故《集傳》云「未詳所用」，然又謂「辭意與《豐年》相似，其用應亦不殊」，是以爲報而非祈也。姚氏亦云：「詩無耕籍事，亦未見有祈意。」今案詩辭果如二家所云，然下篇《良耜》有曰「殺時犉牡」，是秋報無疑矣，且王者之報社稷亦無疑矣。此詩與之同，序且居其前，下篇云報，不應此篇又云報也。似《序》所言，或有所本，唯不必定耕籍耳。沈氏守正云：「《小序》曰，『《載芟》，春籍田而祈社稷也。《良耜》，秋報社稷也』。朱子傳以爲報詩，亦不相遠。但言祈，則章中耕耘、收穫、祭祀、尊賢、養老諸事，皆預言之，冀望之；言報則直述其已然，以昭神貺耳。」言亦有理。古人文字簡質，不似後人曲折分明。此等詩歌又不得以後世文法相拘。且《噫嘻》春祈，亦無甚祈意，不能不以之爲祈穀用，則此詩之用于春祈社稷也，亦何疑哉？

【眉評】一家叔伯以及傭工婦子，共力合作，描摹盡致，是一幅田家樂圖。

【集釋】〔芟〕除草曰芟。〔柞〕除木曰柞。孔氏潁達曰：隱六年《左傳》云：「如農夫之務去草焉，芟夷蘊崇之。」是除草曰芟也。《秋官·柞氏》「掌攻草木及林麓」，是除木曰柞。〔澤澤〕姚氏際恒曰：「澤澤」，鄭氏訓「解散」，若是，則以澤作「釋」，何如依本字，謂「方春土脈動，潤澤可耕」之爲得乎？〔耘〕除草根也。〔隰〕爲田之處也。〔畛〕田畔也。〔主〕家長也。〔伯〕長子也。班氏固曰：子最長，迫近父也。〔亞〕仲叔也。〔旅〕衆子弟也。〔彊〕民之有餘力而來助也。〔以〕能左右之曰以，若今時傭力之人，隨主人所左右者也。〔嗿〕衆飲食聲也。〔媚〕悦也。〔依〕倚也。〔士〕夫也。〔略〕利也。何氏楷曰：略，當依《書》通作䂜。《説文》云「刀劍刃也」，言有鋭利如刀劍刃之耜也。〔俶〕始也。〔載〕事也。〔函〕含也。〔活〕生也。〔驛驛〕苗生貌。〔達〕出土也。〔厭〕受氣足也。〔傑〕先長者也。〔綿綿〕詳密也。〔麃〕耘也。〔積〕露積也。〔飶〕姚氏際恒曰：飶，《毛傳》曰，「飶，芬香也」。是使飶爲芬，不當又云「其香」矣。飶字從食，只是飯食之類，所謂「于豆于登，其香始升」是也。〔胡〕姚氏際恒曰：胡，《毛傳》曰，「壽也」。胡之訓壽，亦未聞。案《儀禮·士冠》曰「胡福」，《少牢》曰「胡壽」，皆與遐通。使胡爲壽，《少牢》不當云「胡壽」矣。又《解頤新語》曰，「《説文》云，『胡，牛頷垂也』，老狼亦垂胡。今老者或有此狀，故詩人取之。」然據此亦只是老人之狀，非訓壽也。〔且〕猶「籩豆有且」之且，薦也。〔振〕極也。

【標韻】柞十一陌澤、伯並同本韻　旅六語以四紙婦二十五有士紙耜同畝有叶韻　活七曷達同傑九屑通韻　苗二蕭麃同本韻　濟八薺積陌秭紙醴薺妣紙禮薺叶韻　香七陽光同本韻　馨九青寧同本韻　且六魚玆四支通韻

良耜　秋報社稷也。

畟畟良耜，俶載南畝。播厥百穀，實函斯活。或來瞻女，載筐及筥，其饟伊黍。其笠伊糾，其鎛斯趙，以薅荼蓼。荼蓼朽止，黍稷茂止。穫之挃挃，積之栗栗。其崇如墉，其比

如櫛，以開百室。百室盈止，婦子寧止。殺時犉牡，有捄其角。以似以續，續古之人。

右《良耜》一章，二十三句。姚氏曰：「《小序》謂『秋報社稷』，近是。詩云『殺時犉牡』，是王者以大牢祭也。嚴氏曰，『此詩爲報社稷，必陳農功之本末，故當秋時而追述春耕，預言冬穫也』。」案，此詩當秋祭而預言冬穫，則前詩當春祭何不可以預言秋成？是《載芟》爲春祈無疑矣。蓋二詩皆舉農工本末而言。此殺犉牡，彼言飶香，並云「邦家之光」，非王者之祭而誰祭哉？《集傳》又云，「或疑《思文》、《臣工》、《噫嘻》、《豐年》、《載芟》、《良耜》等篇，即所謂《豳頌》，未知其是與否。」無論「豳風」、「豳雅」、「豳頌」之文不必如此分，即使如此分，《思文》乃后稷配天之樂，《噫嘻》實成王昭格之詩，豈古公未遷豳以前，即有此二詩乎？不然，何以謂之『豳頌』耶？此等明顯易見之事尚多疑議，何論其他？迂儒談《詩》，鮮所當也！

【眉評】如畫。

【集釋】〔畟畟〕嚴利也。〔瞻女〕婦子之來饁者。瞻猶省也。〔糾〕姚氏際恒曰：「其笠伊糾」，謂以繩糾結于項下也。〔趙〕刺也。孔氏穎達曰：趙是用鎛之事，鎛是鉏類，故趙爲刺地也。〔薅〕音呼毛反，拔田草也。〔荼〕陸地穢草。〔蓼〕澤中水草。〔挃挃〕穫聲也。〔栗栗〕積之密實也。〔櫛〕理髮器，言密也。〔盈〕滿也。〔寧〕安也。〔犉牡〕黃牛黑脣犉。孔氏穎達曰：《地官·牧人》云：「凡陰祀，用黝牲毛之。」注云：「陰祀，祭地北郊及社稷也。」然則社稷用黝牛角以黑，而用黃者，蓋正禮用黝，至於報功以社，是土神，故用黃色，仍用黑脣也。社稷太牢，獨云牛者，牛，三牲爲大，故特言之。〔捄〕曲貌。毛氏萇曰：社稷之牛角尺。〔續〕謂續先祖以奉祭祀。

【標韻】耜四紙畝二十五有叶韻　穀一屋活七曷叶韻　女六語筥黍並同本韻　趙十七篠蓼同本韻　朽有茂二十六有叶韻　挃四質栗、櫛、室並同本韻　盈八庚寧九青人十一真通韻

絲衣　闕疑。

絲衣其紑，載弁俅俅。自堂徂基，自羊徂牛，鼐鼎及鼒。兕觥其觩，旨酒思柔。不吳不敖，胡考之休！

右《絲衣》一章，九句。此詩爲繹祭不難辨，唯《序》既曰，「繹、賓尸」，又曰，「高子曰：『靈星之尸也』」，則不可解。夫高子爲誰？「靈星」與「繹祭」何涉？孔氏曰：「高子不知何人，唯公孫丑稱高子之言以問孟子，是高子與孟子同時。趙岐以爲齊人也。靈星則《漢書·郊祀志》云，『高祖詔御史，其令天下立靈星祠。』張晏曰，『龍星左角曰天田，則農祥也，晨見而祭之』。」故高子論他事云「靈星之尸」，後人因引以爲證。然上文言「繹賓尸」，下即云「靈星之尸也」，似此賓尸非他，即靈星之尸之意，故不可解。且高子與孟子同時，去子夏已遠，胡爲子夏作序而引高子

之言？若云後人引以爲證，則後人爲誰？又胡爲而因高子之言以證此尸耶？《集傳》既知其誤，而又云，「此亦祭而飲酒之詩」。案詩云繹祭詳矣，飲酒則無一語及之，又何必沾沾必飲酒爲言也？姚氏曰，「且闕疑」，愚亦曰，且闕疑也！

【附録】《彙纂》曰：宗廟正祭之明日又祭曰繹。繹禮在廟門，而廟門側之堂謂之塾。今詩云「自堂徂基」，則基是門塾之基，蓋謂廟門外西夾室之堂基也，其爲繹祭明矣。天子宗廟正祭，小宗伯「視滌濯。祭之日，逆齍，省鑊」，告時告備於王。今詩言「絲衣」、爵「弁」之士，告濯具，告充，告潔，則非王祭而爲繹祭又明矣。《禮記》「爲祊乎外」注：「祊祭，明日之繹祭也。謂之祊者，於廟門之外因名焉。其祭之禮，既設祭於室，而事尸於堂。」是祊之與繹，一時之事。祊於廟門外之西室，繹又於其堂，而統名曰繹。疏引《頌·絲衣》篇證繹祭在堂事尸。士之省視，從堂上往於堂下之基，故曰「自堂徂基。」此又繹祭之明證矣。朱子辨《序》説以爲誤，而以爲亦祭而飲酒之詩，然未嘗指其爲何祭。但士而祭，祭而飲酒，何與於天子，而列之於《頌》耶？案：此云「繹祭」，而亦不以《集傳》爲然也。唯高子「靈星之尸」未有説，則此詩終未明耳。姚氏際恒曰：《小序》謂「繹、賓尸」，其非有三。天子、諸侯名「繹」，大夫名「賓尸」，此舊説，具見《春秋》、《儀禮》，今以「繹、賓尸」連言。一也。彼既以「賓尸」爲言，即以《有司徹》證之，其云，「埽堂，燅尸俎」，非別殺牲先夕省視也。今何以告濯、告充、告潔一如正祭乎？佞《序》之徒爲之説曰，「『自堂徂基』，尸儐于門基；『自羊徂牛，鼐鼎及鼒』，羊先出而牛從之，鼎先出而鼒從之。」意謂正祭日不即徹，至繹之日始徹于門外。然則《詩》何以言「廢徹不遲」乎？即《儀禮》果如是，亦不可據《儀禮》以解《詩》也。二也。據舊解，絲衣、爵弁爲士服，然何以天子之繹獨使士？鄭氏曰，「繹禮輕，故使士」，非杜撰禮文乎？三也。《集傳》不用「繹賓尸」之說，是已。但謂祭而飲酒之詩，甚混。鄒肇敏主蜡祭，亦臆測。故且闕疑。又曰：《序》下有「高子曰：『靈星之尸也』。」按其言「尸」與《序》同，其言「靈星」與《序》大異。古祭天地、日月、星辰、山川之屬無尸，其謂有尸者，妄也。孔氏曰：「《漢郊祀志》云，『高祖詔御史，其令天下立靈星祠』。史傳之説『靈星』，惟有此耳。未知高子之言是此否？而或者宗之，以爲祭靈星之詩。」愚按《漢志》張晏注，附會「靈星」即「農祥」，故樂從其説者以爲即祭農祥之星。孔謂漢高始立靈星祠，他史傳無見，則是漢人之語無疑，而詭託之高子者也。又案高子即公孫丑所引論《小弁》之詩，而孟子所斥爲「固哉」者。無論其僞，即使屬真，亦同爲固執而不可從矣。宋陳祥道宗之，而明之鄒氏、何氏，或竭力以證其説。甚矣，末世之好誣也！案：此闢「靈星」之説，可謂盡矣。而謂「繹、賓尸」不可連言者，過也。孔氏云：「天子、諸侯禮大，異日爲之，別爲立名，謂之爲繹。卿、大夫禮小，同日爲之，不別立名，直指其事，謂之賓尸耳。此《序》言『繹』者，是此祭之名；『賓尸』是此祭之事，故特詳言之也。」

【集釋】〔絲衣〕祭服也。〔紑〕潔也。〔載〕戴也。〔弁〕爵弁也，士祭于王之服。〔俅俅〕恭順貌。〔基〕門塾之基。〔鼐〕大鼎。〔鼒〕小鼎。〔思〕語辭。〔柔〕和也。〔吴〕譁也。

【標韻】紑十一尤俅、牛、鼒、柔、休並同本韻

酌

美武王能酌時宜也。

於鑠王師，遵養時晦。時純熙矣，是用大介。我龍受之，蹻蹻王之造。載用有嗣，實維爾公允師。

右《酌》一章，八句。此詩雖不用詩中字，而以「酌」名篇，其所言皆頌武王能酌時宜之意，義旨極明。不知《序》何以謂「能酌先祖之道以養天下也」。詩本云養晦待時，而《序》偏云「養天下」；詩本云酌時措之宜，而《序》偏云「酌先祖之道」，語語相反，何以解經？朱氏善曰：「方其『遵養時晦』，聖人非忘天下也；及其『是用大介』，聖人非利天下也。聖人無忘天下之心，亦無利天下之心，此所以爲聖人之武也。」數語頗得詩中要義。故或謂《左氏傳》以《武》爲《武》之卒章，以《賚》爲《武》之三，以《恒》爲《武》之六。《恒》、《賚》二篇既入《大武》，則此詩與《賚》、《般》皆一體，而獨不可以入《大武》乎？聖人編《詩》，《酌》、《賚》、《般》皆不用詩中字名篇，而

皆同序於《周頌》之末，未必無意，特不知其所用之確，故難臆測耳。姚氏必駁《左傳》楚子之言，以爲「支離，不可信」，又安見其爲支離不足信哉！

【眉評】□語雄健。

【附録】姚氏際恒曰：《小序》謂「告成《大武》」，又謂「言能酌先祖之道以養天下也」。按《左》宣十二年，隋武子曰：「《汋》曰，『於鑠王師，遵養時晦』。《武》曰，『無競維烈』」，明《酌》之與《武》，不得以此詩爲《大武》也。特以《左·宣十二年》，楚子以「耆定爾功」爲《武》之卒章，《賚》爲三章，《桓》爲六章，其説支離，未可信。杜預曰，「三、六之數與今《頌》篇次不同，蓋楚樂歌之次第」，其説當矣。不知者以楚子所云，缺一、二、四、五章，故以《酌》屬之《大武》耳。又《漢書·禮樂志》曰，「周公作《勺》，《勺》言能酌先祖之道也。」《序》似襲之，而增以「養天下」，其于詩之言「遵養」者亦不切，故《序》説皆不可用也。《集傳》云，「頌武王之詩，但不知所用」，此固闕疑之意，然又云「《酌》及《賚》、《般》皆不用詩中字名篇，疑取節樂之名，如云『《武宿夜》』云爾」，其説亦支離。他詩篇名亦有不用詩中字者，又何居？《武宿夜》僅見于《祭統》，他經傳亦無見也。

【集釋】〔鑠〕盛也。〔遵〕循也。〔熙〕光也。〔介〕甲也，所謂「一戎衣」也。〔龍〕寵也。〔蹻蹻〕武貌。〔造〕爲也。〔載〕則也。〔公〕事也。

【標韻】師四支熙、之並同嗣四寘師支叶韻

桓

祀武王于明堂也。

綏萬邦，屢豐年，天命匪解。桓桓武王，保有厥士，于以四方。克定厥家，於昭于天，皇以閒之。

右《桓》一章，九句。《小序》謂「講武類禡」，亦未盡非，但不若鄒肇敏云「祀武王於明堂」之説爲較切耳。案，「以閒之」之「閒」，《集傳》未詳其義，《毛傳》曰：「代也。」嚴氏曰，「《多方》云，『有邦閒之』。」鄒氏駁之曰：「按《多方》之誥曰：『乃惟有夏圖厥政，不集于享，天降時喪，有邦閒之。』蓋言夏喪邦而殷代之，與此處『閒之』不同。彼『之』字屬夏，此『之』字屬天，能左右之曰『以』。『於昭于天，皇以閒之』，蓋儼然以武配天也。愚意《桓》詩即明堂祀武之樂歌。」此論甚是，不然，何云「皇以閒天」耶？蓋閒天即參天之意，德可參天，故祭用配天，與文王並配上帝於明堂也。其序當次《我將》之後，而編之於此者，以連篇皆武詩故耳。若如《序》言，則只説得中數句，於首尾詩意皆不相涉。愚故舍《序》而從鄒也。至《春秋傳》以此爲《大武》六章，或楚樂則然，本義恐不如是。《集傳》因此又疑今之篇次已失其舊。姚氏駁之曰：「《詩》三百五篇，經孔子手定，故曰『《詩》三百』，其無闕失可知。又曰『《雅》《頌》各得其所』，則《雅》《頌》

尤自無闕失也。若如所云，是孔子從闕失之餘摭拾其殘編斷簡而已，何以云『各得其所』耶？可謂不察而妄談矣。」案「《詩》三百」，非孔子所定，自季札觀樂時而已然矣。孔子正樂，是自衛反魯時，年已近七十。其平昔教人學《詩》，莫不曰「《詩》三百」，是「三百」之名，其來已舊，非至夫子而始有其名也。《集傳》固未見及於此，姚氏過信「得所」之言，遂得《三百篇》無一殘闕失次者，豈定論乎？現今《周頌》三十一篇，世序頗覺顛倒不倫，有康、昭以後詩而越在文、武以前者，則又何說？蓋所謂「得所」者，夫子之時則然，豈秦火以後而亦得所耶？又況古樂既亡，《詩》篇僅存，其得失都無所考，姚氏能必三《頌》無一失所之樂章乎？此真所謂「不察而妄談」者矣，尚何反脣以譏人耶？愚非宗朱者，蓋論關《詩》教，不能不辯以附於此云。

【集釋】〔綏〕安也。〔桓桓〕武貌。

【標韻】邦三江王七陽方同通韻　天一先閒十六諫叶韻

賚　武王克商，歸告文王廟也。

文王既勤止，我應受之。敷時繹思，我徂維求定，時周之命。於繹思！

右《賚》一章，六句。《小序》以爲「大封於廟」，而詩中無大封之義，凡爲之曲説者，皆佞《序》者也。蓋詩以《賚》名篇，故依篇名以立説耳。姚氏云：「此等篇名實不知何人作，亦不知其意指所在，千載後人豈能測之，乃據此釋《詩》，可乎？」愚謂詩名不獨此數篇不以詩中字名篇者不可知爲誰作，即凡《三百》之以詩中字名篇者，又可知其爲誰作耶？竊意古人作詩，雖多不自立題，要亦未始盡無題者，特世遠年湮，又遭秦火，難復舊觀。故僞《序》得以竊出其間，此千秋一大疑案也。此詩既不從序説，自當以姚氏説爲當。蓋武王初克商，歸祀文王廟，大告諸侯所以得天下之意耳。其言曰：「《集傳》云，『此頌文、武之功，而言其大封功臣之意』，其言『大封功臣』，固不能出《序》之範圍，而云『頌文、武之功』，尤謬。此篇與下《般》詩皆武王初有天下之辭，二篇皆無『武王』字，故知爲武王；又以詩中皆曰『時周之命』，是武王語氣也。此篇上言『文王』，下言『我』者，武王自我也。若謂頌文、武之功，則必作于成王，詩即無『武王』字，其云『我應受之』及『我徂維求定，時周之命』，豈成王語氣耶？」大凡説《詩》，不可徒泥詩名及執《序》説，總以涵泳經文，求其意旨所在爲主。雖不能言皆有中，要亦十得八九。姚説此詩，蓋庶幾焉！

【集釋】〔應〕當也。〔敷〕布也。〔時〕是也。〔繹〕姚氏際恒曰：「繹，聯續不絶意。思，語辭。布施是政，使之續而不絶，不敢倦而中止也。正對上『文王勤止』意。〔我徂二句〕姚氏際恒曰：「『我徂維求定』二句，明是返商以來之辭，云我往而求定者，是周之所以受天命而得王也。〔於繹思〕姚氏際恒曰：「『於繹思』，又重申己與諸侯始終無倦勤之意。

【標韻】思四支思同本韻二「思」字自爲韻，本姚氏。

般　武王巡守祀嶽瀆也。

於皇時周！陟其高山，嶞山喬嶽，允猶翕河。敷天之下，裒時之對，時周之命。

右《般》一章，七句。篇名諸家多未詳，或曰：「般，樂也。」鄭氏。或曰：「遊也。」蘇氏。又或以爲「般旋」，范氏。取盤旋之義，謂巡守而徧乎四岳，所謂盤旋也。皆以篇名解詩，意與上篇同蹈一弊。然此猶稍近焉。姚氏曰：「《小序》謂『巡守而祀四嶽河海』，近是。此亦武王之詩。《時邁》亦武王巡守。意彼之巡守，封賞諸侯；此則初克商，巡守柴望嶽瀆，告所以得天下之意，固在《時邁》之先也。《詩》原無次第，不得拘求之。」

【眉評】姚氏曰：「寫得精采。」

【集釋】〔嶞〕《集傳》：嶞，山之狹而長者。何氏楷曰：《爾雅》云：「巒山曰嶞。」《説文》云：「山之嶞嶞者。」〔翕河〕嚴氏粲曰：《禹貢》，「河自大陸北播爲九河，同爲逆河」。注云，「同合爲一大河，名爲逆河」，然翕即逆河也。〔裒〕聚也。〔對〕答也。

【標韻】無韻

以上《周頌》下，凡十八篇。

詩經原始卷之十八

頌 三

魯頌

《集傳》：魯，少皞之墟。在《禹貢》徐州蒙羽之野，成王以封周公長子伯禽，今襲慶、東平府，沂、密、海等州即其地也。成王以周公有大勳勞於天下，故賜伯禽以天子之禮樂。魯於是乎有《頌》，以爲廟樂。其後又自作詩以美其君，亦謂之《頌》。舊説皆以爲伯禽十九世孫僖公申之詩，今無所考。獨《閟宫》一篇，爲僖公之詩無疑耳。夫以其詩之僭如此，然夫子猶録之者，蓋其體固列國之風，而所歌者乃當時之事，則猶未純於天子之頌。若其所歌之事，又皆有先王禮樂教化之遺意焉，則其文宜若猶可予也。況夫子魯人，亦安得而削之哉？然因其實而著之，而其是非得失，自有不可揜者，亦《春秋》之法也。姚氏際恒駁之云：按謂成王賜周公以天子之禮樂，此本《明堂位》之邪説。且因之謂「魯于是乎有《頌》，以爲廟樂」，此非揣摩杜撰之説乎？于是明知其無廟頌，謂「自作詩以美其君，亦謂之《頌》」，始指其實焉；然則以前何必爲此誣妄之説，多其曲折乎？又曰，「夫子因其實而著之，是非得失，自有不可掩者，亦《春秋》之法也」。嗟乎！豈不冤哉？《魯頌》有何非何失？商、周之《頌》爲廟頌，惟天子有之，諸侯不得有也。今《魯頌》多變而爲頌其君上，若是，則天下之民可以頌天子，一國之民亦可以頌諸侯，安見諸侯之不可有《頌》而爲僭哉？謂夫子存《魯頌》所以彰君上之過，爲《春秋》之法，既冤魯，又冤夫子，吾誠不知其何心也！案：姚氏駁《集傳》，謂夫子存《魯頌》爲《春秋》書法之謬，可謂痛快，足以爲夫子洗冤矣。然謂廟頌惟天子有之，諸侯不得而有，亦未盡然。夫「頌」者，所以頌功與德耳。非天子則功德必不盛，故《頌》惟天子有之。倘使諸侯盛德隆功，則何不可頌之有？既可頌君、即可告廟，又安見廟頌惟天子有之，諸侯不得而有耶？魯無大功德而有《頌》，且變爲頌君而非告廟，則其無大功德堪以告廟，不得不變而爲頌君之辭也可知。然未免近浮而夸矣。此《頌》之變也。《頌》既變爲此體，編《詩》者雖欲删而除之，其可得乎？是編《詩》而存《魯頌》，非存魯之《頌》，乃存《頌》之變者耳。不然，周公爲魯受封始祖，其廟樂當有可歌，何以不存？而必存庸常無奇之「僖公頌」乎？且《雅》、《頌》雖正自夫子，而《三百》非定自夫子。夫子又何容心於其際耶？至魯用天子禮樂，爲「本《明堂位》之邪説」，則尤不可以不辯。《明位》固屬僞書，未可據以爲信，而《論語》「八佾舞於庭」之言獨不可信乎？夫使魯不用天子禮樂，則三家亦必無「八佾」之舞；三家既舞「八佾」，則魯用天子禮樂無疑。《明堂位》言「周公踐阼而朝諸侯」，此誠誣枉；至謂「成王賜魯以天子禮樂」，不爲無過。然在成王之心，則猶以爲不足酬周公之勳勞於生前也，故非虚也。《集傳》不謂其禮樂之僭，而獨謂其頌君之僭；姚氏不信《明堂位》之誣，而亦並忘《論語》「八佾」之舞，均屬夢夢，可乎哉？

駉　喻育賢也。

駉駉牡馬，在坰之野。薄言駉者，有驈有皇，有驪有黄；以車彭彭。思無疆，思馬斯臧。一章

駉駉牡馬，在坰之野。薄言駉者，有騅有駓，有騂有騏；以車伾伾。思無期，思馬斯才。二章

駉駉牡馬，在坰之野。薄言駉者，有驒有駱，有駵有雒；以車繹繹。思無斁，思馬斯作。三章

駉駉牡馬，在坰之野。薄言駉者，有駰有騢，有驔有魚；以車祛祛。思無邪，思馬斯徂。四章

右《駉》四章，章八句。此諸家皆謂「頌僖公牧馬之盛」，愚獨以爲喻魯育賢之衆，蓋借馬以比賢人君子耳。其爲頌魯何公不可知，但觀每章「思無疆」、「思無期」、「思無斁」、「思無邪」句，必

非獃咏馬者。上四思字當屬馬言，下四思字乃屬牧人言。意謂德之良者，其智慮必深廣而無窮也；才之長者，其幹濟必因應而無方也；神之王者，其舉動必振興而無厭也；心之正者，其品行必端向而無曲也。此雖駉馬歌，實一篇賢才頌耳。不然，牧馬縱盛，何關大政，而必爲之頌，且居一國頌聲之首耶？竊意伯禽初封，人材必衆，故詩人假牧馬以頌育賢，爲一國開基盛事。其後東山、泗水間果多英賢，甲於列邦。編《詩》者追溯其原，實由於是，故以此篇冠《魯頌》之首，未必無所取意。其奈諸儒説《詩》，專以馬論馬，致滋多疑。或謂「頌僖公」，《序》與《集傳》或謂「美伯禽」，黄東發，季明德。都無所考，焉有定論？頌體本告成功，用之效廟；此獨虚頌馬德，以喻賢才，於朝廟無所用之，故又爲《頌》中變體，已開後世《天馬歌》、《白馬篇》等詩之先，故又不可不存，以備《頌》中一體也。

【眉評】〔一章〕馬之德。〔二章〕馬之力。〔三章〕馬精神。〔四章〕馬志向。

【集釋】〔駉駉〕腹幹肥張貌。〔坰〕邑外謂之郊，郊外謂之牧，牧外謂之野，野外謂之林，林外謂之坰。〔驈〕驪馬白跨曰驈。〔皇〕黄白曰皇。〔驪〕純黑曰驪。〔黄〕黄騂曰黄。〔彭彭〕盛貌。〔騅〕蒼白雜毛曰騅。〔駓〕黄白雜毛曰駓。今之桃華馬也。〔騂〕赤黄曰騂。〔騏〕青黑曰騏。〔伾伾〕有力也。〔驒〕青驪驎曰驒。色有淺深，斑駁如魚鱗，今之連錢驄也。〔駱〕白馬黑鬣曰駱。〔騮〕赤身黑鬣曰騮。〔雒〕黑身白鬣曰雒。〔繹繹〕

不絶貌。〔斁〕厭也。〔作〕奮起也。〔駰〕陰白雜毛曰駰。陰，淺黑色，今泥驄也。〔騢〕彤白雜毛曰騢。〔驔〕豪骭曰驔。骭，膝下之名。〔魚〕二目白曰魚，似魚目也。馬之大病，故次在後。〔祛祛〕彊健也。〔徂〕行也。

【標韻】馬二十一馬野同本韻　皇七陽黄、彭、臧並同本韻　駓四支騏、伾、期並同才十灰通韻　駱十藥雒同繹十一陌斁同作藥叶韻　騢六麻魚六魚祛同邪麻徂虞叶韻

有駜

頌魯侯燕不廢公也。

有駜有駜，駜彼乘黄。夙夜在公，在公明明。振振鷺，鷺于下。鼓咽咽，醉言舞。于胥樂兮！一章　**有駜有駜，駜彼乘牡。夙夜在公，在公飲酒。振振鷺，鷺于飛。鼓咽咽，醉言歸。于胥樂兮！**二章　**有駜有駜，駜彼乘駽。夙夜在公，在公載燕。自今以始，歲其有？君子有穀，詒孫子。于胥樂兮！**三章

右《有駜》三章，章九句。《小序》謂「頌僖公君臣之有道」。姚氏云：「『頌僖公』，未有據。云『君臣之有道』，尤不切合。」季明德以爲「美伯禽」，亦屬臆測，未有以見其然也。故《集傳》但以爲「燕飲而頌禱之辭」。然燕飲不忘在公，頌禱專稱歲有，既無怠政，又勿忘本，君臣同樂，所謂「有道」。唯其措詞過寬，致招譏刺，亦不善立言者之過耳。愚謂此詩因飲酒而稱頌，又開後

世柏梁燕饗、賦詩獻頌之漸，與前虛頌良馬喻賢材者，別爲一體。故亦不可以不存也。唯頌何公，因何飲酒，則皆不可考。不必强爲之辯，然亦何必爲之深辯哉？

【集釋】〔駜〕馬肥强貌。〔明明〕辨治也。〔振振鷺〕姚氏際恒曰：「振振鷺」，亦興也。《集傳》以爲鷺羽之舞。下文「醉言舞」，始言舞事，不應先言舞器。又二章「醉言歸」，不言舞，上何以言舞器乎？〔咽〕與淵同，鼓聲之深長也。〔駽〕今鐵驄也。〔載〕則也。〔有〕有年也。〔穀〕善也。〔詒〕遺也。

【標韻】黃七陽明八庚轉韻　下二十一馬舞七麌叶韻　牡二十五有酒同本韻　飛五微歸同本韻　駽一先燕十七霰叶韻　有有子四紙叶韻

泮水　受俘泮宮也。

思樂泮水，薄采其芹。魯侯戾止，言觀其旂。其旂茷茷，鸞聲噦噦。無小無大，從公于邁。一章　思樂泮水，薄采其藻。魯侯戾止，其馬蹻蹻。其馬蹻蹻，其音昭昭。載色載笑，匪怒伊教。二章　思樂泮水，薄采其茆。魯侯戾止，在泮飲酒。既飲旨酒，永錫難老。順彼長道，屈此群醜。三章　穆穆魯侯，敬明其德。敬慎威儀，維民之則。允文允武，昭格烈祖。靡有不孝，自求伊祜。四章　明明魯侯，克明其德。既作泮宮，淮夷攸服。矯矯虎臣，在泮獻馘。淑問如臯陶，在泮獻囚。五章　濟濟多士，克廣德心。桓桓于征，狄彼東南。烝烝皇皇，不吳不揚。不告于訩，在泮獻功。六章　角弓其觩，束矢其搜。戎車孔博，徒御無斁。既克淮夷，孔淑不逆。式固爾猶，淮夷卒獲。七章　翩彼飛鴞，集于泮林。食我桑黮，懷我好音。憬彼淮夷，來獻其琛。元龜象齒，大賂南金。八章

右《泮水》八章，章八句。《小序》謂「頌僖公能修泮宮也」，《集傳》不言僖公，不信其能修，但以爲「飲於泮宮而頌禱之詞」。又云，「泮水，泮宮之水也，諸侯之學」，蓋雖不信其爲僖公之詩，而實指泮宮爲諸侯之學者也。〔一〕姚氏均兩闢之，以爲泮者，水名，諸侯作宮其上，謂之泮宮，非學也。自《王制》以辟廱爲天子之學，泮宮爲諸侯之學，漢儒承襲其僞，遂相沿以至於今。唯宋戴仲培、明楊用修始以爲非，其説誠然。又引許魯齋之言，謂此「頌伯禽之詩」，蓋伯禽有征淮夷，而爲齊執，明年九月乃得釋歸。詩言縱夸大，不應以醜爲善，至于如此也。愚案：是詩以爲「頌伯禽」者，近是。至泮宮爲學之説，未可盡非，當曰作宮泮水，未必有意於學也；後世振興學校，或即其地以開講堂，遂至相沿以爲典制，更襲其名而不能改者，大都如是。即如辟廱，其始亦不過文王苑囿遊獵之地，其後武王鎬京，則有事辟廱以爲學矣。鎬之辟廱，豈尚是豐之辟廱哉？楊、戴之論「泮宮」，蓋原其始作意耳；毛、鄭之釋「泮水」，乃因其成制言也。唯此時之泮水，則尚未可以爲學；以泮本水名，故宮曰泮宮，林曰泮林。乃始作宮於泮水之上，非如後儒所云泮

之言半，到處學宫皆然也。魯侯既作泮宫，而征淮適來獻馘，故奏凱書勳，飲酒受俘。其地若已建學，則豈獻囚獻功處哉？國家命將收功，自有廟廷重地，斷不至以元戎執訊獲醜，與諸生論道講學混而爲一。詩前半皆飲酒落成新宫，後半乃威服醜夷，故中間云「既作泮宫，淮夷攸服」，詩旨甚明。何《小序》僅釋前半文義，而《集傳》又以獻馘實事爲頌禱虚詞，豈不謬哉？

【附録】姚氏際恒曰：「泮宫」，宋戴仲培、明楊用修皆以爲泮水之宫，非學宫。其説誠然。按《通典》載「魯郡泗水縣，泮水出焉」，泮爲水名可證。魯侯新作宫于其上，其水有芹藻之屬，故詩人作頌，因以采芹藻爲興，謂既作泮宫而淮夷攸服，言其成宫之後發祥而獲吉也。故飲酒于是，獻馘于是，獻囚于是，獻功于是。末章乃盼泮水之前有林，而林上有飛鴞集之，因託以比淮夷之獻琛焉。通篇意旨如此。自《王制》以爲諸侯之學宫，此漢儒之説，未可信也。使「泮宫」爲諸侯學宫，則諸侯作學宫乃其常事，詩何以便謂使「淮夷攸服」乎？説者曰，「漢儒謂學者，以詩中『匪怒伊教』一語」。夫先之以「其馬蹻蹻，其音昭昭」，不過晏遊之和樂耳。又「濟濟多士，克廣德心」，下即繼以「桓桓于征，狄彼東南」，此自指從邁之多賢言，非關學也。又有四説可以直折其非。詩曰「泮水」，又曰「泮宫」，言泮水者，水名也；言泮宫者，泮水之宫也，文義自明。名泮宫者，猶楚之渚宫，晉之虒祈之宫也。今解之者曰，「築水形如半璧，以其半于辟廱之水，而作字爲泮以名之」，何其展轉曲折，可笑之甚乎！若泮宫本爲泮水之宫，今以泮水爲泮宫之水，顛倒不順，一也。詩又曰「泮林」，明是泮水之林，今既以泮爲半璧之形，呼其林爲「泮林」，可通乎？亦將爲半林乎？二也。首曰「思樂泮水，薄采其芹」，猶之如「觱沸檻泉，言采其芹」，于水澤之地多水草而云也。今以爲築土所製半璧之形，其水幾何？恐未必遂多芹藻之類。又此詩爲魯人所咏，言「思樂泮水，薄采其芹」，就泮水所有以興作泮宮之意，必當時魯人原得入而遊樂焉，故如此云。若以爲魯侯所製之泮水，則魯人安得思樂于此乎？故孔氏知其弊，爲之説曰，「此美僖公之修泮宮，述魯人之辭而云『思樂泮水』，故知泮水即泮宮之外水也」。此因説《詩》者不順其義，故疏之者每致難通，必爲之迂回其説，以「泮水」爲「泮水之外」，試問詩言「思樂泮水」，固是思樂「泮水之外」否乎？三也。詩曰「從公于邁」，曰「魯侯戾止」，泮宮必在郊外之地，若夫學校，豈有不在國都中者？四也。此四者，人自不細心察耳。作《序》者祖述《王制》以説《詩》，而其言遂牢不可破。後人且繪辟廱爲全璧之形，泮宮爲半璧之形；俗語不實，流爲丹青，不信然乎？又《明堂位》「頖，周學也」。《説苑》云，「泮，諸侯鄉射之宮」。鄭氏注《禮記》云：「頖，班也；所以班政教。」孔氏疏「魯人有事于上帝，必先有事于頖宮」云，「謂于頖宮之中告后稷，將以配天也」。當時解「泮宮」者，又或以謂周學，或以謂諸侯鄉射之宮，或以謂后稷廟，而鄭氏亦復二三其説，可見原無一定之説如此。則安得信《王制》謂諸侯學，鑿然不可易哉！《集傳》知于僖公不合，故但曰「此飲于泮宮而頌禱之辭」，于第三章下云，「此章以下皆頌禱之辭」，謂獻馘、獻囚、獻功、獻琛，皆是祝其未來事，尤堪絶倒。

【眉評】〔八章〕收尚堂皇典重。

【集釋】〔茷茷〕飛揚也。〔蹻蹻〕毛氏萇曰：「其馬蹻蹻」，言彊盛也。〔茆〕《集傳》：茆，鳧葵也。葉大如手，赤圓而滑，江南人謂之蓴菜者也。〔長道〕猶大道也。〔屈〕服也。〔醜〕衆也。〔馘〕所格者之左耳也。〔狄〕蘇氏轍曰：狄，古逖通。〔東南〕謂淮夷也。〔不吴不揚〕肅也。〔不告于訩〕不争功也。〔觩〕弓健貌。〔束〕五十矢爲束。〔搜〕矢疾聲。〔無斁〕言競勸也。〔逆〕違命也。〔黮〕桑實也。〔憬〕覺悟也。〔琛〕寶也。〔元龜〕尺二寸龜。〔賂〕遺也。〔南金〕荆、揚之金也。

【標韻】芹十二文旂四支叶韻　茷九泰噦同太同邁十卦叶韻　藻十九皓蹻十七篠昭同笑十八嘯教十九效叶韻　茆二十五有酒同老皓醜有叶韻　德十三職則同本韻　武七虞祖、祜並同本韻　德職服一屋馘十一陌叶韻　陶蕭囚十一尤叶韻　心十二侵南十三覃通韻　皇七陽揚同本韻　訩二冬功一東通韻　觩尤搜同本韻　斁陌逆、獲並同本韻　林侵音、琛、金並同本韻

校記

〔一〕「俟」字原奪，據文義補。

閟宮　美僖公能新廟祀也。

閟宮有侐，實實枚枚。直起。赫赫姜嫄，其德不回。溯源。上帝是依，無災無害，彌月不遲。是生后稷，降之百福：黍稷重穋，稙稺菽麥。奄有下國，俾民稼穡。有稷有黍，有稻有秬。奄有下土，纘禹之緒。一章　后稷之孫，實維大王，居岐之陽，實始翦商。至于文武，纘大王之緒，致天之届，于牧之野。無貳無虞，上帝臨女！敦商之旅，克咸厥功。王曰「叔父，建爾元子，俾侯于魯。大啓爾宇，爲周室輔！」二章　乃命魯公，俾侯于東。錫之山川，土田附庸。周公之孫，莊公之子，龍旂承祀，六轡耳耳。春秋匪解，享祀不忒。皇皇后帝，郊天。皇祖后稷，配以后稷。享以騂犧，牲。是饗是宜，降福既多。周公皇祖，亦其福女！三章　秋而載嘗，夏而楅衡，白牡騂剛。犧尊將將，毛炰胾羮，籩豆大房。《萬舞》洋洋，孝孫有慶。俾爾熾而昌，俾爾壽而臧！保彼東方，魯邦是常。不虧不崩，不震不騰。三壽作朋，如岡如陵。四章　公車千乘，朱英緑縢，二矛重弓。公徒三萬，貝胄朱綅，烝徒增增。戎狄是膺，荆舒是懲，則莫我敢承。俾爾昌而熾，俾爾壽而富！黄髮台背，壽胥與試。俾爾昌而大，俾爾耆而艾！萬有千歲，眉壽無有害。五章　泰山巖巖，魯邦所詹。奄有龜蒙，遂荒大東，至于海邦，淮夷來同。莫不率從，魯侯之功。六章　保有鳧繹，遂荒徐宅，至于海邦，淮夷蠻貊，及彼南夷，莫不率從，莫敢不諾，魯侯是若。七章　天錫公純嘏，挺接。眉壽保魯，居常與許，復周公之宇。總魯境一筆。魯侯燕喜，令妻壽母；宜大夫庶士，邦國是有。既多受祉，黃髮兒齒。八章　徂來之松，新甫之柏，是斷是度，是尋是尺。松桷有舄，路寢孔碩。新廟奕奕，新字是題中眉目。奚斯所作；監工之人。孔曼且碩，萬民是若。九章

右《閟宮》九章，四章章十七句，一章十六句，二章章八句，二章章十句。姚氏曰：章從《集傳》。《集傳》謂第四章脱一句，故謂「五章，章十七句」。今案第四章本無脱句，又正之。《小序》謂「頌僖公能復周公之宇也」。雖辭出於經，然與經異，且非詩旨。詩首尾皆以廟言，是《頌》爲廟祀作也，復土宇僅詩中一端，何以能賅全詩耶？「閟宮」、「新廟」，當是一事，但不知爲魯何廟。新之云者，或以爲作新之，或以爲修舊而新之，似皆可通。朱氏公遷曰：「但曰姜嫄廟，則不當及大王以下；曰閔公廟，則不當及周公皇祖以上；曰僖公廟，則詩正爲公祝頌之，僖固未嘗薨也。」姚氏主閔公廟言。《集傳》以爲魯之群廟都不可考。唯嚴氏粲云：「《春秋》不書，則知其非大工役，止爲僖公能修寢廟，史臣張大其事而爲頌禱之辭，猶《斯干》之意耳。」斯言也差爲得之。不然，魯有大工役，豈無可考歟？竊意閟者，閉也，嚴肅之謂。凡廟皆然，不必姜嫄廟始稱「閟宮」，則其爲魯舊有之廟可知。至僖公始命奚斯葺而新之，詩人於是鋪張揚厲，發爲茲頌。以致後之儒者，多方考證，

毫無實據，焉能符合？亦可哂也！詩洋洋鉅篇，詞雖多複，法實整飭。首二章歷叙源流，推本所自，是爲總冒。三章落到僖公，乃入正位。特題郊祀，爲魯生色。四、五兩章，一寫承祭，一寫征伐，皆極其稱揚，無中生有。六、七兩章，又就魯之境土，誇耀一番。八章總束「周公之宇」一筆，順祝其家人臣庶，可謂備矣。九章始言作廟取材於徂來、新甫二山，命重臣爲之監修，則規模崇焕，鄭重其役也可知。姚氏曰：「此《三百篇》中最爲長篇，然序近冗而辭亦趨美熟一路，文章風氣洵有升降也。」愚謂此詩褒美失實，制作又無關緊要，原不足存。其所以存者，以備體耳。蓋《頌》中變格，早開西漢揚、馬先聲，固知其非全無關係也。

【眉評】〔一章〕題本因宫作頌，故先總起，二句乃追溯祖德。〔二章〕歷叙諸系。落到分封，乃全詩總冒。〔三章〕又由受封之始遞到僖公，乃是正位。魯用天子禮樂，得以郊天，故特題之。〔四章〕此頌其祭祀之誠，能以受福。〔五章〕此頌其征伐之勞，能以昌大。皆虚詞溢美，開後世詞賦家虚誇之漸。〔六、七章〕就魯地特起有勢。〔八章〕並及其家人臣庶。〔九章〕點清作意，並應篇首閟宫及所作之人。

【集釋】〔閟宫〕閟，深閉也。吕氏大臨曰：閟宫，魯廟，非姜嫄廟也。〔侐〕清静也。〔實實〕鞏固也。〔枚枚〕礱密也。〔回〕邪也。〔稙〕先種曰稙。〔穉〕後種曰穉。孔氏穎達曰：「重穋、稙穉」，生熟早晚之異稱，非穀名。〔翦商〕周之克商，雖非大王，推其克商之由，實自大王始。〔屆〕極也。〔敦〕治之也。〔王〕成王也。〔叔父〕周公也。〔元子〕魯公伯禽也。〔附庸〕猶屬城也。〔莊公之子〕僖公也。〔耳耳〕柔從也。〔忒〕差也。〔后帝后稷〕孔氏穎達曰：《明堂位》稱成王以周公爲有大勳勞於天下，是以魯君祀於郊帝，配以后稷，天子之禮也。是成王命魯郊天亦配以后稷之事。朱氏公遷曰：天子以冬至祭天。魯，諸侯也，不敢純用天子之禮，故用夏之正月。冬至，陽之始；正月，歲之始也。姚氏際恒曰：此祈穀之郊，非冬至之郊也。祈穀之郊，諸侯皆得行之。〔騂犧〕騂，赤也。犧，純也。周色尚赤，魯以天子命郊，故以騂。〔嘗〕秋祭也。〔楅衡〕《集傳》：楅衡，施於牛角，所以止觸也。《周禮·封人》云，「凡祭，飾其牛牲，設其楅衡」是也。秋將嘗而夏楅衡其牛，言夙戒也。〔白牡騂剛〕何氏楷曰：剛，通作犅。孔氏穎達曰：《公羊傳》云：「周公用白牡，魯公用騂犅。」《説文》云：「犅，特也。」白牡謂白特，騂犅謂赤特也。姚氏際恒曰：「白牡騂剛」，見周亦不專用騂，言其無不備也。且以白騂成文，猶後言「朱英緑縢」之意。《毛傳》遂謂「白牡，周公牲；騂剛，魯公牲」。鑿説也，何據而分之耶？《集傳》復爲之説曰：「白牡，殷牲也。周公有王禮，故不敢與文、武同。魯公則無所嫌，故用騂剛。」尤爲飾説。此絶類三家村老人説古事，毫無稽據也。〔犧尊〕王氏肅曰：太和中，魯郡於地中得齊大夫子尾送女器，有犧尊，以犧牛爲尊也。馮氏復京曰：宋蔡絛云，徽宗崇尚古器，政和間尚方所貯盡三代冢墓中物，今《博古圖》所載是也。其犧尊正如王肅所言，全作牛形，開背受酒。則阮諶之言殆臆度耳。〔毛炰〕《周禮・封人》：祭祀有毛炰之豚，《注》，爓去其毛而炰之也。〔羹〕《集傳》：羹，大羹，鉶羹也。大羹，太古之羹，湆煮肉汁不和，盛之以登，貴其質也。鉶羹，肉汁之有菜和者也；盛之鉶器，故曰鉶羹。〔大房〕《集傳》：大房，半體之俎，足下有跗，如堂房也。〔萬〕舞名。〔三壽〕《集傳》：或曰，願公壽與岡陵等而爲三也。〔千乘〕《集傳》：千乘，大國之賦也。成方十里出革車一乘，甲士三人，左持弓，右持矛，中人御。步卒七十二人。將重車者二十五人。千乘之地則三百十六里有奇也。〔朱英〕所以飾矛。〔緑縢〕所以約弓。〔二矛〕夷矛、酋矛也。〔重弓〕備折壞也。〔徒〕步卒也。〔貝冑〕貝飾冑也。〔朱綅〕所以綴也。〔增增〕衆也。〔龜蒙〕二山名。曹氏粹中曰：龜則鄒之龜山，蒙則費之東蒙山。案：蒙山即東山。〔鳧繹〕二山名。〔宅〕居也。〔若〕順也。〔常〕《集傳》：常或作嘗，嘗在薛之旁。〔許〕《集傳》：許，許田也，魯朝宿之邑也。皆魯之故地，見侵於諸侯而未復者，故魯人以是願僖公也。〔令妻壽母〕《集傳》：令妻，令善之妻，聲姜也。壽母，壽考之母，成風也。閔公八歲被弑，必是未娶，其母叔姜，亦應未老，此言「令妻壽母」，又可見公爲僖公無疑也。〔兒齒〕齒落更生細者，亦壽徵也。〔徂來新甫〕二山名。〔舃〕大貌。〔路寢〕正寢也。黄氏佐曰：路寢在廟之後，所以藏衣冠。〔新廟〕鄭氏康成曰：修舊曰新。劉氏瑾曰：即前閟宮也。〔奚斯〕公子魚也。孔氏穎達曰：奚斯爲之主帥，教令工匠，監護其事，屬付功役，課其章程而已。〔曼〕長也。〔碩〕大也。〔萬民是若〕順萬民之望也。

【標韻】枚十灰回同本韻　依五微遲四支通韻　稷十三職福一屋穋同麥十一陌國職穡同叶韻　黍六語秬同土七麌緒語通韻　王七陽陽、商並同本韻　武麌緒語野二十一馬女語旅同父麌魯、宇、輔並同叶韻　公一東東同庸二冬通韻　子四紙祀、耳並同本韻　忒職稷同本韻　犧四支宜同本韻　祖麌女同本韻　嘗陽衡八庚剛陽將同羹庚房陽洋、慶、昌、臧、方、常並同轉韻　崩十蒸騰、朋、陵並同本韻　縢蒸綅十二侵增蒸膺、懲、承並同通韻　熾寘富二十六宥試寘叶韻　大九泰艾、害並同本韻　巖十五咸詹十四鹽通韻　蒙東東、同並同從二冬功東通韻　繹陌宅、貊並同本韻　諾十藥若同本韻　嘏馬魯麌許語宇、宇麌通韻　喜紙母二十五有士紙有有祉紙齒同叶韻　柏陌度藥尺、舃陌碩藥奕陌作藥碩、若並同叶韻

以上《魯頌》，凡四篇。案是册名雖曰《頌》，而《駉》實近雅，《有駜》、《泮水》則兼風，《閟宫》不惟體類大雅，且開漢賦之先，是《詩》變爲《騷》，《騷》變而賦之漸也。又況《駉》本虚頌，《有駜》徒飲酒，《泮水》雖受俘，《閟宫》亦祭祀，而皆以新宫告成，不免虚張，褒美失實。其所謂「美盛德之形容，以其成功告於神明者」，果安在哉？然後世之所謂「頌」者，又專學此體而未至焉者也。則何怪編《詩》者之取以嗣《頌》聲之末，而猶可彷彿於文、武、成、康之遺意哉！

商頌

《集傳》云，契爲舜司徒，而封於商，傳十四世，而湯有天下。其後三宗迭興，及紂無道，爲武王所滅。封其庶兄微子啟於宋，修其禮樂以奉商後。其地在《禹貢》徐州泗濱，西及豫州盟豬之野。其後政衰，商之禮樂日以放失。七世至戴公時，大夫正考甫得《商頌》十二篇於周大師，歸以祀其先王。至孔子編《詩》而又亡其七篇。然其存者亦多闕文疑義，今不敢强通也。楊子亦疑《商頌》爲正考父所作。姚氏曰，《商頌》五篇，文字風華高貴，寓質樸于敷腴，運清緩于古峭，文質相宜，允爲至文。孰謂商尚質耶？妄夫以爲春秋時人作，又不足置辯。虞廷賡歌，每句用韻。《商頌》多爲此體，正見去古未甚遠處。又曰：《集傳》云「多闕文疑義，今不敢强通」。按《商頌》無闕文，亦無疑義。後於《殷武》第三章下云，疑脱一句。《集傳》所謂「多闕文」者，惟此而已。愚案之果然。然《頌》之編，不始於孔子。「頌」之名，自商始有之。蔣氏悌生曰，樂之作，自黄帝時已有之。夔之樂，神人以和。祭祀有樂，虞、夏時皆然，但「頌」之名始於商耳。説者謂夏之篇章泯棄，惟商有《頌》。及魯、宋無《風》，乃王者聖人之後，天子巡守，不敢陳其風，聖人因取魯、商二《頌》以附《周頌》之末，所以褒周公後比於先代之説，皆妄談也。又或謂孔子殷人而生於魯，存魯與商二《頌》，不忘其所生之意。均皆以私意測聖人，況《詩》又非夫子所定歟？愚謂頌之體始於商，而盛於周。魯，其末焉者耳。然必合三詩而其體始備，亦猶後世之論唐詩有盛、中、晚三唐之分，此三《頌》之體所由辨也。而乃先周而後商者，何哉？蓋先周者，尊本朝；後商者，溯詩源，編《詩》體例應如是耳。至《雅》《頌》得所，存乎音節，不在此例。讀者亦可無疑義於其中也歟？

那　祀成湯也。

猗與那與，置我鞉鼓。奏鼓簡簡，衎我烈祖。湯孫奏假，綏我思成。鞉鼓淵淵，嘒嘒管聲。既和且平，依我磬聲。於赫湯孫，穆穆厥聲！庸鼓有斁，《萬舞》有奕。我有嘉客，亦不夷懌。自古在昔，先民有作。温恭朝夕，執事有恪。顧予烝嘗，湯孫之將。

右《那》一章，二十二句。《小序》以爲「祀成湯」，諸家從之。但不知何王所祀，然亦不必深考也。鄭氏必以爲太甲，金氏必以爲武丁，皆屬臆測，亦徒辭費，何必然哉？然詩雖祀湯，而不言湯之功德，獨舉鞉鼓管磬庸鼓之聲與《萬舞》之奕者，則又何故？説者謂商人尚聲，聲之盛是德之盛也。湯之功德，自有《大濩》之樂，此所謂聲，即《大濩》之聲耳。凡聲屬陽，故曰樂由陽來。首章是將祭之時，先作樂以求神，亦如周人取蕭祭脂之意。《記》曰，「臭味未成，滌蕩其聲，樂三闋，然後出迎牲」是也。全詩辭意與周之《有瞽》備舉諸樂以成文者，亦復相類。第彼以作樂合祖，「永觀厥成」，是樂之終，此以聲音詔神，冀其來享，是樂之始。而又曰「綏我思成」者，是求神雖以聲爲先，而格神仍以思作主耳。陳氏際泰曰：「商人尊鬼而尚聲。聲者，所以詔告於天地之間。聲召風，風召氣，氣召神。懼其雜而集焉，則有湯孫之思矣。思者，氣之精者也。鬼神非其類也，不至；心有精氣而借聲以召之，神無不格矣。」此可謂深得詩人大旨者也。朱氏善又曰：「『湯孫奏假，綏我思成』始焉，人固因樂以致其感格之效也。『於赫湯孫，穆穆厥聲』終焉，樂復因人而成其和聲之美也。至於鏞鼓之斁斁然而盛也，《萬舞》之奕奕然有次序也，則不特幽有以感乎神，而嘉賓在位，亦無不夷懌者矣」。此又人神交感，實合聲與思而一以致之。音聲之道，豈不微哉？是故審音以知樂，觀樂而知德。非湯盛德，孰克當此？故《商頌》以《那》爲首者，此爾。

【集釋】〔猗〕歎美之辭。〔那〕多也。美之不足，又嗟歎而多之也。〔置〕陳也。〔簡簡〕和大也。〔衎〕樂也。〔烈祖〕湯也。〔湯孫〕湯之孫，自大甲以下之時王皆是也。〔假〕與格同。〔綏〕安也。〔思成〕《集傳》：鄭氏曰：「安我以所思而成之人，謂神明來格也。」《禮記》曰：「齊之日，思其居處，思其笑語，思其志意，思其所樂，思其所嗜。齊三日乃見其所爲齊者。祭之日，入室，僾然必有見乎其位。周旋出户，肅然必有聞乎其容聲。出户而聽，愾然必有聞乎其歎息之聲。」此之謂思成。蘇氏曰：「其所見聞本非有也，生於思耳。」此二説近是。

蓋齊而思之，祭而如有見聞，則成此人矣。〔淵淵〕深遠也。〔嘒嘒〕清亮也。〔磬〕姚氏際恒曰：磬，鄭氏謂玉磬，未然。磬有玉，有石，古人隨用，何以知其爲玉磬乎？孔氏因以爲非石磬，要是佞説。夫樂惟有八音，今分玉石，不成有九音耶？《集傳》，周以「磬爲堂上升歌之樂」，尤謬。磬在堂下，玉石同之，決無玉磬在堂上，石磬在堂下之理。堂上之樂以笙爲主，堂下之樂以磬爲主。故《小雅》「笙、磬同音」，此云「依我磬聲」也。〔庸〕鏞通。〔斁〕盛也。〔奕〕有次序也。〔嘉客〕先代之後來助祭者也。〔夷〕悦也。〔恪〕敬也。〔將〕奉也。

【標韻】鼓七虞祖同本韻　成八庚聲、平、聲並同本韻　斁十一陌奕、客、懌並同本韻　昔陌作十藥夕陌恪藥

叶韻　嘗七陽將同本韻

烈祖　祀成湯也。

嗟嗟烈祖！有秩斯祜，申錫無疆，及爾斯所。既載清酤，賚我思成；亦有和羹，既戒既平。鬷假無言，時靡有爭。綏我眉壽，黄耇無疆。約軧錯衡，八鸞鶬鶬。以假以享，我受命溥將。自天降康，豐年穰穰。來假來饗，降福無疆。顧予烝嘗，湯孫之將。

右《烈祖》一章，二十二句。姚氏曰：「《小序》謂『祀中宗』，本無據，第取別于上篇，又以下篇而及之耳。然此與上篇末皆云『湯孫之將』，疑同爲祀成湯，故《集傳》云然。然一祭兩詩，何所

分別？輔氏廣曰：『《那》與《烈祖》皆祀成湯之樂，然《那》詩則專言樂聲，至《烈祖》則及于酒饌焉。商人尚聲，豈始作樂之時則歌《那》，既祭而後歌《烈祖》歟？』此説似有文理。」愚案，周制，大享先王凡九獻；商制雖無考，要亦大略相同。每獻有樂則有歌，縱不能盡皆有歌，其一獻降神，四獻、五獻酌醴、薦熟，以及九獻祭畢，諸大節目，均不能無辭。特詩難悉載，且多殘闕耳。前詩專言聲，當一獻降神之曲；此詩兼言清酤和羹，其五獻薦熟之章歟？不然，何以一詩專言聲，一詩則兼言酒與饌耶？此可以知其各有專用，同爲一祭之樂，無疑也。

【集釋】〔烈祖〕湯也。〔秩〕常也。〔鬷〕《中庸》作奏，正與上篇意同。〔約軝錯衡〕見《采芑》篇。〔鶬〕見《載見》篇。〔溥〕廣也。〔將〕大也。〔穰穰〕多也。

【標韻】祖七虞祜同所六語通韻　成八庚羹、平、争並同本韻　疆七陽鶬、將、康、穰、疆、嘗、將並同本韻

玄鳥　祀高宗也。

天命玄鳥，降而生商，宅殷土芒芒。古帝命武湯，正域彼四方。方命厥后，奄有九有。商之先后，受命不殆，在武丁孫子。武丁孫子，武王靡不勝。龍旂十乘，大糦是承。邦畿千里，維民所止，肇域彼四海。四海來假，來假祁祁。景員維河，殷受命咸宜，百禄是何。

右《玄鳥》一章，二十二句。《序》謂「祀高宗」，而《集傳》不之信，故泛以爲「祭宗廟」之詩。然

詩前半追述湯之「奄有九有」，後半歸重武丁之中興，能「肇域彼四海」，以復成湯之舊，辭意俱極顯然，尚何疑哉？若泛言祭宗廟，而「武丁孫子」又將誰屬？殷至武丁後，別無顯王可當斯《頌》。所謂「孫子」者，武丁也；對湯言，故曰「孫子」。如必泥孫子爲主祭時王，則「武王靡不勝」之言，未有自祭而自贊之理。故諸儒多是《序》而非朱者，此也。「天命玄鳥，降而生商」，《毛傳》云：「玄鳥，鳦也。春分玄鳥降。湯之先祖有娀女簡狄配高辛氏帝，帝率與之祈于郊禖而生契，故本爲天所命，以玄鳥至而生焉。」自《吕覽》好爲附會，遂以爲吞鳦卵而生，《史記》從之，鄭氏更本以説經。蓋因姜嫄有履迹生稷之異，故並此亦以爲鳦卵所生，是何天之好異，而古聖之生如出一轍哉？夫履迹而生，亦偶然之事，豈可襲以爲常？彼蓋秉天地陰陽之和，適與兩間靈異相感觸，故一遇而成胎，雖非人道之常，實亦天靈所聚，乃獨鍾爲異産。若夫鳦卵，則何靈異之有？縱使靈異，亦禽種耳，豈可以是誣聖人哉！大凡詩人造語，故作奇異，借以驚人。不謂後儒信以爲真，豈堪一噱？且簡狄與姜嫄同配帝嚳，姜嫄祀郊禖，簡狄亦祀郊禖，文章犯複，其爲附會，不言可知。詩骨奇秀，神氣渾穆，而意亦復雋永，實爲三《頌》壓卷。《周詩》所不能及，況在《魯頌》？而揚子雲猶以爲春秋時人作者，何哉？

【眉評】意本尋常，造語特奇。遂使小儒咋舌，驚爲怪事，創爲無稽妄談。皆不知詩人「語不驚人死不休」之過也。

【集釋】〔芒芒〕大貌。〔帝〕上帝也。〔武湯〕湯有武德，故號之也。〔正〕治也。〔域〕封境也。〔方命厥后〕四方諸侯無不受命也。〔九有〕九州也。〔武丁〕高宗也。〔肇〕開也。〔假〕與格同。〔景員維河〕姚氏際恒曰：「景員維河」，朱鬱儀曰：「湯有景亳之命，高宗亦自河徂亳，此云『景員維河，殷受命咸宜』，舉湯暨武丁會諸侯之地而言也。員與云通，語助辭。」《集傳》云：員與下篇「幅隕」義同，蓋言周也。河，大河也。言景山四周皆大河也。嚴氏粲曰：武丁至庚丁八世，皆居亳。此詩所言河，正指亳也。亳有三，蒙爲北亳，穀熟爲南亳，偃師爲西亳。湯自南亳遷西亳，盤庚所遷，即西亳偃師是也。〔何〕《集傳》：何，在也。《春秋傳》作荷。

【標韻】商七陽芒、湯、方並同本韻　后二十五有有同本韻　殆十賄子四紙通韻　勝十蒸乘、承並同本韻　里紙止同海賄通韻　祈五微宜四支通韻　河五歌何同本韻

長發　大禘也。

濬哲維商，長發其祥。洪水芒芒，禹敷下土方。外大國是疆，幅隕既長。有娀方將，帝立子生商。一章　玄王桓撥，受小國是達，受大國是達。率履不越，遂視既發。相土烈烈，海外有截。二章　帝命不違，至于湯齊。湯降不遲，聖敬日躋。昭格遲遲，上帝是祗。帝命

式于九圍。三章 受小球大球，爲下國綴旒。何天之休，不競不絿，不剛不柔。敷政優優，百禄是遒。四章 受小共大共，爲下國駿厖。何天之龍，敷奏其勇，不震不動，不戁不竦。百禄是總。五章 武王載旆，有虔秉鉞，如火烈烈，則莫我敢曷。苞有三蘖，莫遂莫達。九有有截，韋顧既伐，昆吾夏桀。六章 昔在中葉，有震且業。允也天子，降予卿士。實維阿衡，實左右商王。七章

右《長發》七章，一章八句，四章章七句，一章九句，一章六句。《序》曰：「大禘也。」諸儒皆疑之。《禮記》曰：「王者禘其祖之所自出，以其祖配之。」今詩唯上及契，而不及契之所自出；下及湯，而不及群廟之主：中間雖言相土，相土未稱王，不得有廟。故欲以爲禘，而無祖所自出之帝；欲以爲祫，而無群廟合食之文。《集傳》「疑爲祫祭」，與鄭氏「郊祭天」之説，固屬非是；即姚氏、何氏之主禘祭者，亦多曲爲之説，非真知詩意者也。何、姚二説附後。唯楊氏云：「《詩·頌·長發》大禘，但述玄王以下而不及於所自出之帝，則安得謂之禘詩？今案篇首即以『長發其祥』一語開端，明是指帝嚳而言，未嘗不及於所自出之帝也。豈必舉嚳之名而後謂之及嚳耶？」然愚案，詩明言「有娀方將，帝立子生商。」娀子者，契也。契所自出者，娀氏女也。言娀女即言帝嚳也。詩固有意到而筆不到者，此類是已。又況古人文字，類多簡質，如《思文》本以后稷配天，而文不及天，自不失爲郊天之文，又何疑於此詩禘其祖所自出，而不及於祖所自出之

人乎？又朱氏善曰，「有商受命之祥，雖在於濬哲相繼之時；而有商受命之基，實定于有娀生商之日。必言有娀者，以契固商人之所由生，而有娀又商之所自出也。」此可見詩言有娀生商者，並非泛言所自出而已。蓋倒裝文法，先言契而後及其所自出耳。若使先從有娀叙起，如前篇「玄鳥生商」，順勢直下，則禘義自明。然天下豈有此獃板文法，篇篇一例耶？諸儒不於此細察，妄生議論，真可怪也！此首章之義也。若至篇末，兼頌功臣，實維阿衡。《書·盤庚》篇曰：「兹予大享于先王，爾祖其從與享之。」此非大禘證乎？何至疑爲祫祭也與郊祭天耶？序曰「大禘」，可無疑矣。

【附録】何氏楷曰：漢儒皆以大禘爲合祭羣廟，程子、胡致堂皆從其説。而趙、楊泥《大傳》中「以其祖配之」一語，謂禘祭推始祖之所自出，其配之者，惟始祖一人而已。朱子亦以爲然。今據《大傳》本文曰：「禮：不王不禘。王者禘其祖之所自出，以其祖配之。諸侯及其太祖，大夫、士有大事，省于其君，干祫及其高祖。」馬端臨謂，玩其文意，亦似共只説一祭，天子則謂之禘，及其祖之所自出。諸侯所祭，止太祖。大夫、士有功勞，見知於君，許之祫；則干祫可及高祖。蓋共是合祭祖宗，而以君臣之故，所及有遠近也，蓋禘之爲言，諦也。一則如宋神宗謂「審諦其祖之所自出」，一則如許慎爲「審諦昭穆」，張純謂「諦諟昭穆尊卑」之義是也。斯則大禘之禮，七廟之祖皆在，亦以明矣。又曰：此詩末章舉及阿衡，正配享太廟之事，固大禘之一證也。《書·

《盤庚》篇「茲予大享于先王，爾祖其從與享之」。《周禮·司尊彝》云：「凡四時之間祀，追享朝享。」先儒謂禘追其所自出，故爲追享；祫，群主皆朝於太廟，故爲朝享。禘、祫皆以享名，而禘尤大於祫，故以大享名也。《盤庚》言功臣配享，正大享之時。則《序》以《長發》爲大禘，信非妄矣。何休亦云：「禘所以異於祫者，功臣皆祭也。」姚氏際恒曰：《小序》謂「大禘」，説者謂禘則功臣與祭，徵之于《盤庚》曰，「茲予大享于先王，爾祖其從與享之」。詩末有阿衡之語也。案禘者，據《禮》文，「禘其祖之所自出，以其祖配之」。今惟言契而不言契之所自出，似非禘矣。《集傳》謂「今案，大禘不及群廟之主，此疑爲祫祭之詩」。彼意似謂禘不及群廟之主，惟祫及之；然詩中未嘗有及群廟之主語。相土未爲王，無廟也，豈認相土爲廟耶？更難曉。愚按祫祭之説，更不如禘，抑或商之禘不必所自出耶？案：以上二説皆主禘祭，於詩末功臣與祭之説，皆確而有據。唯於詩首無所自出之文，均未能確有所見；故多遷就其説以合經，豈能使人信而不疑哉？

【集釋】〔濬〕深也。〔哲〕知也。〔幅〕猶言「邊幅」也。〔隕〕讀作員，謂周也。〔有娀〕契之母家也。〔將〕大也。〔玄王〕《集傳》玄王，契也。玄者，深微之稱。或曰，以玄鳥降而生也。王者，追尊之號。〔桓〕武也。〔撥〕治也。〔達〕通也。〔受小國二句〕授之以國政，無不能達。〔相土〕契之孫也。王氏質曰：契之後，湯之前，十三傳。而獨舉相土一人，左氏謂「閼伯居商邱，相土因之」，是最盛者也。〔截〕整齊也。〔湯齊〕蘇氏轍曰：至湯而王業成，與天命會也。〔九圍〕九州也。〔大球小球〕鄭氏康成曰：小球，鎮圭，尺有二寸。大球，大圭，三尺也。皆天子之所執也。〔下國〕諸侯也。〔綴旒〕何氏楷曰：綴，鄭云，「結也」。旒，毛云，「章也」。章爲冕飾，襄十六年《公羊》曰，「君若綴旒然」，言諸侯反繫屬於大夫。此言綴旒，與彼意相似，而詞有正反之異。湯爲冕，下國爲綴旒者，取其相繫屬之義也。〔何〕荷也。〔競〕强也。〔絿〕緩也。〔優優〕寬裕之意。〔遒〕聚也。〔小共大共〕蘇氏轍曰：共、珙通，合珙之玉也。郝氏敬曰：共、供通。嚴氏粲曰：萬邦惟正之供。案：二説皆可通。〔駿厖〕何氏楷曰：《説文》：「厖，石大貌。」「爲下國駿厖」者，下國恃湯以爲安，如倚賴于磐石然也。《齊詩》以「駿厖」作「駿駹」，謂馬也。以馬比先王，不倫甚矣。〔戁〕恐也。〔竦〕懼也。〔武王〕湯也。〔曷〕遏通。或曰，曷，誰何也。〔苞蘖五句〕《集傳》：苞，本也。蘖，旁生萌蘖也。言一本生三蘖也。本則夏桀，蘖則韋也，顧也，昆吾也，皆桀之黨也。鄭氏曰：「韋，彭姓。顧、吾昆，己姓。」言湯既受命，載旆秉鉞，以征不義。桀與三蘖，皆不能遂其惡，而天下截然歸商矣。初伐韋，次伐顧，次伐昆吾，乃伐夏桀，當日用師之次序如此。〔葉〕世也。〔業〕危也。〔阿衡〕伊尹官號也。

【標韻】商七陽祥、芒、方、疆、長、將、商並同本韻　撥七曷達、達同越六月發同烈九屑截同通韻　違五微齊八齊遲四支躋齊遲支祇同圍微通韻　球十一尤旒、休、絿、柔、優、遒並同本韻　共供通，二冬。厖三江龍同寵，二腫。勇同動一董竦腫總董叶韻　旆九泰鉞月烈屑曷七曷蘖屑達曷截屑伐月桀屑叶韻　葉十六葉業十七洽叶韻　子四紙士同本韻　衡八庚王陽轉韻

殷武　高宗廟成也。

撻彼殷武，奮伐荆楚。罙入其阻，裒荆之旅，有截其所：湯孫之緒。一章　維女荆楚，居國南鄉。昔有成湯，自彼氐羌，莫敢不來享，莫敢不來王，曰商是常。二章　天命多辟，設都于禹之積。歲事來辟，勿予禍適。稼穡匪解。姚氏曰：「此句無韻，或脱下一句。《集傳》謂《商頌》多闕文，然亦惟此耳。」〇三章　天命降監，下民有嚴。不僭不濫，不敢怠遑。命于下國，封建厥福。四章　商邑翼翼，四方之極。赫赫厥聲，濯濯厥靈，壽考且寧，以保我後生。五章　陟彼景山，松柏丸丸。是斷是遷，方斲是虔，松桷有梴，旅楹有閑。寢成孔安。六章

右《殷武》六章，三章章六句，二章章七句，一章五句。劉氏瑾曰：「篇内第三章爲五句，朱子疑其脱一句。則此詩當作四章，章六句；二章，章七句。」《小序》曰：「祀高宗也。」《玄鳥》既祀高宗矣，而此詩又祀高宗，何哉？劉氏瑾曰：「《商書》曰：『七世之廟，可以觀德。』蓋天子七廟，三昭三穆與太祖之廟而七。八世、九世而後，隨其昭穆親盡，遞遷其主而祧於太祖之廟。其有功德之君，則後世宗之，雖親

盡而不祧，別立百世不遷之廟，而特祔其主焉。凡有功德者皆然，初不可預限其數。而商則止有三宗，高宗即其一也。」今觀詩詞，首章稱高宗伐楚爲中興顯烈，二章則述戒楚之詞，三章諸侯來朝，四章所受命中興之故，五章極言其盛，六章乃作廟以安其靈〔一〕。然則此固高宗百世不遷之廟耳。廟既落成，故祔其主而祭之，與《玄鳥》又異也。或疑商時無楚，遂謂此詩爲春秋時人作。殊不知《禹貢》荆及衡陽爲荆州，楚即南荆也。其後成王封熊繹於荆國，以地名，非今日之所謂楚。詎得以是而疑之哉？又況《易》稱「高宗伐鬼方，三年克之」，與此詩「罙入其阻」者合。鬼方，今之鳥蠻，楚屬國也。其俗尚鬼，故曰鬼方。説者謂驗諸屈原《九歌》。可見高宗之功，當以此爲最，故詩首述之。郝氏敬曰：「荆楚之國，天下有道則首善焉，文王之《二南》是也；無道則首叛焉，商、周之中葉是也。繼世之王，有能中興者，則天下視此爲向背焉。高宗之《殷武》，周宣之《采芑》是也。」然則高宗有廟，子孫之所以酬報之者，不亦宜哉？《閟宫》卒章與此略同，蓋襲之也。奚足疑？且魯更新，此始作，尤大異歟！

【集釋】〔撻〕疾貌。曹氏粹中曰：言其兵威神速。〔殷武〕殷王之武也。〔罙〕姚氏際恒曰：罙，《毛傳》作深，是訓冒者，未然。《易》稱「高宗伐鬼方，三年克之」，此詩云「罙入其阻」，與之合，可見非暫事也。〔裒〕聚也。〔湯孫〕謂高宗。〔氐羌〕孔氏穎達曰：氐、羌之種，漢世仍存，其居在秦、隴之西。〔享〕獻也。〔王〕世見曰王。孔氏穎達曰：遠夷一世而一見於王。《秋官・大行人》云，「九州外謂之蕃國，世一見」。謂其父死子繼，及嗣王即位，乃來朝，謂之世見也。〔多辟〕諸侯也。〔來辟〕來王也。〔適〕郝氏敬曰：責，讓也。蓋適、謫通。〔僭〕賞之差也。〔濫〕刑之過也。〔遑〕暇也。〔封〕大也。〔商邑〕王都也。〔翼翼〕整敕貌。〔極〕表也。〔赫赫〕顯盛也。〔濯濯〕光明也。〔景〕山名，商所歸也。朱子曰：《春秋傳》云：「商湯有景亳之命。」而此言「陟彼景山」，蓋商所都之山名。衛詩亦言「景山」，乃商舊都也。〔丸丸〕圓直也。〔遷〕徙也。徐氏常吉曰：斷，是斷之於景山之上；遷，是遷之於造作之所。〔方〕正也。〔虔〕截也。季氏本曰：如虔劉之虔。〔梴〕長也。〔旅〕衆也。孔氏穎達曰：言爲桷與衆楹，故訓旅爲衆。〔閑〕大也。〔寢〕廟中之寢也。何氏楷曰：《閟宮》篇詠廟新，亦但舉路寢，則此可類推矣。〔安〕所以安高宗之神也。

【標韻】武七麌楚六語阻、旅、所、緒並同通韻　鄉七陽湯、羌、王、常並同本韻　辟十一陌績十二錫辟陌適同通韻　監十五咸嚴十四鹽通韻　濫二十八勘遑七陽叶韻　國十三職福一屋叶韻　翼職極同本韻　聲八庚靈九青寧同生庚通韻　山十五删丸十四寒遷一先虔、梴並同閑删安寒通韻

以上《商頌》凡五篇。

校記

〔一〕「安」，底本作「妥」，據「雲南本」改。

重印後記

本書一九八六年由中華書局出版，印數爲一萬一千部。讀者對這一點校本反映良好，在二〇〇二年第六期的《中文圖書排行榜》上名列第三。但此書長期售罄，現中華書局適應市場需求而重印，作爲整理點校者自然十分歡迎。

點校本書時，整理者剛從華東師大古籍所畢業不久，業師程俊英先生對《詩經》長期精深的研究給我打下了整理本書的基礎。在整理過程中，又得到了中華書局楊伯峻、程毅中、許逸民等前輩先生的大力幫助，本書的責編常振國先生更與整理者多次書信往復，對有關問題詳加探討，使得本書能早日與讀者見面。當時諸位先生都反對在本書的點校説明中提及姓名，因而整理者只能泛言感謝。此次重印之時，程師與楊先生已歸道山，整理者於此謹致悼念並向諸位先生表示深深的謝忱。

本書題簽中華書局原擬請啟功先生擔任，後經商議改用隴東分署原刊本方玉潤自己的題簽。因方玉潤以書法自負，讀者於此可見其書法一隅。

希望能聽到讀者方家的寶貴意見。

李先耕

二〇〇五年十二月